best

Elizabeth George è nata a Warren (Ohio) nel 1949 e vive attualmente in California, a Huntington Beach. Ha esordito nella narrativa poliziesca nel 1988 con *E liberaci dal padre*, che ha vinto l'Agatha Award, l'Anthony Award e il Grand Prix de Littérature Policière; da allora, i suoi romanzi, dedicati ai casi dell'ispettore Thomas Lynley, le sono valsi la fama di «regina» del mystery contemporaneo, hanno ricevuto alcuni dei più prestigiosi premi internazionali, tra cui il premio tedesco MIMI con *Scuola omicid*... sono stati trasposti in film tv dalla BBC.

www.elizabethgeorgeonline.com

Della stessa autrice in edizione TEA:

Elizabeth George

Agguato sull'isola

Romanzo

Traduzione di
M. Cristina Pietri
ed Enzo Verrengia

Per informazioni sulle novità
del Gruppo editoriale Mauri Spagnol visita:
www.illibraio.it

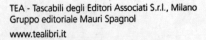

TEA - Tascabili degli Editori Associati S.r.l., Milano
Gruppo editoriale Mauri Spagnol
www.tealibri.it

Titolo originale
A Place of Hiding

Prima edizione TEADUE giugno 2006
Settima ristampa TEADUE luglio 2013
Prima edizione Best TEA gennaio 2016
Prima ristampa Best TEA ottobre 2016

AGGUATO SULL'ISOLA

Questo è un libro che parla di fratelli,
perciò lo dedico al mio,
Robert Rivelle George,
con affetto e stima
per il suo talento, il suo spirito e la sua saggezza

Da un certo punto di vista, in effetti, la nostra attività può venir considerata disonesta, perché, come i grandi statisti, incoraggiamo quanti tradiscono gli amici.

John Gay, *L'opera dei mendicanti*

MONTECITO, CALIFORNIA

I VENTI di Santa Ana non erano propizi alla fotografia, ma vallo a dire a un architetto dall'ego smisurato, convinto che la propria reputazione dipendesse dal fatto di catturare quel giorno stesso per i posteri – e per *Architectural Digest* – cinquecento metri quadrati di lotto non finito sul pendio di una collina. Era impossibile anche solo cercare di affrontare l'argomento. Perché quando finalmente trovavi il posto giusto, dopo almeno una ventina di giri a vuoto, eri già in ritardo, lui era su tutte le furie e il vento secco sollevava tanta di quella polvere che volevi solo levarti di là al più presto, e non potevi farlo se ti mettevi a discutere con lui proprio sulla questione di scattare subito le foto. Così le facevi, malgrado la polvere, malgrado le erbacce che vorticavano nelle raffiche, come inserite ad arte da una squadra di tecnici degli effetti speciali, per fare in modo che quell'immobile californiano da svariati milioni di dollari con vista sull'oceano sembrasse Barstow ad agosto. Pazienza se la sabbia ti finiva sotto le lenti a contatto e l'aria ti riduceva la pelle a noccioli di pesche e i capelli a paglia bruciata: il lavoro rappresentava ogni cosa, il lavoro era tutto. E dato che China River si manteneva con quel lavoro, lo faceva.

Ma c'era poco da stare allegri. Terminati gli scatti, lei si ritrovò con i vestiti e la pelle ricoperti di una patina di sporco, e l'unica cosa di cui aveva voglia – a parte un bicchierone di acqua ghiacciata e un lungo bagno in una vasca molto fredda – era andarsene, allontanarsi dal pendio e scendere sulla spiaggia. Perciò disse: «Allora, abbiamo finito. Dopodomani saranno pronti i provini tra i quali potrà scegliere. Verrò all'una nel suo ufficio, va bene?» e si allontanò a grandi passi senza dare all'altro il tempo di replicare né preoccuparsi della reazione suscitata dal suo brusco congedo

Salì sulla sua Plymouth d'annata e si avviò giù per la collina, lungo una strada dal fondo perfetto, perché le buche erano state per sempre bandite da Montecito. Passò dinanzi alle abitazioni dei super ricchi di Santa Barbara, che vivevano la loro vita privilegiata al sicuro dietro cancelli elettronici, nuotavano in piscine progettate da grandi designer e quando ne uscivano si asciugavano con teli di spugna spessi e bianchi come i banchi di neve del Colorado. Ogni tanto China doveva frenare dinanzi a giardinieri messicani che lavoravano come schiavi dietro quelle mura protettive e a ragazzine a cavallo che trottavano in jeans ridottissimi e magliette striminzite, con i capelli lunghi e lisci che ondeggiavano al sole, splendenti come se fossero illuminati dall'interno. Avevano la pelle liscia e i denti perfetti. E non una sola di loro che si ritrovasse con un grammo di grasso indesiderato... in qualunque parte del corpo. Ma, d'altronde, perché avrebbero dovuto? Il peso non avrebbe avuto la forza morale di resistere addosso a loro più del tempo strettamente necessario a salire sulla bilancia nel bagno, farsi venire una crisi isterica e subito dopo precipitarsi alla toilette.

Erano così patetiche, pensò China. Una schiera di bambocce coccolate e denutrite. E il peggio per quelle sciocche erano le madri, che probabilmente erano proprio come loro e facevano di tutto per dare l'esempio di un'intera esistenza trascorsa fra personal trainer, chirurgia plastica, shopping, massaggi quotidiani, manicure settimanali e sedute periodiche con uno strizzacervelli. Non c'era niente di meglio che vivere nell'oro, grazie a qualche idiota la cui unica pretesa è che le sue donne si preoccupino del loro aspetto fisico.

Ogni volta che China veniva a Montecito, non vedeva l'ora di andare via, e quel giorno non era diverso. Anzi, il vento e il caldo acuivano più del solito in lei l'ansia di lasciarsi alle spalle quel posto, come se avesse un tarlo che le rodeva dentro, guastandole l'umore... già pessimo, del resto. Da quando era squillata la sveglia quel mattino, si sentiva addosso un senso d'inquietudine diffusa.

Il problema, purtroppo, era che non aveva squillato nient'altro. Appena sveglia, aveva compiuto meccanicamente il salto mentale all'ora di Manhattan, dove erano già le dieci. Allora perché lui non aveva chiamato? Poi, con il trascorrere delle ore fino all'una, quando era dovuta uscire per andare all'appuntamento a Montecito, non aveva fatto altro che guardare il telefono e cuocere nell'ansia a fuoco lento... e non era difficile, visto che alle nove c'erano già ventisei gradi.

Aveva cercato di tenersi occupata, annaffiando a mano il giardino davanti a casa, poi quello sul retro, fino all'ultimo filo d'erba. Quindi aveva scambiato quattro chiacchiere con Anita Garcia al di là dello steccato. «Ehi, questo tempo non ti fa star male?» «Scherzi? Mi sento a pezzi.» La sua vicina era all'ultimo mese di gravidanza, e lei le aveva dimostrato comprensione per il grado di ritenzione idrica che questo comportava. Dopodiché aveva lavato la Plymouth, asciugandola subito, per impedire alla polvere di fare presa sulla carrozzeria e trasformarsi in fango.

Per ben due volte il telefono aveva squillato e lei si era precipitata in casa, ma solo per scoprire che si trattava dei soliti viscidi e irritanti promotori, quelli che volevano sapere come ti andava la giornata prima di lanciarsi nei loro discorsetti per convincerti a cambiare il gestore delle chiamate interurbane, cosa che, ovviamente, ti avrebbe cambiato anche l'intera esistenza.

Alla fine, era venuta l'ora di andare a Montecito... ma non prima di avere alzato la cornetta per verificare che ci fosse la linea e ricontrollato la segreteria per assicurarsi che registrasse un eventuale messaggio.

Per tutto quel tempo, China non aveva fatto altro che disprezzarsi per non essere capace semplicemente di lasciarlo. Ma quello era un problema da anni. Tredici, per la precisione. Dio, come detestava l'amore.

Il suo cellulare squillò mentre tornava in macchina verso la spiaggia. Quasi cinque minuti prima di arrivare al tratto di marciapiede sconnesso da dove s'imboccava il vialetto asfaltato che portava all'ingresso della sua abitazione, le giunse il cicalino dell'apparecchio appoggiato sul sedile accanto. China lo afferrò e udì la voce di Matt.

«Ehi, bellezza.» Aveva un tono allegro.

«Ehi, chi si sente», si limitò a dire lei, disgustata dalla repentina sensazione di sollievo che provò, come se si fosse stappata tutta l'ansia repressa.

Lui capì al volo. «Sei incavolata?»

Lei restò in silenzio. *Tienilo sulle spine*, pensò.

«Immagino di essermi giocato tutto.»

«Dove sei stato?» domandò China. «Pensavo che mi avresti chiamato stamattina. Ho aspettato a casa. Non lo sopporto, quando fai così, Matt. Perché non lo capisci? Se non vuoi telefonare, dillo subito e io mi regolo di conseguenza, va bene? Perché non hai chiamato?»

«Scusami, ne avevo l'intenzione. Non ho fatto altro che tenerlo a mente per tutto il giorno.»

«E allora?»

«Non credo che ti farà piacere sentirlo, China.»

«Tu provaci.»

«D'accordo. Ieri notte è arrivata un'ondata di freddo davvero tremenda. Perciò ho trascorso metà mattinata alla ricerca di un cappotto decente.»

«E non potevi chiamare dal cellulare mentre eri fuori?»

«Ho dimenticato di prenderlo. Ripeto, scusami.»

Lei udiva gli onnipresenti rumori di fondo di Manhattan, gli stessi di ogni volta che lui chiamava da New York: gli squilli di clacson che riecheggiavano lungo i canyon architettonici, martelli pneumatici che crepitavano sul cemento come armi pesanti. Ma se lui aveva lasciato il cellulare in albergo, come faceva ad averlo adesso per strada?

«Sto andando a cena», le disse. «Ho l'ultimo appuntamento. Per oggi, almeno.»

China aveva accostato al marciapiede in un posto libero a quasi trenta metri dalla strada di casa. Non le piaceva fermarsi perché il climatizzatore della sua macchina era troppo debole per alleviare il caldo nell'abitacolo soffocante, perciò non vedeva l'ora di scendere, ma l'ultima affermazione di Matt sminuiva di colpo l'importanza del caldo, ponendolo del tutto in secondo piano. La sua attenzione si concentrò sul significato di quelle parole.

Se non altro, aveva imparato a tenere la bocca chiusa quando lui sganciava qualcuna delle sue piccole bombe incendiarie verbali. «Per oggi, almeno.» Un tempo, dopo una frase del genere, lo avrebbe messo alle corde per strappargli il vero significato di quelle allusioni. Ma gli anni le avevano insegnato che il silenzio otteneva gli stessi risultati delle domande o delle accuse. Inoltre, le permetteva di avere il coltello dalla parte del manico quando lui finalmente si decideva a confessare quello che cercava di tacere.

La verità gli uscì tutta d'un fiato. «La situazione è questa: devo restare qui un'altra settimana. Ho la possibilità di parlare con certe persone per un finanziamento e devo assolutamente vederle.»

«Via, Matt.»

«Un momento, piccola. Questi hanno sganciato una fortuna

a un regista della New York University l'anno scorso. Ora cercano un nuovo progetto, capisci? Fanno sul serio.»

«E tu come lo sai?»

«Mi è stato detto.»

«Da chi?»

«Così li ho chiamati e sono riuscito ad avere un appuntamento. Ma non prima di giovedì. Perciò devo restare.»

«Quindi, addio Cambria.»

«No, ci andremo. Solo, non la prossima settimana.»

«Certo. Allora quando?»

«Il punto è proprio questo.» Per un istante, i rumori della strada all'altro capo del cellulare si fecero più forti, come se lui vi si stesse gettando in mezzo, spinto giù dal marciapiede dalla congestione della grande città al termine di una giornata lavorativa.

«Matt? Matt?» chiamò, e fu colta da un attimo di panico al pensiero di averlo perduto. Maledetti telefonini e maledetti segnali che andavano e venivano in continuazione.

Ma lui tornò in linea e il frastuono era diminuito. Disse che si era infilato in un ristorante. «Si tratta di prendere o lasciare, per il film. China, è un'opera destinata a vincere un festival. Di sicuro il Sundance, e sai cosa significherebbe. Mi dispiace darti buca così, ma se non riesco a convincere queste persone, non sarò in grado di portarti da nessuna parte. In Cambria, a Parigi o a Kalamazoo. È la pura verità.»

«E va bene», disse lei. Ma non andava bene per niente, e il suo tono piatto glielo avrebbe fatto capire. Era trascorso un mese dall'ultima volta che Matt aveva trovato due giorni di tempo per staccare dagli incontri con ipotetici finanziatori a Los Angeles e dalle spedizioni alla ricerca di fondi nel resto del Paese, e prima ancora, per sei settimane lei non aveva fatto altro che contattare potenziali clienti per se stessa, mentre lui continuava a inseguire l'orizzonte del suo sogno. «Certe volte, mi domando se riuscirai davvero a farcela, Matt», disse China.

«Lo so. Sembra ci voglia un'eternità a far partire un film. E a volte è così. Sai come funziona. Anni di lavoro e, all'improvviso, un colpaccio al botteghino. Ma io voglio farlo, devo farlo. Solo, mi spiace che si finisca per passare più tempo separati che insieme.»

China ascoltò tutto questo mentre guardava un moccioso arrancare in triciclo sul marciapiede sotto gli occhi vigili della madre e quelli ancora più vigili di un pastore tedesco. Il bimbo arrivò in un punto dove il cemento era sconnesso, sollevato ad angolo dalla radice di un albero, e urtò con la ruota sullo spuntone. Cercò di superarlo pedalando, ma senza risultato, finché la mammina non gli venne in aiuto. Quella vista riempì China di un'inspiegabile tristezza.

Matt era in attesa della sua risposta. Lei cercò di pensare a nuove varianti per esprimere disappunto, ma non le venne in mente niente. Perciò disse: «Veramente non parlavo di farcela con il film, Matt».

«Oh», fece lui.

A quel punto, non c'era più nulla da discutere, perché lei sapeva che lui sarebbe rimasto comunque a New York per andare a quell'appuntamento tanto sospirato e lei avrebbe dovuto arrangiarsi da sola. Un'altra occasione mancata per stare assieme, un altro bastone tra le ruote del grande Progetto di Vita.

«Be', buona fortuna per l'incontro», gli augurò.

«Ci terremo in contatto, per tutta la settimana», le assicurò lui. «D'accordo? Ti sta bene, China?»

«Perché, ho un'altra scelta?» gli chiese e lo salutò.

Se la prese con se stessa per aver chiuso la conversazione in quel modo, ma si sentiva accaldata, avvilita, abbattuta, depressa e altro ancora. In ogni caso, aveva esaurito le risorse.

Detestava la parte di sé che guardava al futuro con incertezza, e riusciva quasi sempre a tenere sotto controllo quell'aspetto del suo carattere. Quando le sfuggiva di mano e acquistava il predominio della sua vita come una guida troppo sicura nel caos, non portava a nulla di buono. La riduceva a conformarsi a quel credo che dava importanza a un modello femminile da lei sempre rifiutato: avere un uomo a ogni costo, accalappiarlo con il matrimonio e riempirgli al più presto la vita di bambini. Non sarebbe arrivata a tanto, continuava a ripetersi. Ma una parte di lei, invece, lo voleva.

Il che la portava a porsi delle domande, ad avanzare pretese e rivolgere l'attenzione sul rapporto di coppia, anziché concentrarla su se stessa. E in questi casi, tra lei e l'uomo in questione, che da sempre era Matt, si accendeva l'ennesima replica della disputa che andava avanti ormai da cinque anni. Si trattava di una polemica a circuito chiuso sul matrimonio, che finora aveva ottenuto sempre lo stesso risultato: l'ovvia riluttanza di Matt (come se lei avesse bisogno di vederla e sentirla) e le sue furiose recriminazioni, cui seguiva immancabilmente una rottura avviata da quello dei due più esasperato dalle differenze sempre più marcate tra loro.

Ma erano queste stesse divergenze che poi li facevano rimettere insieme. Perché entrambi riversavano nella loro relazione un innegabile trasporto, che finora nessuno dei due aveva mai provato per qualcun altro. Probabilmente lui ci aveva provato, China lo sapeva. Ma lei no. Da anni aveva la certezza che Matthew Whitecomb fosse l'uomo giusto per lei.

Era approdata ancora una volta a questa conclusione quando giunse al suo bungalow: novanta metri quadrati di architettura del 1920, un tempo adibito a rifugio per il fine settimana di un angeleno. Era situato tra altri cottage simili su una strada fiancheggiata da palme, con il doppio vantaggio di trovarsi vicino alla spiaggia quanto bastava per beneficiare della brezza oceanica, ma abbastanza lontano dall'acqua perché potesse permetterselo.

Un'abitazione decisamente modesta, di cinque stanzette, compreso il bagno, e solo nove finestre, con un ampio portico d'ingresso e due rettangoli di prato, uno sul davanti e uno sul retro. Sul davanti correva una staccionata, dalla quale si staccavano scaglie di vernice bianca che finivano nelle aiuole e sul marciapiede. Dopo aver terminato la conversazione con Matt China si avvicinò con tutta la sua attrezzatura fotografica al cancello che si apriva nella recinzione.

Il caldo picchiava, solo un po' meno intenso che sulla collina, ma lì il vento non soffiava così forte. Le foglie delle palme crepitavano tra gli alberi come vecchie ossa, e la lantana che cresceva sulla staccionata, che pure aveva annaffiato quel mattino, pendeva floscia sotto il sole ardente con i fiori che sembravano asterischi violacei.

China sollevò il cancello sbilenco e lo aprì con una spinta, intenzionata ad andare subito a prendere la pompa del giardino per dare acqua a quei poveri fiori. Ma il proposito le uscì di mente non appena vide chi l'attendeva: un uomo in mutande disteso sul ventre nel bel mezzo del prato, con la testa poggiata su un fagotto che aveva tutta l'aria di essere formato dai blue-jeans e da una T-shirt ingiallita. Non c'era traccia di scarpe in giro, e le piante dei piedi erano di un nero che più nero non si poteva, e con il tallone così incallito che la pelle era segnata da solchi profondissimi. E, a giudicare dalle caviglie e dai gomiti, dava l'impressione di essere uno che evitava anche la vasca da bagno. Ma non doveva disdegnare il cibo e l'attività fisica, perché era ben piazzato, pur senza avere chili di troppo. E non trascurava neanche di bere, perché in quel momento stringeva nella destra una bottiglia di acqua minerale.

La *sua* acqua minerale, quella che lei non vedeva l'ora di scolarsi.

L'uomo si girò con fare indolente, appoggiandosi sui gomiti luridi, e la guardò con gli occhi socchiusi. «Quanto a precauzioni, fai acqua da tutte le parti, Chine», esordì e bevve un lungo sorso dalla bottiglia.

Lei lanciò uno sguardo al porticato, dove la porta a zanzariera e quella d'ingresso erano aperte. «Maledizione», esclamò. «Sei riuscito di nuovo a entrarmi in casa?»

Il fratello si mise a sedere schermandosi gli occhi con una mano. «Perché diavolo sei vestita così? Ci sono trentadue gradi fottuti e tu sembri uscita da Aspen a gennaio.»

«Tu invece dai l'idea di uno che sta per essere arrestato per atti osceni in luogo pubblico. Per la miseria, Cherokee, abbi un po' di buonsenso. Qui intorno ci sono delle ragazzine. Se una di loro passa e ti vede conciato così, nel giro di un quarto d'ora arriva una pattuglia della Buoncostume.» China corrugò la fronte. «Hai messo la crema protettiva?»

«Non hai risposto alla mia domanda», le fece notare lui. «Che senso ha questa roba in pelle? Contestazione tardiva?» chiese con un sorrisetto. «Se la mamma vedesse i pantaloni che hai addosso, le verrebbe un autentico...»

«Li porto perché mi piacciono», tagliò corto lei. «Sono comodi.» *E me li posso permettere*, pensò. Una ragione più che sufficiente: possedere un capo di lusso e inutile nella California del sud solo perché lo desiderava, dopo un'infanzia e un'adolescenza passate a frugare nei guardaroba delle opere di carità alla ricerca di vestiti che le andassero bene, che nello stesso tempo non fossero del tutto orrendi e, come imponevano le convinzioni della madre, non avessero la minima traccia di pelle animale.

«Oh, certo.» Cherokee si alzò e lei gli passò davanti, andando verso il portico. «Pelle a Santa Ana. Davvero comodo, non c'è che dire. Ha perfettamente senso.»

«Quella era la mia ultima bottiglia di acqua minerale», gli fece notare lei, lasciando cadere le borse nell'ingresso. «Non ho fatto che pensare alla mia San Pellegrino mentre tornavo.»

«Da dove?» Lei glielo disse e lui si fece una risata. «Oh, capisco. A scattare foto per un architetto. Carico di grana e libero? Spero di sì. E disponibile? Fantastico. Be', allora fammi vedere come stai.» La squadrò da capo a piedi, mentre beveva, poi le porse la bottiglia. «Finiscila pure. Hai i capelli che sono uno schifo. Perché non la smetti con le tinte? Non fanno bene né a te né alle falde acquifere, con tutte quelle sostanze chimiche che finiscono nello scarico.»

«Come se ti importasse delle falde acquifere.»

«Ehi, io ho i miei principi.»

«Tra i quali ovviamente non figura quello di aspettare che la gente torni a casa prima di saccheggiargliela.»

«Hai avuto fortuna che fossi soltanto io», disse lui. «È sciocco uscire lasciando le finestre aperte. Hai dei telai di merda. È bastato un temperino.»

China vide come aveva fatto il fratello a entrare, dato che, com'era tipico di Cherokee, non si era preoccupato minimamente di nasconderlo. A una delle due finestre del soggiorno mancava il vecchio telaio. Per Cherokee era stato facile rimuoverlo, visto che era fissato al davanzale solamente con un gancio di metallo e un occhiello. Almeno il fratello aveva avuto il buonsenso di entrare da una finestra che non dava sulla strada ed era nascosta alla vista dei vicini, che altrimenti si sarebbero affrettati a chiamare la polizia.

Entrò in cucina con la bottiglia di minerale in mano, versò quello che ne restava in un bicchiere col gambo di terracotta, bevve e depose il bicchiere nell'acquaio, insoddisfatta e contrariata.

«Che ci fai qui?» chiese al fratello. «Come ci sei arrivato? Hai riparato la macchina?»

«Quel rottame?» Cherokee andò al frigorifero, lo aprì e si mise a frugare tra le buste di plastica di frutta e verdura. Tirò fuori un peperone rosso, andò al lavandino e lo lavò accuratamente. Poi prese un coltello da un cassetto, lo tagliò in due, pulì entrambe le parti e ne diede una a China. «Ho qualcosa in ballo, per cui non mi servirà una macchina.»

Lei ignorò l'ultima affermazione, sapeva benissimo che era il suo modo di gettare l'amo. «A tutti serve una macchina.» Appoggiò la sua metà del peperone sul tavolo della cucina e andò in camera da letto a cambiarsi. Vestirsi di pelle con quella calura era come indossare una sauna. Faceva un gran effetto, ma era un inferno. «Mi auguro che tu non sia venuto con la speranza di prendere in prestito la mia», gli disse ad alta voce. «Perché, in tal caso, la risposta è no, ancor prima che tu me lo domandi. Chiedila alla mamma. Prendi la sua. Immagino che l'abbia ancora.»

«Non vieni per il giorno del Ringraziamento?» le chiese Cherokee.

«A chi interessa?»

«Prova a indovinare.»

«Perché, all'improvviso il suo telefono non funziona più?»

«Le ho detto che venivo e lei mi ha chiesto di domandartelo. Vieni o no?»

«Ne parlerò con Matt.» Appese i pantaloni in pelle nell'armadio insieme con il gilet, e gettò la camicetta di seta nel sacco della biancheria sporca. Poi s'infilò un largo abito hawaiano, prese i sandali dal ripiano e tornò dal fratello.

«E dov'è Matt, attualmente?» Cherokee aveva finito la sua metà del peperone e addentato quella della sorella.

Lei gliela tolse di mano e diede un morso. La polpa era fresca e dolce, ma serviva a ben poco contro il caldo e la sete. «È fuori», rispose. «Cherokee, per favore ti rimetti i vestiti?»

«Perché?» Le chiese con un'occhiata maliziosa, muovendo allusivo il bacino verso di lei. «Ti faccio arrapare?»

«Non sei il mio tipo.»

«Fuori dove?»

«New York. Per lavoro. Ti vesti o no?»

Il fratello alzò le spalle e se ne andò. China trovò una bottiglia calda di acqua di Calistoga nello stanzino delle scope che aveva adibito a dispensa. Almeno era frizzante, pensò. Tirò fuori del ghiaccio e riempì un bicchiere fino all'orlo.

«Non me l'hai chiesto.»

Si voltò. Cherokee si era rivestito, come richiesto, con la T-shirt ristretta per i troppi lavaggi e i blue-jeans bassi sui fianchi, con l'orlo che strisciava sul linoleum. Mentre guardava il fratello, China pensò per l'ennesima volta che lui era davvero anacronistico. Con i capelli ricci e biondi troppo lunghi, i vestiti trasandati, i piedi nudi e quel modo di fare, sembrava un relitto vivente dell'estate dell'amore. Questo avrebbe senza dubbio riempito d'orgoglio la madre che avevano in comune, incontrato l'approvazione del padre di lui e fatto ridere il padre di lei. Ma a China provocava solo irritazione. Malgrado l'età e il fisico, Cherokee sembrava ancora troppo vulnerabile per badare a se stesso.

«Allora, non me l'hai chiesto», ripeté lui.

«Chiesto cosa?»

«Quello che ho per le mani. Perché non mi serve più una macchina. A proposito, ho lavorato di pollice, anche se l'auto stop ormai è andato a puttane. Per arrivare qui sono partito ieri, all'ora di pranzo.»

«Ecco perché ti serve una macchina.»

«Non per quello che ho in mente.»

«Te l'ho già detto, non ti presto la macchina. Mi serve per lavorare. Inoltre, perché non sei a lezione? Hai di nuovo mollato i corsi?»

«Mi sono ritirato. Mi occorreva più tempo libero per tutte quelle scartoffie. La cosa è decollata alla grande. Devo proprio dirtelo, Chine: c'è da perdere la testa per il numero di studenti senza scrupoli che ci sono di questi tempi. Se lo facessi di professione, probabilmente potrei andare in pensione a quarant'anni.»

China alzò gli occhi al cielo. Le scartoffie in questione erano tesine semestrali, saggi da sviluppare dopo le ore di lezione, qualche master e, fino ad allora, due tesi per il dottorato. Cherokee le scriveva per gli universitari che avevano i soldi e non si prendevano la briga di farsele da soli. Questo aveva tempo addietro sollevato la questione del perché lui, che non prendeva mai meno di B per quello che scriveva a pagamento, non riusciva a trovare la spinta per completare gli studi. Si era iscritto e ritirato tante di quelle volte dall'università della California che quell'istituzione aveva praticamente una porta girevole con su scritto il suo nome. Ma Cherokee aveva una spiegazione molto semplice per quel corso di studi un po' troppo irregolare: «Se la direzione dell'università mi pagasse per il mio lavoro come gli studenti per il loro, lo farei».

«La mamma sa che ti sei ritirato di nuovo?»

«Ho rotto i ponti.»

«Certo.» China non aveva pranzato e cominciava a sentire i morsi della fame. Tirò fuori dal frigorifero l'occorrente per un'insalata e dalla credenza prese un solo piatto, sperando che il fratello capisse la sottile allusione.

«Allora, chiedimelo.» Lui scostò una sedia dal tavolo della cucina e vi si lasciò cadere. Prese una mela dal cestino dipinto al centro del piano e solo quando la portò alla bocca si accorse che era finta.

Lei scartò la lattuga e cominciò a tagliarla nel piatto. «Chiederti cosa?»

«Lo sai. Cerchi di evitare la domanda. D'accordo. La farò io per te. 'Che c'è in ballo di così grosso, Cherokee? Cos'hai per le mani? Perché non ti serve una macchina?' Risposta: perché prenderò una barca. E basterà quella. Per il trasporto, gli introiti e l'alloggio.»

«Tu continua a pensare, Butch», mormorò China, più a se stessa che a lui. Sotto molti aspetti, Cherokee aveva vissuto i suoi trentatré anni come Butch Cassidy, il famoso fuorilegge del Far West. Aveva sempre un piano per diventare ricco alla svelta, per avere qualcosa in cambio di nulla e vivere alla grande.

«No», disse lui. «Stavolta è sicuro. Ho già trovato la barca: è a Newport, un'imbarcazione da pesca, che al momento viene affittata a chi vuole pescare. Si fanno dei bei verdoni a botta. Vanno a pesca di palamita. Per lo più, sono escursioni giornaliere, ma per parecchi verdoni, e intendo davvero tanti, arrivano fino a Baja. Ha bisogno di qualche lavoretto, ma potrei vivere a bordo mentre la riparo. Compro quello che mi serve negli empori marittimi, e per questo non occorre una macchina, e potrei portare la gente in giro per tutto l'anno.»

«Ma che ne sai tu di pesca e di barche? E dove prendi i soldi?» China addentò un cetriolo e cominciò ad affettare il resto nella lattuga. Rifletté sull'ultima domanda, la collegò alla comparsa fin troppo tempestiva del fratello sulla porta di casa e aggiunse: «Cherokee, non pensarci neanche».

«Ehi, per chi mi hai preso? Ho detto che ho qualcosa in ballo, ed è così..Che diamine, pensavo che ti avrebbe fatto piacere per me. Non ho neanche chiesto i soldi alla mamma.»

«Tanto non ne ha.»

«Be', ha sempre la casa. Potevo chiederle di cedermela, così avrei ottenuto un'ipoteca di secondo grado e ricavato del contante. Lo avrebbe fatto, e lo sai.»

C'era del vero in quell'affermazione, pensò China. Quando mai la madre non aveva assecondato i folli progetti di Cherokee?

Quando era piccolo la scusa era stata l'asma. Negli anni, il ritornello era cambiato in «ormai è un uomo».

Così non restava che China come fonte di approvvigionamento. «Escludi anche me, va bene?» disse al fratello. «Quello che ho serve a me, a Matt e al nostro futuro.»

«Sì, proprio.» Cherokee si alzò, andò alla porta della cucina e appoggiò le mani sullo stipite, guardando il prato posteriore riarso dal sole.

«Proprio cosa?»

«Lascia perdere.»

China sciacquò due pomodori e iniziò ad affettarli. Lanciò uno sguardo al fratello e vide che corrugava la fronte mordendosi il labbro inferiore. Per lei Cherokee era molto più di un libro aperto, era un tabellone luminoso che riusciva a leggere a cinquanta metri. Stava macchinando qualcosa.

«Ho dei soldi da parte», riprese lui. «Certo, non è un granché, ma ho la possibilità di guadagnare il gruzzoletto che mi ci vuole.»

«Con questo, vuoi dire che non sei venuto fin qui in autostop per chiedermi un contributo? Non avrai passato ventiquattro ore sul ciglio della strada solo per fare una visita di cortesia? Per parlarmi dei tuoi progetti? Per chiedermi se andrò dalla mamma per il Ringraziamento? Guarda che ci sono i telefoni, la posta elettronica, i telegrammi, i segnali di fumo.»

«Se proprio vuoi saperlo, ho due biglietti gratuiti per andare in Europa e pensavo che la mia sorellina volesse venire con me. È per questo che sono venuto. Per chiederti se ti va di partire. Non ci sei mai stata, o sbaglio? Consideralo un regalo di Natale.»

China abbassò il coltello con cui stava pulendo dei funghi. «Da dove diavolo sono sbucati due biglietti gratuiti per l'Europa?»

«Servizio di corriere.»

I corrieri, le spiegò, trasportavano materiali dagli Stati Uniti in zone del globo nelle quali il mittente non si fidava del servizio postale, della Federal Express, dell'UPS o di altri canali analoghi per farli arrivare con puntualità, sicurezza e senza danni. Grandi aziende o singoli individui fornivano a un potenziale viaggiatore il biglietto per arrivare a destinazione, a volte con l'aggiunta di un compenso, e, dopo che la merce era stata consegnata al destinatario, il corriere era libero di godersi una vacanza sul posto o partire per un'altra meta.

Nel caso di Cherokee, lui aveva letto l'annuncio in una bacheca a Irvine. «Era un avvocato di Tustin», disse. L'uomo cercava un corriere per portare un pacco in Gran Bretagna e offriva in cambio un compenso e due biglietti aerei gratuiti. Cherokee si era presentato e aveva ottenuto l'incarico, a condizione di vestirsi in modo più formale e di darsi una sistemata ai capelli.

«Cinquemila dollari per fare la consegna», concluse Cherokee. «È o non è un buon affare?»

«Che cosa? Cinquemila dollari?» Per esperienza, China sapeva che quando le cose erano troppo belle per essere vere, di solito nascondevano un trucco. «Un minuto, Cherokee. Cosa c'è nel pacco?»

«Progetti architettonici. Per questo ho pensato subito a te per il secondo biglietto. Architettura. Diamine, è il tuo campo.» Cherokee tornò al tavolo e si sedette a cavalcioni sulla sedia.

«Allora perché l'architetto non porta lui stesso i progetti? Perché non li invia tramite Internet? C'è un programma apposta e, se il destinatario non ce l'ha, perché non li spedisce su disco?»

«Chi lo sa? Che importa? Con cinquemila dollari e un biglietto gratis, possono spedire i progetti su una barca a remi, se vogliono.»

China scosse la testa e tornò all'insalata. «Qui gatta ci cova.»

«Ehi, parliamo dell'Europa: il Big Ben, la Torre Eiffel, il fottuto Colosseo.»

«Infatti. Te li godrai alla grande. Se prima non ti arrestano alla dogana per detenzione di eroina.»

«Ti dico che è del tutto legale.»

«Cinquemila dollari solo per portare un pacco? Non credo.»

«Andiamo, China. Ho proprio bisogno che tu venga.»

Nel pronunciare quella frase, la sua voce acquistò una nota di tensione che voleva sembrare solo urgenza ma scivolava chiaramente nella disperazione. «Cosa c'è sotto, Cherokee?» chiese lei, sul chi vive. «È meglio che tu me lo dica.»

Il fratello giocherellò con la corda di vinile sulla spalliera della sedia. «I patti sono... che devo portare mia moglie.»

«Cosa?»

«Il corriere, i biglietti. Sono per una coppia. All'inizio non lo sapevo, ma quando l'avvocato mi ha chiesto se ero sposato, ho capito subito che lo avrebbe preferito, e ho risposto di sì.»

«Perché?»

«Tanto che importa? Chi lo scoprirà? Abbiamo lo stesso cognome, non ci somigliamo, possiamo benissimo passare per...»

«Voglio dire, perché dev'essere una coppia a consegnare il pacco? Una coppia di persone ben vestite, che si sono date 'una sistemata ai capelli'? Una sistemata che le faccia apparire innocue, perbene e al di sopra di ogni sospetto? Per la miseria, Cherokee, svegliati. Questa è una storia di contrabbando e finirai diritto in galera.»

«Non essere così paranoica. Ho controllato. Si tratta di un avvocato, e su questo non ci sono dubbi.»

«Sai quanto mi sento rassicurata.» Lei dispose delle carotine sul bordo del piatto, vi gettò su una manciata di semi di zucca, spruzzò sull'insalata del succo di limone e portò il piatto sul tavolo. «Non ci vengo. Dovrai trovare qualcun'altra per la parte della signora River.»

«Ma non c'è nessun'altra. E, anche se riuscissi a trovarla su due piedi, il biglietto è intestato alla signora River e il cognome dev'essere lo stesso del passaporto... Andiamo, China.» Sembrava un ragazzino deluso all'idea che un progetto in apparenza così facile, per il quale bastava una capatina a Santa Monica, stesse prendendo tutt'altra piega. Era proprio tipico di Cherokee: solo perché l'idea era stata sua, gli altri dovevano accettarla.

Ma China non ci stava. Certo, voleva un gran bene al fratello, anzi, benché lui fosse più grande di lei, aveva trascorso parte dell'adolescenza e quasi l'intera infanzia a fargli da madre. Ma, indipendentemente dall'attaccamento per Cherokee, non lo avrebbe seguito in un progetto che, per quanto potesse fruttare denaro facile, li avrebbe messi a rischio tutti e due.

«Niente da fare», gli disse. «Scordatelo. Trovati un lavoro. A volte devi confrontarti con la realtà.»

«È proprio quello che cerco di fare, in questo caso.»

«Allora trovati un lavoro regolare. Prima o poi dovrai farlo comunque. Tanto vale cominciare ora.»

«Fantastico.» Lui si alzò di scatto dalla sedia. «Questo sì che è fantastico, China. Trovati un lavoro regolare, confrontati con la realtà. Ma è proprio quello che sto cercando di fare. Ho l'idea per procurarmi un lavoro, una casa e del denaro, tutto insieme, ma per te non è abbastanza. Devono essere una realtà e un lavoro esattamente come li intendi tu.» Andò a grandi passi verso la porta e uscì infuriato in giardino.

China lo seguì. Al centro del prato riarso c'era una vaschetta per gli uccelli. Cherokee gettò via l'acqua che conteneva, prese una spazzola metallica alla base del recipiente e si mise furiosamente a ripulire il fondo dallo strato di alghe. Poi si avvicinò alla parete esterna dell'abitazione, dove c'era un tubo attorcigliato, aprì il rubinetto e tornò a riempire la vaschetta.

«Ascolta», cominciò China.

«Lascia perdere», disse lui. «A te sembra tutto così stupido. Come me, del resto.»

«Ho detto questo?»

«Non voglio vivere come gli altri, lavorando dalle otto alle cinque per un capoufficio e per una schifosa busta paga, ma tu non lo approvi. Per te c'è un solo modo di vivere e, se qualcuno la pensa diversamente, è tutta una merda, una cazzata, che rischia di farti finire in galera.»

«Che stai dicendo?»

«Secondo te, dovrei lavorare per una miseria, e mettere da parte quanto basta per ritrovarmi sposato, con un'ipoteca, dei bambini e una moglie che forse sarebbe più moglie e madre di quanto non sia stata la mamma. Soltanto che questo è il *tuo* progetto di vita, va bene? Non il mio.» Gettò a terra il tubo, e l'acqua continuò a scorrere sul prato riarso.

«Non c'entrano niente i progetti di vita. Qui si tratta di buonsenso. Per l'amor di Dio, ti rendi conto della tua proposta, e di quella che ti hanno fatto?»

«Sono soldi», rispose lui. «Cinquemila dollari. Cinquemila dollari che mi servono, maledizione.»

«Per comprarti una barca che non sai neanche portare? Per accompagnare della gente a pesca Dio sa dove? Rifletti, per una volta! Se non sulla barca, almeno su questa faccenda del corriere.»

«Io?» Cherokee scoppiò a ridere. «Io dovrei riflettere? E tu?»

«Io cosa?»

«Incredibile che tu abbia il coraggio di dirmi come dovrebbe essere la mia vita, quando la tua è una barzelletta e neanche te ne accorgi. E io che ti do finalmente la possibilità di tirartene fuori per la prima volta da, quando, dieci anni? Di più? E tu, per tutta risposta...»

«Cosa? Tirarmi fuori da cosa?»

«...non fai altro che mortificarmi. Perché non ti piace il mio modo di vivere. Ma non ti accorgi che il tuo è peggiore.»

«Che ne sai del mio modo di vivere?» Adesso China sentiva montare la rabbia dentro di sé. Detestava l'abilità del fratello nel ribaltare i termini di un discorso. Non appena provavi a discutere con lui delle sue scelte passate e future, lui ti rivoltava tutto contro, con un contrattacco dal quale solo il più abile usciva illeso. «Non ti vedo da mesi, ti presenti qui, mi entri in casa, mi dici che hai bisogno del mio aiuto in un affare poco chiaro e, quando ti accorgi che non ti assecondo come vorresti, ecco che all'improvviso divento colpevole di ogni cosa. Be', sappi che non mi presto a questa pagliacciata.»

«Ma certo. Invece ti presti benissimo a quella che tiene in piedi Matt.»

«E questo cosa vorrebbe dire?» domandò China. Era stato sufficiente quell'accenno a Matt a farle sentire il tocco mortifero della paura lungo la spina dorsale.

«Dio, China. Tu credi che lo stupido sia io. Quand'è che capirai veramente come stanno le cose?»

«Quali cose? Di che stai parlando?»

«Tutto questo darsi da fare per Matt. Vivere per lui, mettere da parte i soldi 'per me, Matt e il nostro futuro'. È ridicolo. Anzi, è semplicemente patetico. Te ne stai lì, con la testa così tra le nuvole che non hai capito...» S'interruppe, come se all'improvviso si fosse reso conto di dove si trovava e del perché fossero arrivati a quel punto. Si chinò ad afferrare il tubo, lo riportò verso l'abitazione, chiuse l'acqua e lo riavvolse con fin troppa precisione.

China rimase a guardarlo. Di colpo le parve che tutta la sua vita fosse stata ridotta in cenere in un solo istante. Era come saperlo e nello stesso tempo ignorarlo.

«Cosa sai di Matt?» chiese al fratello.

Conosceva già una parte della risposta. Perché tutti e tre avevano passato insieme l'adolescenza nello stesso quartiere di periferia di una cittadina di nome Orange, dove Matt faceva il surfista, Cherokee era il suo accolito e China la loro ombra. Ma c'era un'altra parte della risposta che lei non aveva mai saputo, perché

era nascosta nelle ore e nei giorni in cui i due ragazzi erano andati da soli a scivolare sulle onde a Huntington Beach.

« Lascia perdere. » Cherokee le passò davanti e rientrò in casa.
Lei gli andò dietro. Ma lui non si fermò nella cucina o nel soggiorno, proseguì oltre la porta a zanzariera e uscì sul portico anteriore. Lì si fermò e guardò con gli occhi socchiusi la strada di
un chiarore accecante, dove il sole picchiava sulle macchine parcheggiate e una folata di vento sospingeva le foglie morte contro
il marciapiede.

« Faresti meglio a dirmi dove vuoi arrivare », fece China. « Finisci quello che hai cominciato. »

« Lascia perdere. »

« Mi hai dato della patetica, della ridicola. Hai parlato di pagliacciata. »

« Mi è scappato », disse lui. « Ero incazzato. »

« Tu parli con Matt, vero? Lo vedi ancora quando va a trovare
i genitori. Che cosa sai, Cherokee? È... » Non sapeva se sarebbe
riuscita a dirlo, tanta era la sua riluttanza a scoprire la verità. Ma
c'erano quelle lunghe assenze, i viaggi a New York, l'annulla-
mento dei progetti che avevano fatto assième. E poi il fatto che
lui vivesse a Los Angeles quando non era in viaggio, e tutte quelle volte che, pur essendo a casa, aveva troppo da fare per trascorrere un fine settimana con lei. China si era detta che tutto questo
non significava niente, nella scala di valori con cui lei misurava
gli anni trascorsi insieme. Ma con il tempo i suoi dubbi erano au-
mentati, e adesso erano lì, dinanzi a lei, che le chiedevano di essere accettati o rimossi. « Matt ha un'altra donna? » domandò al
fratello.

Lui trasse un profondo sospiro e scosse la testa. Ma più che
una risposta, aveva tutta l'aria di essere una reazione alla domanda della sorella.

« Cinquanta verdoni e una tavola da surf », disse a China.
« Ecco quanto ho chiesto. E ho garantito il prodotto. 'Devi solo
essere gentile con lei e ci starà', gli ho detto. Così lui ha accettato
di pagare. »

China udì quelle parole, ma per un attimo la sua mente si rifiutò di assimilarle. Poi si ricordò di quella tavola da surf, tanti
anni prima. Cherokee l'aveva portata a casa con un grido di
trionfo: « Me l'ha data Matt! » E le tornò in mente il seguito: a diciassette anni non aveva mai baciato, pomiciato e tutto il resto.

Matthew Whitecomb, alto, magro e bravo nel surf ma imbranato con le ragazze, era venuto a casa e balbettando imbarazzato le aveva chiesto un appuntamento, solo che non era affatto imbarazzo, quella prima volta, bensì l'aspettativa di riscuotere quello per cui aveva pagato il fratello.

«Hai avuto il coraggio di vendere...» China non riuscì a terminare la frase.

Cherokee si girò verso di lei. «Gli piace scoparti, China. Tutto qui. Fine.»

«Non ti credo» Ma lei aveva la bocca secca, più della pelle esposta al caldo e al vento che soffiava dal deserto, più della terra screpolata e riarsa dove i fiori appassivano e i lombrichi si nascondevano.

China percepì sulla schiena il pomello arrugginito della vecchia porta a zanzariera. Entrò in casa e sentì il fratello che la seguiva, strascicando i piedi mortificato.

«Non volevo dirtelo», disse lui. «Mi dispiace. Non avevo nessuna intenzione di dirtelo.»

«Vattene», replicò lei. «Va' via e basta. Via, ho detto.»

«Lo sai che è la verità, vero? Lo capisci da tutto il resto: c'è qualcosa che non va tra di voi, da un pezzo.»

«Non so niente del genere.»

«Invece sì. Meglio saperlo. Ora sei ancora in tempo per mollarlo.» Cherokee le andò dietro e le mise una mano sulla spalla, con un gesto incerto. «Vieni con me in Europa, China», le propose calmo. «È il posto giusto per cominciare a dimenticare.»

Lei si scrollò di dosso la sua mano e si voltò a guardarlo in faccia. «Non metterei neanche un piede fuori da questa casa insieme a te.»

ISOLA DI GUERNSEY
CANALE DELLA MANICA

RUTH BROUARD si svegliò di soprassalto. C'era qualcosa che non andava in casa. Restò immobile e vigile nell'oscurità, come aveva imparato a fare in tutti quegli anni, in attesa che il rumore si ripetesse, per scoprire così se era al sicuro nel suo nascondiglio o se doveva fuggire. In quegli attimi carichi di tensione, non avrebbe saputo definire la natura di ciò che aveva udito, ma era sicura che non rientrasse tra i suoni notturni ai quali era abituata: gli scricchiolii della casa, il battito di una finestra sul telaio, lo stormire del vento o il richiamo di un gabbiano svegliato dal sonno. Il ritmo del cuore accelerò e allora s'impose di affinare l'udito e distinguere con la vista gli oggetti che si trovavano nella stanza, rapportando la loro posizione nell'oscurità con quella che occupavano alla luce del giorno, quando né spettri né intrusi avrebbero osato turbare la pace dell'antica residenza nella quale viveva.

Non udì nient'altro, perciò attribuì quell'improvviso risveglio a un sogno che non riusciva più a ricordare. Aveva i nervi tesi per il lavorio dell'immaginazione e anche per il farmaco che prendeva, il più forte antidolorifico che non fosse morfina prescrittole dal medico, tanto necessario al suo corpo malato.

Avvertì una fitta che partiva dalle spalle e si estendeva alle braccia, ed emise un gemito soffocato. I dottori, si disse, erano i guerrieri contemporanei. Venivano addestrati a combattere il nemico che si annidava dentro, finché l'ultimo corpuscolo non rendeva l'anima. Era quello il loro compito, e lei provava un'infinita gratitudine verso di loro. Ma a volte il paziente era un giudice migliore del medico, come lei in quel momento. Sei mesi, rifletté. Mancavano due settimane al suo sessantaseiesimo compleanno, ma non sarebbe arrivata al sessantasettesimo. Il male si era propagato dal seno alle ossa, dopo una tregua di ben vent'anni nel corso dei quali lei aveva riacquistato fiducia.

Si girò sul fianco e lo sguardo le cadde sui numeri digitali rossi dell'orologio sul comodino accanto al letto. Era più tardi di quanto pensasse. Il periodo dell'anno l'aveva tratta in inganno; 'ata l'oscurità, era convinta fossero le due o le tre del mattino, invece erano già le sei e mezzo, e di lì a un'ora soltanto si sarebbe alzata, come al solito.

Udì un rumore proveniente dalla camera accanto, ma stavolta non c'era niente di strano, non era il frutto di un sogno o dell'immaginazione. Era lo sfregare del legno sul legno, prodotto dall'anta di un guardaroba aperta e richiusa, seguito da quello del cassetto di un comò. Vi fu il tonfo smorzato di qualcosa che cadeva sul pavimento, e Ruth immaginò che le scarpe da ginnastica gli fossero sfuggite di mano nella fretta d'infilarsele.

Aveva già indossato il costume da bagno, quell'insignificante triangolo di poliestere azzurro che lei considerava così inadatto a un uomo della sua età, e la tuta. L'ultimo preparativo consisteva appunto nel calzare le scarpe per arrivare a piedi fino alla baia, e adesso se le stava infilando. Ruth lo capì da uno scricchiolio della sedia a dondolo.

Sorrise e ascoltò i movimenti del fratello. Guy era prevedibile come il ciclo delle stagioni. La sera prima, aveva detto che al mattino aveva intenzione di farsi una nuotata, e lo avrebbe fatto, come ogni giorno: una scarpinata attraverso la tenuta per arrivare al sentiero, poi a passo svelto fino alla spiaggia per scaldarsi, solo soletto lungo la strada a tornanti che s'incuneava a zigzag sotto gli alberi. Era la capacità del fratello di attenersi ai programmi in modo da farli andare in porto che Ruth ammirava di più in lui.

Sentì chiudersi la porta della camera da letto di Guy. Lei sapeva esattamente cosa sarebbe accaduto adesso: lo avrebbe sentito andare a tastoni nel buio verso l'essiccatoio per la biancheria a prendere un asciugamano, una prassi che richiedeva dieci secondi; dopodiché lui avrebbe impiegato cinque minuti a trovare gli occhialini da nuoto, che la mattina precedente aveva messo nell'astuccio dei coltelli, appeso al leggìo nello studio, o infilato soprappensiero in quel cassettone ad angolo che si trovava in sala da pranzo. Una volta in possesso degli occhialini, sarebbe andato in cucina a prepararsi il tè e ne avrebbe portato con sé un thermos, perché non rinunciava mai a concedersi quel premio fumante per essersi tuffato con successo in acque troppo fredde per i comuni mortali. Poi finalmente sarebbe uscito di casa, camminando a grandi passi verso la cortina di castagni e più oltre, nel vialetto, superando anche questo, fino al muro che delimitava la tenuta. Ruth sorrise al pensiero di quanto fosse metodico il fratello. Non era solo la cosa che più le piaceva di lui, era anche ciò che da tempo dava alla sua vita un senso di sicurezza che non avrebbe dovuto avere affatto.

Guardò le cifre che cambiavano sul quadrante dell'orologio digitale, mentre i minuti passavano e il fratello proseguiva i suoi preparativi. Adesso era nell'essiccatoio, scendeva le scale, fruga va qua e là in cerca degli occhialini imprecando per i vuoti di me moria sempre più frequenti man mano che si avvicinava ai set tant'anni. Ed eccolo in cucina, magari a farsi uno spuntino prima della nuotata.

Quando il rituale mattutino di Guy arrivò al punto in cui lui sarebbe uscito di casa, Ruth si alzò dal letto e si mise la vestaglia sulle spalle. Si avvicinò alla finestra, camminando a piedi nudi con passi felpati, e, scostate le spesse tende, cominciò il conto al la rovescia da venti. Al cinque, di sotto apparve il fratello che usciva, puntuale come un orologio, come il vento salmastro di dicembre che soffiava dalla Manica.

Era abbigliato come al solito: un cappello di lana calato sulla fronte per coprirsi le orecchie e i capelli grigi, la tuta da ginnasti ca blu che sui gomiti, i polsini e le gambe recava ancora le mac chie della vernice bianca con cui aveva ridipinto la serra l'estate precedente, e le scarpe da ginnastica senza i calzini. Anche se non vedeva quest'ultimo particolare, conosceva il fratello e il suo modo di vestire. Portava il thermos del tè e un asciugamano ap peso intorno al collo. Gli occhialini da nuoto doveva averli in tasca, pensò.

«Buona nuotata», gli augurò da dietro i vetri gelidi. E ag giunse quello che lui le diceva sempre, e tanto tempo prima la madre gridava loro, mentre il peschereccio si staccava dalla ban china portandoli via nella notte più nera: «*Au revoir et adieu, mes chéris*».

Fuori, sotto di lei, il fratello fece come di consueto: attraversò il prato e si diresse verso gli alberi e il vialetto che c'era oltre.

Ma quella mattina Ruth vide qualcos'altro. Non appena Guy arrivò agli olmi, una figura indistinta sbucò da sotto gli alberi e si avviò dietro di lui.

Guy Brouard notò che le luci erano già accese nel cottage dei Duffy, una confortevole costruzione di pietra, in parte edificata nel muro confinario della tenuta. Un tempo era là che si riscuotevano le rendite dagli affittuari del corsaro che aveva fatto erigere Le Reposoir all'inizio del XVIII secolo. Adesso invece il cottage dal tetto molto spiovente serviva da abitazione per la coppia che dava una mano a Guy e alla sorella nella conduzione della tenuta: Kevin Duffy per i lavori esterni e la moglie Valerie per quelli di casa.

Le luci accese nel cottage volevano dire che la donna stava preparando la colazione per il marito. Tipico di lei: Valerie Duffy era una moglie impareggiabile.

Da tempo, Guy era convinto che, dopo la creazione di Valerie, lo stampo si fosse rotto. Lei era l'ultima della specie, una moglie d'altri tempi per la quale occuparsi del proprio uomo era un dovere e un privilegio. Se Guy stesso avesse avuto una moglie del genere fin dall'inizio, non avrebbe dovuto passare una vita a scartare una possibilità dopo l'altra nella speranza di trovare quella giusta.

Le sue due mogli erano state veramente tediose. Un figlio con la prima, due con la seconda, belle case, macchine fantastiche, vacanze al sole, bambinaie, collegi... ma a loro non importava e il ritornello era sempre lo stesso: lavori troppo, non sei mai a casa, ami il tuo maledetto lavoro più di me. La stessa variazione all'infinito su un tema insopportabile. Non c'era da meravigliarsi che non fosse riuscito a impedirsi di deviare dalla retta via.

Guy sbucò da sotto i rami spogli degli olmi e seguì il vialetto in direzione del sentiero. Il mondo era ancora avvolto nel silenzio, ma quando lui arrivò alla cancellata di ferro e spinse uno dei due battenti, i primi uccelli canori cominciarono a dare segni di vita tra i rovi, i susini selvatici e l'edera che cresceva lungo la stradicciola e si avvinghiava all'adiacente muro di pietra ricoperto di licheni.

Faceva freddo. Era dicembre. Cos'altro ci si poteva aspettare? Ma era presto, il vento non si era ancora alzato, anche se qualche avvisaglia da sud-est faceva presagire che quel giorno sarebbe stato impossibile nuotare dopo mezzogiorno. Non che qualcuno lo avrebbe mai fatto a dicembre, tranne lui. Era uno dei vantaggi che derivavano dalla capacità di sopportare il freddo: si aveva a disposizione l'acqua tutta per sé.

Guy Brouard preferiva così. Perché il nuoto conciliava i pensieri, e di solito lui ne aveva molti.

Quel giorno non era diverso. Con il muro della tenuta alla sua destra e l'alta siepe della vicina fattoria alla sinistra, si avviò a passo spedito sul sentiero alla pallida luce del primo mattino, diretto alla curva da dove sarebbe sceso lungo il ripido pendio fino alla baia. Rifletté su ciò che aveva ricavato dalla vita negli ultimi mesi: alcune cose deliberatamente e con piena coscienza, altre come conseguenza di eventi che nessuno avrebbe potuto prevedere. Tra i suoi più stretti collaboratori, aveva suscitato disappunto, confusione e un senso di tradimento. E, poiché da tempo era uno che si teneva tutto dentro, nessuno di loro aveva compreso e tanto meno accettato la ragione per la quale le loro aspettative su di lui fossero andate così profondamente deluse. Per quasi un decennio li aveva incoraggiati a considerare Guy Brouard un eterno benefattore, che si preoccupava con fare paterno del loro avvenire e si prodigava in tutti i modi per assicurarglielo. E con questo non intendeva affatto ingannarli, al contrario, desiderava contribuire alla realizzazione dei loro sogni.

Ma tutto ciò era stato prima che si profilasse il problema di Ruth. Quella smorfia di dolore che lei si lasciava sfuggire quando era sicura che il fratello non la vedesse e di cui lui invece conosceva perfettamente il significato. Ovviamente, non se ne sarebbe mai accorto se lei non avesse cominciato ad assentarsi con varie scuse. A seconda delle circostanze, gli diceva che andava a «fare un po' di esercizio sulle scogliere, *frère*», o a Icart Point, dove traeva ispirazione per il successivo ricamo dai cristalli di feldspato nelle scaglie di gneiss. Ruth raccontava che a Jerburg le venature di scisto nella pietra formavano strisce grigie irregolari che si potevano percorrere con lo sguardo, rintracciando così il corso seguito dal tempo e dalla natura per depositare limo e sedimenti in quelle rocce antichissime. Sosteneva di fare schizzi delle ginestre e di tracciare con i colori a pastello le armerie e le licnidi marine. Coglieva margherite di campo, le sistemava sulla superficie irregolare di uno spuntone di granito e le disegnava. Poi, mentre proseguiva, staccava campanule, ginestre, erica e asfodeli, a seconda della stagione e del suo stato d'animo. Ma i fiori appassivano prima che lei tornasse a casa. «Sono stati per troppo tempo sul sedile della macchina, ho dovuto buttarli», sosteneva lei. «I fiori selvatici non durano mai un granché dopo che li hai colti.»

E tutto questo era andato avanti per mesi e mesi. Ma Ruth

non si recava a passeggiare sulle scogliere. Né le piaceva cogliere i fiori o studiare la geologia. Perciò il suo comportamento aveva fatto sorgere in Guy dei sospetti.

Stupidamente, all'inizio aveva pensato che la sorella avesse finalmente trovato un uomo e si vergognasse a dirglielo. Poi, però, aveva visto l'auto di Ruth parcheggiata davanti al Princess Elizabeth Hospital, e tutto gli era divenuto chiaro. A questo si aggiungevano le smorfie di dolore e i lunghi periodi di riposo in cui lei si appartava in camera, così lui era stato costretto a prendere atto di quello che si rifiutava di affrontare.

Ruth era stata l'unica costante nella vita di Guy dalla notte in cui erano partiti dalla costa della Francia, fuggendo su un peschereccio, nascosti tra le reti. Lei era stata la ragione per cui lui era sopravvissuto: occuparsi della sorella per Guy era stata la spinta alla maturazione, ai grandi progetti e al successo.

Ma questo? Non poteva farci niente. Non si poteva fuggire nella notte su un peschereccio dal male di cui soffriva la sorella.

Perciò, se aveva tradito, confuso e deluso gli altri, tutto questo era niente rispetto alla perdita di Ruth.

Le nuotate mattutine gli servivano ad alleviare la tensione insopportabile che derivava da quelle considerazioni. Senza quell'immersione giornaliera nelle acque della baia, Guy era certo che il pensiero della sorella, per non dire della sua totale impossibilità di modificare il destino in serbo per lei, lo avrebbe distrutto.

La strada che adesso percorreva era stretta e ripida, ricoperta di una fitta vegetazione sul versante orientale dell'isola. Lì la scarsità di venti forti dalla Francia aveva permesso agli alberi di crescere rigogliosi. Guy camminava sotto di essi, e i sicomori, i castagni, i frassini e i faggi formavano un'arcata scheletrica che si stagliava grigia contro il cielo antelucano. Le piante s'innalzavano sui pendii scoscesi trattenuti da pareti di roccia. Alla base di queste ultime, scorreva l'acqua di una sorgente situata all'interno, che gorgogliava sulle pietre nella sua corsa verso il mare.

La strada zigzagava su se stessa, passando dinanzi a un mulino ad acqua e a un albergo svizzero a chalet, chiuso per la stagione. Finiva in un minuscolo parcheggio, dove si trovava uno snack bar grande quanto il cuore di un misantropo, sbarrato da assi, e l'invasatura di granito, un tempo usata per dare ai cavalli e ai carri accesso al *vraic* – il fertilizzante dell'isola –, era viscida per le alghe.

L'aria era calma, i gabbiani non si erano ancora alzati in volo dai nidi in cima alle scogliere. Nella baia, l'acqua era immota, uno specchio cinereo che rifletteva il colore del cielo che andava illuminandosi. Non c'erano onde in quel luogo estremamente riparato, solo un lieve sciabordio dell'acqua sui ciottoli, un tocco che pareva recare l'odore contrastante di vita e putrefazione che emanavano le alghe.

Guy posò l'asciugamano e il tè su una pietra dalla superficie piatta accanto a un anello che pendeva da un grosso chiodo infilato nella scogliera chissà quanto tempo prima. Scalciò via le scarpe, si tolse i pantaloni della tuta e infilò la mano nella giacca per prendere gli occhialini da nuoto.

Tuttavia la mano venne a contatto con ben altro. Nella tasca c'era un oggetto avvolto nella stoffa che lui tirò fuori e tenne nel palmo, guardandolo con la fronte corrugata. Raramente portava addosso qualcosa che non fossero gli occhialini da nuoto.

Qualunque cosa fosse, era in un pezzo di lino bianco. Aprì incuriosito l'involto e vi trovò una pietra circolare. Al centro aveva un foro, come una ruota, e proprio di quello si trattava: *énne rouelle dé faïtot*, una ruota delle fate.

Guy sorrise. L'isola era piena di miti folcloristici. Per quelli nati e cresciuti là, da genitori e nonni anch'essi del posto, portare un talismano contro le streghe e simili era qualcosa di cui ci si faceva beffe pubblicamente, ma che in privato non si prendeva troppo alla leggera. *Devi sempre averne uno addosso, sai. È importante essere protetti, Guy.*

Eppure quella pietra, che fosse o no una ruota delle fate, non era servita a proteggerlo nell'unico modo di cui aveva bisogno. Nella vita di chiunque si verificavano sempre avvenimenti inattesi, perciò non era stato affatto sorpreso quando era capitato anche a lui.

Riavvolse la pietra nel lino e la mise di nuovo in tasca. Si sfilò la giacca, si levò il cappello di lana e tese l'elastico degli occhialini intorno alla testa per infilarseli. Camminò con attenzione lungo la stretta spiaggia e senza esitazione entrò in acqua.

Fu come essere colpiti dalla lama di un coltello. Già d'estate le acque della Manica non permettono certo di fare dei bagni tropicali, ma in quel tenebroso mattino già prossimo all'inverno erano glaciali, pericolose e proibitive.

Tuttavia lui non ci pensò. Si mosse risoluto in avanti e, non appena arrivò in un punto abbastanza profondo da poterlo fare senza pericolo, smise di camminare e iniziò a nuotare con movimenti rapidi, schivando i banchi di alghe che vagavano nell'acqua.

Nuotò per un centinaio di metri, fino allo spuntone di granito a forma di rospo che segnava il punto in cui la baia sfociava nella Manica. Là si fermò, proprio vicino all'occhio del rospo, creato dal guano che si depositava in un recesso poco profondo della roccia. Si voltò verso la spiaggia e prese a battere i piedi nell'acqua, producendosi in quello che secondo lui era l'esercizio migliore per tenersi in forma in vista dell'imminente stagione sciistica in Austria. Com'era sua abitudine, si sfilò gli occhialini per schiarirsi la vista per qualche minuto. Scrutò pigramente da lontano le scogliere e la fitta vegetazione che le ricopriva. Così facendo, il suo sguardo vagò verso il basso, seguendo il contorno frastagliato delle rocce fino alla spiaggia.

A quel punto, perse il conto dei movimenti delle gambe.

C'era qualcuno. Sulla spiaggia s'intravedeva una figura quasi del tutto indistinta, che però senza dubbio stava guardando lui. Era in piedi accanto all'invasatura di granito, vestita di scuro con uno sprazzo di bianco intorno al collo, il particolare che doveva aver attirato l'attenzione di Guy. Mentre quest'ultimo socchiudeva gli occhi per metterla meglio a fuoco, la figura si staccò dal granito e attraversò la spiaggia.

Non c'era da sbagliarsi sulla sua meta. La figura scivolò verso gli abiti di Guy e s'inginocchiò tra di essi per prendere qualcosa: la giacca o i pantaloni, difficile a dirsi a quella distanza.

Ma lui poteva benissimo immaginare cosa cercava la figura, e imprecò tra i denti. Si rendeva conto che avrebbe dovuto controllare meglio le tasche, prima di uscire di casa. Ovviamente, un comune ladro non si sarebbe mai interessato alla pietruzza forata che lui si era ritrovato addosso. Ma, d'altronde, un comune ladro non avrebbe nemmeno mai previsto di trovare gli indumenti di un nuotatore abbandonati sulla riva di prima mattina in una giornata di dicembre. Chiunque fosse, sapeva che lui sguazzava nelle acque della baia. E delle due l'una: o cercava la pietra o frugava tra i suoi abiti per attirare Guy a riva.

Maledizione, pensò lui, questi erano i suoi momenti di solitudine. Non aveva nessuna voglia di incontrare qualcuno. L'unica cosa che contava per lui era la sorella e il modo in cui avrebbe affrontato la sua fine.

Riprese a nuotare. Attraversò per due volte la baia da un capo all'altro. Quando, alla fine, tornò di nuovo a guardare verso la spiaggia, con sommo piacere vide che lo sconosciuto che aveva usurpato parte del suo tempo se n'era andato.

Nuotò verso la riva e, quando arrivò, era senza fiato, perché aveva percorso il doppio della distanza che di solito copriva ogni mattino. Uscì barcollando dall'acqua e si avvicinò in gran fretta all'asciugamano, con il corpo ridotto a un ammasso di pelle d'oca.

Il tè era un ottimo rimedio contro il freddo e se ne versò una tazza dal thermos. Era forte, amaro e soprattutto bollente, e lo mandò giù tutto d'un fiato, dopodiché si sfilò il costume e se ne versò dell'altro, che sorseggiò più lentamente mentre si asciugava, sfregandosi vigorosamente la pelle per riportare calore nelle membra intirizzite. S'infilò i pantaloni, afferrò la giacca gettandosela sulle spalle e si sedette su una roccia per asciugarsi i piedi. Solo dopo aver calzato le scarpe da ginnastica infilò la mano in tasca. La pietra c'era ancora.

Rifletté sulla cosa, su quello che aveva visto mentre era in acqua. Alzò la testa ed esplorò con lo sguardo il pendio verdeggiante alle sue spalle. Non c'era il minimo segno di vita o, almeno, così sembrava.

Si domandò se non si fosse sbagliato su ciò che aveva creduto d'intravedere sulla spiaggia. Forse non si trattava di una persona in carne e ossa, quanto piuttosto di una manifestazione del suo subconscio. La materializzazione di un senso di colpa, per esempio.

Tirò fuori la pietra. Aprì di nuovo l'involto e passò il pollice sulle iniziali che vi erano incise.

Tutti hanno bisogno di essere protetti. Il problema era sapere da cosa.

Mandò giù il resto del tè e se ne versò un'altra tazza. Mancava un'ora al sorgere del sole e, quel mattino, lui avrebbe atteso lì l'alba.

15 DICEMBRE
23.15

LONDRA

1

MENO male che si poteva parlare del tempo. Era una vera fortuna. Nell'ultima settimana non aveva quasi mai smesso di piovere per più di un'ora e, perfino nel consueto squallore di dicembre, diventava un argomento di conversazione quasi obbligato. Questo, aggiunto alle precipitazioni del mese precedente e al fatto che gran parte del Somerset, del Dorset, dell'East Anglia, del Kent e del Norfolk fossero sotto l'acqua – per non dire tre quarti delle città di York, Shrewsbury e Ipswich –, rendeva praticamente d'obbligo evitare l'«autopsia» della prima di una mostra di foto in bianco e nero in una galleria di Soho. Non si poteva intavolare una discussione sulla ristretta cerchia di amici e parenti che costituivano la ben misera affluenza di visitatori al vernissage, quando fuori Londra c'era gente rimasta senza casa, migliaia di animali dispersi e proprietà distrutte. Sembrava quasi disumano non attardarsi a parlare di quel disastro naturale.

O, almeno, era questo che si diceva Simon St. James.

Certo, riconosceva che nel proprio modo di pensare c'era una certa fragilità di base, ma ciononostante persisteva su quella china. Udì il vento scuotere i vetri della finestra e si aggrappò a quel rumore come un nuotatore che stia per annegare e trovi la salvezza su un pezzo di legno semisommerso.

«Perché non aspettate una pausa dell'acquazzone?» chiese ai suoi ospiti. «È pericoloso tornare a casa in auto con un tempo del genere.» Lui per primo avvertiva l'ansia nel suo tono, e sperava che gli altri la attribuissero a una genuina preoccupazione per la loro incolumità anziché alla sordida vigliaccheria che gliel'aveva fatta pronunciare. Non importava che Thomas Lynley e la moglie abitassero tre chilometri a nord-est di Chelsea. Nessuno sarebbe dovuto uscire sotto quel diluvio.

Ma Thomas e Helen avevano già indossato i cappotti ed erano quasi sulla porta d'ingresso dell'abitazione di St. James. L'ispettore prese l'ombrello e il fatto che fosse completamente asciutto indicava che si erano trattenuti per un bel po' con il padrone di casa e la moglie davanti al caminetto nello studio al pianoterra.

Quanto a Helen, che al secondo mese di gravidanza era afflitta perfino alle undici di sera da quelle che solo con un eufemismo potevano definirsi «nausee mattutine», nel suo stato era consigliabile tornare subito a casa, con la pioggia o no. Eppure, pensava St. James, la speranza è l'ultima a morire.

«Non abbiamo ancora parlato del processo Fleming», disse a Lynley, al quale Scotland Yard aveva affidato le indagini su quell'omicidio. «Il pubblico ministero ha avviato subito il procedimento. Dovresti essere contento.»

«Simon, ti prego di smetterla», disse Helen con calma. Poi addolcì le parole con un sorriso pieno di affetto. «Non puoi rimandare le cose all'infinito. Parlale. Non è da te evitare un argomento.»

E invece, sfortunatamente, era proprio da lui e, se la moglie di St. James avesse udito quell'osservazione di Helen, sarebbe stata la prima a confermarlo. Vivere con Deborah significava a volte dover affrontare delle correnti insidiose, e Simon, come un barcaiolo inesperto che attraversi un fiume sconosciuto, di solito cercava di tenersene alla larga.

Si girò verso lo studio dove l'unica luce veniva dal fuoco nel caminetto e dalle candele, e si rese conto che avrebbe dovuto preoccuparsi di illuminare di più la stanza. In altre circostanze, una luce fioca avrebbe contribuito a creare un'atmosfera romantica, così, invece, sembrava un funerale.

Ma non c'è nessun cadavere, rammentò a se stesso. *Non si tratta di una morte, ma di semplice delusione.*

La moglie aveva lavorato a quelle fotografie per quasi dodici mesi, accumulando un gran numero di istantanee scattate in tutta Londra: dai pescivendoli in posa alle cinque del mattino a Billingsgate, agli alcolisti d'alto bordo che a mezzanotte entravano barcollando in un locale notturno di Mayfair. Aveva catturato la diversità culturale, etnica, sociale ed economica di cui era composta la capitale, sperando che l'inaugurazione della mostra in una piccola ma raffinata galleria di Little Newport Street attirasse abbastanza pubblico da meritarle una citazione in una di quelle riviste specializzate che passavano per le mani dei collezionisti alla ricerca di artisti di cui avrebbero potuto decidere di acquistare le opere. Desiderava solo piantare il seme del proprio nome nella mente delle persone, aveva dichiarato Deborah. Non si aspettava certo di vendere subito molte foto.

Tuttavia, non aveva tenuto conto del clima terribile che imperversava in quell'autunno inoltrato ormai prossimo all'inverno. Non si era data molto pensiero per la pioggia di novembre. Di solito il tempo era pessimo in quel periodo dell'anno. Ma quando erano iniziati gli incessanti acquazzoni di dicembre, aveva cominciato a esprimere i propri timori. Non era meglio rimandare la mostra a primavera? O addirittura all'estate, quando la gente restava fuori sino a tardi la sera?

Simon le aveva consigliato di rispettare i tempi che si era data. Il maltempo, le aveva detto, non sarebbe durato fino alla metà di dicembre. Ormai pioveva da settimane e, se non altro statisticamente parlando, non poteva protrarsi più a lungo.

Invece era andata esattamente così. Giorno dopo giorno, notte dopo notte, finché i parchi della città non avevano cominciato a somigliare a paludi, e tra le crepe dei marciapiedi era spuntata la muffa. Gli alberi cadevano sradicati dal terreno fradicio e nelle abitazioni che sorgevano in prossimità del fiume le cantine stavano diventando degli stagni.

Se non fosse stato per la madre, i fratelli e le sorelle di Simon, che erano intervenuti tutti con consorti, compagni e figli, gli unici spettatori all'inaugurazione della mostra sarebbero stati il padre di Deborah, un gruppetto di amici intimi, la cui lealtà superava la prudenza, e cinque sconosciuti. Su questi ultimi si erano subito appuntati sguardi pieni di speranza, finché non era diventato chiaro che tre di loro erano solo in cerca di un riparo dalla pioggia, in attesa che si smaltisse la coda per un tavolo da Mr Kong.

Dinanzi a tutto questo, St. James aveva cercato di fare buon viso con la moglie, così come il proprietario della galleria, un certo Hobart, che parlava l'inglese dell'Estuario come se la lettera *t* non esistesse nel suo alfabeto personale. Quest'ultimo, rivolgendosi a Deborah, aveva detto: «Non 'i preoccupare, la mos'ra re-s'erà aper'a al pubblico per un mese in'ero, e si 'ra''a di roba di prima quali'à, cara. Pensa a quan'e ne hai già vendu'e!»

Al che Deborah aveva ribattuto, con il suo tipico realismo: «E lei guardi quanti parenti di mio marito ci sono, signor Hobart. Se solo avesse avuto più di tre fratelli e sorelle, avremmo già fatto il tutto esaurito».

In questo c'era del vero. I familiari di Simon erano stati generosi e avevano dato tutto il loro sostegno. Ma il fatto che avessero acquistato le sue foto, per Deborah non era lo stesso che se lo avesse fatto un estraneo. «Ho avuto l'impressione che le abbiano comprate solo per pietà nei miei confronti», aveva confessato nel taxi che li riportava a casa.

Era soprattutto per questo che St. James gradiva la presenza di Thomas Lynley e della moglie in quel momento; perché si sarebbe trovato a dover assumere la difesa d'ufficio del talento di Deborah, dopo il disastro di quella sera, e sentiva di non essere ancora preparato per quel compito. Era sicuro che lei non avrebbe creduto a una sola parola di ciò che Simon avrebbe detto, anche se lui era profondamente convinto delle proprie asserzioni. Come molti artisti, Deborah aveva bisogno di un'approvazione del suo talento che provenisse da una fonte esterna, e lui non lo era. Né lo era il padre di lei che, prima di andarsene a letto, le aveva messo una mano sulla spalla, dicendole con filosofia: «Non puoi metterti contro il maltempo, Deb». Thomas e Helen, però, avevano i requisiti necessari, per questo avrebbe voluto che fossero presenti, quando finalmente fosse riuscito ad affrontare il discorso con la moglie.

Ma non era possibile. Helen crollava dalla stanchezza e Thomas era deciso a portare a casa la moglie. «Be', allora fate attenzione, lungo la strada», si raccomandò St. James.

«'Coragio, prode mostro, coragio'»,* fece Lynley con un sorriso.

St. James li guardò avviarsi per Cheyne Row sotto la pioggia battente. E Solo quando fu certo che fossero arrivati tranquillamente all'auto chiuse la porta e si preparò alla conversazione che l'attendeva nello studio.

A parte quella breve replica al signor Hobart nella galleria, Deborah aveva affrontato la situazione con ammirevole coraggio, finché non erano tornati a casa in taxi. Aveva chiacchierato con gli amici, accolto i parenti con esclamazioni di gioia e guidato da un ritratto all'altro Mel Dobson, suo vecchio mentore in fatto di fotografia, ascoltandone i complimenti e le critiche molto acute sulle opere esposte. Solo chi la conosceva da sempre come Simon, sarebbe stato capace di cogliere l'ombra di scoramento che le velava lo sguardo e avrebbe capito dalle occhiate fugaci

* William Shakespeare, *La tempesta*, atto V, scena I. (*N.d.T.*)

che lanciava verso l'ingresso della sala quante speranze avesse ingenuamente riposto nell'imprimatur di estranei, della cui opinione, in altre circostanze, non le sarebbe importato un fico secco.

Trovò Deborah là dove l'aveva lasciata quando aveva accompagnato i Lynley alla porta. Era in piedi dinanzi alla parete sulla quale lui appendeva sempre qualche foto scattata dalla moglie, e le stava esaminando con le mani serrate dietro la schiena.

«Ho gettato via un anno della mia vita», esordì. «Avrei potuto fare un lavoro normale, guadagnare dei soldi, almeno per una volta, scattare foto ai matrimoni e cose del genere. Balli delle debuttanti, battesimi, bar mitzvah, feste di compleanno, ritratti di egocentrici di mezza età che esibiscono le mogli come trofei. E che altro?»

«Turisti in posa accanto a sagome di cartone della famiglia reale?» azzardò lui. «Quello sì che ti avrebbe fatto guadagnare dei quattrini, se ti fossi piazzata davanti a Buckingham Palace.»

«Parlo sul serio, Simon», disse lei, e dal tono lui si rese conto che con le facezie non l'avrebbe certo aiutata a superare quel brutto momento, né tanto meno sarebbe riuscito a farle considerare una semplice battuta d'arresto la delusione causatale dall'inaugurazione della mostra.

Simon le si avvicinò e contemplò le fotografie sulla parete. Lei gli lasciava sempre scegliere quelle che preferiva di tutte le serie che realizzava, e per lui quel gruppo in particolare era tra i migliori, almeno secondo il suo parere da profano: sette studi in bianco e nero dell'alba scattati a Bermondsey, mentre ambulanti che vendevano di tutto, dalle anticaglie alla roba rubata, esponevano la loro merce. Gli piaceva quella sospensione del tempo che traspariva dalle scene che lei aveva colto, il senso di una Londra immutabile. Gli piacevano i volti illuminati dai lampioni e distorti dalle ombre. Gli piaceva la speranza che traspariva da uno di essi, l'astuzia di un secondo, la diffidenza, la stanchezza e la pazienza degli altri. St. James era convinto che la moglie possedesse un talento nient'affatto comune con la macchina fotografica. Una dote rara che solo pochi potevano vantare.

«Chiunque voglia tentare d'intraprendere una carriera del genere comincia dalla gavetta», le disse. «Citami un solo fotografo che ammiri e sarà sempre qualcuno che all'inizio faceva l'assistente di un altro, portava le lampade e i filtri per uno che, a sua volta, era passato per la stessa trafila. Certo, sarebbe bello se per avere successo bastasse realizzare delle splendide foto e limitarsi poi a ricevere apprezzamenti, ma le cose non vanno in questo modo. »

« Non voglio apprezzamenti. Non si tratta di questo. »

« Credi di avere fatto tutto per niente? Un anno e quante foto? »

« Diecimilatrecentoventidue. »

« E, secondo te, sei ancora al punto di partenza? »

« Be', non ho certo fatto dei passi avanti. Soprattutto perché non riesco ancora a capire se valga la pena di perdere tempo per... una vita del genere. »

« Allora per te l'esperienza da sola non basta. Stai dicendo a te stessa e anche a me, che non lo credo affatto, che il lavoro conta solo se dà il risultato che ti sei prefissa. »

« Non è questo. »

« E allora cosa? »

« Ho bisogno di credere, Simon. »

« In cosa? »

« Non posso perdere un altro anno a gingillarmi con tutto questo. Voglio essere qualcosa di più che la moglie di Simon St. James con le sue pretese d'artista, paludata con la sahariana e gli stivali, che all'alba se ne va in giro per Londra con le sue macchine fotografiche. Desidero dare un contributo alla nostra vita in comune, e non posso certo farlo, se non ci credo. »

« Allora perché non cominci col credere che certi passaggi sono obbligati? Tra tutti i fotografi che conosci, non troverai nessuno che all'inizio della carriera... »

« Non volevo dire questo! » Deborah si voltò di scatto verso di lui. « Non sono al punto di dover ancora imparare che si comincia sempre dal basso. Non sono così sciocca da pensare che basta inaugurare una mostra e il giorno dopo la National Portrait Gallery mi chiederà di esporre delle opere. Non sono una stupida, Simon. »

« Non ho detto questo. Cerco solo di farti notare che una mostra fotografica andata male, e tra parentesi non puoi ancora dire che sia così, non significa proprio niente. Si tratta solo di esperienza, Deborah. Niente di più, niente di meno. È il tuo modo d'interpretare quest'esperienza che ti fa stare male. »

« Allora dovremmo rinunciare a trarne delle conclusioni, la

sciarci passare tutto addosso? O la va o la spacca? È questo che intendi?»

«Sai benissimo che non è così. Ti stai agitando, e questo non ci fa certo bene...»

«Mi sto agitando? Sono già agitata. Ho passato mesi per strada, e altrettanti in camera oscura, il materiale mi è costato una fortuna. Come faccio ad andare avanti se non credo che tutto questo abbia uno scopo?»

«E quale sarebbe? La vendita delle tue foto? Il successo? Un articolo sul *Sunday Times Magazine*?»

«No! Certo che no. Tutto questo non c'entra niente, e tu lo sai.» Deborah si staccò da lui con le lacrime agli occhi. «Oh, ma perché me la prendo tanto?» esclamò, pronta a fuggire dalla stanza, per salire di corsa al piano di sopra, senza lasciargli la possibilità di capire meglio la natura dei demoni che lei doveva affrontare ogni volta. Tra loro era sempre stato così: la natura appassionata e imprevedibile di Deborah contrapposta al temperamento flemmatico del marito. Del resto, la forte divergenza tra loro nel modo di vedere le cose era una delle qualità che li faceva stare così bene insieme. Purtroppo, però, contribuiva anche a farli stare male.

«Dimmi cos'è, allora», fece lui. «Avanti, Deborah, dimmelo.»

Lei si arrestò sulla soglia. Sembrava Medea, piena di furia e determinazione, con i lunghi capelli spruzzati di pioggia che le scendevano sulle spalle e gli occhi che il fuoco accendeva di bagliori metallici. «Ho bisogno di credere in me stessa», disse semplicemente. Quelle parole le uscirono come se le fossero costate uno sforzo disperato, e da questo St. James capì quanto fosse disgustata dal fatto che lui non fosse riuscito a comprenderla.

«Ma se lo sai benissimo che hai realizzato opere di grande valore», disse lui. «Com'è possibile che tu vada a Bermondsey e scatti delle foto del genere», fece un gesto verso la parete, «senza renderti conto di aver fatto un ottimo lavoro? Anzi, di più Buon Dio, è eccezionale.»

«Perché tutto questo lo si avverte qui», rispose lei, con la voce improvvisamente più calma e l'atteggiamento rilassato, dopo essere stata così tesa fino a un attimo prima. Dicendo «qui», s'indicò la testa. «Ma è con quest'altra parte che si trova la forza di credere», e mentre pronunciava queste parole si mise una mano sotto il seno sinistro. «E finora non sono ancora riuscita a colmare la distanza tra le due cose. E se non ci riesco, come faccio a superare tutto quello che devo per dimostrare a me stessa quanto valgo?»

Allora era questo, pensò Simon. Lei non aggiunse altro, e lui gliene fu grato. La maternità negata aveva impedito alla moglie di dimostrare il suo valore di donna, e Deborah era alla ricerca di qualcosa che le desse un ruolo.

«Amore mio...» cominciò lui, ma gli mancarono le parole. Tuttavia, quelle che era riuscito a pronunciare bastarono per sopraffarla di una tenerezza quasi insopportabile: in un attimo il suo sguardo metallico divenne liquido e lei alzò una mano per impedirgli di attraversare la stanza e andare a consolarla.

«Sempre, in qualunque circostanza, questa voce dentro di me continua a sussurrarmi che sto ingannando me stessa», disse lei.

«Non è forse la maledizione di tutti gli artisti? E quelli che ce la fanno, non sono forse gli unici che riescono a superare i propri dubbi?»

«Ma io non ho ancora trovato un modo per ignorare quella voce, che nel frattempo continua a ripetermi che sto solo giocando a fare la fotografa. Che è tutta una finta. Che sto sprecando il mio tempo.»

«Come puoi pensare che stai ingannando te stessa se riesci a scattare foto del genere?»

«Sei mio marito», ribatté lei. «Cos'altro potresti dire?»

St. James si rendeva conto che quest'ultimo era un argomento incontrovertibile. Dopotutto era il marito, e dunque non poteva che desiderare la felicità della moglie. Entrambi sapevano benissimo che, a parte il padre di Deborah, Simon sarebbe stato l'ultima persona a pronunciare anche una sola parola in grado di metterla a repentaglio.

A quel punto, si sentì sconfitto, e lei glielo lesse in viso, perché disse: «Quello che conta sono i fatti, no? Lo hai visto tu stesso: non è venuto quasi nessuno a vedere le mie foto».

Erano di nuovo al punto di partenza. «È dipeso dal maltempo.»

«Secondo me, c'era ben altro.»

Inutile discutere su quale fosse la causa, perché sarebbe stato come impelagarsi nella logica confusa e inconsistente di un idiota. Ma St. James, che restava pur sempre uno scienziato, disse:

«Va bene. Ma allora cosa ti aspettavi? Quale sarebbe stato il risultato logico della tua prima mostra londinese?»

Lei rifletté sulla domanda, passando le dita lungo lo stipite della porta come se potesse leggervi la risposta in caratteri Braille: «Non lo so», ammise alla fine. «Credo di avere troppa paura per saperlo.»

«Troppa paura di cosa?»

«Ho capito perfettamente che le mie aspettative erano andate deluse. Anche se dovessi diventare l'erede di Annie Leibovitz, ci vorrà del tempo. Il problema è tutto il resto che mi riguarda. E se fosse come per le mie aspettative?»

«Per esempio?»

«Per esempio: e se mi stessero prendendo in giro? Me lo sono chiesto per tutta la sera. E se la gente stesse solo assecondandomi? I tuoi familiari, i nostri amici, il signor Hobart. E se tutti accettassero le mie foto solo per farmi un favore? Sono così belle, signora, e le esporremo in galleria, tanto non daranno alcun fastidio a dicembre, quando comunque a nessuno importa niente delle mostre, in pieni acquisti natalizi, inoltre ci serve davvero qualcosa da appendere alle pareti per un mese e in quel periodo non c'è nessun altro disposto a tenere una personale. E se fosse così?»

«In questo modo insulti tutti, Deborah. La mia famiglia, i nostri amici. Anche me.»

Le lacrime che fino a quel momento era riuscita a trattenere, sgorgarono copiose. Lei portò un pugno alla bocca, come se si rendesse conto di quanto infantile fosse la sua reazione alla delusione. Ma lui sapeva che non poteva evitarla. In fondo, Deborah era fatta così, punto e basta.

«È una personcina tremendamente sensibile, vero, caro?» gli aveva fatto notare una volta la madre, con un'espressione che suggeriva che esporsi alle emozioni di Deborah sarebbe stato come esporsi al contagio della tubercolosi.

«Ne ho bisogno, capisci?» gli disse Deborah. «E se non sarà possibile, voglio conoscerne il motivo, perché per me è necessario. Riesci a comprenderlo?»

Lui attraversò la stanza e la prese tra le braccia, consapevole del fatto che le lacrime della moglie c'entravano solo alla lontana con la serata fallimentare di Little Newport Street. Avrebbe voluto dirle che non importava nulla, ma sarebbe stata una bugia.

Avrebbe voluto accollarsi la lotta che lei stava portando avanti, ma ne aveva già una sua da affrontare. Avrebbe voluto rendere la loro vita in comune più facile a entrambi, ma la cosa non era in suo potere. Per questo, si limitò a farle posare il capo sulla sua spalla, stringendola a sé. «Non devi dimostrarmi niente», le disse appoggiando la bocca sui capelli fluenti che avevano il colore del rame.

«Se bastasse saperlo per rendere tutto facile», replicò lei.

Simon avrebbe voluto dire che comunque bastava prendere tutto alla giornata, anziché azzardare previsioni di un futuro che nessuno dei due era in grado di conoscere. Ma aveva appena preso fiato che dall'ingresso venne il suono lungo e insistente del campanello, come se fuori qualcuno vi si fosse appoggiato contro.

Deborah si staccò dal marito, asciugandosi le guance e voltandosi verso la porta. «Tommy e Helen devono aver dimenticato... Hanno lasciato qualcosa?» Si guardò intorno nella stanza.

«Non mi pare.»

Lo scampanellio continuava e finì per svegliare il loro bassotto. Mentre andavano all'ingresso, Peach arrivò di corsa su per le scale della cucina, nel seminterrato, abbaiando furibonda come quando andava a caccia di tassi. Deborah la prese in braccio.

St. James aprì la porta e disse: «Avete deciso di...» ma s'interruppe nel vedere che non si trattava di Lynley e della moglie.

Fuori c'era invece un uomo con un giubbotto scuro, una folta capigliatura arruffata dalla pioggia e i blue-jeans fradici, raggomitolato sulla ringhiera di ferro che delimitava l'ultimo gradino. Investito dalla luce, socchiuse gli occhi e disse a St. James: «Sono...» e s'interruppe alla vista di Deborah alle spalle del marito con il cane tra le braccia. «Grazie a Dio», esclamò. «Devo aver fatto il giro una decina di volte. Ho preso la metropolitana alla Victoria Station, ma ho sbagliato direzione e me ne sono accorto solo quando... Poi la piantina si è bagnata ed è volata via. Poi, ancora, ho perduto l'indirizzo. Ma ora, grazie a Dio...» Solo allora venne alla luce e concluse: «Debs, è un miracolo. Cominciavo a pensare che non ti avrei più trovato».

Debs. Deborah si fece avanti, incredula. Le tornarono improvvisamente alla memoria l'epoca e il posto, e tutti quelli che ne avevano fatto parte. Rimise Peach sul pavimento e si avvicinò al marito per guardare meglio. «Simon!» esclamò. «Oh, Signore. Non posso credere che...» Ma anziché terminare la frase, decise di vedere di persona quello che ormai aveva tutta l'aria di essere reale, anche se del tutto inaspettato. Afferrò per un braccio l'uomo sul gradino e lo fece entrare. «Cherokee?» chiese. Il suo primo pensiero fu come fosse possibile che il fratello della sua vecchia amica si trovasse là, sulla soglia di casa. Poi, rendendosi conto che le cose stavano proprio così e che lui era davvero là, le sfuggì un grido: «Oh, mio Dio, Simon. È Cherokee River».

Il marito era sconcertato. Si chiuse la porta alle spalle e Peach si lanciò in avanti, mettendosi ad annusare le scarpe dell'ospite. Il risultato non la soddisfece, perché si ritrasse e riprese ad abbaiare.

«Zitta, Peach», disse Deborah. «È un amico.»

Al che Simon la prese in braccio per farla stare buona e chiese: «Chi?...»

«Cherokee River», ripeté lei. «Sei Cherokee, vero?» chiese all'uomo. Perché, pur essendone quasi certa, erano trascorsi quasi sei anni dal loro ultimo incontro, e anche all'epoca in cui si frequentavano lo aveva visto solo cinque o sei volte. Senza attendere risposta, gli propose: «Vieni nello studio, abbiamo acceso il fuoco. Dio, sei fradicio. Perché hai un taglio sulla testa? Si può sapere cosa ci fai qui?» Lo condusse all'ottomana dinanzi al caminetto e insistette per fargli sfilare il giubbotto, che una volta doveva essere stato impermeabile, ma quell'epoca era trascorsa da un pezzo e adesso grondava acqua sul pavimento. Deborah lo gettò verso il focolare e Peach andò a investigare.

«Cherokee River?» fece eco Simon meditabondo.

«Il fratello di China», ribatté Deborah.

Lui guardò l'uomo, che cominciava a essere scosso dai brividi. «Della California?»

«Sì, China, di Santa Barbara. Cherokee, ma per quale motivo... Coraggio, siediti, per favore, siediti vicino al fuoco. Simon, c'è una coperta, un asciugamano?»

«Vado a prenderli.»

«Svelto!» gridò Deborah, perché, senza il giubbotto, Cherokee aveva iniziato a tremare come se stesse per avere le convulsioni. Aveva la pelle così pallida da essere quasi bluastra, e con i denti si era morso il labbro con una tale forza da procurarsi una ferita che aveva cominciato a sanguinare. A ciò si aggiungeva un brutto taglio alla tempia, che Deborah esaminò dicendo: «Qui ci vuole un cerotto. Ma che cosa ti è successo, Cherokee? Non sarai stato aggredito?» Poi: «No, non rispondere. Prima ti do qualcosa per scaldarti».

Andò in gran fretta al vecchio carrello dei liquori sotto la finestra che si affacciava su Cheyne Row, versò in un bicchiere una robusta dose di brandy e lo portò a Cherokee, costringendolo a bere.

Lui lo avvicinò alla bocca, ma le mani gli tremavano tanto che il vetro tintinnò contro i denti e gran parte del contenuto si versò sulla T-shirt scura, anch'essa bagnata. «Merda», disse. «Mi dispiace, Debs.» Quella voce o il brandy versato parvero sconcertare Peach, che smise di annusare il giubbotto e riprese ad abbaiare contro lo sconosciuto.

Deborah intimò al bassotto di tacere, ma Peach continuò ad abbaiare finché non fu rispedita in cucina. «Si crede un dobermann», disse lei con ironia. «Con lei nei paraggi, nessuna caviglia è al sicuro.»

Cherokee soffocò una risata. Poi il corpo fu scosso da un brivido tremendo, e il brandy che aveva in mano si agitò nel bicchiere. Deborah si sedette accanto a lui e gli passò un braccio intorno alle spalle.

«Mi dispiace», disse lui. «Sono veramente a pezzi.»

«Non scusarti, ti prego.»

«Ho vagato sotto la pioggia, ho picchiato la testa contro il ramo di un albero nei pressi del fiume. Pensavo che avesse smesso di sanguinare.»

«Bevi il brandy», suggerì Deborah, sollevata nel sentire che non gli era capitato qualcosa di brutto per strada. «Poi penserò alla tua testa.»

«È conciata male?»

«Mi pare solo un taglio, ma è meglio controllare. Ecco qua.» In tasca aveva un fazzoletto di carta, e se ne servì per tamponare il sangue. «Ci hai fatto una bella sorpresa. Che ci fai a Londra?»

La porta dello studio si aprì ed entrò Simon, con una coperta e un asciugamano. Deborah li prese e gettò la prima sulle spalle di Cherokee, mentre con l'altro gli asciugò i capelli gocciolanti, solo di poco più corti che negli anni in cui lei viveva a Santa Barbara con la sorella di quell'uomo. Ma erano sempre molto arruffati, così diversi da quelli di China. Come del resto il volto di Cherokee, sensuale, con le palpebre pesanti e una bocca dalle labbra piene, per le quali le donne avrebbero speso una fortuna in chirurghi. Era stato lui a ereditare tutti i geni del fascino, diceva spesso China del fratello, mentre lei aveva finito per somigliare a un anacoreta.

«Ti ho chiamato, prima.» Cherokee si strinse addosso la coperta. «È stato alle nove. China mi ha dato il tuo indirizzo e il numero di telefono. Non pensavo di averne bisogno, ma poi l'atterraggio è stato ritardato a causa del maltempo. E quando finalmente c'è stata una pausa nel temporale, era troppo tardi per andare all'ambasciata. Per questo ti ho chiamato, ma non c'era nessuno in casa.»

«L'ambasciata?» Simon prese il bicchiere di Cherokee e versò dell'altro brandy. L'uomo mandò giù il liquore e fu colto da un accesso di tosse.

«Devi toglierti questi abiti», disse Deborah. «Ti ci vuole un bel bagno caldo. Vado a riempirti la vasca e, mentre sei a mollo, metteremo ad asciugare la tua roba. D'accordo?»

«Ehi, no. Non posso. È... diavolo, che ora è?»

«Lascia perdere l'ora. Simon, lo accompagni nella camera degli ospiti e ti occupi dei suoi vestiti? E niente discussioni, Cherokee. Non c'è nessun problema.»

Deborah li precedette su per le scale. Mentre il marito andava alla ricerca di indumenti asciutti da fargli indossare dopo il bagno, lei aprì i rubinetti della vasca. Quando arrivò Cherokee con una vecchia vestaglia di Simon e il pigiama di quest'ultimo piegato sul braccio, lei gli pulì il taglio sulla testa. L'alcol con cui lo tamponò gli provocò una smorfia. Lei gli afferrò saldamente la testa e disse: «Stringi i denti».

«Non fornisci pallottole da mordere?»

«Solo quando opero, non in questo caso.» Deborah gettò il batuffolo di ovatta e prese un cerotto. «Da dove arrivi, Cherokee? Non certo da Los Angeles, perché non hai nessun... Hai bagagli?»

«Guernsey», rispose lui. «Vengo da Guernsey. Sono partito nel pomeriggio. Pensavo di riuscire a sistemare tutto e fare ritorno lì in serata, perciò non mi sono portato niente dall'albergo. Invece ho finito per passare gran parte della giornata all'aeroporto, in attesa di una schiarita.»

Deborah fu colpita da un'unica parola: « Tutto? » Gli applicò il cerotto sul taglio.

« Come? »

« Hai parlato di sistemare tutto in giornata. Tutto cosa? »

Cherokee distolse di scatto lo sguardo. Fu un attimo, ma bastò per far provare a Deborah una certa trepidazione. Lui aveva detto che la sorella gli aveva dato il loro indirizzo di Cheyne Row, e da questo, in un primo momento, lei aveva arguito che China lo avesse fatto prima della partenza di Cherokee dagli Stati Uniti, con uno di quei tipici gesti tra persone che si ritrovano a parlare per caso di un viaggio imminente. *Vai anche a Londra per le vacanze? Ho dei cari amici là: passa a trovarli.* Solo che, dopo una più attenta riflessione, aveva dovuto ammettere tra sé che si trattava di un'ipotesi alquanto improbabile, dato che lei non era in contatto con la sorella di Cherokee da cinque anni. Questo la indusse a pensare che, se non era Cherokee stesso a trovarsi nei guai, ma era comunque arrivato in gran fretta da Guernsey con il loro indirizzo e l'espressa intenzione di andare all'ambasciata americana, allora...

« Cherokee, è accaduto qualcosa a China? » chiese. « È per questo che sei qui? »

Lui la guardò a sua volta. Aveva il volto pallido: « È stata arrestata », rivelò.

« Non gli ho chiesto altro. » Deborah aveva trovato il marito nella cucina, dove, preveggente come sempre, Simon aveva già messo a scaldare della minestra. Nel frattempo il pane stava tostandosi e il tavolo tutto graffiato dove il padre da anni preparava centinaia di pasti era apparecchiato per uno. « Ho pensato che dopo il bagno fosse meglio lasciare che si riprendesse un po'. Voglio dire, prima che ci racconti... Sempre che ne abbia voglia... » Lei corrugò la fronte, passando il pollice sull'orlo del ripiano da lavoro, dove si punse con una scheggia di legno che le sembrò uno spillo nella coscienza. Cercò di convincersi che non aveva nessun motivo per provare una simile sensazione, che le amicizie andavano e venivano nella vita, punto e basta. Ma era stata lei a smettere di rispondere alle lettere che riceveva dall'altra sponda dell'Atlantico. Perché China River rappresentava una parte della vita di Deborah che quest'ultima voleva assolutamente dimenticare.

Simon le lanciò un'occhiata dal fornello, dove stava mescolando la minestra di pomodoro con un cucchiaio di legno. Doveva aver compreso la riluttanza della moglie a parlare, perché disse: «Magari si tratterà di qualcosa di relativamente semplice».

«Quando mai un arresto è semplice?»

«Voglio dire, non dev'essere necessariamente un fatto di grossa portata. Magari si tratta di un incidente stradale, o di un malinteso da Boots scambiato per taccheggio, o qualcosa del genere.»

«Non gli sarebbe venuto in mente di andare all'ambasciata americana per un semplice taccheggio, Simon. E, comunque, lei non è una che ruba nei negozi.»

«Fino a che punto la conosci?»

«La conosco bene», rispose Deborah. E sentì il bisogno di ribadire con una certa veemenza: «La conosco benissimo».

«E il fratello? Cherokee? Che accidenti di nome è?»

«Lo hanno chiamato così.»

«Genitori dell'epoca di *Sergeant Pepper*?»

«Già. La madre era una radicale, una hippy... no, aspetta, un'ambientalista, ma prima che la conoscessi. Si sedeva sugli alberi.»

Simon le lanciò un'occhiata ironica.

«Per impedire che venissero tagliati», si limitò a dire Deborah. «Anche il padre di Cherokee – lui e China non hanno lo stesso padre – era ambientalista. Era lui che...» Ci pensò su per un attimo, cercando di ricordare. «Mi pare s'incatenasse ai binari della ferrovia, da qualche parte nel deserto.»

«Presumibilmente per proteggere anche quelli? Dio solo sa se non sono in via di rapida estinzione.»

Deborah sorrise. Il toast saltò fuori. Peach balzò dalla cesta nella speranza di rimediare gli avanzi, mentre lei preparava dei crostini.

«Non conosco altrettanto bene Cherokee. Non come China. Quando ero a Santa Barbara, passavo le vacanze con la sua famiglia. È stato così che l'ho conosciuto, fermandomi da loro a cena, a Natale, a Capodanno, a Ferragosto. Andavamo in macchina... Dov'è che viveva la madre? Era una città col nome di un colore...»

« Un colore? »

« Red, Green, Yellow? Ah, era Orange. Viveva in un posto che si chiama Orange. Per le feste preparava tacchino di tofu, fagioli neri, riso integrale, torta di alghe. Cose davvero terribili. Cercavamo di mangiarle e subito dopo trovavamo una scusa per uscire e andare in macchina alla ricerca di un ristorante aperto. Cherokee conosceva dei posti molto discutibili, ma sempre economici, dove mangiare. »

« Lodevole. »

« Era in quelle occasioni che lo vedevo. Saranno state in tutto cinque o sei volte. Poi lui venne a Santa Barbara e dormì qualche notte sul nostro divano. A quell'epoca, lui e China avevano un rapporto di amore e odio. Cherokee è più grande di lei, ma non lo dimostra, e questo la esasperava. Perciò aveva un atteggiamento materno nei confronti del fratello, e a quel punto era lui a esasperarsi. Quanto alla loro madre, be', era poco presente, non so se mi spiego. »

« Troppo presa dagli alberi? »

« Anche da altre cose. C'era e non c'era. Perciò tra me e China era nato un legame. Di altro genere, intendo. A parte la fotografia e tutto il resto. Serviva un po' a compensare le sue carenze d'affetto. » Deborah spalmò il burro sul toast e Peach si acquattò speranzosa sulle zampe, con il muso umido che premeva contro la caviglia della donna.

Simon spense il fornello e si appoggiò alla cucina guardando la moglie. « Devono essere stati degli anni duri », commentò calmo.

« Be', sì. » Lei ammiccò e gli fece un rapido sorriso. « Eravamo tutti un po' confusi, no? »

« Infatti », riconobbe Simon.

Peach sollevò il naso dalla caviglia di Deborah e drizzò la testa e le orecchie, sul chi vive. Sul davanzale della finestra, al di sopra dell'acquaio, il grosso Alaska, che era rimasto a esaminare con indolenza i rivoli di pioggia sui vetri, si tirò su per stiracchiarsi languidamente, con gli occhi fissi sulle scale del seminterrato che proseguivano scendendo proprio nel punto dove c'era la vecchia credenza in cui il gatto passava spesso le sue giornate. Un attimo dopo, una porta cigolò e il cane abbaiò. Alaska saltò giù dal davanzale e sparì per andarsi a fare un riposino nella credenza.

« Debs? » Era la voce di Cherokee.

«Siamo quaggiù», rispose lei. «Ti abbiamo preparato minestra e crostini.»

River scese da loro. Adesso stava molto meglio. Era quattro o cinque centimetri più basso di Simon e di fisico più atletico, ma il pigiama e la vestaglia gli andavano bene, e aveva smesso di tremare. Però era scalzo.

«Avrei dovuto pensare a un paio di pantofole», disse Deborah.

«Sto benissimo», ribatté Cherokee. «Siete stati fantastici Grazie. A tutti e due. Dovete avermi preso per uno sballato dopo che mi sono presentato in quel modo. Vi ringrazio per l'accoglienza.» Annuì a Simon, che mise in tavola il tegame della minestra e con il mestolo ne versò un po' nella ciotola.

«Sappi che questa è una giornata da ricordare», disse Debo rah. «Simon ha addirittura aperto una confezione di minestra. Di solito si limita alle scatolette.»

«Grazie tante», commentò lui.

Cherokee sorrise, ma appariva esausto, come se tirasse avanti con le energie residue alla fine di una giornata terribile.

«Mangia la minestra», lo incitò lei. «A proposito, stanotte ti fermi qui.»

«No, non posso chiederti di...»

«Non essere sciocco. I tuoi vestiti sono ad asciugare e ci vorrà un po' di tempo; non vorrai tornare per strada a cercare un albergo a quest'ora...»

«Deborah ha ragione», convenne Simon. «Abbiamo fin troppo spazio. Siamo più che felici di ospitarla.»

Sul volto di Cherokee si disegnarono sollievo e gratitudine, nonostante la stanchezza. «Grazie. Mi sento...» Scosse la testa. «Mi sento un ragazzino. Sapete come fanno, no? Si perdono in un emporio, ma non se ne accorgono finché non smettono di fare quello cui erano intenti, che so, leggere un fumetto o qualcosa del genere. Allora alzano gli occhi, non vedono più la madre vicino a loro e si fanno prendere dal panico. È così che mi sento. Davvero.»

«Be', ora sei sano e salvo», lo rassicurò Deborah.

«Ho preferito non lasciare un messaggio sulla vostra segreteria, quando ho telefonato», confessò Cherokee. «Per voi sarebbe stato davvero deprimente trovarlo al ritorno. Per questo ho deciso di provare a trovare direttamente la vostra abitazione. Ma poi ho completamente perduto l'orientamento sulla linea gialla della metropolitana e, prima di capire cosa diavolo avevo sbagliato, sono finito a Tower Hill. »

« Terribile », mormorò Deborah.

« Una vera sfortuna », convenne Simon.

Seguì un attimo di silenzio, rotto solo dal rumore della pioggia, che scrosciava sul lastricato fuori della porta della cucina e scorreva sulla finestra a rivoli incessanti. Si trovavano tutti e tre, quattro con il cane, intorno al tavolo, nel cuore della notte. Ma non erano soli. C'era anche la Domanda, acquattata tra loro come una presenza palpabile, con il suo respiro pesante che non si poteva ignorare. Né Deborah né il marito si decidevano a formularla. Ma alla fine nessuno dei due ebbe bisogno di farlo.

Cherokee immerse il cucchiaio nella fondina e se lo portò alla bocca. Ma lo posò lentamente, senza assaggiare la minestra. Fissò per un attimo la ciotola, poi alzò la testa e spostò lo sguardo da Deborah al marito.

« Ecco cos'è accaduto », esordì.

Era lui il responsabile di tutto, disse loro. Se non fosse stato per lui, China non sarebbe andata a Guernsey, tanto per cominciare. Ma gli servivano i soldi e, quando era saltata fuori la possibilità di essere pagato per portare un pacco dalla California al canale della Manica, compresi i biglietti aerei, sembrava troppo bello per essere vero.

Aveva chiesto alla sorella di accompagnarlo perché il viaggio era per due e i patti prevedevano che fossero un uomo e una donna insieme a effettuare la consegna. Perché no? aveva pensato. E perché non chiedere a China se voleva venire? Lei non andava mai da nessuna parte. Non era mai uscita dalla California.

Aveva dovuto convincerla, e gli ci erano voluti alcuni giorni, ma lei aveva appena rotto con Matt (Cherokee chiese a Deborah se si ricordava del fidanzato di China, il regista con cui stava da sempre) e alla fine aveva deciso che le ci voleva una pausa. Perciò gli aveva telefonato dicendogli che voleva andare con lui, e Cherokee aveva pensato a tutto. Dovevano portare il pacco da Tustin, a sud di Los Angeles, a una località di Guernsey appena fuori St. Peter Port.

« Che cosa c'era nel pacco? » Deborah immaginò un arresto

per droga all'aeroporto, con tanto di cani che ringhiavano e China e Cherokee inchiodati al muro come volpi senza via di scampo.

Niente d'illegale, le disse lui. Era stato assunto per trasportare progetti architettonici da Tustin su un'isola della Manica. E l'avvocato che gli aveva offerto quel lavoro...

«Un avvocato?» chiese Simon. «Non l'architetto?»

No. Cherokee doveva svolgere la commissione per conto di un avvocato, e la cosa aveva insospettito China, ancor più del fatto di essere pagati semplicemente per consegnare un pacco in Europa e ricevere a questo scopo anche i biglietti aerei. Perciò lei aveva insistito che aprissero l'involucro prima di accettare di portarlo da qualsiasi parte, e lo avevano fatto.

Era un tubo per spedizioni di media grandezza e, se China aveva temuto che fosse imbottito di droga, armi, esplosivi o qualunque altra merce di contrabbando che poteva farli finire in manette, le sue paure si erano dissipate non appena lo avevano aperto. All'interno c'erano davvero i progetti che avrebbero dovuto trovarvisi. Così lei si era messa l'animo in pace. E anche lui, ammise Cherokee. Perché i timori della sorella avevano finito per innervosirlo.

Dunque, erano andati a Guernsey per consegnare i progetti, con l'intenzione di ripartire per Parigi e da lì proseguire per Roma. Non sarebbe stato un lungo viaggio, nessuno dei due poteva permetterselo, per questo si sarebbero fermati solo due giorni in ciascun posto. Ma a Guernsey c'era stato un inatteso cambiamento di piani. Pensavano di dover effettuare un rapido scambio all'aeroporto: consegnare il tubo e ricevere il pagamento stabilito...

«A quanto ammontava?» domandò Simon.

«A cinquemila dollari», rispose Cherokee, rivolgendosi a entrambi. Vedendo le loro espressioni d'incredulità, si affrettò ad aggiungere che, certo, era una cifra folle, e l'entità del compenso era stata la ragione principale per cui China aveva insistito che aprissero il pacco, perché chi diavolo darebbe dei biglietti gratis per l'Europa e in più cinquemila verdoni solo per recapitare qualcosa da Los Angeles? Ma alla fine era venuto fuori che tutta quella storia consisteva proprio nel fare cose folli con i soldi. L'uomo che voleva quei progetti era più ricco di Howard Hughes, ed era chiaro che doveva passare gran parte del tempo a fare cose folli con i suoi soldi.

Comunque, una volta giunti all'aeroporto, non avevano trovato ad accoglierli qualcuno con un assegno o una valigetta piena di soldi o qualunque altra cosa che somigliasse sia pure lontanamente a quello che si aspettavano. Invece c'era un tipo che si chiamava Kevin Qualcosa, che li aveva fatti salire in tutta fretta su un furgone e condotti in una grande tenuta, molto bella, a pochi chilometri di distanza.

China si era molto spaventata per la piega inattesa degli eventi, che effettivamente erano alquanto sconcertanti. Infatti, si erano ritrovati chiusi in macchina con un perfetto estraneo che non aveva spiccicato più di quindici parole in tutto. Era molto strano, ma nello stesso tempo aveva il sapore di un'avventura e, da parte sua, Cherokee cominciava a sentirsi eccitato.

La loro destinazione si rivelò un'imponente residenza di campagna che sorgeva nel bel mezzo di chissà quanti ettari di terreno. Era una tenuta molto antica completamente restaurata, e, non appena l'aveva vista, China aveva ritrovato la vena della fotografa. Dinanzi a lei c'era un importante servizio per *Architectural Digest* che aspettava solo di essere immortalato su pellicola.

La sorella aveva deciso immediatamente di scattare le foto. Non solo della casa, ma dell'intera tenuta, che conteneva di tutto, dagli stagni con le papere ai reperti archeologici. China si era resa conto di trovarsi dinanzi a un'opportunità che poteva non ripresentarsi mai più e, anche se si trattava di fare delle foto senza la certezza di venderle, era decisa a investirvi tempo, soldi e fatica, perché quel posto era davvero sensazionale.

Per Cherokee andava bene. Lei era convinta che le ci sarebbe voluto solo un paio di giorni, e lui avrebbe avuto tutto il tempo per esplorare l'isola, che sembrava un posto davvero bellissimo. L'unico problema era se il proprietario avrebbe accettato l'idea. A certe persone non piaceva che la propria abitazione apparisse sulle riviste, c'era il rischio di mettere la pulce nell'orecchio a quelli del fisco.

Avevano scoperto di essere ospiti di un signore che si chiamava Guy Brouard, al quale l'idea delle foto non dispiaceva. Anzi, aveva sollecitato Cherokee e China a trascorrere lì la notte, qualche giorno, insomma tutto il tempo necessario. Aveva detto loro che viveva da solo con la sorella e che per loro avere dei visitatori era sempre un diversivo.

In seguito, erano venuti a sapere che c'era anche il figlio del proprietario, e in un primo tempo Cherokee aveva pensato che forse Guy Brouard sperava che potesse nascere qualcosa tra China e il suo ragazzo. Ma quest'ultimo era un tipo molto schivo, che faceva le sue apparizioni solo a tavola e per il resto della giornata se ne stava per conto suo. La sorella di Brouard, però, era molto gentile, e anche Guy. Perciò Cherokee e China avevano finito per sentirsi a proprio agio.

Da parte sua, lei aveva sviluppato un profondo legame con Guy. Condividevano l'interesse per l'architettura: lei perché quella disciplina era parte integrante del suo lavoro di fotografa, lui perché aveva in mente di costruire un edificio sull'isola. Brouard l'aveva perfino accompagnata a visitare sia il sito dove sarebbero iniziati i lavori sia alcune altre costruzioni storicamente importanti che sorgevano sull'isola. Secondo l'anziano gentiluomo, lei avrebbe dovuto scattare foto in tutta Guernsey, quante bastavano per un libro e non semplicemente per un servizio su una rivista. Perché, sebbene il posto fosse così piccolo, era di grande interesse storico, e tutte le civiltà fiorite sull'isola avevano lasciato la loro impronta nella forma degli edifici.

In coincidenza con la loro quarta e ultima sera dai Brouard, era stata organizzata da tempo una festa. Un'abbuffata in piena regola con la partecipazione di un cast che sembrava composto da migliaia di persone. Né China né Cherokee erano stati informati dello scopo del ricevimento, fino a mezzanotte, allorché Guy Brouard aveva radunato tutti e annunciato che era finalmente stato deciso il progetto dell'edificio, che doveva essere un museo. Rulli di tamburi, entusiasmo, tappi di champagne che saltavano e, in seguito, fuochi d'artificio, mentre lui faceva il nome dell'architetto del quale i due River avevano portato i progetti dalla California. Era stato portato fuori su un cavalletto un dipinto ad acquerello della futura realizzazione, e tutti gli invitati lo avevano accolto con grida di allegria, continuando a scolarsi lo champagne dei Brouard fino alle tre del mattino circa.

Il mattino dopo, né Cherokee né la sorella erano stati sorpresi di non trovare nessuno già in piedi. Erano andati in cucina verso le otto e mezzo, e frugato in giro, finché non avevano trovato cereali, caffè e latte. Secondo loro, non c'era niente di male a prepararsi la colazione mentre i Brouard continuavano a smaltire nel sonno la bevuta della sera prima. Pertanto, Cherokee e China avevano mangiato, chiamato un taxi per telefono e si erano fatti portare all'aeroporto. Non avevano più visto nessuno della tenuta.

Avevano preso l'aereo per Parigi e trascorso due giorni a visitare posti che fino allora avevano visto solo in foto. L'idea era di fare lo stesso a Roma, ma alla dogana dell'aeroporto Leonardo da Vinci erano stati fermati dall'Interpol.

La polizia li aveva rispediti a Guernsey, dove, era stato detto loro, erano ricercati per essere interrogati. «Interrogati su cosa?» avevano chiesto. «Su un grave episodio, per il quale si richiede immediatamente la vostra presenza sull'isola.»

In realtà, erano attesi al comando di polizia di St. Peter Port. Lì erano stati rinchiusi in celle separate: Cherokee per ventiquattro ore davvero terribili, e China per tre giorni da incubo, finiti con una comparizione davanti a un magistrato e un trasferimento in una cella di detenzione preventiva del carcere, dove la donna tuttora era trattenuta.

«Con quale accusa?» chiese Deborah. Allungò una mano sul tavolo e prese quella di Cherokee. «Con quale accusa la detengono?»

«Omicidio.» Lui sollevò l'altra mano e se la premette sugli occhi. «Tutto questo è pazzesco. China è accusata di avere ucciso Guy Brouard.»

2

MENTRE preparava il letto e sprimacciava i cuscini, Deborah si rese conto di non essersi mai sentita così inutile. China languiva nella cella di una prigione a Guernsey e lei se ne stava lì a sfaccendare nella camera degli ospiti, a tirare le tende, a sistemare i cuscini, solo perché non sapeva cos'altro fare. Una parte di lei avrebbe voluto prendere il primo aereo per le isole della Manica; un'altra, tuffarsi nel cuore di Cherokee e fare qualcosa per placarne l'ansia; un'altra ancora era tutta protesa a compilare elenchi, escogitare piani, impartire istruzioni ed entrare subito in azione per far capire ai fratelli River che non erano soli. Infine, c'era una parte di lei che avrebbe tanto desiderato che fosse un'altra persona a fare tutto questo, perché sentiva di non esserne capace. Perciò si limitò a spiumacciare inutilmente i cuscini e ripiegare il copriletto.

Poi, spinta dal bisogno di dire qualcosa al fratello di China, che se ne stava impacciato accanto al cassettone, mormorò: «Se hai bisogno di qualcosa per la notte, siamo al piano di sotto».

Cherokee annuì, con aria triste e sconsolata. «Non è stata lei», disse. «Ce la vedi China a fare del male a una mosca?»

«Assolutamente no.»

«Parliamo di una persona che quando eravamo bambini mi chiamava in camera sua per scacciare i ragni. Si alzava dal letto strillando perché ne aveva visto uno sul muro e, quando io arrivavo per eliminarlo, lei si metteva a gridare: 'Non fargli del male! Non fargli del male!'»

«Faceva lo stesso con me.»

«Dio, se solo avessi lasciato perdere, se non le avessi chiesto di venire. Devo fare qualcosa, ma non so cosa.»

Era spaventato, e rigirava tra le dita la cintura della vestaglia di Simon. Deborah si ricordò che China dava sempre l'impressione di essere la maggiore dei due. «Che cosa devo fare con te, Cherokee?» gli chiedeva sempre al telefono. «Quando crescerai?»

Figurarsi adesso. In circostanze per le quali occorreva una maturità che secondo lei Cherokee era ben lungi dal possedere.

«Dormi, ora», gli consigliò, perché era l'unica cosa che le venisse in mente. «Domani capiremo meglio cosa fare.» E uscì dalla stanza.

Si sentiva oppressa. China River era stata la sua migliore amica nei momenti più difficili della vita. Le doveva molto, ma le aveva dato ben poco in cambio. Deborah comprendeva fin troppo bene l'ansia di Cherokee per la sorella, sapendo che lei era nei guai e non aveva nessuno ad aiutarla.

Trovò Simon nella loro camera, seduto sulla sedia dallo schienale rigido che utilizzava di sera per sfilarsi la protesi dalla gamba. Stava staccando le cinghie di velcro che fissavano l'apparecchio al moncone dell'arto mancante, con i pantaloni calati sulle caviglie e le grucce lì accanto sul pavimento.

Aveva l'aria di un fanciullo, come sempre quando assumeva quella posa così vulnerabile, e quando Deborah sorprendeva il marito in quello stato doveva sempre fare appello a tutto il suo autocontrollo per trattenersi dal soccorrerlo. Per lei, l'invalidità di Simon era la grande forza livellatrice tra loro. La detestava per amore del marito, perché sapeva fino a che punto lui rifiutava la propria condizione, eppure da molto tempo aveva accettato il fatto che l'incidente che lo aveva menomato poco più che ventenne glielo aveva anche reso disponibile. Se non fosse accaduto, Simon si sarebbe sposato quando lei era ancora adolescente. Ma il periodo da lui trascorso in ospedale, la convalescenza e gli anni cupi della depressione che erano seguiti avevano colmato il divario tra loro.

Però non gli andava di essere visto quando era in difficoltà. Perciò lei andò diritta al comò, dove si attardò a togliersi quei pochi gioielli che aveva addosso in attesa del rumore prodotto dalla protesi che cadeva sul pavimento. Quando lo udì, insieme con il grugnito del marito che si rimetteva in piedi, Deborah si voltò. Lui aveva le grucce fissate ai polsi e la guardava con affetto.

«Grazie», le disse.

«Mi dispiace. Sono sempre così ovvia?»

«No. Sei sempre così gentile. Solo che credo di non averti mai ringraziato come si deve. Ecco cosa succede quando un matrimonio è troppo felice: si finisce col dare per scontata la persona amata.»

«Dunque, mi dai per scontata?»

«Non di proposito.» Piegò la testa da un lato e la osservò. «Francamente, non me ne dai la possibilità.» Si avvicinò e Deborah gli mise un braccio intorno alla vita.

Si baciarono, dapprima dolcemente, poi sempre più a lungo, finché lei non avvertì il desiderio che provavano entrambi.

Allora alzò gli occhi su di lui. «Sono contenta che tu mi faccia ancora quest'effetto. Ma, ancora di più, che io lo faccia a te.»

Lui le posò una mano sulla guancia. «Già. Eppure, tutto considerato, forse non è il momento...»

«Per cosa?»

«Per sperimentare alcune interessanti variazioni dell''effetto' di cui parlavi.»

«Ah.» Lei sorrise. «Quello. Be', invece forse è proprio il momento giusto, Simon. Forse ogni giorno impariamo soprattutto una cosa: che la vita cambia in fretta. Basta un istante, e quello che prima era importante non c'è più. Perciò, è questo il momento.»

«Di sperimentare?...»

«Solo se sperimentiamo insieme.»

E lo fecero alla luce di un'unica lampada che accese i loro corpi di riflessi dorati, conferì una tonalità più scura agli occhi grigioazzurri di Simon e accentuò il rossore dei loro corpi nei quali pulsava sangue caldo. Dopo giacquero sul copriletto spiegazzato, che non si erano preoccupati di togliere. I vestiti di Deborah erano sparsi dovunque li aveva gettati il marito e la camicia di Simon gli pendeva da un braccio come una sgualdrina indolente.

«Sono contenta che tu non fossi già andato a dormire», gli disse lei, appoggiandogli la guancia sul petto. «Credevo fossi già a letto. Non mi è sembrato giusto limitarmi a scaricarlo nella camera degli ospiti senza trattenermi per un po'. Ma in cucina avevi l'aria così stanca che pensavo avessi deciso di coricarti immediatamente. E invece no, con mia somma felicità. Grazie, Simon.»

Lui le carezzò i capelli, come d'abitudine, passandole la mano nella folta massa finché le dita non vennero a contatto con la testa. Allora le massaggiò la cute e lei sentì il proprio corpo rilassarsi. «Sta bene?» chiese Simon. «C'è qualcuno che possiamo chiamare, per ogni eventualità?»

«Che eventualità?»

«Che lui domani non ottenga i risultati che si aspetta dall'ambasciata. Immagino che siano già in contatto con la polizia di Guernsey. Se non hanno addirittura mandato qualcuno sul posto.» Deborah sentì che alzava le spalle. «Con ogni probabilità, non hanno intenzione di fare nient'altro.»

Lei sollevò la testa. «Non crederai che China abbia davvero commesso questo delitto?»

«Nient'affatto.» La riprese tra le braccia. «Faccio solo notare che lei si trova nelle mani di una forza di polizia straniera. Ci saranno dei protocolli e una prassi da seguire, e l'intervento dell'ambasciata potrebbe limitarsi a questo. Bisogna che Cherokee si prepari ad accettarlo. Potrebbe anche aver bisogno di qualcuno cui appoggiarsi, se è il caso. Anzi, magari è venuto proprio per questo.» Simon pronunciò l'ultima frase in tono quasi sommesso.

Deborah rialzò la testa e tornò a guardarlo. «Cosa?»

«Niente.»

«Eh, no. C'è dell'altro, Simon. Lo capisco dal tuo tono.»

«Soltanto questo. Sei tu l'unica persona che conosce a Londra?»

«Probabile.»

«Capisco.»

«Capisci?»

«Potrebbe aver bisogno di te, Deborah.»

«E la cosa ti preoccupa?»

«No. Ma hanno altri parenti?»

«Solo la madre.»

«Ah, già, quella che si siede sugli alberi. Be', allora sarebbe meglio farle una telefonata. E il padre? Hai detto che quello di China non è lo stesso di Cherokee?»

Deborah si scosse. «Il padre della mia amica è in prigione. O, almeno, lo era all'epoca in cui vivevamo insieme.» E vedendo l'espressione preoccupata sul volto del marito, che pareva quasi voler dire «tale padre, tale figlia», si affrettò ad aggiungere: «Non era niente di serio. Voglio dire, non ha ucciso nessuno, so solo che c'entrava la droga. Una raffineria clandestina, mi pare. E, comunque, non è la stessa cosa che spacciarla per strada».

«Be', almeno questo è confortante.»

«Ma lei non gli somiglia affatto, Simon.»

Lui emise un vago brontolio, che lei interpretò come un'esitante espressione di assenso. Poi giacquero in silenzio, appagati della reciproca presenza, lei di nuovo con la testa sul suo petto e lui con le dita tra i capelli di lei.

In quei momenti, Deborah lo amava in modo diverso. Si sentiva molto di più una sua pari. La sensazione derivava non solo dalla loro serena conversazione, ma anche, cosa forse ancora più importante per lei, da ciò che l'aveva preceduta. Perché riuscire a procurargli tanto piacere con il proprio corpo le dava l'impressione che tra loro si ristabilisse un equilibrio, ed essere testimone di quel piacere la faceva sentire almeno momentaneamente superiore al marito. Per questo motivo, le sue necessità personali erano passate da molto tempo in secondo piano. Si rendeva conto che questo avrebbe fatto inorridire le donne emancipate del suo ambiente, ma così stavano le cose.

«Ho reagito male», mormorò alla fine. «Intendo stasera. Mi dispiace davvero, amore mio. Ho scaricato tutto su di te.»

Simon non ebbe difficoltà a seguire il filo dei suoi pensieri. «Le aspettative destabilizzano sempre la pace mentale, vero? È come se fossero delusioni calcolate.»

«E io avevo già stabilito tutto. Una folla di visitatori con i bicchieri di champagne in mano che restavano sbalorditi dinanzi alle mie foto. 'Mio Dio, questa donna è geniale', si ripetevano a vicenda. 'Il solo fatto di usare una Polaroid... Ma lo sapevate che si potevano scattare foto anche in bianco e nero? E poi, il loro formato... Cielo, devo assolutamente averne una al più presto. Anzi, che dico, ne voglio almeno una decina.'»

«'Sembrano fatte apposta per il nuovo appartamento a Canary Wharf'», soggiunse Simon.

«'Per non parlare del cottage nei Cotswold.'»

«'O della casa vicino a Bath.'»

Scoppiarono a ridere, poi restarono di nuovo in silenzio. Deborah si girò su un fianco e guardò il marito. «Però mi brucia ancora», ammise. «Non molto, ma un po' sì.»

«Già», disse lui. «Non esiste una panacea ad azione rapida per la frustrazione. Tutti aspiriamo a ottenere quello che vogliamo. E il non averlo non ci fa smettere di desiderarlo. Lo so, credimi, lo so.»

Lei si affrettò a distogliere lo sguardo da lui, accorgendosi che il marito conveniva su qualcosa che andava ben oltre la delusione di quella sera. Era contenta che lui capisse, come aveva sempre fatto, indipendentemente dalla natura eccessivamente fredda, logica e razionale dei suoi commenti sulla vita della moglie. Aveva gli occhi gonfi di lacrime, ma non voleva che lui le vedesse. Desiderava invece dargli l'illusione passeggera di accettare tranquillamente l'iniquità. Perciò, solo quando riuscì a sostituire la sofferenza con una parvenza di determinazione, tornò a voltarsi verso di lui. «Ne verrò fuori nel modo migliore», disse. «Ricomincerò, in tutt'altra direzione.»

Lui la osservò nella maniera consueta, con quello sguardo fermo che di solito esasperava gli avvocati quando testimoniava in aula, e finiva immancabilmente per far impappinare i suoi studenti. Ma per lei quell'espressione venne addolcita dalle labbra che s'incurvavano in un sorriso, e dalle mani, che si allungarono di nuovo verso di lei. «Meraviglioso», disse, attirandola a sé. «Mi piacerebbe darti subito dei suggerimenti.»

Deborah si alzò prima dell'alba. Era rimasta distesa per ore a occhi aperti senza prendere sonno e, quando finalmente c'era riuscita, aveva continuato a girarsi nel letto, avviluppata in una rete di sogni incomprensibili. In essi si ritrovava nuovamente a Santa Barbara, ma non come quando viveva lì da giovane, iscritta al Brooks Institute of Photography, bensì in panni del tutto differenti. Nel sogno, lei guidava una specie di ambulanza, e aveva il compito non solo di andare alla ricerca di un cuore umano appena resosi disponibile per il trapianto, ma anche di localizzare l'ospedale in cui esso si trovava, e non ci riusciva. Se lei non avesse effettuato quella vitale consegna, il paziente (che per una qualche ragione non era disteso in una sala operatoria bensì nell'officina riparazioni della stazione di servizio vicino alla quale lei e China abitavano a quell'epoca) sarebbe morto entro un'ora, anche perché gli era già stato asportato il cuore, e nel petto gli restava una cavità vuota. O forse era proprio il cuore di Deborah, e non quello dell'uomo. Lei non riusciva a capirlo, perché nell'officina la sagoma distesa su un elevatore idraulico era in parte coperta.

Nel sogno, lei guidava disperatamente lungo le strade costeggiate da palme, ma era tutto inutile. Non riusciva a ricordare niente di Santa Barbara, e nessuno le forniva indicazioni. Quando si svegliò, si ritrovò scoperta e così madida di sudore da essere scossa dai brividi. Guardò l'orologio e scese dal letto, andando a passi felpati nel bagno, dove s'infilò nella vasca per lavarsi dall'effetto peggiore dell'incubo. Quando tornò nella camera da letto, trovò Simon sveglio.

Lui la chiamò al buio e chiese: «Che ora è? Cosa stai facendo?»

«Sogni terribili», rispose lei.

«Spero non si tratti di collezionisti d'arte che agitano verso di te i libretti degli assegni.»

«Purtroppo no. Agitavano fotografie di Annie Leibovitz.»

«Ah. Be', poteva andare peggio.»

«Davvero? E come?»

«Potevano essere di Karsch.»

Lei rise e gli disse di tornare a dormire. Era ancora presto, troppo perché il padre fosse già in piedi, e, al contrario di quest'ultimo, lei non aveva nessuna intenzione di fare su e giù per le scale per portare il tè a Simon. «Papà ti vizia», comunicò al marito.

«Lo considero il minimo che mi deve per averlo alleviato del tuo onere», e con un fruscio di stoffa e un sospiro, si voltò e tornò a sprofondare nel sonno. Lei non lo disturbò.

Scese in cucina e si preparò una tazza di tè. Peach alzò la testa dalla cuccia e Alaska fece capolino dalla credenza, dove, a giudicare dalla distesa innevata che aveva sul pelo, il gatto doveva aver passato la notte su un sacco bucato di farina. Le due bestiole attraversarono le mattonelle rosse verso di lei, che era in piedi vicino al piano di lavoro sotto la finestra del seminterrato, mentre l'acqua si scaldava nel bollitore elettrico. La donna ascoltava la pioggia che continuava a cadere sul lastricato dinanzi alla porta posteriore. C'era stata solo una breve pausa durante la notte, subito dopo le tre, mentre lei ascoltava non solo il vento e gli scrosci d'acqua che si riversavano contro la finestra, ma anche i consigli provenienti a gran voce dal comitato insediatosi nella sua testa: consigli su cosa fare quel giorno, nella vita, nella carriera e soprattutto con Cherokee River.

Lanciò un'occhiata a Peach, mentre Alaska cominciava a strusciarsi contro le sue gambe con fare allusivo. Il cane detestava uscire sotto la pioggia, anche se cadeva una sola goccia d'acqua, e le passeggiate diventavano percorsi da fare in braccio, perciò non era il caso di portarla fuori. Invece andava benissimo una puntata veloce nel giardino posteriore per consentirle di sporcare. Peach, però, parve leggere nei pensieri di Deborah, perché batté rapidamente in ritirata nella cuccia e Alaska si mise a miagolare.

«Non pensare di poter stare a lungo a poltrire», disse Deborah al vecchio cane, che la guardò mortificato, atteggiando gli occhi a forma di diamante, come faceva sempre quando voleva riuscire particolarmente patetico. «Se non esci subito con me, papà ti costringerà a fare una scarpinata fino al fiume. Lo sai, vero?»

Peach sembrava disposta a rischiare: appoggiò deliberatamente la testa sulle zampe e chiuse gli occhi.

«Benissimo», disse Deborah, e versò la razione giornaliera di cibo al gatto, facendo attenzione a metterla lontano dalla portata del cane che, come ben sapeva, se ne sarebbe appropriato non appena lei si fosse voltata, pur continuando a fingere di dormire. Poi Deborah si preparò il tè e lo portò di sopra, camminando a tastoni nel buio.

Nello studio l'aria era gelida. Si richiuse la porta alle spalle e accese il fuoco a gas. Poi da uno scaffale prese la cartella in cui teneva una serie di piccole Polaroid dei soggetti che intendeva fotografare e la portò alla scrivania, dove, seduta nella logora poltrona di pelle di Simon, si mise a scorrere le immagini.

Pensò a Dorothea Lange, e si chiese se lei possedeva le doti necessarie a catturare in un solo volto, quello giusto, un'immagine indimenticabile che rappresentasse un'intera epoca. Purtroppo, Deborah non aveva a disposizione l'America della Depressione degli anni '30, con la disperazione scolpita sui visi di tutta una nazione. E per riuscire a catturare un'immagine davvero rappresentativa del presente, della sua epoca, sapeva di dover superare dentro di sé l'influenza esercitata tanto a lungo dallo straordinario volto arido e segnato dal dolore di una madre, accompagnata dai suoi figli e da una generazione priva di speranze.* Secondo lei, era quasi a metà dell'opera: la fase progettuale. Ma si domandò se aveva davvero intenzione di fare il resto: passare altri dodici mesi per le strade a scattare altre dodicimila foto, alla ricerca costante di aspetti che andassero al di là dell'immagine deformante della realtà, fatta di cellulari e dinamismo.

---

* Si tratta della nota fotografia di Dorothea Lange intitolata *Migrant Mother*. (*N.d.T.*)

Ma anche se ci fosse riuscita, cosa ne avrebbe guadagnato in prospettiva? Per il momento, non conosceva la risposta.

Con un sospiro, ripose le foto sulla scrivania. Per l'ennesima volta, si chiese se China non avesse scelto la via più logica. Con la fotografia commerciale ci si pagava l'affitto, da mangiare e da vestire. Non doveva necessariamente trattarsi di un impegno distaccato e impersonale. E, benché Deborah si trovasse nella felice condizione di non dover pagare l'affitto o preoccuparsi del guardaroba di qualcuno, voleva rendersi utile in un altro modo. Se non era necessario che lei contribuisse al loro benessere economico, almeno poteva sfruttare il proprio talento per migliorare la società in cui vivevano.

Ma in che modo, se si fosse dedicata alla fotografia commerciale? E con che genere poteva cimentarsi? Almeno le foto di China rispecchiavano il suo interesse per l'architettura. Infatti, si era dedicata alle immagini di edifici e, per lei, realizzare ciò che si era proposta nel modo professionalmente più corretto non significava certo svendersi, almeno non come sarebbe parso a Deborah se anche lei avesse imboccato la strada più facile, ripiegando sul commerciale. E in questo caso, che cosa mai avrebbe potuto fotografare? Compleanni di mocciosi? Rock star che uscivano di prigione?

La prigione... Dio. A Deborah sfuggì un gemito. Poggiò la fronte sulle mani e chiuse gli occhi. Che importanza aveva tutto quello in confronto alla situazione in cui versava China? China, che era con lei a Santa Barbara e le aveva dimostrato tanto affetto quando lei ne aveva avuto così bisogno. *Vi ho visto insieme, Debs: se gli dici la verità, prende il primo aereo per tornare. Ti sposerà, anzi ne ha già l'intenzione.* Ma non in questo modo, le aveva detto lei. Non può andare così.

Allora China aveva pensato a tutto. L'aveva accompagnata nella clinica adatta, ed era seduta accanto al suo letto quando lei aveva riaperto gli occhi. China era stata la prima persona che aveva visto. «Ehi, ragazza», aveva detto, con un'espressione di dolcezza che aveva convinto Deborah che mai più, in tutta la sua vita, avrebbe potuto trovare un'amica del genere.

E ora quel legame era un vero e proprio richiamo all'azione. Per Deborah era inammissibile che China pensasse di essere stata abbandonata. Il problema, però, era cosa fare, perché...

Fuori dello studio si udì scricchiolare un'asse del pavimento.

Deborah rialzò la testa. Un'altra asse cigolò. Lei si alzò, attraversò la stanza e andò ad aprire la porta.

Nella luce soffusa proveniente da un lampione ancora acceso in strada di prima mattina, Cherokee River stava togliendo il giubbotto da sopra il radiatore, dove Deborah lo aveva messo ad asciugare per la notte. Le sue intenzioni erano inequivocabili.

«Non puoi andartene», disse Deborah, incredula.

Cherokee si voltò di scatto. «Gesù, mi hai spaventato a morte. Da dove spunti in questo modo?»

Lei indicò la porta dello studio, dove alle sue spalle la lampada era accesa sulla scrivania di Simon e il fuoco a gas diminuiva d'intensità, mandando un tenue chiarore sull'alto soffitto. «Mi sono alzata presto. Davo un'occhiata a certe vecchie foto. Ma tu che cosa fai? Dove vuoi andare?»

Cherokee spostò il peso da una gamba all'altra e si passò una mano tra i capelli con un gesto che era tipico suo. Indicò le scale e i piani superiori. «Non riuscivo a dormire», disse. «Parola mia, non ne sarò capace finché non troverò qualcuno che mi accompagni a Guernsey. Per questo ho pensato che l'ambasciata...»

«Che ora è?» Deborah lanciò un'occhiata al polso e si accorse di non essersi infilata l'orologio. Non aveva guardato l'ora su quello dello studio, ma, a giudicare dall'oscurità che c'era fuori, accentuata da quella pioggia insopportabile, dovevano essere all'incirca le sei. «L'ambasciata apre solo tra qualche ora.»

«Ho pensato che ci fosse la fila, e voglio essere il primo.»

«Puoi sempre farcela, anche se prendi prima una tazza di tè o caffè, se preferisci. E qualcosa da mangiare.»

«No. Hai già fatto abbastanza. Ospitarmi per la notte, anzi, addirittura invitarmi, la cena, il bagno, e tutto il resto: sei stata una vera ancora di salvezza.»

«Mi fa piacere. Ma non voglio che tu te ne vada proprio adesso. Non serve a niente. Ti accompagno io in macchina, in tempo per essere il primo della fila, se ti va.»

«Non voglio che tu...»

«Non serve che tu lo voglia», disse Deborah con decisione. «Non te lo sto proponendo, insisto. Perciò lascia qui il giubbotto e vieni con me.»

Cherokee parve rifletterci per un momento. Lanciò un'occhiata alla porta, dalla quale i tre pannelli di vetro lasciavano filtrare la luce. Sia lui sia Deborah sentivano la pioggia insistente e, come a sottolineare le difficoltà che lo attendevano se si fosse avventurato fuori, dal Tamigi venne un improvviso colpo di vento che sembrava sferrato da un peso massimo e fece stormire rumorosamente i rami del sicomoro in strada.

«D'accordo», accettò lui con riluttanza. «Grazie.»

Deborah lo accompagnò giù in cucina. Peach alzò la testolina dalla cesta ed emise un ringhio. Anche Alaska, già al suo posto abituale sul davanzale della finestra, si voltò, poi riprese a scrutare i ghirigori che la pioggia disegnava sui vetri.

«Non fare la maleducata», disse Deborah al bassotto, e sistemò Cherokee al tavolo, dove lui si mise a fissare i segni del coltello sul legno e le bruciature circolari lasciate da tegami troppo bollenti. La donna riaccese il bollitore elettrico e prese una teiera dalla vecchia credenza. «Ti preparo anche qualcosa da mangiare», disse. «Da quando non hai fatto un pasto regolare?» Gli diede uno sguardo. «Almeno da ieri, immagino.»

«C'è stata quella minestra.»

Deborah sbuffò con disappunto. «Non puoi essere di aiuto a China se ti lasci andare.» Andò al frigorifero e tirò fuori uova e pancetta. Prese dei pomodori dal cestino accanto all'acquaio e dei funghi dall'angolo buio vicino alla porta che dava sull'esterno, dove il padre ne teneva un grosso sacco appeso a un gancio tra gli impermeabili di casa.

Cherokee si alzò e andò alla finestra sull'acquaio, tendendo la mano verso Alaska. Il gatto gli annusò le dita e chinò il capo con fare regale, permettendo all'uomo di dargli una grattatina dietro le orecchie. Deborah si voltò e vide che Cherokee si guardava intorno nella cucina, come per assorbirne i particolari. Allora si mise a seguire lo sguardo del giovane, per imprimersi nella mente anche lei una serie di cose che dava per scontate: dalle erbe disseccate che il padre teneva appese in mazzetti ordinati, alle pentole e ai tegami di rame a portata di mano sulla parete al di sopra della piastra, dalle vecchie mattonelle consunte del pavimento alla credenza in cui c'era di tutto, dal vasellame alle fotografie delle nipoti e dei nipoti di Simon.

«Bella casa, Debs», mormorò Cherokee.

Per lei, era solo l'abitazione in cui aveva vissuto dall'infanzia, all'inizio come figlia orfana di madre dell'indispensabile braccio destro di Simon, poi, per un breve periodo, come amante di quest'ultimo, prima di diventare sua moglie. Ne conosceva gli spifferi, i difetti del sistema idraulico e l'esasperante carenza di prese elettriche. Per lei, era semplicemente casa sua. «È vecchia e piena di correnti», disse. «Ma, soprattutto, a volte ti esaspera.»

«Davvero? A me sembra un palazzo.»

«Dici?» Infilò con la forchetta nove fette di pancetta e le mise a friggere. «In realtà, appartiene alla famiglia di Simon. Quando è subentrato lui, era un vero disastro. Topi nelle pareti e volpi in cucina. Lui e papà ci hanno messo quasi due anni a renderla abitabile. Certo, anche i fratelli e la sorella di Simon potrebbero venire a vivere con noi, visto che la casa è di tutti, non solo nostra. Ma non lo farebbero. Sanno benissimo che lui e papà si sono sobbarcati tutti i lavori.»

«Quindi Simon ha fratelli e sorelle», osservò Cherokee.

«Due fratelli vivono a Southampton, dove si trova l'azienda di famiglia, una ditta di spedizioni, mentre la sorella sta a Londra. Una volta, faceva la modella, ora invece sta cercando di affermarsi intervistando celebrità sconosciute per conto di un canale via cavo ancora più sconosciuto, che nessuno guarda.» Deborah allargò il volto in un sorriso. «È proprio un personaggio, Sydney, la sorella di Simon. Manda in bestia la madre perché non vuole mettere la testa a posto e sistemarsi. Ha avuto dozzine di innamorati. Li abbiamo conosciuti uno dopo l'altro alle varie feste comandate, e ognuno di loro è l'uomo dei suoi sogni, 'finalmente'.»

«Che bello avere una famiglia così», commentò Cherokee.

Nel suo tono, Deborah colse una punta di malinconia che la indusse a voltarsi verso di lui. «Ti va di chiamare i tuoi?» gli chiese. «Tua madre, intendo. Puoi usare il telefono che è lì sulla credenza. O quello nello studio, se preferisci la riservatezza. Sono...» Diede un'occhiata all'orologio sulla parete e calcolò la differenza. «Sono solo le dieci e un quarto di sera, in California.»

«Non posso farlo.» Cherokee tornò al tavolo e si lasciò cadere sulla sedia. «L'ho promesso a China.»

«Ma lei ha il diritto...»

«China e la mamma?» la interruppe Cherokee. «Loro due non... Be', la mamma non è mai stata troppo presente, non come le altre madri, e China non vuole farle sapere quello che è successo. Penso che sia perché, sai, le altre madri si precipiterebbero col primo aereo, ma la nostra? Neanche a parlarne. Magari c'è una specie animale o vegetale da salvare. Perciò, a che serve dirglielo? O, almeno, è così che la pensa China.»

«E il padre? È ancora...» Deborah esitò. Quello del padre di China era sempre stato un argomento delicato.

Cherokee inarcò un sopracciglio. «Dietro le sbarre? Certo. Sta di nuovo dentro. Perciò, non c'è proprio nessuno da avvertire.»

Dalle scale della cucina venne un rumore. Deborah mise i piatti in tavola e sentì i movimenti irregolari di qualcuno che scendeva con cautela. «È Simon», disse. Il marito si era alzato prima del solito, molto prima del padre di Deborah, e a Joseph Cotter la cosa non sarebbe piaciuta. L'uomo si era preso cura di Simon per l'intera durata della sua convalescenza, tanto tempo prima, in seguito all'incidente dovuto alla guida in stato d'ebbrezza che lo aveva menomato, e non gradiva affatto che il suo pupillo lo privasse della possibilità di continuare a tenerlo sotto la sua ala protettiva.

«Per fortuna, quello che sto preparando basta per tre», disse Deborah all'ingresso del marito.

Simon passò lo sguardo dalla cucina al tavolo sul quale lei aveva posato le stoviglie. «Spero che il cuore di tuo padre sia forte abbastanza da reggere lo shock», disse.

«Molto divertente.»

Simon la baciò e salutò Cherokee con un cenno. «Ha un aspetto migliore, stamattina. Come va la testa?»

L'uomo si toccò il cerotto vicino all'attaccatura dei capelli. «Meglio. Ho avuto un'ottima infermiera.»

«Deborah sa quello che fa», disse Simon.

La moglie versò le uova nella padella e cominciò a strapazzarle con efficienza. «Di certo non è più così bagnato», fece notare. «Dopo la colazione faccio un salto con lui all'ambasciata americana.»

«Ah, capisco.» Simon diede uno sguardo a Cherokee. «Non ci ha già pensato la polizia di Guernsey a comunicarlo all'ambasciata? È insolito.»

«No, l'hanno fatto», disse Cherokee. «Ma da Grosvenor Square non hanno mandato nessuno. Si sono solo assicurati per telefono che lei avesse un avvocato al momento di presentarsi in aula. Dopodiché, si sono limitati a dire: 'Bene, perfetto, allora ha chi la rappresenta, ci chiami se ha bisogno d'altro'. 'Ho bisogno di voi, ho bisogno che veniate qui', ho detto io, e ho raccontato che al momento dell'accaduto non eravamo neanche sull'isola. Ma loro hanno sostenuto che la polizia doveva avere delle prove e non potevano fare nient'altro finché non c'erano nuovi sviluppi. È così che hanno detto: *finché non ci sono nuovi sviluppi.* Come se questa fosse una partita di pallacanestro o qualcosa del genere.» Si alzò di scatto dal tavolo. «Ho bisogno che venga qualcuno dell'ambasciata. Tutta questa faccenda è un'impostura e, se non faccio qualcosa per fermarla, prima della fine del mese ci saranno un processo e una condanna.»

«L'ambasciata può fare qualcosa?» Deborah mise la colazione sul tavolo. «Tu non ne sai niente, Simon?»

Il marito rifletté sulla domanda. Non aveva lavorato spesso per le ambasciate, più per i pubblici ministeri o gli avvocati che preparavano una linea di difesa e avevano bisogno di un perito esterno per smontare la testimonianza degli esperti della Scientifica. Ma ne sapeva abbastanza da illustrare quello che si sarebbero offerti di fare all'ambasciata americana non appena Cherokee si fosse presentato a Grosvenor Square.

«Un equo processo», rispose Simon. «L'ambasciata assicura solo questo. Si accerteranno che nel caso di China venga applicata la legge del posto.»

«È tutto qui quello che possono fare?» chiese Cherokee.

«Non molto di più, temo.» Simon aveva un tono di rammarico, ma riprese, più rassicurante: «Immagino che si assicureranno che sia ben rappresentata. Verificheranno le credenziali dell'avvocato e si accerteranno che non sia uno che ha cominciato a esercitare solo da tre settimane. Provvederanno a informare qualcuno negli Stati Uniti, se China lo desidera. A suo tempo, faranno pervenire le lettere di sua sorella a vostra madre e la includeranno nel consueto giro di visite, immagino. Insomma, faranno quello che possono». Osservò Cherokee per un momento e aggiunse in tono gentile: «Siamo solo agli inizi, capisce».

«Non eravamo neanche lì quando tutto questo è accaduto», disse Cherokee confuso. «Quando è accaduto tutto. Ho continuato a ripeterlo ai poliziotti, ma non mi credevano. Dovranno pure avere delle registrazioni all'aeroporto, no? Registrazioni della nostra partenza. Le avranno.»

«Ma certo», disse Simon. «Si potrà stabilire subito se il gior-

no e l'ora della morte non coincidono con la vostra partenza.»
Giocherellò con il coltello, facendolo tintinnare contro il piatto.
«Cosa c'è, Simon?» chiese Deborah.

Lui guardò Cherokee e poi verso la finestra della cucina, dove
Alaska se ne stava seduta a lavarsi il muso e a tratti premeva la
zampa contro i rivoli di pioggia sul vetro, come per impedirgli di
scorrere in basso. «Deve considerare tutto questo con un atteggiamento obiettivo», disse cauto. «Questo non è un Paese del
Terzo Mondo, né uno Stato totalitario. La polizia di Guernsey
non effettua arresti senza prove. Perciò...» Posò il coltello. «La
realtà è questa: c'è qualcosa di preciso che li ha indotti a ritenere di
aver catturato l'assassina che cercavano.» A quel punto, guardò
Cherokee e ne esaminò il volto con il consueto distacco dello
scienziato, come per assicurarsi che l'altro fosse in grado di affrontare la conclusione cui stava per arrivare. «Deve prepararsi.»

«A cosa?» Cherokee si afferrò inconsciamente al bordo del
tavolo.

«A qualunque cosa possa aver fatto sua sorella, temo. A sua
insaputa.»

3

«RISCIACQUATURA, Frankie. È così che lo chiamavamo. Non te l'ho mai detto? Mai parlato di come andavano male le cose in fatto di cibo, ragazzo? Be', non mi piace granché ripensare a quei tempi. Maledetti mangiacrauti. Quel che hanno fatto a quest'isola...»

Frank Ouseley infilò dolcemente le mani sotto le ascelle del padre, mentre il vecchio continuava a farfugliare. Lo sollevò dalla sedia di plastica posta nella vasca e guidò il suo piede sinistro sul logoro tappetino disteso sul freddo linoleum. Quella mattina, aveva messo il radiatore al massimo, ma la temperatura nel bagno gli sembrava ancora rigida. Sorreggendo il padre con una mano, afferrò l'asciugamano, lo scosse per aprirlo, e poi lo avvolse delicatamente intorno alle spalle dell'uomo, raggrinzite come tutto il resto. Graham Ouseley aveva novantadue anni, e la carne gli pendeva di dosso come pasta per il pane sfilacciata.

«A quell'epoca nella teiera ci si metteva di tutto», continuò il vecchio, appoggiandosi contro la spalla del figlio. «Sminuzzavamo le pastinache, quando riuscivamo a trovarne. Ovviamente prima le seccavamo nel forno. Anche foglie di camelia, fiori di limetta e melissa, ragazzo. Poi aggiungevamo il bicarbonato per far durare le foglie più a lungo. L'avevamo soprannominato 'risciacquatura': non lo si poteva certo definire tè.» Emise una risatina che scosse le fragili spalle e finì in un attacco di tosse, che lo fece annaspare per la mancanza d'aria. Frank lo afferrò più stretto per tenerlo in piedi.

«Sta' su, papà.» Rafforzò la presa sul corpo debilitato del vecchio, nonostante il timore che un giorno, a forza di stringerlo per impedirgli di finire a terra, potesse procurargli più danni della caduta, spezzandogli le ossa come le zampe di un uccellino. «Forza. Andiamo alla tazza.»

«Non devo fare la pipì, ragazzo», protestò Graham, cercando di divincolarsi. «Che ti succede? Ti va via il cervello o cosa? L'ho già fatta prima di entrare nella vasca.»

«Infatti. Voglio solo che tu ti sieda.»

«Ho le gambe a posto. Posso stare in piedi. Dovevo farlo quando c'erano i mangiacrauti; restare immobile come se stessi facendo la coda per la carne. Non si potevano far circolare le notizie, nossignore. Era proibito tenere una radio nel tuo letamaio, figliolo. Dovevi dare l'impressione di essere sempre pronto a dire 'Heil, Sporco Baffetto' come se fosse 'Dio salvi il re' e loro ti lasciavano in pace. Così potevi fare quello che volevi, se stavi attento.»

«Me lo ricordo, papà», disse Frank paziente. «Me l'hai già raccontato.» Malgrado le proteste del padre, lo fece sedere sulla tazza e si mise ad asciugarlo, ascoltando preoccupato il suo respiro, in attesa che tornasse normale. «Insufficienza cardiaca congestizia», aveva detto il medico curante. «Esistono dei farmaci, naturalmente, e glieli faremo prendere. Ma, per essere sinceri, alla sua età, è solo questione di tempo. È già un miracolo che sia vissuto tanto, Frank.»

Quando aveva sentito la diagnosi, lui aveva subito pensato che non era possibile. Non adesso. Non ancora, almeno fino a quando... Ma ormai era preparato alla morte del padre. Da tempo, aveva capito quanto era stato fortunato ad averlo con sé finché lui stesso non aveva superato i cinquanta. Perciò, anche se sperava che Graham Ouseley vivesse almeno altri diciotto mesi, si era reso conto che sarebbe potuto anche non succedere, e da ciò gli derivava una dolorosa consapevolezza che lo avvolgeva come una rete dalla quale non poteva fuggire.

«Davvero?» chiese Graham, storcendo il viso per lo sforzo di ricordare. «Te l'ho già raccontato prima, ragazzo? E quando?»

Due o trecento volte, pensò Frank. Fin da bambino ascoltava i racconti del padre sulla seconda guerra mondiale, e sarebbe stato capace di ripeterli a memoria quasi tutti. I tedeschi avevano occupato Guernsey per cinque anni, come fase preliminare del fallito progetto d'invasione dell'Inghilterra, e le privazioni che aveva subìto la popolazione, per non dire delle migliaia di modi in cui avevano tentato di ostacolare le mire del nemico sull'isola, erano state per molto tempo oggetto di conversazione del padre. Mentre la maggior parte dei bambini si nutriva dal seno materno, Frank aveva attinto ai ricordi di Graham come a una tettarella. «Non dimenticarlo mai, Frankie. Qualunque cosa ti accada nella vita, non devi mai scordartelo.»

Non lo aveva fatto e, al contrario di molti bambini che avevano finito per stufarsi delle storie che i genitori raccontavano loro alla Giornata delle Rimembranze, Frank Ouseley pendeva dalle labbra del padre, tanto da aver desiderato di essere nato un decennio prima, per poter prendere parte a quei tempi eroici, sia pure da piccolo.

Al giorno d'oggi non c'era nulla di paragonabile. Né le Falkland né il Golfo, conflitti brevi e violenti scoppiati quasi senza motivo e montati per suscitare nella popolazione un patriottismo di bandiera; né tanto meno l'Irlanda del Nord, dove aveva prestato servizio lui stesso, e dove, mentre schivava i tiri dei cecchini, si chiedeva cosa diavolo ci faceva nel mezzo di una lotta tra fazioni innescata da gentaglia che dall'inizio del secolo scorso non faceva altro che spararsi contro a vicenda per uccidersi. In questi casi l'eroismo era assente, perché non esisteva un nemico ben identificato che rappresentasse un'immagine contro cui scagliarsi e morire. Niente di simile alla seconda guerra mondiale.

Mentre teneva fermo il padre sulla tazza del water, tese una mano per prendere i vestiti del vecchio, appoggiati sul bordo del lavabo in una pila accuratamente ripiegata. Provvedeva Frank stesso a lavarli, perciò le mutande e la canottiera non erano proprio bianchissimi, ma dato che la vista del padre andava rapidamente peggiorando, il figlio era certo che il vecchio Graham non ci avrebbe fatto caso.

Vestire il padre era per lui una routine, che consisteva nell'infilargli i capi sempre nello stesso ordine. Era un rituale che un tempo Frank trovava rassicurante, perché conferiva alle sue giornate con Graham un'uniformità da cui scaturiva la promessa, sia pure falsa, che sarebbero continuate per sempre. Ma adesso guardò circospetto il vecchio e si domandò se la mancanza di fiato e il colorito cereo della pelle presagissero la fine della loro vita in comune, durata ormai più di cinquant'anni. Due mesi prima, quel solo pensiero lo avrebbe lasciato sgomento. Due mesi prima, avrebbe desiderato soltanto avere il tempo necessario a realizzare il Museo bellico Graham Ouseley, in modo che il padre potesse tagliare con orgoglio il nastro inaugurale il giorno dell'apertura. Ma erano bastati sessanta giorni a cambiare tutto in maniera irriconoscibile, ed era un peccato, perché, da quando aveva memoria, quello che aveva cementato il suo rapporto col padre era stata proprio quell'idea di raccogliere i cimeli che rappresentavano gli anni dell'occupazione tedesca dell'isola. Era il lavoro al quale avevano dedicato insieme l'intera esistenza e la passione che li accomunava, le cui motivazioni erano l'amore per la storia e la convinzione che le generazioni attuali e future di Guernsey si dovessero formare nella conoscenza di ciò che avevano patito i loro avi.

E Frank non desiderava che il padre scoprisse che i loro progetti erano destinati a non approdare a nulla: poiché Graham aveva ormai i giorni contati, era inutile infrangere un sogno che non avrebbe mai neppure concepito se Guy Brouard non fosse entrato nella loro vita.

«Che si fa oggi?» chiese il vecchio, mentre il figlio gli infilava i pantaloni della tuta da ginnastica sul sedere rinsecchito. «Sarebbe ora di fare una capatina sul cantiere di costruzione, no? Cominceranno a spalare la terra da un giorno all'altro, vero, Frankie? Ci sarai, ragazzo? Alla cerimonia del primo colpo di pala? O Guy se l'è riservato per sé?»

Frank evitò quelle domande e lasciò cadere del tutto il discorso su Guy Brouard. Fino a quel momento, era riuscito a nascondere al padre la notizia della terribile morte del loro amico e benefattore, perché non aveva ancora deciso se quell'informazione avrebbe inciso troppo sul suo stato di salute. Inoltre, indipendentemente dal fatto che Graham dovesse o no saperlo, si era ancora in attesa di conoscere il destino della proprietà di Guy.

«Pensavo di dare una controllata alle uniformi, stamattina», disse invece. «Mi è parso che comincino a risentire dell'umidità.» Naturalmente era una bugia. Le dieci uniformi in loro possesso, dai cappotti con il collo scuro della Wehrmacht alle logore tute degli addetti alla contraerea della Luftwaffe, erano tutte conservate in contenitori a tenuta stagna per il giorno in cui sarebbero state poste in teche di vetro destinate a custodirle per sempre. «Non so come sia accaduto, ma se è così, bisogna provvedere prima che comincino a marcire.»

«Sicuro, maledizione», convenne il padre. «Pensaci tu, Frankie. Dobbiamo mantenere nuovi di zecca tutti quei capi.»

«È quello che facciamo, papà», ribatté meccanicamente Frank.

Quella risposta parve soddisfare il vecchio. Si lasciò pettinare i pochi capelli che gli restavano, e portare in sala. Là, Frank lo sistemò sulla sua poltrona preferita e gli porse il telecomando. Non era preoccupato dall'eventualità che il padre si sintonizzasse per caso sul canale dell'isola e ascoltasse proprio le notizie su Guy Brouard che lui cercava di nascondergli. Gli unici programmi che Graham Ouseley guardava erano quelli di cucina e le soap. Nel primo caso prendeva appunti, per ragioni tuttora ignote al figlio. Nel secondo, si lasciava prendere completamente, e ogni giorno passava l'ora di cena a discutere dei guai dei protagonisti come se fossero i suoi vicini di casa.

Che gli Ouseley non avevano. Al contrario di tanti anni prima: a quell'epoca c'erano altre due famiglie che vivevano nella schiera di cottage che spuntava come un'appendice dal vecchio mulino ad acqua detto il Moulin des Niaux. Ma col tempo, Frank e il padre avevano acquistato tutte le abitazioni man mano che venivano messe in vendita. E ora le utilizzavano come depositi per la ricca collezione che avrebbe dovuto essere ospitata nel museo bellico.

Frank prese il proprio mazzo di chiavi e, dopo aver controllato il termosifone della sala e acceso il caminetto elettrico, non contento dell'esiguo calore proveniente dalle vecchie tubature, uscì per recarsi nel cottage accanto a quello in cui abitavano da sempre lui e il padre. Era una serie di costruzioni a schiera, e gli Ouseley vivevano in quella più lontano dal mulino ad acqua, la cui vecchia ruota mandava incessanti cigolii lamentosi nelle notti in cui il vento soffiava nella forra di Talbot Valley.

Frank faticò ad aprire la porta d'ingresso del cottage, perché il pavimento era irregolare e né lui né il padre si erano mai preoccupati di risolvere il problema. Tanto, il cottage era adibito esclusivamente a deposito, e una porta difettosa era poca cosa rispetto agli altri accorgimenti richiesti da un edificio cadente destinato a contenere materiali deteriorabili. Era molto più importante evitare le infiltrazioni d'acqua dal tetto e le correnti d'aria dalle finestre. Se il riscaldamento funzionava bene e si riusciva a mantenere un certo equilibrio tra asciutto e umidità, le difficoltà di apertura di una porta erano del tutto trascurabili.

Ma non per Guy Brouard. Alla prima visita dagli Ouseley, aveva immediatamente sollevato la questione di quella porta. «Il legno è ingrossato», erano state le sue parole. «Vuol dire che c'è umidità, Frank. Stai cercando di eliminarla?»

«Si tratta del pavimento», gli aveva spiegato lui. «L'umidità non c'entra. Anche se purtroppo non manca. Cerchiamo di mantenere la temperatura costante, qui, ma d'inverno... Dev'essere la vicinanza del torrente.»

«Vi ci vorrebbe un terreno più elevato.»

«Non è facile trovarlo sull'isola.»

Guy non poteva dargli torto. Non c'erano punti di grande altezza su Guernsey, tranne forse le rupi sul versante meridionale dell'isola, che scendevano a precipizio nella Manica. Ma era proprio quest'ultima, con l'aria troppo ricca di salsedine, a rendere sconsigliabile di trasferire laggiù l'intera collezione, anche nel caso molto improbabile che trovassero un edificio in cui sistemarla.

Guy non aveva proposto la realizzazione del museo così su due piedi, anche perché non si era reso subito conto della portata della collezione degli Ouseley. Si era recato a Talbot Valley in seguito a un invito fattogli da Frank, mentre prendevano caffè e biscotti al termine di una conferenza presso la società storica. Gli iscritti si riunivano in un locale che si affacciava sulla piazza del mercato di St. Peter Port, nell'antico salone delle assemblee, da tempo requisito per ospitare un ampliamento della Guille-Alles Library. Erano là per ascoltare una conferenza sull'inchiesta condotta nel 1945 dagli alleati su Hermann Göring, rivelatasi solamente una mera enumerazione di fatti ricavati da un documento denominato Relazione ufficiale sull'interrogatorio. Gran parte degli iscritti aveva cominciato a crollare addormentata già una decina di minuti dopo l'inizio, ma Guy Brouard pendeva dalle labbra del relatore. Vedendolo così intento, Frank aveva individuato in lui un degno alleato. Ormai erano talmente poche le persone davvero interessate a quei fatti avvenuti in un altro secolo, e per questo alla fine della conferenza lo aveva avvicinato, senza nemmeno conoscerlo, scoprendo con sorpresa che si trattava del signore che aveva rilevato il cadente Thibeault Manor, tra St. Martin e St. Peter Port, per farlo risorgere dalle ceneri come Le Reposoir.

Se Guy Brouard non fosse stato un tipo così affabile, Frank si sarebbe limitato a scambiare con lui qualche frase di circostanza quella sera, e tutto sarebbe finito lì. Ma la verità era che l'altro aveva immediatamente dimostrato un interesse lusinghiero per l'hobby di Ouseley. Perciò quest'ultimo lo aveva invitato al Moulin des Niaux.

Di sicuro Guy vi si era recato convinto che si trattasse del solito gesto di cortesia da parte di un appassionato verso chi dimostra una certa dose di curiosità per il proprio campo d'interessi. Ma dopo che aveva visto la prima stanza piena di scatole e casse, di scaffali stracolmi di proiettili e medaglie, di armamenti vecchi di mezzo secolo, di baionette, pugnali, maschere antigas e dispositivi di segnalazione, aveva lanciato un fischio sommesso di ammirazione, decidendo di esaminare con più attenzione quel tesoro.

Per farlo, non gli era bastata una sola giornata. E neanche una settimana. Per due mesi di seguito, Guy Brouard si era ripresentato puntualmente al Moulin des Niaux, col preciso intento di passare al vaglio il contenuto degli altri due cottage. E quando alla fine aveva dichiarato: «Ti ci vuole un museo per tutta questa roba», l'idea aveva preso piede nella mente di Frank.

All'epoca gli sembrava un sogno. Adesso invece... com'era strano riconoscere che quel sogno si era lentamente trasformato in un incubo.

Nel cottage, Frank si avvicinò all'armadietto di metallo nel quale il padre aveva riposto i documenti del periodo bellico man mano che ne entravano in possesso. Possedevano decine di vecchie carte d'identità, tessere annonarie e patenti, sentenze tedesche di condanne a morte per crimini gravi, come la liberazione di piccioni viaggiatori, e proclami in merito a qualunque cosa, pur di tenere sotto controllo l'esistenza degli isolani. I pezzi cui tenevano di più erano sei numeri di GIFT, il foglio clandestino quotidiano. Per stamparlo, tre abitanti dell'isola ci avevano rimesso la vita.

Frank li tirò fuori dallo schedario e andò a sedersi su una malandata sedia di bambù, appoggiandoseli in grembo con estrema cautela. Erano pagine singole, battute su carta da lucidi, con tanti fogli di carta copiativa sovrapposti, quanti ce ne stavano nel rullo di una vecchia macchina per scrivere. Così fragili che l'essere durati un mese e poi addirittura più di mezzo secolo era un miracolo che attestava, in quei pochi millimetri di spessore, il coraggio di uomini che non si sarebbero lasciati intimorire dai proclami e dalle minacce dei nazisti.

Se Frank non avesse passato l'intera esistenza a imparare l'importanza della storia, gli anni dell'adolescenza e quelli di adulto solitario ad apprendere il valore inestimabile di tutto quanto aveva un sia pur vago rapporto con quell'epoca di grandi sofferenze per Guernsey, forse avrebbe pensato che sarebbero bastati quei fogli sottilissimi del periodo bellico a rappresentare la resistenza di un popolo. Ma un collezionista davvero appassionato non si accontentava di un'unica categoria di cimeli. E quando si trattava di alimentare la memoria e rivelare la verità, per far sì che questa non dovesse mai più mettere in discussione un significato rimasto integro alla prova del tempo, il materiale posseduto non era mai abbastanza.

Frank fu scosso da un suono metallico proveniente dall'esterno e si avvicinò alla finestra dai vetri sudici. Vide un ciclista, appena fermatosi con una frenata, che si accingeva a smontare, abbassando il cavalletto. Con lui c'era un cane dal manto a pelo lungo.

Erano il giovane Paul Fielder e Tabù.

Vedendoli, Frank ebbe un moto di disappunto. Si domandò cosa ci facessero da quelle parti, così lontano dal Bouet, dove Paul e la sua pessima famigliola abitavano in una delle villette a schiera costruite per deliberazione del Consiglio della parrocchia sul versante orientale dell'isola, per sistemare i membri della comunità le cui entrate non avrebbero mai eguagliato la tendenza a riprodursi. Guy Brouard aveva particolarmente a cuore il caso di Paul Fielder, e il giovane si era recato spesso con lui al Moulin des Niaux. Si accoccolava tra le scatole e ne esaminava il contenuto con i due uomini. Ma, prima d'ora, non era mai venuto da solo a Talbot Valley e, alla vista del ragazzo, Frank sentì una morsa allo stomaco.

Paul si avviò verso il cottage degli Ouseley, riassestandosi uno zaino verde e sudicio che portava sulla schiena come una gobba. Frank si scostò dalla finestra per non essere visto. Se Paul avesse bussato alla porta, Graham non avrebbe risposto. A quell'ora del mattino, era ipnotizzato dalla prima soap e dimentico di tutto il resto, a parte la tele. Non ottenendo risposta, Paul Fielder se ne sarebbe andato. Frank contava su questo.

Ma il cane aveva tutt'altre intenzioni. Mentre Paul si avvicinava esitando all'ultimo cottage, Tabù andò diritto alla porta dietro la quale Frank se ne stava appostato come un ladro poco intelligente. Il cane annusò la base dell'uscio e si mise ad abbaiare. Questo fece cambiare direzione a Paul.

Il ragazzo si avvicinò e, mentre ai suoi piedi, Tabù uggiolava e grattava con le zampe sulla porta, lui bussò con un colpetto timido e irritante, in linea con i suoi modi di fare.

Frank rimise le copie di *GIFT* nella loro cartella e ripose quest'ultima nel cassetto dello schedario. Chiuse il mobiletto, si asciugò le mani sui pantaloni e aprì la porta del cottage.

«Paul!» esclamò cordiale e guardò la bicicletta alle spalle del ragazzo fingendo sorpresa. «Buon Dio, hai pedalato fin qui?» Naturalmente Bouet non era lontano da Talbot Valley in linea d'aria, come del resto ogni altra località di Guernsey. Ma le strade tortuose allungavano parecchio le distanze. Paul non l'aveva mai fatto prima e, comunque, Frank era quasi certo che il ragazzo non sapesse arrivare da solo nella valle. Non era molto sveglio.

Paul lo guardò dal basso verso l'alto, battendo le palpebre. Per essere un sedicenne era basso e aveva dei tratti chiaramente effeminati. Era il tipo di ragazzo che avrebbe fatto furore a teatro nell'età elisabettiana, quando c'era grande richiesta di giovani in grado d'interpretare ruoli femminili. Ma oggigiorno le cose erano un po' diverse. Fin dalla prima volta che Frank aveva conosciuto quel ragazzo, si era reso conto che doveva avere una vita piuttosto difficile, specialmente a scuola, dove una faccia rosea, capelli biondi e ondulati e ciglia color granturco non erano attributi che garantissero l'immunità dalle angherie.

Paul non rispose a quell'ingannevole tentativo di benvenuto da parte di Frank. Anzi, gli occhi grigi e femminei si riempirono di lacrime, che lui si asciugò sollevando il braccio e passandosi sul viso la flanella logora della camicia. Non portava la giacca, il che con quel tempo era quasi una follia, e i polsi spuntavano dalla stoffa come bianche parentesi a chiusura di braccia sottili come rametti di sicomori. Cercò di dire qualcosa, ma gli uscì solo un singhiozzo strozzato. Tabù ne approfittò per entrare indisturbato nel cottage.

Non restava altro che far accomodare il ragazzo, e Frank lo invitò a sedersi sulla sedia di bambù, poi chiuse la porta al gelo di dicembre. Ma, non appena si girò, vide che Paul era rimasto in piedi. Si era sfilato lo zaino come un peso che sperava qualcuno gli togliesse dalle spalle, e si era appoggiato con gli avambracci su una pila di scatole di cartone, come per cingerne il contenuto o esporre il dorso alla sferza.

Frank sospettò che fosse per entrambe le cose, perché quelle scatole rappresentavano uno dei legami di Paul Fielder con Guy Brouard, e nello stesso tempo dovevano servirgli a ricordare che il suo benefattore se n'era andato per sempre.

Il ragazzo era senza dubbio sconvolto dalla morte dell'uomo, indipendentemente da ciò che sapeva del modo terribile in cui era avvenuta. Vivendo in un contesto in cui era uno tra tanti, con genitori incapaci di fare altro che ubriacarsi e scopare, di certo doveva essersi sentito rinascere grazie alle attenzioni di cui lo aveva ricoperto Guy. Per la verità, Frank non aveva colto nessun chiaro segnale di una simile rinascita le volte che Paul era venuto col suo benefattore al Moulin des Niaux, ma d'altro canto non conosceva quel ragazzo taciturno *prima* che Brouard entrasse a far parte della sua vita. Poteva anche darsi che quell'atteggiamento vigile ma di quasi completo silenzio, che era un tratto distintivo del carattere di Paul quando tutti e tre frugavano tra i cimeli bellici dei cottage, rappresentasse lo sviluppo inatteso di uno stadio precedente di mutismo assoluto e anormale.

Le fragili spalle di Paul erano scosse dai tremiti e il collo, sul quale la splendida capigliatura formava dei riccioli simili a quelli di un putto rinascimentale, sembrava troppo delicato per sorreggere il capo. Infatti lui lo chinò di colpo sulla scatola in cima alla pila, il corpo scosso da un singulto.

A disagio, Frank si avvicinò imbarazzato al ragazzo e gli mise una mano sulla spalla, dicendogli: «Andiamo, su, andiamo», domandandosi cosa avrebbe risposto se l'altro avesse chiesto: «Dove? Dove?» Ma Paul non disse nulla, e si limitò a restare chinato. Tabù andò a sedersi ai suoi piedi e alzò gli occhi verso di lui.

Frank avrebbe voluto dire che anche lui era profondamente affranto per la scomparsa di Guy Brouard, ma nonostante la volontà di consolare il ragazzo, si rendeva conto che sull'isola non c'era nessuno, tranne la sorella del defunto, che provava un dolore simile a quello di Paul. Perciò poteva offrire allo sfortunato giovane solo due cose: delle parole di conforto del tutto inadeguate o la possibilità di proseguire il lavoro iniziato da loro tre. Nel primo caso, Frank sapeva di non esserne capace. Quanto alla seconda ipotesi, non riusciva neanche a pensarci. Quindi, non gli restava altro che mandare via il ragazzo.

«Ascolta, Paul, mi spiace che tu sia sconvolto», disse Frank. «Ma non dovresti essere a scuola? Il trimestre non è ancora terminato, vero?»

Paul alzò verso di lui il volto arrossato, asciugandosi col palmo della mano il naso che colava. Sembrava così patetico, e nel contempo così speranzoso, che in un attimo Frank capì esattamente perché era venuto a trovarlo.

Buon Dio, cercava un sostituto, un altro Guy Brouard che s'interessasse a lui, che gli desse una ragione per... Cosa? Continuare a sognare? Proseguire il loro lavoro? Cosa aveva promesso esattamente Guy Brouard a quel povero ragazzo? Qualcosa nel cui raggiungimento non poteva certo essergli d'aiuto Frank Ouseley, che non avrebbe mai avuto figli. Non con un padre novantaduenne di cui occuparsi. E non con i pesi che lui stesso cercava di sostenere: tante speranze finite di colpo e a capofitto in una realtà incomprensibile.

Quasi a conferma dei sospetti di Frank, Paul si raddrizzò e smise di ansimare. Si asciugò il naso per l'ultima volta sulla manica di flanella e si guardò intorno come se solo allora si rendesse conto di dove si trovava. Si succhiò un labbro e si tirò l'orlo sfilacciato della camicia. Poi attraversò la stanza fino a una pila di scatole, sulle quali in alto e di lato era scritto col pennarello DA CATALOGARE.

Frank si sentì mancare. Era proprio come pensava. Il ragazzo era venuto per instaurare un legame con lui e darne atto riprendendo il lavoro. Così non andava.

Paul prese la scatola in cima alla pila, la appoggiò con attenzione sul pavimento e le si accoccolò accanto. Tabù si avvicinò e si accucciò, posando il muso sulle zampe, e il ragazzo aprì con cura la scatola, come aveva visto fare un centinaio di volte a Guy e a Frank. Dentro c'era un intero assortimento di medaglie al valore, vecchie fibbie, stivali, berretti della Luftwaffe e della Wehrmacht, e altri capi di vestiario indossati dalle truppe nemiche nel lontano passato. Fece esattamente come Guy e Frank: dispiegò un foglio di plastica sul pavimento di pietra e cominciò a posarvi i cimeli, per poi catalogarli uno alla volta sul blocchetto a tre anelli di cui si servivano.

Si alzò per andare a prenderlo dallo schedario dal quale pochi istanti prima Frank aveva sfilato le copie di GIFT. L'uomo colse l'occasione al volo.

«Ehi!» gridò. «Senti un po', giovanotto!» Attraversò con un balzo la stanza e chiuse di scatto il cassetto dello schedario che il ragazzo stava aprendo. Quel movimento fulmineo e il volume della voce furono tali che Tabù saltò su e si mise ad abbaiare.

Frank approfittò del momento: «Che diavolo fai?» chiese in tono severo. «Io qua dentro ci lavoro. Non puoi piombare qui all'improvviso e metterti a fare quello che ti pare. Questi sono cimeli di valore inestimabile. Sono fragili e, una volta distrutti, sono perduti per sempre, capisci?»

Paul spalancò gli occhi e aprì la bocca per parlare, ma non gli uscì nulla. Tabù continuava ad abbaiare.

«E porta fuori di qui quel bastardo, maledizione», proseguì Frank. «Hai meno cervello di una scimmia, ragazzo. Portarlo qua dentro, dove come niente potrebbe... Ma guardala, questa bestiaccia distruttrice.»

Tabù, da parte sua, rizzò il pelo verso l'origine di quel trambusto, e Frank approfittò anche di questo. Alzò la voce fino a gridare: «Portalo via di qui, ragazzo, prima che lo butti fuori io stesso». E visto che Paul indietreggiava, ma non accennava a uscire dal cottage, l'uomo si guardò intorno frenetico, in cerca di qualcosa per spingerlo ad andarsene. Lo sguardo gli cadde sullo zaino e lo raccolse, agitandolo minaccioso verso Tabù, che si ritrasse come il padrone, uggiolando.

Quel gesto aggressivo nei confronti del cane ottenne finalmente il risultato sperato. Paul lanciò un grido soffocato e incomprensibile, dopodiché si precipitò alla porta, con Tabù alle calcagna. Si fermò solo un attimo, per strappare lo zaino a Frank, poi se lo gettò sulle spalle e corse via.

Ouseley li guardò fuggire dalla finestra, col cuore che gli martellava nel petto. La bicicletta del ragazzo era un residuato in grado di andare poco più che a passo d'uomo, tra un cigolare di ruote. Eppure Paul si mise a pigiare con furia sui pedali, e lui e il cane sparirono a tempo di record dietro il muro laterale del mulino ad acqua, passando con andatura traballante al di sotto della chiusa in direzione della strada.

Solo dopo che si furono allontanati senza complicazioni Frank riprese a respirare. Il cuore gli martellava così forte nelle orecchie che per poco non udì i colpi che il padre stava battendo sulla parete adiacente al cottage nel quale vivevano.

Si precipitò a vedere perché il vecchio lo chiamasse. Lo trovò che tornava vacillando sulla sedia a rotelle dalla quale si era tirato su, con un martello di legno in mano. «Papà?» disse. «Tutto a posto? Che c'è?»

«Adesso un uomo non può neanche starsene in pace a casa sua?» fece Graham, insofferente. «Che ti prende a quest'ora, ragazzo? Non riesco a sentire nemmeno questa maledetta TV con tutto il chiasso che fai.»

«Scusa», disse Frank. «È venuto quel ragazzo da solo, senza Guy. Sai a chi mi riferisco, Paul Fielder? Be', non possiamo tollerarlo, papà. Non mi va che se ne venga da queste parti da solo. Non che non mi fidi di lui, ma tra quello che abbiamo, c'è della roba di valore, e lui proviene... be', da una famiglia tutt'altro che abbiente.» Si accorse di parlare troppo in fretta, ma non riusciva a evitarlo. «Non vorrei dargli l'occasione di rubacchiare qualcosa per venderla. Pensa che ha aperto una scatola. Si è infilato in casa senza neanche salutare e io...»

Graham prese il telecomando e alzò il volume a un livello che aggredì i timpani di Frank. «Pensa agli affari tuoi», ordinò al figlio. «Lo vedi da te che ho da fare qui, maledizione.»

Paul pedalava come un matto, con Tabù che gli correva accanto. Il ragazzo non si fermò neppure un secondo per prendere fiato, riposarsi o anche solo riflettere. Filava a razzo lungo la strada per allontanarsi da Talbot Valley, rasentando pericolosamente il muro ricoperto d'edera a contenimento del pendio nel quale era stato ricavato il percorso. Se fosse stato in grado di pensare, avrebbe potuto fermarsi su una piazzola dalla quale si accedeva a un sentiero che andava su per la collina, parcheggiare lì la bici e farsi una bella passeggiata di sopra, attraverso i campi pieni di mucche brune al pascolo. In quel periodo dell'anno non ci andava nessuno, perciò sarebbe stato al sicuro e là solitudine gli avrebbe dato la possibilità di riflettere sul da farsi. Ma non riusciva a pensare ad altro che alla fuga. L'esperienza gli insegnava che le grida erano sempre foriere di violenza, e da molto tempo l'unica via di scampo per lui era scappare.

Così risalì di corsa la valle e solo più tardi, gli parvero secoli quando finalmente si rese conto di dove si trovava, si accorse che le gambe lo avevano condotto nell'unico posto in cui aveva trovato sicurezza e serenità. Stava dinanzi ai cancelli di ferro di Le Reposoir, ed erano aperti, quasi fossero in attesa del suo arrivo, com'era già successo molte volte in passato.

Frenò. Tabù gli si accostò ansante al ginocchio. Paul provò una fitta improvvisa e lancinante di rimorso dinanzi all'incrollabile devozione del cane nei suoi confronti. Tabù aveva abbaiato per difenderlo dalla furia del signor Ouseley e, così facendo, si era esposto alla collera di un estraneo. Dopodiché aveva corso senza esitazione per metà isola. Paul mollò la bici, incurante di farla cadere, e s'inginocchiò ad abbracciare il cane. Tabù reagì con una leccatina sulle orecchie, come se non fosse stato affatto ignorato e dimenticato durante la fuga del padrone. A quel solo pensiero, il ragazzo trattenne le lacrime. In tutta la vita, solo un cane gli aveva dato tanto affetto. Anche più di Guy Brouard.

Ma per il momento Paul non aveva intenzione di pensare a quell'uomo, al passato con lui e tanto meno a ciò che gli riservava il futuro, adesso che l'anziano benefattore era uscito per sempre dalla sua vita.

Perciò fece l'unica cosa possibile: si comportò come se nulla fosse cambiato.

Vale a dire, appena arrivato ai cancelli di Le Reposoir, tirò su la bicicletta ed entrò nella tenuta. Stavolta però, anziché pedalare, spinse a mano la bici sotto gli alberi di castagno con Tabù che gli trotterellava felice accanto. In lontananza, il viale di ciottoli si apriva a ventaglio davanti all'ingresso dell'antico edificio in pietra, e le finestre schierate parvero ammiccare in segno di benvenuto nel sole malato del mattino di dicembre.

Un tempo, sarebbe andato diritto sul retro, nella serra, fermandosi in cucina, dove Valerie Duffy gli avrebbe detto: «Ehi, che bella visione per una signora di prima mattina» e con un sorriso gli avrebbe offerto uno spuntino. Gli dava sempre una focaccina fatta in casa o una fetta di torta e, prima di lasciarlo andare dal signor Brouard nello studio, sul loggiato o da qualche altra parte, gli avrebbe detto: «Siediti e dimmi se è buono, Paul. Non mi va di farlo assaggiare al signor Brouard senza la tua approvazione, va bene?» Quindi avrebbe aggiunto: «Mandalo giù con questo», e gli avrebbe offerto latte, tè, una tazza di caffè o a volte di cioccolata calda, così densa e cremosa che il solo profumo gli faceva venire l'acquolina in bocca. E Valerie avrebbe avuto qualcosa in serbo anche per Tabù.

Ma quella mattina Paul non andò nella serra. Con la morte del signor Guy, era cambiato tutto. Perciò si diresse oltre la casa, verso le scuderie in pietra dove il proprietario teneva gli attrezzi in una vecchia selleria. Mentre Tabù annusava i piacevoli odori di quegli ambienti, Paul prese la cassetta degli attrezzi e la sega, si mise in spalla le tavole di legno e camminando a fatica tornò fuori. Richiamò il cane con un fischio e quello arrivò di corsa, schizzando in avanti verso lo stagno situato a una certa distanza, oltre l'ala nordoccidentale dell'edificio. Per arrivarci, Paul doveva passare davanti alla cucina e, guardando da quella parte, attraverso la finestra vide Valerie Duffy. Ma quando lei gli agitò la mano in segno di saluto, lui girò di scatto la testa dall'altra parte e tirò diritto, con grande decisione, strisciando i piedi sui ciottoli come gli piaceva fare, solo per udire lo scricchiolio delle pietruzze contro le suole delle scarpe. Quel rumore gli risultava particolarmente gradito da molto tempo, specie quando camminavano insieme loro due: lui e il signor Guy. Lo facevano all'unisono, come due che andavano al lavoro, e ogni volta quella sincronia dava a Paul la certezza che tutto era possibile, perfino diventare da adulto come il signor Brouard.

Non che volesse imitare passivamente la vita del signor Guy, lui aveva altri sogni. Ma il fatto che il signor Guy, fuggito bambino dalla Francia, avesse cominciato dal niente e fosse divenuto un gigante procedendo diritto per la strada intrapresa, per Paul rappresentava la promessa di poter fare altrettanto. Tutto era possibile, se si aveva voglia di darsi da fare.

E Paul ce l'aveva, fin dal primo momento in cui aveva incontrato il signor Guy. All'epoca aveva dodici anni, ed era un bambino tutto pelle e ossa con i vestiti del fratello maggiore, che ben presto sarebbero passati al prossimo venuto. Paul aveva stretto la mano del signore in jeans ed era stato capace di dire soltanto: «Però, com'è bianca», riferito al colore immacolato della maglietta che il signor Guy indossava sotto l'impeccabile maglione blu marina dalla scollatura a V. Poi era arrossito tanto da sentirsi quasi svenire. *Stupido, stupido*, gli gridavano le voci nella testa. *Sei solo una mezza cartuccia, Paulie, e tanto vali.*

Ma il signor Guy aveva capito benissimo a cosa alludeva Paul. «Non è merito mio», gli aveva risposto. «Se ne occupa Valerie. È lei che lava tutto. È l'ultima della specie, un'autentica donna di casa. Purtroppo non è mia. Se l'è già accaparrata Kevin. Li conoscerai tutti e due non appena vieni a Le Reposoir. Sempre che tu lo voglia, s'intende. Che ne pensi? Vogliamo metterci alla prova?»

Paul non sapeva cosa rispondere. L'insegnante di terza lo aveva fatto sedere anzitempo, spiegandogli in cosa consisteva quel programma speciale: adulti appartenenti alla comunità facevano qualcosa insieme con i ragazzi. Ma lui non era stato capace di ascoltare al meglio, perché distratto da un'otturazione d'oro nella bocca della donna. Era quasi sul davanti, e quando lei parlava brillava sotto le luci accese dell'aula. Lui cercava di vedere se ce n'erano delle altre, chiedendosi quanto valesse la bocca della donna.

Perciò quando il signor Guy parlò di Le Reposoir, di Valerie e Kevin, come pure della sorella Ruth, che Paul si aspettava fosse una bimba finché non la conobbe, il ragazzo assorbì ogni cosa e annuì solamente perché sapeva di doverlo fare, e in questi casi si comportava sempre di conseguenza, in quanto, se avesse fatto diversamente, sarebbe stato colto dal panico e dalla confusione. Così il signor Guy divenne il suo compagno e cominciarono a fare amicizia.

Il loro rapporto consisteva soprattutto nell'andare in giro tutti e due a curiosare per la tenuta dell'anziano miliardario, dato che, a parte pescare, nuotare e passeggiare sui sentieri che attraversavano le scogliere, su Guernsey non c'era molto da fare per una coppia di persone. O, almeno, così era stato finché non si erano imbarcati nel progetto del museo.

Ma a quest'ultimo era meglio non pensare, altrimenti avrebbe rivissuto quei brutti momenti con il signor Ouseley che gridava. Invece, arrancò fino allo stagno dove lui e il signor Guy avevano cominciato a costruire il riparo invernale per le anatre.

Ne rimanevano solo tre: un maschio e due femmine. Le altre erano morte. Una mattina, era arrivato mentre il signor Guy seppelliva i loro corpi straziati e ricoperti di sangue, vittime innocenti di un cane feroce. O di un atto di deliberata cattiveria. Il signor Guy aveva impedito a Paul di guardarle da vicino. «Resta lì», gli aveva detto. «E tieni lontano anche Tabù.» E intanto che Paul guardava, il signor Guy aveva sepolto ogni volatile in una tomba a parte, scavata con le proprie mani, dicendo: «Maledizione, che spreco, che spreco».

Erano dodici, compresi due anatroccoli, ciascuno in una tomba con intorno un mucchio di pietre, con sopra una croce e una piccola recinzione a delimitare ufficialmente quel cimitero di anatre. «Onoriamo le creature di Dio», gli aveva detto il signor Guy. «Ci fa bene ricordare che lo siamo anche noi.»

Però bisognava insegnarlo anche a Tabù, e fargli capire che doveva rispettare le anatre di Dio era stato un compito impegnativo per Paul. Tuttavia, il signor Guy gli aveva promesso che la pazienza sarebbe stata premiata e così era stato. Tabù adesso era mite come un agnello con le tre anatre superstiti, e in quel momento era come se non si trovasse affatto sulla riva dello stagno, vista l'indifferenza che dimostrava verso i volatili. Il cane si allontanò per scoprire l'origine degli odori provenienti dal minuscolo canneto che spuntava nei pressi di un ponticello sospeso sull'acqua. Da parte sua, Paul andò a smaltire le sue angosce sulla riva orientale dello stagno, dove lui e il signor Guy avevano messo a punto i loro lavoretti.

Oltre all'ecatombe di anatre, erano stati distrutti anche i ripari invernali. Paul e il suo mentore li stavano ricostruendo nei giorni precedenti la morte del signor Guy.

Col tempo, il ragazzo aveva capito che l'uomo lo metteva alla prova con varie incombenze nel tentativo di capire per cos'era portato nella vita. Paul avrebbe voluto dirgli che quei lavori di carpenteria, muratura, pavimentazione e tinteggiatura andavano benissimo, ma che non erano sufficienti a diventare un pilota di caccia della RAF. Tuttavia, era riluttante a confessare apertamente quel sogno. Perciò aveva contribuito di buon grado a tutti i compiti assegnatigli. Se non altro, le ore che passava a Le Reposoir lo tenevano lontano da casa, e quella fuga gli andava benissimo.

Lasciò cadere il legname e gli attrezzi a poca distanza dall'acqua e si sfilò lo zaino con uno scrollone. Si assicurò che Tabù fosse ancora in vista, quindi aprì la cassetta e ne esaminò il contenuto, cercando di ricordare esattamente l'ordine che il signor Guy gli aveva insegnato quando costruivano qualcosa. Le tavole erano già state tagliate, ed era meglio così, perché lui non era molto bravo con la sega. Adesso, secondo lui, bisognava inchiodare. L'unico problema era cosa e dove.

Notò un foglio di carta ripiegato sotto una scatola di chiodi, e si ricordò gli schizzi fatti dal signor Guy. Lo prese e lo aprì sul terreno, inginocchiandosi per esaminare lo schema.

Una grossa A con un cerchietto indicava da dove cominciare, la B il passo successivo, la C l'altro ancora e così via, fino al completamento del riparo. Più facile di così non si poteva, pensò Paul. Passò in rassegna le tavole, in cerca dei pezzi corrispondenti alle lettere dello schizzo.

Questo però era un problema. Perché sui pezzi di legname non c'erano lettere, bensì numeri e, sebbene questi fossero riportati anche sul disegno, alcuni erano gli stessi, ma tutti avevano delle frazioni, per le quali Paul era sempre stato un completo disastro: non riusciva neanche a capire cosa significava il numero di sopra rispetto a quello di sotto. Sapeva solo che aveva qualcosa a che fare con la divisione. Quello di sopra diviso per quello di sotto o il contrario, a seconda del minimo comun denominatore o qualcosa del genere. Ma la vista di quei numeri gli faceva girare la testa e gli riportava alla mente le terribili chiamate alla lavagna, con l'insegnante che gli imponeva severamente: «Forza, riduci la frazione, Paul, per l'amor del cielo. No, *no*, il numeratore e il denominatore cambiano quando li dividi correttamente, stupido, stupido ragazzo che non sei altro».

Risate, risate. *Sei proprio un testone, Paulie Fielder, un cervello di gallina.*

Paul fissò i numeri, e continuò a farlo finché non gli ondeggiarono davanti agli occhi. Poi afferrò il foglio e lo accartocciò. *Stupido idiota buono a nulla. Femminella, femminella, io lo so cosa ti passa sotto quella tua gonnella.*

«Ah, eccoti.»

Paul si voltò di scatto e vide Valerie Duffy avanzare sul sentiero che partiva dall'edificio, con la lunga gonna di lana che s'impigliava nelle fronde delle felci lungo la strada. Teneva sulla palma delle mani qualcosa ordinatamente ripiegato. Quando si avvicinò, Paul vide che era una camicia.

«Ciao, Paul», disse la donna, con un'aria intenzionalmente allegra. «Dov'è il tuo amico a quattro zampe stamattina?» Tabù arrivò a grandi balzi, abbaiando in segno di saluto. «Ah, ecco anche te, Tab», continuò lei. «Perché non ti sei fermato a farmi una visita in cucina?»

Aveva rivolto la domanda al cane, ma Paul capì che era diretta a lui. Era così che spesso comunicava con lui. Valerie si divertiva a interpellare il cane. E continuò a farlo, dicendo: «Domattina abbiamo il funerale, Tab, e purtroppo i cani non sono ammessi in chiesa. Ma se fosse stato per il signor Brouard, saresti potuto entrare, tesoro. Anche le anatre. Comunque, spero che venga il nostro Paul. Il signor Brouard ci avrebbe tenuto alla sua presenza».

Paul abbassò gli occhi sui suoi vestiti trasandati e si rese conto, nonostante tutto, di non poter andare al funerale. Non aveva niente di adatto da mettersi e, anche se non fosse stato così, nessuno gli aveva detto della funzione l'indomani. Si chiese il perché.

«Ieri ho telefonato al Bouet», disse Valerie, «e ho parlato del funerale col fratello del nostro Paul, Tab. Ma sai cos'ho pensato? Billy Fielder non gli avrà neanche riferito il messaggio. Be', avrei dovuto immaginarmelo, per com'è fatto quel ragazzo. Avrei dovuto telefonare di nuovo, finché non rispondeva Paul, la mamma o il babbo. Eppure, Tabù, sono contenta che tu abbia portato Paul da queste parti, perché ora lo sa.»

Il ragazzo si pulì le mani sui jeans, chinò il capo e strisciò i piedi sul terreno sabbioso ai bordi dello stagno. Pensò a tutta la gente che avrebbe assistito al funerale di Guy Brouard, e quasi quasi fu contento di non esserne stato informato. Come se non fosse stato abbastanza sentirsi così in privato, adesso che il signor Guy era scomparso. Ma dimostrarlo anche in pubblico era qualcosa che andava oltre le sue capacità. Tutti quegli occhi fissi su di lui, che commentavano e bisbigliavano sotto voce: «Questo dev'essere il giovane Paul Fielder, il migliore amico del signor Guy». E quelle parole, *migliore amico*, sarebbero state accompagnate da certe occhiate, sopracciglia inarcate, occhi spalancati, dai quali Paul avrebbe capito molto più di quello che gli altri si erano limitati a dire.

Alzò la testa per vedere se anche Valerie avesse la stessa espressione sul viso. Invece no, allora lasciò cadere le spalle. Le aveva tenute tanto tese da quando era scappato dal Moulin des Niaux che avevano cominciato a fargli male. Ma adesso gli parve che quella stretta che gli attanagliava la clavicola si fosse improvvisamente allentata.

«Ci avvieremo alle undici e mezzo, domattina», disse Valerie, ma stavolta parlava proprio a Paul. «Puoi venire in macchina con me e Kev, tesoro. Non devi preoccuparti dei vestiti. Guarda, ti ho portato una camicia. E voglio che tu la tenga. Kev dice che ne ha altre due uguali e non sa che farsene di tre. Mentre per i pantaloni...» Lo squadrò pensosa da capo a piedi e Paul avvertì un'ondata di calore in ogni parte del corpo sul quale si posavano gli occhi della donna. «Quelli di Kev non vanno bene, ti starebbero troppo larghi. Forse, però, un paio del signor Brouard... Ehi, non devi preoccuparti di portare dei suoi indumenti, tesoro. Sarebbe stato lui stesso a volerlo, se avesse saputo che ne avevi bisogno. Ti voleva un gran bene, Paul. Ma questo lo sai. Indipendentemente da quello che diceva o faceva, ti voleva un gran bene.» Le mancarono le parole.

Per Paul, il dolore della donna era come una corda che tirava, che gli strappava da dentro tutto quello che lui invece avrebbe voluto soffocare. Distolse lo sguardo da Valerie e lo rivolse alle tre anatre superstiti, chiedendosi come avrebbero fatto tutti quanti a tirare avanti senza il signor Guy che li teneva insieme e li indirizzava, a capire cosa fare da quel momento in poi.

Sentì che Valerie si soffiava il naso e tornò a voltarsi dalla sua parte. Lei lo guardò con un sorriso incerto. «Comunque, ci farebbe piacere che tu venissi. Ma se preferisci di no, non devi sentirti in colpa. Non tutti sopportano i funerali, e a volte è meglio ricordare i vivi andando avanti con le nostre cose. Però, la camicia puoi tenerla. Tanto era per te.» Si guardò intorno, come in cerca di un posto pulito dove poggiarla, e a un tratto disse: «Ah, ecco», notando lo zaino nel punto in cui Paul lo aveva mollato a terra, e fece il gesto d'infilarvi dentro la camicia.

Il ragazzo lanciò un grido e gliela strappò dalle mani, gettandola via. Tabù abbaiò forte.

«Perché, Paul», disse Valerie, sorpresa. «Non intendevo... Non è una camicia vecchia, tesoro. Anzi, veramente è...»

Il ragazzo afferrò lo zaino e guardò prima a sinistra poi a destra. L'unica via di fuga era quella dalla quale era venuto, ed era essenziale andare via.

Così si avviò a precipizio per il sentiero, con Tabù alle calcagna che abbaiava frenetico. Paul sentì un singhiozzo sfuggirgli dalle labbra non appena sbucò dal sentiero dello stagno sul prato dinanzi alla casa. Allora si accorse che era stanco di correre. Gli sembrava di non aver fatto altro, per tutta la vita.

4

RUTH BROUARD osservava la fuga del ragazzo. Quando Paul sbucò da sotto il pergolato all'ingresso del sentiero che conduceva agli stagni, la donna era nello studio di Guy, intenta ad aprire una pila di biglietti di condoglianze giunti con la posta del giorno precedente, che non aveva ancora avuto il coraggio di guardare. Udì prima il cane abbaiare, poi vide il ragazzo che correva pesantemente sul prato sottostante. Un attimo dopo, apparve anche Valerie Duffy, che teneva fra le mani la camicia per Paul, come un dono effimero e rifiutato di una madre i cui figli avevano messo le penne e preso il volo cogliendola ancora di gran lunga impreparata alla cosa.

Quella donna avrebbe dovuto avere altri figli, pensò Ruth mentre Valerie rientrava in casa con passo stanco. Certe donne avevano un innato desiderio di maternità che niente poteva appagare, e la Duffy rientrava da tempo in quella categoria.

Ruth seguì con gli occhi Valerie finché non scomparve attraverso la porta della cucina, che si trovava proprio sotto lo studio di Guy, dove lei era andata subito dopo la colazione. Ormai quello era l'unico posto in cui Ruth sentiva ancora di essergli vicina, perché tutto intorno a lei dimostrava che Guy Brouard aveva vissuto una vita felice, quasi a dispetto del modo terribile in cui era morto. Le conferme erano sparse dovunque in quella stanza: sulle pareti, sugli scaffali e sullo splendido tavolo al centro. Gli attestati, le fotografie, i progetti e i documenti. A parte, poi, erano conservate le lettere e le raccomandazioni per persone meritevoli della ben nota generosità di Brouard. E, in bella vista, quello che avrebbe dovuto costituire il gioiello mancante a coronamento delle grandiose realizzazioni del fratello: il plastico accurato di un edificio che Guy aveva promesso all'isola che era divenuta la sua casa. Sarebbe stato un monumento alle tribolazioni degli isolani, così lo aveva definito lui. Un monumento costruito da uno che le aveva sofferte anche sulla propria pelle.

O, almeno, quelle erano le intenzioni di Guy, pensò Ruth. All'inizio, non si era preoccupata non vedendolo tornare dalla nuotata mattutina. Certo, lui era sempre puntuale e prevedibile nelle sue abitudini, ma quando era scesa di sotto e non lo aveva trovato già vestito in sala da pranzo ad ascoltare il notiziario radiofonico, aveva pensato semplicemente che si fosse fermato al cottage dei Duffy per prendere un caffè insieme con Valerie e Kevin dopo tutte quelle bracciate. A volte lo faceva. Era molto affezionato alla coppia. Per questa ragione, dopo averci riflettuto qualche istante, Ruth era andata nel soggiorno portandosi dietro la tazza di caffè e il bicchiere di pompelmo. Da lì aveva telefonato al cottage che sorgeva al limitare della tenuta.

Aveva risposto Valerie. No, aveva detto a Ruth, il signor Brouard non c'era. Non lo aveva più visto dal primo mattino, quando era passato per andare a nuotare. Perché? Non era tornato? Probabilmente si trovava da qualche parte della tenuta, magari tra le sculture? Il signor Brouard aveva accennato a Kev che voleva spostarle. Quella grande testa umana nel giardino tropicale? Forse stava cercando di decidere dove metterla, perché Valerie sapeva per certo che quella testa era uno dei pezzi che il signor Brouard intendeva sistemare da un'altra parte. No, Kev non era con lui, era fuori in giardino.

Dapprima Ruth non si era lasciata prendere dal panico. Era salita nel bagno del fratello, dove lui si sarebbe cambiato, lasciandovi il costume da bagno e la tuta. Però Guy non era neanche lì, e non c'era neppure un asciugamano umido, a ulteriore riprova del fatto che fosse tornato.

Solo allora aveva avvertito una punta d'angoscia e ricordato quello che aveva visto in precedenza dalla finestra, mentre guardava il fratello avviarsi verso la baia: la figura sbucata da sotto gli alberi nei pressi del cottage dei Duffy, quando Guy vi era passato davanti.

Andò al telefono e chiamò di nuovo i Duffy. Kevin disse che sarebbe andato subito alla baia.

Ne era tornato di corsa, ma non da lei. Solo dopo che l'ambulanza aveva fatto la sua apparizione in fondo al viale d'accesso, l'uomo era andato da Ruth.

Così era iniziato l'incubo e, col trascorrere delle ore, era stato sempre peggio. In un primo tempo, lei aveva pensato che il fratello avesse avuto un attacco cardiaco, ma non le avevano permesso di accompagnarlo all'ospedale sull'ambulanza, invitandola invece a seguire il veicolo nell'auto di Kevin Duffy, che aveva guidato in silenzio per l'intero tragitto. E Ruth aveva dovuto prendere atto che qualcosa era cambiato per sempre, e in modo terribile.

Lei sperava in un infarto. Almeno lui sarebbe stato ancora vivo. Ma alla fine erano venuti a dirle che era morto, e solo allora le avevano rivelato l'accaduto. Per lei, ascoltarlo era stato vivere un incubo a occhi aperti: Guy che si dibatteva nell'agonia e nel terrore, completamente solo.

Avrebbe preferito credere che il fratello avesse perso la vita per un incidente. Invece, la scoperta del suo assassinio le aveva scavato un solco dentro, riducendo la sua esistenza all'incarnazione di un'unica parola: *chi*. Ma quello era un terreno pericoloso.

La vita aveva insegnato a Guy che avrebbe sempre dovuto lottare per ottenere quello che voleva. Non gli sarebbe stato regalato nulla. Ma più di una volta lui aveva lottato senza valutare se poi otteneva davvero quello che voleva. E spesso i risultati avevano causato sofferenze intorno a lui. Le mogli, i figli, i soci, gli altri.

Una volta, lei gli aveva detto: «Se continui così, finirai sempre per nuocere a qualcuno, e non posso limitarmi ad assistere».

Ma lui le aveva riso in faccia con affetto, baciandola in fronte. «E adesso cosa farà, mademoiselle direttrice Brouard?» Lui la chiamava così. «Mi prenderà a bacchettate sulle nocche se non obbedisco?»

Il dolore tornò, prendendola alla spina dorsale, come un grosso chiodo gelido infilato nella nuca, che cominciò a bruciare pian piano in modo terribile, fino a diventare l'esatto contrario, un focolaio ardente. Da quel punto, il tormento propagava i suoi tentacoli verso il basso, in spire fluttuanti di sofferenza. Questo la spinse a uscire dalla stanza in cerca di aiuto.

Non era sola in casa, ma aveva l'impressione di esserlo e, se non fosse stata in balia del demone del cancro, le sarebbe venuto da ridere. A sessantasei anni, le pareva di essere stata strappata prematuramente dal ventre in cui l'aveva avvolta l'amore fraterno. Chi l'avrebbe detto che si sarebbe giunti a questo la notte di tanto tempo prima, quando la madre le aveva sussurrato: «*Promets-moi de ne pas pleurer, mon petit chat. Sois forte pour Guy*».*

---

* «Promettimi di non piangere, gattina mia. Sii forte per Guy.» (*N.d.T.*)

Avrebbe voluto mantenere quella promessa alla madre, come aveva fatto per più di sessant'anni, ma doveva affrontare la verità: non sapeva più come fare a mantenersi forte per chiunque.

Era con il figlio da neanche cinque minuti, quando Margaret Chamberlain sentì il bisogno di dargli istruzioni. Per l'amor di Dio, sta' diritto; quando ti rivolgi alle persone, guardale in faccia, Adrian; per l'amore del cielo, smettila di sbattere qua e là i miei bagagli; attento a quel ciclista, caro; per favore, metti la freccia quando devi svoltare. Tuttavia, riuscì a trattenere quel diluvio di ordini. Dei suoi quattro figli, Adrian era il più amato, ma anche il più esasperante, caratteristica, quest'ultima, che la donna attribuiva al padre, diverso da quello degli altri ragazzi; ma, poiché lui lo aveva appena perso, lei decise di ignorare le abitudini meno irritanti del giovane. Almeno per il momento.

Era venuto a prenderla in quella che passava per la sala arrivi dell'aeroporto di Guernsey. Lei uscì spingendo il carrello dei bagagli, e lo trovò in attesa accanto al banco del noleggio auto, dove prestava servizio un'attraente rossa, con la quale lui avrebbe potuto intavolare un discorso come qualunque uomo normale, se lo fosse stato. Invece, Adrian fingeva di esaminare una cartina, perdendo l'ennesima occasione che la vita gli aveva piazzato davanti.

Margaret sospirò. «Adrian», disse. E quando lui non rispose, ripeté: «*Adrian*».

Stavolta lui la udì e alzò gli occhi. Si allungò sul banco del noleggio e rimise a posto la cartina.

«Le occorre aiuto, signore?» domandò la rossa. Ma lui non rispose. E non la degnò neppure di uno sguardo. La ragazza gli rifece la domanda. Lui si tirò su il colletto del giubbotto e, anziché risponderle, le diede le spalle.

«La macchina è fuori», disse alla madre per salutarla, prendendo le valigie dal carrello.

«Potresti anche chiedermi: 'Com'è andato il volo, mamma?'» azzardò Margaret. «Perché non spingiamo il carrello fino alla macchina, caro? Sarebbe più facile, no?»

Per tutta risposta, lui si avviò a grandi passi, portando le valigie, e a lei non restò che seguirlo. Lanciando un'occhiata di scuse verso il banco del noleggio, dove la rossa osservava il benvenuto che lei aveva appena ricevuto dal figlio, Margaret s'incamminò dietro il giovane.

L'aeroporto consisteva in un unico edificio accanto a un'unica pista ricavata in una distesa di campi incolti. C'era un parcheggio più piccolo della stazione ferroviaria del posto da cui lei proveniva, in Inghilterra, perciò fu facile tenere dietro a Adrian. Quando Margaret lo raggiunse, stava infilando le sue due valigie nel retro di una Range Rover, l'auto meno adatta per circolare sulle anguste strade di Guernsey, come avrebbe scoperto di lì a breve.

Non era mai stata prima sull'isola. Lei e il padre di Adrian avevano già divorziato da un pezzo quando lui era andato via da Chateau Brouard per mettere su casa quaggiù. Ma il giovane era andato a trovarlo parecchie volte, dopo che Guy si era trasferito su Guernsey. Per quale motivo se ne andasse in giro su quella specie di furgone, mentre era fin troppo chiaro che ci voleva una Mini, andava oltre la sua comprensione. Come succedeva per molte altre cose che faceva il figlio, tra cui la più recente era stata troncare l'unica relazione che era riuscito ad avere con una donna nei suoi trentasette anni di vita. Margaret si chiedeva ancora come potesse essere accaduto. Il figlio si era limitato a dirle: «Volevamo cose differenti». Ma lei non ci aveva creduto neanche per un istante, perché aveva scoperto da una conversazione privata e molto intima con la ragazza in questione, Carmel Fitzgerald, che quest'ultima desiderava sposarsi. E aveva anche scoperto da una conversazione privata e molto intima con il figlio che Adrian si considerava fortunato ad aver trovato una persona giovane, discretamente attraente, disposta a legarsi subito a un uomo quasi di mezza età che aveva sempre vissuto con la madre. Tranne, naturalmente, quei terribili tre mesi da solo, quando aveva cercato di andare all'università, ma era meglio ripensarci il meno possibile. Dunque, cos'era accaduto?

Margaret si rendeva conto di non poter porre quella domanda. O, almeno, non adesso, col funerale di Guy che incombeva su di loro. Però intendeva rivolgergliela ben presto.

«Come l'ha presa la tua povera zia Ruth?» chiese.

Adrian frenò a un semaforo davanti a un vecchio albergo. «Non lo so.»

«Come mai? Non l'hai vista? Non esce dalla sua stanza?»

Lui si concentrò sul semaforo, con l'attenzione rivolta all'attimo in cui sarebbe scattato il verde. «L'ho vista, ma non ho capito come sta. Non so come l'ha presa. Non lo dice.»

E, naturalmente, non gli era neanche passato per la testa di chiederglielo. Come non gli passava per la mente di smettere di parlare alla madre per enigmi. «Non è stata lei a trovarlo, vero?» domandò Margaret.

«No, è stato Kevin Duffy, il custode della tenuta.»

«Dev'essere distrutta. Stavano insieme da... Praticamente da sempre.»

«Non capisco perché sei voluta venire, madre.»

«Guy era mio marito, caro.»

«Il primo di quattro», fece notare Adrian, e questo fu irritante da parte sua. Margaret sapeva benissimo quante volte era stata sposata. «Pensavo andassi ai loro funerali solo se morivano mentre eri ancora la legittima moglie.»

«Questo commento è di una volgarità incredibile, Adrian.»

«Davvero? Buon Dio, non possiamo permetterci la volgarità.»

Margaret si voltò verso di lui. «Perché ti comporti così?»

«Così come?»

«Guy era mio marito. Un tempo lo amavo. Gli devo il fatto di averti come figlio. Perciò, se voglio assistere al suo funerale per una forma di rispetto verso tutto questo, intendo farlo.»

Adrian sorrise in un modo che indicava chiaramente la sua incredulità, e Margaret avrebbe voluto tirargli uno schiaffo. Il figlio la conosceva fin troppo bene.

«Ti sei sempre creduta una bugiarda migliore di quella che sei in realtà», disse lui. «Zia Ruth pensava che avrei commesso qualcosa, come dire, di malsano, d'illegale, o una pazzia vera e propria, se tu non fossi venuta? O è convinta che io l'abbia già fatto?»

«Adrian! Come fai a dire una cosa simile, sia pure per scherzo...»

«Non scherzo, madre.»

Margaret si girò verso il finestrino, rifiutandosi di ascoltare ulteriori esempi dei pensieri tortuosi del figlio. Il semaforo scattò e Adrian accelerò, superando l'incrocio.

La strada che percorrevano era costeggiata di edifici. Sotto il cielo cupo, cottage di stucco del dopoguerra si levavano fianco a fianco di abitazioni a schiera vittoriane, che a loro volta cozzavano contro alberghi turistici chiusi per la stagione. Le zone abitate lasciavano il posto a campi incolti sul versante meridionale della strada, e da quel lato sorgevano le fattorie di pietra tipiche dell'isola, con le casse di legno poste ai margini dei terreni, dove in altri periodi dell'anno i proprietari mettevano in vendita patate di loro produzione o fiori di serra.

«Tua zia mi ha telefonato semplicemente perché ha chiamato tutti», disse Margaret alla fine. «Francamente, sono sorpresa che non mi abbia dato uno squillo tu stesso.»

«Non verrà nessun altro», disse Adrian, con quel suo modo esasperante di cambiare discorso. «Neanche JoAnna e le ragazze. Posso capire JoAnna. Quante amanti è riuscito a farsi papà quando era sposato con lei? Però pensavo che almeno le ragazze venissero. Naturalmente, lo odiavano con tutto il cuore, ma ero convinto che alla fine l'avidità mettesse a tutte quante il peperoncino al sedere. Sai, il testamento. Vorranno sapere quanto otterranno. Un bel po' di soldi, senza dubbio, se lui provava un po' di senso di colpa per quello che aveva fatto alla loro mamma.»

«Per favore, non parlare così di tuo padre, Adrian. Dato che sei il suo unico figlio, e l'uomo che un giorno si sposerà e darà alla sua progenie il cognome di Guy, penso che potresti...»

«Invece non verranno.» Adrian lo disse con determinazione e ad alta voce, come per mettere a tacere la madre. «Eppure, ero convinto che JoAnna venisse, se non altro per infilare un paletto nel cuore del vecchio.»

Lui sogghignò, ma più a se stesso che a lei. Pure, quell'atteggiamento diede a Margaret un brivido che la scosse in tutto il corpo. Le ricordava troppo i periodi brutti del figlio, quando fingeva che tutto andasse per il meglio e invece dentro di lui stava per scatenarsi una vera e propria guerra civile.

Era riluttante a domandarglielo ma ancora di più a non saperlo. Perciò prese la borsa dal pavimento dell'auto e, mentre fingeva di cercare una mentina per l'alito, disse in tono indifferente: «L'aria di mare deve fare molto bene. Come passi le nottate da quando sei qui, caro? Nessuna spiacevole?»

Lui le lanciò un'occhiata. «Non avresti dovuto insistere per farmi venire alla sua maledetta festa.»

«Io ho insistito?!» Margaret si toccò il petto con le dita.

«'Devi andare, caro.'» Fece un'inquietante imitazione della voce della madre. «'Sono secoli che non lo vedi. Quando gli hai parlato al telefono, lo scorso settembre? No? Appunto. Tuo padre resterà estremamente deluso se non ci vai.' Non voglia il cielo!» esclamò Adrian. «Guy Brouard non dev'essere mai deluso quando vuole qualcosa. Solo che non lo voleva. Non mi voleva qui. L'unica a volerlo eri tu. Me l'ha detto lui stesso.»

«Adrian, no. Spero che tu... Voglio dire, non avrai litigato con lui?»

«Eri convinta che lui avrebbe cambiato idea sul denaro se mi fossi fatto vedere nel suo momento di gloria, non è così?» chiese lui. «Bastava che facessi atto di presenza alla sua stupida festa, e lui sarebbe stato così maledettamente felice da cambiare idea e finanziare il progetto. Non si trattava forse di questo?»

«Non ho idea di cosa parli.»

«E vorresti farmi credere che non ti abbia detto che si rifiutava di finanziarlo? Lo scorso settembre? Quella nostra piccola discussione? 'Non dai abbastanza garanzie di successo, Adrian. Mi dispiace, ragazzo mio, ma non mi piace gettare via il mio denaro.' Nonostante le barcate di soldi che distribuiva a destra e a manca, ovviamente.»

«Tuo padre disse questo? 'Non dai abbastanza garanzie'?»

«Tra le altre cose. 'L'idea è buona', mi disse. 'L'accesso a Internet si può sempre migliorare e questo mi sembra il modo giusto per farlo. Ma con i tuoi precedenti, Adrian... Anzi, il fatto è che non ne hai affatto, e questo significa che ora dovremo esaminarne tutte le ragioni.'»

Margaret si sentì talmente offesa da avere quasi un attacco di bile. «Davvero ha detto questo? Ma come ha osato!»

«'Perciò prendi una sedia, figliolo, su, forza. Oh, ecco. Hai avuto dei problemi, vero? Quell'incidente nel giardino del preside, a dodici anni? E che mi dici del pasticcio che hai combinato all'università a diciannove anni? Non sono esattamente i requisiti che si cercano in un individuo sul cui lavoro s'intende investire, ragazzo mio.'»

«Ti ha detto questo? Ha tirato fuori queste cose? Caro, mi dispiace tanto», disse Margaret. «Mi verrebbe da piangere. E tu sei venuto lo stesso, dopo un simile episodio? Hai accettato comunque di vederlo? Perché?»

«Ovviamente perché sono uno stupido.»

«Non dire così.»

«Pensavo di fare un altro tentativo. Se solo fossi riuscito ad avviare la cosa, io e Carmel avremmo potuto, non so, riprovarci. Pur di salvare il mio rapporto con lei, ero disposto a vederlo e a sopportare tutto quello che mi avrebbe propinato. »

Mentre confessava tutto questo, non distoglieva lo sguardo dalla strada, e Margaret sentì tutto l'affetto per il figlio, malgrado gli aspetti del suo carattere che spesso la esasperavano. La vita del giovane era stata tanto più difficile di quella dei fratellastri, pensò la donna. E per buona parte la colpa era sua. Se lei gli avesse permesso di passare più tempo col padre, come voleva, pretendeva e cercava di ottenere Guy... Ma ovviamente era stato impossibile. Se però lei glielo avesse permesso, se avesse corso quel rischio, forse le cose sarebbero state più facili per Adrian. Forse lei adesso avrebbe avuto meno rimorsi.

« Allora gli hai parlato di nuovo dei soldi? Durante questa visita, caro? » domandò al figlio. « Gli hai chiesto di darti una mano per il nuovo progetto? »

« Non ne ho avuto l'occasione. Non sono mai riuscito a parlargli da solo, con la signorina Tetteameloni che gli stava sempre attorno, ad accertarsi che non avessi neanche un momento per sfilargli un po' di quei soldi che voleva tutti per sé. »

« La signorina chi? »

« L'ultima fiamma. La conoscerai. »

« Non può essere il suo vero... »

Adrian sbuffò. « E invece sì. Era sempre attorno, a metterglie-le sotto il naso, nel caso lui si facesse venire in mente qualcosa che non avesse a che fare direttamente con lei. Era una bella distrazione per lui. Perciò non abbiamo mai parlato. E poi è stato troppo tardi. »

Margaret non l'aveva chiesto prima perché non voleva spremere informazioni a Ruth, che al telefono sembrava già soffrire abbastanza. E non aveva voluto domandarlo al figlio appena lo aveva visto, perché doveva prima capire in che stato mentale era Adrian. Ma adesso era stato lui stesso a dargliene l'occasione, e lei ne approfittò.

« Com'è morto esattamente tuo padre? »

Stavano entrando in una zona boscosa dell'isola, dove sul lato occidentale della strada correva un'alta parete di pietra coperta di edera rigogliosa, mentre sul lato orientale spuntavano fitte macchie di sicomori, castagni e olmi. Tra questi, a tratti si vedeva in lontananza la Manica, uno sprazzo di acciaio nella luce invernale. Margaret non riusciva a immaginare perché mai qualcuno volesse nuotarvi.

Adrian non rispose subito alla domanda. Dopo aver oltrepassato alcune fattorie, rallentò quando giunsero a un'apertura nel muro dove c'erano due cancelli aperti. Il nome della tenuta, LE REPOSOIR, era scritto con delle mattonelle incassate nel muro, e lui svoltò nel viale d'accesso. Questo conduceva a una costruzione imponente: quattro piani di pietra grigia sormontati da quella che aveva tutta l'aria di una terrazza con la ringhiera, dovuta forse a un precedente proprietario incantato dal fascino del New England. Al di sotto di questa sporgevano finestre di abbaini, mentre più in basso la facciata della casa era perfettamente bilanciata. Margaret pensò che l'ex marito si era preparato un bel posticino per la pensione, ma non era certo una sorpresa.

Verso la casa, il viale spuntava dalla galleria di alberi e girava intorno a un prato al centro del quale si trovava l'imponente scultura in bronzo di un giovane e una donna che nuotavano con dei delfini. Adrian seguì la rotatoria e fermò la Range Rover ai piedi di una gradinata che saliva verso una porta d'ingresso bianca. Era chiusa e lo rimase anche quando lui finalmente rispose alla domanda di Margaret.

«È morto per soffocamento», disse Adrian. «Nella baia.»

Lei rimase perplessa. Ruth aveva detto che il fratello non era tornato dalla nuotata mattutina, che aveva subìto un agguato sulla spiaggia ed era stato ucciso. Ma la morte per soffocamento non implicava affatto l'omicidio. Certo, sarebbe stato diverso se fosse stato soffocato, ma Adrian non aveva detto questo.

«Soffocamento?» chiese Margaret. «Ma Ruth mi ha detto che tuo padre è stato assassinato.» E per un attimo pensò che l'ex cognata le avesse mentito, attirandola sull'isola per qualche ragione.

«Infatti, si è trattato di un omicidio», confermò Adrian. «Nessuno rimane soffocato incidentalmente – o anche in circostanze normali – con quello che hanno infilato nella gola di papà.»

5

« QUESTO è l'ultimo posto al mondo dove pensavo di capitare. »
Cherokee River si fermò per un attimo a osservare l'insegna girevole dinanzi a New Scotland Yard. Passò lo sguardo dalle lettere
di metallo argenteo all'edificio in sé, dall'aria cupa e autoritaria,
con i bunker protettivi e le guardie in divisa.

« Non sono del tutto sicura che possa davvero servirci a qualcosa », ammise Deborah. « Ma penso che valga la pena di provare. »

Erano quasi le dieci e mezzo, e la pioggia aveva finalmente cominciato a diminuire. L'acquazzone sotto il quale avevano percorso il tragitto fino all'ambasciata americana si era ridotto a una
pioggerellina sottile e insistente, dalla quale si riparavano sotto
uno degli ampi ombrelli neri di Simon.

La giornata era cominciata sotto buoni auspici. Malgrado la
situazione disperata della sorella, Cherokee possedeva quello
spirito pratico che Deborah ricordava come una seconda natura
di gran parte degli americani che aveva conosciuto in California.
Era un cittadino degli Stati Uniti in missione presso l'ambasciata
della sua nazione. Come contribuente, riteneva che, appena entrato nell'ambasciata e dopo aver esposto i fatti, sarebbe scattato
un giro di telefonate e China sarebbe stata immediatamente rilasciata.

All'inizio sembrava che la fiducia di Cherokee nei poteri del-
l'ambasciata fosse ben riposta. Una volta assodato a quale ufficio
dovevano rivolgersi, vale a dire la sezione Servizi speciali consolari, cui non si accedeva dall'imponente ingresso con la bandiera
in Grosvenor Square ma, dietro l'angolo, dalla molto più dimes-
sa Brook Street, fornirono il nominativo di Cherokee al banco di
accoglienza e fu effettuata una chiamata nelle viscere dell'ambasciata, che ottenne una risposta sorprendentemente e piacevolmente sollecita. Il giovane non si aspettava affatto che a riceverlo
si scomodasse la responsabile dei Servizi speciali consolari in
persona; semmai pensava di essere introdotto da un addetto, ma
non che lei si presentasse proprio lì, all'ingresso. Eppure era an-

data così. Nell'immensa sala d'attesa, fece il suo ingresso a grandi passi Rachel Freistat, console aggiunta, presentandosi come «signora», e gli strinse la mano con entrambe le proprie, per infondere rassicurazione. Quindi accompagnò Deborah e Cherokee nel suo ufficio, dove offrì loro caffè e biscotti, insistendo per farli accomodare accanto al camino elettrico per asciugarsi.

Rachel Freistat sapeva già tutto. Nell'arco di ventiquattro ore dall'arresto di China, aveva ricevuto una telefonata dalla polizia di Guernsey. Era la prassi, spiegò, una convenzione sottoscritta da entrambi i Paesi con il Trattato dell'Aia. Anzi, lei stessa aveva parlato telefonicamente con China, chiedendole se le occorreva che qualcuno dell'ambasciata si recasse in volo sull'isola per fornirle assistenza. «Ha detto di no», comunicò a Deborah e Cherokee la console aggiunta. «Altrimenti avremmo subito inviato qualcuno.»

«Invece le occorre aiuto», protestò il fratello. «Subirà un processo sommario, e lo sa. Perché ha detto che...?» Si passò una mano tra i capelli e mormorò: «Non capisco».

Rachel Freistat annuì comprensiva, ma il messaggio telegrafato dalla sua espressione diceva che aveva già sentito l'espressione «processo sommario». «Signor River, ci sono dei limiti a quello che possiamo fare», disse. «Sua sorella lo sa. Siamo in contatto con il suo legale, che là si chiama difensore, e lui ci ha assicurato di essere stato presente a tutti gli interrogatori che la signorina ha subìto da parte della polizia. Siamo pronti a fare tutte le chiamate che sua sorella desidera negli Stati Uniti, anche se ha detto espressamente che per il momento lo rifiuta. E, se la cosa arriverà agli organi di stampa americani, risponderemo a ogni loro domanda. I giornali di Guernsey si occupano già del caso, ma sono penalizzati dal relativo isolamento e dalla mancanza di fondi, perciò non possono fare altro che pubblicare i pochi particolari forniti dalla polizia.»

«Ma è proprio questo», protestò Cherokee. «Alla polizia stanno facendo del loro meglio per incastrarla.»

A quel punto, la signora Freistat prese un sorso di caffè e rivolse uno sguardo a Cherokee al di sopra dell'orlo della tazza. Deborah capiva benissimo che l'altra soppesava tutte le alternative possibili quando si trattava di dare a qualcuno delle brutte notizie, e non prendeva decisioni affrettate. «In questo, l'ambasciata americana non può esservi di nessun aiuto, purtroppo», gli disse alla fine. «Certo, potrebbe essere vero, ma non possiamo interferire. Se è convinto che sua sorella sia vittima di una macchinazione che la farà finire in prigione, le serve al più presto un aiuto. Ma questo deve venire dall'interno del loro stesso sistema giudiziario, non dal nostro.»

«E questo che significa?» domandò Cherokee.

«Che so, un investigatore privato?» azzardò la signora Freistat.

Così se ne andarono dall'ambasciata senza ottenere la soddisfazione sperata. E per giunta trascorsero l'ora successiva a scoprire che trovare un investigatore privato a Guernsey era come cercare del gelato nel Sahara. Assodato questo, attraversarono la città fino a Victoria Street, e si trovarono dinanzi alla sede di New Scotland Yard, che svettava su di loro in cemento armato e vetro, come spuntata dal cuore stesso di Westminster.

Si affrettarono a entrare, scuotendo l'ombrello sulla passatoia di gomma stesa per la pioggia. Deborah lasciò Cherokee a guardare la fiamma perpetua e andò al banco di accoglienza, dove fece la sua richiesta.

«Il sovrintendente ad interim Lynley. Non abbiamo appuntamento, ma se è in sede e può riceverci... È possibile informarlo che c'è Deborah St. James?»

Al banco stavano due agenti in divisa, che esaminarono Deborah e Cherokee con una tale intensità da far pensare all'inespressa convinzione che entrambi fossero imbottiti di esplosivi. Uno di loro fece una telefonata, mentre l'altro ritirava una consegna recapitata dalla Federal Express.

Deborah restò in attesa. Quello che aveva fatto la chiamata le disse: «Ci vorrà qualche minuto».

Allora lei tornò da Cherokee, che le chiese: «Pensi che questo servirà a qualcosa?»

«Impossibile saperlo», rispose lei. «Ma dobbiamo fare un tentativo.»

Cinque minuti dopo, arrivò Tommy in persona e per Deborah fu più che un buon segno. «Ciao, Deb», disse lui. «Che sorpresa.» La baciò sulla guancia e attese che lo presentasse a Cherokee.

Non si erano mai visti prima. Nonostante le volte che Tommy era stato in California quando Deborah viveva ancora lì, la sua strada non si era mai incrociata con quella del fratello di China

River. Naturalmente aveva sentito parlare di lui. Lo conosceva di nome, ed era difficile scordarlo, tanto era insolito rispetto ai nomi inglesi. Perciò, quando Deborah disse: «Questo è Cherokee River», Lynley rispose subito: «Il fratello di China», e gli tese la mano nel modo più tipico di Tommy: completamente a suo agio con se stesso. «Gli fai fare un giro in città oppure vuoi dimostrargli che hai degli amici in posti alquanto discutibili?» chiese a Deborah.

«Nulla di tutto questo, purtroppo», rispose lei. «Possiamo parlarti in privato, se hai tempo? Ecco, si tratta di una visita professionale.»

Tommy inarcò un sopracciglio. «Capisco», disse e in un batter d'occhio li sospinse verso l'ascensore e da questo al suo ufficio, molti piani più in alto.

In quanto sovrintendente ad interim, quello non era il suo posto abituale, si trattava di un ufficio temporaneo, nel quale lui si era installato mentre il suo superiore si riprendeva da un tentato omicidio subìto il mese prima.*

«Come sta il sovrintendente?» domandò Deborah, vedendo che Tommy, con il suo consueto buon cuore, non aveva sostituito una sola delle foto che appartenevano al sovrintendente Malcolm Webberly.

Lynley scosse la testa. «Non bene.»

«È tremendo.»

«Per tutti.» Li invitò ad accomodarsi e fece lo stesso, sporgendosi in avanti con i gomiti sulle ginocchia. Era un atteggiamento fatto apposta per dire: «Cosa posso fare per voi?» E Deborah si ricordò che era un uomo molto impegnato. Così cominciò a dirgli perché erano andati da lui, con Cherokee che aggiungeva i particolari salienti quando lo riteneva necessario. Tommy ascoltò com'era suo solito, da quando lei lo conosceva: con gli occhi fissi su chi parlava e incurante dei rumori provenienti dagli uffici vicini.

«Fino a che punto sua sorella è entrata in confidenza con il signor Brouard, mentre eravate suoi ospiti?» chiese Tommy, non appena Cherokee ebbe completato il racconto.

«Passavano un bel po' di tempo assieme. Avevano legato per-

* Cfr. Elizabeth George, *Cercando nel buio*, Longanesi, Milano, 2002. (*N.d.T.*)

ché si occupavano tutti e due di architettura. Ma, per quanto ne so, la cosa finiva lì. Lui era molto cordiale nei confronti di China, ma lo era anche con me. Sembrava buono con tutti. »

« Forse no, invece », osservò Tommy.

« Certo, questo è ovvio. Se qualcuno lo ha ucciso. »

« Com'è morto esattamente? »

« Per soffocamento. China è accusata di questo, l'ha scoperto l'avvocato. E, per inciso, non ha saputo altro. »

« Intende strangolato? »

« No, soffocato. Con una pietra. »

« Una pietra? Buon Dio! » esclamò Tommy. « Che tipo di pietra? Un ciottolo della spiaggia? »

« Per ora sappiamo solo questo. Che si tratta di una pietra e che lo ha soffocato. O, meglio, che, chissà come, è stato con quella che lo ha fatto mia sorella, dato che è accusata di averlo assassinato. »

« Capisci, Tommy? » aggiunse Deborah. « Non ha senso. »

« Infatti. Come avrebbe fatto China a soffocarlo con una pietra? » fu l'interrogativo di Cherokee. « O qualunque altra persona? E Brouard, cos'avrebbe fatto? Si sarebbe limitato ad aprire la bocca e lasciarsela ficcare in gola? »

« È una domanda che merita risposta », convenne Tommy.

« Potrebbe essersi trattato perfino di un incidente », ipotizzò Cherokee. « Magari è stato lui stesso a cacciarsi in bocca quel sasso, chissà per quale motivo. »

« Se la polizia ha effettuato un arresto, devono esserci delle prove che dimostrano il contrario », fece notare Tommy. « Per inserire una pietra nella bocca di qualcuno, bisognerebbe lacerargli il palato, e forse anche la lingua. Mentre, se l'ha ingerita per sbaglio... Già, capisco perché hanno pensato subito a un omicidio. »

« Ma perché China? » chiese Deborah.

« Devono esserci altre prove, Deb. »

« Mia sorella non ha ucciso nessuno! » esclamò Cherokee alzandosi. Andò irrequieto alla finestra, poi si voltò di scatto verso di loro. « Perché nessuno riesce a capirlo? »

« Non puoi fare qualcosa? » chiese Deborah a Tommy. « L'ambasciata ha consigliato di assumere qualcuno, ma pensavo che tu fossi in grado di... Non so, una telefonata alla polizia di Guernsey, per fargli capire...? È ovvio che non stanno valutando le cose come dovrebbero. E a qualcuno spetterà il compito di farglielo capire.»

Lynley unì la punta delle dita con aria pensosa. «Non si tratta di una situazione verificatasi sul territorio del Regno Unito, Deb. Certo, le forze di polizia di Guernsey vengono addestrate qui. Come pure può capitare che richiedano mutua assistenza. Ma quanto a tentare qualcosa da questa sede, se è ciò che speri, non c'è niente da fare.»

«Ma...» Deborah allungò la mano, poi si accorse che era sul punto di supplicare, e questo le parve del tutto patetico, perciò la lasciò cadere in grembo. «Se sapessero che da parte dello Yard c'è un certo interesse verso il caso?»

Tommy la esaminò attentamente e sorrise. «Non cambi mai, vero?» le chiese con affetto. «E va bene, aspetta; vediamo cosa posso fare.»

Gli ci volle solo qualche minuto a trovare il numero giusto di Guernsey e rintracciare il funzionario del posto incaricato dell'indagine. L'omicidio era un evento così raro sull'isola che a Tommy fu sufficiente pronunciare quella parola per essere messo in linea con l'investigatore capo.

Ma non ricavò nulla dalla telefonata. New Scotland Yard non aveva nessun potere a St. Peter Port e, quando Tommy spiegò chi era e il motivo della telefonata, offrendo tutta l'assistenza possibile da parte della Polizia Metropolitana, gli fu risposto, come riferì a Deborah e Cherokee appena riattaccò, che tutto era sotto controllo nella Manica. E comunque, nel caso occorresse assistenza, la polizia di Guernsey avrebbe inoltrato richiesta al comando della Cornovaglia o del Devon, come di solito si faceva.

«Abbiamo un certo interesse, dato che l'arrestata è una cittadina straniera», aveva detto Tommy.

Certo, quello era un risvolto interessante, che tuttavia la polizia di Guernsey era pienamente in grado di affrontare in modo autonomo.

«Mi dispiace», disse a Deborah e Cherokee al termine della telefonata.

«E ora, che diavolo facciamo?» Il giovane si era rivolto più a se stesso che agli altri due.

«Dovete trovare qualcuno disposto a parlare con le persone coinvolte», disse Tommy in risposta. «Se ci fosse qualcuno della mia squadra in vacanza laggiù, vi suggerirei di chiedergli di investigare per conto vostro. Certo, potreste farlo voi stessi, ma vi sarebbe utile un appoggio della polizia.»

«Che cosa bisogna fare?» chiese Deborah.

«Qualcuno deve iniziare a fare domande, per vedere se c'è qualche testimone trascurato», rispose Tommy. «Dovete scoprire se questo Brouard aveva dei nemici: quanti e chi erano, dove vivono e dove si trovavano quando è stato ucciso. Avete bisogno di qualcuno in grado di valutare le prove. Credetemi, alla polizia hanno già chi lo sta facendo per loro. E dovete accertarvi che non sia stato trascurato nessun indizio.»

«Non c'è nessuno disponibile su Guernsey», disse Cherokee. «Io e Debs ci abbiamo già provato, prima di venire da lei.»

«Allora prendete in considerazione qualcuno che non sia di Guernsey.» Tommy fissò negli occhi Deborah, e lei capì cosa significava quello sguardo: erano già in contatto con la persona di cui avevano bisogno.

Ma lei non intendeva chiedere aiuto al marito. Era fin troppo occupato e, se anche così non fosse stato, Deborah era convinta che la sua intera esistenza fosse stata già fin troppo scandita dagli innumerevoli appelli rivolti a Simon: dai tempi remoti in cui era una scolaretta angariata e il signor St. James, un diciannovenne con forte senso di giustizia, aveva spaventato a morte quelli che la tormentavano, a oggi, che come moglie metteva spesso alla prova la pazienza di un marito che desiderava soltanto che lei fosse felice. Proprio non poteva scaricargli addosso anche quel peso.

Perciò dovevano andare da soli, lei e Cherokee. Lo doveva a China, ma ancora di più a se stessa.

Quando Deborah e Cherokee giunsero all'Old Bailey, per la prima volta dopo settimane un raggio di sole color tè al gelsomino illuminava uno dei due piatti dell'effigie della giustizia che sormontava l'ingresso. Nessuno dei due portava uno zaino o una borsa, perciò non ebbero difficoltà a entrare. Bastò rivolgere qualche domanda per ottenere la risposta che cercavano: aula numero 3.

La galleria dei visitatori era in alto e al momento era occupata solo da quattro turisti fuori stagione che indossavano impermeabili trasparenti e da una donna che stringeva un fazzoletto. Sotto di loro, l'aula si presentava come l'ambiente di un dramma in costume. C'era il giudice, dall'aspetto severo, con la toga rossa, occhiali cerchiati di metallo e una parrucca che gli ricadeva sulle spalle in riccioli di lana di pecora, seduto su uno scranno di pelle verde, figura di spicco tra le cinque che dominavano la sala dal fondo, su un podio che lo separava dagli altri a lui inferiori di rango. Questi ultimi, in toga nera, erano avvocati di alta corte, sia della difesa sia dell'accusa, schierati su seggi disposti ad angolo retto rispetto al giudice. Alle loro spalle c'erano i colleghi: membri di secondo piano degli studi e legali di grado inferiore. Di fronte a loro sedeva la giuria, e nel mezzo il cancelliere, come per fare da arbitro agli avvenimenti dell'aula. Il banco degli imputati si trovava proprio sotto la galleria, e lì sedeva l'accusato con un addetto del tribunale. Di fronte c'era il banco dei testimoni, e fu verso questo che Deborah e Cherokee diressero la loro attenzione.

Il pubblico ministero stava per concludere il controinterrogatorio del signor Allcourt-St. James, perito di parte della difesa. Citava un documento di molte pagine, e il fatto di rivolgersi a Simon con l'appellativo di «sir» e l'intercalare «se non le spiace, signor Allcourt-St. James» non nascondeva il suo atteggiamento dubbioso nei confronti di chiunque fosse in disaccordo con la polizia e, di conseguenza, con le conclusioni dell'accusa.

«Signor Allcourt-St. James, lei vorrebbe asserire che i risultati di laboratorio del dottor French presentano delle lacune», stava dicendo il pubblico ministero, mentre Deborah e Cherokee si sedevano su una panca di prima fila della galleria.

«Niente affatto», replicò Simon. «Sto solo asserendo che i resti prelevati dalla pelle dell'imputato si potrebbero facilmente attribuire al suo lavoro di giardiniere.»

«E vorrebbe attribuire a una coincidenza anche il fatto che il signor Casey», il pubblico ministero annuì verso l'uomo al banco degli accusati, del quale Deborah e Cherokee, dal punto in cui si trovavano nella galleria, vedevano solo la nuca, «recasse sulla sua persona tracce della medesima sostanza utilizzata per avvelenare Constance Garibaldi?»

«Dal momento che l'Aldrin viene impiegato per l'eliminazione degli insetti da giardino e il delitto è avvenuto proprio al culmine della stagione, nel periodo della loro massima proliferazione, direi che le tracce di tale sostanza sulla pelle dell'imputato siano facilmente spiegabili con la sua occupazione lavorativa.»

«Nonostante la lunga disputa con la signora Garibaldi?»

«Esatto.»

Il pubblico ministero proseguì per parecchi minuti, citando appunti e interrompendosi una volta per consultarsi con un collega seduto dietro i seggi degli avvocati. Alla fine, congedò Simon con un «grazie, signore», e lui poté abbandonare il banco dei testimoni, perché la difesa non aveva più bisogno del suo parere. Cominciò a scendere, e fu allora che vide Deborah e Cherokee sopra di lui nella galleria.

Lo aspettarono fuori dell'aula, dove lui domandò: «Che cos'è successo? All'ambasciata hanno potuto fare qualcosa?»

Deborah gli riferì quello che aveva detto loro Rachel Freistat. E aggiunse: «Neanche Tommy può fare nulla, Simon. Questioni giurisdizionali. E anche se il problema non fosse quello, la polizia di Guernsey, quando ha bisogno di assistenza, si rivolge a quella della Cornovaglia o del Devon, non alla Polizia Metropolitana. Anzi, ho avuto l'impressione che fossero un po' irritati quando Tommy ha solo accennato a un'ipotesi di collaborazione, vero, Cherokee?»

Simon annuì, stringendosi il mento con l'aria pensosa. Intorno a loro, la giornata del tribunale era in pieno svolgimento, con addetti che passavano in gran fretta carichi di carte e avvocati che passeggiavano a teste ravvicinate per decidere la mossa successiva da fare nei processi in corso.

Deborah osservò il marito e vide che cercava una soluzione ai problemi di Cherokee, e ne fu grata. Avrebbe potuto dire facilmente: «Stando così le cose, non può fare altro che seguire il corso della legge e attendere i risultati dell'inchiesta in corso sull'isola», ma non era nella sua natura. Eppure, lei desiderava rassicurarlo sul fatto che non erano venuti all'Old Bailey per scaricargli ulteriori pesi addosso, ma solo per comunicargli che, il tempo di tornare a casa e per Deborah di raccattare un po' di vestiti, e poi sarebbero partiti per Guernsey.

Glielo disse, convinta che lui le sarebbe stato riconoscente, ma si sbagliava.

Mentre la moglie gli riferiva le proprie intenzioni, St. James giunse a una rapida conclusione. Tra sé riteneva quell'idea una pura follia, ma non lo avrebbe mai ammesso apertamente con Deborah. Lei era così piena di entusiasmo e di buone intenzioni, e soprattutto molto preoccupata per l'amica californiana. Per giunta, bisognava tener conto di quell'altro.

St. James era stato lieto di offrire cibo e ospitalità a Cherokee River. Era il minimo che potesse fare per il fratello della migliore amica americana della moglie. Ma la situazione cambiava completamente, se Deborah pensava di giocare ai detective con un quasi estraneo o con chiunque altro. Potevano cacciarsi entrambi in guai seri con la polizia di Guernsey. O, peggio, incappare nel vero assassino di Guy Brouard.

Tuttavia, si rendeva conto di non poter far naufragare così impietosamente i progetti di Deborah, e cercò un modo semplice per ridimensionarli. Intanto accompagnò i due in un posto dove potessero sedersi tutti insieme, quindi chiese alla moglie: «Cosa pensi di fare, una volta arrivata laggiù?»

«Tommy consigliava di...»

«So benissimo cos'ha detto. Ma, come hai già assodato, su Guernsey non si trovano investigatori privati e dunque Cherokee non può assumere nessuno.»

«Lo so. Per questo...»

«Per questo, a meno che tu non ne abbia già trovato uno a Londra, non vedo cosa pensi di ottenere andando a Guernsey. Ammesso che, naturalmente, tu non voglia stare sul posto per offrire un conforto a China, e questo è del tutto comprensibile.»

Deborah strinse le labbra. Simon sapeva cosa pensava la moglie. Lui aveva un atteggiamento troppo ragionevole, troppo logico, troppo scientifico, mentre in quelle circostanze bisognava dimostrare una maggiore partecipazione emotiva. E, soprattutto, darsi subito da fare, sia pure in maniera sconsiderata.

«Non ho intenzione di assumere un investigatore privato», disse lei con determinazione. «Non subito, almeno. Io e Cherokee parleremo con l'avvocato di China. Esamineremo le prove raccolte dalla polizia. Parleremo con quelli disposti a farlo. Non siamo delle forze dell'ordine, perciò la gente non avrà paura di confrontarsi con noi e, se qualcuno ha visto e sa qualcosa, se la polizia ha tralasciato qualche particolare, scopriremo la verità.»

«China è innocente», aggiunse Cherokee. «La verità è lì, da qualche parte. E mia sorella ha bisogno di...»

«Questo significa che il vero colpevole è qualcun altro», lo interruppe St. James. «Quindi la situazione è estremamente delicata, nonché pericolosa.» Non aggiunse, però, quello che avrebbe voluto: *vi proibisco di partire*. Dopotutto, non si viveva più nel XVIII secolo. Deborah era una donna decisamente indipendente. Certo, non dal punto di vista finanziario. Avrebbe potuto bloccarla chiudendole i cordoni della borsa o quant'altro occorreva per tagliare i fondi a una donna. Ma preferiva credersi al di sopra di simili espedienti. Aveva sempre ritenuto la ragione più efficace dell'intimidazione. «Come farai a rintracciare le persone con cui parlare?»

«Ci saranno pure degli elenchi telefonici su Guernsey», disse Deborah.

«Voglio dire, come farai a sapere chi sono quelli da interrogare?»

«Ci penseranno Cherokee e China. Sono stati a casa di Brouard. Hanno conosciuto altre persone. Si ricorderanno i nomi.»

«Ma per quale motivo accetterebbero di parlare con Cherokee, o anche con te se è per questo, una volta scoperto che avete a che fare con China?»

«Non lo verranno a sapere.»

«E credi che la polizia non informerà queste persone? E anche se acconsentono a parlare con te e Cherokee, anche se riuscite a convincerle, come ve la caverete col resto?»

«Quale resto?»

«Le prove. Come pensate di valutarle? E come farete a riconoscerle, se ne trovate delle altre?»

«Ti odio quando cominci a...» Deborah si girò di scatto verso Cherokee. «Vuoi scusarci un istante?»

L'uomo spostò gli occhi da lei a St. James, e disse: «Adesso è troppo. Hai già fatto abbastanza. L'ambasciata, Scotland Yard. Lasciami ripartire per Guernsey e...»

Lei lo interruppe decisa: «Dacci solo un momento. Per favore».

Cherokee passò lo sguardo dal marito alla moglie e viceversa. Sembrava volesse riprendere a parlare, ma non disse niente. Preferì allontanarsi di qualche passo, per esaminare un calendario di processi appeso a un tabellone.

Deborah si voltò furiosa verso Simon. «Perché fai così?»

«Volevo solo farti capire...»

«Pensi che sia una maledetta incompetente, vero?»

«Non è vero, Deborah.»

«Incapace di fare quattro chiacchiere con persone forse disposte a dirci qualcosa di cui non hanno parlato alla polizia. Qualcosa che potrebbe fare la differenza e permettere a China di uscire di prigione.»

«Deborah, non avevo intenzione di farti passare per una...»

«Si tratta di una mia amica», insistette lei, con la voce bassa e accalorata. «E intendo aiutarla. Lei c'era, Simon. In California. Era l'unica persona...» Deborah s'interruppe. Alzò gli occhi al cielo e scosse la testa, come se questo potesse scacciare non solo l'empito emotivo, ma anche i ricordi.

St. James sapeva dove stavano andando i suoi pensieri, non gli occorreva una cartina per seguire l'itinerario interiore percorso da Deborah. China c'era, ed era stata la sua amica del cuore e la sua confidente negli anni in cui lui era venuto meno a Deborah. Senza dubbio, c'era anche quando la moglie si era innamorata di Tommy Lynley e forse aveva pianto con lei quando quel sentimento era finito.

Sapeva tutto questo, ma non poteva rivangarlo in quel momento. Sarebbe stato come denudarsi in pubblico e mettere in mostra il suo corpo menomato. Perciò disse: «Amore, ascolta. So che vuoi renderti utile».

«Davvero?» chiese lei amaramente.

«Certo. Ma non puoi mettere sottosopra Guernsey solo per questo. Ti manca l'esperienza necessaria e...»

«Oh, grazie tante.»

«... la polizia non offrirà la benché minima collaborazione. E tu invece ne hai bisogno, Deborah. Se non rendono noti gli indizi in loro possesso, non avrai modo di sapere se China è davvero innocente.»

«Mio Dio, non penserai davvero che sia un'assassina?»

«Non penso che lo sia e non lo escludo. Non sono coinvolto come te. Ed è proprio di questo che hai bisogno: di una persona con un punto di vista obiettivo.»

Udì le sue stesse parole e in quel preciso momento sentì di

avere già preso l'impegno. Non era stata lei a chiederglielo, e non lo avrebbero certo fatto adesso, dopo quella conversazione. Eppure capiva che era l'unica soluzione possibile.

Lei aveva bisogno del suo aiuto, e lui aveva passato oltre metà della vita a tendere la mano a Deborah, che lei la afferrasse o no.

6

QUANDO scappò lontano da Valerie Duffy, Paul Fiedler si diresse verso il suo posto speciale, lasciando gli attrezzi dov'erano. Sapeva che questo era sbagliato, perché il signor Guy gli aveva spiegato che almeno una parte dell'abilità nel lavoro stava nella cura e nella manutenzione degli attrezzi; ma si disse che sarebbe tornato più tardi, quando la donna non lo avesse visto. Sarebbe venuto di soppiatto a recuperarli, passando dall'altro lato della casa, quello che non si trovava in prossimità della cucina. Se si fosse sentito al sicuro, avrebbe perfino potuto rimettersi al lavoro sui ripari. E avrebbe anche dato una controllata al cimitero delle anatre, per accertarsi che intorno alle minuscole sepolture vi fossero ancora i cerchietti di pietre e conchiglie. Però sapeva di doverlo fare prima che Kevin Duffy scovasse gli attrezzi, perché se li avesse trovati abbandonati sul terreno umido ricoperto di erbacce e giunchi che circondava lo stagno, sarebbe stato tutt'altro che contento.

Così, Paul non si allontanò troppo nella sua fuga da Valerie. Si limitò a girare intorno allo stagno di fronte alla casa e a correre nel folto del bosco che costeggiava il lato occidentale del vialetto. Lì s'inoltrò sul sentiero diseguale e tappezzato di foglie che s'insinuava sotto gli alberi e tra i rododendri e le felci, seguendolo fino alla seconda biforcazione a destra, dove la strada si faceva accidentata. Quindi abbandonò la bici accanto al tronco di un vecchio sicomoro ricoperto di muschio e abbattuto da un fulmine, il cui incavo era divenuto il rifugio per animaletti selvatici. Si mise lo zaino in spalla e si avviò, con Tabù che gli trotterellava accanto felice di stare all'aria aperta per vivere una bella avventura mattutina, anziché dover attendere pazientemente legato come al solito all'antico menhir che sorgeva al di là del muro di cinta del cortile della scuola, con una ciotola d'acqua accanto a sé e una manciata di biscotti per tirare avanti finché Paul non veniva a prenderlo alla fine della giornata.

Il luogo in cui era diretto era uno dei segreti che aveva diviso con il signor Guy. «Penso che ora ci conosciamo abbastanza per farti vedere qualcosa di veramente speciale», gli aveva detto l'uomo la prima volta che l'aveva portato lì. «Se ti va e se credi di essere pronto, c'è un modo di suggellare la nostra amicizia, mio principe.»

Così chiamava Paul, *mio principe*. Non l'aveva fatto dall'inizio, naturalmente, ma in seguito, quando si erano conosciuti meglio ed era parso che tra loro vi fosse un'insolita forma di affinità. Non che avessero davvero qualcosa in comune o che, secondo Paul, l'avrebbero mai avuta. Ma tra loro c'era dell'amicizia e, la prima volta che il signor Guy l'aveva chiamato *mio principe*, il ragazzo aveva avuto la certezza che quel sentimento era condiviso dall'anziano gentiluomo.

Perciò aveva annuito in segno di assenso. Era pronto a suggellare l'amicizia con quell'uomo importante entrato a far parte della sua vita. Non era neanche sicuro di che cosa ciò potesse significare, ma il suo cuore era già gonfio da scoppiare quando era insieme al signor Guy e le parole di quest'ultimo sicuramente indicavano che lo stesso valeva per lui. Perciò, qualunque cosa volesse dire, andava bene. Paul ne era certo.

Il signor Guy lo aveva chiamato «il posto degli spiriti». Era una cupola di terra come una ciotola capovolta, fittamente ricoperta d'erba, con un sentiero battuto che le girava intorno.

Il posto degli spiriti si trovava oltre la distesa boscosa, al di là di un muretto a secco, in un prato dove una volta pascolavano le mansuete mucche di Guernsey. Ormai era pieno di erbacce e stavano cominciando a invaderlo rovi e felci, perché il signor Guy non aveva bovini che brucassero gli arbusti, e le serre che avrebbero potuto sostituire le mandrie erano state smantellate e trasferite altrove quando lui aveva acquistato la proprietà.

Paul s'inerpicò sul muretto e si lasciò cadere sul sentiero che correva alla base. Tabù lo seguì. Il passaggio conduceva attraverso le felci fino al tumulo. Lì, aveva spiegato una volta il signor Guy, la luce del sole bruciava più forte e più a lungo per l'antico popolo che utilizzava quel posto.

A circa metà della circonferenza del tumulo, una porta di legno più recente dell'intera formazione era fissata a stipiti di pietra sotto un architrave ed era ermeticamente chiusa da un lucchetto a combinazione che passava attraverso un occhiello.

«Mi ci sono voluti dei mesi per trovare il modo di entrare», gli aveva rivelato il signor Guy. «Sapevo di cosa si trattava. Almeno questo era facile. Cos'altro poteva farci un tumulo di terra nel bel mezzo di un prato? Ma trovare l'entrata, è stata una fatica del diavolo, Paul. C'èrano detriti, rovi, cespugli, roba di ogni genere, e quest'ingresso era ricoperto di vegetazione. Perfino quando individuai le prime lastre di pietra al di sotto del terreno, che mi hanno permesso di scoprire l'ingresso vero e proprio, ci ho messo dei mesi, mio principe, dei mesi. Ma penso che ne sia valsa la pena. Alla fine, ho trovato un posto speciale e, credimi, Paul, ogni uomo ne ha bisogno.»

Il ragazzo aveva battuto le palpebre, sorpreso che il signor Guy volesse metterne a parte anche lui. Aveva avvertito un immenso groppo di felicità alla gola e sorriso come uno sciocco, anzi, il suo era diventato il ghigno di un clown. Ma il signor Guy ne aveva compreso il significato. «Diciannove, tre, ventisette, quindici», aveva detto l'uomo. «Te lo ricordi? È così che si entra. Rivelo la combinazione solo agli amici intimi, Paul.»

Il ragazzo aveva imparato a memoria quei numeri con zelo religioso, e li utilizzò anche adesso. Poi si mise in tasca il lucchetto e aprì la porta spingendola. Era alta poco più di un metro, così si sfilò lo zaino dalla schiena, lo tenne stretto davanti a sé e, chinandosi sotto l'architrave, penetrò all'interno.

Tabù trotterellò davanti a lui, ma si arrestò, annusò l'aria ed emise un ringhio. All'interno era umido, l'unico sprazzo di debole luce decembrina proveniente dalla porta poteva ben poco per spezzare l'oscurità e, anche se il posto speciale era rimasto chiuso, dinanzi all'incertezza del cane nell'entrare, anche Paul esitò. Sapeva che sull'isola c'erano degli spiriti: gli spettri dei morti, i demoni delle streghe e le fate, che vivevano nelle siepi e nei corsi d'acqua. Per questo, anche se non temeva che nel tumulo ci fossero presenze umane, poteva darsi che vi trovasse dell'altro.

Tabù, però, non era affatto preoccupato dalla prospettiva d'imbattersi in qualcosa che proveniva dal mondo degli spiriti. Dunque, si avventurò all'interno, annusando i lastroni di pietra che formavano la pavimentazione, sparendo dentro la nicchia e sfrecciando da lì al centro della struttura, dove l'altezza del tumulo permetteva di stare in piedi. Alla fine la bestiola fece ritorno nel punto in cui Paul si era fermato esitante, appena oltrepassata la soglia d'ingresso, e si mise a scodinzolare.

Il ragazzo si chinò e premette la guancia sul pelo ispido del cane. Tabù gliela leccò e si abbassò fino a terra sulle zampe anteriori. Poi fece tre passi indietro e lanciò un allegro guaito, come a intendere che si sarebbero messi a giocare, ma Paul si limitò a dargli una grattatina dietro le orecchie, chiuse la porta e seppellì entrambi nell'oscurità di quel posto dominato dal silenzio.

Sapeva orientarsi bene anche al buio. Stringendo al petto lo zaino con una mano, con l'altra seguì a tastoni l'umida parete di pietra, avanzando verso il centro. Il signor Guy gli aveva detto che quel posto aveva un profondo significato, si trattava di una cripta nella quale l'uomo preistorico veniva a seppellire i morti per il loro ultimo viaggio. Era chiamato dolmen, e c'era perfino un altare, anche se quest'ultimo agli occhi del ragazzo sembrava più una vecchia pietra smussata che sporgeva solo di qualche centimetro dal pavimento, e una sala più piccola nella quale venivano celebrati riti religiosi, sul cui significato si potevano fare solo delle congetture.

La prima volta che era venuto nel posto speciale, Paul aveva ascoltato, con gli occhi nel buio, rabbrividendo per il freddo. Poi il signor Guy aveva acceso le candele che teneva in un piccolo incavo del pavimento accanto all'altare e, vedendo il ragazzo scosso dai tremiti, era corso ai ripari.

Lo aveva condotto nell'altra sala, a forma di due mani strette a coppa, cui si accedeva schiacciandosi dietro un cippo eretto come una statua in chiesa e ricoperto di sculture smussate dal tempo. Lì il signor Guy teneva un lettino da campo pieghevole, delle coperte, un cuscino e una cassetta di legno.

«A volte vengo qui per pensare», aveva detto. «Per stare da solo e meditare. Tu lo fai, Paul? Sai che cosa significa rilassare del tutto la mente? Fare tabula rasa? Solo tu e Dio, allontanando tutto il resto? No, vero? Allora forse è il caso di provarci, di esercitarci un po' assieme. Ecco, prendi questa coperta. Ti faccio visitare il resto.»

Posti segreti, pensò Paul. Posti speciali di cui rendere partecipi gli amici prediletti. O semplicemente da utilizzare per starsene da soli, quando ce n'era bisogno. Come adesso.

Paul, però, non era mai venuto lì da solo. Quella era la prima volta.

Avanzò con cautela fino al centro del dolmen, e, sempre a tastoni, giunse all'altare di pietra. Come una talpa, passò le mani sulla superficie appiattita finché non sentì l'incavo alla base, dove si trovavano le candele. C'era anche una scatoletta di mentine che conteneva dei fiammiferi, per proteggerli dall'umidità. Il ragazzo cercò alla cieca anche questa e la tirò fuori. Poggiò lo zaino e accese la prima candela, fissandola sull'altare con la cera fusa.

Il fioco bagliore alleviò la preoccupazione di essere solo in quel posto umido e buio. Guardò le pareti di granito che lo circondavano, la volta a botte e la pavimentazione butterata. « È incredibile che l'uomo dell'antichità fosse capace di edificare una struttura del genere », aveva detto il signor Guy. « Noialtri ci crediamo in tutto al di sopra dell'età della pietra, Paul, con i cellulari, i computer e simili. Informazione istantanea per tenere il passo con tutto il resto, pur esso istantaneo. Ma, guarda qui, mio principe, guarda questo posto. Cos'abbiamo costruito negli ultimi cento anni di cui possiamo affermare con certezza che durerà altri centomila anni, eh? Niente, questa è la verità. Guarda questa pietra, Paul... »

E lui lo aveva fatto, mentre il signor Guy, con una mano calda poggiata sulla sua spalla, seguiva con le dita dell'altra i segni lasciati dalle tante che lo avevano preceduto sul cippo all'ingresso della sala secondaria, in cui l'uomo teneva il lettino da campo e le coperte. Paul andò lì, adesso, sorreggendo lo zaino. S'infilò con un movimento rapido dietro il monolito che fungeva da sentinella con un'altra candela accesa e Tabù alle calcagna. Appoggiò lo zaino sul pavimento e la candela sulla cassetta di legno ricoperta dai segni di cera fusa lasciati da quelle appoggiate in precedenza. Prese una coperta dal lettino e la ripiegò fino a ridurla a un riquadro sul quale potesse distendersi il cane, quindi la mise sul gelido pavimento di pietra. Tabù vi saltò sopra con gratitudine, compiendo tre giri intorno prima di prenderne possesso, poi vi si accovacciò con un sospiro. Appoggiò la testa sulle zampe e appuntò gli occhi su Paul con dedizione.

« Il cane pensa voglia farti del male, mio principe. »

No, era solo che Tabù faceva così. Sapeva di ricoprire un ruolo importante nella vita del padrone: era il suo unico amico e compagno fino a prima dell'avvento del signor Guy. E, proprio per questo, Tabù desiderava far capire a Paul che si rendeva conto della propria funzione. Non era in grado di dirglielo direttamente, così non lo abbandonava mai con lo sguardo, osservava tutti i suoi gesti, in ogni momento, per l'intera giornata.

Proprio come Paul faceva con il signor Guy, quando erano insieme. E al contrario di altre persone, l'uomo non era affatto infastidito da quello sguardo insistente. «Lo trovi interessante, vero?» gli chiedeva il signor Guy se si radeva in sua presenza. E non scherzava mai sul fatto che il ragazzo, nonostante l'età, non avesse ancora la necessità di farsi la barba. «Di quanto dovrei farmeli tagliare?» gli domandava quando Paul lo accompagnava dal barbiere a St. Peter Port. «Attento con le forbici, Hal. Come vedi, il mio uomo non si perde una mossa.» E ammiccava a Paul, facendogli il segno che significava «amici fino alla morte»: le dita della destra incrociate sul palmo della sinistra.

Finché la morte non era arrivata.

Paul sentì che gli veniva da piangere e lasciò scorrere le lacrime. Non era a casa e neanche scuola. Lì poteva esprimere liberamente la nostalgia che provava per il signor Guy. Perciò pianse come voleva, finché non gli venne mal di stomaco e le palpebre non cominciarono a bruciargli. Intanto Tabù lo osservava alla luce della candela, con totale rassegnazione e infinito amore.

Esaurite le lacrime, Paul si rese conto di dover conservare per sempre nei ricordi tutto il bene che era derivato dall'incontro con il signor Guy: le cose che aveva imparato frequentandolo, quelle che gli aveva insegnato ad apprezzare e il coraggio che gli aveva infuso nel credere in certi valori. «Noi serviamo a uno scopo più grande del semplice fatto di vivere», gli aveva detto più di una volta l'amico. «Serviamo allo scopo di chiarire il passato per dare solidità al futuro.»

E una parte importante in quel processo di chiarificazione del passato l'avrebbe svolta il museo. Per questo passavano molte ore in compagnia del signor Ouseley e del padre di questi. Da loro e dal signor Guy, Paul aveva appreso il significato di oggetti che una volta si sarebbe limitato a gettare via: la vecchia fibbia di una cintura trovata fra i resti di Fort Doyle, nascosta in mezzo alle erbacce e sepolta per decenni finché una tempesta non aveva spazzato via la terra da un masso; la lanterna inservibile acquistata da un rigattiere; una medaglia arrugginita, dei bottoni, un piatto sporco. «Su quest'isola è sepolto di tutto», gli aveva detto il signor Guy. «Ci toccherà riesumare un po' di roba. Ti piacerebbe unirti a noi?» La risposta era ovvia: lui voleva prendere parte a qualunque cosa insieme con il signor Guy.

Perciò si era dedicato anima e corpo ai lavori per il museo, con Brouard e Ouseley. Dovunque andasse sull'isola, teneva gli occhi aperti nel caso saltasse fuori qualcosa di utile per la raccolta.

E alla fine lo aveva trovato. Si era fatto in bici tutti i chilometri che portavano a La Congrelle, nella parte sudoccidentale dell'isola, dove i nazisti avevano eretto un'orribile torre d'osservazione: un'escrescenza che sorgeva dal terreno con feritoie da cui sporgevano i cannoni della contraerea per abbattere qualunque cosa tentasse di avvicinarsi alla costa. Lui, però, non c'era andato in cerca di oggetti risalenti ai cinque anni di occupazione tedesca, bensì solo per dare un'occhiata all'auto precipitata più di recente dalla rupe.

A La Congrelle si trovava una delle poche scogliere dell'isola alle quali si potesse accedere in macchina. Sulle altre si arrivava solo a piedi, dopo avere parcheggiato a distanza di sicurezza, invece lì ci si poteva spingere al volante fin sull'orlo del precipizio. Era un ottimo posto per suicidarsi simulando un incidente, perché al termine della strada che portava da Rue de la Trigale alla Manica, non bisognava fare altro che svoltare a destra e accelerare per gli ultimi cinquanta metri lungo un tratto erboso disseminato di ginestre fino all'estremità della scogliera. Un colpo finale all'acceleratore mentre il terreno dinanzi al cofano spariva, e l'auto sarebbe stata scaraventata nel vuoto, per poi piombare giù sulle rocce, ruotando su se stessa fino ad arrestarsi su una barriera frastagliata di granito, esplodere in acqua o incendiarsi.

La macchina in questione, che Paul era venuto a vedere, era andata a fuoco. Ormai, però, ne restava ben poco, a parte qualche lamiera contorta e un sedile carbonizzato, ed era una delusione dopo la lunga pedalata in bici con il vento contro. Se fosse rimasto qualcosina in più, lui avrebbe affrontato la pericolosa discesa per cercare tra i resti. Ma, poiché le cose stavano diversamente, aveva preferito orientare le esplorazioni verso la torre di guardia.

Si era accorto che c'era stata una frana, di recente, a giudicare dalle pietre e dal dissesto del terreno da cui si erano staccate. I detriti, infatti, erano privi di armerie e licnidi che crescevano a ciuffi sulle sommità delle scogliere. E sui massi precipitati in acqua non c'erano tracce di guano, del quale invece si distinguevano le striature sugli altri grossi frammenti di gneiss.

Era molto rischioso stare lì, ed essendo nato e cresciuto sull'isola, Paul lo sapeva benissimo. Ma il signor Guy gli aveva insegnato che quando la terra decideva di aprirsi all'uomo, spesso venivano alla luce nuovi segreti. Per quella ragione, si era messo a perlustrare la zona.

Aveva lasciato Tabù sulla sommità della scogliera e si era incamminato lungo l'intaccatura tra le rocce provocata dalla frana. A ogni passo che faceva, stava bene attento a mantenere un solido appoggio con i piedi su un lastrone di granito che aveva resistito al crollo, e in questo modo aveva attraversato per tutta la lunghezza il fronte della scogliera ed era disceso lentamente come un granchio alla ricerca di un anfratto in cui nascondersi.

Giunto a metà strada aveva fatto la scoperta, talmente incrostata da mezzo secolo di sporcizia, fango secco e sassolini che all'inizio aveva pensato non fosse altro che una pietra di forma ellittica. Ma, dopo averla rimossa, si era accorto del riflesso proveniente da quella che aveva tutta l'aria di essere una superficie metallica circolare che spuntava dall'oggetto stesso. Allora l'aveva raccolta.

Non poteva certo esaminarla lì, a metà del percorso che conduceva in fondo alla scogliera, perciò l'aveva incastrata tra il mento e il petto ed era risalito sulla sommità. Una volta arrivato, mentre Tabù annusava impaziente l'oggetto, con l'ausilio di un temperino e delle dita aveva riportato allo scoperto quello che la terra aveva tenuto nascosto per tanti anni.

Chissà com'era capitato lì. Quando i nazisti si erano resi conto che la guerra ormai era perduta e l'invasione dell'Inghilterra non sarebbe mai avvenuta, non si erano affatto preoccupati di rimettere in ordine le cose. Si erano limitati ad arrendersi e, come altri invasori sconfitti che avevano occupato l'isola molto tempo prima di loro, avevano abbandonato tutto quello che reputavano troppo scomodo da trasportare.

Dunque, non c'era da meravigliarsi se si continuavano a scoprire i loro scarti vicino a una torre d'osservazione dove un tempo erano accampati dei soldati. Anche se non si trattava di un oggetto personale, di certo doveva essere qualcosa che sarebbe tornato utile ai nazisti nel caso gli alleati, le truppe speciali o le forze della resistenza li avessero sorpresi alle spalle con uno sbarco.

Adesso, nella semioscurità del posto speciale dove lui e il signor Guy avevano trascorso tante ore assieme, Paul tese il braccio e afferrò lo zaino. Voleva consegnare la propria scoperta al signor Ouseley, al Moulin des Niaux, sarebbe stata la prima effettuata da solo, e la cosa lo riempiva di orgoglio. Ma ormai non poteva più farlo, non dopo quanto era avvenuto quella mattina, perciò l'avrebbe tenuta lì, dove sarebbe stata al sicuro.

Tabù alzò la testa e guardò Paul che slacciava le fibbie dello zaino. Il ragazzo infilò la mano all'interno e tirò fuori il vecchio asciugamano nel quale aveva avvolto il suo tesoro. Come tutti i cercatori di preziosi della storia, prima di mettere al sicuro la sua scoperta, disfece l'involucro che la ricopriva per darle un'ultima ed estatica occhiata.

Probabilmente, la bomba a mano non era affatto pericolosa, pensò Paul. Prima di finire sepolta nel terreno, doveva essere rimasta per anni esposta alle intemperie, e la linguetta che una volta avrebbe potuto far detonare l'esplosivo contenuto all'interno era quasi certamente bloccata per sempre dalla ruggine. Tuttavia, non era saggio portarsela in giro nello zaino. Non c'era bisogno che il signor Guy o altri gli dicessero che la prudenza consigliava di riporla in un posto dove non c'era il rischio che qualcuno v'incappasse. Almeno finché non avesse deciso cosa farne.

Il nascondiglio si trovava nella seconda sala del dolmen, lì dove erano nascosti lui e Tabù. Anche questo era stato il signor Guy a mostrarglielo: si trattava di una fenditura naturale tra due delle pietre che costituivano la parete del dolmen. In origine probabilmente non c'era, aveva detto Brouard. Ma il tempo, le perturbazioni, i sommovimenti del suolo... Nessuna opera dell'uomo resiste del tutto alla natura.

Il nascondiglio si trovava proprio di fianco al lettino da campo, e a un profano sarebbe apparso come un semplice varco tra le pietre, niente di più. Ma se s'infilava la mano in profondità, si accedeva a una più ampia apertura, situata dietro il blocco cui stava addossata la brandina, e là dentro si potevano nascondere segreti e tesori troppo preziosi per essere mostrati ad altri.

«Il fatto che io ti faccia vedere questo, ha un significato ben preciso, Paul. Si tratta di qualcosa che travalica le parole. E anche i pensieri.»

Il ragazzo era certo che nel nascondiglio dovesse esserci spazio a sufficienza anche per la granata. In precedenza, vi aveva già infilato la mano, mentre il signor Guy, che lo guidava con la propria, gli mormorava dolcemente all'orecchio parole rassicuranti: «Per il momento qui dentro non c'è nulla, e poi, non ti farei mai un brutto scherzo, mio principe». Così Paul aveva scoperto che il vano segreto era talmente largo da poterci infilare ambedue le mani, l'una stretta a pugno sull'altra, fin troppo spazio per la granata. Anche in profondità, il nascondiglio era più che sufficiente. Perché lui, per quanto vi avesse spinto il braccio all'interno, non era mai riuscito a sentirne il fondo.

Spostò da un lato il lettino da campo e mise la cassetta di legno con le candele al centro del pavimento. Nel vedere quel cambiamento nell'ambiente, Tabù diede un guaito, ma Paul gli assestò un buffetto sulla testa e gli carezzò affettuoso la punta del naso. Con quel gesto voleva far intendere al cane che non c'era nulla di cui preoccuparsi. Erano al sicuro, in quel posto. Nessuno ne conosceva l'esistenza, tranne loro due.

Afferrò con attenzione la bomba a mano e la poggiò sul freddo pavimento di pietra, poi infilò il braccio nella stretta fessura. Subito dopo l'apertura, il varco si allargava di una quindicina di centimetri e, anche se non riusciva a vedere molto in là all'interno del nascondiglio, lui conosceva a tentoni il punto in cui si trovava il secondo varco, perciò era convinto di potervi depositare la granata senza difficoltà.

Invece se ne presentò una, non prevista. A neanche una decina di centimetri dall'entrata c'era qualcos'altro. Sentì prima le nocche che vi premevano contro. Era una cosa compatta, immobile e del tutto inattesa.

Paul si sentì mancare il fiato e ritirò di scatto la mano, ma gli bastò un attimo per capire che, di qualunque cosa si trattasse, di certo non era viva, quindi non c'era ragione di averne paura. Ripose con cura la granata sul lettino da campo e avvicinò la candela all'entrata della fessura.

Il problema era che non poteva illuminare la cavità e nel contempo guardare all'interno. Perciò, tornò a distendersi sul ventre e infilò nuovamente nel nascondiglio prima la mano, poi tutto il braccio.

Ritrovò l'oggetto a tastoni: era compatto ma cedevole, non rigido. Liscio, a forma di cilindro. Lo afferrò e cominciò a tirarlo fuori.

«Questo è un posto speciale, mio principe, un posto pieno di segreti, e ora siamo in due a conoscerlo, io e te. Sei capace di mantenere i segreti, Paul?»

Certo. Altroché, se ne era capace. Anzi, sapeva fare di meglio. Perché, non appena Paul cominciò a tirare l'oggetto verso di sé, capì esattamente cos'aveva nascosto il signor Guy all'interno del dolmen.

In fondo, l'intera isola era un paesaggio fatto di segreti. Il dolmen stesso era un posto segreto, in quello sfondo più vasto di cose sepolte, non dette, e ricordi che la gente avrebbe voluto dimenticare. Dunque, Paul non provò nessuna meraviglia di fronte alla scoperta che, sepolto nelle profondità millenarie di una terra ancora capace di far affiorare medaglie, sciabole, proiettili e altri oggetti vecchi di mezzo secolo, vi fosse qualcosa di ben più prezioso, risalente ai tempi dei corsari o anche più antico, di grande valore. E quello che stava sfilando dalla fessura era la chiave per recuperare ciò che era stato sotterrato tanto tempo prima.

Aveva trovato un ultimo dono lasciatogli dal signor Guy, che già gliene aveva fatti tanti altri.

«*Énne rouelle dé faïtot*», disse Ruth Brouard, in risposta alla domanda di Margaret Chamberlain. «Serve per i granai.»

Margaret pensò che quell'affermazione fosse deliberatamente ottusa, fin troppo tipica di Ruth, cui non era mai riuscita a voler bene, sebbene avesse dovuto vivere con lei per l'intera durata del matrimonio con Guy. Quella donna era troppo attaccata al fratello, e una simile dedizione tra consanguinei era sconveniente. Era in odore di... Margaret preferiva evitare perfino di pensarlo. Certo, capiva benissimo che i due fratelli, ebrei come lei ma europei, travolti dalla seconda guerra mondiale (cosa che in parte scusava certi loro strani comportamenti), avevano perduto tutti i parenti a causa delle incredibili atrocità perpetrate dai nazisti, ed erano stati quindi costretti a diventare indispensabili l'uno all'altra fin dalla prima infanzia. Tuttavia, il fatto che Ruth per tutti quegli anni non si fosse creata una propria vita non era solamente discutibile e previttoriano: agli occhi di Margaret la rendeva una donna incompleta, una specie di creatura inferiore, che aveva vissuto un'esistenza a metà, e per giunta nell'ombra.

Meglio essere pazienti. «Per i granai?» le fece eco Margaret. «Non capisco, cara. Per entrare nella bocca di Guy, doveva essere una pietra piuttosto piccola, no?» A quella domanda, un fremito scosse Ruth, come se parlarne avesse risvegliato in lei le più terribili fantasie sulla morte del fratello: lui che si contorceva sulla spiaggia, con le mani strette inutilmente alla gola. Purtroppo era inevitabile. Margaret aveva bisogno di maggiori informazioni, e intendeva ottenerle a ogni costo. «A cosa sarebbe servita in un granaio, Ruth?»

La cognata alzò gli occhi dal ricamo cui era intenta quando Margaret l'aveva raggiunta nel soggiorno. Era un enorme scampolo di tela teso su un telaio di legno, a sua volta montato su un cavalletto davanti alla sedia sulla quale sedeva Ruth, appollaiata come un folletto, con pantaloni neri e un cardigan dello stesso colore troppo grande per lei, probabilmente del fratello. Gli occhiali dalla montatura rotonda le erano scivolati sul naso, e lei li sospinse indietro con le nocche di una delle manine quasi infantili.

«Non si usava nel granaio», spiegò Ruth. «S'infilava in un anello insieme con le chiavi del granaio. O, almeno, una volta serviva a questo. Ormai sono rimasti pochi granai su Guernsey. Era per preservarli dai demoni delle streghe. Servivano come protezione, Margaret.»

«Ah. Allora si tratta di un amuleto.»

«Sì.»

«Capisco.» Invece la donna pensava: *Questi ridicoli isolani. Amuleti per le streghe. Talismani per le fate. Fantasmi sulle sommità delle scogliere. Demoni in cerca di preda.* Non avrebbe mai immaginato che il suo ex marito fosse un uomo capace di credere a simili sciocchezze. «Ti hanno fatto vedere la pietra? Era un oggetto a te già familiare? Apparteneva a Guy? Lo chiedo solo perché non mi sembra affatto da lui andarsene in giro con amuleti e roba del genere. O, almeno, non il Guy che conoscevo. Sperava di attirarsi la fortuna per qualche nuova impresa?»

Non aggiunse *con una donna*, anche se tutt'e due sapevano benissimo che era sottinteso. A parte gli affari, nei quali Guy Brouard aveva primeggiato con un tocco da re Mida, e dunque non aveva certo bisogno di fortuna, l'unico altro campo di azione per lui era stato il corteggiamento e la conquista del gentil sesso. Margaret ne era sempre stata all'oscuro, finché non aveva trovato un paio di mutandine femminili nella valigia del marito, infilatovi per scherzo da un'assistente di volo di Edimburgo che lui si scopava di nascosto. Il loro matrimonio era finito nell'attimo stesso in cui lei aveva scoperto quell'indumento intimo al posto del libretto di assegni che cercava. Di quel legame non era rimasto altro, nei due anni successivi, che l'incontro tra i rispettivi avvocati per strappare un accordo che le consentisse di mantenersi vita natural durante.

«L'unica impresa in cui era impegnato di recente era il museo bellico.» Ruth tornò a chinarsi sul telaio del ricamo e riprese a infilare e sfilare con mano esperta l'ago sul disegno che vi aveva tracciato. «E per quello non portava certo un amuleto. Non ne aveva affatto bisogno. Per quanto ne so, il progetto procedeva abbastanza bene.» Alzò di nuovo la testa, con l'ago sospeso a mezz'aria. «Ti ha parlato del museo, Margaret? Adrian non ti ha detto niente?»

Margaret non aveva voglia di portare il discorso sul figlio né con la cognata né con nessun altro, così disse: «Sì, sì, il museo, certo. Lo sapevo».

Più che altro rivolta a se stessa, Ruth sorrise teneramente. «Ne andava molto orgoglioso. Fare una cosa simile per l'isola. Qualcosa di duraturo. Di bello e significativo.»

Al contrario della sua esistenza, pensò Margaret, riferendosi al marito. Non era lì per ascoltare encomi rivolti alla figura di Guy Brouard, benefattore di tutto e tutti. Era presente solo per assicurarsi che Guy Brouard, almeno in morte, avesse deciso di dimostrarsi anche benefattore dell'unico figlio maschio.

«Che ne sarà ora?» chiese. «Dei suoi progetti, intendo?»

«Dipenderà tutto dal testamento, immagino», rispose Ruth. Aveva un tono cauto. Troppo cauto, pensò Margaret. «Il testamento di Guy, intendo. Di chi altri, sennò? Anche se, per la verità, non ho ancora avuto modo di vedere il suo avvocato.»

«Come mai, cara?» chiese Margaret.

«Sarà perché parlare del suo testamento rende tutto così reale. Definitivo. E cerco di evitarlo.»

«Preferisci che parli io con il suo legale... voglio dire, con l'avvocato? Se c'è da provvedere a certe disposizioni, mi fa piacere occuparmene al posto tuo, cara.»

«Grazie, Margaret. È un'offerta così gentile da parte tua, ma devo pensarci io. È compito mio... e lo farò quanto prima, al momento opportuno.»

«Sì, certo», mormorò Margaret e guardò la cognata infilare e sfilare in fretta l'ago nella tela, per poi fissarlo in un punto, segno che per il momento il lavoro di ricamo era terminato. Lei cercava di apparire il cordoglio fatto persona, ma dentro di sé mordeva il freno per l'impazienza di sapere esattamente come l'ex marito avesse distribuito la sua immensa fortuna. In particolare, le premeva scoprire fino a che punto si fosse ricordato di Adrian. Perché, anche se in vita aveva negato al figlio il denaro che gli occorreva per la sua iniziativa, in morte Guy doveva certo venire incontro a Adrian. Inoltre, la svolta inattesa avrebbe ricucito il rapporto tra il figlio e Carmel Fitzgerald. Così finalmente lui si sarebbe sposato e sarebbe stato un uomo normale che conduceva una vita normale, senza più la preoccupazione di certi piccoli e strani incidenti.

Ruth si era avvicinata a un piccolo scrittoio e aveva preso un medaglione richiudibile diviso a metà. Lo fissò con grande struggimento e Margaret vide che era quel noioso regalo d'addio di *Maman*, che l'aveva dato loro sul molo, al momento dell'imbarco. *Je vais conserver l'autre moitié, mes chéris. Nous le reconstituerons lorsque nous nous retrouverons.**

Sì, sì, avrebbe voluto dire Margaret. Lo so che senti maledettamente la mancanza di tua madre, ma abbiamo degli affari da sbrigare. «Però sarebbe meglio provvedere al più presto, cara», disse allora con gentilezza. «Dovresti parlargli. È piuttosto importante.»

Ruth ripose il medaglione, ma seguitò a guardarlo. «Parlare con qualcuno non servirà certo a cambiare le cose», disse.

«Ma almeno contribuirà a chiarirle.»

«Sempre che sia necessario.»

«Devi pur sapere cosa aveva intenzione di fare, cioè, le sue ultime volontà. È necessario che tu ne sia informata. Con una proprietà di queste dimensioni, uomo avvisato, mezzo salvato, Ruth. Senza dubbio il suo avvocato sarebbe d'accordo con me. A proposito, si è messo in contatto con te? L'avvocato, intendo? Dopotutto, dovrà pur sapere...»

«Certo che lo sa.»

E allora? pensò Margaret. Ma disse in tono accondiscendente: «Capisco. Be', allora tutto a suo tempo, mia cara. Quando ti sentirai pronta». E sperò che fosse al più presto. Non intendeva assolutamente restare su quell'isola infernale più dello stretto necessario.

---

* Conserverò l'altra metà, miei cari. Lo ricostituiremo quando ci ritroveremo. (*N.d.T.*)

Riguardo alla cognata, Ruth Brouard era certa di una cosa: la presenza di Margaret a Le Reposoir non aveva niente a che fare con il suo matrimonio fallito con Guy, con il dolore o il rimpianto per il modo in cui lei e il marito si erano lasciati, e tanto meno con il rispetto che pure avrebbe dovuto mostrare per quella terribile scomparsa. Il fatto stesso che fino ad allora non avesse dimostrato il benché minimo segno di curiosità verso la persona accusata dell'omicidio del fratello indicava chiaramente la vera natura del suo interessamento. Aveva stampata dentro di sé l'immagine dell'ex marito che possedeva denaro a palate, e intendeva ricavarne la sua parte.

Guy l'aveva definita una «puttana vendicativa». «Ha un manipolo di medici disposti ad attestare che Adrian è troppo instabile per vivere da qualunque altra parte che non sia accanto alla sua maledetta madre, Ruth. Ma è proprio lei la rovina di quel patetico ragazzo. L'ultima volta che l'ho visto, aveva l'orticaria. L'orticaria, capisci? Alla sua età. Dio, quella donna è davvero pazza.»

Ed era andata avanti così, anno dopo anno, con le visite per le vacanze abbreviate o annullate del tutto, finché l'unica opportunità per Guy di vedere il figlio era stata alla vigile presenza della madre. «Quella maledetta monta la guardia», aveva detto l'uomo, fumante di rabbia. «Probabilmente perché sa benissimo che se lei non ci fosse, direi a Adrian di tagliare ogni legame con le sue gonnelle... con un'accetta, se necessario. Non c'è nessun problema in quel ragazzo che non sia risolvibile con qualche anno in una scuola come si deve. E non intendo certo uno di quei posti a base di docce fredde al mattino e cinghiate sulla schiena. Parlo di una scuola *moderna*, dove finalmente imparerebbe a essere autosufficiente, cosa che non accadrà mai se lei continua a tenerselo attaccato come una piovra.»

Ma Guy non l'aveva mai spuntata su questo. E il risultato si vedeva nel povero Adrian, come si era ridotto, a trentasette anni, senza alcun talento o qualità cui attingere per definire il proprio ruolo. A meno che per talento non s'intendesse una serie ininterrotta di fallimenti in ogni campo, dalle squadre sportive alle relazioni con l'altro sesso. Fallimenti tutti direttamente imputabili al rapporto di Adrian con la madre. Non occorreva una laurea in psicologia per giungere a quella conclusione. Eppure Margaret non sarebbe mai stata d'accordo, per paura di doversi assumere una qualche forma di responsabilità per i frequenti problemi del figlio. E non lo avrebbe certo fatto.

Questa era Margaret: rifiutava ogni addebito e pretendeva che gli altri contassero unicamente sulle proprie forze. E se queste non erano sufficienti, che si arrangiassero.

Povero Adrian, con una madre del genere. E il fatto che lei avesse delle buone intenzioni, alla fine non contava nulla, visti i danni che provocava.

Ruth osservò Margaret che fingeva di esaminare l'unico ricordo rimastole della madre, quella metà di un medaglione rotto per sempre. Era una donna imponente, bionda, con i capelli scarmigliati e gli occhiali da sole poggiati sul capo (nel bel mezzo di un grigio dicembre? Che stranezza!) Non riusciva a immaginare che il fratello fosse stato sposato con lei, ma d'altronde non ne era mai stata capace. Non era mai stata in grado di riconciliarsi con l'immagine di Margaret e Guy insieme come marito e moglie. Non tanto per l'aspetto sessuale che, come parte della natura umana, si adattava anche alle unioni più singolari, ma per quello emotivo, su cui poggiava tutto, che lei, che non l'aveva mai potuto provare, immaginava essere il terreno fertile in cui piantare i semi della famiglia e dell'avvenire.

Visto com'era finita tra il fratello e Margaret, Ruth aveva avuto pienamente ragione nel ritenere che la loro fosse una coppia del tutto sbagliata. Se non avessero messo al mondo Adrian in un raro momento di trasporto, probabilmente al termine del matrimonio sarebbero andati ognuno per la propria strada, lei paga del denaro ricavato dalle rovine della loro relazione e lui ben lieto di lasciarglielo, se questo comportava la possibilità di sbarazzarsi di uno dei suoi peggiori errori. Ma, dato che nell'equazione rientrava anche Adrian, Margaret non era scomparsa nell'oscurità. Perché Guy aveva voluto molto bene al figlio, anche se il ragazzo era stato per lui una fonte di frustrazione, e la sua esistenza rendeva anche quella della madre un dato immutabile. Finché uno dei due non fosse morto: Guy o la stessa Margaret.

Ma era proprio a questo che Ruth non voleva pensare, e non riusciva neanche a parlarne, anche se sapeva di non poter evitare per sempre l'argomento.

Come se Margaret le avesse letto nel pensiero, rimise il medaglione sullo scrittorio e disse: «Ruth, mia cara, non sono riuscita a cavare da Adrian dieci parole sull'accaduto. Non vorrei sembrare macabra, ma mi piacerebbe capire. Il Guy che conoscevo non aveva nemici. Certo, c'erano le sue donne, e alle donne non piace essere lasciate. Ma anche se lui ha fatto una delle sue solite...»

«Margaret, ti prego», la interruppe Ruth.

«Aspetta», si affrettò ad aggiungere la cognata. «Non possiamo fare finta di nulla, cara. Non è proprio il caso. Sappiamo entrambe com'era fatto. Ma quello che voglio dire è questo: anche se una donna viene lasciata, è raro che per vendicarsi... Capisci cosa voglio dire. Allora chi?... A meno che stavolta non si tratti di una donna sposata, e il marito ha scoperto tutto? Anche se Guy, di solito almeno, evitava quel tipo di relazioni.» Margaret si mise a giocherellare con una delle tre catenine d'oro massiccio che portava al collo, quella con il pendente, una perla enorme, una protuberanza lattea che poggiava tra i suoi seni come un grumo di purè pietrificato.

«Non aveva...» Ruth si chiese perché le facesse tanto male dirlo. Eppure conosceva bene il fratello. Sapeva com'era fatto: la somma di tante parti buone e soltanto una oscura, nociva, pericolosa. «Non c'era nessuna relazione in corso. Nessuna che sia stata troncata.»

«Ma non è stata arrestata una donna, cara?»

«Sì.»

«E lei e Guy non?...»

«Certo che no. Lei era qui solo da pochi giorni. Quello che è successo non ha nulla a che fare con... nulla del genere.»

Margaret chinò la testa, e Ruth capì benissimo a cosa pensava. In fatto di sesso, poche ore erano più che sufficienti a Guy per raggiungere lo scopo. E Margaret si accingeva a sondare il terreno in proposito. L'espressione scaltra del viso indicava chiaramente che era in cerca di un modo che non apparisse come una forma di curiosità morbosa; o, peggio, la convinzione che quel marito donnaiolo avesse finalmente avuto ciò che si meritava, quanto piuttosto la compassione per la perdita da parte della cognata di un fratello più caro della vita stessa. Ma a Ruth fu risparmiato di affrontare la conversazione. Sulla porta del soggiorno risuonò un colpetto esitante e una voce tremula chiamò: «Ruthie? Disturbo?...»

Ruth e Margaret si voltarono e videro una donna ferma sulla soglia e, dietro di lei, un'adolescente impacciata, alta e non ancora abituata alla sua stessa statura. «Anaïs», disse Ruth. «Non ti ho sentita arrivare.»

«Abbiamo usato la nostra chiave.» La sollevò, unico attestato in bronzo del suo posto nella vita di Guy che giaceva desolato nel palmo della sua mano. «Spero sia stato... Oh, Ruth, non riesco a crederci... Non ancora...» Si mise a piangere.

La ragazza distolse lo sguardo a disagio, asciugandosi le mani sui fianchi dei pantaloni. Ruth attraversò la stanza e prese tra le braccia Anaïs Abbott. «Usa pure la chiave quando ti pare. Guy avrebbe voluto così.»

Mentre Anaïs le piangeva sulla spalla, Ruth allungò la mano verso la figlia quindicenne della donna. Jemina accennò un sorriso (lei e Ruth erano sempre andate d'accordo), ma non si avvicinò. Il suo sguardo andò oltre, a Margaret, poi alla madre, e disse: «Mamma», in tono basso ma angosciato. A Jemina non erano mai piaciute scene del genere. Da quando Ruth la conosceva, più di una volta l'aveva vista in imbarazzo dinanzi alla facilità con cui la madre dava spettacolo.

Margaret si schiarì eloquentemente la gola. Anaïs si sciolse dall'abbraccio di Ruth e sfilò un pacchetto di fazzolettini dal taschino della giacca del tailleur pantaloni. Era vestita di nero da capo a piedi, con una cloche calata sulla chioma biondo fragola acconciata con cura.

Ruth fece le presentazioni. Fu imbarazzante: l'ex moglie, l'attuale amante, la figlia di quest'ultima. Anaïs e Margaret mormorarono parole di rito e immediatamente presero a esaminarsi a vicenda.

Non avrebbero potuto essere più diverse. Guy le preferiva bionde, da sempre, ma a parte questo, le due donne non avevano nulla in comune, tranne forse la provenienza, perché, a dirla tutta, gli piacevano di estrazione piuttosto ordinaria. E, malgrado i progressi compiuti dalle due donne, gli abiti, il portamento e la pronuncia che avevano appreso, di tanto in tanto Anaïs lasciava trasparire le origini di Liverpool, mentre, nel caso di Margaret, il retaggio lasciatole dalla madre cameriera affiorava quando costei meno avrebbe voluto rendere noto quell'aspetto del proprio passato.

A parte ciò, comunque, le due donne erano la notte e il giorno. Margaret alta, imponente, agghindata e imperiosa; Anaïs minuta come un uccellino, magra all'eccesso in quell'odiosa maniera che andava di moda (a parte i seni palesemente artificiali e troppo voluttuosi), ma pur sempre vestita come una donna che non indossasse mai un solo capo senza l'approvazione del suo specchio.

Naturalmente, Margaret non era certo venuta fino a Guernsey soltanto per conoscere e tanto meno consolare o intrattenere una delle tante amanti dell'ex marito. Perciò, dopo aver mormorato un dignitoso ma del tutto falso: «Molto lieta», disse a Ruth: «Parleremo dopo, mia cara». Quindi abbracciò la cognata baciandola sulle guance, e soggiunse: «Ruth, adorata», come per far sapere ad Anaïs Abbott con quel gesto peculiare e leggermente inquietante che una di loro occupava una certa posizione in famiglia, mentre l'altra no. Poi se ne andò, lasciando dietro di sé una scia di Chanel N°5. Era troppo presto per mettersi quel profumo. Tuttavia, Margaret non se ne rendeva conto.

«Avrei dovuto essere con lui», disse Anaïs a bassa voce, non appena Margaret chiuse la porta dietro di sé. «Avrei tanto voluto, Ruthie. Dopo che è accaduto, ho subito pensato che se solo avessi passato la notte qui, il mattino dopo sarei andata alla baia. Solamente per starlo a guardare. Perché era una tale delizia per gli occhi. E... Oh, Dio, oh, Dio, perché doveva succedere?»

Non aggiunse *a me*. Ma Ruth non era una stupida. Non aveva passato una vita a osservare il modo in cui il fratello cominciava, conduceva e concludeva le sue storie con le donne senza sapere ogni volta a che punto fosse del gioco perpetuo di seduzione, disinganno e abbandono. Al momento della morte, Guy era in procinto di chiudere con Anaïs. E, anche se lei non lo sapeva per certo, doveva averlo intuito, in un modo o nell'altro.

«Vieni», disse Ruth. «Sediamoci. Faccio portare un po' di caffè da Valerie? Jemina, ti va qualcosa, cara?»

La ragazza rispose esitante: «Ha qualcosa per Biscotto? È là fuori e stamattina ha saltato la colazione, così.. »

«Paperella, cara», intervenne la madre, con un tono di rimprovero fin troppo chiaro nel nomignolo infantile della figlia. Quelle uniche due parole furono sufficienti a condensare tutto quello che Anaïs non aggiunse: solo le ragazzine si preoccupano dei cagnolini, quelle cresciute invece si danno da fare per i giovanotti. «Il cane sopravvivrà. Anzi, sarebbe stato meglio se lo avessimo lasciato al posto suo, a casa, come ti avevo detto. Non è certo il caso che Ruth...»

«Mi dispiace.» Jemina diede l'impressione di aver parlato più forte del dovuto dinanzi a Ruth, perché abbassò subito la testa e si mise a tormentare con la mano la cucitura degli eleganti pantaloni di lana. Poverina, non era vestita come una normale adolescente. Ci avevano pensato un corso estivo in una scuola di moda londinese e la vigile attenzione della madre, per non dire le intrusioni di quest'ultima nel guardaroba della ragazza. Era abbigliata come una modella di *Vogue*. Ma, nonostante il tempo dedicato a imparare i segreti del trucco, dell'acconciatura e del portamento sulla passerella, era rimasta la goffa Jemina, che in famiglia chiamavano Paperella, e tale appariva anche agli altri, con la goffaggine di una papera sbattuta a forza fuori dall'acqua.

Ruth ebbe pietà di lei. «Quel delizioso cagnolino?» disse. «Si sentirà solo soletto là fuori senza di te, Jemina. Perché non lo fai entrare?»

«Sciocchezze», disse Anaïs. «Sta benissimo. Sarà anche sordo, ma non ha niente che non vada agli occhi e all'odorato. Sa benissimo dove si trova. Lascialo lì.»

«Sì, certo. Però forse gli andrebbe un po' di manzo tritato? E c'è dello sformato del pastore avanzato dal pranzo di ieri. Jemina, fa' un salto in cucina e chiedine una fetta a Valerie. Puoi scaldarla nel microonde, se vuoi.»

Jemina rialzò la testa di scatto, e la sua espressione rincuorò Ruth più di quanto si aspettasse. «Posso?» disse la ragazza, con un'occhiata alla madre.

Anaïs era abbastanza intelligente da capire quando era il caso di piegarsi a un'autorità superiore. «Ruthie», disse. «È così gentile da parte tua. Non vorremmo recarti il minimo disturbo.»

«Non lo è, infatti», disse Ruth. «Va' pure, Jemina. Lascia noialtre vecchie a farci una chiacchierata.»

Ruth non intendeva il termine *vecchie* in senso offensivo, ma, non appena la ragazza fu uscita, si accorse che era stato recepito in quel modo. All'età che era disposta ad ammettere, quarantasei anni, Anaïs avrebbe potuto essere la figlia di Ruth. E di certo lo sembrava. Anzi, faceva di tutto per apparirlo. Perché sapeva meglio di molte altre che gli uomini anziani erano attratti da donne giovani e belle, e queste, a loro volta, erano attratte dalle possibili fonti di mantenimento. Ma, in entrambi i casi, l'età non contava. Tutto si basava sull'apparenza e sugli espedienti. Parlare di età, però, era stato un passo falso. Tuttavia, Ruth non fece nulla per rimediare a quella gaffe. Era afflitta dal dolore per la morte del fratello, che Dio l'avesse in gloria, e poteva essere scusata.

Anaïs si avvicinò al telaio del ricamo. Esaminò il disegno sull'ultimo quadro e chiese: «Che numero è?»

«Quindici, credo.»

«Quanti te ne restano ancora?»

«Quanti ne occorrono a completare la storia.»

«Tutta? Anche Guy, alla fine?» Anaïs aveva gli occhi rossi, ma non ricominciò a piangere. Piuttosto, parve approfittare della domanda per arrivare al motivo della sua visita a Le Reposoir. «Ora è cambiato tutto, Ruth. Sono preoccupata per te. Sei accudita?»

Per un attimo, Ruth pensò si riferisse al cancro e al modo in cui avrebbe affrontato la fine imminente. «Credo di farcela», rispose. Ma la replica di Anaïs le tolse ogni illusione sul fatto che l'altra fosse venuta a offrirle ospitalità o semplice sostegno per i mesi successivi.

«Hai letto il testamento, Ruth?» le domandò. E, come se dentro di sé si rendesse conto della volgarità della domanda, aggiunse: «Ti sei accertata che abbia provveduto a te?»

L'anziana donna ripeté all'amante del fratello le stesse cose dette all'ex moglie. Cercò di riferire quell'informazione con dignità, malgrado ciò che avrebbe voluto ribadire su chi poteva avere un interesse legittimo nella distribuzione della fortuna di Guy e chi no.

«Oh.» Il tono di Anaïs rifletté la sua delusione. La mancata lettura del testamento significava non sapere con certezza se, come e quando sarebbe riuscita a pagare i mille espedienti di cui si serviva per mantenersi giovane dopo il suo incontro con Guy. Significava inoltre che i lupi probabilmente si sarebbero avvicinati sempre di più alla porta della casa troppo imponente in cui viveva con i figli sulla punta settentrionale dell'isola, nei pressi di Le Grand Havre Bay. Ruth aveva sempre sospettato che Anaïs vivesse al di sopra delle proprie possibilità, che fosse o no la vedova di un finanziere. Ma qual era attualmente il significato della frase *Mio marito era un finanziere*, in quei giorni di azioni che non valevano niente una settimana dopo averle acquistate, con i mercati mondiali che poggiavano su sabbie mobili? Naturalmente, il marito di Anaïs poteva essere stato un mago della finanza che aveva moltiplicato il denaro altrui come pani alle soglie di una carestia, o un mediatore creditizio capace di trasformare cinque sterline in cinque milioni, avendo tempo, fede e risorse. D'altro canto, però, poteva essere stato solo un impiegato della Barclay, la cui assicurazione sulla vita aveva permesso alla vedova afflitta di frequentare ambienti più elevati di quelli in cui era nata e aveva messo su famiglia. In ogni caso, l'ingresso in certi giri e la loro frequentazione richiedevano soldi a getto continuo: per la casa, i vestiti, la macchina, le vacanze, per non parlare di spesucce accessorie come quelle per il cibo. Per questo era ragionevole supporre che a quel punto Anaïs Abbott fosse alle strette. Aveva fatto un considerevole investimento nella relazione con Guy. E perché questo fruttasse degli utili, si presumeva che lui fosse rimasto vivo e orientato al matrimonio.

Anche se Ruth provava una certa avversione per Anaïs Abbott per via del piano che secondo lei guidava le azioni della donna, si rendeva conto di doverla scusare almeno in parte per i suoi intrighi. Infatti, Guy l'aveva indotta a credere che tra loro fosse possibile un legame solido, sancito anche dalla legge. Mano nella mano dinanzi a un ministro del culto o qualche minuto di sorrisi e rossore al municipio. Anaïs aveva avuto tutte le ragioni per giungere a certe conclusioni, perché Guy era stato generoso. Ruth sapeva che era stato lui a mandare Jemina a Londra, e nutriva pochi dubbi sul fatto che fosse lui la ragione, finanziaria o no, per la quale i seni di Anaïs si protendevano sodi come due meloni perfettamente simmetrici da un petto troppo piccolo per ospitarli in modo naturale. Ma era stato pagato tutto? O c'erano ancora dei conti in sospeso? Questo era il problema. In un attimo, Ruth ebbe la risposta.

« Mi manca », disse Anaïs. « Lui era... Io lo amavo, lo sai, vero, Ruth? Lo sai quanto lo amavo, vero? »

Ruth annuì. Il cancro che le divorava la colonna vertebrale incominciava a richiedere la sua attenzione. Quando arrivava il dolore e lei cercava di dominarlo, non riusciva a fare altro che annuire.

« Lui era tutto per me, Ruth. La mia roccia. Il mio punto di riferimento. » Anaïs chinò il capo e dalla cloche sfuggirono dei riccioli, che le ricaddero sul collo come segni di una carezza maschile. « Aveva un modo tutto suo di affrontare le cose. I consigli che dava, quello che faceva... Sapevi che è stata sua l'idea di mandare Jemina a Londra per farle seguire il corso di moda? Secondo lui, le avrebbe fatto acquistare più fiducia in se stessa. Era un'idea così tipica di Guy. Dentro di sé, aveva una tale carica di generosità e di amore...»

Ruth annuì nuovamente, presa nella morsa della carezza del cancro. Strinse le labbra e trattenne un gemito.

«Non c'era una sola cosa che non avrebbe fatto per noi», continuò Anaïs. «La macchina e la necessaria manutenzione, la piscina in giardino: lui c'era sempre. A dare una mano, a prodigarsi. Che uomo meraviglioso. Non incontrerò mai più nessuno che gli somigli neppure lontanamente. Era così buono con me. E ora, senza di lui? Mi sembra di aver perduto tutto. Ti ha detto che quest'anno si era accollato le spese per le divise scolastiche? No, ne sono certa. Non lo avrebbe mai fatto, perché anche questo rientrava nella sua generosità: salvaguardare l'orgoglio delle persone che aiutava. Lo sai, Ruth, che quest'uomo così buono e caro era arrivato al punto di elargirmi un assegno mensile? 'Tu per me sei più di quanto avrei mai immaginato potesse essere una donna, e desidero che tu disponga di una somma maggiore di quella che puoi permetterti.' Io gli ero riconoscente, Ruth, ogni volta. Ma non l'ho mai ringraziato abbastanza. Eppure, volevo che tu sapessi un po' del bene che ha fatto. A me. Per aiutarmi, Ruth.»

Per rendere più esplicita la sua richiesta, poteva solo scarabocchiarla sul tappeto Wilton. Ruth si chiese fino a che punto si sarebbero dimostrate prive di tatto le donne che si proclamavano afflitte per la morte di suo fratello.

Alla fine decise di dirle: «Grazie per tutti questi elogi, Anaïs. Sapere che anche tu hai capito come lui fosse l'incarnazione stessa della bontà...» E lo era, certo che lo era, proclamava Ruth con tutto il cuore. «È un atto di cortesia da parte tua venire a dirmelo. Te ne sono estremamente grata. Sei molto buona.»

Anaïs aprì la bocca per parlare. Arrivò perfino a prendere fiato, poi però parve rendersi conto che non c'era nient'altro da aggiungere. A quel punto non poteva chiedere scopertamente del denaro senza apparire avida e grossolana. E, anche se non le fosse importato di questo, probabilmente non intendeva accantonare così presto la pretesa di apparire una vedova indipendente, per la quale una relazione impostata in modo così eloquente era più importante delle risorse finanziarie che la alimentavano. Aveva vissuto troppo a lungo calata in quell'immagine.

Perciò Anaïs Abbott non disse più nulla, e lo stesso fece Ruth mentre sedevano insieme nel soggiorno. Del resto, dopotutto, cos'altro potevano aggiungere?

7

L'ATTENUAZIONE del maltempo a Londra proseguì, e fu questo che permise ai St. James e a Cherokee River di mettersi in viaggio per Guernsey. Arrivarono nel tardo pomeriggio e, girando intorno all'aeroporto, videro sotto di loro nella luce incerta e plumbea le strade che, come fili di cotone grigio srotolati a caso, serpeggiavano attraverso villaggi di pietra e campi spogli. Gli ultimi raggi del sole si riflettevano sui vetri delle innumerevoli serre che costellavano l'entroterra, e gli alberi spogli nelle valli e sui pendii indicavano le zone in cui i venti e le tempeste si accanivano con minore violenza. Visto dall'alto, era un panorama vario: a est e a sud dell'isola le scogliere svettavano in rupi imponenti, a ovest e a nord digradavano in baie riparate.

In quel periodo dell'anno l'isola era una desolazione. I vacanzieri affollavano il reticolo di strade solo a tarda primavera e in estate, diretti alle spiagge, sui sentieri che portavano alle scogliere, ai porticcioli, oppure intenti a esplorare le chiese, i castelli e i forti di Guernsey. Passeggiavano, nuotavano, andavano in barca o in bici. Si accalcavano per le strade e riempivano gli alberghi. Ma a dicembre sull'isola della Manica si trovavano tre sole categorie di persone: gli isolani, legati al posto dall'abitudine, dalla tradizione e dall'affetto; gli evasori fiscali, decisi a proteggere quanto più denaro possibile dai rispettivi governi, e i banchieri, che lavoravano a St. Peter Port e nei fine settimana tornavano in Inghilterra con l'aereo.

E fu a St. Peter Port che si recarono i St. James e Cherokee River. Era la cittadina più grande dell'isola e la sede del governo, nonché la località dove si trovavano il comando di polizia e lo studio dell'avvocato difensore di China.

Quel giorno, Cherokee aveva parlato per quasi tutto il viaggio. Passava da un argomento all'altro, come se fosse spaventato dalle possibili implicazioni del silenzio tra loro, e St. James si era chiesto se il fuoco costante della conversazione non avesse lo scopo di impedire a tutti e tre di valutare appieno la futilità della missione cui si accingevano. Se China River era stata arrestata e incriminata, dovevano esistere delle prove per accusarla del delitto. E se queste andavano oltre un livello puramente indiziario, St. James sapeva che c'era poco o nulla che loro potessero fare per interpretarle in un modo diverso da quello già stabilito dagli esperti della polizia.

Tuttavia, col passare del tempo, l'ininterrotta loquacità di Cherokee aveva finito per apparire non tanto un espediente per distrarli dal trarre conclusioni affrettate sul loro obiettivo, quanto piuttosto una maniera per aggrapparsi a loro. In tutto questo, St. James giocava il ruolo dello spettatore, la ruota in più di una bicicletta che caracollava verso l'ignoto. Per lui era stato un viaggio pieno d'inquietudine.

Il giovane River parlava molto della sorella. Chine, come la chiamava lui, aveva finalmente imparato a fare il surf. Lo sapeva, Debs? Il suo fidanzato, Matt (a proposito, lo aveva conosciuto? Avrebbe dovuto, no?), be', finalmente era riuscito a portarla in acqua. «O, almeno, a farla allontanare dalla riva abbastanza da andare sulla tavola, perché lei aveva sempre il terrore degli squali. Le ha insegnato i rudimenti e un po' di esercizi, poi, il giorno che si è alzata in piedi sulla tavola, finalmente ha capito di cosa si trattava. Dal punto di vista mentale, intendo. Lo zen del surf.» Cherokee la invitava sempre ad andare a fare surf con lui a Huntington, a febbraio o a marzo, quando a volte le onde erano davvero grosse. «Ma lei non ci veniva mai, perché andare nella contea di Orange le riportava in mente la mamma, e lei e Chine hanno dei problemi. Sono troppo diverse. La mamma fa sempre qualcosa di sbagliato. Come l'ultima volta che Chine è venuta per un fine settimana, sarà stato non più di due anni fa, ed è scoppiata una tragedia perché la mamma non aveva bicchieri puliti in casa. Non che China non fosse in grado di sciacquarne uno da sola, ma avrebbe dovuto pensarci prima la mamma, perché la cosa avrebbe acquistato un significato preciso. Del tipo: 'Ti voglio bene, sei la benvenuta, sono contenta che tu sia qui'.» Comunque, quando venivano ai ferri corti, Cherokee cercava sempre di starne fuori. «Sai, la mamma e China sono due brave persone. Soltanto che sono così diverse...» E, ogni volta che China veniva al canyon («Lo sai, Debs, che vivo nel canyon? Il Modjeska? Nell'interno? Quella capanna di tronchi?»), lui stava bene attento a mettere dappertutto dei bicchieri puliti. Non che ne avesse molti. Ma quei pochi che possedeva li esponeva in bella evidenza.

Chine voleva bicchieri puliti e lui la accontentava. Però era strano per che razza di motivi la gente si scaldava tanto, vero?...

Deborah aveva ascoltato comprensiva i vaneggiamenti di Cherokee durati per tutto il viaggio fino a Guernsey. Era passato attraverso reminiscenze, rivelazioni e spiegazioni e, dopo un'ora, a St. James era parso che, al di là dell'ansia del tutto naturale che avvertiva per la situazione della sorella, il ragazzo fosse tormentato anche da un senso di colpa. Se non avesse insistito per farsi accompagnare, lei non si sarebbe ritrovata in quella situazione. La responsabilità era, almeno in parte, sua. Certo, la merda poteva capitarti tra capo e collo, ma era chiaro che in questo particolare caso e per la persona in questione non sarebbe accaduto se Cherokee non avesse voluto portarla con sé. E la ragione era che aveva bisogno di lei, spiegò, perché solo così sarebbe potuto andare, e intendeva farlo, perché gli serviva il denaro, dato che aveva avuto finalmente l'idea di un'attività cui sarebbe stato in grado di dedicarsi per i successivi venticinque anni e passa, e gli occorreva solo un anticipo per finanziarla. Una barca da pesca, ecco di cosa si trattava, in poche parole. China River era finita dietro le sbarre perché quell'idiota del fratello voleva comprarsi una barca da pesca.

«Ma non potevi sapere quello che sarebbe accaduto», protestò Deborah.

«Lo so. Ma questo non mi fa sentire meglio. Devo tirarla fuori di lì, Debs.» E con un sorriso sollecito a lei e a Simon, aggiunse: «Grazie per l'aiuto. Non potrò mai ripagarvi».

St. James avrebbe voluto fargli notare che la sorella non era ancora uscita di prigione e c'erano buone probabilità che, anche se veniva fissata e pagata una cauzione, a quel punto la sua scarcerazione avrebbe costituito solo una dilazione temporanea della pena. Invece, si limitò a dire: «Faremo quello che potremo».

Al che River replicò: «Grazie. Siete le persone migliori che conosca».

Deborah disse a sua volta: «Siamo vostri amici, Cherokee».

Sul viso dell'uomo balenò un'emozione che per un attimo lo sopraffece. Riuscì solo ad annuire e strinse il pugno nel gesto tipico con cui gli americani indicano di tutto, dalla gratitudine all'accordo politico.

Ma forse in quel momento Cherokee alludeva a qualcos'altro.

St. James non poteva fare a meno di pensarci. Non ci riusciva da quando aveva alzato gli occhi verso la galleria sovrastante l'aula numero 3 del tribunale e aveva visto la moglie e l'americano: erano spalla a spalla, e Deborah mormorava qualcosa a Cherokee, che ascoltava con la testa china verso di lei. C'era qualcosa che non andava. In quali termini, St. James non riusciva a spiegarselo. Perciò, la sensazione che qualcosa fosse fuori posto gli rendeva difficile confermare la dichiarazione di amicizia da parte della moglie. Non disse nulla e, quando Deborah gliene chiese il motivo con un'occhiata, lui non la ricambiò. Sapeva che questo non avrebbe certo migliorato le cose tra loro. Lei ce l'aveva ancora con lui per la conversazione all'Old Bailey.

Quando giunsero nella cittadina, presero alloggio in Ann's Place, in un ex edificio governativo che molto tempo prima era stato trasformato in albergo. Lì si separarono: Cherokee e Deborah andarono alla prigione, dove speravano di poter parlare con China nella sezione delle detenute in attesa di giudizio, St. James al comando di polizia, dove intendeva rintracciare il funzionario incaricato delle indagini.

Simon continuava a sentirsi a disagio. Si rendeva perfettamente conto che lì era un estraneo, che cercava d'inserirsi in un'inchiesta giudiziaria dove non sarebbe stato accolto a braccia aperte. Almeno in Inghilterra avrebbe potuto sempre citare dei noti casi di cronaca quando si presentava a chiedere informazioni in un qualsiasi comando di polizia. «Ricordate il rapimento Bowen?» avrebbe potuto dire praticamente dovunque, in Inghilterra. «E quell'omicidio per strangolamento a Cambridge, l'anno scorso?» St. James ormai sapeva che se gli veniva offerta una minima opportunità di spiegare chi era e cercare un terreno comune, gli uomini della polizia britannica si rendevano disponibili a fornirgli tutte le informazioni in loro possesso, anche se facevano orecchie da mercante ai suoi tentativi di scoprirne di più. Ma lì le cose erano differenti. Per ottenere, se non la collaborazione della polizia, almeno la riluttante accettazione della sua presenza tra le autorità che indagavano sul delitto, non sarebbe bastato rinfrescare agli altri la memoria sui casi ai quali aveva lavorato o i processi nei quali era stato coinvolto. Quella vicenda lo aveva condotto in un posto dove non avrebbe voluto trovarsi, costretto a confidare nella sua dote meno sviluppata per introdursi nella polizia locale: la capacità di stabilire un contatto con gli altri.

Si allontanò da Ann's Place fino a svoltare in Hospital Lane, e di lì giunse al comando di polizia. Rifletté sulla questione del contatto. Forse, pensò, quella sua incapacità creava un divario tra lui e gli altri. Lui appariva come uno studioso maledettamente freddo e distaccato, sempre chiuso in se stesso, a pensare, considerare, soppesare e osservare, mentre gli altri si limitavano semplicemente a essere quelli che erano. Forse era quella la causa del suo disagio anche con Cherokee River.

«Altroché, se mi ricordo il surf!» aveva detto Deborah e per un attimo, nel rammentare quella bellissima esperienza vissuta insieme, aveva cambiato espressione. «Quella volta che andammo tutti e tre, ricordi? Dov'era?»

Cherokee ci aveva riflettuto su e aveva risposto: «Certo, a Seal Beach, Debs. Lì era più facile che a Huntington. Era più riparato».

«Sì, sì. Seal Beach. Mi hai lasciato andare, e io mi sono messa a battere le mani nell'acqua intorno alla tavola, urlando per paura di finire contro il molo.»

«Non sarebbe mai accaduto», ribatté lui. «Impossibile, non avresti mai resistito tanto sulla tavola, a meno che non ti ci fossi addormentata sopra.»

Erano scoppiati a ridere tutti e due. Un altro legame che si rinsaldava, un attimo spontaneo d'intimità tra due persone per le quali esisteva una comune catena di circostanze che collegavano il presente al passato.

Come succedeva fra tutti coloro che avevano vissuto qualcosa insieme, pensò St. James. Ed era proprio così.

Il comando di polizia di Guernsey si trovava dall'altro lato della strada, e lui attraversò. L'edificio, che sorgeva dietro un muro imponente ricavato da una pietra con venature feldspatiche, era a forma di elle, con quattro file di finestre allineate lungo le due ali e la bandiera di Guernsey che sventolava sul tetto. St. James entrò e si presentò al banco di accoglienza, dando il proprio nominativo e un biglietto da visita all'agente di turno. Quindi chiese se era possibile conferire con il superiore incaricato delle indagini sull'omicidio di Guy Brouard o, in alternativa, con l'addetto stampa del comando.

L'agente esaminò il biglietto, e l'espressione del viso indicò chiaramente che sarebbe stata fatta qualche discreta telefonata al di là della Manica, per accertare chi fosse esattamente questo perito scientifico che si presentava da loro. Tanto meglio, perché sarebbero state indirizzate alla Polizia Metropolitana, alla magistratura inquirente o all'università in cui St. James teneva lezione, nel qual caso lui avrebbe avuto la strada spianata.

Ci volle una ventina di minuti, durante i quali St. James si raffreddò i piedi in sala di attesa e rilesse per cinque, sei volte i bollettini in bacheca. Ma furono spesi bene, perché alla fine venne ad accoglierlo personalmente l'ispettore capo Louis Le Gallez, che lo condusse nella centrale operativa, un'ampia ex cappella dalle travi a sbalzo in cui il solito armamentario delle forze dell'ordine si contendeva lo spazio disponibile con casellari, postazioni di computer, bacheche e lavagne magnetiche.

Naturalmente l'ispettore Le Gallez voleva sapere per quale motivo un perito scientifico di Londra s'interessasse a un'inchiesta per omicidio a Guernsey, peraltro già chiusa. «Abbiamo l'assassina», affermò sedendosi con tutto il suo peso (peraltro notevole per un uomo così basso) sull'angolo di un tavolo con una gamba penzoloni e giocherellando con il biglietto da visita di St. James. Anziché starsene sulle sue, sembrava incuriosito.

St. James optò per la completa onestà. Il fratello dell'accusata, comprensibilmente agitato per quanto era avvenuto, gli aveva chiesto aiuto dopo il tentativo fallito d'indurre l'ambasciata americana a fare qualcosa per la sorella.

«Al contrario, gli americani hanno fatto la loro parte», ribatté Le Gallez. «Non so cos'altro si aspettasse questo tipo. Tra parentesi, era anche lui tra i sospetti. Come tutti, d'altronde. Voglio dire, gli invitati alla festa di Brouard, la notte prima della sua morte. Era presente metà dell'isola. E, mi creda, non c'era nulla di peggio per rendere la faccenda maledettamente complicata.»

Come se gli avesse letto nel pensiero, l'ispettore capo portò la conversazione esattamente dove avrebbe voluto St. James, a partire da quell'osservazione sulla festa. Continuò, dunque, dicendo che erano stati interrogati tutti coloro che la notte prima dell'omicidio erano stati a casa di Brouard, ma che nei giorni successivi al delitto non era venuto alla luce nulla in grado di modificare il sospetto iniziale degli investigatori: chiunque se la fosse svignata alla chetichella da Le Reposoir, come avevano fatto i River la mattina dell'assassinio, andava sottoposto a indagini.

«Tutti gli altri ospiti avevano un alibi per l'ora del delitto?» chiese St. James.

Non era questo che voleva intendere, rispose Le Gallez. Ma, una volta messe insieme le prove, quello che avevano fatto gli altri la mattina che Guy Brouard era stato ucciso aveva ben poca importanza ai fini dell'inchiesta.

Gli elementi a carico di China River erano schiaccianti, e Le Gallez era fin troppo lieto di elencarli. Quattro uomini della Scientifica avevano raccolto gli ndizi sul luogo del delitto e il medico legale si era occupato del cadavere. La River aveva lasciato l'impronta parziale di un piede, per metà cancellata presumibilmente da un'ampia foglia di alga, ma dei granelli corrispondenti alla varietà di sabbia grossa di quella spiaggia erano conficcati nelle suole delle sue scarpe che a loro volta combaciavano con l'impronta parziale.

«Potrebbe essere andata lì in un'altra occasione», opinò St. James.

«Certo, è vero. So tutto. Brouard aveva messo a loro disposizione quel posto, quando non era lui stesso a portarli in giro là attorno. Ma non è stato certo lui a far impigliare i capelli della ragazza nella chiusura lampo della giacca della tuta da ginnastica che indossava quando è morto. Come pure, non ce lo vedo proprio ad asciugarsi la testa nel soprabito della River.»

«Che tipo di soprabit ?»

«Un ampio mantello nero, con un bottone al collo e senza maniche.»

«Una cappa?»

«Già, e c'erano i capelli di Brouard, proprio dove ci si aspetterebbe di trovarli se chi la indossava avesse dovuto afferrarlo con un braccio per tenerlo fermo. Quella stupida non si è neanche preoccupata di spazzolarla.»

«Il metodo impiegato per ucciderlo è alquanto insolito, non crede?» disse St. James. «Perché soffocarlo con una pietra? A meno che non l abbia ingoiata per disgrazia...»

«Maledettamente improbabile», commentò Le Gallez.

«... qualcuno avrebbe dovuto cacciargliela deliberatamente in gola. Ma come e in quali circostanze? In pieno scontro fisico? C'erano tracce di collutazione sulla spiaggia, sul corpo e sulla River quando l'avete arrestata?»

L'altro scosse il capo «Neanche l'ombra. Ma non ce ne sarebbe stato bisogno. Per questo fin dall'inizio ci siamo messi a caccia di quella donna » Andò a un tavolo e prese una busta di plastica, vuotandola sul palmo della mano. Frugò tra gli oggetti che conteneva e a un tratto disse: «Ah, ecco qua». Sollevò un pacchetto semiaperto di mentine col buco e ne tirò fuori una, mostrandola a St. James. «La pietra in questione è solo un po' più grande di questa. Ha un buco al centro per infilarci un portachiavi e delle incisioni sui lati. Guardi.» Se la ficcò in bocca, la spinse con la lingua contro la guancia e disse: «Amico mio, quando ci si bacia con la lingua, si può far passare ben altro che un po' di germi».

St. James comprese, ma i suoi dubbi restavano. Dal suo punto di vista, la teoria dell'investigatore implicava un'ampia percentuale d'improbabilità. Perciò disse: «Ma la River avrebbe dovuto fare ben altro che limitarsi a mettergli in bocca la pietra. Certo, capisco che avrebbe potuto infilargliela in bocca mentre lo baciava, ma non certo spingergliela giù fino in gola. Come ci sarebbe riuscita?»

«Cogliendolo di sorpresa», replicò Le Gallez. «Lo prende alla sprovvista quando la pietra gli finisce in bocca. Gli mette una mano sulla nuca mentre stanno baciandosi e lui si trova nella giusta posizione. L'altra gliela appoggia sulla guancia e, non appena lui si stacca da lei perché gli ha infilato la pietra in bocca, lo afferra passandogli il braccio intorno al collo, lo fa piegare all'indietro e gli preme la mano sulla gola. Anche la pietra esercita pressione, soffocandolo, e lui è spacciato.»

«Spero non le dispiaccia se affermo che la cosa mi sembra un po' inverosimile», disse St. James. «Il collegio accusatorio non ha la minima speranza di convincere... Ma qui non esistono giurati?»

«Non importa. Quella pietra non deve convincere proprio nessuno», disse l'ispettore capo. «È solo una teoria. Forse non sarà nemmeno esibita in aula.»

«Perché no?»

Le Gallez accennò un sorriso. «Perché abbiamo un testimone, signor St. James», rispose. «E un testimone vale cento periti e le loro mille teorie, non so se mi spiego.»

Nella prigione dove China era rimasta detenuta in attesa di giudizio, Deborah e Cherokee scoprirono che le cose si erano evolute piuttosto in fretta nelle ventiquattro ore trascorse da quando lui aveva lasciato l'isola per andare in cerca di aiuto a Londra. L'avvocato della ragazza era riuscito a ottenerne il rilascio su cauzione e l'aveva sistemata altrove. Naturalmente, la direzione del carcere sapeva dove, ma non era tenuta a comunicarlo a loro.

Così a Deborah e Cherokee non restò che fare dietrofront dalla States Prison e tornare sui propri passi verso St. Peter Port. Non appena trovarono una cabina telefonica nel punto in cui Vale Road si apriva sull'ampio panorama di Belle Greve Bay, Cherokee saltò giù dall'auto e chiamò l'avvocato. Deborah lo guardò parlare attraverso i vetri e vide che era comprensibilmente agitato, perché durante la conversazione picchiava con il pugno sul pannello. Non sapendo leggere le labbra, riuscì a distinguere solo l'espressione: «Ehi, mi stia a sentire!» quando lui la pronunciò. La telefonata tra i due si protrasse per tre o quattro minuti, non abbastanza per dare a Cherokee una qualsiasi rassicurazione, ma appena sufficiente a scoprire dov'era stata portata la sorella.

«La tiene in un appartamento a St. Peter Port», riferì l'uomo mentre risaliva in macchina e metteva in moto. «Uno di quei posti che si affittano per l'estate. 'Sono lietissimo di ospitarla', ha detto. Chissà che significa.»

«Sarà una casa per le vacanze», ipotizzò Deborah. «È probabile che rimanga vuota fino a primavera.»

«Anche se fosse, avrebbe potuto comunicarmi un messaggio o altro», disse lui. «Ci sono dentro anch'io in questa cosa, sai. Gli ho chiesto perché non mi ha fatto sapere che l'avrebbe tirata fuori, e sai lui cosa mi ha risposto? 'La signorina River non ha fatto alcun cenno di voler rivelare dove si trova.' Come se lei intendesse starsene nascosta di proposito.»

Tornarono a St. Peter Port, dove non fu un'impresa facile trovare gli appartamenti per le vacanze in uno dei quali veniva ospitata China, malgrado avessero l'indirizzo. La cittadina era un labirinto di strade a senso unico: strette viuzze che dal porto s'inerpicavano verso l'alto, lungo il pendio della collina, per poi ridiscendere all'improvviso attraverso un abitato che esisteva da molto tempo prima che ci si potesse anche solo immaginare l'avvento delle automobili. Deborah e Cherokee passarono ripetutamente dinanzi a residenze georgiane e abitazioni a schiera vittoriane prima d'imbattersi finalmente nei Queen Margaret Apartments, all'angolo tra Sumarez e Clifton Street, in cima a quest'ultima. Era un punto che offriva ai villeggianti una di quelle vedute per le quali si sarebbe stati disposti a sborsare parecchio in primavera e in estate. In basso si estendeva il porto, e si vedeva chiaramente Castle Cornet sul lembo di terra da dove un tempo il castello proteggeva la città dalle invasioni, e nelle giornate in cui il cielo era sgombro dalle nubi basse di dicembre all'orizzonte appariva la costa francese.

Adesso, però, nel crepuscolo precoce, la Manica era una massa cinerea di panorama liquido. Le luci brillavano su un porto privo di imbarcazioni da diporto, e a distanza il castello sembrava un incastro disordinato di mattoncini colorati dei bambini, appoggiato distrattamente sul palmo della mano di un genitore.

La sfida che li attendeva ai Queen Margaret Apartments era trovare qualcuno in grado d'indicare loro da che parte si trovava l'abitazione in cui era ospitata China. Finalmente scovarono un uomo maleodorante e dalla barba incolta in una camera ammobiliata sul retro di un edificio dove non c'era nessun altro. A quanto pareva, fungeva da portiere, quando non era impegnato nell'attuale occupazione, ovvero giocare a solitario classico, un gioco da tavolo che consisteva nel muovere lucenti cavicchi nei buchi di uno stretto tavoliere di legno.

Quando Cherokee e Deborah si presentarono alla sua porta, li accolse dicendo: «Un attimo, devo solo... Maledizione, me l'ha fatta di nuovo».

L'avversario cui si riferiva era naturalmente lui stesso che, per compiere le contromosse, si trasferiva all'altro capo del tavolo. Lì, con un gesto inspiegabile, tolse tutti i cavicchi che si trovavano su quel lato del tavoliere, e chiese: «Cosa posso fare per voi?»

Gli risposero che erano venuti a trovare l'unica inquilina, perché era fin troppo chiaro che in quel periodo dell'anno non c'era nessun altro nei Queen Margaret Apartments. L'uomo finse di non saperne nulla e solo quando Cherokee gli disse di telefonare all'avvocato di China, il portiere accennò al fatto che nell'edificio si trovava la donna accusata di omicidio. E anche allora, si limitò a trascinarsi al telefono e digitare una serie di numeri. Quando dall'altro capo rispose qualcuno, disse: «C'è uno che dice di essere il fratello». Poi, con uno sguardo a Deborah: «Insieme a una rossa». Ascoltò per qualche secondo. «Va bene.» A quel punto si sbottonò. La persona che cercavano era nell'appartamento B, nell'ala est dell'edificio.

Non era distante. China li accolse sulla soglia. Disse solo: «Sei venuta», e si gettò tra le braccia di Deborah.

«Certo che sono venuta», rispose lei tenendola stretta. «Soltanto, avrei voluto sapere dall'inizio che eri in Europa. Perché non mi hai informato che saresti venuta? Perché non hai telefonato? Com'è bello rivederti.» Sbatté le palpebre per ricacciare indietro le lacrime, sorpresa da un empito di emozioni incontrollabili da cui capì quanto le fosse mancata l'amica in tutti quegli anni nei quali avevano perduto i contatti.

«Mi spiace per le circostanze.» China le accennò un sorriso. Era più magra di come Deborah la ricordava e i capelli biondo ramati, anche se avevano un taglio alla moda, le ricadevano scompigliati intorno al viso dandole l'aria di una trovatella. Era vestita in un modo che avrebbe fatto venire un colpo alla madre strettamente vegetariana: pantaloni, gilet e stivali alti, tutto in pelle nera. Una tinta che accentuava il contrasto con il pallore della sua pelle.

«È venuto anche Simon», disse Deborah. «Risolveremo tutto, non devi preoccuparti.»

China lanciò un'occhiata al fratello che, in piedi nella nicchia che fungeva da cucinino, spostava il peso da un piede all'altro, nel tipico atteggiamento maschile di chi vorrebbe trovarsi in tutt'altro universo quando le donne fanno gran mostra delle proprie emozioni. «Non volevo che li portassi con te», gli disse. «Solo che chiedessi il loro consiglio, se ne avessi avuto bisogno. Ma sono felice che tu lo abbia fatto, Cherokee. Grazie.»

Il fratello annuì e disse: «Voi due volete...? Cioè, vado a fare una passeggiata o altro? Hai da mangiare qui? Ecco cosa: ora esco e cerco un alimentari». Lasciò l'appartamento senza neanche attendere la risposta della sorella.

«Il tipico maschio», commentò China non appena fu uscito. «Non sopporta le lacrime.»

«E non abbiamo nemmeno incominciato a versarle.»

China fece una risatina e, nell'udirla, Deborah si sentì più sollevata. Non riusciva neppure a immaginare come ci si sentiva, intrappolata in un Paese che non era il proprio e accusata di omicidio. Perciò, se poteva essere di aiuto all'amica, indipendentemente dai rischi che correva, era decisa a farlo. Ma voleva anche rassicurarla sull'affetto che sentiva ancora per lei.

Così disse: «Mi sei mancata. Avrei dovuto scriverti più spesso».

«Avresti dovuto scrivere, punto e basta», ribatté China. «Anche tu mi sei mancata.» Condusse Deborah nel cucinino. «Preparo del tè. Sono felice da non crederci di rivederti.»

«No, lascia che lo prepari io, China. Non ricomincerai col prenderti cura di me. Ho deciso d'invertire i ruoli e tu non farai nulla per impedirmelo.» Spinse affettuosamente l'amica a un tavolo sotto una finestra che si affacciava a est. Sul ripiano c'erano un blocco di carta e una penna. Il primo foglio era pieno di date in grossi caratteri a stampatello e, sotto ciascuna, interi paragrafi nella grafia aggrovigliata di China, così familiare a Deborah.

«Era un brutto periodo per te», disse l'amica. «Per me significava molto fare tutto quello che potevo.»

«Ero talmente patetica», disse Deborah. «Non so come tu abbia fatto a sopportarmi.»

«Eri lontana da casa, ti trovavi in un grosso guaio e non sapevi cosa fare. Io ti ero amica. Non ti dovevo sopportare, ma solo darti una mano. E, a dire la verità, è stato alquanto facile.»

Deborah si sentì pervadere da un'ondata di calore, una reazione che aveva due cause ben distinte. In parte scaturiva dal piacere di quell'amicizia tra donne. Ma affondava le sue radici anche in un periodo del suo passato così penoso da ricordare. China River ne aveva fatto parte, e si era presa cura di lei nel senso più letterale.

«Sono tanto... Che termine usare?» Deborah cercò le parole. «Felice di vederti? Ma, Dio, mi sembra un atteggiamento così egocentrico, non credi? Tu sei nei guai e io sono contenta di essere qui! Mi sento un pesce fuor d'acqua, e per di più egoista.»

«Questo non lo so.» China parve riflettere, poi quell'osservazione soprappensiero sfociò in un sorriso. «Voglio dire, c'è da chiedersi: come fa un pesce fuor d'acqua a essere egoista?»

«Oh, li conosci i pesci», rispose Deborah. «Ne prendi uno qualsiasi, un merluzzo, per esempio, gli infili un amo in bocca ed è tale e quale a me.»

Scoppiarono a ridere insieme. Deborah andò nel cucinino, riempì il bollitore e lo accese. Poi scovò le tazze, il tè, lo zucchero e il latte. In una delle due credenze c'era persino una confezione di qualcosa chiamata Guernsey Gâche. Deborah la scartò e scoprì che si trattava di un dolce a forma di mattonella che sembrava un incrocio tra il pane con l'uva passa e la torta di frutta. Meglio di niente.

China non disse nulla, finché Deborah non ebbe sistemato tutto sul tavolo. Quindi mormorò: «Anche tu mi sei mancata», e l'altra non l'avrebbe neanche udito se non fosse stata con le orecchie tese nell'ànsia di sentirselo ripetere.

Dopo aver stretto la spalla dell'amica, Deborah compì il rito di versare e preparare il tè. Sapeva che quella cerimonia molto probabilmente non avrebbe avuto il potere di consolare a lungo China, ma c'era qualcosa nell'atto di sorreggere una tazza, di stringerla nel palmo assorbendone il calore, che per lei aveva sempre posseduto una sorta di magia, come se l'intruglio fumante provenisse dalle acque del fiume dell'oblio e non da una pianta asiatica.

China parve afferrare l'intento dell'amica, perché sollevò la tazza e disse: «Gli inglesi e il loro tè».

«Beviamo anche il caffè.»

«Non in queste circostanze.» China tenne la tazza come la teneva Deborah e guardò fuori della finestra, dove le luci della cittadina avevano cominciato a formare una tavolozza ammiccante di puntini gialli su sfondo carbone, mentre l'ultimo chiarore del giorno lasciava il posto alla notte. «Non riesco ad abituarmi al fatto che qui faccia buio così presto.»

«Dipende dal periodo dell'anno.»

«Sono così abituata al sole.» China mandò giù un sorso di tè e ripose la tazza sul tavolo. Prese con una forchetta un pezzetto di Guernsey Gâche, ma non lo portò alla bocca. «Forse, sarò costretta ad abituarmici», disse. «All'assenza di luce, a starmene dentro per sempre.»

«Non succederà.»

«Non sono stata io.» China alzò la testa e guardò Deborah diritta negli occhi. «Non ho ucciso quell'uomo.»

Deborah si sentì rabbrividire al pensiero che l'amica ritenesse di doverla convincere della cosa. «Mio Dio, ma certo che non sei stata tu. Non sono venuta qui per verificarlo di persona. E neppure Simon.»

«Ma loro hanno le prove, capisci?» replicò China. «I miei capelli, le scarpe, le impronte. Mi sento come in uno di quegli incubi nei quali cerchi di gridare ma nessuno ti sente perché in realtà non apri bocca, e non ci riesci proprio perché è tutto un sogno. È un circolo vizioso, capisci? »

« Vorrei tanto tirarti fuori. Se solo potessi... »

« Erano sui suoi vestiti », continuò la donna. « I capelli, i miei capelli. Li hanno trovati sui suoi vestiti. E non so come ci sono finiti. Ci ho ripensato, ma non riesco a spiegarlo. » Indicò il blocco di carta. « Ho riportato per iscritto tutto quello che è successo giorno dopo giorno, cercando di ricordare il più possibile. Qualche volta mi ha abbracciato? Ma perché avrebbe dovuto farlo e, in questo caso, perché non me lo ricordo? L'avvocato vuol farmi dire che c'era qualcosa tra noi. 'Niente sesso', precisa. 'Non si spinga così in là. Ma un po' di corte sì', suggerisce. 'Faccia capire che lui in cuor suo sperava di fare sesso con lei.' Che tra noi ci fosse stato qualcosa che, prima o poi, sarebbe sfociato in quello. Per esempio dei contatti fisici, roba del genere. Invece non c'è stato niente di tutto questo e non posso sostenere il contrario. Insomma, non è che io abbia difficoltà a dichiarare il falso. Credimi, lo farei senza pensarci, se servisse a qualcosa. Ma chi diavolo potrebbe mai confermarlo? Mi hanno visto tutti con lui e non mi ha mai sfiorato neanche con un dito. Oddio, forse qualche volta mi ha preso sottobraccio, o qualcosa del genere, ma non c'è stato altro. Perciò se vado in aula a dichiarare che gli hanno trovato addosso i miei capelli perché mi ha abbracciato, baciato o stretto per una pomiciata, sarà solo la mia parola contro quella di tutti gli altri, che affermeranno di non averlo mai visto neppure degnarmi di un'occhiata. Certo, potremmo chiamare a testimoniare Cherokee, ma non ho nessuna intenzione di chiedere a mio fratello di mentire. »

« Lui, però, vuole aiutarti a ogni costo. »

China scosse la testa in quello che sembrava un gesto di rassegnazione. « È da una vita che va avanti a forza di imbrogli, in un modo o nell'altro. Ricordi gli scambi sullo spiazzo del luna park? Gli oggetti di artigianato indiani che impegnava ogni settimana? Punte di frecce, pezzi di vasellame, utensili, qualunque cosa gli venisse in mente. A momenti riusciva a convincere anche me della loro autenticità. »

« Non vorrai mica dire che Cherokee... »

« No, no. Intendo solo dire che avrei dovuto pensarci due volte, anzi dieci, prima di partire con lui per questo viaggio. Una cosa che gli sembra così semplice, senza complicazioni, troppo bella per essere vera eppure lì a disposizione per lui...? Avrei dovuto capire che c'era sotto ben altro che portare oltre oceano dei progetti architettonici. Non mi riferisco a un piano architettato da Cherokee, naturalmente, ma da qualcun altro.»

«Che voleva servirsi di voi due come capri espiatori», concluse Deborah.

«Non vedo cos'altro pensare.»

«Questo significa che tutto quanto è accaduto rientrava già nel piano. Anche far ricadere la colpa su una persona di nazionalità americana.»

«Due americani», precisò China. «Così, se uno dei due non fosse stato credibile come sospetto, c'era sempre la possibilità che lo fosse l'altro. Era in questo modo che doveva andare, e noi ci siamo finiti dentro a capofitto. Due sciocchi californiani che non erano mai stati prima in Europa, erano proprio due tipi così che stavano cercando. Due stupidi semplciotti che non avrebbero avuto la più pallida idea di cosa fare se si fossero trovati in un pasticcio qui. E il bello è che io non volevo nemmeno venirci. Ero certa che ci fosse sotto qualcosa di losco. Ma ho passato una vita intera a cercare di dire no a mio fratello senza esserne capace.»

«Lui, però, si sente distrutto per quello che è successo.»

«Si sente sempre distrutto», ribatté China. «E io, dopo, mi sento in colpa. Gli serve un'occasione, mi dico sempre. So che lui per me lo farebbe.»

«Con questo viaggio era convinto di poter aiutare anche te a darti una mossa. Per via di Matt. Era ora di staccare un po'. A proposito, me ne ha parlato. Di voi due e del fatto che avete rotto. Mi dispiace davvero. Mi stava simpatico, Matt.»

China rigirò la tazza, fissandola così a lungo e con una tale intensità che Deborah pensò intendesse evitare di discutere della fine della lunga relazione con Matt Whitecomb. Ma proprio mentre stava per cambiare argomento, l'amica parlò. «All'inizio è stata dura. Tredici anni ad aspettare che un uomo si decida sono lunghi. Penso di aver sempre saputo, in un certo senso, che alla fine non avrebbe funzionato. Soltanto che mi ci è voluto tutto questo tempo per trovare il coraggio di farla finita. Era l'idea di restare sola che mi teneva attaccata a lui. Che farò a Capodanno? Chi mi spedirà un biglietto il giorno di San Valentino? Dove vado il Quattro luglio? È incredibile pensare a quante relazioni si trascinino solamente per avere qualcuno con cui passare le feste.» China prese il pezzo di Guernsey Gâche e lo allontanò con un brivido quasi impercettibile. «Non posso mangiarlo, mi dispiace.» Poi riprese: «Comunque, ora ho ben altro di cui preoccuparmi che non Matt Whitecomb. Perché ho sprecato i miei anni dai diciassette in poi ad ammantare tutto quel sesso con l'idea del matrimonio, della casa, della staccionata, del quattro per quattro e dei bambini? Ecco qualcosa su cui riflettere quando sarò vecchia e rimbambita. È buffo come vanno le cose, a volte. Se non fossi stata intrappolata qui con una condanna sospesa sul capo, avrei potuto arrovellarmi sul perché ci ho messo tanto a capire la verità su Matt.»

«E cioè?»

«Era costantemente spaventato. Ce l'avevo davanti ma non volevo vederlo. Bastava parlare di costruire qualcosa che andasse oltre il trascorrere insieme i fine settimana e le vacanze, che lui si defilava: un improvviso viaggio d'affari, il lavoro che si accumulava. Un po' di respiro per rifletterci. Ci siamo lasciati tante di quelle volte in tredici anni che la nostra relazione ha cominciato a sembrare un incubo ricorrente. Anzi, era tutta là, non so se mi spiego. Ore a parlare del perché avevamo dei problemi, io volevo una cosa e lui un'altra, lui si tirava indietro e io mi facevo avanti, lui si sentiva soffocato e io trascurata. Ma insomma, cos'hanno gli uomini quando si tratta d'impegnarsi, per l'amor di Dio?» China prese il cucchiaino e rigirò il tè, chiaramente per avere qualcosa da fare, non certo perché ce ne fosse bisogno. Poi guardò Deborah. «A parte che forse non sei proprio la persona cui rivolgere una domanda simile. Voglio dire, gli uomini e il fatto d'impegnarsi per te. Tu non hai mai avuto questo problema, Debs.»

Deborah non ebbe la possibilità di ricordarle i fatti: che per i tre anni passati in America lei era stata completamente separata da Simon. Un colpo secco alla porta annunciò il ritorno di Cherokee, che comparve con una borsa da viaggio appesa alla spalla.

La appoggiò sul pavimento e dichiarò: «Ho lasciato quell'albergo, Chine. Non se ne parla nemmeno di lasciarti qui da sola».

«C'è solo un letto.»

«Dormirò sul pavimento. Hai bisogno di avere intorno una famiglia, cioè me.»

Da come parlava, era un fatto compiuto. La borsa non ammetteva repliche alla sua decisione.

China sospirò. Non era affatto contenta.

St. James trovò lo studio dell'avvocato di China su New Street, a breve distanza dalla Royal Court House. L'ispettore Le Gallez aveva telefonato preannunciando la visita, perciò quando Simon si presentò alla segretaria del legale, fu introdotto dopo un'attesa di cinque minuti scarsi.

Roger Holberry gli indicò una delle tre sedie disposte a circolo intorno a un piccolo tavolo per le riunioni. I due si sedettero e St. James espose all'avvocato i fatti riferitigli dall'ispettore. Simon sapeva che l'avvocato ne era già al corrente, ma aveva la necessità di sentire da Holberry tutto quanto Le Gallez aveva omesso durante il loro colloquio, e l'unica strategia era far affiorare deliberatamente le lacune nella ricostruzione dei fatti per dar modo all'altro di colmarle.

L'avvocato era fin troppo lieto di farlo. Lo informò che Le Gallez gli aveva comunicato telefonicamente le credenziali di St. James. L'ispettore non era più troppo baldanzoso per le sorti della battaglia ora che in campo avverso erano giunti i rinforzi, ma restava pur sempre un uomo onesto e non aveva intenzione di ostacolare i loro tentativi di dimostrare l'innocenza di China River. «Ha messo bene in chiaro che non crede che lei riuscirà a concludere un granché», disse Holberry. «Ha in mano delle prove molto solide o, almeno, ne è convinto.»

«Quali sono i risultati delle indagini della Scientifica sul cadavere?»

«Quel che ne è stato ricavato finora. Resti sotto le unghie. Solo gli elementi esterni.»

«E la perizia tossicologica? L'analisi dei tessuti? L'esame degli organi?»

«È ancora troppo presto. Dobbiamo mandare tutto in Gran Bretagna e a quel punto si tratta di mettersi in coda. Ma l'arma del delitto è acclarata. Le Gallez glielo avrà detto.»

«Sì, la pietra.» St. James proseguì spiegando all'avvocato di aver fatto notare a Le Gallez quanto fosse improbabile che una donna fosse riuscita a cacciare una pietra in gola a uno che non era certo un bambino. «E se non c'erano segni di lotta... Cos'è risultato dai resti sotto le unghie?»

«Nulla, a parte un po' di sabbia.»

«E sul resto del corpo? Contusioni, graffi, segni di percosse? Altro?»

«Niente», rispose Holberry. «Ma Le Gallez sa benissimo di non avere in mano quasi nulla. Si affida completamente a questa testimonianza. La sorella di Brouard ha visto qualcosa. Dio sa cosa. Le Gallez non ce l'ha ancora fatto sapere.»

«Non potrebbe essere stata proprio lei?»

«È possibile, ma improbabile. Forse sta proteggendo qualcuno. Tutti quelli che li conoscono sanno che era molto legata alla vittima. Sono stati insieme, nel senso di vivere sotto lo stesso tetto, per quasi tutta la vita. Lei ha perfino lavorato per il fratello mentre lui edificava la sua fortuna.»

«In che settore?»

«Chateaux Brouard», disse Holberry. «Hanno fatto un bel po' di denaro e, quando lui si è ritirato dagli affari, sono venuti a Guernsey.»

Chateaux Brouard, pensò St. James. Aveva sentito parlare di quel gruppo: una catena di alberghi piccoli ma esclusivi, ricavati dalle residenze di campagna in tutto il Regno Unito. Nulla di appariscente, ma luoghi d'interesse storico, con arredi di puro antiquariato, ottimo cibo e tranquillità: i tipici posti frequentati da gente in cerca di riservatezza e anonimato, perfetti per attori che avevano bisogno di starsene per qualche giorno lontani dai riflettori dei media, ed eccellenti per i politici impegnati in relazioni clandestine. La discrezione era l'aspetto migliore dell'impresa, e la Chateaux Brouard ne era l'incarnazione.

«Ha detto che la donna potrebbe proteggere qualcuno», disse St. James. «Chi?»

«Il figlio del fratello, tanto per cominciare. Adrian.» Holberry spiegò che il figlio trentasettenne di Guy Brouard era ospite in casa la sera prima del delitto. Poi, aggiunse, c'erano da prendere in considerazione i Duffy: Valerie e Kevin, che vivevano a Le Reposoir dal giorno in cui Brouard aveva rilevato quel posto. «Ruth Brouard sarebbe capace di mentire per ciascuno di loro», fece notare il legale. La donna era notoriamente leale verso le persone alle quali voleva bene. E c'era da dire che almeno i Duffy ricambiavano il favore. «Stiamo parlando di una coppia molto popolare: Ruth e Guy Brouard. Lui ha fatto un sacco di bene su quest'isola. Dava via i soldi come bruscolini nei periodi di necessità, e lei è stata impegnata per anni con i samaritani.»

«Dunque, si trattava di persone apparentemente prive di nemici», osservò St. James.

«È tremendo, per la difesa», ammise Holberry. «Ma non è ancora tutto perduto su quel fronte.»

L'avvocato assunse un'aria compiaciuta e in St. James si risvegliò l'interesse. «Ha trovato qualcosa?»

«Più di una. Che, messe insieme, magari potrebbero non approdare a niente, ma vale la pena di approfondirle, e le posso assicurare che fin dall'inizio la polizia non è mai stata seriamente con il fiato addosso a nessuno, all'infuori dei River.»

Proseguì parlando del rapporto piuttosto stretto che Guy Brouard aveva con un sedicenne, un certo Paul Fiedler, che viveva in quella che ovviamente era la parte sbagliata della cittadina, detta il Bouet. L'anziano miliardario aveva fatto amicizia con il ragazzo nell'ambito di un programma locale mirato a far frequentare in coppia adulti della comunità e adolescenti svantaggiati delle medie superiori. L'AGIG, Adulti giovani insegnanti di Guernsey, aveva deliberato che Paul Fiedler fosse affidato alla guida di Guy Brouard, e quest'ultimo aveva più o meno adottato il ragazzo, circostanza non certo entusiasmante per i veri genitori, e anche per il figlio legittimo della vittima, se era per questo. In entrambi i casi, gli animi avrebbero potuto scaldarsi fino a ingenerare la peggiore delle passioni: la gelosia e tutto quanto poteva indurre a compiere.

Poi c'era la questione della festa tenutasi la sera prima che Guy Brouard venisse ucciso. Tutti sapevano da settimane che ci sarebbe stata, perciò un assassino preparato a colpire Brouard quando non fosse stato in piena forma, come sarebbe accaduto dopo aver fatto baldoria fino alle tre del mattino, avrebbe avuto la possibilità di progettare in anticipo in che modo esattamente eseguire il delitto al meglio e far ricadere la colpa su un'altra persona. Con la festa in pieno svolgimento, non sarebbe stato tanto difficile sgattaiolare senza essere visti al piano di sopra e collocare false prove sui vestiti e le suole delle scarpe o, meglio ancora, prendere addirittura le calzature e portarle giù alla baia, per lasciare un paio di impronte che poi sarebbero state ritrovate dalla polizia, no? Insomma, secondo Holberry, esisteva un nesso incontrovertibile tra quel ricevimento e la morte di Brouard, anzi, più di uno.

«Bisogna rivedere anche l'intera vicenda dell'architetto del museo», disse l'avvocato. «È stata imprevista e pasticciata, e, quando le cose prendono una piega simile, chi è coinvolto può sentirsi provocato.»

«Ma l'architetto non era presente la notte del delitto, vero?» chiese St. James. «Mi pare che fosse in America.»

«Non mi riferisco a lui. Parlo dell'architetto originale, un certo Bertrand Debiere. È uno del posto e, come tutti gli altri, credeva che sarebbe stato il suo progetto a venire prescelto per il museo di Brouard. D'altronde, perché no? Da settimane Brouard era in possesso di un plastico in scala dell'edificio che mostrava a chiunque fosse interessato, ed era opera di questo Debiere, che lo aveva realizzato con le proprie mani. Per questo, quando il vecchio ha annunciato che avrebbe dato una festa per nominare l'architetto al quale aveva deciso di affidare i lavori...» Holberry alzò le spalle. «Non si può certo farne una colpa a Debiere per aver presunto di essere lui.»

«Vendetta?»

«Chi può dirlo? Sarebbe logico pensare che gli sbirri del posto avrebbero potuto dedicargli qualcosa di più che un interrogatorio superficiale, ma Debiere è di qui, perciò è molto improbabile che gli torcano un capello.»

«Mentre gli americani sono più violenti per natura?» chiese St. James. «Sparatorie nei cortili delle scuole, pena di morte, libera vendita delle armi e tutto il resto?»

«Non è tanto questo, quanto la natura del crimine stesso.» Holberry lanciò un'occhiata alla porta. Nella stanza entrò la segretaria, visibilmente pronta a porre termine alla sua giornata lavorativa. Con una mano teneva un fascio di carte e con l'altra una penna, e aveva il cappotto e la borsa appesi al braccio. Holberry prese i documenti che lei gli porgeva e cominciò a firmarli mentre seguitava a parlare. «Sono anni che nell'isola non si verifica un assassinio a sangue freddo. Nessuno ricorda più da quando. Neanche al comando di polizia, e questo significa che è davvero parecchio tempo. Naturalmente ci sono stati delitti passionali, morti accidentali e suicidi. Ma erano decenni che non si sentiva di un omicidio premeditato.» Terminò le firme, restituì le lettere alla segretaria e le augurò buona serata. Poi si alzò e tornò alla sua scrivania, dove si mise a frugare tra le carte, infilandone alcune in una borsa che stava sulla sedia. «Vista la situazione, sfortunatamente la polizia è prevenuta e ritiene che un abitante di Guernsey non sarebbe capace di commettere un delitto simile», concluse.

«Allora sospetta che possano esserci altri indiziati, a parte l'architetto?» domandò St. James. «Voglio dire, altri isolani che avevano un motivo per volere morto Guy Brouard?»

Holberry mise da parte i documenti e rifletté sulla domanda. «Credo che su Guy Brouard e i suoi rapporti con la gente dell'isola si sia appena scalfita la superficie», disse in tono molto cauto. «Lui era Babbo Natale: carità a destra e a manca, una nuova ala dell'ospedale, cos'altro occorre? Basta andare da Guy Brouard. Era il mecenate di una mezza dozzina di artisti, pittori, scultori, vetrai, creatori di opere in metallo, e pagava la retta a più di un ragazzo del posto iscritto all'università in Inghilterra. Ecco chi era. Per qualcuno era solo una forma di ricompensa verso la comunità che lo aveva accolto. Ma non mi sorprenderebbe se altri la pensassero diversamente su di lui.»

«Quando si sborsa del denaro, si richiedono in cambio dei favori?»

«Proprio così.» Holberry chiuse la borsa con uno scatto. «Di solito, quando si elargiscono dei quattrini, ci si attende qualcosa in cambio, no? Se seguiamo i giri compiuti dai soldi di Brouard per tutta l'isola, sono certo che prima o poi scopriremo di cosa si trattava.»

8

DI PRIMO mattino, Frank Ouseley si accordò con la moglie di uno dei proprietari delle fattorie di Rue des Rocquettes perché scendesse nella valle per dare un'occhiata al padre. Non aveva intenzione di stare via più di tre ore, ma non sapeva quanto sarebbero durati il funerale, la sepoltura e il ricevimento che sarebbe seguito. Non poteva in nessun modo mancare ai vari cerimoniali di quella giornata, però non sopportava l'idea di lasciare il padre abbandonato a se stesso. Così aveva fatto un giro di telefonate finché non aveva trovato un'anima pia che aveva detto che sarebbe scesa in bicicletta un paio di volte « con qualcosa di dolce per quel caro vecchio. Gli piacciono i dolci, vero? »

Non ce n'era bisogno, le aveva assicurato Frank. Ma se proprio voleva portargli qualcosa di buono, lui aveva un debole per i dolci con le mele.

« Di che varietà? » aveva chiesto la donna, animata da grande bontà.

Non aveva importanza.

La verità era che avrebbe potuto preparare un dolce con le lenzuola e spacciarlo per strudel di mele, tanto il padre, ai suoi tempi, aveva mangiato di peggio e nel corso degli anni ne aveva fatto un argomento di conversazione. Anzi, Frank aveva l'impressione che più il padre si approssimava al termine dell'esistenza, più parlasse del lontano passato. All'inizio, parecchi anni prima, ne era stato contento, perché tranne il proprio interesse per la guerra in generale e per l'occupazione di Guernsey in particolare, Graham Ouseley era sempre stato ammirevolmente schivo sugli atti di eroismo da lui compiuti in quel periodo terribile. Quando Frank era ancora giovane, il padre evitava quasi sempre le domande in proposito. « Non ne faccio una questione personale. Eravamo in ballo tutti », affermava. E Frank aveva finito per apprezzare il fatto che il padre non sentisse alcun bisogno di pavoneggiarsi rivangando ricordi di imprese nelle quali aveva avuto un ruolo chiave. Ma adesso, come se sentisse avvicinarsi la sua ora, Graham aveva cominciato a entrare nei particolari. Una volta messo in moto il processo, non c'era più limite a quello che riusciva a ricordare della guerra.

Quella mattina, si era esibito in un monologo sul furgone delle intercettazioni, un veicolo dotato di speciali apparecchiature che i nazisti avevano utilizzato sull'isola per smantellare le ultime radio a onde corte con le quali i cittadini acquisivano informazioni dai cosiddetti «nemici», in particolare i francesi e gli inglesi. «L'ultimo finì davanti al plotone d'esecuzione a Fort George», lo informò Graham. «Era un poveraccio venuto dal Lussemburgo. Alcuni dicono che lo avevano scovato con il furgone delle intercettazioni, ma io sono convinto che fu un traditore a metterli sulla buona strada. E ce n'erano diversi di quei maledetti: collaborazionisti dei tedeschi e spie. Se l'intendevano con gli invasori, Frank. Mandavano la gente dinanzi al plotone d'esecuzione senza batter ciglio, quei fottuti. Dio faccia marcire le loro anime all'inferno.»

Dopodiché vi fu la campagna della V come Vittoria, con l'improvvisa comparsa tutt'altro che misteriosa in ogni parte dell'isola della ventesima lettera dell'alfabeto, per tormentare i nazisti.

E alla fine apparve il *GIFT*, Guernsey Indipendente dal Terrore, il contributo personale di Graham Ouseley per aiutare la popolazione in pericolo. C'era stato quel bollettino clandestino all'origine del suo anno in prigione. Insieme con altri tre isolani, era riuscito a farlo uscire per ventinove mesi, poi alla porta del cottage era venuta a bussare la Gestapo. «Fui tradito», disse Graham al figlio. «Come quelli con i ricevitori a onde corte. Perciò non dimenticare mai una cosa, Frank: messi alla prova, i codardi si dimostrano per quelli che sono. Quando si mette male, ogni volta è la stessa storia. La gente è sempre pronta a puntare l'indice contro gli altri, se c'è da guadagnarne qualcosa. Ma alla fine li faremo pentire. Ci vorrà del tempo, ma la pagheranno.»

Prima che Frank uscisse di casa, il padre stava ripetendo questo discorso al televisore acceso sul primo programma della giornata. Il figlio gli disse che di lì a un'ora sarebbe venuta la signora Petit a vedere come stava, e spiegò al vecchio che aveva un affare urgente da sbrigare a St. Peter Port. Non accennò al funerale, perché ancora non gli aveva detto della morte di Guy Brouard.

Per fortuna il padre non gli chiese di che affare si trattasse. Un crescendo di musica drammatica proveniente dalla tele attirò la sua attenzione e in un attimo il vecchio s'immerse in una vicenda che ruotava intorno a due donne, un uomo, una specie di terrier e una suocera intrigante.

A quel punto Frank andò via.

Dato che sull'isola non c'era una sinagoga per l'esigua minoranza ebraica dei residenti, e benché Guy Brouard non professasse alcuna religione cristiana, il funerale si tenne nella cappella cittadina, poco lontano dal porto. Vista l'importanza del defunto e la considerazione in cui era tenuto da tutti gli isolani, la chiesa di St. Martin, nella cui parrocchia si trovava Le Reposoir, era stata ritenuta troppo piccola per ospitare il numero previsto di partecipanti al funerale. Infatti, nei suoi quasi dieci anni di residenza a Guernsey, Brouard era divenuto così caro agli abitanti che a concelebrare le sue esequie c'erano ben sette ministri del culto.

Frank arrivò appena in tempo, e fu poco meno di un miracolo, considerando le difficoltà di parcheggio nella cittadina. Ma la polizia aveva concesso ai partecipanti entrambe le aree di sosta sull'Albert Pier e, anche se Ouseley riuscì a trovare posto solo all'estrema punta settentrionale del molo, tornando indietro verso la chiesa con una rapida corsetta riuscì a entrare poco prima dell'arrivo del feretro e dei familiari di Brouard.

Vide che questi ultimi erano preceduti da Adrian, che guidava la schiera dei dolenti. Era un suo diritto, come unico figlio di Guy Brouard. Nella cerchia di amicizie del defunto, però, era risaputo che tra i due non c'erano stati contatti da almeno tre mesi e, prima di quell'allontanamento, i loro rapporti erano caratterizzati soprattutto da violente divergenze di opinioni. Frank ne dedusse che dietro la presenza di Adrian in prima fila al seguito della bara doveva esserci la mano della madre. E per assicurarsi che il figlio rimanesse al suo posto, lei, a sua volta, gli si era piazzata direttamente alle spalle. La povera piccola Ruth veniva solo al terzo posto, seguita da Anaïs Abbott e i suoi due figli, che in qualche modo erano riusciti a insinuarsi per l'occasione tra i familiari del defunto. Le uniche persone che Ruth probabilmente aveva invitato di persona ad accompagnarla dietro il feretro del fratello erano i Duffy, ma la posizione in cui erano stati relegati Valerie e Kevin, in coda agli Abbott, non permetteva loro di recarle alcun conforto. Frank sperò che l'anziana donna ricavasse almeno un po' di consolazione dal numero di persone intervenute per esprimere il loro affetto a lei e al fratello, amico e benefattore di tanta gente.

Quanto a lui, Ouseley aveva evitato le amicizie per quasi tutta la vita. Gli bastava il padre. Da quando la madre era annegata nel bacino artificiale, padre e figlio si erano aggrappati l'uno all'altro. Frank era stato testimone dei disperati tentativi compiuti da Graham di salvarla, poi di rianimarla, e infine del terribile senso di colpa che lo aveva tormentato per non essersi dimostrato abbastanza rapido per evitare l'incidente e abbastanza pratico di pronto soccorso per rimediarvi. Tutto questo non aveva fatto che rendere inscindibile il suo legame con il padre. A soli quarant'anni, Graham Ouseley aveva conosciuto fin troppa sofferenza e dolore, e Frank, ancora bambino, aveva deciso che vi avrebbe posto fine. Così aveva votato la sua intera esistenza a quello scopo e, quando era arrivato Guy Brouard, la possibilità di fare amicizia con un'altra persona gli si era parata dinanzi come la mela del serpente. E lui l'aveva morsa come la vittima di una lunga carestia, senza mai ricordare nemmeno per un attimo che bastava affondare i denti una sola volta in quel frutto per dannarsi.

Il funerale parve durare un'eternità. Ogni ministro doveva tenere il proprio intervento, oltre all'elogio funebre vero e proprio, che Adrian Brouard lesse incespicando da tre fogli protocollo battuti a macchina. I dolenti cantarono inni appropriati alla circostanza, e una solista nascosta chissà dove nella parte superiore della chiesa, al di sopra delle teste degli intervenuti, intonò un addio fatto di acuti da opera lirica.

Finalmente la cerimonia terminò o, almeno, la prima parte. Adesso sarebbero seguiti la sepoltura e il ricevimento, da tenersi entrambi a Le Reposoir.

Il corteo che si formò diretto alla proprietà dei Brouard era impressionante. Si estendeva per tutta la lunghezza del Quay, da Albert Pier a ben oltre Victoria Marina. Si snodò lentamente su per Le Val des Terres al di sotto dei fitti filari di alberi spogli che costeggiavano il pendio scosceso della collina. Da là, proseguì lungo la strada che usciva dal centro della cittadina e si biforcava tra l'opulenza di Fort George a est, con un agglomerato di abitazioni moderne, protette da siepi e cancelli elettrici, e una zona più ordinaria a ovest: strade e viali affastellati risalenti al XIX secolo, dimore semindipendenti di epoca georgiana o in stile Reggenza, e villette divenute col tempo decisamente impresentabili.

Poco prima di superare il confine tra l'abitato di St. Peter Port e quello di St. Martin, il corteo deviò a est. Le auto passarono sotto gli alberi per una strada stretta che sbucava in un sentiero ancora più angusto. Lungo quest'ultimo, correvano da un lato un alto muro di pietra e dall'altro un terrapieno da cui spuntava una siepe contorta e intricata.

A un certo punto, la cinta muraria lasciava spazio a un cancello di ferro a doppio battente, che era stato aperto, e così il feretro poté fare il suo ingresso nella sontuosa tenuta di Le Reposoir seguito dal corteo di macchine. Frank parcheggiò da un lato del viale e si avviò insieme con gli altri in direzione della residenza.

Dopo dieci passi non fu più solo. Una voce accanto a lui disse: «Questo cambia tutto». Alzò gli occhi e vide che gli si era avvicinato Bertrand Debiere.

L'architetto aveva un aspetto terribile, come se andasse avanti a pillole dimagranti. Era sempre stato troppo macilento per la sua altezza considerevole, ma adesso sembrava aver perso almeno sei chili dalla sera della festa. Il bianco degli occhi era segnato da ragnatele cremisi e le ossa degli zigomi, già prominenti, sporgevano dal viso come uova di gallina che cercassero di sfuggirgli da sotto la pelle.

«Nobby», disse Frank con un cenno di saluto, rivolgendosi a lui con il soprannome da ragazzo. L'architetto era stato studente di storia di Frank al liceo scientifico, e questi non era abituato a mantenere le distanze con i suoi ex alunni. «Non ti ho visto al funerale.»

Debiere non parve infastidito dall'uso del soprannome. Anzi, dato che tutti quelli con cui era in confidenza lo chiamavano così, probabilmente non vi aveva neppure fatto caso. «Non è d'accordo?» chiese.

«Su cosa?»

«Sull'idea originale. La mia. Immagino che sia il caso di riprenderla. Ora che Guy non c'è più, inutile sperare che Ruth prenda in mano la situazione. La poverina non sa nulla di questo tipo di edificio e proprio non ce la vedo a farsi una cultura sull'argomento. E lei?»

«Ah, il museo», disse Frank.

«Infatti. Dovrà pure andare avanti. Guy avrebbe voluto così. Il progetto, però, si dovrà cambiarlo. Ne avevo parlato con lui, ma lei probabilmente è già informato, vero? So che lei e Guy eravate amici per la pelle, e lui le avrà detto che lo avevo messo con le spalle al muro. Mi riferisco a quella notte. Ci siamo visti a quattr'occhi, solo io e lui, dopo i fuochi d'artificio. Ho dato uno sguardo approfondito al disegno in prospetto e mi sono accorto, come avrebbe potuto fare chiunque s'intendesse un po' di architettura, che quel californiano ha sbagliato tutto. D'altronde, c'era da aspettarselo da uno che ha preparato il progetto senza dare un'occhiata sul posto, no? Se proprio vuole saperlo, secondo me, deve trattarsi di un egocentrico. Io non avrei fatto nulla del genere, e l'ho detto a Guy. Sono certo di averlo quasi convinto, Frank.»

Nobby parlava con trasporto. Ouseley gli lanciò un'occhiata mentre camminavano al seguito del corteo, che intanto si dirigeva verso l'ala occidentale della dimora. Non rispose, anche se capiva benissimo che Nobby sperava disperatamente che lo facesse. A tradirlo era un debole scintillio sul labbro superiore.

L'architetto continuò: «Tutte quelle finestre, Frank. Come se a St. Saviour's ci fosse un favoloso panorama da sfruttare, o roba del genere. Invece, se prima fosse venuto a vedere di persona, avrebbe scoperto che le cose stavano diversamente. Pensi, poi, agli effetti di finestroni così alti sul riscaldamento. Bisognerà spendere una vera fortuna per tenere aperto quel posto nelle giornate di cattivo tempo. E immagino che lei voglia che si possa accedervi anche fuori stagione, vero? È destinato più a noi dell'isola che ai turisti, quindi deve restare aperto anche nei periodi in cui possono visitarlo quelli del posto, che non lo farebbero certo in estate, con il pieno dei villeggianti. Non è d'accordo?»

Frank sapeva di dover dire qualcosa, perché ostinarsi a mantenere il silenzio in una situazione del genere sarebbe parso strano. Così decise di sbottonarsi un po': «Non è il caso di mettere il carro davanti ai buoi, Nobby. Credo che per ora sia meglio starsene buoni».

«Ma lei è mio alleato, vero?» insistette Nobby. «F-Frank, lei sta dalla mi-mia parte in questa storia?»

Quell'accesso improvviso di balbuzie era un chiaro segnale del suo stato di ansia. Gli succedeva lo stesso da ragazzo, quando a scuola veniva chiamato alla cattedra e non riusciva a cavarsela nell'interrogazione. Quel disturbo del linguaggio aveva reso Nobby più vulnerabile dei suoi coetanei, e questo lo rendeva in qualche modo interessante, ma nello stesso tempo lo condannava a dire sempre la verità, a ogni costo, e lo privava della capacità di dissimulare il suo vero stato d'animo, capacità che invece tanti altri possedevano.

«Non è questione di essere alleati o nemici, Nobby», disse Frank. «Tutto questo», accennò alla casa, riferendosi a quello che accadeva tra quelle mura, le decisioni prese e i sogni infranti, «non ha nulla a che fare con me. Non sono materialmente in grado di intervenire in prima persona. Almeno, non come pensi.»

«M-ma lui aveva optato per me. Frank, lei lo sa benissimo che alla fine la sua scelta era caduta su di m-me. Voglio dire, sul mio abbozzo, sul mio progetto. A-ascolti, io ho b-bisogno di ottenere quell'in-incarico.» Le ultime parole gli uscirono con una certa intensità. Il volto era arrossato e lui aveva alzato la voce, tanto che parecchi dei convenuti sul sentiero si voltarono incuriositi dalla loro parte.

Frank si staccò dal corteo, prendendo Nobby da parte. Il feretro intanto veniva trasportato oltre la facciata laterale della serra, verso il giardino delle sculture, sul versante nordoccidentale della dimora. Ouseley ne intuì la destinazione finale e pensò che non avrebbe potuto esserci luogo migliore per la sepoltura: Guy circondato nella morte dagli artisti che aveva sostenuto quando era in vita.

Guidandolo per un braccio, Frank condusse Nobby dietro l'angolo della serra, lontano dalla vista di quelli che andavano ad assistere alle esequie. «È ancora troppo presto per parlare di tutto questo», disse al suo ex studente. «Se non c'è nessuna assegnazione nel testamento, non vedo come...»

«Di certo non ci sarà il nome dell'architetto», convenne Nobby. «Di questo può starne certo.» Si passò un fazzoletto sul viso, e quel gesto parve aiutarlo a riprendere il controllo della conversazione. «Se avesse avuto il tempo di riflettere, Guy avrebbe rivisto i suoi progetti per Guernsey, mi creda, Frank. Sa quanto era legato all'isola. L'idea di scegliere un architetto di fuori è ridicola. Alla fine, se ne sarebbe reso conto. Perciò ora si tratta semplicemente di mettersi a sedere ed escogitare una ragione logica che spieghi perché si renda necessario cambiare la scelta dell'architetto, e questo non mi sembra affatto difficile, no? Mi basterebbe avere davanti i progetti di quell'altro per una decina di minuti e riuscirei a evidenziarne tutte le lacune. Non si tratta solo delle finestre, Frank. Quest'americano non ha compreso neanche la natura dei cimeli raccolti.»

«Ma Guy aveva già fatto la sua scelta», obiettò Frank. «Modificarla significherebbe disonorarne la memoria, Nobby. No, non dire una parola e stai un attimo a sentirmi. Mi rendo conto che per te è stata una grande delusione. So che non approvi la scelta di Guy. Ma stava a lui decidere e a noi ora non resta che accettarla.»

«Guy è morto.» Nobby scandì ogni sillaba picchiandosi il pugno nel palmo della mano. «Perciò, indipendentemente da ogni sua eventuale decisione sull'aspetto estetico dell'edificio, noi ora dobbiamo costruire il museo nel modo più conveniente per noi. E, soprattutto, più pratico e idoneo. Il progetto riguarda lei, Frank. È stato così fin dall'inizio. Lei è il proprietario della raccolta da esporre. Guy intendeva solo offrirle la possibilità di avere un posto in cui custodirla degnamente.»

Malgrado la stranezza del suo modo di fare e di esprimersi, Nobby sapeva essere molto persuasivo. In altre circostanze, Frank avrebbe finito per cedere al suo ragionamento, ma, allo stato delle cose, era costretto a restare sulle proprie posizioni. Se avesse fatto diversamente, rischiava di pagarla molto cara.

«Non posso aiutarti, Nobby», disse. «Tutto qui, mi dispiace.»

«Ma potrebbe parlare con Ruth. Lei la ascolterebbe.»

«Può darsi, ma in realtà non saprei cosa dire.»

«La farei arrivare già preparato. Le suggerirei io gli argomenti.»

«Se sei tanto convinto di averli, dovresti tirarli fuori di persona.»

«Ma Ruth non mi ascolterà. Non come farebbe se fosse lei a parlarle.»

Frank allargò le braccia. «Mi spiace, Nobby, veramente. Cos'altro potrei aggiungere?»

Svanita l'ultima speranza, l'architetto ribatté avvilito: «Per esempio che, proprio perché le spiace tanto, vuol darsi da fare per cambiare le cose. Ma immagino che questo sia troppo per lei, Frank».

Al contrario, era fin troppo poco, pensò lui. Proprio perché le cose erano cambiate, adesso si trovavano a quel punto.

St. James vide i due uomini che si allontanavano dal corteo diretto al luogo della sepoltura. Capì che la loro conversazione era alquanto accalorata e prese mentalmente nota di scoprire chi fossero. Per il momento, però, si limitò a seguire gli altri verso la tomba.

Deborah camminava al suo fianco. Dall'atteggiamento taciturno che lei aveva tenuto per tutta la mattinata, Simon capì che era ancora irritata per la conversazione che avevano avuto a colazione, uno di quei tipici diverbi privi di senso nei quali si capisce benissimo che solo uno dei due contendenti ha compreso realmente qual è l'argomento di cui si discute. E, purtroppo, in quel caso era stato lui a fraintendere.

Simon stava discutendo della decisione di Deborah di ordinare solo funghi e pomodori alla griglia per colazione, mentre lei stava facendo una disamina di tutto il loro rapporto. O, almeno, era questo che lui aveva capito, dopo aver ascoltato le accuse della moglie, che gli rinfacciava di averla manipolata in ogni modo, come se lei fosse stata del tutto incapace di agire anche una sola volta per conto proprio. «Be', sono stanca di tutto questo», aveva concluso Deborah. «Sono adulta, ormai, e vorrei che tu cominciassi a trattarmi come tale.»

Al che lui aveva abbassato lo sguardo sul menu, chiedendosi come fossero passati da una discussione sulle proteine a un'accusa di spietata dominazione. Scioccamente, aveva ribattuto: «Ma di che stai parlando, Deborah?» E il fatto di non aver seguito il ragionamento della moglie li aveva portati diritti verso il disastro. Anche se lo era unicamente agli occhi di Simon. Per la moglie, invece, si trattava solo di un momento in cui venivano alla luce delle verità sul loro matrimonio da sempre sospettate, ma mai apertamente dichiarate. Lui aveva sperato che Deborah si degnasse di rivelargliene almeno una piccola parte, mentre si recavano in macchina al funerale. Tuttavia lei non lo aveva fatto, perciò Simon si augurava che nel giro di qualche ora tra loro tornasse il sereno.

«Quello dev'essere il figlio», mormorò Deborah in quel momento. Erano in coda al corteo sul lieve tratto di terreno in salita che arrivava a un muro. Al di là di questo si trovava un giardino, separato dal resto della tenuta, dove i sentieri s'incrociavano a caso tra cespugli e aiuole potati con cura, sotto alberi spogli ma disposti ad arte per fare ombra a panche di cemento e stagni poco profondi. Disseminate qua e là, sorgevano sculture in stile moderno: una figura di granito rannicchiata in posizione fetale, un elfo cupreo stagionato dal verderame che faceva mostra di sé sotto le fronde di una palma, tre vergini di bronzo con strascichi di alghe, una ninfa marina di marmo che sorgeva da uno stagno. Nel bel mezzo di quello scenario, era situata una terrazza, alla quale si accedeva salendo cinque gradini. Dal capo opposto correva un pergolato di rampicanti, che facevano ombra a un'unica panchina. Là era stata ricavata la tomba, forse per fare in modo che le generazioni successive contemplassero il giardino e nel contempo si soffermassero a riflettere sul luogo in cui aveva trovato l'eterno riposo l'uomo che lo aveva creato.

St. James notò che la bara era già stata calata nella fossa ed erano state recitate le ultime preghiere. Una donna bionda, che portava degli occhiali da sole del tutto fuori posto, come per assistere a un funerale a Hollywood, cercava di allontanare l'uomo accanto a lei. Dapprima provò con le parole, ma, visto che non funzionava, gli diede una leggera spinta verso la tomba. Accanto a essa c'era un cumulo di terra dal quale spuntava una pala cui erano appesi dei festoni neri. St. James convenne con Deborah: doveva trattarsi del figlio, Adrian Brouard, l'unica altra persona a trovarsi a casa, a parte la zia e i fratelli River, la notte prima che il padre fosse assassinato.

Brouard strinse le labbra irritato, spinse da parte la madre e si avvicinò al mucchio di terra. Nel silenzio assoluto che calò sulla folla, il giovane prese la pala e gettò un po' di terra sulla bara. Il tonfo sul legno risuonò come l'eco di una porta sbattuta.

Subito dopo, il gesto di Adrian Brouard fu imitato da una donna così minuta che avrebbe potuto essere scambiata per un ragazzino. Costei a sua volta passò la pala alla madre di Adrian Brouard, che ripeté il rituale. Stava per rimettere la pala nel mucchio di terriccio, quando si fece avanti un'altra donna, che afferrò il manico dell'attrezzo prima che la donna con gli occhiali da sole avesse il tempo di completare il gesto.

Tra i presenti corse un mormorio, e St. James osservò con più attenzione la donna. Non la vedeva molto bene in viso, perché lei portava un cappello nero ampio all'incirca quanto un parasole, ma aveva una figura eccezionale, valorizzata da un abito nero di taglio perfetto. Fece il proprio dovere con la pala e la passò a un'adolescente sgraziata, con le spalle curve, che portava delle scarpe con la zeppa. La ragazza gettò un po' di terra sulla tomba e fece l'atto di passare la pala a un ragazzo all'incirca della sua età che, a giudicare dall'altezza, dal colorito e dall'aspetto in generale, doveva essere il fratello. Ma invece di adempiere il rituale, il ragazzo si voltò di scatto e scappò facendosi largo tra i presenti. Un nuovo mormorio si levò a commento della scena.

«E questo che cosa significa?» chiese Deborah a bassa voce.

«Bisogna che lo scopriamo», disse St. James e nello stesso tempo comprese di poter approfittare dell'opportunità offertagli dallo strano comportamento del ragazzo. «Ti andrebbe di seguirlo, Deborah? O preferisci tornare da China?»

Simon non aveva ancora visto l'amica della moglie, e non era neppure certo di volerlo, anche se non avrebbe saputo giustificare quella sua riluttanza. Però sapeva che il loro incontro era inevitabile, e si disse che per lui sarebbe stato preferibile avere qualche novità promettente da riferirle quando si fossero finalmente conosciuti. Nel frattempo, voleva lasciare Deborah libera di tornare dall'amica. Quel giorno, non le aveva ancora fatto visita e senza dubbio l'americana e il fratello si domandavano cosa stessero combinando i loro amici londinesi.

Cherokee li aveva già chiamati di prima mattina, impaziente di sapere cos'aveva scoperto St. James dalla polizia. Mentre Simon lo metteva al corrente di quel poco che c'era da dire, River aveva cercato di mantenere un tono allegro, perciò era evidente che l'uomo telefonava in presenza della sorella. Al termine della conversazione, Cherokee aveva manifestato l'intenzione di assistere al funerale. Era deciso a prendere parte all'«azione», come la definiva lui, e solo quando St. James gli aveva fatto notare con tatto che la sua presenza avrebbe potuto provocare un'indebita reazione della quale l'assassino avrebbe approfittato per confondersi tra la folla, Cherokee aveva accettato con riluttanza di non andare, mettendo però bene in chiaro che voleva sapere tutto quello che avrebbero scoperto. Anche China sarebbe rimasta ad attendere loro notizie.

«Se ti va, puoi andare da lei», disse Simon alla moglie. «Io rimango per un po' a ficcare il naso da queste parti. Mi farò dare un passaggio in città da qualcuno. Non dovrebbe essere un problema.»

«Non sono venuta a Guernsey solo per consolare China», ribatté Deborah.

«Lo so. È per questo che...»

Lei lo interruppe senza dargli il tempo di concludere: «Vedrò cos'ha da dire, Simon».

St. James la guardò avviarsi a grandi passi per seguire il ragazzo e, con un sospiro, si domandò perché ogni tentativo di comunicare con le donne, e in particolare con la moglie, molto spesso si riducesse a parlare di una cosa e cercare d'intenderne un'altra fra le righe. E rifletté sul fatto che l'incapacità di capire sino in fondo l'altro sesso avrebbe compromesso le sue indagini a Guernsey, mentre, guarda caso, emergeva con sempre maggiore chiarezza che la vita di Guy Brouard e, soprattutto, la sua morte brulicavano di figure femminili dal ruolo decisivo.

Quando Margaret Chamberlain vide lo zoppo avvicinarsi a Ruth verso la fine della cerimonia, si accorse immediatamente che non era un componente a pieno titolo della congregazione che aveva preso parte al funerale e alla sepoltura. Prima di tutto, non aveva parlato con la cognata davanti alla tomba come tutti gli altri. Poi, per tutto il ricevimento che ne era seguito non aveva fatto altro che vagare da una stanza all'altra della casa con l'atteggiamento di chi osserva ogni cosa e riflette. All'inizio Margaret aveva pensato che fosse un ladro, malgrado l'andatura claudicante e la protesi alla gamba, ma quando alla fine l'uomo si era presentato a Ruth, arrivando perfino a porgerle il biglietto da visita, si rese conto che si trattava di tutt'altro. Aveva a che fare con la morte di Guy. Se non proprio con quella, di certo con la distribuzione della sua fortuna, della quale *finalmente* avrebbero saputo l'ammontare dopo la partenza dell'ultimo dei convenuti.

Fino ad allora Ruth si era rifiutata di vedere l'avvocato di Guy, come se già si attendesse delle brutte notizie e cercasse di risparmiare agli altri il dispiacere di udirle. A tutti o solo a qualcuno in particolare, pensò astutamente Margaret. La domanda era a chi.

Se quella che Ruth intendeva rimandare era la delusione di Adrian, Margaret gliel'avrebbe fatta pagare cara. Avrebbe trascinato la cognata in tribunale e, se Guy aveva diseredato l'unico figlio, avrebbe tirato fuori tutti i panni sporchi di famiglia. Oh, sapeva bene che Ruth avrebbe accampato scuse a volontà se il padre di Adrian aveva osato fare una cosa simile. Ma, se avessero anche soltanto *provato* ad accusarla di avere compromesso i rapporti tra padre e figlio, se avessero *fatto* anche il minimo tentativo di addossarle la responsabilità dell'eredità negata a Adrian, lei avrebbe scatenato l'inferno rivelando le vere ragioni per le quali lei si era separata da Guy Brouard. Ognuna aveva un nome e un titolo, di quelli che non contribuiscono certo a far accettare le proprie scappatelle agli occhi della gente: Danielle, l'assistente di volo; Stephanie, la ballerina di lap dance; MaryAnn, la dog-sitter; Lucy, la cameriera d'albergo.

A causa loro, lei aveva allontanato Adrian dal padre. Che razza di esempio sarebbe stato per il ragazzo? avrebbe potuto chiedere a chiunque glielo avesse rinfacciato. Che genere di modello era suo dovere proporre a un ragazzino impressionabile di otto, nove o quindici anni? Se il padre conduceva una vita che rendeva inopportune lunghe visite da parte del figlio, era forse colpa di quest'ultimo? E ora doveva essere privato di ciò che gli spettava per diritto naturale solo perché tutta la sfilza di amanti che il padre aveva avuto nel corso degli anni era proseguita ininterrotta?

No. Lei aveva avuto tutte le ragioni di tenerli lontani, limitando i loro rapporti a visite rapide o concluse anzitempo. Dopotutto, Adrian era un bambino sensibile e lei era tenuta a dargli tutta la protezione che derivava dall'amore materno, non a farlo assistere agli eccessi paterni.

Guardò il figlio che se ne stava in disparte ai margini del salone di pietra dove si teneva il ricevimento, riscaldato da due camini accesi alle estremità opposte della stanza. Cercava di arrivare di soppiatto alla porta per fuggire o per infilarsi nella sala da pranzo, dov'era allestito un enorme buffet su un tavolo di mogano. Margaret corrugò la fronte. Così non andava. Lui sarebbe dovuto stare con gli altri, non strisciare lungo il muro come un insetto, avrebbe dovuto comportarsi come l'erede dell'uomo più ricco mai vissuto nelle isole della Manica. Come poteva aspettarsi una vita migliore di quella che aveva, confinato e recluso nell'abitazione materna di St. Albans, se non tirava fuori la testa, per l'amor di Dio?

Margaret si fece strada tra gli ospiti rimasti e intercettò il figlio sulla porta del corridoio che conduceva in sala da pranzo. Lo prese per un braccio e ignorò il suo tentativo di sottrarsi, dicendo con un sorriso: «Eccoti qui, caro. Sapevo che c'era qualcuno che poteva indicarmi le persone cui devo ancora essere presentata. Non si può mica conoscerle tutte, è ovvio. Ma ci sarà di certo qualche individuo importante che dovrei incontrare per tenerne conto in futuro, no?»

«Quale futuro?» Adrian mise la mano su quella della madre per liberarsi, ma lei gli prese le dita, gliele strinse e continuò a sorridere come se lui non stesse cercando di divincolarsi.

«Il tuo, è ovvio. Dobbiamo fare in modo che sia assicurato.»

«Davvero? E come ti proponi di farlo, madre?»

«Una parola qui, una là», rispose lei con leggerezza. «È incredibile come si possa esercitare la propria influenza una volta conosciute le persone giuste cui rivolgersi. Per esempio, quel signore dallo sguardo in cagnesco, chi è?»

Anziché rispondere, Adrian cercò ancora di liberarsi dalla presa della madre, ma lei aveva su di lui il vantaggio dell'altezza e del peso, e lo trattenne dov'era. «Caro?» gli domandò allegramente. «Quel signore? Quello con le toppe sui gomiti della giacca? Attraente e denutrito, tipo Heathcliff?»

Adrian guardò l'uomo di straforo. «Uno degli artisti di papà. Qua dentro brulica di tipi del genere. Sono venuti per leccare i piedi a Ruth, nel caso lei abbia ereditato il grosso del malloppo.»

«Che strano. Direi che invece dovrebbero farlo con te», osservò Margaret.

Lui le lanciò un'occhiata che lei si rifiutò d'interpretare. «Credimi, nessuno è così stupido.»

«A quale proposito?»

«A proposito di chi erediterà i soldi di papà. Sanno benissimo che lui non avrebbe mai...»

«Mio caro, questo non fa alcuna differenza. Alla fine la persona cui lui avrebbe voluto destinare tutto e quella che effettivamente lo avrà saranno ben diverse. Saggio è l'uomo che se ne accorge in tempo e si comporta di conseguenza.»

«E saggia è anche la donna, madre?»

Le sue parole erano cariche di odio. Margaret non riusciva a capire cos'avesse fatto per meritarsi che il figlio le parlasse in un tono simile. «Se ti riferisci all'ultima impresa amorosa di tuo padre con la signora Abbott», disse, «possiamo tranquillamente affermare che...»

«Sai benissimo che parlo di tutt'altro.»

«... dato che tuo padre aveva un debole per le donne molto più giovani di lui...»

«Già. Maledizione, si tratta proprio di questo, madre. Per una volta vuoi dare ascolto a te stessa?»

Margaret s'interruppe, confusa. Cercò di ricordare le sue ultime parole: «Cosa stavo dicendo? Di chi?»

«Di papà. Delle sue donne, quelle molto più giovani. Pensaci bene, d'accordo? Sono certo che tutti i pezzi andranno al loro posto.»

«Quali pezzi, caro? Sinceramente, non so...»

«'Falla conoscere a tuo padre, così lei vedrà tutto di persona, caro'», recitò il figlio, ripetendo alla lettera un discorso della madre. «'Nessuna donna si è mai tirata indietro di fronte a una simile fortuna.' Perché lei aveva cominciato ad avere dei ripensamenti su di me, e tu te n'eri accorta, vero? Anzi, probabilmente te lo aspettavi perfino. Pensavi che se lei avesse capito quanti soldi si prospettavano all'orizzonte se avesse giocato le carte giuste, allora avrebbe deciso di restare con me. Come se a quel punto l'avessi voluta. O anche adesso, se è per questo.»

Margaret sentì un gelo alla nuca. «Stai dicendo?...» Ma sapeva che era proprio quello che intendeva il figlio. Si guardò attorno. Il sorriso adesso sembrava stampato sul suo volto come una maschera funeraria. Portò Adrian fuori del salone, lo spinse attraverso il corridoio oltre la sala da pranzo, fino alla dispensa del maggiordomo, dove chiuse la porta dietro di loro. Non le piaceva dove stava andando a parare quella conversazione, anzi, non voleva neanche pensarci. Tanto meno alle implicazioni che tutto quello poteva avere sul passato più recente. Ma ormai non era più in grado di arrestare il processo che lei stessa aveva messo in moto, perciò si rivolse al figlio.

«Cosa stai cercando di dirmi, Adrian?» Si poggiò con le spalle alla porta, in modo che lui non potesse sfuggirle. C'era una seconda porta, che dava direttamente nella sala da pranzo, ma era certa che lui non sarebbe uscito da lì. Il mormorio di voci che si udiva da quella parte indicava chiaramente che nella stanza c'era gente. Inoltre, Adrian aveva cominciato ad agitarsi e il suo sguardo si era fatto spento, un chiaro segnale che stava per entrare in uno stato che non avrebbe avuto nessuna intenzione di mostrare a estranei. Margaret ripeté la domanda, più dolcemente, questa volta, perché, malgrado l'impazienza, si accorgeva benissimo di quanto il figlio soffrisse: «Cos'è successo, Adrian?»

«Lo sai», rispose lui debolmente. «Lo conoscevi, perciò puoi immaginartelo.»

Margaret gli afferrò il viso tra le mani. «No», disse. «Non posso crederci... Eri suo figlio. Questo avrebbe dovuto fermarlo, essere un limite per lui. Eri suo figlio.»

«Sai cosa gliene importava, a lui!» Adrian si liberò da lei con uno strattone. «Come non gli importava niente che tu fossi sua moglie.»

«Ma Guy e Carmel? Carmel Fitzgerald? Carmel che non riesce a mettere in fila neppure dieci parole divertenti, e probabilmente non avrebbe saputo distinguere una battuta intelligente da...» Margaret si fermò e distolse lo sguardo dal figlio.

«Infatti. Quindi era perfetta per me», disse Adrian. «Non era abituata alle persone intelligenti, perciò era una conquista facile.»

«Non intendevo questo. Non l'ho neanche pensato. È una ragazza adorabile. Tu e lei insieme...»

«Che differenza fa, se l'hai pensato o no? È la verità. E lui se n'è accorto. Sarebbe stata una conquista facile. Papà l'ha capito e doveva darsi da fare. Mai, neppure una volta poteva lasciare nel piatto un bocconcino che era lì davanti a lui e chiedeva solo di essere mangiato, madre...» Gli mancò la voce.

Dal tintinnio di stoviglie e posate proveniente dalla sala da pranzo si capiva che i camerieri del catering avevano cominciato a sgombrare i tavoli dei resti del rinfresco, dato che il ricevimento stava per finire. Margaret lanciò un'occhiata verso la porta, alle spalle del figlio, e capì che nel giro di qualche minuto sarebbero stati interrotti. Non sopportava l'idea che lo vedessero in quello stato, con il viso madido e le labbra screpolate che gli tremavano. In un lampo era regredito all'infanzia, e lei, a sua volta, alla donna che gli aveva sempre fatto da madre, combattuta tra l'impulso di costringerlo a controllarsi prima che qualcuno lo sorprendesse in quell'atteggiamento piagnucoloso e la voglia di stringerselo al petto per consolarlo, giurandogli vendetta sui suoi avversari.

Ma fu proprio il pensiero della vendetta che indusse Margaret a vedere Adrian per l'uomo che era oggi, non più il bambino di una volta. E quella sensazione di freddo alla nuca le fece gelare il sangue dinanzi alle possibili conseguenze che avrebbe potuto avere a Guernsey una tale voglia di rivalsa.

Qualcuno girò la maniglia, e la porta della stanza si aprì, colpendo Adrian. Una donna dai capelli grigi mise dentro la testa, vide il volto teso di Margaret e disse: «Oh, chiedo scusa!» affrettandosi a ritirarsi. Ma quell'intrusione era un segnale più che sufficiente. Margaret spinse il figlio fuori della stanza.

Lo condusse di sopra, nella camera da letto assegnatale, ringraziando mentalmente Ruth per averla sistemata nell'ala occidentale della casa, lontana dalla stanza della cognata e da quella di Guy. In tal modo, lei e il figlio avrebbero avuto una certa riservatezza, cioè proprio quello di cui avevano bisogno.

Fece sedere Adrian sullo sgabello della toletta e tirò fuori dalla valigia una bottiglia di whisky single malt. Ruth era notoriamente parca con gli alcolici, e Margaret ringraziò Dio per questo, altrimenti sarebbe venuta sprovvista. Se ne versò due dita abbondanti e lo mandò giù, poi riempì di nuovo il bicchiere e lo porse al figlio.

«Io non...»

«E invece sì. Ti calmerà i nervi.» Attese che lui le obbedisse, vuotando il bicchiere, quindi gli chiese: «Ne sei certo, Adrian? Gli piaceva flirtare, questo lo sai. Forse non era niente di più. Li hai visti insieme? Davvero?» Detestava chiedere i particolari scabrosi, ma doveva sapere com'erano andate veramente le cose.

«Non è stato necessario vederli. Dopo che si sono conosciuti, lei ha cambiato atteggiamento nei miei confronti. E io ho capito.»

«Gliene hai parlato? Gli hai mosso accuse specifiche?»

«Ma certo. Per chi mi prendi?»

«E lui cos'ha detto?»

«Ha negato. Ma io l'ho costretto a...»

«'Costretto', dici?» Margaret restò quasi senza fiato.

«Ho mentito. Gli ho detto che lei aveva confessato. Allora anche lui l'ha ammesso.»

«E poi?»

«Niente. Io e Carmel siamo ripartiti per l'Inghilterra. Il resto lo sai.»

«Mio Dio, ma allora perché sei tornato qui?» gli domandò. «Ti aveva rubato la fidanzata sotto il naso. Perché tu...»

«Faresti bene a ricordare che ho subìto pressioni per tornare», replicò Adrian. «Cosa mi hai detto tu? Che sarebbe stato così contento di rivedermi?»

«Ma se avessi saputo, non l'avrei mai proposto, e tanto meno insistito per... Adrian, per l'amor di Dio, perché non mi hai detto che era accaduto tutto questo?»

«Perché ho deciso di approfittarne», rispose lui. «Dato che non ero riuscito a ottenere da lui quel prestito per vie ragionevoli, ho pensato che ci sarei riuscito facendo leva sul suo senso di colpa. Soltanto, avevo dimenticato che papà ne era immune. Del resto, era immune a tutto.» Poi sorrise. E in quel momento, il gelo nel sangue di Margaret si trasformò in ghiaccio. «Già, praticamente a tutto, visti i risultati.»

9

DEBORAH ST. JAMES seguì l'adolescente a una certa distanza. Attaccare discorso con gli estranei non era il suo forte, ma lei non avrebbe abbandonato la partita senza almeno avere il polso della situazione. Si rendeva conto che questa sua ritrosia non faceva che confermare ulteriormente i timori iniziali del marito circa una sua venuta da sola a Guernsey per dare una mano all'amica in difficoltà, perché la presenza di Cherokee per Simon non contava nulla. Per questo era doppiamente determinata a non lasciarsi sopraffare in quel frangente dalla sua naturale riservatezza.

Il ragazzo non sapeva che lei lo seguiva. Camminava apparentemente senza meta. Si fece strada fuori dalla folla nel giardino delle sculture e si avviò attraverso un praticello ovale che si trovava oltre una serra situata a un'estremità della dimora. Ai margini della distesa erbosa, lui spiccò un salto fra due alti rododendri e staccò un rametto da un castagno che cresceva nei pressi di tre fabbricati annessi alla tenuta. Una volta arrivato lì, deviò all'improvviso verso est, dove, in lontananza tra gli alberi, Deborah scorse un muro di pietra che dava su campi e prati. Ma, invece di proseguire in quella direzione, che era il modo più sicuro per lasciarsi definitivamente alle spalle il funerale con annessi e connessi, il ragazzo si avviò svogliatamente sul tracciato di ghiaia che piegava di nuovo verso la casa. Mentre camminava, si serviva del ramo per colpire la vegetazione che spuntava rigogliosa sul sentiero. Questo costeggiava una serie di giardini molto curati a est della casa, ma il ragazzo non vi entrò e s'infilò invece a tutta velocità tra gli alberi al di là degli arbusti, accelerando il passo non appena udì qualcuno avvicinarsi a una delle automobili parcheggiate in quel punto.

Per qualche attimo Deborah lo perse di vista. C'era poca luce sotto gli alberi, e il ragazzo era vestito di marrone scuro da capo a piedi, perciò era difficile distinguerlo. Si avviò comunque nella stessa direzione presa da lui e, infatti, lo raggiunse su un sentiero che scendeva ripido verso un prato. A metà strada, dietro una macchia di aceri e una recinzione ornamentale in legno ripassata di anilina per preservarne il colore originale, dai neri e dai rossi molto accesi, sorgeva il tetto in embrici di una specie di casa da tè giapponese. Deborah notò che si trattava di un altro giardino della tenuta.

Il ragazzo attraversò un fragile ponticello di legno che superava con un arco una depressione del terreno, gettò via il rametto e proseguì, giungendo a un cancelletto che si apriva nella recinzione. Lo spinse e scomparve all'interno. Il cancelletto si richiuse silenziosamente dietro di lui.

Deborah si affrettò a seguirlo, attraversando il ponte sospeso su una piccola gola nella quale erano state disposte delle pietre con molta attenzione a ciò che vi cresceva intorno. Si avvicinò al cancelletto e vide qualcosa che prima le era sfuggito: una targa di bronzo incassata nel legno. «*À la mémoire de Miriam et Benjamin Brouard, assassinés par les Nazis à Auschwitz. Nous n'oublierons jamais.*»* Deborah lesse quelle parole e intuì che doveva trattarsi di un giardino della rimembranza.

Aprì il cancelletto con una spinta e si ritrovò in un mondo del tutto diverso da quello osservato fino ad allora a Le Reposoir. Lì la crescita indiscriminata e lussureggiante della vegetazione era sottoposta a regole precise. Vigeva un ordine austero, con gli alberi spogliati di gran parte del fogliame e gli arbusti potati in modo da acquisire forme ben precise, per comporre configurazioni molto gradevoli, che si fondevano l'una con l'altra, portando lo sguardo a scorrere lungo il perimetro del giardino, fino a un altro ponte ad archetto, quest'ultimo sospeso su ampio stagno dai contorni sinuosi, costellato di ninfee. Appena oltre questo specchio d'acqua, si trovava la casa da tè di cui Deborah aveva intravisto il tetto dall'altro lato della recinzione. Alla costruzione si accedeva da porte di carta pergamena, proprio come nelle abitazioni private giapponesi, e una di esse era aperta.

Deborah seguì il sentiero che girava intorno al giardino e attraversò il ponte. Nell'acqua sotto di lei nuotavano grosse carpe colorate, mentre davanti a lei si dischiudeva l'interno della casa da tè. La porta si apriva su un pavimento ricoperto dalle tradizionali stuoie e su un'unica stanza il cui arredo consisteva in un basso tavolino di ebano circondato da sei cuscini.

* Alla memoria di Miriam e Benjamin Brouard, assassinati dai nazisti ad Auschwitz. Non dimenticheremo mai. (*N.d.T.*)

Lungo l'intera facciata della casa da tè si estendeva un ampio porticato, al quale si accedeva dal sentiero che correva intorno al giardino tramite due gradini. Deborah li salì, senza tentare di celare la propria presenza. Meglio essere scambiata per uno dei partecipanti al funerale che faceva quattro passi nella tenuta, pensò, piuttosto che per un'estranea sulle tracce di un ragazzo probabilmente del tutto restio a fare conversazione.

Lui era inginocchiato davanti a un armadietto di tek incassato nella parete opposta. Lo aveva aperto e ne stava tirando fuori una pesante borsa. Sotto lo sguardo di Deborah, la aprì e frugò all'interno. Sfilò un contenitore di plastica, poi si voltò e vide la donna che lo osservava. Non si scompose alla vista di quell'estranea del tutto inattesa. La guardò apertamente, senza dar segno di timore. Poi si rialzò e le passò davanti, uscendo sotto il portico, e di là si diresse allo stagno.

Mentre le passava accanto, lei vide che nel contenitore di plastica c'erano delle pallottoline. Il ragazzo arrivò al bordo dell'acqua, si sedette su un piccolo masso grigio, ne prese una manciata e le lanciò ai pesci. L'acqua divenne subito un brulicare di movimenti dai colori dell'arcobaleno.

«Ti dispiace se guardo?» chiese Deborah.

Il ragazzo scosse la testa. Secondo lei, doveva avere all'incirca diciassette anni, con il volto pesantemente deturpato dall'acne, che si arrossò ulteriormente quando lei gli si fece vicino. Per qualche istante, Deborah guardò i pesci, che aspiravano l'acqua con le loro boccucce avide, chiudendole d'istinto su qualunque cosa si muovesse in superficie. Per fortuna si trovavano in quell'ambiente protetto, pensò lei, dove tutto quello che muoveva la superficie dell'acqua era cibo, e non un'esca.

«Non mi piacciono molto i funerali», disse lei. «Dev'essere perché·ho incominciato ad andarci troppo presto. Mia madre è morta quando avevo sette anni e, ogni volta che partecipo a un funerale, mi ritorna in mente tutto.»

Il ragazzo non disse nulla, ma rallentò leggermente il ritmo con cui gettava il cibo nell'acqua. Deborah si sentì incoraggiata e continuò a parlare.

«È buffo, però, perché quando è successo non ho provato quasi nulla. Gli altri credevano dipendesse dal fatto che ero troppo piccola per capire, e invece no, sai? Sapevo benissimo che cosa voleva dire quando morivano le persone. Se ne andavano per sempre e non le avrei mai più riviste. Che stessero con gli angeli o con Dio, di sicuro si trovavano in un posto dove io non sarei andata ancora per molto, molto tempo. Perciò sapevo che cosa voleva dire. Solo che non capivo bene cosa comportava. Me ne resi conto molto più tardi, quando tutte quelle cose tra madre e figlia che avrebbero potuto esserci tra noi, per me non ci furono.»

Il ragazzo continuava a tacere; aveva smesso di dar da mangiare ai pesci e li guardava lottare per accaparrarsi i bocconcini. A Deborah fecero venire in mente le persone in coda alla fermata di un autobus, quando la fila ordinata si trasforma all'improvviso in una massa di gomiti e ombrelli che si spintonano tutti assieme.

«È morta da quasi vent'anni e ancora mi domando come sarebbe stato tra noi», mormorò. «Mio padre non si è più risposato, non si è rifatto una famiglia, e a volte sarebbe così bello far parte di un nucleo più grande di noi due soli. Allora mi chiedo anche come sarebbe stato se la mamma e il babbo avessero avuto altri figli. Quando è morta, lei aveva solo trentadue anni e, a me che ne avevo sette, sembrava già vecchia, ma ora capisco che in realtà aveva un'intera vita per fare altri figli. Vorrei che l'avesse avuta.»

A quel punto il ragazzo la guardò. Deborah si scostò i capelli dal volto. «Scusa. Sto parlando troppo? A volte non riesco a trattenermi.»

«Vuole provare?» Le porse il contenitore di plastica.

«Che bello, certo», disse lei. «Grazie.» Infilò la mano tra le pallottoline, si spostò sul bordo del masso e le lasciò scorrere tra le dita, facendole cadere nell'acqua. I pesci accorsero immediatamente, colpendosi a vicenda nell'ansia di cibarsi. «Fanno sembrare l'acqua in ebollizione. Devono essercene a centinaia.»

«Centoventitré.» La voce del ragazzo era bassa, tanto che Deborah doveva sforzarsi per udirla, e parlava con lo sguardo rivolto allo stagno. «Lui mantiene sempre alto il numero perché gli uccelli cercano di mangiarle. Uccelli grossi. A volte, qualche gabbiano, ma di solito non sono abbastanza forti e veloci. I pesci invece sono astuti. Si nascondono. Per questo le rocce sono state collocate così lontano dai bordi dello stagno, per offrire un riparo quando arrivano gli uccelli.»

«Immagino che si debba pensare a tutto», commentò Deborah. «Però questo posto è veramente fantastico, non trovi? Stavo facendo una passeggiata per allontanarmi un po' dalla tomba e, all'improvviso, ho visto il tetto della casa da tè e la recinzione, e all'interno c'era una tale quiete... Sembrava tranquillo, sai. Perciò sono entrata.»

«Non menta.» Il ragazzo appoggiò il contenitore tra loro, come se tracciasse una linea sulla sabbia. «L'ho vista.»

«Vista?»

«Mi seguiva. L'ho vista dietro di me, vicino alle scuderie.»

«Ah.» Deborah si rimproverò per essersi tradita con tanta facilità e, ancora di più, per aver dimostrato che il marito aveva ragione. Ma era comunque all'altezza, maledizione, e decisa a dimostrarlo. «Ho visto cos'è accaduto alla tomba», confessò. «Quando ti hanno dato la pala, sembravi... Ecco, dato che anch'io ho perduto una persona, anni fa, lo ammetto, pensavo che tu volessi... Lo so, è di un'arroganza tremenda. Ma perdere qualcuno è sempre difficile. A volte, parlare aiuta.»

Lui afferrò il contenitore di plastica e ne versò metà del contenuto direttamente in acqua, che esplose in un'attività frenetica. «Non ho bisogno di parlare di niente», disse. «Soprattutto, non di lui.»

A quell'affermazione, Deborah drizzò le orecchie. «Il signor Brouard? Be', era un po' anziano per essere tuo padre, ma poiché immagino che sia anche tu un parente, era tuo nonno, per caso?» Attese ulteriori informazioni. Se fosse stata abbastanza paziente, era certa che sarebbero arrivate: di qualunque cosa si trattasse, gli rodeva dentro. Per incoraggiarlo, si presentò: «A proposito, io sono Deborah St. James. Sono venuta fin qui da Londra».

«Per il funerale?»

«Sì. Come ti dicevo, di solito non mi piacciono molto. Ma d'altronde chi ci va volentieri?»

Lui sbuffò. «Mia madre. È bravissima ai funerali. Ha fatto molta pratica.»

Deborah ebbe il buonsenso di non fare commenti e lasciò che fosse il ragazzo a spiegarsi meglio. E lui lo fece, anche se in modo molto tortuoso. Le disse di chiamarsi Stephen Abbott e aggiunse: «Anch'io avevo sette anni. Lui si è perduto in un *whiteout*. Sa cos'è?»

Deborah scosse la testa.

«Succede quando cala una nuvola, la nebbia o altro. Allora

sei veramente nei guai, perché non riesci più a capire dove va a finire la discesa, non distingui neanche la pista sulla quale stai sciando e non sai come venirne fuori. Vedi soltanto il bianco della neve e del cielo dappertutto. Così ti perdi. E a volte...» Voltò il viso da un'altra parte. «A volte capita di morire.»

«Ed è successo a tuo padre?» chiese lei. «Mi dispiace, Stephen. Che modo orribile di perdere una persona cara.»

«Lei ripeteva che lui ce l'avrebbe fatta a scendere, che era esperto, che sapeva cosa fare. Quelli come lui riuscivano sempre a venirne fuori. Ma il fenomeno durava troppo, poi è cominciato a nevicare, una vera tormenta, e lui era lontano chilometri dal punto che avrebbe dovuto raggiungere. Lo hanno trovato due giorni dopo. Lui aveva cercato di muoversi a piedi e si era rotto una gamba. Hanno detto che se soltanto fossero arrivati sei ore prima...» Colpì con un pugno il contenitore dei bocconcini per i pesci, e il contenuto si riversò fuori e cadde sul masso. «Avrebbe potuto continuare a vivere. Ma a lei la cosa non sarebbe andata molto a genio.»

«Perché no?»

«Perché le avrebbe impedito di collezionare uomini.»

«Ah.» A quel punto, Deborah capì che tutto quadrava. Un bambino perde l'amato padre e poi è costretto a guardare la madre che passa da un uomo all'altro, forse nel frenetico tentativo di sostituire la perdita. Ma Deborah intuì come doveva averla vista il ragazzo: per lui la donna aveva smesso di amare il marito fin da prima della disgrazia.

«E il signor Brouard era uno di loro?» chiese. «Per questo tua madre stamattina era presente insieme con i familiari del defunto? Era lei, vero? La donna che voleva farti prendere la pala?»

«Già», rispose lui. «Era proprio lei.» Spazzò via le pallottoline che caddero nell'acqua a una a una, come gli ideali crollati di un bambino deluso. «Quella stupida vacca», mormorò. «Quella maledetta stupida vacca.»

«Perché voleva coinvolgere anche te nel...»

«Crede di essere così intelligente», la interruppe lui. «Di essere così maledettamente brava a letto... Non devi fare altro che farli stendere, mammina, e li riduci a burattini. Finora non è andata così, ma se insisti, ce la farai.» Afferrando il contenitore,

Stephen si alzò di scatto e, tornato a grandi passi verso la casa da tè, vi entrò.

Deborah lo seguì. Giunta sulla soglia, disse: «A volte si fanno certe cose proprio perché si sente terribilmente la mancanza di qualcuno, Stephen. Visto dall'esterno, sembra un comportamento irrazionale, insensibile, se vuoi. O perfino motivato dall'astuzia. Ma se andiamo oltre l'apparenza, se ci sforziamo di capire la vera ragione che si nasconde dietro...»

«Ha cominciato subito dopo che lui è morto, va bene?» Stephen infilò di nuovo nell'armadietto la borsa contenente il cibo per i pesci e richiuse l'anta sbattendola. «Con uno degli istruttori di sci. Solo che allora non sapevo cosa c'era dietro. Non l'ho capito finché non siamo arrivati a Palm Beach, e avevamo già vissuto a Milano e a Parigi. C'era sempre un uomo diverso, capisce?, di continuo. Per questo ora siamo qui, è chiaro? Perché l'ultimo era di Londra e lei non è riuscita a farsi sposare da lui, così adesso è disperata, perché se rimane senza soldi e non ne trova un altro, come diavolo farà?»

A quel punto il povero ragazzo scoppiò in lacrime e fu scosso da violenti singhiozzi, carichi di umiliazione. Deborah si sentì così in pena per lui e attraversò la casa da tè per andargli vicino. «Siediti qui», disse. «Ti prego, siediti, Stephen.»

«La odio», fece lui. «La odio veramente. Quella lurida puttana. È così maledettamente stupida che non si accorge nemmeno che...» Non riuscì a continuare, tanto piangeva forte.

Deborah lo fece sedere su uno dei cuscini. Lui si lasciò cadere sulle ginocchia, con il capo chino sul petto e il corpo scosso dai singhiozzi.

Lei evitò di toccarlo, anche se avrebbe voluto. Sapeva cosa voleva dire ritrovarsi a diciassette anni nella più cupa disperazione. Era la luce del sole che andava via e si preparava una notte senza fine, dopodiché calava una sensazione di totale scoramento, come un sudario.

«Sembra odio, perché è qualcosa che si avverte con molta intensità», disse. «Ma non si tratta di questo. Anzi, è l'esatto opposto. Immagino sia l'altra faccia dell'amore. L'odio è un sentimento distruttivo. Invece quello che provi tu non farebbe del male a nessuno. Perciò direi che non è affatto odio. Davvero.»

«Ma lei l'ha vista», ribatté lui tra le lacrime. «Ha visto com'è.»

«È solamente una donna, Stephen.»

«No! È molto più di questo. Ha visto cos'ha fatto.»

Deborah si fece di nuovo attenta. «Cos'ha fatto?» ripeté.

«Ormai è troppo vecchia e non riesce ad accettarlo. Non capisce... E io non sono capace di dirglielo chiaramente. Come faccio?»

«A dirle cosa?»

«Che ormai è troppo tardi. Per tutto. Lui non l'ama. Non la desidera nemmeno. Lei può fare quello che vuole per cercare di cambiare le cose, ma sarà tutto inutile. Sia il sesso, sia finire di nuovo sotto il bisturi, sia il resto. Lo aveva perduto ed era troppo stupida per capirlo. Eppure avrebbe dovuto. Perché non ne è stata capace? Perché continuava a fare di tutto per migliorarsi fisicamente? Per rendersi desiderabile ai suoi occhi, quando lui non la voleva più?»

Deborah assimilò attentamente tutte quelle informazioni, ripensando anche alle cose dette in precedenza dal ragazzo. Le sue parole sottintendevano chiaramente una cosa sola: Guy Brouard si era stancato della madre di Stephen. La conclusione logica era che fosse interessato a un'altra. Ma anche che fosse interessato non a una donna, bensì a qualcosa di diverso. Se non desiderava più la signora Abbott, allora dovevano scoprire dove si erano rivolti i suoi veri interessi prima di morire.

Paul Fielder arrivò a Le Reposoir tutto sudato, sporco e senza fiato, con lo zaino sbilenco a tracolla. Anche se si rendeva conto che era già molto tardi, dal Bouet, in bicicletta, era passato prima alla cappella cittadina, correndo lungo la banchina come se avesse alle costole i quattro cavalieri dell'Apocalisse. Aveva pensato che c'era sempre la possibilità che il funerale del signor Guy avesse subìto un ritardo, per un motivo o per l'altro. In tal caso, lui ce l'avrebbe fatta comunque ad arrivare in tempo per la conclusione.

Ma quando vide che né lungo la North Esplanade né nei parcheggi né sul molo vi erano macchine, capì che il piano di Billy aveva funzionato. Il fratello maggiore era riuscito a impedirgli di partecipare al funerale dell'unico amico che Paul avesse mai avuto.

Sapeva che era stato Billy a manomettergli la bicicletta. Non appena era uscito di casa e l'aveva vista, con la ruota posteriore tagliata e la catena staccata e gettata nel fango, aveva riconosciuto in quel brutto scherzo il tocco malefico del fratello. Lanciando un grido strozzato, era rientrato a passo di carica in casa, dove Billy se ne stava tranquillamente seduto al tavolo della cucina, a mangiare pane tostato e a bere una tazza di tè. In un posacenere accanto a lui c'era una sigaretta accesa, e del fumo proveniva anche da un'altra, dimenticata sull'essiccatoio dell'acquaio. Billy fingeva di guardare un talk show alla tele, mentre la sorellina minore giocava con un sacchetto di farina sul pavimento. Ma la verità era che il fratello aspettava che Paul tornasse in casa infuriato per affrontarlo, così avrebbero potuto darsele.

Lui lo capì non appena entrò. Billy si tradì con un sorrisetto ironico.

Un tempo, Paul avrebbe potuto chiedere aiuto ai genitori o addirittura scagliarsi sul fratello infischiandosene della differenza di statura e di forza che c'era tra loro. Ma quell'epoca era finita. Il vecchio mercato della carne, una serie di banchi di vendita situati nell'antico complesso di edifici con i porticati che formavano Market Square a St. Peter Port, era stato chiuso per sempre e la famiglia aveva perduto i mezzi di sostentamento. La madre adesso stava dietro una cassa da Boots, su High Street, a battere scontrini, mentre il padre aveva trovato lavoro in un cantiere di lavori stradali, dove le giornate erano lunghe e la fatica brutale. Nessuno dei due in quel momento era in casa per dargli una mano e, anche se ci fossero stati, Paul non voleva appesantire ulteriormente il loro fardello. Quanto a sfidare direttamente Billy, sapeva di essere lento a volte, ma non stupido. Essere sfidato era proprio quello che il fratello voleva. Non vedeva l'ora, da mesi, e aveva fatto di tutto perché alla fine accadesse. Aveva una gran voglia di darle a qualcuno, non importava chi fosse.

Paul lo degnò a stento di un'occhiata e si precipitò a tirare fuori la cassetta degli attrezzi del padre, infilata sotto l'acquaio.

Billy lo seguì fuori, ignorando la sorellina, che rimase sul pavimento della cucina con le mani infilate nel sacchetto di farina. Altri due fratelli stavano litigando al piano di sopra. Billy avrebbe dovuto accompagnarli a scuola, ma non faceva mai niente di quello che ci si aspettava da lui. Preferiva passare le giornate nel giardino infestato di erbacce sul retro, a lanciare monete nelle lattine di birra che beveva da mattina a sera.

«Ohhh!» esclamò Billy con finto dispiacere posando lo sguardo sui resti della bici di Paul. «Che diavolo è successo qui, Paulie? Qualcuno deve aver fatto qualcosa alla tua bici, non è vero?»

Paul lo ignorò e si sdraiò a terra. Cominciò col togliere il copertone. Tabù, rimasto a guardia della bicicletta, annusava intorno sospettoso, uggiolando. Il ragazzo interruppe il lavoro e portò il cane a un vicino palo della luce, dove lo legò, puntando un dito a terra, per farlo accucciare. Tabù obbedì, ma chiaramente non era soddisfatto. Non si fidava neanche un po' del fratello di Paul e il ragazzo sapeva che il cane avrebbe di gran lunga preferito stargli vicino.

«Devi andare da qualche parte, per caso?» chiese Billy. «E proprio ora la bici ti si rompe. Brutto affare. Cosa non combina la gente...»

Paul non intendeva piangere, perché sapeva che le lacrime avrebbero dato al fratello un'ulteriore opportunità d'infierire su di lui. Certo, per Billy non sarebbe stato proprio come sconfiggere Paul in una brutale rissa, ma era sempre meglio di niente e il ragazzo preferiva non dargli soddisfazione. Aveva capito da tempo che Billy non aveva cuore e tanto meno coscienza. L'unico scopo della sua vita era tormentare quelle degli altri. Era il solo contributo che dava alla famiglia.

Perciò Paul lo ignorò, e a Billy questo non piacque per niente. Si appoggiò al muro della casa e accese un'altra sigaretta.

Che ti possano marcire i polmoni, pensò Paul. Ma non lo disse. Si limitò a riparare il vecchio copertone consumato, prendendo dei pezzi di gomma e la colla per poi distenderli sulle parti tagliate.

«Vediamo un po' dov'era diretto il fratellino questa mattina», disse Billy, riflettendo ad alta voce, mentre tirava una boccata dalla sigaretta. «A fare una visitina alla mamma, da Boots? A portare il pranzo a papà al cantiere stradale? Mmm, non credo. Porta addosso della roba troppo fina. Anzi, ora che ci penso, dov'è che ha pescato quella camicia? Mica nel mio armadio? Spero proprio di no. Perché, se mi ha grattato qualcosa, le prende di brutto. Forse, però, è meglio darci un'occhiata da vicino. Tanto per essere sicuri.»

Paul non reagì. Sapeva che Billy era uno sbruffone, ma in fondo vigliacco. Attaccava solo quando era sicuro che le vittime avevano paura di lui. Come i genitori, pensò tristemente Paul. I quali se lo tenevano in casa senza che lui contribuisse alle spese solo perché avevano paura di quello che avrebbe fatto se lo avessero sbattuto fuori.

Anche Paul una volta era come loro. Restava a guardare impotente il fratello che portava via le povere cose di famiglia per venderle e mantenersi così a birra e sigarette. Ma questo succedeva prima che arrivasse il signor Guy, l'uomo che pareva sapere sempre cosa passava per la testa del ragazzo e riusciva a parlarne senza fare prediche, domande o aspettarsi qualcosa in cambio della propria amicizia.

«Devi concentrarti solo sulle cose importanti, mio principe. Il resto lascialo perdere, se non fa parte dei tuoi sogni.»

Per questo riusciva a riparare la bici mentre il fratello si prendeva gioco di lui, stuzzicandolo per fargli alzare le mani o perché si mettesse a piangere. Paul chiuse le orecchie e si concentrò. Un copertone da riparare, una catena da ripulire.

Avrebbe potuto prendere l'autobus per andare in città, ma ci pensò solo dopo che ebbe rimesso in sesto la bicicletta ed era già a metà strada dalla chiesa. A quel punto, però, ormai era troppo tardi per prendersela con se stesso per non esserci arrivato. Desiderava così ardentemente andare a dire addio al signor Guy, che il solo pensiero di cui fu capace quando un autobus lo superò sulla Cinque in direzione nord, ricordandogli che avrebbe potuto prenderlo, fu come sarebbe stato facile pedalargli davanti e porre fine a tutto.

E solo allora, finalmente, si mise a piangere, frustrato e in preda alla disperazione. Erano lacrime che versava per il presente, in cui tutte le sue mete sembravano destinate a essere ostacolate, e per il futuro, che appariva cupo e privo di prospettive.

Comunque, pur vedendo che nei pressi della cappella cittadina non era rimasta neanche una macchina, si aggiustò lo zaino sulle spalle ed entrò lo stesso. Prima, però, prese in braccio Tabù. Lo portò dentro con sé, anche se sapeva che così facendo commetteva una grossa violazione. Ma non gli importava. Il signor Guy era stato amico anche di Tabù e, comunque, non avrebbe lasciato il povero animale fuori sulla piazza, solo e abbandonato senza comprendere cosa stava accadendo. Perciò se lo portò in chiesa, dove l'aria era ancora impregnata del profumo dei fiori e dell'aroma delle candele, e alla destra del pulpito c'era un festone con la scritta «*Requiescat in Pace*». Ma quelli erano gli unici segni del fatto che nella chiesa di St. Peter Port era stato celebrato un funerale. Dopo essersi spinto fino al centro della navata, Paul uscì dall'edificio e tornò alla bici. Quindi si diresse a sud, verso Le Reposoir.

Quella mattina indossava il meglio che passava il suo guardaroba, e si era pentito di essere scappato via da Valerie Duffy, il giorno prima, quando lei gli aveva offerto una delle camicie di Kevin. Come risultato, aveva solo un paio di pantaloni neri, schiariti qua e là dalla candeggina, le uniche scarpe che possedeva, molto malridotte, e una camicia di flanella che il padre metteva nelle giornate più fredde quando vendeva la carne al mercato. Si era anche annodato al collo una vecchia cravatta, essa pure del padre. E su tutto questo portava la giacca a vento rossa della madre. Non faceva un bell'effetto, e lo sapeva, ma era il meglio che aveva potuto fare.

Per giunta, quando arrivò alla tenuta dei Brouard, tutto ciò che indossava ormai era intriso di sporco e sudore. Per questo motivo, spinse la bici dietro un'enorme camelia che spuntava vicino al muro, e camminò verso la casa passando sotto gli alberi, anziché allo scoperto, con Tabù che gli trotterellava dietro.

Vide la gente che usciva alla spicciolata dalla residenza e, quando si fermò per cercare di capire cosa stesse accadendo, il carro funebre che aveva trasportato il feretro del signor Guy passò lentamente davanti al punto in cui se ne stava seminascosto e uscì dalla cancellata per fare ritorno in città. Paul lo seguì per un po' con lo sguardo, poi si voltò di nuovo verso la casa e si rese conto di essere arrivato troppo tardi anche per la sepoltura. Aveva perduto l'intera cerimonia.

Sentì che il suo corpo s'irrigidiva e, nello stesso tempo, fu attraversato da un anelito, come se qualcosa cercasse di sfuggirgli da dentro e lui tentasse di trattenerlo. Prese lo zaino e se lo strinse al petto, sforzandosi di convincersi che il legame tra lui e il signor Guy non era stato annullato in un solo istante, ma anzi aveva trovato la sua consacrazione e benedizione attraverso un messaggio lasciato dal defunto.

«Questo è un posto speciale, mio principe, un posto pieno di segreti e ora siamo in due a conoscerlo, io e te. Sei capace di mantenere i segreti, Paul?»

Altroché, promise solennemente il ragazzo. Più che subire le provocazioni del fratello senza prestargli orecchio. Più che sopportare le fitte terribili di quella perdita senza farsi distruggere dal dolore. Più di ogni altra cosa.

Ruth Brouard fece accomodare St. James al piano di sopra, nello studio del fratello. La stanza si trovava nell'angolo nordoccidentale dell'edificio, e da un lato si affacciava su un prato ovale e sulla serra, mentre dall'altro dava su un emiciclo di costruzioni annesse che dovevano essere le vecchie scuderie. Al di là di tutto questo, si estendeva la tenuta: altri giardini, pascoli, campi e boschi. St. James osservò le numerose sculture sparse nella proprietà, a partire dal minuscolo parco cinto di mura nel quale era stato sepolto l'uomo assassinato. Qua e là, forme geometriche in marmo, bronzo, granito o legno spuntavano tra gli alberi e la vegetazione che cresceva abbondante dappertutto.

«Suo fratello era un mecenate delle arti figurative.» St. James si voltò mentre Ruth Brouard chiudeva piano la porta dello studio.

«Mio fratello era un mecenate in tutto», ribatté lei.

St. James ebbe la certezza che la donna non stava bene: i suoi movimenti erano forzati e la voce spenta. Lei andò a una poltrona e si sedette lentamente, stringendo impercettibilmente gli occhi dietro le lenti, un gesto che sarebbe potuto diventare una smorfia di dolore, se non fosse stata così attenta a nascondere il viso dietro una maschera.

Al centro della stanza si trovava un tavolo di noce, sul quale c'era il plastico dettagliato di un edificio immerso in un paesaggio che comprendeva la strada, il giardino sul retro e finanche degli alberi in miniatura e dei cespugli che dovevano ancora spuntare. Era così minuzioso da includere perfino ingressi, finestre e, sulla facciata, la scritta che probabilmente sarebbe stata incisa sul marmo. Sul fregio erano tracciate le parole MUSEO BELLICO GRAHAM OUSELEY.

St. James ripeté ad alta voce quel nome e si allontanò di un passo dal plastico. La costruzione era molto bassa, simile a un bunker, a parte l'entrata, che svettava verso l'alto con enfasi drammatica, come se fosse stata progettata da Le Corbusier.

«Sì», mormorò Ruth. «Graham Ouseley è un abitante dell'isola. Piuttosto vecchio. Ha più di novant'anni. È un eroe della resistenza.» Non aggiunse altro, ma era chiaro che attendeva spiegazioni. Aveva letto il nome e la professione di St. James sul biglietto che le aveva consegnato, acconsentendo immediatamente a riceverlo. Ma ovviamente aspettava di sapere cosa volesse, prima di dargli ulteriori informazioni.

«È la versione dell'architetto del posto?» chiese St. James. «Mi è parso di capire che aveva realizzato un plastico per suo fratello.»

«Sì», ammise Ruth. «Questa riproduzione è stata realizzata da un architetto di St. Peter Port, ma alla fine Guy optò per un altro progetto, non il suo.»

«Mi domando perché. Eppure sembra ben concepito, non crede?»

«Non ne ho idea. Mio fratello non me l'ha detto.»

«Per l'individuo in questione dev'essere stata una grossa delusione. Ha tutta l'aria di averci dedicato parecchio lavoro.» St. James si chinò di nuovo sul plastico.

Ruth Brouard si mosse sulla poltrona, spostando il busto come per cercare una posizione più comoda. Si aggiustò gli occhiali, ripiegò le minuscole mani in grembo e disse: «Signor St. James, in cosa posso esserle utile? Ha detto di essere venuto per la morte di Guy. Dato che è un perito scientifico, ha qualche novità da comunicarmi? È venuto per questo? Mi è stato detto che sarebbero stati effettuati ulteriori esami dei suoi organi interni». Ebbe un attimo di esitazione, chiaramente perché le riusciva difficile riferirsi al fratello come a un insieme di parti anziché un'unica entità. Abbassò la testa, poi riprese: «Mi è stato detto che sarebbero stati effettuati degli esami sugli organi e i tessuti di mio fratello. E anche dell'altro. In Inghilterra, mi pare. Dato che lei è di Londra, forse è venuto a riferirmi qualche informazione. Anche se, nel caso fosse stato scoperto qualcosa, qualcosa di inatteso, di certo Le Gallez sarebbe venuto a comunicarmelo di persona, non crede?»

«L'ispettore sa che sono qui, ma non vengo da parte sua», mise in chiaro St. James. Quindi espose in tutti i particolari il compito per il quale era venuto a Guernsey, e terminò dicendo: «L'avvocato della signorina River mi ha informato del fatto che l'ispettore Le Gallez basa l'inchiesta sulla sua testimonianza, signora Brouard. Ed è su questo che vorrei porle alcune domande».

Lei distolse lo sguardo da lui. «La signorina River», mormorò.

«A quanto ne so, lei e il fratello sono stati ospiti qui per diversi giorni, prima del delitto.»

«E lei le ha chiesto di aiutarla a scagionarsi dall'accusa di colpevolezza per ciò che è accaduto a Guy?»

«Non ho avuto modo di vederla», disse St. James. «E neanche di parlarle.»

«Allora perché...»

«Lei e mia moglie sono vecchie amiche.»

«E sua moglie non riesce a credere che lei abbia ucciso mio fratello.»

«C'è la questione del movente», fece notare St. James. «Fino a che punto la signorina River era arrivata a conoscere suo fratello? Esiste una possibilità che si fossero già incontrati prima di questa visita? Il fratello della signorina River non ha fatto alcun accenno a questa ipotesi, ma forse non lo sapeva neanche lui. E lei?»

«Se era già stata in Inghilterra, credo sia possibile che abbia conosciuto Guy. Ma solo in questo caso. Guy non è mai stato in America. O, almeno, non che io sappia.»

«Che lei sappia?»

«Potrebbe esserci andato senza farmelo sapere, ma non vedo per quale motivo. E nemmeno quando ciò sarebbe avvenuto. Se anche lo ha fatto, dovrebbe essere stato molto tempo fa. Non certo da quando viviamo qui a Guernsey. In tal caso, me l'avrebbe detto. Negli ultimi nove anni, ogni volta che faceva un viaggio, e questo avveniva di rado da quando si era ritirato dall'attività, mi faceva sapere sempre dov'era raggiungibile. La sua generosità arrivava fino a questo. E a molto di più.»

«Tanto da non dare a nessuno motivo di ucciderlo? Tranne a China River, che, a quanto sembra, non ne aveva neanche lei?»

«Questo non so spiegarlo.»

St. James si scostò dal plastico del museo e si avvicinò a Ruth Brouard, sedendo su un'altra poltrona con un tavolino a separarli. Sul ripiano di quest'ultimo c'era una fotografia e lui la prese. Raffigurava una famiglia ebrea piuttosto numerosa, raccolta intorno a un tavolo. Gli uomini portavano sul capo gli yarmulke e le donne alle loro spalle avevano in mano dei libretti aperti. Tra di loro c'erano due bambini, un maschietto con le bretelle a righe e una femminuccia con gli occhiali. Il gruppo di famiglia era dominato dalla figura di un patriarca che si accingeva a spezzare un grosso matzo, il pane azzimo della Pasqua ebraica. Su una credenza alle sue spalle troneggiava un candelabro d'argento, con le candele accese, che illuminavano con le loro fiammelle oblunghe un dipinto appeso al muro. Accanto al patriarca c'era una donna, ovviamente la moglie, con il capo sollevato verso il marito.

«La sua famiglia?» chiese St. James a Ruth Brouard.

«Vivevamo a Parigi», rispose lei. «Prima di Auschwitz.»

«Mi dispiace.»

«Mi creda, per quanto le dispiaccia, non è abbastanza.»

St. James era d'accordo. «Nessuno sarà mai abbastanza dispiaciuto.»

Quest'ammissione da parte sua parve in qualche modo soddisfare Ruth, come pure la dolcezza con la quale rimise a posto la fotografia sul tavolo, perché guardò il plastico al centro della stanza e cominciò a parlare tranquillamente e senza nessun rancore.

«Posso dirle cos'ho visto quella mattina, signor St. James, e quello che ho fatto. Mi sono avvicinata alla finestra della mia camera da letto e ho guardato Guy che usciva di casa. Quando è arrivato agli alberi e ha imboccato il viale, lei lo ha seguito. L'ho vista.»

«È certa che fosse China River?»

«All'inizio no», rispose lei. «Venga, le faccio vedere.»

Lo guidò di nuovo attraverso un corridoio in penombra, lungo il quale erano appese antiche stampe della dimora. Non lontano dalle scale, aprì una porta e condusse St. James in quella che doveva essere la sua camera da letto. L'arredo era composto da massicci pezzi di antiquariato e un enorme arazzo ricamato, sul quale erano rappresentate alcune scene che, messe insieme, formavano una storia, come era d'uso nel periodo precedente la diffusione dei libri. La vicenda narrata raffigurava la fuga da un esercito nemico che giungeva di notte, un viaggio precipitoso verso la costa, una traversata in alto mare e infine un approdo in terra straniera. Solo due personaggi erano gli stessi in tutte le scene rappresentate: una bambina e un ragazzo.

Ruth Brouard si avvicinò alla stretta finestra e scostò le sottili tendine appese ai vetri. «Venga», disse a St. James. «Guardi.»

Simon le si avvicinò e vide che la finestra dava sulla facciata anteriore della casa. Sotto di loro, il viale girava intorno a un piccolo appezzamento piantato a erba e arbusti. Al di là di questo, il prato si estendeva fino a un cottage piuttosto distante. L'abitazione era circondata da una fitta macchia di alberi che proseguiva lungo il viale, fino all'edificio principale della tenuta.

Il fratello era uscito dall'ingresso principale come faceva di solito, disse Ruth Brouard a St. James. Mentre lei guardava, aveva attraversato il prato verso il cottage ed era sparito tra gli alberi. China River era sbucata a sua volta da questi ultimi e lo aveva seguito. Era in piena vista. Vestiva di nero, con il mantello e il cappuccio calato, ma Ruth sapeva che si trattava dell'americana.

St. James volle sapere cosa le dava quella certezza assoluta. Ovvio che chiunque avrebbe potuto impadronirsi del mantello di China. Per sua natura, era indossabile da chiunque, persino da un uomo. E il cappuccio calato non aveva fatto pensare alla signorina Brouard che...

«Non mi sono basata solo su questo, signor St. James», gli disse l'anziana donna. «Ho pensato che fosse strano che seguisse Guy a quell'ora del mattino, perché non c'era nessun motivo apparente. Mi è parso preoccupante. Potevo essermi ingannata, così sono andata in camera della signorina River, e lei non c'era.»

«Forse si trovava in un'altra stanza della casa.»

«Ho controllato. Nel bagno, nella cucina, nello studio di Guy, nel salotto, nella galleria al piano di sopra. Non era in casa, da nessuna parte, signor St. James, perché seguiva mio fratello.»

«Aveva gli occhiali quando l'ha vista fuori tra gli alberi?»

«È per questo che ho controllato in casa», disse Ruth. «Perché non li avevo quando ho guardato fuori dalla finestra. Sembrava lei, ho imparato a riconoscere le persone dal modo di muoversi e dal fisico, ma volevo accertarmene.»

«Perché? Aveva qualche sospetto su di lei, o su qualcun altro?»

Ruth rimise a posto le tendine e, lisciando con la mano la stoffa sottile, disse: «Qualcun altro? No, no. Certo che no».

Ma il fatto che parlasse fingendo di rassettare le tendine indusse St. James a insistere. «Chi altro c'era in casa a quell'ora, signorina Brouard?» le domandò.

«Il fratello della River, io e Adrian, il figlio di Guy.»

«Com'erano i suoi rapporti col padre?»

«Buoni. Ottimi. Non si vedevano spesso. Colpa della madre,

che da tempo era riuscita a separarli. Ma quando si ritrovavano erano molto affettuosi. Naturalmente, c'era qualche differenza tra loro. Quando mai non ce ne sono, tra padre e figlio? Ma nulla di serio, cui non si potesse rimediare.»

«Ne è sicura?»

«Ma certo. Adrian è... un bravo ragazzo, ma ha avuto una vita difficile. Il divorzio tra i genitori è stato difficile, e lui ci si è trovato nel mezzo. Voleva bene a tutti e due, ma ha dovuto fare una scelta. Questo spesso causa incomprensione, distacco, e non è giusto.» Lei stessa si accorse che la sua voce nascondeva ben altro e inspirò a fondo, come per controllarsi. «Si volevano bene per quanto era possibile tra un padre e un figlio che non sempre riescono a comprendersi.»

«E, secondo lei, questo tipo di bene fin dove poteva arrivare?»

«Non certo all'omicidio, gliel'assicuro.»

«Lei vuole bene a suo nipote», osservò St. James.

«I legami di sangue per me hanno un significato più profondo che per gran parte della gente», disse lei, «per ovvie ragioni.»

St. James annuì. In questo c'era del vero, e altro ancora. Ma per il momento non intendeva sviscerarlo con lei. «Mi piacerebbe vedere la strada che suo fratello ha fatto per arrivare alla baia dove quella mattina è andato a nuotare, signorina Brouard», disse.

«È subito a est del cottage del custode», gli indicò lei. «Telefonerò ai Duffy e li avvertirò che lei ha il permesso di andarci.»

«È una baia privata?»

«No, la baia no. Ma se lei passa vicino al cottage, Kevin si chiederà cosa ci fa da queste parti. È molto protettivo nei nostri confronti, e anche la moglie.»

Ma non abbastanza, pensò St. James.

10

ST. JAMES incontrò Deborah mentre lei sbucava dal filare di castagni che costeggiavano il viale d'accesso alla tenuta. Lei gli riferì immediatamente dell'incontro avuto nel giardino giapponese, indicandogli con un gesto del braccio la sua ubicazione. L'irritazione mostrata in precedenza verso di lui pareva dimenticata, e lui ne fu grato. Questo, peraltro, gli fece ripensare una volta di più alle parole con le quali il suocero gli aveva descritto Deborah quando Simon, un po' divertito ma anche con un senso affettuoso di antiquata formalità, gli aveva chiesto il permesso di sposarla. «Deb è una rossa naturale, non c'è da sbagliare, ragazzo mio», aveva detto Joseph Cotter. «Ti darà dei grattacapi che non hai mai avuto prima, ma almeno passeranno in un attimo.»

Simon poté constatare che Deborah aveva fatto un ottimo lavoro con il ragazzo. Nonostante la ritrosia che la contraddistingueva, l'indole comprensiva le conferiva una facilità di rapporti con gli altri che lui non aveva mai posseduto. Una dote che da tempo si conciliava con la professione prescelta, perché le persone posavano di gran lunga più volentieri per le foto sapendo che dietro l'obiettivo c'era qualcuno che condivideva con loro i tratti della normale umanità, così come il temperamento costante e la mente analitica s'intonavano a quella di Simon. E il successo conseguito da Deborah con Stephen Abbott metteva ancor più in evidenza il fatto che in quella situazione occorrevano ben altro che la tecnica e l'abilità da impiegare in laboratorio.

«Perciò», concluse lei, «quell'altra donna che si è fatta avanti a prendere la pala, quella con il cappello enorme, era l'ultima conquista, a quanto sembra, non una parente. Anche se pare proprio che volesse diventarlo.»

«'Ha visto cos'ha fatto'», mormorò St. James. «Che cosa deduci da quest'affermazione del ragazzo, amore?»

«Immagino si riferisca a ciò che la madre ha fatto per rendersi attraente», disse Deborah. «L'ho notato, ed era difficile evitarlo, non credi? Inoltre, non se ne vedono spesso da queste parti o, almeno, non come negli Stati Uniti, dove secondo me i seni grossi sono una specie di fissazione nazionale.»

«Non che abbia 'fatto' dell'altro?» chiese St. James. «Come eliminare l'amante che le aveva preferito un'altra donna?»

«Perché avrebbe dovuto farlo se sperava di sposarlo?»

«Forse sentiva la necessità di sbarazzarsi di lui.»

«Perché?»

«Ossessione, gelosia. Ira che non poteva estinguersi altrimenti. O qualcosa di più semplice, addirittura: forse lei era inclusa nel testamento e doveva eliminarlo prima che lui avesse la possibilità di cambiarlo in favore di un'altra.»

«Ma questo non tiene in considerazione il problema che abbiamo già affrontato», osservò Deborah. «Come avrebbe fatto una donna a cacciare una pietra in gola a Guy Brouard, Simon? Qualunque donna.»

«Questo ci riporta al bacio ipotizzato dall'ispettore Le Gallez, per improbabile che sia», disse St. James. «'E lui è spacciato.' C'è un'altra donna?»

«Non China», asserì categorica Deborah.

Simon colse il tono deciso della moglie. «Quindi ne sei del tutto certa.»

«Mi ha detto che aveva appena rotto con Matt. Lo amava da una vita, da quando aveva diciassette anni. Non vedo come avrebbe potuto legarsi così presto a un altro uomo.»

St. James sapeva bene che quell'argomento rischiava di spingerli su un terreno minato, sul quale, oltre a China River, si trovava la stessa Deborah. Non erano poi trascorsi molti anni da quando lei lo aveva lasciato, innamorandosi di un altro. Il fatto che non avessero mai discusso dell'impulsività con la quale si era messa con Tommy Lynley non significava che quella decisione non fosse stata dettata dal dolore e dall'accresciuta vulnerabilità di Deborah. Così lui disse: «Ma ora China è ancora più vulnerabile, non credi? E se avesse avvertito il bisogno di un appoggio per tirarsi su, e Brouard avesse preso la cosa molto più seriamente di lei?»

«China non è affatto così.»

«Ma supponendo...»

«Va bene, supponendo. Lei però di certo non è arrivata a ucciderlo, Simon. Converrai che doveva avere un movente.»

Era ovvio, ma St. James credeva anche che la presunzione

d'innocenza fosse altrettanto pericolosa di quella di colpevolezza. Perciò, dopo aver riferito quello che aveva appreso da Ruth Brouard, concluse, misurando le parole: «Ha controllato tutta la casa in cerca di China, ma non c'era da nessuna parte».

«Questo lo dice lei», ribatté Deborah, non senza ragione. «Potrebbe anche mentire.»

«Infatti. I River non erano gli unici ospiti nella casa. C'era anche Adrian Brouard.»

«E aveva un motivo per uccidere il padre?»

«Non possiamo escluderlo.»

«La Brouard è una parente diretta di Adrian», disse Deborah. «E, dati i precedenti, i genitori, l'Olocausto, secondo me farebbe di tutto per proteggere a ogni costo un componente della famiglia. Tu non faresti lo stesso?»

«Sì.»

Scendevano lungo il viale verso il sentiero e St. James fece strada tra gli alberi verso il viottolo indicatogli da Ruth Brouard, che portava alla baia dove il fratello andava tutti i giorni a nuotare. Passarono davanti al cottage di pietra che lui aveva osservato in precedenza, e notò che due finestre dell'abitazione si affacciavano direttamente sulla strada. Era lì che abitavano i custodi, gli era stato detto, e probabilmente i Duffy avevano dell'altro da aggiungere al racconto di Ruth Brouard.

Il sentiero diventava sempre più freddo e umido man mano che s'inoltrava tra gli alberi. La naturale fecondità del terreno o l'intervento dell'uomo avevano creato un'impressionante quantità di fogliame che nascondeva il viottolo alla vista dall'intera tenuta. Subito a ridosso fiorivano i rododendri e tra di essi si allungavano le fronde di felci di vario tipo. Il terreno era cedevole per le foglie in decomposizione, e in alto i rami spogli dei castagni erano resti rivelatori della verde galleria che dovevano creare in estate. C'era un grande silenzio, interrotto solo dal suono dei loro passi.

Ma la quiete non durò a lungo. St. James stava tendendo una mano per aiutare la moglie a superare una pozzanghera, quando dalla vegetazione sbucò un cagnolino tutto sporco che si mise ad abbaiare verso di loro.

«Dio!» fece Deborah con un sobbalzo, poi scoppiò a ridere. «Oh, è così dolce, vero? Vieni qui, cagnolino. Non ti faremo del male.»

Tese la mano verso la bestiola. In quel mentre, dalla stessa direzione del cane giunse trafelato un ragazzo con una giacca a vento rossa, che prese in grembo l'animale.

«Scusa», disse St. James con un sorriso. «A quanto pare, abbiamo spaventato il tuo cane.»

Il ragazzo non disse nulla. Passò lo sguardo da Deborah a St. James, mentre il cane continuava ad abbaiare protettivo.

«La signorina Brouard ha detto che di qui si va alla baia», riferì St. James. «Abbiamo sbagliato strada?»

Il ragazzo seguitava a tacere. Aveva un'aria impresentabile, con i capelli unti incollati al cranio e la faccia sporca, le mani con cui sorreggeva il cane erano sudice e i pantaloni neri avevano un ginocchio incrostato di lubrificante. Indietreggiò di molti passi.

«Non avremo spaventato anche te?» chiese Deborah. «Pensavamo che non ci fosse nessuno a...»

S'interruppe, perché il ragazzo si voltò di scatto e corse via nella stessa direzione da cui era arrivato. Sulle spalle portava un vecchio zaino, che gli sbatteva addosso come un sacco di patate.

«Ma cosa?...» mormorò Deborah.

Anche St. James si pose lo stesso interrogativo. «Dovremo assodare anche questo.»

Arrivarono al viottolo attraverso un cancello nel muro a una certa distanza dal viale. Lì videro che il flusso di auto dal luogo della sepoltura era terminato, lasciando così sgombro il pendio che scendeva verso la baia, a un centinaio di metri dall'ingresso della tenuta Brouard.

Il percorso si presentava come qualcosa a metà tra una pista e un sentiero, più largo della prima e troppo stretto per rientrare nel secondo tipo, e descriveva parecchie curve nella ripida discesa che conduceva all'acqua. Il versante era costituito da pareti di roccia e terreno boschivo, alla base dei quali un torrente scorreva sul fondo pietroso. In quel tratto non c'erano abitazioni o cottage ma solamente un albergo chiuso per la stagione, con le finestre tutte serrate, che sorgeva seminascosto e circondato da alberi in una depressione del pendio.

In lontananza si scorgeva il canale della Manica, acceso dai riflessi del pallido sole sbucato dalla densa cappa di nubi. Insieme con quella vista, giunse lo stridio dei gabbiani che si alzavano in volo tra le sporgenze di granito sulla sommità della scogliera a ferro di cavallo che formava la baia. Lì crescevano rigogliose ginestre e borragine, e, dove lo strato del terreno era più profondo, viluppi intricati di rametti scheletrici segnavano i punti in cui a primavera sarebbero fioriti susini selvatici e more.

Il sentiero terminava in un piccolo parcheggio che in quel panorama era come un pugno nell'occhio. Non c'era neanche una macchina, e d'altronde sarebbe stato improbabile che ve ne fossero in quel periodo dell'anno. Era il posto ideale per nuotate solitarie o qualunque altra cosa richiedesse un'attività senza testimoni.

Un parapetto ricavato direttamente dalla roccia proteggeva il parcheggio dall'erosione delle maree, e al di là di esso c'era un'invasatura inclinata verso l'acqua. Lungo quest'ultima s'intrecciavano fittamente mucchi di alghe senza vita o in via di avvizzimento, i tipici vegetali in decomposizione che in altri periodi dell'anno sarebbero stati infestati di mosche e zanzare. Ma in pieno dicembre non c'era segno di vita là in mezzo, e St. James e la moglie passarono da quella parte per scendere sulla spiaggia. L'acqua la lambiva con un ritmo regolare, imprimendo una dolce cadenza sulla sabbia ruvida e sulle pietre.

«È una zona priva vento», osservò St. James con lo sguardo rivolto verso l'imboccatura della baia. «Va benissimo per nuotare.»

«Ma fa un freddo terribile», disse Deborah. «Non capisco come facesse. A dicembre? È straordinario, non credi?»

«Ad alcuni piacciono gli eccessi», commentò St. James. «Diamo un'occhiata qui attorno.»

«Cosa cerchiamo esattamente?»

«Qualcosa che potrebbe essere sfuggito alla polizia.»

Il luogo del delitto fu abbastanza facile da trovare. I segni lasciati dalle forze dell'ordine erano ancora visibili, sotto forma di un nastro giallo per delimitare l'area, due contenitori di rullini del fotografo della polizia e un grumo di gesso caduto dall'impasto usato per ricavare il calco di un'impronta. Simon e Deborah cominciarono da quel punto e si misero al lavoro fianco a fianco, proseguendo tutt'attorno in cerchi sempre più ampi.

L'attività procedeva lentamente. Gli occhi fissi al terreno, continuavano a procedere in circolo, rivoltando le pietre più grosse che incontravano sul cammino, scostando con delicatezza le alghe, passando la sabbia al setaccio con le dita. In questo modo trascorsero più di un'ora a esaminare la spiaggetta, e trovarono il coperchio di un vasetto di omogeneizzati per bambini, un nastro scolorito, una bottiglia vuota di Evian e settantotto penny di monetine.

Quando fecero ritorno al parapetto, St. James propose di ricominciare l'opera da estremità opposte e procedere l'uno verso l'altra. Nel punto in cui si sarebbero incontrati, disse, avrebbero proseguito, in modo da controllare separatamente l'intera parete di roccia.

Dovevano prestare molta attenzione, perché lì c'erano pietre molto più massicce e fenditure nelle quali potevano cadere gli eventuali ritrovamenti. Ma, benché procedessero tutti e due a passo di lumaca, s'incontrarono a metà strada a mani vuote

«Non c'è molto da sperare, a quanto sembra», fu il commento di Deborah.

«No», convenne Simon. «Ma era pur sempre una possibilità.» Si appoggiò per un attimo alla parete di roccia, con lo sguardo rivolto alla Manica e si soffermò a riflettere sull'idea delle menzogne: c'era chi le raccontava e chi ci credeva. A volte si trattava delle stesse persone in entrambi i casi. E una menzogna, se ripetuta più e più volte, finiva per essere creduta.

«Sei preoccupato, vero?» disse Deborah. «Se non troviamo qualcosa...»

Simon le passò un braccio intorno alle spalle e la baciò sulla tempia. «Continuiamo», propose, ma non aggiunse ciò che per lui era ovvio: trovare qualcosa poteva risultare persino più compromettente che avere la sfortuna di non trovare nulla.

Ripresero a muoversi come granchi lungo la parete, St. James leggermente più impacciato dall'apparecchio ortopedico, che gli rendeva difficoltosi i movimenti tra le rocce. Forse per questa ragione, a gridare di esultanza alla scoperta di un elemento trascurato in precedenza fu Deborah, nell'ultimo quarto d'ora di ricerche.

«Qui!» disse lei ad alta voce. «Simon, vieni a vedere.»

Lui si voltò e si accorse che lei era giunta all'estremità opposta del parapetto, nel punto in cui l'approdo si gettava nell'acqua. Deborah gesticolava verso l'angolo di raccordo fra le due strutture e, quando Simon si avviò nella sua direzione, lei si accoccolò per guardare meglio quello che aveva trovato.

«Cos'è?» domandò lui quando le arrivò accanto.

«Un piccolo oggetto metallico», rispose la moglie. «Ho preferito non raccoglierlo.»

«A che profondità si trova?» chiese lui.

«Una trentina di centimetri o anche meno, direi», rispose lei. «Se vuoi che...»

«Tieni.» Lui le porse un fazzoletto.

Per arrivare all'oggetto, Deborah dovette infilare la gamba in un'apertura frastagliata tra le rocce, ma lo fece con entusiasmo, arrivando a tirare fuori quello che aveva visto dall'alto.

Era un anello. Lei lo posò sul palmo della propria mano, tenendolo con il fazzoletto perché il marito potesse esaminarlo.

Sembrava di bronzo, di misura maschile. Anche il tipo d'incisione lo qualificava come un anello da uomo: raffigurava un teschio e le ossa incrociate. Sulla sommità del cranio erano incisi i numeri 39/40 e sotto di essi quattro parole in tedesco. St. James socchiuse gli occhi per distinguerle: *DIE FESTUNG IM WESTEN*.

«Risale all'ultima guerra», mormorò lei osservandole a sua volta. «Ma non può essere rimasto qui per tutti questi anni.»

«No. Non si direbbe, a giudicare dalle sue condizioni.»

«Allora cosa?...»

St. James ripiegò il fazzoletto intorno all'anello, ma lo lasciò nella mano di Deborah. «Dev'essere analizzato», disse. «Le Gallez vorrà controllare le impronte. Non ne sarà rimasto granché, ma anche una traccia parziale potrebbe servire.»

«Come hanno fatto a non vederlo?» chiese lei e, dal tono, il marito capì che non si attendeva una risposta.

Ciononostante, disse: «L'ispettore Le Gallez finora ha dato peso alla testimonianza di una donna anziana che non portava gli occhiali. A questo punto, penso sia corretto presumere che non abbia spinto le sue ricerche fino a trovare qualcosa che potesse confutare la versione di Ruth Brouard».

Deborah esaminò il minuscolo involto nella mano, poi alzò gli occhi verso il marito. «Potrebbe essere una prova», disse. «Al di là dei capelli che hanno trovato, dell'impronta in loro possesso, della testimone che fin dall'inizio potrebbe aver mentito su ciò che ha visto veramente. Questo potrebbe cambiare tutto, vero, Simon?»

«Infatti», disse lui.

Margaret Chamberlain si congratulò con se stessa per aver insistito affinché si procedesse alla lettura del testamento subito dopo il ricevimento per il funerale. In precedenza aveva detto: «Chiama l'avvocato, Ruth. Fallo venire dopo la sepoltura», e quando la cognata le aveva risposto che il legale sarebbe stato comunque presente (un'altra noiosa conoscenza del defunto sull'isola, da accogliere al funerale), lei pensò che era molto più di una semplice coincidenza. Si trattava di una mossa deliberata. Nell'eventualità che la cognata intendesse contrastarla, Margaret aveva preso in disparte l'avvocato mentre questi si rimpinzava di un sandwich all'aragosta. La signorina Brouard, gli aveva riferito, desiderava visionare il testamento subito dopo la fine del ricevimento. Lui aveva già con sé tutti i documenti? Bene. Nessun problema a esaminare le clausole non appena fossero stati in privato? No? Splendido.

Così adesso erano tutti radunati. Tuttavia Margaret non era affatto contenta della composizione del gruppo.

Era chiaro che Ruth aveva fatto molto di più che prendere contatto con l'avvocato su insistenza di Margaret. Si era anche assicurata la presenza di una sinistra accolita di gente ad ascoltare quanto aveva da riferire il legale. Ciò significava una cosa sola: che Ruth era al corrente dei particolari del testamento e che quest'ultimo andava a beneficio di persone esterne alla cerchia familiare. Perché altrimenti si sarebbe presa la briga di radunare in quella circostanza così grave un consesso d'individui formalmente estranei? E, per come la vedeva Margaret, estranei lo erano, malgrado l'affetto con cui Ruth li accolse e li fece accomodare nel salotto, se con quel termine s'intendeva chiunque non avesse con il defunto legami di parentela diretti o acquisiti con il matrimonio.

Tra loro c'erano Anaïs Abbott e la figlia, la prima truccata pesantemente come il giorno prima e la seconda, a sua volta, impacciata e curva. L'unica differenza stava nel loro abbigliamento. Anaïs era riuscita a infilarsi in un abito nero con la gonna che le aderiva al sedere minuto come una pellicola sui meloni, mentre Jemina aveva indossato un bolerino che sfoggiava con la grazia di uno spazzino in tenuta mattutina. Il figlio scontroso sembrava sparito, perché mentre il gruppo si radunava nel salotto del piano superiore sotto un altro noioso arazzo di Ruth raffigurante la vita da esule (questo pareva incentrato sulla condizione di orfana, come se lei fossa stata l'unica a doverla patire da bambina negli anni del dopoguerra), Anaïs continuava a torcersi le mani e a dire a chiunque le capitasse a tiro: «Stephen è scomparso... è inconsolabile», dopodiché gli occhi le si riempivano di lacrime, in un'irritante ostentazione di attaccamento al defunto.

Insieme agli Abbott erano presenti anche i Duffy. Kevin, amministratore della tenuta, addetto alla cura dei giardini, custode di Le Reposoir e qualunque altro ruolo Guy avesse voluto affidargli con un attimo di preavviso, era in piedi accanto a una finestra, da dove fingeva di osservare la distesa di verde in basso, ligio a quella che evidentemente era la sua politica di limitarsi a interagire con gli altri solo mediante qualche grugnito. La moglie Valerie sedeva in disparte con le mani incrociate in grembo, alternando occhiate stupefatte al marito, a Ruth e all'avvocato che apriva la borsa, come se non sapesse spiegarsi la ragione della propria presenza lì.

Poi c'era Frank, cui Margaret era stata presentata dopo il funerale. Frank Ouseley, le aveva detto, scapolo da una vita e ottimo amico di Guy. Amico intimo, per la verità. Avevano scoperto una comune passione per tutto quanto riguardava la guerra e questo li aveva legati, un fatto che portò Margaret a osservarlo con sospetto. Aveva scoperto che c'era lui dietro quell'insensato progetto del museo. Era lui, quindi, la ragione per la quale Dio solo sapeva quanti milioni di Guy rischiavano di venire dirottati in una direzione diversa da suo figlio. Margaret lo trovava particolarmente ripugnante con quell'abito in tweed tutto sformato e i denti anteriori mal incapsulati. Era anche piuttosto grosso, un'altra caratteristica a suo sfavore: la pancia indicava ingordigia, che a sua volta era una manifestazione di avidità.

Inoltre, in quel momento Ouseley stava parlando con Adrian, il quale, ovviamente, non aveva il buonsenso di riconoscere un avversario neanche quando ce l'aveva davanti. Perché se nella successiva mezz'ora le cose fossero andate come Margaret cominciava a temere, lei e il figlio si sarebbero trovati ai ferri corti sul piano legale con quell'individuo tarchiato. Adrian avrebbe fatto bene a rendersene conto, e tenerlo a debita distanza.

Lei sospirò. Per la prima volta, osservando il figlio, notò quanto somigliava al padre. E quanto si desse da fare per minimizzare quella somiglianza, con i capelli accorciati drasticamente in modo che non si vedessero i riccioli di Guy, l'abbigliamento ordinario, la rasatura perfetta del viso per evitare anche il più remoto rimando alla barba curata del padre. Ma non poteva fare nulla per gli occhi, che erano così simili a quelli paterni. Occhi «da letto», erano stati definiti, dalle palpebre pesanti e sensuali. E non poteva intervenire neanche sulla propria carnagione, più scura di quella dell'inglese medio.

Margaret si avvicinò al figlio, in piedi accanto al camino con l'amico del padre e, prendendolo sottobraccio, disse: «Vieni a sederti con me, caro. Posso rubarglielo, signor Ouseley?»

Frank non ebbe bisogno di rispondere, perché Ruth aveva chiuso la porta del salotto, per indicare che gli interessati erano tutti presenti. Margaret condusse Adrian sul sofà che rientrava in un gruppo di posti a sedere vicino al tavolo sul quale l'avvocato di Guy, un uomo esile che si chiamava Dominic Forrest, aveva disposto le sue carte.

Alla donna non sfuggì il fatto che ognuno cercasse di apparire il meno impaziente possibile. Compreso il figlio, sul quale aveva dovuto imporsi per costringerlo a partecipare a quella riunione. Adrian sedeva scomposto, con il volto inespressivo e tutto il corpo che proclamava a chiare lettere quanto poco gli importasse di sapere cosa il padre intendesse fare del suo denaro.

Invece a Margaret importava eccome. Perciò quando Dominic Forrest inforcò gli occhiali a lunetta e si schiarì la gola, lei gli prestò tutta la propria attenzione. L'avvocato aveva messo bene in chiaro con Margaret che questa lettura ufficiale del testamento era di un'estrema irregolarità. Sarebbe stato preferibile che i beneficiari sapessero dell'eredità in un ambiente più riservato, che consentisse loro di assimilare meglio le informazioni e rivolgere eventuali domande senza che le rispettive situazioni venissero a conoscenza degli altri presenti.

Margaret sapeva che questo, tradotto dal burocratese degli avvocati, voleva dire che il signor Forrest avrebbe tanto preferito sistemare le cose in modo da vedere i beneficiari separatamente e in seguito presentare a ognuno di loro una parcella a parte. Malefico ometto.

Ruth era appollaiata come un uccellino sul bordo di una poltrona Regina Anna, non lontano da Valerie. Kevin Duffy rimase alla finestra, Frank accanto al camino, mentre Anaïs Abbott e la figlia andarono a sedersi su un divanetto, dove la madre incrociò le braccia e la ragazza cercò d'infilare le gambe da giraffa da qualche parte, per non farle apparire troppo ingombranti.

Il signor Forrest prese una sedia e scosse le carte con un rapido movimento del polso. Le ultime volontà e il testamento del signor Brouard, cominciò, erano stati redatti, firmati e controfirmati il 2 ottobre del corrente anno. Era un documento molto semplice.

A Margaret piaceva sempre meno la piega che stavano prendendo le cose. Si fece forza per prepararsi ad ascoltare novità potenzialmente tutt'altro che buone. Fu saggio da parte sua, visti i risultati, perché in men che non si dica il signor Forrest rivelò che l'intera fortuna di Guy consisteva in un unico conto bancario e in un investimento di portafoglio. Entrambi, in conformità con le norme sulla successione in vigore negli Stati di Guernsey, per quello che significava, dovevano essere divisi in due parti uguali. La prima, sempre in conformità eccetera eccetera, sarebbe stata equamente distribuita fra i tre figli. La seconda parte sarebbe andata per una metà a un certo Paul Fielder e per l'altra a una certa Cynthia Moullin.

Non si faceva alcun cenno a Ruth, l'amata sorella e compagna di una vita del defunto. Ma, date le proprietà che Guy possedeva in Inghilterra, in Francia, in Spagna e alle Seychelles, i pacchetti azionari, i titoli, le obbligazioni, le opere d'arte, senza contare la tenuta stessa di Le Reposoir, che non venivano neppure citati nel testamento, non era difficile capire che Guy Brouard aveva espresso in modo cristallino i suoi sentimenti verso i figli, e nel contempo provveduto alla sorella. Dio del cielo, pensò Margaret sentendosi mancare. L'ex marito doveva avere donato tutto alla sorella mentre era ancora in vita.

La fine della lettura del signor Forrest fu accolta da un completo silenzio, dapprima di stupore, poi lentamente d'indignazione, almeno da parte di Margaret. La prima cosa che lei pensò fu che Ruth aveva orchestrato quell'evento per umiliarla. Non era mai piaciuta alla cognata. Mai, mai, mai, mai una sola volta che Ruth le avesse dimostrato un po' di affetto. E per tutti gli anni nei quali Margaret aveva tenuto Guy lontano dal figlio, quella donna doveva avere sviluppato un autentico odio per lei. Perciò, chissà quale piacere le dava adesso assistere al momento in cui Margaret Chamberlain subiva finalmente la meritata punizione: era non solo obbligata a scoprire che il patrimonio di Guy non consisteva in quello che ci si aspettava, ma anche costretta a vedere che il figlio riceveva ancora meno di due completi estranei che rispondevano ai nomi di Fielder e Moullin.

Margaret si voltò verso la cognata, pronta a dare battaglia. Ma ecco che lesse sul volto di Ruth una verità cui si rifiutava di credere. La donna era impallidita al punto da avere le labbra esangui, e la sua espressione rivelava senza possibilità di errore che il testamento del fratello non era quello che si aspettava. Ma c'era dell'altro in quell'atteggiamento, se lo si univa all'invito che Ruth aveva rivolto agli altri per assistere alla lettura. I due elementi messi insieme indussero Margaret a una conclusione ineluttabile: non solo Ruth sapeva dell'esistenza di un testamento precedente, ma ne conosceva anche il contenuto.

Altrimenti perché invitare l'ultima amante di Guy, Frank Ouseley e i Duffy? L'unica ragione possibile era che Ruth lo aveva fatto in buona fede, perché in un primo tempo il fratello aveva disposto un lascito per ognuno di loro.

Un'eredità, pensò Margaret. Quella di Adrian, del figlio. Quando si rese conto realmente dell'accaduto, le salì il sangue alla testa. Era inconcepibile. Che al figlio fosse negato ciò che gli spettava di diritto. Che lui di fatto fosse stato tagliato fuori dal testamento del padre, nonostante le mosse di Guy per far credere il contrario. Che fosse stato messo nell'umiliante situazione di ricevere addirittura meno di due persone, Fielder e Moullin, chiunque fossero, che non erano parenti di Brouard. Che il grosso delle ricchezze paterne fosse già stato liquidato. Che Adrian fosse stato lasciato letteralmente alla deriva, senza aver ricevuto nulla dall'uomo che lo aveva messo al mondo, che lo aveva abbandonato senza lottare e senza nessun rimorso per una simile azione, e poi, quasi a voler suggellare il rifiuto, si era fatto l'unica donna capace di amare il figlio, proprio quando lei era sul punto, sì, lo era, d'impegnarsi con Adrian in un modo che avrebbe potuto cambiargli per sempre la vita e finalmente aiutarlo a realizzarsi... Era inconcepibile. E qualcuno l'avrebbe pagata.

Margaret non sapeva come e chi, ma era decisa a rimettere a posto le cose.

Questo presupponeva innanzi tutto strappare il denaro che l'ex marito aveva lasciato a due completi estranei. A proposito, chi erano? Dov'erano? E, soprattutto, cos'avevano a che fare con Guy?

Due persone conoscevano evidentemente la risposta a quelle domande. Una era Dominic Forrest, che mentre riponeva i documenti nella borsa blaterava di revisori, estratti conto, intermediari e simili. L'altra era Ruth, che si era avvicinata in tutta fretta ad Anaïs Abbott, guarda caso proprio lei tra i presenti, e le mormorava qualcosa all'orecchio. Margaret era certa che difficilmente Forrest avrebbe aggiunto ulteriori informazioni a quelle già date durante la lettura del testamento. Ma Ruth era pur sempre la cognata e, soprattutto, la zia di Adrian, trattato così indegnamente dal padre. Sì, lei sarebbe stata più prodiga di notizie, se avvicinata nel modo giusto.

All'improvviso, Margaret si accorse che Adrian era scosso dai tremiti, e si volse di scatto verso di lui. Si era lasciata così prendere dal pensiero di cosa fare che non aveva riflettuto sull'impatto che quel particolare frangente poteva avere sul figlio. Dio solo sapeva quanto era stato difficile il rapporto di Adrian col padre. Guy preferiva di gran lunga una sfilza ininterrotta di relazioni sessuali a un legame più intimo col figlio maggiore. Ma sentirsi trattato così era crudele, più di quanto non lo fosse stata un'intera esistenza tagliata fuori dall'influenza paterna. E adesso lui ne soffriva.

Per questo si voltò verso di lui, per dirgli che non era affatto detta l'ultima parola e fargli osservare che c'erano vie legali, possibilità di ricorso, di accordo, di modifiche o perfino di minaccia, per ottenere il dovuto, perciò non era il caso che lui si preoccupasse, e soprattutto che attribuisse i termini del testamento ad altro se non alla momentanea follia del padre scaturita Dio solo sapeva da dove. Stava per dirgli tutto questo, per mettergli un braccio intorno alle spalle, per confortarlo e infondergli tutto il proprio coraggio... ma si accorse che non sarebbe stato affatto necessario.

Adrian non stava piangendo.

Il figlio di Margaret rideva piano tra sé.

Valerie Duffy era andata alla lettura del testamento preoccupata per diverse ragioni, delle quali soltanto una venne meno al termine di quella formalità. Si trattava della paura di perdere la casa e i mezzi di sostentamento, come temeva che potesse accadere alla morte di Guy Brouard. Ma il fatto che nel testamento non si accennasse a Le Reposoir lasciava credere che alla tenuta si fosse già provveduto altrove, e Valerie non aveva dubbi su chi ora ne aveva la custodia e il possesso. Questo significava che per il momento lei e Kevin non sarebbero stati gettati in mezzo a una strada, ed era un bel sollievo.

Restavano, però, gli altri motivi di preoccupazione. All'origine c'era l'atteggiamento taciturno di Kevin, che di solito non le dava fastidio, ma adesso la innervosiva.

Lei e il marito camminavano attraverso il parco di Le Reposoir lasciandosi la residenza alle spalle, diretti al cottage. Valerie aveva osservato le diverse reazioni sui visi delle persone convenute nel salotto, dalle quali si capiva benissimo come tutte le speranze fossero andate in frantumi. Anaïs Abbott contava su un'esumazione finanziaria dalla tomba che si era scavata da sola nel tentativo di tenersi attaccata al suo uomo. Frank Ouseley prevedeva un lascito così consistente da costruirci un monumento al padre. Margaret Chamberlain si aspettava molto più denaro di quello che occorreva per permettere al figlio di lasciare definitivamente il tetto materno. E Kevin? Be', era chiaro che anche al marito passavano molte cose per la testa, ma la maggior parte di esse non aveva a che fare con testamenti e lasciti. Perciò aveva fatto il suo ingresso nel salotto senza l'ingombro di una tela riempita dalle aspirazioni che vi aveva dipinto.

Valerie gli lanciò un'occhiata di straforo mentre camminava accanto a lei. La donna sapeva che se non avesse fatto alcun commento, a lui sarebbe parso insolito, ma intendeva soppesare le parole prima di dirle. Certe cose era meglio tenersele per sé. «Non credi che bisognerebbe dare uno squillo a Henry?» si decise finalmente a chiedergli.

Kevin si allentò la cravatta e aprì l'ultimo bottone della camicia, non abituato a vestire in un modo che per altri uomini era del tutto normale. «Secondo me, lo verrà a sapere molto presto», disse. «E prima di cena sarà lo stesso per tutta l'isola, non c'è dubbio.»

Valerie attese che proseguisse, ma Kevin tacque e dal fatto che lui avesse gli occhi rivolti altrove, capiva che il marito era soprappensiero.

«Comunque, mi chiedo come la prenderà», disse Valerie.

«Davvero, tesoro?» chiese Kevin.

Parlò a voce così bassa voce che Valerie quasi non lo udì, ma bastò il tono a darle un brivido. «Perché lo chiedi, Kev?» disse, nella speranza di forzargli la mano.

«A volte, la gente dice una cosa ma ne fa un'altra, no?» fece lui. E la guardò.

Il brivido di Valerie divenne una sensazione di gelo tutt'altro che transitoria. La sentì salire dalle gambe allo stomaco, dove si rannicchiò come un gatto glabro e rimase là, impossibile da ignorare. Così attese che il marito introducesse l'argomento al quale, in quel momento, tutti i presenti nel salotto dedicavano i pensieri o i discorsi con gli altri. Vedendo che lui non si decideva a farlo, disse: «Henry era al funerale, Kev. Hai parlato con lui? È venuto anche alla sepoltura. E al ricevimento. L'hai visto lì? Secondo me questo vuol dire che lui e il signor Brouard sono rimasti in buoni rapporti fino alla fine. E penso sia positivo. Perché sarebbe terribile se fosse morto lasciandosi dietro dei dissapori, specialmente con Henry. Se la loro amicizia si fosse incrinata, a Henry non piacerebbe averlo sulla coscienza, vero?»

«No», disse Kevin. «La coscienza sporca è una brutta cosa. Ti tiene sveglio la notte. Non ti fa pensare a nient'altro che al motivo per cui ce l'hai.» Smise di camminare, e Valerie fece lo stesso. Rimasero fermi sul prato. Un'improvvisa ondata di vento dalla Manica portò l'aria salata e con questa il ricordo di ciò che era avvenuto alla baia.

Valerie non fece commenti e, dopo diversi istanti, Kevin le domandò: «Val, secondo te Henry si chiederà i motivi di quel testamento?»

Lei distolse gli occhi, consapevole del fatto che lui invece seguitava a fissarla nel tentativo di tirarle fuori qualcosa. Di solito, il marito riusciva sempre a farla parlare, perché a dispetto dei ventisette anni di matrimonio, lei lo amava come all'inizio, quando le sfilava i vestiti dal corpo fremente e l'amava con il proprio. Valerie attribuiva il giusto valore a quel rituale da celebrare insieme con l'uomo della sua vita, e la paura di perderlo la spingeva ogni volta a parlare e chiedere perdono a Kevin per ciò che aveva fatto, nonostante la promessa di astenersene per i guai che questo avrebbe potuto causare.

Ma adesso lo sguardo del marito non era sufficiente. Riuscì quasi a portarla al punto di rottura, ma non alla distruzione certa. Valerie rimase in silenzio, e Kevin fu costretto a continuare.

«Non vedo come potrebbe evitarlo», disse. «È una cosa talmente strana da suscitare tutta una ridda di domande e possibili risposte. E se non se le pone lui per primo...» Kevin guardò verso lo stagno delle anatre, dove nel piccolo cimitero riposavano i corpicini smembrati di quei volatili innocenti. «Sono troppe le cose che per un uomo significano potere», disse. «E quando questo potere gli viene tolto, non la prende alla leggera. Perché non c'è niente da ridere, capisci? Non si può liquidare tutto dicendo: 'Be', dopotutto non significava molto, all'inizio'. Non se un uomo vi vedeva il significato del proprio potere. E non se l'ha perduto.»

Valerie riprese il cammino insieme con Kevin, decisa a non lasciarsi di nuovo trafiggere dallo sguardo del marito, per finire appuntata in una bacheca come una farfalla catturata, con un cartellino con la dicitura FEMMINA SPERGIURA. «E secondo te è successo questo, Kev? Qualcuno ha perduto il suo potere? Credi si tratti di questo?»

«Non lo so», rispose lui. «E tu?»

Una donna riservata avrebbe detto: perché dovrei? Ma la riservatezza era l'ultima virtù di Valerie. Sapeva esattamente perché il marito le aveva rivolto quella domanda e dove sarebbero andati a parare se gli avesse dato una risposta esplicita: a parlare di promesse fatte e di un discorso a proposito di certe razionalizzazioni.

Ma a parte questi argomenti che Valerie non voleva ritrovarsi ad affrontare ogni volta che parlava col marito, in quel momento bisognava anche tenere conto di ciò che lei stessa stava provando. Perché non era facile vivere sapendo di essere probabilmente responsabile della morte di un brav'uomo. Già era difficile compiere i gesti di ogni giorno con un pensiero simile, ma avere a che fare con un'altra persona che era al corrente della cosa avrebbe reso quel peso intollerabile. Per questo non c'era altro da fare che evitarlo e confondere le acque. Ogni possibile mossa appariva perdente a Valerie, come percorrere un tratto troppo breve sulla lunga strada delle promesse infrante e delle responsabilità rifiutate.

La cosa che più avrebbe voluto era rimandare indietro la ruota del tempo. Ma non era possibile, perciò continuò decisa il cammino verso il cottage, dove almeno c'era da fare per tutti e due, e questo avrebbe allontanato le loro menti dall'abisso che andava aprendosi rapidamente tra loro.

«Hai visto l'uomo che parlava con la signorina Brouard?» chiese al marito. «Quello con la gamba menomata? L'ha fatto salire di sopra. È stato verso la fine del ricevimento. Non l'ho mai visto prima da queste parti, per questo mi chiedevo... Sarà stato il suo medico? La signorina Brouard non sta bene, lo sai, vero, Kev? Ha cercato di nasconderlo, ma ora sta peggiorando. Però vorrei tanto che ne parlasse, così potrei aiutarla di più. Capisco che non dicesse nulla quando il fratello era ancora vivo, non voleva farlo preoccupare, penso, ma adesso che lui non c'è più... Io e te potremmo fare molto per lei, Kev, se ce lo permettesse.»

Lasciarono il prato e attraversarono un tratto del viale che formava una curva dinanzi al loro cottage. Si avvicinarono alla porta d'ingresso, con Valerie che precedeva il marito. Stava per entrare, appendere il cappotto e riprendere il tran tran quotidiano, ma le parole di Kevin la fermarono.

«Quando la smetterai di mentirmi, Val?»

Quelle parole racchiudevano proprio la domanda alla quale prima o poi avrebbe dovuto rispondere comunque. E sottintendevano un tale cambiamento nella natura del loro rapporto che in altre circostanze l'unico modo per sventare le implicazioni sarebbe stato dare al marito la risposta che lui si attendeva. Ma per il momento non fu necessario, perché mentre Kevin parlava, proprio l'uomo cui lei aveva accennato un attimo prima si avvicinò tra i cespugli del viottolo che portava alla baia.

Era in compagnia di una donna dai capelli rossi. I due videro i Duffy e, dopo un rapido scambio di battute, si avvicinarono immediatamente. L'uomo disse di chiamarsi Simon St. James e presentò la moglie, Deborah. Erano venuti da Londra per il funerale, spiegò, e chiese ai Duffy se poteva parlare un po' con loro.

L'analgesico più recente, che l'oncologo aveva definito «l'ultima cosa» da provare, non possedeva più la forza di calmare il dolore brutale che Ruth avvertiva alle ossa. Era arrivato ormai il momento di passare alla morfina in dosi massicce, ma solo a livello fisico. Non sul piano mentale, invece, quando lei avrebbe rinunciato a decidere in che modo porre fine alla propria esistenza. Fino ad allora, Ruth era determinata ad andare avanti come se il male non stesse diffondendosi all'impazzata in tutto il corpo, simile a un'orda di invasori vichinghi rimasti senza un condottiero.

Quella mattina, si era svegliata in preda a un'acuta agonia che non era diminuita con il trascorrere della giornata. Nelle prime ore, si era concentrata a tal punto sui doveri verso il fratello, la famiglia, gli amici e la comunità, da riuscire a ignorare la stretta mortale del fuoco su gran parte del proprio corpo. Ma quando tutti se ne furono andati, divenne sempre più difficile sottrarsi a ciò che la reclamava così ardentemente. La lettura del testamento le aveva offerto un momentaneo diversivo dalla malattia. Gli avvenimenti successivi avevano avuto lo stesso potere.

Il colloquio con Margaret era stato fortunatamente e inaspettatamente breve. «Mi occuperò poi di tutto questo pasticcio», aveva asserito la cognata, con l'espressione di una donna dinanzi a un pezzo di carne andata a male, e ancora scossa dall'indignazione. «Per ora, voglio solo sapere chi diavolo sono.»

Ruth capì che Margaret si riferiva agli altri due beneficiari del testamento di Guy insieme con i figli. Riferì alla cognata ciò che le interessava e la vide uscire in tutta fretta dalla stanza per prepararsi a una battaglia dagli esiti piuttosto dubbi.

Questo la lasciò insieme con gli altri. Con Frank Ouseley era stato stranamente facile. Quando gli si era avvicinata per lanciarsi a fatica in un'imbarazzata spiegazione, dicendo che di sicuro si poteva fare qualcosa per rimediare a quella situazione, perché Guy aveva messo bene in chiaro le sue intenzioni a proposito del museo bellico, l'uomo aveva ribattuto: «Non si dia pena per questo, Ruth», salutandola senza il minimo segno di rancore. Eppure doveva essere rimasto molto deluso, considerando il tempo e la fatica che lui e Guy avevano dedicato al progetto, perciò prima che andasse via lei lo esortò a non credere che non vi fossero speranze, e che anzi era sicura si potesse fare qualcosa per realizzare i suoi sogni. Guy sapeva quant'era importante il museo per Frank e di certo aveva inteso... Ma non riuscì ad aggiungere altro. Non poteva tradire il fratello e le sue volontà, perché non aveva ancora capito cos'aveva fatto Guy, né il motivo.

Frank le aveva preso la mano nelle sue, dicendo: «Ci sarà tempo per parlarne in seguito. Ora non si preoccupi per questo».

Quindi era andato via, lasciandole il compito di affrontare Anaïs.

Quando rimase sola con l'amante del fratello, osservandola da vicino Ruth pensò che aveva tutta l'aria di chi ha subìto il trauma di un bombardamento. Anaïs sedeva inebetita sul medesimo divanetto dov'era durante la lettura del testamento, e non aveva cambiato posizione. L'unica differenza era che adesso era da sola. La povera Jemina era così ansiosa di potersi defilare che quando Ruth aveva mormorato: «Perché non vai a vedere se Stephen è fuori da qualche parte, cara?», la ragazza aveva urtato con uno dei suoi piedi enormi sul bordo di un'ottomana e quasi rovesciato un tavolino per la fretta di andarsene. Era comprensibile. Jemina conosceva fin troppo bene la madre e probabilmente prevedeva cosa le sarebbe stato chiesto in nome dell'affetto filiale nelle settimane successive. Anaïs avrebbe avuto bisogno di una confidente e insieme di un capro espiatorio. Solo il tempo avrebbe detto quale dei due ruoli avrebbe ricoperto quella figlia allampanata.

Così adesso Ruth e Anaïs erano sole. Ruth non sapeva cosa dirle. Il fratello era stato un uomo buono e generoso, nonostante le sue manie, e nella prima versione del testamento si era ricordato di Anaïs e dei figli di quest'ultima in un modo che l'avrebbe affrancata enormemente dalle sue ansie. Da tempo, infatti, Guy si comportava così con le sue donne. Ogni volta che una nuova amante durava per un periodo superiore ai tre mesi, cambiava il testamento in modo che rispecchiasse la profondità del sentimento che li legava l'uno all'altra. Ruth lo sapeva perché il fratello l'aveva sempre messa al corrente della cosa. Fatta eccezione per l'attuale documento, quello definitivo. Ruth aveva letto tutte le precedenti versioni del testamento in presenza di Guy e del suo avvocato, perché il fratello aveva sempre voluto assicurarsi che lei capisse bene come intendeva distribuire il proprio denaro.

L'ultima stesura letta da Ruth era stata stilata sei mesi dopo che era cominciata la relazione del fratello con Anaïs Abbott, al loro ritorno dalla Sardegna, dove non avevano fatto altro che sperimentare tutte le variazioni possibili di ciò che un uomo e una donna potevano farsi a vicenda con ogni parte del corpo. Guy era tornato da quel viaggio con gli occhi vitrei, dicendo: «È quella giusta, Ruth», e il suo testamento aveva immediatamente rispecchiato questa sua ottimistica convinzione. Per quella ragione, la sorella aveva chiesto ad Anaïs di essere presente, e invece, adesso, dall'espressione dell'altra capiva che era convinta che lo avesse fatto per pura cattiveria.

Ruth non avrebbe saputo dire cos'era peggio: lasciar credere ad Anaïs di nutrire nei suoi confronti un simile desiderio di ferirla da permettere che le sue speranze fossero infrante dinanzi a un pubblico consesso, o rivelarle la verità sulla versione precedente del testamento, nella quale le quattrocentomila sterline a lei assegnate sarebbero state la risposta al suo attuale dilemma. Per forza di cose, bisognava ricorrere alla prima alternativa. Perché, anche se proprio non ci teneva a diventare oggetto dell'altrui avversione, rivelare ad Anaïs l'esistenza dell'altro testamento avrebbe comportato una discussione sul motivo per cui era stato cambiato.

Ruth si mise a sedere accanto alla donna sul divanetto e mormorò: «Anaïs, mi dispiace moltissimo. Non so cos'altro aggiungere».

Quella volse la testa come se stesse lentamente riprendendo coscienza e disse: «Se proprio voleva lasciare i suoi soldi a dei ragazzi, perché non ai miei? Jemina e Stephen. Allora fingeva solamente?» Si strinse il cuscino sul ventre. «Perché mi ha fatto questo, Ruth?»

Lei non sapeva come spiegarlo. Anaïs era fin troppo distrutta in quel momento. A Ruth sembrava disumano rincarare la dose. «Credo abbia a che fare con il fatto che Guy ha perduto i propri figli, mia cara», disse. «Cresciuti con le rispettive madri. A causa dei divorzi. Secondo me, ha visto in questi altri un modo di essere di nuovo padre quando non poteva più esserlo di suo.»

«E non gli bastavano i miei?» domandò Anaïs. «La mia Jemina? Il mio Stephen? Erano meno importanti? Così insignificanti che due perfetti estranei...»

«No, non per Guy», la corresse Ruth. «Conosceva Paul Fielder e Cynthia Moullin da anni.» Da molto prima di te e dei tuoi figli, avrebbe voluto aggiungere, ma non lo fece perché voleva chiudere quella conversazione prima che arrivasse su un terreno troppo difficile per lei. «Sai dell'AGIG, Anaïs. Sai quanto ci tenesse Guy a essere un mentore.»

«Allora quei due si sono insinuati nella sua vita? Sempre con la speranza... Gli sono stati presentati, sono venuti qui, hanno dato una bella guardata attorno e hanno capito che, se giocavano bene le loro carte, c'era la possibilità che lui lasciasse loro qualcosa. Tutto qui. Ecco cos'è accaduto.» Gettò il cuscino da un lato.

Ruth ascoltava, meravigliata di come Anaïs fosse capace di autoillludersi. Provò l'impulso di dire: «E non era quello che hai tentato di fare anche tu, mia cara? Stavi davvero legandoti a un uomo che aveva ventitré anni più di te solo per vero affetto? Non credo, Anaïs». Invece si espresse diversamente: «Penso fosse sicuro che Jemina e Stephen se la sarebbero cavata bene nella vita sotto la tua guida. Mentre gli altri due non avevano gli stessi vantaggi che i tuoi figli hanno avuto la fortuna di ritrovarsi. Perciò intendeva dare loro una mano».

«E io? Cosa intendeva fare per me?»

Eccoci, pensò Ruth, *siamo arrivati al nocciolo*. Ma non le venne una sola risposta per quella domanda di Anaïs. Disse solo: «Mi dispiace, mia cara».

L'altra ribatté: «Ci credo proprio». Si guardò intorno come se solo allora si fosse del tutto ripresa, osservando l'ambiente come se lo vedesse per la prima volta. Raccolse le sue cose e si alzò. Quindi si diresse alla porta. Ma, giunta sulla soglia, si fermò e si girò verso Ruth. «Aveva fatto delle promesse», disse. «Mi aveva fatto credere tante cose, Ruth. Mi ha mentito?»

Ruth rispose con l'unica certezza che si sentiva di poter dare all'altra donna: «A quanto ne so, mio fratello non l'ha mai fatto».

Infatti, neanche una volta, almeno a lei. «*Sois forte*», le aveva detto. «*Ne crains rien. Je reviendrai te chercher, petite sœur.*»* E aveva mantenuto la promessa: era tornato, per trovarla in un orfanotrofio, dov'era stata depositata da un Paese devastato per il quale due bambini fuggiti dalla Francia rappresentavano solo altre due bocche da sfamare, altrettante case da trovare e due futuri che dipendevano dalla comparsa di una coppia di genitori pieni di gratitudine venuti a prenderli. Dopo che, però, quei genitori non erano saltati fuori e l'enormità di quello che era accaduto nei campi era divenuto di pubblico dominio, era arrivato Guy. Nonostante il suo stesso terrore, lui aveva giurato solennemente che «*cela n'a d'importance, d'ailleurs rien n'a d'importance*».** per smorzare i timori di Ruth. Avrebbe passato la vita a dimo-

* Sii forte, non aver paura di niente. Tornerò a cercarti, sorellina. (*N.d.T.*)
** Non importa, d'altronde nulla importa. (*N.d.T.*)

strare che potevano sopravvivere senza genitori, anche senza amici, se necessario, in una terra che non avevano scelto di loro volontà ma sulla quale erano finiti per caso. Perciò da allora Ruth non aveva mai considerato il fratello un bugiardo, malgrado sapesse che era stato costretto a diventarlo, a creare una rete di inganni per tradire due mogli e uno stuolo di amanti mentre passava da una donna all'altra.

Quando Anaïs andò via, Ruth rifletté su tutto questo. Lo fece alla luce delle attività di Guy negli ultimi mesi. E si rese conto che se le aveva mentito anche solo per omissione, come nel caso del testamento del quale lei non sapeva nulla, poteva averlo fatto anche su altre cose.

Si alzò e andò nello studio di Guy.

11

«ED È assolutamente certa di ciò che ha visto quella mattina?» domandò St. James. «Che ora era quando la donna è passata davanti al cottage?»

«Poco prima delle sette», rispose Valerie.

«Quindi non era ancora pieno giorno.»

«No. Però ero davanti alla finestra.»

«Perché?»

Lei alzò le spalle. «Bevevo una tazza di tè, Kevin era ancora a letto, la radio era accesa e io me ne stavo lì, a organizzare mentalmente la giornata, come fanno tutti.»

Erano nel salotto del cottage dei Duffy, dove Valerie li aveva fatti accomodare, mentre Kevin era andato in cucina per mettere a bollire il bricco del tè. In attesa che lui tornasse, erano seduti sotto la volta bassa, tra scaffali pieni di album fotografici, enormi libri d'arte e tutti i video di suor Wendy Beckett. In quella stanza ci stavano al massimo quattro persone. Ma fra le pile di libri sul pavimento e le cataste di scatole di cartone lungo le pareti, per non parlare delle dozzine di foto di famiglia sparse ovunque, la presenza umana era un ulteriore ingombro. A riprova, se ce ne fosse stato bisogno, dell'inatteso livello d'istruzione di Kevin Duffy. Non ci si aspettava certo che un giardiniere che fungeva anche da custode e da tuttofare fosse laureato in storia dell'arte, e forse per questo motivo alle pareti, oltre alle foto di famiglia, erano appesi i suoi diplomi universitari e diversi ritratti di quando era studente e non ancora sposato.

«I genitori di Kev erano convinti che l'istruzione fosse fine a se stessa», aveva detto Valerie, come in risposta alla domanda che veniva spontanea, anche se sottintesa. «Non pensavano dovesse servire necessariamente a trovarsi un lavoro adeguato.»

Né lei né il marito avevano avuto nulla da eccepire riguardo alla visita di St. James e al suo diritto di rivolgere delle domande sulla morte di Guy Brouard. Dopo che Simon aveva spiegato loro qual era la sua professione e mostrato il biglietto da visita, erano apparsi abbastanza disponibili a parlare con lui. Non avevano sollevato obiezioni neppure sulla presenza di sua moglie, e Simon non aveva accennato minimamente al fatto che la presunta assassina fosse una vecchia conoscenza di Deborah.

Valerie disse loro che di solito si alzava alle sei e trenta del mattino per preparare la colazione a Kevin, quindi si recava alla residenza dei Brouard, dove si dedicava a quella dei proprietari. Al signor Guy, spiegò, piaceva trovare qualcosa di caldo quando tornava dalla baia, perciò anche quel giorno si era svegliata presto come sempre, malgrado la sera prima avesse fatto tardi. Lui, infatti, aveva preannunciato che sarebbe andato a nuotare come di consueto e, a conferma di questo, era passato davanti alla finestra mentre lei se ne stava dietro i vetri con la tazza di tè. Neanche mezzo minuto dopo, aveva visto una figura avvolta in un mantello scuro che lo seguiva.

St. James volle sapere se il capo d'abbigliamento era dotato di un cappuccio.

Lei rispose di sì.

Ed era sollevato?

Valerie Duffy rispose di nuovo affermativamente. Ma questo non le aveva impedito di vedere il volto della persona che lo indossava, perché era passata piuttosto vicino alla lama di luce proveniente dalla finestra, e dunque era stato facile osservarla.

«Era quella signora americana», disse Valerie. «Ne sono sicura. Ho intravisto i suoi capelli.»

«Non poteva trattarsi di qualcun altro che aveva più o meno la sua stessa fisionomia?»

«No, era proprio lei», asserì Valerie.

«E se per caso fosse stata una bionda?» intervenne Deborah.

Valerie assicurò loro di aver visto China River. E aggiunse che non ne era stata affatto sorpresa. Durante il soggiorno a Le Reposoir, China River si era molto legata al signor Brouard. Lui era sempre affascinante con le signore, s'intende, ma anche per i suoi standard, con l'americana le cose erano accadute molto in fretta.

St. James vide la moglie corrugare la fronte a quell'affermazione, e lui stesso avvertì una certa diffidenza nel prendere troppo alla lettera Valerie Duffy. C'era qualcosa che lo metteva a disagio nella facilità delle sue risposte. E ancora di più, non si poteva ignorare il modo in cui evitava di guardare il marito.

Fu Deborah a chiedere educatamente: «E lei non ha visto nulla, signor Duffy?»

Il marito della donna se ne stava in piedi in silenzio nella penombra, appoggiato a uno scaffale, con la cravatta allentata e il volto scuro impenetrabile. «Di solito, Val al mattino si alza prima di me», disse brusco.

Se ne ricavava che lui non avesse visto proprio nulla, arguì St. James. Comunque disse: «Anche quel giorno?»

«Sì, come sempre», rispose Kevin Duffy.

«Legata in che modo?» chiese Deborah a Valerie e, vedendo che l'altra la guardava con l'aria di non aver capito, specificò: «Ha detto che China River e il signor Brouard erano molto legati, no? Mi domandavo in che modo».

«Giravano sempre assieme. All'americana piaceva molto la tenuta e intendeva fotografarla. Lui voleva assistere alle pose. E poi c'era il resto dell'isola. Lui era entusiasta di fargliela visitare.»

«E il fratello?» chiese Deborah. «Non andava con loro?»

«A volte sì, altre volte rimaneva qui attorno. O usciva da solo. E la signora americana preferiva così o, almeno, era quella l'impressione. Così potevano starsene insieme solo loro due, lei e il signor Brouard. Ma, ripeto, non c'era da sorprendersi. Lui ci sapeva fare con le donne.»

«Il signor Brouard, però, aveva già una relazione, vero?» chiese Deborah. «Con la signora Abbott?»

«Ne aveva sempre una, e non durava mai più di tanto. La signora Abbott era solo la sua ultima conquista. Poi è arrivata l'americana.»

«Non c'era nessun'altra?» chiese St. James.

Per qualche ragione, a quella domanda, l'atmosfera si fece per un attimo più tesa. Kevin Duffy trasferì il peso da un piede all'altro, e Valerie si lisciò la gonna con un gesto intenzionale. «No, per quanto ne sappia», rispose.

St. James e Deborah si scambiarono un'occhiata. Simon vide balenare sul volto della moglie l'intuizione di una nuova svolta da dare all'indagine, e non poteva darle torto. Comunque, non si poteva ignorare di trovarsi dinanzi a un'altra testimone che aveva visto China River seguire Guy Brouard sulle rive della Manica, di gran lunga più attendibile di Ruth, data la vicinanza tra il cottage e il viottolo che portava alla baia.

«Ha riferito tutto questo all'ispettore Le Gallez?» chiese lui a Valerie.

«Certo, ogni cosa.»

St. James si domandò per quale motivo allora né Le Gallez né l'avvocato di China River gli avessero passato quelle informazioni. «Abbiamo trovato per puro caso un oggetto che lei potrebbe aiutarci a identificare», disse. E sfilò dalla tasca il fazzoletto nel quale aveva avvolto l'anello scovato da Deborah tra i massi. Aprì il panno di lino e mostrò l'anello prima a Valerie e poi a Kevin Duffy. Ma nessuno dei due ebbe alcuna reazione nel vederlo.

«Deve risalire al tempo della guerra», disse il custode. «Al periodo dell'occupazione. Mi pare sia un anello nazista. Il teschio e le ossa incrociate. Li ho già visti.»

«Anelli come questo?» chiese Deborah.

«Mi riferivo al teschio e alle ossa incrociate», rispose Kevin. Lanciò un'occhiata alla moglie. «Non ti viene in mente nessuno che ne possegga uno, Val?»

Lei scosse la testa, esaminando l'anello sul palmo della mano di St. James. «È un oggetto ricordo», disse al marito, e poi a Simon e Deborah: «Si trova sempre tanta di questa roba sull'isola. Potrebbe provenire da qualsiasi parte».

«Per esempio?» chiese St. James.

«Un emporio di antiquariato militare, tanto per cominciare», disse Valerie. «Oppure una collezione privata.»

«O anche dal dito di un teppista», fece notare Kevin Duffy. «Il teschio e le ossa? Il tipico gingillo che a qualche giovinastro del National Front piacerebbe sfoggiare con i suoi compari. Perché lo fa sentire un vero uomo, il solito discorso. Solo che è troppo grande e, senza farci caso, gli si sfila e cade.»

«Da quale altra parte potrebbe provenire?» domandò St. James.

I Duffy rifletterono sulla cosa e il loro sguardo si incrociò di nuovo. Fu Valerie a rispondere lentamente: «Nessuna, che io sappia». Ma sembrava invece che avesse un sospetto ben preciso.

Non appena Frank Ouseley svoltò con l'auto in Fort Road, sentì che stava per venirgli un attacco di asma. Non era molto lontano da Le Reposoir e, dato che lungo la strada non si era esposto a nessun agente nocivo per i suoi condotti bronchiali, ne dedusse che si trattava di una reazione emotiva anticipata alla conversazione che lo attendeva.

Era una conversazione non necessaria, in realtà: Frank non era responsabile di come Guy Brouard intendeva fosse distribuito il suo denaro in caso di morte, perché l'altro non gli aveva mai chiesto un parere in proposito. Pertanto, non avrebbe nemmeno dovuto comunicare le brutte notizie a chicchessia, dal momento che nel giro di pochi giorni la storia del testamento sarebbe stata di pubblico dominio, vista la velocità con la quale le notizie si propagavano sull'isola. Tuttavia, provava ancora un senso di lealtà che affondava le radici negli anni in cui era insegnante e, per questo, non era entusiasta di fare ciò che andava fatto; da lì il motivo di quella stretta al petto.

Quando si fermò davanti all'abitazione di Fort Road, prese l'inalatore dal cruscotto e si spruzzò il liquido in gola. Mentre aspettava che facesse effetto, nel prato dall'altra parte della strada vide un uomo alto e magro che giocava a pallone sull'erba con due ragazzini. Nessuno dei tre era molto bravo.

Frank scese dall'auto e fu investito da un venticello freddo. Si strinse nel cappotto e attraversò la strada verso lo spiazzo di verde. Gli alberi che lo delimitavano dal lato opposto erano spogli, perché quello ero il punto più alto ed esposto dell'isola. I rami si agitavano contro il cielo come braccia di supplici, e tra di essi si assiepavano gli uccelli, come per fare da spettatori alla partita di calcio in corso.

Mentre si avvicinava a Bertrand Debiere e ai suoi figli, Frank cercò un modo per incominciare il discorso. Nobby non lo vide subito, e fu meglio così, perché Ouseley si rendeva conto di portare scritto in faccia quello che provava tanta riluttanza a esprimere a voce alta.

I due ragazzini erano entusiasti di avere finalmente il papà tutto per loro. Il viso di Nobby, di solito sempre teso per l'ansia, era momentaneamente rilassato mentre giocava con loro e tirava piano il pallone, incitandoli a rilanciarglielo. Il più grandicello aveva sei anni, e sarebbe diventato alto come il padre e altrettanto maldestro. Il più piccolo ne aveva solo quattro ed era più allegro, correva in tondo e agitava le braccia quando il pallone arrivava al fratello. Si chiamavano Bertrand Junior e Norman, che non erano certo dei nomi eccezionali per dei ragazzi d'oggi, ma non se ne sarebbero accorti fino a quando non glielo avessero fatto notare i compagni di scuola. Allora avrebbero cominciato a sperare in soprannomi, per sentirsi più accettati dai compagni di quanto non fosse accaduto al padre da ragazzo.

Frank si rese conto che era venuto soprattutto per questo dal suo ex alunno: Nobby aveva avuto un'adolescenza difficile. E lui, come insegnante, aveva fatto il possibile per dargli una mano.

Bertrand Junior fu il primo a vederlo. Si fermò mentre stava per dare un calcio al pallone e fissò Frank con il berretto di lana giallo così calato da coprirgli i capelli e lasciargli scoperti solo gli occhi. Da parte sua, Norman ne approfittò per buttarsi sull'erba e rotolarsi come un cagnolino senza guinzaglio. Inspiegabilmente si mise a gridare: «Pioggia! Pioggia! Pioggia!» e agitò le gambe in aria.

Debiere si voltò nella direzione verso cui guardava suo figlio e, vedendo Frank, stoppò il pallone che finalmente Bertrand Junior gli aveva lanciato e glielo rilanciò raccomandandosi: «Tieni d'occhio tuo fratello, Bert». Quindi s'incamminò incontro a Frank, mentre Bertrand Junior placcava Norman e cominciava a fargli il solletico sul collo.

Nobby salutò Frank con un cenno e disse: «Sono tagliati per lo sport come me a suo tempo. Norman promette meglio, ma ha la soglia di attenzione di un moscerino. Però sono dei bravi ragazzi. Specialmente a scuola. Bert è un genio nel fare le addizioni e nella lettura. Norman non si sa, è ancora troppo presto».

Frank sapeva che era un risultato importante per Nobby, a suo tempo afflitto da difficoltà di apprendimento e da genitori convinti che queste dipendessero dal fatto che lui era l'unico figlio maschio in una famiglia di femmine e che la cosa gli provocasse un ritardo nello sviluppo.

«Hanno preso dalla madre», disse Debiere. «Stronzetti fortunati. Bert», gridò, «vacci piano con lui.»

«Va bene, papà», rispose il figlio.

Frank vide Nobby gonfiarsi d'orgoglio a quelle parole, specialmente *papà*, che per Debiere era tutto. Ma proprio perché aveva posto la famiglia al centro dell'universo, si era cacciato nella situazione in cui si trovava adesso. Per troppo tempo aveva anteposto a ogni altra cosa le necessità dei suoi cari, presunte o immaginarie.

Tranne quelle poche parole sui figli, l'architetto non disse altro a Frank, mentre questi si avvicinava. E, non appena diede le spalle ai ragazzi, il suo volto s'irrigidì, come per prepararsi al peggio, e negli occhi gli brillò una luce di ansia carica di ostilità. Frank avrebbe voluto dire che non poteva certo assumersi la responsabilità delle decisioni troppo precipitose di Nobby, ma di fatto invece la sentiva gravare su di sé, almeno fino a un certo punto. Sapeva che il suo senso di colpa scaturiva dall'incapacità di essere andato oltre una superficiale amicizia con quell'uomo quando era soltanto un ragazzo seduto a un banco della sua classe e subiva i soliti maltrattamenti destinati a un poverino un po' troppo tardo e diverso.

« Vengo da Le Reposoir, Nobby », esordì. « Hanno dato lettura del testamento. »

L'altro attese in silenzio.

« Credo sia stata la madre di Adrian a insistere », continuò Frank. « Sembra che prenda parte a un dramma di cui noi non sappiamo quasi nulla. »

« E allora? » chiese Nobby. Riuscì a sembrare indifferente, ma Frank sapeva che non era così.

« Purtroppo, è un po' strano. Tutto considerato, non è così semplice come ci si aspetterebbe. » E Frank proseguì spiegando le clausole del testamento: il conto bancario, il portafoglio, Adrian Brouard e le sorelle, i due adolescenti dell'isola.

Nobby corrugò la fronte. « Ma che cosa ne ha fatto del?... La tenuta dev'essere enorme. Deve ammontare a ben oltre un conto bancario e un portafoglio azionario. Come ha aggirato la cosa? »

« Ruth », rispose Frank.

« Non può aver lasciato a lei Le Reposoir. »

« Certo che no. La legge glielo avrebbe impedito. Perciò era fuori questione. »

« E allora? »

« Non lo so. Avrà escogitato qualche manovra legale. Lui ne sarebbe stato capace. E lei avrebbe acconsentito a tutto ciò che voleva il fratello. »

A quelle parole, Nobby sentì diminuire leggermente il gelo alla spina dorsale, e la sua tensione si allentò un poco. « Allora è una buona cosa, no? » disse. « Ruth sa quali erano le sue intenzioni, cosa voleva si facesse. Lei andrà avanti con il progetto. E quando se ne occuperà, non sarà un problema sedersi con lei e dare un'occhiata a quei disegni e quelle piante portate dalla California. Farle capire che il fratello aveva optato per la peggiore soluzione possibile. Del tutto inappropriata per quel posto in particolare e, più in generale, per quest'area geografica. Per nulla conveniente quanto alle spese di manutenzione. Se parliamo poi di quelle necessarie all'intero edificio...»

«Nobby», lo interruppe Frank, «non è così semplice.»

Alle spalle dell'architetto, uno dei ragazzini gridò, e Nobby si volse di scatto, vedendo che Bertrand Junior si era sfilato il berretto e lo stava infilando con forza sul viso del fratellino più piccolo. «Bert, smettila subito. Se non ti comporti bene, resterai in casa con la mamma», lo sgridò.

«Ma stavo solo...»

«Bertrand!»

Il ragazzino sfilò il berretto al fratello e riprese a dare calci al pallone sul prato. Norman lo inseguì. Nobby rimase per un attimo a osservarli, quindi rivolse di nuovo l'attenzione a Frank. Il suo viso era carico di diffidenza, il sollievo di poc'anzi, troppo breve, sparito.

«Non è così semplice?» domandò. «Perché, Frank? Cosa c'è di più semplice? Non mi dirà che anche lei preferisce il progetto americano al mio?»

«Ma no.»

«Allora cosa?»

«Si tratta del testamento e di ciò che ne consegue.»

«Ma ha appena detto che Ruth...» Il volto di Nobby tornò a indurirsi, e Frank rivide nei suoi occhi lo sguardo che aveva da adolescente, la rabbia repressa di un ragazzo fra i tanti, il solitario al quale non aveva saputo dimostrare un'amicizia che gli avrebbe reso le cose più facili o, almeno, lo avrebbe fatto sentire meno isolato. «Che cosa ne consegue?»

Frank ci aveva pensato. Aveva esaminato la cosa da tutti i punti di vista mentre andava in macchina da Le Reposoir a Fort Road. Se Guy Brouard avesse avuto davvero intenzione di far andare avanti il progetto del museo, lo si sarebbe capito dal testamento. Comunque avesse disposto per le sue sostanze, avrebbe lasciato una certa somma destinata espressamente alla costruzione dell'edificio. Invece non l'aveva fatto, e per Frank questo rendeva fin troppo chiare le sue ultime volontà.

Lo spiegò a Nobby Debiere, che lo ascoltò con un'espressione di crescente incredulità.

«Ma è impazzito?» chiese l'architetto quando Frank ebbe finito. «Allora a che pro quella festa? E il grande annuncio? Lo champagne e i fuochi d'artificio? Mettere in mostra quel dannato progetto?»

«Non me lo spiego. Mi limito a considerare i fatti.»

«Compresi gli avvenimenti di quella sera, Frank. I discorsi e le azioni di Brouard.»

«Certo, ma in realtà cos'ha detto?» insistette Frank. «Ha parlato di gettare le fondamenta? Di termini per il compimento dei lavori? Non è strano che non abbia accennato a nessuna delle due cose? Secondo me, la ragione era una sola.»

«Cioè?»

«Che non intendeva affatto costruire il museo.»

Nobby rimase con lo sguardo fisso su Frank, mentre i figli giocavano rumorosamente sul prato alle sue spalle. In lontananza, proveniente dalla parte di Fort George, una figura in tuta da ginnastica blu correva sull'erba con un cane al guinzaglio. Lo lasciò libero, e l'animale balzò in avanti, con le orecchie sventolanti mentre si lanciava verso gli alberi. I ragazzi di Nobby gridarono allegramente, ma il padre non si voltò come prima. Spostò lo sguardo al di là di Frank, verso le case che sorgevano lungo Fort Road, e in particolare la sua: un'ampia costruzione gialla dalle finiture bianche, con un giardino sul retro. Ouseley sapeva che nell'abitazione c'era Caroline Debiere, probabilmente al lavoro sul suo romanzo, un'opera sognata da tanto tempo, sulla quale Nobby aveva insistito, tanto che lei si era licenziata dalla redazione di *Architectural Digest*, dov'era avviata a un'ottima carriera prima d'incontrare il futuro marito e costruire con lui tanti bei castelli in aria che adesso stavano per venire spazzati via dalla cruda realtà della morte di Guy Brouard.

Debiere afferrò appieno il significato delle parole di Frank e le loro implicazioni, e il viso si imporporò: «N-non ne a-aveva m-mai avuto inten-inten-intenzione? V-vuol d-dire che quel b-bastardo...» S'interruppe, costringendosi a calmarsi, ma non ci riusciva.

Frank cercò di aiutarlo a controllarsi. «Non dico che ci abbia ingannati tutti quanti. Penso invece che abbia cambiato idea. Per qualche ragione. Secondo me, è andata così.»

«M-ma allora p-perché quella festa?»

«Non lo so.»

«P-per...» Nobby strinse gli occhi e fece una smorfia. Ripeté per tre volte la parola *proprio*, come fosse la formula magica che lo avrebbe liberato da quel problema, e quando riprese a parlare la balbuzie era sotto controllo. «Perché il grande annuncio, Frank?» tornò a chiedere. «E il progetto che ha tirato fuori e ha presentato a tutti? Lei c'era, Frank. Dio, perché Brouard l'ha fatto?»

«Non lo so. Non me lo spiego. Non lo capisco.»

Allora Nobby scrutò attentamente Ouseley. Fece un passo indietro, come per osservarlo meglio, socchiuse gli occhi e il volto gli divenne ancora più teso di prima. «Vi siete presi gioco di me, vero?» chiese. «Come in passato.»

«Chi si è preso gioco di te?»

«Lei e Brouard. Vi siete fatti quattro risate a spese mie. Non le bastava averlo già fatto insieme con gli altri ragazzi tanti anni fa? Non metta Nobby nel nostro gruppo, signor Ouseley. Si alzerà a recitare la lezione davanti a tutta la classe e noi ci faremo una brutta figura.»

«Non dire assurdità. Hai ascoltato quel che ti ho detto?»

«Certo. E ora capisco com'è andata. Dalle stelle alle stalle. Prima gli facciamo credere che otterrà la commissione, poi gli roviniamo la festa. Le regole sono le stesse, è cambiato solo il gioco.»

«Nobby», disse Frank, «ti rendi conto di che discorsi fai? Pensi davvero che Guy abbia orchestrato tutto, fino a questo punto, soltanto per il gusto di umiliarti?»

«Sì», disse l'altro.

«Sciocchezze. Perché?»

«Perché gli piaceva. Perché così si procurava la dose di emozioni che gli erano precluse da quando aveva liquidato le attività. Perché questo gli dava potere.»

«Non ha senso.»

«No? Allora guardi il figlio. E Anaïs, quella stupida vacca. O anche se stesso, Frank.»

Bisogna fare qualcosa in proposito, Frank. Te ne rendi conto?

Ouseley distolse lo sguardo da Debiere. Avvertì di nuovo la stretta al petto, sempre più intensa. E anche stavolta, nell'aria non c'era nulla che gli rendesse difficile la respirazione.

«Lo sa cosa mi ha detto?» proseguì Nobby più calmo. «'Ti ho aiutato come potevo. Ti ho dato una mano. Purtroppo, non puoi pretendere di più e, soprattutto, non per sempre, amico mio.' Però aveva promesso, capisce? Era riuscito a farmi crede-re...» Nobby sbatté le palpebre, furioso, e si volse da un'altra parte. Infilò le mani in tasca e ripeté: «Era riuscito a farmi crede-re...»

«Sì», mormorò Frank. «In questo era molto bravo.»

St. James e la moglie si separarono a breve distanza dal cottage. Al termine del colloquio con i Duffy, era giunta una telefonata di Ruth Brouard, e Simon diede alla moglie l'anello che avevano trovato sulla spiaggia. Lui doveva tornare alla residenza per in-contrare la sorella del defunto. Da parte sua, Deborah avrebbe portato l'anello nel fazzoletto a Le Gallez per tentare di identifi-carlo. Era improbabile che vi si trovasse ancora qualche impron-ta utilizzabile, data la forma, ma esisteva sempre una possibilità. Dato che St. James non aveva nessuna apparecchiatura per effet-tuare un esame dell'oggetto, e tanto meno l'autorità per farlo, il passo successivo spettava all'ispettore.

«Torno per conto mio e ci vediamo più tardi in albergo», dis-se St. James alla moglie. Poi la guardò serio e chiese: «C'è qual-cosa che non va, Deborah?»

Non si riferiva al compito assegnatole, bensì a quello che ave-va appreso dai Duffy, in particolare da Valerie, con la sua incrol-labile convinzione di aver visto China River seguire Guy Brouard alla baia.

«Quella donna potrebbe avere qualche motivo per volerci convincere che c'era qualcosa tra loro due», disse Deborah. «Se Brouard ci sapeva fare tanto con le donne, perché non con la stessa Valerie?»

«È più matura delle altre.»

«Di China, ma non di Anaïs Abbott. Secondo me, Valerie è di poco più vecchia. E anche così, avrebbe sempre avuto... quanti, vent'anni meno di Guy Brouard?»

Simon non poteva escluderlo, anche se dal tono della moglie capì che lei cercava soprattutto di convincere se stessa. Comun-que disse: «Le Gallez non ha scoperto tutte le carte. D'altronde, perché dovrebbe? Sono un estraneo per lui e, anche in caso con-trario, non sta bene che il responsabile delle indagini comunichi i risultati a chi di solito opera in una branca diversa, quando si tratta di omicidio. E non è neppure il mio caso. Sono un estraneo, arrivato qui senza le dovute credenziali e una giusta collocazione nel quadro degli avvenimenti».

«Allora pensi vi sia qualcos'altro che non sapppiamo tra Guy Brouard e China? Un motivo, una relazione? Non posso crederci.»

St. James la guardò con affetto e pensò a come l'amava e al continuo desiderio di protezione che avvertiva nei suoi confronti. Ma capì di non poterle nascondere la verità, perciò disse: «Sì, amore, secondo me è possibile».

Deborah corrugò la fronte e guardò alle spalle del marito, dove il sentiero che portava alla baia spariva in una folta macchia di rododendri. «Non ci credo», mormorò. «Anche se lei di certo era vulnerabile, sai, per via di Matt. Quando accade una cosa simile, la tipica rottura tra uomini e donne, ci vuole tempo, Simon. Specialmente per noi. Dobbiamo essere sicure che c'è dell'altro tra noi e l'uomo che viene dopo. E non basta solo il sesso per convincerci.» Arrossì sul collo, e poi sul viso.

St. James avrebbe voluto dirle: allora per te è stato così, Deborah. Capì che con quel discorso la moglie faceva il massimo complimento al loro amore: gli diceva che non le era stato facile passare a suo tempo da lui a Tommy Lynley. Ma non tutte le donne erano come Deborah. Alcune, lo sapeva, avrebbero sentito subito il bisogno di essere rassicurate, al termine di una lunga relazione. La certezza di essere ancora desiderabili contava più di quella di essere davvero amate dal nuovo venuto. Ma Simon non poteva dire nulla di tutto questo, perché vi sarebbero stati troppi nessi con l'amore di Deborah per Lynley, e con la sua stessa amicizia tra lui e quell'uomo.

Per questo disse: «Saremo aperti a tutte le ipotesi, finché non ne sapremo di più».

«Sì, faremo così», convenne lei.

«Ci vediamo più tardi?»

«In albergo.»

Le diede un rapido bacio, poi altri due. La bocca di Deborah era morbida e lei gli mise una mano sulla guancia. Lui sarebbe voluto restare con la moglie, pur sapendo che era impossibile. «Al comando di polizia, chiedi di Le Gallez», le raccomandò. «Non consegnare l'anello a nessun altro.»

«Certo», ribatté lei.

Simon tornò verso la residenza.

Deborah rimase a guardarlo, notando come la protesi alla gamba gli ostacolava l'andatura che altrimenti avrebbe avuto una grazia e una bellezza del tutto naturali. Avrebbe voluto richiamarlo e spiegargli che conosceva China River in un modo assolutamente particolare, scaturito da vicissitudini che lui non era in grado di capire e che invece forgiavano un'amicizia e l'intesa perfetta tra due donne. Le sarebbe piaciuto dire al marito che si trattava di segmenti di storia al femminile, su cui si basava una verità indistruttibile e innegabile, che non necessitava mai di lunghe spiegazioni. La verità è quello che è, una volta stabilita, non ci sono dubbi su quello che una donna è disposta a fare, se si tratta di vera amicizia. Ma come spiegarlo a un uomo? E non a uno qualsiasi, bensì al marito, che viveva da oltre un decennio nel tentativo di superare il dato di fatto della propria invalidità, se non negandola completamente, trattandola come un'inezia, dopo che invece, come lei sapeva benissimo, gli aveva distrutto la giovinezza.

Era impossibile. L'unica era cercare di dimostrargli che la China River che conosceva non avrebbe mai ceduto facilmente alla seduzione, e tanto meno ucciso qualcuno.

Uscì dalla tenuta e tornò in macchina a St. Peter Port, giungendo nella cittadina lungo l'interminabile pendio boscoso di Le Val des Terres e sbucando al di sopra di Havelet Bay. Sulla banchina si vedevano in giro poche persone. Una strada più in alto, sul fianco della collina, c'erano le banche per le quali andavano famose le isole della Manica, che in qualsiasi periodo dell'anno fervevano di attività. Invece lì non c'era quasi segno di vita: nessun evasore fiscale a prendere il sole in barca o turisti che scattavano foto del castello e della città.

Deborah parcheggiò nei pressi del loro albergo in Ann's Place, che distava meno di un minuto di cammino dal comando di polizia situato dietro l'alto muro di pietra su Hospital Lane. Dopo aver spento il motore, rimase per un attimo seduta nell'auto. Le restava un'ora o forse più prima che Simon tornasse da Le Reposoir, e decise d'impiegarla con una lieve variazione del programma stabilito per lei dal marito.

A St. Peter Port non esistevano grandi distanze. Tutto si trovava a meno di venti minuti a piedi e, nella parte centrale della cittadina, delimitata da un ovale deforme di strade che cominciava con la Vauvert e girava in senso antiorario per finire su Grange Road, il tempo per arrivare da un punto all'altro era addirittura dimezzato. Tuttavia, poiché l'abitato esisteva da prima dei trasporti motorizzati, le vie erano larghe a stento per farvi passare una macchina e formavano una serie di curve sul fianco della collina sulla quale sorgeva St. Peter Port, snodandosi senza alcun criterio e facendo estendere la città verso l'alto a partire dal vecchio porto.

Deborah s'incamminò in quel dedalo di strade diretta verso i Queen Margaret Apartments. Ma quando arrivò e bussò alla porta, ebbe la delusione di trovare l'appartamento di China vuoto. Allora tornò sui propri passi e, dinanzi alla facciata dell'edificio, rifletté sul da farsi.

China poteva trovarsi dovunque. Dall'avvocato per un colloquio, al comando di polizia per atto di presenza, a fare una passeggiata o chissà dove. Forse però con lei c'era anche il fratello, così Deborah decise di vedere se riusciva a trovarli. Si sarebbe avviata a piedi in direzione del comando di polizia, scendendo verso High Street e seguendola al contrario, in direzione dell'albergo.

Di fronte ai Queen Margaret Apartments partiva una gradinata nel fianco della collina che giungeva in basso fino al porto. Deborah andò verso di essa e cominciò a scendere tra alte mura e costruzioni di pietra, sbucando alla fine in una delle zone più antiche della cittadina, dove lungo un lato della strada sorgeva un edificio di blocchi rossastri che in passato doveva essere stato imponente, e dall'altro lato erano allineate botteghe dagli ingressi ad archi, dove si vendevano fiori, souvenir e frutta.

I grandi finestroni dell'antica costruzione erano bui, nonostante la giornata tetra. In una parte dell'edificio, però, si vedevano dei banchi di vendita ancora in attività. Questi si trovavano al di là di un enorme e cadente portone blu che si apriva su Market Street e di lì immetteva nelle profondità cavernose dell'edificio. Deborah vi entrò.

Fu subito assalita da un odore inconfondibile: il sangue e la carne di una macelleria. Allineati in espositori di vetro, facevano bella mostra braciole, tagli per arrosto e carne macinata, ma ormai erano ben pochi i banchi rimasti di quello che una volta doveva essere un fiorente mercato della carne. Anche se l'edificio, con i lavori in ferro battuto e gli stucchi ornamentali avrebbe interessato China come fotografa, Deborah sapeva che l'odore di animale morto avrebbe fatto fuggire in gran fretta sia lei sia il fratello, perciò non fu sorpresa di non trovare là dentro nessuno dei due. Comunque, fece un giro all'interno per accertarsene, seguendo un percorso che s'inoltrava in quel magazzino ormai tristemente abbandonato all'incuria, dove invece un tempo fiorivano tante piccole attività commerciali. Nella parte centrale del vasto ambiente, dove la volta svettava su di lei e i passi avevano strani echi, si trovava una fila di banchi con le saracinesche abbassate. Su una di queste era scritto con uno spray fosforescente COLPA VOSTRA, STRONZI DI SAFEWAY, e questo esprimeva in modo inequivocabile il parere di almeno uno dei commercianti che avevano perduto i mezzi di sussistenza a causa della nota catena di supermercati insediatasi anche lì.

Al capo opposto del mercato della carne, Deborah comprò dei gigli di serra e uscì dall'edificio, fermandosi a osservare i negozi che si trovavano fuori, sotto gli archi dall'altro lato della strada, e i pochissimi clienti. China e Cherokee non erano neanche tra loro, così Deborah si domandò da quale altra parte potevano trovarsi.

La risposta le arrivò nei pressi della scalinata per la quale era discesa. Lì c'era una piccola drogheria sulla cui insegna si leggeva COOPERATIVA ISOLE DELLA MANICA, e si presentava proprio come il genere di negozietto che avrebbe attirato i River, i quali, per quanto la prendessero in giro, erano pur sempre figli di una madre vegetariana.

Deborah si avvicinò alla bottega ed entrò. Udì immediatamente le voci degli amici, perché la drogheria era piccola, anche se piena di alti scaffali che nascondevano alla vista i clienti.

«Non voglio niente», diceva China impaziente. «Se non ho fame, non ho fame. A te verrebbe, se fossi nei miei panni?»

«Ci sarà pure qualcosa», ribatté Cherokee. «Ecco qua: che ne dici di una minestra?»

«Detesto la roba in scatola.»

«Ma una volta la mangiavi alla sera.»

«Appunto. Non voglio niente che me lo ricordi. Schifezze da motel, Cherokee. Peggio ancora di una roulotte.»

Deborah svoltò l'angolo dell'espositore e li trovò davanti a un piccolo assortimento di minestre Campbell. Cherokee teneva in una mano un barattolo di riso al pomodoro e nell'altra una busta di lenticchie. China reggeva un cestello di ferro, nel quale per il momento c'erano solo un pezzo di pane, un pacco di spaghetti e un barattolo di salsa.

«Debs!» Il sorriso di Cherokee fu in parte di benvenuto, ma soprattutto di sollievo. «Ho bisogno di un'alleata. Mia sorella ha deciso che non toccherà cibo.»

«Ho già cominciato.» China appariva esausta, molto più del giorno prima, con profonde occhiaie scure. Aveva cercato di nasconderle col trucco, ma non era riuscita a eliminarle del tutto. «Cooperativa Isole della Manica», disse. «Pensavo fosse roba sana, invece...» Indicò con un gesto la merce esposta intorno a loro nel negozio.

Gli unici alimenti freschi della cooperativa erano le uova, il formaggio, tagli di carne e il pane. Tutto il resto era in scatola o surgelato. Una delusione per chi, come loro, era abituato a curiosare nei negozi californiani specializzati in cibi biologici.

«Cherokee ha ragione», disse Deborah. «Hai bisogno di mangiare.»

«Come volevasi dimostrare.» L'uomo cominciò ad accumulare roba nel cestello senza fare molto caso a quello che sceglieva.

China era troppo scoraggiata per discutere. In pochi minuti terminarono le compere.

Una volta fuori, Cherokee era impaziente di ascoltare le novità della giornata raccolte dai St. James. Deborah propose di tornare all'appartamento e di parlare lì, ma China disse: «Dio, no. Sono appena uscita. Facciamo una passeggiata».

Perciò scesero verso il porto e, una volta arrivati, si avviarono sulla banchina più lunga. Questa s'inoltrava nella Havelet Bay, e giungeva fino allo sperone sul quale sorgeva Castle Cornet, a guardia del porto. Proseguirono oltre la fortificazione, fino al termine del pontile, compiendo una piccola curva nelle acque della Manica.

Alla fine del molo, fu China a sollevare l'argomento. «Si mette male, vero?» chiese a Deborah. «Te lo leggo in viso. È meglio che vuoti il sacco.» E nonostante quelle parole, si volse a guardare l'acqua, le grandi masse grigie che si elevavano sotto la superficie del mare. A non molta distanza, sorgeva un'altra isola, come un leviatano acquattato nella nebbia. Qual era? si chiese Deborah. Sark, Alderney?

«Cos'avete scoperto, Debs?» Cherokee posò le buste con le cibarie e prese sottobraccio la sorella.

China si scostò da lui. Sembrava preparata al peggio e Deborah fu tentata di dipingere le cose sotto una luce migliore. Ma non era possibile, e in ogni caso aveva il dovere di dire la verità all'amica.

Perciò raccontò ai River cos'erano riusciti a scoprire lei e Simon attraverso le conversazioni a Le Reposoir. China, che non era stupida, capì cos'avrebbe logicamente pensato qualunque individuo ragionevole, una volta assodato che non solo lei aveva passato molto tempo da sola con Guy Brouard, ma anche che era stata vista seguirlo da più di una persona il mattino della sua morte.

«Credi ci sia stato qualcosa tra me e lui, vero, Deborah?» chiese. «Fantastico.» La sua voce era un misto di rancore e disperazione.

«Veramente io...»

«D'altronde, perché no? Lo penseranno tutti. Qualche ora da soli per un paio di giorni, lui era ricco da morire, perciò si sa, scopavamo come conigli.»

Quell'espressione così volgare fece trasalire Deborah. Non era della China che conosceva, la più romantica tra loro due, legata allo stesso uomo per anni, disposta ad accontentarsi di un futuro a pastelli.

L'amica continuò: «Non importava che avrebbe potuto essere mio nonno. Diavolo, c'era in ballo molto denaro. Non è rilevante con chi scopi se la cosa ti frutta dei soldi, no?»

«Chine!» protestò Cherokee. «Gesù.»

China si rese conto di quello che aveva detto. Anzi, in un attimo capì che quel discorso avrebbe potuto valere proprio per Deborah, perché si affrettò a dire: «Dio, Deborah, mi dispiace».

«Non ti preoccupare», fece lei.

«Non intendevo... Non pensavo a te e... lo sai.»

Tommy, pensò Deborah. China intendeva dire di non aver pensato a Tommy e ai suoi soldi. Non avevano mai contato, però c'erano sempre stati, tra le tante altre cose che sembravano così belle viste dall'esterno, se non si conoscevano i veri sentimenti dell'altra persona. «Non ti preoccupare», ripeté Deborah. «Lo so.»

«È solo che...» proseguì China. «Credi davvero che io e lui...?»

«Stava solo riferendoti quello che ha sentito, Chine», intervenne Cherokee. «Dobbiamo sapere cosa pensano gli altri, no?»

China si voltò di scatto verso di lui. «Ascolta, Cherokee. Piantala. Non sai neppure cosa... Oh, Dio, scusami. Piantala e basta, va bene?»

«Cerco solo...»

«Be', piantala di farlo. E non starmi sempre attorno. Non riesco a respirare. Non posso fare un passo senza di te.»

«Sta' a sentire. A nessuno piace vederti in questo guaio», le disse Cherokee.

Lei scoppiò in una risata straziante, ma si portò un pugno alla bocca per controllarsi. «Sei pazzo o cosa?» domandò. «È esattamente il contrario: c'è parecchia gente che è contenta che io mi ci trovi. Serve un capro espiatorio, e io faccio al caso.»

«Già, ecco perché adesso abbiamo degli amici qui.» Cherokee fece un sorriso a Deborah e accennò ai gigli che lei aveva in mano. «Amici che portano dei fiori. Dove li hai presi, Debs?»

«Al mercato.» D'impulso li porse a China. «Quell'appartamento ha bisogno di un po' di vita, credo.»

China lanciò un'occhiata ai fiori, poi guardò in viso Deborah. «Penso che tu sia l'unica amica che abbia mai avuto», disse.

«Ne sono felice.»

China prese i fiori. Tornò di nuovo a guardarli e la sua espressione si addolcì. Poi disse al fratello: «Cherokee, lasciaci un po' sole, va bene?»

Lui passò lo sguardo dalla sorella a Deborah, e disse: «Certo. Li metterò in acqua». Raccolse le buste e prese sottobraccio il mazzo di fiori. «A dopo», salutò Deborah, lanciandole un'occhiata per intendere buona fortuna, così eloquente che fu come se lo avesse pronunciato ad alta voce. Tornò indietro lungo il molo.

China rimase a guardarlo. «Lo so che ha le migliori intenzioni e si preoccupa per me. Ma la sua presenza qui peggiora le cose. Come se non bastasse tutta la situazione, mi tocca anche discutere con lui.» Si strinse le braccia intorno al corpo, e solo in quell'istante Deborah si accorse che con quel freddo China indossava unicamente un maglione. Il mantello si trovava ancora in mano alla polizia, ed era proprio quello il nocciolo del problema.

«Dove hai lasciato il mantello quella sera?» le domandò Deborah.

China guardò per un attimo l'acqua, quindi rispose: «La sera della festa? Doveva essere nella mia stanza. Non ci ho fatto caso.

Ero uscita e rientrata diverse volte per tutto il giorno, ma a un certo punto devo averlo portato di sopra, perché quando quella mattina eravamo pronti per partire sono certa che si trovasse su una sedia. Accanto alla finestra».

«E non ricordi di averlo messo lì?»

China scosse la testa. «Sarà stato un gesto automatico. Devo averlo indossato, poi me lo sarò tolto e l'avrò posato. Non sono mai stata una maniaca dell'ordine, lo sai.»

«Quindi qualcuno potrebbe averlo preso per utilizzarlo di primo mattino, quando Guy Brouard è andato alla baia, e poi averlo rimesso a posto?»

«Può darsi. Ma non vedo come e quando.»

«A che ora sei andata a letto?»

«Saranno state...» Lei corrugò la fronte. «Non me lo ricordo.»

«Valerie Duffy giura di averti visto seguirlo, China.» Deborah lo disse con la massima delicatezza possibile. «E Ruth Brouard, a sua volta, afferma di averti cercato per tutta la casa dopo aver visto dalla finestra qualcuno che riteneva fossi tu.»

«E tu credi a tutt'e due?»

«Non è questo», disse Deborah. «Si tratta di capire se in precedenza fosse accaduto qualcosa che secondo la polizia avvalori le loro affermazioni.»

«Accaduto qualcosa?»

«Tra te e Guy Brouard.»

«Ci risiamo.»

«Non è quello che penso. Mi riferisco alla polizia...»

«Lascia perdere», la interruppe China. «Vieni con me.»

La precedette lungo il molo sulla via del ritorno. Sull'Esplanade, China attraversò senza curarsi di guardare prima. S'infilò tra numerosi autobus in attesa alla stazione cittadina e, seguendo un percorso a zigzag, giunse a Constitution Steps, che formava un punto interrogativo capovolto sul fianco di una delle colline. Si trattava di una gradinata simile a quella per la quale Deborah era discesa poc'anzi al mercato. Risalendola, arrivarono in Clifton Street e ai Queen Margaret Apartments. China proseguì verso il retro, fino all'appartamento B. Senza dire una parola, entrò nel cucinino.

Una volta lì, riprese in tono deciso: «Ecco, leggi qui. Se è l'unica maniera per convincerti, puoi controllare tutto in ogni lurido particolare».

«China, io ti credo», disse Deborah. «Non devi...»

«Non dirmi cosa devo o non devo fare», ribatté China con insistenza. «La verità è che credi ci sia una possibilità che io menta.»

«Non che tu menta.»

«D'accordo, che io abbia frainteso qualcosa. Invece ti ripeto che non ho frainteso un bel niente, e nessuno può averlo fatto, perché non è successo un bel niente. Né tra me e Guy Brouard, né tra me e altri. Perciò ti chiedo di leggere questo per te stessa, per averne la completa certezza.» China sbatté sulla propria mano un blocco di carta legale sul quale aveva annotato il resoconto dei giorni trascorsi a Le Reposoir.

«Io credo alla tua versione», disse Deborah.

«Leggi», insistette China.

Lei si rese conto che l'amica non le avrebbe dato pace finché non avesse letto quegli appunti. Perciò si sedette al tavolo e prese il blocco, mentre China andava al piano di lavoro, sul quale Cherokee aveva lasciato le buste e i fiori prima di uscire un'altra volta.

Non appena Deborah cominciò a leggere la documentazione dell'amica, si accorse che questa era stata molto precisa. Inoltre, dimostrava di possedere una memoria ammirevole. Erano riportati tutti gli incontri con i Brouard, in più China aveva annotato anche tutto ciò che aveva fatto mentre si trovava in compagnia di Guy, della sorella di quest'ultimo o di entrambi. Il resto del tempo lo aveva passato con Cherokee o spesso da sola a scattare fotografie della tenuta.

Aveva documentato ogni minimo avvenimento del soggiorno a Le Reposoir. Perciò era possibile ricostruire tutti i movimenti di China: tanto meglio, perché di certo qualcuno li avrebbe confermati.

Soggiorno, aveva scritto, *a guardare raffigurazioni storiche di L.R. Presenti Guy, Ruth, Cherokee e Paul F.* Seguivano il giorno e l'ora.

Sala da pranzo, proseguiva, *a tavola con Guy, Ruth, Cherokee, Frank O. e Paul F. Più tardi arriva A.A., per il dolce, con Paperella e Stephen. Occhiatacce a me. Ancora di più a Paul F.*

Studio, continuava, *con Guy, Frank O. e Cherokee, discussione sul museo da erigere. Frank O. va via. Cherokee esce con lui per conoscere il padre e vedere il mulino ad acqua. Io e Guy restiamo. Parliamo. Arriva Ruth con A.A. Paperella è fuori con Stephen e Paul F.*

Galleria, al piano superiore della casa con Guy. Lui esibisce i ritratti e posa per me. Sopraggiunge Adrian. Appena arrivato. Presentazioni.

In giro per la tenuta, seguitavano gli appunti, *io e Guy. Parliamo di un servizio fotografico su questo posto, per* Architectural Digest. *Gli spiego che sottopongo i miei lavori alla rivista. Visita agli altri edifici e ai vari giardini. Diamo da mangiare ai pesci rossi.*

Camera di Cherokee, scriveva ancora China, *io e lui. Discutiamo se restare o partire.*

E via di seguito, con altre annotazioni puntigliose di quello che era accaduto nei giorni precedenti la morte di Guy Brouard. Deborah lesse tutto e cercò d'individuare i momenti chiave eventualmente spiati da qualcuno che poi se ne fosse servito per far finire China nell'attuale situazione.

«Chi è Paul F.?» domandò Deborah.

China glielo spiegò: era un protetto di Guy Brouard. Tipo il Fratello Maggiore. In Inghilterra non c'era questa figura come in America? Un adulto che prendeva sotto la sua ala un ragazzo per offrirglisi come modello di vita? Tra Guy Brouard e Paul Fielder c'era un rapporto del genere. Il ragazzo non diceva mai più di dieci parole di fila. Non faceva altro che guardare Guy con gli occhi persi e seguirlo come un cagnolino.

«Quanti anni ha?»

«È adolescente. Molto povero, a giudicare dai vestiti. E la sua bici! Arrivava tutti i giorni su questo rottame, più che altro un mucchio di ruggine. Ma era sempre benvenuto. Lui e il suo cane.»

Il ragazzo, i vestiti, il cane. La descrizione calzava all'adolescente che lei e Simon avevano incontrato mentre andavano alla baia. «Era anche lui alla festa?» chiese Deborah.

«La sera prima?» Quando Deborah annuì, China confermò: «Certo. C'erano tutti. A quanto abbiamo capito, era l'avvenimento mondano della stagione».

«Quante persone?»

Lei rifletté sulla domanda. «Trecento, più o meno.»

«Tutte in un posto?»

«Non proprio. Voglio dire, non è che fosse all'aperto, però c'è stato un gran viavai di gente per tutta la sera. Gli addetti al catering entravano e uscivano dalla cucina. C'erano quattro bar. Niente di caotico, però secondo me non c'era nessuno a controllare i movimenti dei presenti.»

«Perciò il tuo mantello potrebbe essere stato rubato», ipotizzò Deborah.

«Immagino di sì. Ma al momento del bisogno, era di nuovo lì, Debs. Cioè quando io e Cherokee il mattino dopo eravamo in partenza.»

«E non avete visto nessuno prima di andarvene?»

«Nessuno.»

A quel punto tacquero. China vuotò le buste, sistemando la spesa nel piccolo frigo e nell'unica credenza. Cercò qualcosa in cui mettere i fiori e alla fine decise di disporli in una pentola. Deborah rimase a guardarla e si domandò come rivolgerle la domanda che le premeva maggiormente, come impostarla in modo che l'amica non v'intravedesse una forma di sospetto o, peggio, un tentativo di scaricarla. China aveva già fin troppe difficoltà.

«Non è che qualche volta sei andata con lui?» chiese Deborah. «Nei giorni precedenti, intendo, a fare una nuotata con Guy Brouard, o anche solo a guardarlo?»

China scosse la testa. «Sapevo che andava a nuotare alla baia. Tutti lo ammiravano per questo. L'acqua gelida, l'ora di primo mattino, il periodo dell'anno. Secondo me, gli piaceva far stare in pensiero gli altri per quel bagno giornaliero al quale non rinunciava mai. Io, però, non sono mai andata a vederlo.»

«E qualcun altro?»

«La sua ragazza, credo, da quello che diceva la gente. Tipo: 'Perché non cerchi di far ragionare quell'uomo, Anaïs?', e lei: 'Ci provo tutte le volte che lo accompagno là'.»

«Allora anche quel mattino potrebbe essere andata con lui alla baia?»

«Se si fosse fermata per la notte. Ma credo di no, non è mai rimasta alla tenuta mentre c'eravamo io e Cherokee.»

«A volte però lo faceva?»

«Certo, e l'ha messo fin troppo in chiaro, a beneficio della sottoscritta, s'intende. Perciò, può anche darsi che sia rimasta la notte della festa, anche se credo di no.»

Deborah fu confortata dal fatto che China si rifiutasse d'infiorare le cose in modo da indirizzare i sospetti su un'altra donna. Era indice di un carattere molto più forte del suo. «China», disse, «secondo me la polizia avrebbe potuto imboccare molte altre strade, se avesse approfondito tutto questo.»

«Davvero?»

«Certo.»

A queste parole, China parve liberarsi da un grosso e imprecisato peso che gravava su di lei da quando Deborah aveva raggiunto i due fratelli nella drogheria. «Grazie, Debs», disse.

«Non è il caso.»

«E invece sì. Grazie per essere venuta, per essermi amica. Senza te e Simon, sarei in balìa di tutti. Lo vedrò? Simon, intendo. Mi piacerebbe.»

«Ma certo che lo vedrai», disse Deborah. «Anche lui lo desidera tanto.»

China tornò al tavolo e prese il blocco di carta legale. Lo esaminò per qualche istante, come per riflettere su qualcosa, poi lo porse a Deborah con un gesto impulsivo simile a quello con cui l'amica le aveva consegnato i gigli.

«Dallo a lui», fece China. «Digli di passarlo al vaglio con estrema accuratezza. Chiedigli di torchiarmi pure quando e quanto gli pare, se lo ritiene necessario. Digli di scoprire la verità.»

Deborah prese il blocco e promise di darlo al marito.

Uscì dall'appartamento molto sollevata. Fuori, girò intorno all'edificio e tornò all'ingresso principale. Lì trovò Cherokee, appoggiato a una cancellata dall'altro lato della strada, dinanzi a un albergo chiuso per l'inverno. Aveva tirato su il colletto del giubbotto per proteggersi dal freddo e beveva un liquido fumante da un bicchiere da asporto, mentre sorvegliava i Queen Margaret Apartments come un poliziotto in incognito. Non appena scorse Deborah, si staccò dalla cancellata e venne verso di lei.

«Com'è andata?» domandò. «Tutto a posto? È stata tesa per tutto il giorno.»

«Sta bene», disse Deborah. «Anche se è un po' in ansia.»

«Vorrei tanto fare qualcosa, ma lei non me lo permette. Io ci provo, e lei mi sfugge di mano. Secondo me, non dovrebbe rimanere qui da sola, perciò le sto sempre intorno a proporle di fare un giro in macchina o a piedi, una partita a carte, o guardare la

CNN per vedere che succede a casa. Cose del genere, insomma. Ma lei non fa altro che scattare.»

«È spaventata e, secondo me, non vuole farti capire fino a che punto.»

«Ma sono suo fratello.»

«Forse è proprio per questo.»

Lui si soffermò a pensarci, vuotando ciò che restava del contenuto della tazza e accartocciandola tra le dita. «Si è sempre presa cura di me», disse. «Quando eravamo piccoli e la mamma stava dietro alle sue solite cose, le manifestazioni di protesta e le cause che di volta in volta abbracciava. Non sempre, solo quando c'era bisogno di qualcuno disposto a legarsi a una sequoia o a portare un cartellone in favore di qualcosa. Allora la mamma andava via. A volte per settimane. China era capace di sopportarlo, io no.»

«Ti senti in debito con lei?»

«Eccome. Sì. E voglio aiutarla.»

Deborah rifletté sulla cosa: il bisogno che avvertiva Cherokee e, di contro, la situazione che dovevano affrontare. Guardò l'orologio e decise che c'era tempo.

«Vieni con me», disse. «Forse puoi fare qualcosa.»

12

NEL SOGGIORNO della residenza, St. James vide un enorme telaio, simile a quelli utilizzati per realizzare gli arazzi. Ma anziché
per tessere, l'attrezzo serviva per un ricamo mezzo punto su scala
inconcepibile. Ruth Brouard non disse nulla mentre lui osservava il telaio e il materiale simile a tela teso su di esso, alzando poi
lo sguardo su un esemplare terminato e appeso a una parete della stanza, non molto diverso da quello che aveva visto in precedenza nella camera della donna.

St. James si accorse che l'enorme ricamo raffigurava la caduta
della Francia nella seconda guerra mondiale, sul filo di una vicenda che partiva con la linea Maginot e terminava con una donna che faceva le valigie. Un bambino e una bambina la guardavano, mentre alle loro spalle una donna anziana e un vecchio con la
barba avvolto in un paramento da preghiera e con un libro in
mano consolavano un uomo, probabilmente il figlio adulto della
donna.

« Notevole », commentò St. James.

Ruth Brouard posò sul ripiano di uno scrittoio apribile la busta rigida che aveva in mano quando era andata ad aprirgli. « Lo
trovo terapeutico, e di gran lunga meno caro della psicanalisi »,
disse.

« Quanto ci ha impiegato a terminarlo? »

« Otto anni. Ma allora non ero così veloce. Non ne avevo la
necessità. »

St. James la osservò. Vide i segni della malattia nei movimenti
troppo cauti e nella tensione sul suo volto. Ma talmente evidente
era lo sforzo che la donna faceva per mantenere una pretesa di
vitalità, che lui non volle parlargliene e neppure accennarvi.
« Quanti altri ne ha in programma? » le domandò, spostando
l'attenzione sul ricamo incompiuto teso sul telaio.

« Quanti ne occorreranno a raccontare tutta la storia », rispose
lei. « Questo », accennò al ricamo sulla parete, « è stato il primo.
È ancora un po' impreciso, ma con la pratica ho migliorato. »

« Rappresenta una vicenda importante. »

«Direi. A lei cos'è capitato? Mi rendo conto che può sembrare una domanda troppo diretta, ma ormai ho superato certe formalità. Spero non le dispiaccia.»

Assolutamente sì, se quella domanda gliel'avesse posta un'altra persona. Ma in quella donna sembrava esserci una capacità di comprensione del tutto scevra da curiosità oziosa, che gliela rendeva affine. Forse perché era così evidente che stava morendo, pensò St. James.

«Un incidente automobilistico», le rispose.

«Quando?»

«Avevo ventiquattro anni.»

«Ah. Mi dispiace.»

«Non deve. Eravamo tutti e due ubriachi.»

«Lei e la signora che l'accompagnava?»

«No, ero con un vecchio compagno di studi.»

«E immagino che alla guida ci fosse lui, che invece se l'è cavata senza un graffio.»

St. James sorrise. «È una strega, signorina Brouard?»

Lei ricambiò il sorriso. «Magari. Avrei lanciato chissà quanti incantesimi.»

«Su un fortunato?»

«Su mio fratello.» Lei girò verso la stanza la sedia dallo schienale rigido accostata allo scrittoio e vi si accomodò, indicandogli la poltrona vicina. St. James si sedette e attese che lei gli dicesse perché aveva voluto vederlo una seconda volta.

Lei arrivò subito al dunque. Gli domandò se lui conoscesse le norme sulla successione in vigore sull'isola di Guernsey. Era al corrente dei limiti che esse imponevano alla destinazione del denaro e delle proprietà di un defunto? Si trattava di un sistema alquanto bizantino, disse Ruth, derivato dal diritto consuetudinario normanno. La caratteristica principale stava nel vincolare le sostanze all'interno della cerchia familiare, e il tratto distintivo consisteva nell'impossibilità di diseredare un figlio, indocile o altro. Alla progenie veniva riconosciuto il diritto di ereditare comunque una fetta del patrimonio, indipendentemente dai rapporti con i genitori.

«Erano molte le cose che a mio fratello piacevano della Manica», disse Ruth. «Il clima, l'atmosfera, il forte spirito comunitario. E, naturalmente, le leggi fiscali e le ottime opportunità offerte dal sistema bancario. A Guy però non andava proprio una legislazione che gli imponesse come distribuire le sue proprietà dopo la morte.»

«Comprensibile», commentò St. James.

«Quindi cercò una maniera per aggirarla, una scappatoia. E la trovò, com'era prevedibile per chiunque lo conoscesse.»

Prima di trasferirsi sull'isola, spiegò Ruth Brouard, il fratello le aveva intestato tutte le proprietà. Si era riservato un unico conto bancario, sul quale aveva versato una somma di denaro considerevole, non solo per investirla ma anche per ricavarne di che vivere agiatamente. Il resto dei suoi beni, però, le proprietà, i pacchetti azionari, le obbligazioni, gli altri conti, le attività li aveva fatti registrare a nome della sorella. L'unica condizione era che, appena giunti a Guernsey, a sua volta Ruth dovesse firmare un testamento stilato per lei dal fratello e da un avvocato. Dal momento che lei non aveva né marito né figli, alla sua morte era libera di fare ciò che voleva delle proprietà, e in questo modo lo sarebbe stato anche il fratello, perché la stesura del documento in realtà l'avrebbe stabilita lui. Era un modo ingegnoso per aggirare la legge.

«Vede, da anni mio fratello non aveva più rapporti con le figlie minori», spiegò Ruth. «Perciò non capiva perché avrebbe dovuto lasciare a quelle due ragazze una fortuna solo per via della paternità, in base alle leggi locali sulla successione. Le aveva mantenute fino all'età adulta e mandate alle scuole migliori, brigando per farne entrare una a Cambridge e l'altra alla Sorbona. In cambio, mio fratello non aveva avuto niente, nemmeno un grazie. Perciò disse che il troppo era troppo, e cercò un modo per lasciare invece qualcosa alle altre persone della sua vita che gli avevano dato gran parte di ciò che i suoi figli gli avevano negato. Credo intendesse soprattutto l'attaccamento, l'amicizia, l'approvazione e l'amore. Poteva donare molto a queste persone, com'era sua intenzione, ma solo se gli atti fossero stati filtrati attraverso di me. E fu così che facemmo.»

«E il figlio?»

«Adrian?»

«Suo fratello intendeva lasciar fuori anche lui?»

«In realtà, Guy non intendeva lasciare del tutto fuori nessuno di loro, soltanto diminuire il dovuto in base alla legge.»

«Chi ne era informato?» chiese St. James.

«Per quanto ne so, soltanto Guy, Dominic Forrest, l'avvocato, e io.» L'anziana donna prese la busta rigida, ma non aprì le linguette metalliche; se la mise in grembo e prese a lisciarla con una mano. «Accettai la cosa in parte per rasserenare Guy. Era molto infelice per i rapporti con i figli, ostacolati dalle sue ex mogli, perciò mi sono detta: 'Perché no? Perché non dargli la possibilità di ricordarsi degli estranei entrati a far parte della sua vita mentre i suoi se ne stavano alla larga da lui?' Vede, non mi aspettavo...» Esitò, con le mani congiunte, come se valutasse ciò che poteva rivelare. Poi sembrò prendere una decisione, dopo avere esaminato la busta poggiata in grembo, perché proseguì dicendo: «Non mi aspettavo di sopravvivere a mio fratello. Non appena gli avessi rivelato le mie... condizioni fisiche, pensavo che con ogni probabilità lui proponesse di modificare il mio testamento in modo che lasciassi tutto a lui. A quel punto, per rifare il suo, sarebbe stato di nuovo vincolato dalla legge, ma credo lo avrebbe pur sempre preferito alla prospettiva di ritrovarsi solo con un conto bancario e qualche investimento, senza nessuna possibilità di rimpinguarli in caso di necessità».

«Sì, capisco», disse St. James. «L'intento era chiaro. Ma immagino che non sia andata così.»

«Non sono riuscita a parlargli del mio... stato. A volte, lo sorprendevo a guardarmi e pensavo l'avesse capito, ma lui non sollevò mai l'argomento, e neppure io. Continuavo a ripetermi: 'Domani, domani glielo dico'. Ma non arrivai mai a farlo.»

«Perciò quando lui è morto all'improvviso...»

«C'erano delle aspettative.»

«E ora?»

«Sono sorti dei comprensibili rancori.»

St. James annuì. Guardò il ricamo appeso alla parete, che raffigurava una parte essenziale delle loro vite. Vide che la madre piangeva nel fare le valigie, che i due bambini si stringevano l'uno all'altra pieni di paura. Fuori da una finestra, carri armati nazisti avanzavano in lontananza su un prato e una divisione di fanteria marciava col passo dell'oca lungo una via stretta.

«Non credo che mi abbia fatto venire perché le consigli cosa fare», disse lui. «Mi pare invece che lei abbia già preso una decisione.»

«Devo tutto a mio fratello, e sono una donna che paga i debiti. Quindi, ha ragione. Non le ho chiesto affatto di venire per dirmi cosa fare del mio testamento ora che Guy è morto.»

«Allora posso chiederle come posso aiutarla?»

«Fino a oggi, avevo sempre conosciuto esattamente le clausole dei testamenti di Guy», rispose lei.

«Al plurale?»

«Riscriveva il testamento più spesso di quanto non si faccia di solito. E a ogni nuova stesura, mi fissava un incontro con il suo avvocato per mettermi al corrente delle clausole. Era molto bravo in questo, e sempre attento alla legge. Il giorno stabilito per la firma e la convalida, andavamo allo studio del signor Forrest, esaminavamo la documentazione nel caso occorressero delle modifiche al mio testamento, sbrigavamo le formalità ed eravamo via per il pranzo.»

«Devo supporre che ciò non sia avvenuto per l'ultima stesura?»

«No, infatti.»

«E se non ne avesse avuto il tempo?» suggerì Simon. «In fondo, non si aspettava di morire.»

«L'ultimo testamento fu stilato a ottobre, signor St. James. Più di due mesi fa. Nel frattempo non mi sono mai allontanata dall'isola. E nemmeno Guy è andato via. Perché il documento abbia valore legale, dev'essersi recato a St. Peter Port per le firme. Il fatto di non avermi portato con sé m'induce a credere che volesse tenermi all'oscuro di ciò che intendeva fare.»

«E cioè?»

«Escludere dal lascito Anaïs Abbott, Frank Ouseley e i Duffy. Me l'ha nascosto. E quando l'ho capito, mi sono resa conto che probabilmente mi ha taciuto anche altre cose.»

St. James capì che finalmente erano arrivati al punto: il motivo per cui gli aveva chiesto di rivederlo. Ruth Brouard aprì le linguette metalliche della busta che aveva in grembo. Ne sfilò il contenuto, e St. James notò che tra i documenti c'era anche il passaporto di Guy Brouard, la prima cosa che la donna gli porse.

«Ecco il suo primo segreto», disse lei. «Guardi il visto, quello più recente.»

St. James sfogliò rapidamente il libretto e trovò i timbri d'entrata. Allora vide che, al contrario di quanto gli aveva detto Ruth Brouard durante il primo colloquio di quel giorno, il fratello si era recato in California nel mese di marzo, atterrando all'aeroporto internazionale di Los Angeles.

«E non l'ha mai informata di questo viaggio?» le domandò.

«No di certo. Altrimenti glielo avrei detto.» Quindi gli passò un mucchio di documenti. St. James vide che si trattava di scontrini della carta di credito, conti di albergo e di ristoranti, ricevute di servizi di autonoleggio. Guy Brouard si era trattenuto all'Hilton per cinque notti nella città di Irvine. Lì aveva consumato un pasto in un locale denominato Il Fornaio, poi allo Scott's Seafood di Costa Mesa e al Citrus Grille di Orange. Aveva incontrato un certo William Kiefer, avvocato di Tustin, al quale aveva versato mille dollari per tre appuntamenti in cinque giorni, conservando il biglietto da visita del legale, insieme con una ricevuta dello studio di architettura Southby, Strange, Willow e Ward. In fondo a uno scontrino della carta di credito era scritto a penna «Jim Ward cellulare» e un numero telefonico.

«A quanto pare, si era interessato personalmente al museo», commentò St. James. «E questo coincide con ciò che sappiamo dei suoi progetti sull'isola.»

«Infatti», disse Ruth. «Ma non me ne ha parlato. Non ha fatto neanche un accenno a questo viaggio. Capisce che significa?»

La domanda di Ruth aveva un'implicazione sinistra, ma per St. James quella scoperta poteva significare anche che il fratello desiderava solamente un po' di riservatezza. Magari aveva compiuto quel viaggio in compagnia di una donna e non voleva farlo sapere alla sorella. Ma quando Ruth proseguì, lui si rese conto che i nuovi elementi acquisiti, più che sconcertarla, rafforzavano le sue convinzioni.

«La California, signor St. James», disse lei. «E l'americana vive là. Perciò Guy doveva conoscerla da prima che lei venisse a Guernsey. È arrivata per compiere un delitto premeditato.»

«Capisco, signorina Brouard. La persona in questione, però, non vive nella parte della California dov'è stato suo fratello», le fece notare St. James. «È di Santa Barbara.»

«E quanto dista?»

St. James inarcò le sopracciglia. Non lo sapeva, perché non era mai stato in California e ignorava del tutto l'ubicazione delle città, tranne Los Angeles e San Francisco, situate più o meno alle estremità opposte dello Stato. Di una cosa, però, era certo: si trattava di un territorio molto esteso, collegato da un'aggrovigliata rete di autostrade, solitamente intasate di veicoli. Solo Deborah avrebbe potuto fornire un parere attendibile sulla possibilità che Guy Brouard si fosse recato a Santa Barbara mentre si trovava in California. La moglie, quando viveva lì, aveva viaggiato molto, non solo con Tommy, ma anche con China.

China. Il pensiero gli riportò d'improvviso alla mente il resoconto di Deborah sulle visite alla madre e al fratello dell'amica. Una città che aveva il nome di un colore: Orange. Era là che si trovava il Citrus Grille, del quale Guy Brouard conservava la ricevuta tra le sue carte. E Cherokee River, non la sorella, viveva in quella zona. Allora era lui, non China, a conoscere Brouard prima di recarsi a Guernsey?

St. James rifletté sui possibili risvolti della cosa e chiese a Ruth: «Dove hanno dormito i River le notti che sono stati ospiti qui in casa?»

«Al secondo piano.»

«Dove si affacciavano le loro camere?»

«Sulla facciata, che è rivolta a sud.»

«E da lì si gode una vista aperta del viale d'accesso, degli alberi che lo costeggiano e del cottage dei Duffy?»

«Sì, perché?»

«Per quale motivo quella mattina si è avvicinata alla finestra, signorina Brouard? Quando ha visto la figura che seguiva suo fratello, cosa l'aveva spinta ad andare a guardare dalla finestra? Lo faceva sempre?»

Lei rifletté sulla domanda, e alla fine disse lentamente: «Di solito quando Guy usciva di casa, io non ero ancora alzata. Perciò dev'essere stato...» Assunse un'aria pensosa. Intrecciò le mani sottili sulla busta rigida e St. James vide la pelle incartapecorita, tesa sulle ossa come uno strato sottile. «Avevo sentito un rumore, signor St. James», disse. «È stato quello che mi ha svegliato di soprassalto, un po' spaventata, perché pensavo fosse ancora piena notte e qualcuno si muovesse di soppiatto. Era così buio. Ma quando ho guardato l'orologio, mi sono resa conto che era quasi l'ora in cui Guy andava a nuotare. Per un po' sono rimasta ad ascoltare, poi l'ho sentito che si muoveva nella sua stanza. Perciò ho pensato fosse stato lui a fare quel rumore.» Capì dove voleva arrivare St. James, e aggiunse: «Però potrebbe essere stato qualcun altro, vero? Non Guy, ma qualcuno che era già in piedi e girava per casa. Per uscire e appostarsi tra gli alberi in attesa di mio fratello».

«Proprio così», disse St. James.

«E le loro camere si trovavano sopra la mia», fece lei di rimando. «Quelle dei River al secondo piano, intendo. Capisce, dunque, che...»

«È possibile», ammise St. James. Ma capiva anche qualcos'altro. Che, per esempio, ci si poteva fermare a un dato parziale e ignorare il resto. Perciò riprese: «E dove si trovava Adrian?»

«Non può essere stato lui a...»

«Sapeva dei testamenti? Il suo e quello del signor Brouard?»

«Senta, le assicuro che non ne sarebbe stato capace. Non avrebbe mai...»

«Ammesso che sapesse delle leggi in vigore sull'isola ma non degli espedienti cui era ricorso il padre per escluderlo da un'immensa fortuna, sarebbe stato convinto di ereditare... cosa?»

«O metà delle sostanze di Guy diviso in tre terzi con le sorelle...» cominciò Ruth con evidente riluttanza.

«... O un terzo dell'intero patrimonio, se il padre si fosse limitato a lasciarlo tutto solamente ai figli?»

«Sì, ma...»

«Una fortuna considerevole», osservò St. James.

«Sì, sì. Ma, deve credermi, Adrian non avrebbe torto un capello al padre. Per nessuna ragione. Tanto meno per un'eredità.»

«Perché, possiede del denaro proprio?»

Lei non rispose. Un orologio ticchettava sulla mensola del camino e quel suono parve ingigantirsi, come il conto alla rovescia di una bomba. Il silenzio della donna era una risposta più che sufficiente per St. James.

«E il suo testamento, signorina Brouard?» le chiese. «Che accordi aveva con suo fratello? Come voleva che venisse distribuito il patrimonio che le aveva intestato?»

Lei si umettò il labbro inferiore. La lingua era pallida come tutto il resto. «Adrian è un ragazzo pieno di problemi, signor St. James», disse. «Per quasi tutta la vita è stato conteso dai genitori come in un tiro alla fune. Il loro matrimonio è finito male, e Margaret ha fatto di Adrian lo strumento della vendetta. Malgrado si fosse risposata con un ottimo partito, come sempre, restava il fatto che Guy l'aveva tradita senza che lei fosse venuta a saperlo immediatamente, non potendo così coglierlo in flagrante. Secondo me, era questo che le premeva di più: sorprendere mio fratello a letto con un'altra donna e precipitarsi su di loro come una furia. Ma non andò così. Fu solo una squallida scoperta, non conosco i particolari. E lei non riusciva ad accettarlo, a farsene una ragione. Guy avrebbe dovuto soffrire al massimo per averla umiliata. A questo le serviva Adrian. Ed essere sfruttato in quel modo... Non si può crescere sani senza solide radici familiari. Ma Adrian non è un assassino.»

«Quindi, per compensarlo, lei gli ha lasciato tutto?»

Ruth si esaminava le mani, ma a quell'affermazione alzò gli occhi. «No. Ho fatto quello che desiderava mio fratello.»

«Cioè?»

Le Reposoir, disse, sarebbe andato agli abitanti di Guernsey perché lo utilizzassero a loro piacimento, con un fondo per la manutenzione dei terreni, degli edifici e delle strutture. Il resto, le proprietà in Spagna, Francia e Inghilterra, le azioni e le obbligazioni, i conti bancari e gli effetti personali che alla morte della donna non sarebbero serviti ad arredare la residenza o a decorare la tenuta, sarebbero stati messi in vendita, e il ricavato avrebbe alimentato il fondo stesso.

«L'ho accettato, perché era quello che lui desiderava», disse Ruth Brouard. «Mi ha promesso che nel suo testamento si sarebbe ricordato dei figli, e così è stato. Anche se ovviamente senza troppa generosità, come sarebbe stato se le cose fossero andate in modo normale. Comunque, non sono stati dimenticati.»

«In che modo?»

«Mio fratello si è avvalso della facoltà di scindere il patrimonio in due parti. La prima è andata ai tre figli, suddivisa tra loro in parti uguali. La seconda ad altri due ragazzi, due adolescenti di Guernsey.»

«Ai quali ha lasciato di più di quanto riceveranno gli stessi figli.»

«Io... Sì», ammise lei. «Immagino sia proprio così.»

«Chi sono questi adolescenti?»

Lei gli disse che si chiamavano Paul Fielder e Cynthia Moullin. Il fratello era il loro mentore. Aveva cominciato a occuparsi del ragazzo nell'ambito di un programma proposto dall'istituto superiore dell'isola. La ragazza, invece, l'aveva conosciuta tramite il padre, un vetraio che aveva costruito la serra e sostituito i pannelli alle finestre di Le Reposoir.

«Si tratta di famiglie poverissime, specie i Fielder. Guy se ne sarà reso conto e, avendo preso in simpatia i ragazzi, avrà voluto provvedere a loro come i genitori non sono in grado di fare», concluse Ruth.

«Ma se suo fratello ha fatto questo, perché tenerlo nascosto a lei?» chiese St. James.

«Non lo so», rispose la donna. «Non riesco a capirlo.»

«Lei lo avrebbe disapprovato?»

«Lo avrei avvertito dei problemi che avrebbe creato.»

«Nella propria famiglia?»

«Anche in quelle dei ragazzi. Sia Paul sia Cynthia hanno fratelli e sorelle.»

«Che non sono stati ricordati nel testamento di suo fratello?»

«Esattamente. Perciò, un lascito solo a loro e non agli altri... Gli avrei detto che la cosa poteva provocare delle fratture nelle rispettive famiglie.»

«E lui le avrebbe dato ascolto, signorina Brouard?»

Lei scosse la testa. Aveva un'aria infinitamente triste. «Questo era il difetto di mio fratello», gli rivelò. «Non ascoltava mai nessuno.»

Margaret Chamberlain si sforzava di ricordare quando le era capitato di essere così infuriata e decisa a fare qualcosa al riguardo. Forse era accaduto il giorno in cui i sospetti sulle avventure di Guy avevano cessato di essere tali per diventare una cruda realtà che l'aveva colpita come un pugno allo stomaco. Ma si trattava di molto tempo prima e da allora erano successe tante di quelle cose – tre successivi matrimoni e altrettanti figli – che quel periodo era sbiadito in un ricordo appena accennato al quale lei attribuiva poco peso, perché ormai non sapeva cosa farsene. Eppure, in qualche modo, ciò che la rodeva adesso era molto simile all'affronto subìto a quell'epoca. E non era il colmo dell'ironia che all'origine ci fosse la stessa persona?

Quando era in quelle condizioni, di solito aveva difficoltà a decidere da che parte sferrare l'attacco. Intanto c'era da affrontare la cognata. Le disposizioni testamentarie di Guy erano talmente bizzarre che poteva esservi una sola spiegazione, e questa era, detta a chiare lettere, R-u-t-h, Margaret ci avrebbe scommesso la testa. Oltre a quella donna, però, esistevano altri due beneficiari di ben metà dell'intero patrimonio, così pareva, dell'ex marito. E per nessuna ragione al mondo Margaret Chamberlain se ne sarebbe rimasta a guardare due nullità senza il minimo legame di sangue con Guy portarsi via più soldi del figlio di quel bastardo.

Adrian non era in grado di darle informazioni. Si era rintanato in camera e, dinanzi alle insistenze della madre per saperne di più di quanto non le avesse detto Ruth su Paul Fielder e Cynthia Moullin, si era limitato a rispondere: «Sono ragazzi che avevano nei confronti di papà l'atteggiamento che lui avrebbe desiderato dalla carne della sua carne. Noi non ci siamo piegati, mentre loro erano fin troppo lieti di farlo. Tipico di papà, no? Sempre pronto a ricompensare chi gli dimostrava devozione».

«Dove sono? Dove posso trovarli?»

«Il ragazzo vive a Bouet», rispose lui. «Non so esattamente dove. È un quartiere di case popolari. Potrebbe essere dovunque.»

«E l'altra?»

In quel caso la risposta fu molto più facile. I Moullin risiedevano a La Corbière, a sud-ovest dell'aeroporto, nel piccolo comune di Forest. Vivevano nell'abitazione più strana dell'isola. La gente l'aveva soprannominata «la Casa delle Conchiglie» e, una volta arrivati nei pressi di La Corbière, era impossibile non notarla.

«Bene. Andiamo», disse Margaret al figlio.

A quel punto Adrian mise bene in chiaro che non sarebbe andato da nessuna parte. «Cosa pensi di ottenere?»

«Gli farò capire con chi hanno a che fare. Chiarirò che, se credono di privarti di ciò che ti spetta di diritto...»

«Lascia perdere.» Adrian fumava senza interruzione e camminava avanti e indietro per la stanza sul tappeto persiano, come se volesse scavarvi un solco. «Papà voleva così. È il suo ultimo... sai, il colpo d'addio.»

«Devi smetterla di avere quest'atteggiamento, Adrian.» La madre non riuscì a evitare di dirglielo. Era troppo, dover prendere atto che il figlio si piegasse di buon grado alla sconfitta solo perché lo aveva deciso il padre. «Qui non si tratta solo delle volontà di tuo padre. C'entrano i tuoi diritti di erede diretto. E anche quelli delle tue sorelle, quanto a questo, e non dirmi che JoAnna Brouard se ne resterà seduta senza fare niente, una volta scoperto come Guy ha trattato le sue ragazze. Qui si tratta di una faccenda che potrebbe impantanarsi in tribunale per anni, se non facciamo qualcosa. Perciò, prima ce la vediamo con questi due beneficiari, e poi ce la vedremo con Ruth.»

Per una volta, lui variò il percorso e andò verso il cassettone, dove schiacciò la sigaretta in un posacenere dal quale proveniva il novanta per cento dell'aria cattiva che impregnava la stanza. Quindi se ne accese subito un'altra. «Non vado da nessuna parte», le disse. «Ne sono fuori, madre.»

Margaret si rifiutava di crederci o, almeno, non la considerava una decisione definitiva. Si disse che il figlio era solo depresso, umiliato e pieno di dolore. Non certo per Guy, quanto piuttosto per Carmel, che gli aveva preferito il padre. Che Dio dannasse la sua anima per aver tradito l'unico figlio maschio in quel modo così tipico di lui, da perfetto Giuda. Ma quella stessa ragazza sarebbe tornata di corsa a chiedere perdono, non appena Adrian avesse preso il posto che gli spettava, alla guida delle fortune paterne. Margaret non ne aveva il minimo dubbio.

«Molto bene», disse al figlio, e si mise a frugare tra le sue cose.

Lui non le rivolse domande, né protestò quando la madre sfilò le chiavi della macchina dalla giacca che Adrian aveva gettato su una poltrona.

«Va bene», riprese la donna. «Stanne fuori, per ora.» E uscì.

Nel cruscotto della Range Rover, Margaret trovò una cartina dell'isola, di quelle fornite dai servizi di autonoleggio, sulle quali vengono messe in evidenza solo le varie filiali e tutto il resto è quasi illeggibile. Ma, poiché la sede centrale era all'aeroporto e La Corbière si trovava da quelle parti, lei individuò subito il piccolo centro sulla costa meridionale dell'isola, su una stradicciola sottile all'incirca quanto il baffo di un felino.

Espresse il suo stato d'animo con una potente accelerata al motore, e partì. Era tanto difficile, si disse, fare a ritroso la strada per l'aeroporto e a La Rue de la Villiaze svoltare a sinistra? Non era un'idiota. Sapeva leggere le indicazioni stradali. Non si sarebbe perduta.

Questo naturalmente presupponeva che vi fossero indicazioni stradali. Margaret, però, scoprì ben presto che tra le curiose particolarità dell'isola c'era quella di nascondere i cartelli. Di solito arrivavano appena alla vita ed erano ricoperti dall'edera. Inoltre, bisognava sapere esattamente il comune verso cui si era diretti, per non rischiare di ritrovarsi di nuovo a St. Peter Port, dove portavano tutte le strade, come a Roma.

Dopo quattro tentativi a vuoto, Margaret era madida di sudore e, quando finalmente riuscì ad arrivare all'aeroporto, passò davanti a La Rue de la Villiaze senza notarla, tanto stretta era la strada. Lei era abituata all'Inghilterra, dove le arterie principali hanno tutto l'aspetto di arterie principali. Sulla cartina, la strada era riportata in rosso, perciò nella sua mente doveva possedere almeno due corsie, per non parlare di un grande cartello a segnalarle di aver trovato finalmente quello che cercava. Sfortunatamente, la donna giunse quasi a un incrocio triangolare al centro dell'isola, dove sorgeva una chiesa seminascosta in un avvallamento, e solo allora si rese conto che forse si era allontanata troppo. A quel punto accostò sul bordo, o così pareva, esaminò la cartina e si accorse con crescente irritazione di aver superato il tratto in cui doveva svoltare e perciò adesso le toccava tornare indietro.

Maledisse il figlio. Se non fosse stato così stupido e patetico... No, no. Certo, sarebbe stato meglio se ci fosse stato anche lui, che almeno conosceva la strada, per portarla direttamente a destinazione, risparmiandole tutti quei tentativi a vuoto. Ma Adrian doveva riprendersi dal colpo del testamento del padre, quell'individuo mille volte maledetto, e se gli occorreva un'ora o anche di più, pazienza, pensò Margaret. Lei era in grado di arrangiarsi da sola.

Questo, tuttavia, la indusse a chiedersi se in parte con Carmel Fitzgerald non fosse accaduto proprio questo: che la ragazza si fosse resa conto una volta di troppo di dover affrontare le cose per conto proprio, mentre Adrian si rintanava in camera o peggio. Dio solo sapeva se Guy non era capace di far crollare le persone sensibili e spingerle al disprezzo di sé, e se era accaduto a Adrian mentre si trovava a Le Reposoir con Carmel, cos'aveva pensato quella ragazza? Quanto era stata vulnerabile alle profferte di un uomo così dichiaratamente a proprio agio, virile e maledettamente esperto? Vulnerabile da morire, pensò Margaret. Guy doveva averlo capito benissimo, approfittandone senza farsi nessuno scrupolo.

Ma, per Dio, avrebbe pagato per le sue azioni. Non avendolo fatto da vivo, lo avrebbe fatto da morto.

Margaret era così presa da questa decisione che stava per mancare una seconda volta La Rue de la Villiaze. Ma all'ultimo momento vide una stradicciola che svoltava a destra nei paraggi dell'aeroporto. La imboccò alla cieca e passò dapprima dinanzi a un pub, quindi a un albergo, dopodiché si ritrovò in aperta campagna, dove la strada correva fra alte massicciate e siepi oltre le quali si estendevano fattorie e campi incolti. Intorno a lei cominciarono a spuntare dappertutto altri sentieri, che sembravano tracciati dai trattori, e proprio quando stava per decidere d'imboccarne uno nella speranza che portasse da qualche parte, giunse a un incrocio dove trovò come per miracolo un cartello che indicava a destra La Corbière.

Borbottando tra i denti un ringraziamento alla divinità protettrice del volante che l'aveva guidata fin lì, svoltò per una carrareccia indistinguibile dalle altre. Se fosse arrivata un'altra auto, una delle due sarebbe dovuta tornare in retromarcia all'inizio della strada, ma la fortuna l'accompagnò e proseguì senza incrociare veicoli, passando davanti a una fattoria pitturata di bianco e due cottage di pietra color carne.

Dopo una curva a gomito, vide la Casa delle Conchiglie. Come aveva preannunciato Adrian, solo un cieco avrebbe potuto non notarla. La costruzione aveva i muri intonacati dipinti di giallo. Le conchiglie dalle quali prendeva il nome fungevano da elementi decorativi lungo il viale d'accesso, sulla sommità del muro di confine e nell'ampio giardino d'ingresso.

Era la più eclatante manifestazione di cattivo gusto che Margaret avesse mai visto, per quanto ricordava, e sembrava l'opera di un folle. Si vedevano dovunque conchiglie di ogni genere, di strombi, di pettini e di orecchie di mare, utilizzate soprattutto per delimitare le varie parti del giardino. Infatti erano allineate lungo le aiuole, nelle quali altre conchiglie simulavano dei fiori, incollate a rametti, fronde e pezzi di metallo flessibile. Al centro del prato si trovava un piccolo stagno poco profondo – tempestato da altri esemplari simili sul fondale e sui bordi – nel quale nuotavano dei pesci rossi per fortuna privi di guscio. Ma tutt'attorno allo specchio d'acqua, si levavano piedistalli incrostati di conchiglie, sui quali si ergevano idoli dello stesso materiale che sembravano stare in posa per essere fatti oggetto di adorazione. Due tavoli da giardino in grandezza naturale e le relative sedie facevano bella mostra di sé con servizi da tè e spuntini sugli appositi piatti, il tutto di conchiglie. E, lungo la parete d'ingresso, erano allineati i modellini di una stazione dei pompieri, una scuola, un fienile e una chiesa, tutti splendenti del bianco dei molluschi che avevano perduto la vita per dare forma a quei manufatti. Scendendo dalla Range Rover, Margaret pensò che ce n'era abbastanza da far passare per sempre la voglia di zuppa di pesce.

Quel monumento alla volgarità la fece rabbrividire. Le riportava alla mente troppi ricordi spiacevoli: le vacanze estive sulla costa dell'Essex da bambina, tutto quel vociare in dialetto, le scorpacciate di patatine unte, la carne molliccia orribilmente arrossata solo per far sapere in giro di aver risparmiato abbastanza per un po' di ferie al mare.

Margaret mise da parte quei pensieri, il ricordo dei genitori sui gradini di un capanno da spiaggia in affitto, abbracciati e con una bottiglia di birra tra le mani. I loro goffi baci, le risatine della madre e quello che veniva dopo.

Basta, pensò Margaret. Si avviò decisa per il vialetto. Salutò ad alta voce con ostentata sicurezza una volta, poi una seconda e una terza. Dalla casa non uscì nessuno. Però sul sentiero d'accesso erano sparsi qua e là attrezzi da giardinaggio, anche se Dio solo sapeva a che scopo si trovassero in un posto simile. Comunque, la loro presenza faceva pensare che ci fosse qualcuno che stava sbrigando dei lavoretti nel giardino, perciò Margaret si avvicinò alla porta d'ingresso. Proprio allora, da dietro l'angolo della casa sbucò un uomo che portava una pala. Vestiva dei blue jeans così sporchi che sarebbero stati in piedi da soli anche se lui non li avesse indossati. Nonostante il freddo, non aveva neanche una giacca, ma solo una maglietta da lavoro tutta scolorita sulla quale era ricamata la scritta in rosso MOULLIN GLASS. L'indifferenza al clima da parte di quell'uomo arrivava fino ai piedi, perché portava solo dei sandali, anche se aveva i calzini. Questi, però, erano tutti bucherellati e dal destro spuntava il grosso alluce.

Alla vista di Margaret, l'uomo si fermò, senza dire una parola. Con sua sorpresa, lei lo riconobbe: era quella specie di Heathcliff sovralimentato che lei aveva notato al ricevimento dopo il funerale di Guy. Da vicino, si accorse che il bruno della pelle gli derivava da un viso esposto tanto a lungo all'aria aperta da essersi ridotto simile al cuoio grezzo. Di rimando, lui la guardò con occhi ostili. Margaret avrebbe anche potuto essere intimorita dal livello di animosità proveniente da quell'individuo, ma lei pure non scherzava e, comunque, non era una donna che si lasciasse spaventare facilmente.

«Sto cercando Cynthia Moullin», disse all'uomo nel tono più

gentile che le riuscì. «Può dirmi dove posso trovarla, per favore?»

«Perché?» L'uomo portò la pala nel prato e si mise a scavare alla base di un albero.

Margaret s'irritò. Era abituata a essere obbedita all'istante non appena apriva bocca, e Dio solo sapeva quanti anni ci aveva messo per riuscirci. «Vorrei un sì o un no», ribatté. «Può aiutarmi a trovarla, oppure no? Ha problemi a capirmi?»

«Il mio problema è che non m'importa affatto di aiutarla o no.» L'uomo aveva l'accento così impastato di quello che Margaret ritenne fosse il dialetto dell'isola, da sembrare il personaggio di un dramma in costume.

«Ho bisogno di parlare con Cynthia», gli comunicò. «È essenziale che parli con lei. Ho saputo da mio figlio che vive qui.» Cercò di non dare a intendere *in questo letamaio*, ma decise che non era colpa sua se non ci fosse riuscita. «Se però si è sbagliato, gradirei che me lo dicesse. Dopodiché, mi toglierò con piacere dai suoi piedi.» Non che volesse restarci, sporchi e schifosi com'erano.

«Suo figlio?» fece lui. «E chi sarebbe?»

«Adrian Brouard. Suo padre era il signor Guy. Immagino che lei sappia di chi si tratta, no? Guy Brouard? L'ho vista al ricevimento dopo il funerale.»

Così parve finalmente attrarre la sua attenzione, perché quello smise di spalare, alzò gli occhi e squadrò Margaret da capo a piedi. Poi attraversò in silenzio il prato e andò sotto il portico d'ingresso, da dove prese un secchio. Questo era pieno come di pallottoline, che lui versò in abbondanza nella fossa che aveva scavato intorno al tronco. Posò il secchio e passò all'albero successivo, ricominciando a scavare.

«Senta», riprese Margaret, «cerco Cynthia Moullin. Ho bisogno di parlarle immediatamente, perciò se sa dove posso trovarla... Abita qui, vero? È questa la Casa delle Conchiglie?» Era la domanda più ridicola che avrebbe potuto fare, pensò, perché se non lo era, da qualche parte l'attendeva un incubo peggiore, difficile anche solo da immaginare.

«Allora lei è la prima», disse l'uomo annuendo. «Mi sono sempre chiesto com'era. La prima la dice lunga su un uomo, sa? È da quella che si capisce perché poi si sia ridotto così.»

Margaret si sforzò di capire le parole in dialetto. Ne afferrava

268

una su quattro o cinque, ma le furono sufficienti per giungere alla conclusione che quella creatura alludeva in modo tutt'altro che lusinghiero alla sua relazione sessuale con Guy. Così non andava. Doveva essere lei ad avere il controllo della conversazione. Non appena potevano, gli uomini riducevano sempre tutto al su e giù. Secondo loro, era una manovra di efficacia assicurata per eccitare qualsiasi donna con cui si mettevano a parlare. Tuttavia, Margaret Chamberlain non era una donna qualsiasi. E stava pensando a un modo per metterlo bene in chiaro con quell'individuo, quando giunse lo squillo di un cellulare e lui fu costretto a sfilarlo dalla tasca, aprirlo e rivelarsi per l'impostore che era.

«Henry Moullin», rispose al telefonino, e rimase in ascolto per quasi un minuto. Poi, con una voce del tutto diversa da quella che aveva esibito con Margaret, disse: «Devo prima prendere le misure, signora. Purtroppo non ho modo di dirle quanto tempo richiederà l'intero progetto se prima non vedo su cosa dovrei lavorare». Rimase di nuovo in ascolto e subito dopo sfilò da un'altra tasca un'agendina nera. Lì si annotò un appuntamento, dicendo al cellulare: «Certamente. Felice di farlo, signora Felix». Rimise il telefonino in tasca e guardò Margaret come se non avesse affatto cercato di farle credere di essere uno zotico di prima categoria.

«Ah», fece lei, con ironica cordialità, «ora che l'abbiamo finita con gli scherzi, forse risponderà alla mia domanda e mi dirà dove posso trovare Cynthia Moullin. Immagino che lei sia il padre?»

Lui le si rivolse con un'aria impunita e disinvolta. «Cyn non è qui, signora Brouard.»

«Chamberlain», lo corresse Margaret. «Dov'è? È essenziale che le parli subito.»

«Impossibile», disse lui. «È andata ad Alderney, a dare una mano alla nonna.»

«E non ha il telefono?»

«Quando funziona.»

«Capisco. Bene, forse è meglio così, signor Moullin. Io e lei possiamo sistemare tutto fra noi e sua figlia non ne saprà nulla. Così non rimarrà delusa.»

Moullin si sfilò dalla tasca un astuccio di unguento che si spremette nel palmo, e la fissò mentre si passava il preparato sui numerosi tagli della mano, senza curarsi minimamente del fatto che ci strofinava anche il terriccio del giardino. «Farebbe meglio a dirmi di che si tratta», asserì, e lo fece con una franchezza tutta mascolina, sconcertante e nel contempo in qualche modo eccitante. Margaret ebbe una fuggevole e bizzarra visione di se stessa con lui, e fu qualcosa di animalesco, che non si sarebbe mai aspettata d'immaginare. Lui si avvicinò di un passo e lei di riflesso ne fece uno indietro. Le labbra dell'uomo assunsero una piega divertita. Margaret fu scossa da un brivido. Si sentì come la protagonista di un romanzetto sentimentale, sul punto di cedere.

Fu questo a farla infuriare e a indurla a riprendere il coltello dalla parte del manico. «Si tratta di qualcosa che possiamo risolvere tra noi, signor Moullin. Non credo che lei voglia essere trascinato in una lunga battaglia legale, giusto?»

«Per cosa?»

«Le clausole del testamento di mio marito.»

Il lampo che gli passò negli occhi rivelò il suo interesse. Margaret lo vide e capì che si poteva arrivare a un compromesso: accordarsi per una somma inferiore per evitare di spenderla tutta in procuratori legali, o come diavolo li chiamavano da quelle parti, che avrebbero pasticciato le cose in tribunale per anni, come se fossero arrivati in scena membri del clan Jarndyce.*

«Non voglio mentirle, signor Moullin», riprese lei. «Nel testamento di mio marito, a sua figlia è destinata una fortuna considerevole. A mio figlio, che, come saprà, è il primogenito e l'unico erede maschio di Guy, è andato molto meno. Sono certa che converrà che si è trattato di una grande ingiustizia. Perciò mi piacerebbe porvi rimedio senza adire alle vie legali.»

Margaret non si era posta in anticipo il problema di quale sarebbe stata la reazione di quell'uomo alla scoperta dell'eredità della figlia. Anzi, non vi aveva attribuito la minima importanza. Si era preoccupata solo di risolvere al meglio quella situazione a tutto vantaggio di Adrian. A suo avviso, una persona ragionevole avrebbe visto le cose dal suo punto di vista, se gliele avesse esposte in modo tale da lasciare intravedere future controversie.

All'inizio Henry Moullin non disse nulla. Si voltò e riprese a scavare, ma aveva il respiro alterato, accelerato. Spiccò un balzo sulla pala e la spinse nel terreno. Una, due, tre volte. Nel farlo, la

---

* Riferimento a Jarndyce contro Jarndyce che, nel romanzo *Casa desolata* di Charles Dickens, trascinano una causa interminabile. (*N.d.T.*)

sua nuca cambiò colore, passando dal cuoio grezzo a un porpora così intenso che Margaret temette che gli venisse un colpo. Poi l'uomo disse: «Mia figlia, maledizione», e smise di scavare. Afferrò il secchio pieno di pallottoline e le gettò nella seconda fossa, senza curarsi che fuoriuscissero dai bordi. Riprese a parlare: «Se crede di poter... Neanche per un solo dannato momento». E, prima che Margaret potesse aggiungere una parola, mostrare comprensione, sia pure per salvare la faccia, dinanzi all'ovvio disagio di quell'uomo per l'intrusione di Guy nelle sue capacità di mantenere la figlia, Henry Moullin riprese di nuovo la pala. Stavolta, però, si voltò verso di lei, sollevò l'attrezzo e venne avanti.

Margaret lanciò un grido, terrorizzata, odiandolo per essere riuscita a spaventarla, mentre cercava una rapida via di fuga. Ma l'unica possibilità che aveva era di saltare sulla stazione dei pompieri, sulla sedia a sdraio, sul tavolino da tè o, come un'atleta del salto in lungo, oltre lo stagno, rovinando così sulle opere di conchiglie. Mentre stava per balzare verso la sedia a sdraio, però, Henry Moullin la superò, spingendola da parte e andò alla stazione dei pompieri, menando colpi alla cieca: «Maledizione!» I frammenti volarono dappertutto. Con tre colpi brutali la ridusse in briciole. Poi passò al granaio e infine alla scuola, sotto gli occhi di Margaret, atterrita dinanzi alla furia della sua collera.

L'uomo non disse più una parola. Si scagliò su tutte quelle fantasiose creazioni, una dopo l'altra: l'edificio scolastico, il tavolino da tè, le sedie, lo stagno, il giardino di fiori artificiali di conchiglie. Sembrava infaticabile. Non smise finché non ebbe ripercorso all'indietro tutto il vialetto che conduceva dalla carrareccia alla porta d'ingresso. Lì finalmente scagliò la pala contro l'abitazione dipinta di giallo. Mancò di poco una delle finestre con le grate. L'attrezzo cadde sul vialetto con un suono metallico.

Solo allora si fermò, ansante. Alcuni dei tagli sulle mani si erano riaperti e altri nuovi erano stati provocati dalle schegge di conchiglie e dal cemento che le teneva assieme. I jeans sporchi erano imbiancati di polvere e, quando vi asciugò il dorso delle mani, vi lasciò sopra delle striature rosse di sangue.

Senza pensarci, Margaret disse: «No! Non gli permetta di farle questo, Henry Moullin».

Lui la fissò, col respiro ansante e battendo le palpebre, come per schiarirsi le idee. La carica aggressiva si esaurì e l'uomo si guardò attorno, rendendosi conto della devastazione che aveva scatenato davanti all'abitazione. «Quel bastardo ne aveva già altre due.»

Le ragazze di JoAnna, pensò Margaret. Guy aveva le proprie figlie. Aveva avuto e perduto l'opportunità di essere un vero padre. Ma non era il tipo da prendere quella perdita alla leggera, così aveva sostituito i figli abbandonati con altri, più disposti a chiudere un occhio su certi difetti che invece erano fin troppo evidenti alla carne della sua carne. Perché questi figli adottivi erano poveri, mentre lui era ricco. E con la ricchezza si potevano comprare l'amore e la dedizione dovunque si trovassero.

«Stia attento alle mani», disse Margaret. «Se l'è tagliate, sanguinano. No, non le passi sul...»

Ma lui lo fece comunque, lasciando nuove striature sulla polvere e la sporcizia dei jeans, e passandosele anche sulla maglietta incrostata di sudiciume. «Non ci serve il maledetto denaro di quell'uomo, Non ne abbiamo bisogno. Per quel che ci riguarda, può farne un falò su Trinity Square.»

Margaret allora pensò che avrebbe potuto dirlo dall'inizio e risparmiare a tutti e due quella scenataccia, senza contare che si sarebbe così evitata la distruzione del giardino. «Mi fa molto piacere, signor Moullin», disse. «È più che giusto nei confronti di Adrian...»

«Ma si tratta pur sempre di denaro di Cyn, no?» continuò l'altro, spazzando via in un attimo le speranze di Margaret con la stessa facilità con cui aveva fatto a pezzi i lavori di conchiglie e cemento che li circondavano. «Se Cyn desidera un risarcimento...» Si trascinò alla pala, che giaceva sul vialetto davanti all'uscio, la raccolse, e fece lo stesso con un rastrello e una paletta per la spazzatura. Una volta che li ebbe in mano, però, si guardò intorno, incerto su cosa farne.

Poi riprese a fissare Margaret, e lei vide che aveva gli occhi rossi, cerchiati di dolore. «Viene da me e io vado da lui», disse. «Lavoriamo fianco a fianco per anni. Mi fa: 'Sei un vero artista, Henry. Non sei fatto per passare tutta la vita a lavorare sulle serre'. Mi dice: 'Molla, molla tutto, amico mio. Io credo in te e ti darò una mano. Lascia che mi occupi di te. Chi non risica non rosica un dannato niente'. E anch'io credevo in lui, capisce? Lo desideravo tanto. Più di questa vita qui. Per le mie ragazze. Sì, lo desideravo per loro. Ma anche per me. È forse un peccato?»

«Niente affatto», disse Margaret. «Tutti quanti desideriamo

il meglio per i nostri figli, no? Anch'io. Per questo sono qui, per via di Adrian. Il figlio mio e di Guy. È stato defraudato di ciò che gli spettava, signor Moullin. Capisce che non è giusto, vero? »

« Stiamo stati defraudati tutti quanti », disse l'altro. « Il suo ex marito era molto bravo in questo. Per anni, non ha fatto che incastrarci, aspettando l'occasione buona con ognuno di noi. Certo, il nostro signor Brouard non era un uomo che imbrogliava o agiva sul versante sbagliato della legge. Parlo di quello morale, capisce? Il versante sbagliato di ciò che era giusto e retto. Ci faceva leccare il latte dalle sue mani e non sapevamo che era avvelenato. »

« E non vuole contribuire personalmente a raddrizzare quei torti? » chiese Margaret. « Ha la possibilità di farlo, sa? Può parlare a sua figlia e spiegarle tutto. Non chiederemmo mai a Cynthia di rinunciare al suo denaro, ma solo di raddrizzare le cose, pensando a chi ha lo stesso sangue di Guy e chi invece no. »

« È questo che vuole? » disse Henry Moullin. « Crede che questo rimetterà tutto a posto? È fatta come lui, signora? Crede che il denaro rimedi a tutti i peccati? E invece no, né ora né mai. »

« Allora non le parlerà? Non le spiegherà? Dovremo procedere per un'altra strada? »

« Non capisce, vero? » chiese lui. « Non c'è più da parlare a mia figlia. E nemmeno da spiegare. »

Si voltò, avviandosi con gli attrezzi nella stessa direzione dalla quale era sbucato con la pala solo poco tempo prima. Quindi scomparve dietro l'angolo della casa.

Margaret restò per un attimo sul sentiero e, per la prima volta in vita sua, si accorse di essere senza parole. Si sentiva quasi annichilita dalla forza dell'odio che Henry Moullin aveva lasciato dietro di sé. Era come una corrente che l'attirava in un flusso dal quale c'era solo una pallida speranza di scampo.

Poi, quando meno se l'aspettava, si accorse di provare una sorta di affinità con quell'uomo così sconvolto. Capì quello che lui doveva provare. I figli erano figli, e non appartenevano a nessun altro se non a chi li aveva messi al mondo. Non erano la stessa cosa di una moglie, o i genitori, i fratelli, i partner, gli amici. I figli erano carne della propria carne. Nessun estraneo poteva spezzare facilmente un legame così solido.

Ma se qualcuno ci avesse provato o, Dio non voglia, ci fosse riuscito?

Nessuno più di Margaret Chamberlain sapeva fino a che punto si poteva arrivare per preservare il rapporto con il proprio figlio.

13

APPENA tornato a St. Peter Port, St. James passò dall'albergo, ma trovò la stanza vuota e nessun messaggio della moglie alla reception. Così andò al comando di polizia, dove interruppe Le Gallez che stava divorandosi una baguette farcita di gamberetti in insalata. L'ispettore lo fece accomodare nel suo ufficio e gli offrì una porzione del sandwich, che St. James rifiutò, e una tazza di caffè, che invece fu accettata. Tirò fuori anche dei biscotti al cioccolato, ma poiché lo strato che li ricopriva pareva fuso e riformato troppe volte, Simon rinunciò anche a questi e si contentò solo del liquido fumante.

Riferì a Le Gallez dei testamenti dei Brouard, fratello e sorella. Le Gallez ascoltò masticando, e prese appunti su un blocco formato protocollo che tolse da un contenitore per pratiche sulla scrivania. Mentre parlava, St. James vide l'ispettore sottolineare «Fielder» e «Moullin», e aggiungere un punto interrogativo accanto al secondo nome. Quindi Le Gallez interruppe quel flusso d'informazioni per spiegargli che sapeva dell'amicizia tra lo scomparso e Paul Fielder, ma che il nome di Cynthia Moullin era nuovo per lui. Annotò inoltre i dati emersi sui testamenti de Brouard e ascoltò cortesemente St. James esporre la teoria che aveva preso in considerazione tornando in città.

Nella prima stesura del documento di cui era a conoscenza la sorella dell'ucciso, venivano citate persone escluse invece dalla versione più recente: Anaïs Abbott, Frank Ouseley, Kevin e Valerie Duffy, oltre ai figli di Guy Brouard, come previsto dalla legge. Era stato sulla base di questa conoscenza che Ruth aveva chiesto loro di assistere alla lettura del testamento. St. James fece notare all'ispettore che, se qualcuno di questi beneficiari avesse saputo del testamento precedente, avrebbe avuto un motivo fin troppo chiaro per eliminare Guy Brouard, nella speranza di ottenere prima del tempo ciò che comunque avrebbe ereditato in seguito.

«Fielder e la Moullin non erano inclusi nella prima stesura?» s'informò Le Gallez.

«La Brouard non li ha nominati», rispose Simon, «e nessuno dei due era presente alla lettura del testamento questo pomeriggio, dunque se ne può dedurre che per quella donna le due fette di eredità assegnate ai ragazzi siano state una vera sorpresa.»

«E per i diretti interessati?» chiese Le Gallez. «Potevano averlo saputo in anticipo dallo stesso Brouard. E questo include anche loro tra quelli che avevano dei moventi, non crede?»

«Immagino che sia possibile.» In realtà, St. James non lo riteneva affatto probabile, considerato che si trattava di due adolescenti, ma accoglieva con favore qualsiasi indicazione del fatto che Le Gallez, sia pure per un attimo, andasse al di là della presunta colpevolezza di China River.

Vedendo che l'ispettore dimostrava di avere una mente più aperta, Simon non avrebbe voluto dire nulla che potesse riportarlo all'atteggiamento del loro primo incontro, ma sapeva che la sua coscienza non avrebbe avuto pace se non dimostrava la più completa onestà nei confronti dell'altro. «D'altro canto...» St. James era riluttante a farlo, dato che la lealtà verso la moglie ne presupponeva una analoga verso le di lei amicizie, ma, anche se sapeva fin troppo bene come avrebbe reagito l'ispettore a quell'informazione, gli consegnò il materiale ricevuto da Ruth Brouard nel corso dell'ultima conversazione con lei. Le Gallez sfogliò dapprima il passaporto di Guy, poi passò agli scontrini delle carte di credito e alle ricevute. Si soffermò per un attimo su quella del Citrus Grille, picchiettandovi sopra con la matita, mentre dava un altro morso al sandwich. Dopo averci pensato per un po', ruotò la sedia e prese una cartellina. L'aprì e mostrò una serie di appunti battuti a macchina, sui quali fece scorrere il dito finché non trovò quello che cercava.

«Codici postali», disse a St. James. «Entrambi cominciano con nove due. Nove due otto e nove due sei.»

«Suppongo che uno dei due sia quello di Cherokee River.»

«Già lo sapeva?»

«So che vive da qualche parte nella zona in cui si è recato Brouard.»

«Il suo è il secondo codice», disse Le Gallez. «Il nove due sei. L'altro è di questo ristorante, il Citrus Grille. Cosa le suggerisce?»

«Che Guy Brouard e Cherokee River abbiano trascorso qualche tempo nella stessa contea.»

«Nient'altro?»

«Perché mai? La California è uno Stato grande, e probabilmente lo sono anche le sue contee. Non mi pare che si possa estrapolare semplicemente in base a dei codici postali che Brouard e River si siano visti prima che il secondo venisse sull'isola con la sorella.»

«Sicché non vede una coincidenza in tutto questo? Una coincidenza sospetta, intendo?»

«Certo, se gli unici fatti a nostra disposizione fossero quelli che abbiamo davanti a noi in questo momento: il passaporto, le ricevute e l'indirizzo di Cherokee River. Ma quest'ultimo è stato assunto da un avvocato, che senza dubbio ha lo stesso codice postale, per consegnare dei progetti architettonici a Guernsey. Perciò, mi sembra ragionevole dedurre che Guy Brouard si trovasse in California per incontrare il legale in questione e l'architetto, che probabilmente avrà lo stesso codice, non Cherokee River. Secondo me, lui e Brouard non si erano mai conosciuti prima che l'americano arrivasse con la sorella a Le Reposoir.»

«Ma conviene con me che non si può escluderlo?»

«Direi che non possiamo escludere nulla.»

Compreso l'anello che lui e Deborah avevano trovato alla baia, pensò St. James. Chiese di quell'oggetto all'ispettore Le Gallez, della possibilità che vi fossero delle impronte, almeno una parziale che si rivelasse utile per la polizia. Le condizioni dell'anello facevano pensare che non fosse rimasto troppo a lungo sulla spiaggia, fece notare Simon. Ma senza dubbio anche l'ispettore doveva essere giunto alle stesse conclusioni dopo averlo esaminato.

Le Gallez mise da parte il sandwich e si pulì le dita con un tovagliolo di carta. Prese una tazza di caffè che aveva ignorato mentre mangiava e la tenne nel palmo della mano prima di parlare. Poi disse due parole che gelarono St. James.

«Che anello?»

Di bronzo, di ottone, o di qualche altro metallo vile, disse St. James. Aveva la forma di un teschio con sotto le ossa incrociate, sulla fronte del quale erano stampigliati i numeri 39/40 con un'iscrizione in tedesco. Lo aveva inviato al comando di polizia dando istruzioni perché venisse consegnato personalmente all'ispettore Le Gallez. Non aggiunse che a portarlo doveva essere stata la moglie, perché stava già preparandosi a sentire dall'ispettore l'inevitabile seguito. Si chiese cosa potesse significare, anche se conosceva già la risposta.

«Non l'ho visto», gli disse Le Gallez e sollevò il telefono per chiamare l'ingresso e accertarsi che l'anello non fosse di sotto, in attesa di essergli consegnato. Parlò con l'uomo di turno e descrisse l'anello negli stessi termini di St. James. Ottenne una risposta ed emise un grugnito, poi, con gli occhi fissi su Simon, rimase in ascolto a lungo. Alla fine disse: «Be', portalo subito di sopra», al che St. James riprese a respirare normalmente. L'ispettore aggiunse: «Per l'amor di Dio, Jerry, non è con me che devi prendertela per quel maledetto fax. Vedi di risolvere la cosa e falla finita, d'accordo?» e sbatté giù il telefono con un'imprecazione. Dopodiché disse qualcosa che per la seconda volta turbò la pace mentale di Simon: «Non è arrivato nessun anello. Vuole essere più chiaro in proposito?»

«Potrebbe esserci stato un malinteso.» O un incidente automobilistico, avrebbe voluto aggiungere St. James, anche se sapeva che era impossibile, dato che aveva fatto la stessa strada della moglie per tornare da Le Reposoir, e non aveva visto neanche un lampione rotto da cui arguire che Deborah non avesse eseguito l'incarico affidatole a causa di un incidente. Del resto, nessuno andava troppo veloce sull'isola. Al massimo poteva verificarsi qualche tamponamento, con paraurti ammaccati e portiere deformate, ma niente di più. E neppure quello le avrebbe impedito di consegnare l'anello a Le Gallez, come le aveva detto di fare.

«Un malinteso.» Adesso l'ispettore parlava in tono meno affabile. «Sì, capisco, signor St. James. Ce n'è stato uno anche tra noi.» Alzò la testa verso una figura apparsa sulla soglia dell'ufficio. Era un agente in divisa che portava dei documenti. Le Gallez gli fece cenno di attendere. Poi si alzò dalla scrivania e andò a chiudere la porta. Quindi si rivolse a St. James con le braccia incrociate sul petto. «Non m'importa che lei se ne vada in giro a curiosare», disse. «Questo è un Paese libero eccetera, e se ha voglia di parlare con tizio e caio, per me va bene, se loro acconsentono. Ma se lei comincia a confondere le prove, è tutto un altro discorso.»

«Capisco, io...»

«Non mi pare. Lei è venuto qui con delle precise convinzioni e, se crede che non me ne sia accorto e non sappia dove tutto ciò vada a parare, farebbe bene a ripensarci. Ora, voglio quell'anello e lo voglio subito. Assoderemo in seguito dov'è stato da quando l'ha preso sulla spiaggia e perché l'ha rimosso, tra l'altro. Perché sa maledettamente bene cos'avrebbe dovuto fare. Sono stato chiaro? »

St. James non aveva più subìto una ramanzina dall'adolescenza e non fu un'esperienza piacevole. Era così mortificato che gli venne la pelle d'oca, tanto più che sapeva di meritarsela abbondantemente. Ma questo non attenuava la sofferenza, né diminuiva l'impatto negativo di cui avrebbe risentito la sua reputazione se non fosse riuscito a risolvere in fretta quella situazione.

« Non so esattamente cosa sia accaduto, ma le porgo le mie scuse più sentite », disse. « L'anello... »

« Non voglio le sue dannate scuse », lo interruppe Le Gallez infuriato. « Voglio l'anello. »

« Lo avrà immediatamente. »

« Meglio per lei, signor St. James. » L'ispettore si scostò dalla porta e la spalancò.

St. James non ricordava di essere mai stato congedato in modo tanto sbrigativo. Uscì nel corridoio, dove stava l'agente in divisa con il fascio di carte in mano. L'uomo evitò il suo sguardo, imbarazzato, e si affrettò a entrare nell'ufficio dell'ispettore.

Le Gallez gli sbatté la porta alle spalle, ma non prima di aver esclamato a mo' di commiato: « Stronzetto d'uno zoppo ».

Deborah scoprì che praticamente tutti gli antiquari di Guernsey si trovavano a St. Peter Port. Com'era prevedibile, avevano le loro botteghe nella parte vecchia della cittadina, non lontano dal porto. Anziché visitarli tutti, però, propose a Cherokee di fare una selezione telefonica. Perciò tornarono indietro verso il mercato e di là traversarono la strada diretti alla cappella cittadina. Accanto a questa, infatti, si trovava la cabina di cui avevano bisogno. Sotto lo sguardo ansioso di Cherokee, Deborah infilò le monetine nell'apparecchio e cominciò a chiamare tutti gli antiquari, finché non trovò quelli specializzati in articoli militari. Era logico incominciare da lì, allargando poi il campo d'indagine se lo avessero ritenuto necessario.

A quanto risultava, solo due negozi di antiquariato trattavano anche articoli militari. Entrambi si trovavano in Mill Street, una viuzza di acciottolato che serpeggiava su per la collina a partire dal mercato della carne, saggiamente chiusa al traffico. Tanto, pensò Deborah quando finalmente la trovarono, nessun veicolo avrebbe potuto passarvi senza correre il rischio di strisciare contro gli edifici da entrambi i lati. Le ricordò le stradine medievali degli Shambles a York, era solo un po' più larga, ma altrettanto impregnata di un passato in cui gli unici mezzi di trasporto a transitarvi erano i carri trainati da cavalli.

I negozietti che sorgevano in Mill Street rispecchiavano un'epoca di maggiore semplicità, caratterizzata da pochi orpelli, con vetrine e ingressi molto sobri. Erano situati in edifici che avrebbero potuto fungere agevolmente da abitazioni, con tre piani distinti, finestre di abbaini e sui tetti file di comignoli che sembravano scolaretti in attesa.

In quella zona si vedeva in giro poca gente, perché era un po' distante dal cuore commerciale e bancario di High Street e del suo prolungamento, Le Pollet. Mentre cercavano il primo nome e indirizzo che Deborah aveva trascritto sul retro di un assegno in bianco, le parve che perfino il negoziante più ottimista avesse buone possibilità di fallimento ad aprire da quelle parti. Molti edifici erano vuoti e alle vetrine si vedevano appesi i cartelli VENDESI e AFFITTASI. Quando trovarono il primo dei due negozi che cercavano, sulla vetrata principale era appeso uno striscione cascante con la scritta CHIUSURA PER CESSAZIONE D'ATTIVITÀ, che sembrava essere passato per più volte da un gestore all'altro.

John Steven Mitchell Antiquariato offriva ben poca oggettistica militare. Forse per via dell'imminente chiusura, nel negozio c'era un'unica bacheca che conteneva articoli di origine bellica. Si trattava soprattutto di medaglie, anche se con queste erano esposti tre pugnali da parata, cinque pistole e due berretti della Wehrmacht. Benché fosse rimasta delusa dall'esiguità della merce, Deborah decise che, poiché era comunque tutta di origine tedesca, forse le cose non erano così nere come apparivano.

Mentre lei e Cherokee stavano chini sulla bacheca a esaminarne il contenuto, si avvicinò loro il titolare, presumibilmente John Steven Mitchell in persona. Dovevano averlo interrotto mentre lavava i piatti, a giudicare dal grembiule macchiato e dalle mani bagnate. Comunque, si mostrò abbastanza disponibile, asciugandosi le mani su uno strofinaccio indiscutibilmente lercio.

Deborah tirò fuori l'anello che lei e Simon avevano trovato sulla spiaggia, stando bene attenta a non toccarlo e chiedendo a

John Steven Mitchell di fare lo stesso. Gli chiese se lo riconoscesse. Li poteva illuminare in proposito?

Mitchell prese un paio d'occhiali poggiati su un registratore di cassa e si chinò sull'anello, che Deborah aveva appoggiato sulla bacheca di articoli militari. L'antiquario si procurò anche una lente d'ingrandimento ed esaminò l'iscrizione sulla fronte del teschio.

«Baluardo occidentale», mormorò. «Trentanove-quaranta.» Si fermò a riflettere sulle sue stesse parole. «È la traduzione di *die Festung im Westen*. E l'anno... Sembra il ricordo di una costruzione difensiva. Ma potrebbe essere un'allusione metaforica all'attacco alla Danimarca. D'altro canto, il teschio e le ossa incrociate sono il marchio delle *Waffen-SS*, perciò bisogna considerare anche questo.»

«Ma non risale all'occupazione?» chiese Deborah.

«In tal caso sarebbe stato lasciato quando i tedeschi si arresero agli alleati. Ma non ha direttamente a che fare con l'occupazione. Le date non coincidono. E l'espressione *die Festung im Westen* non ha nessun significato da queste parti.»

«Perché?» Cherokee aveva continuato a fissare l'anello, mentre Mitchell lo esaminava, ma adesso alzò gli occhi.

«Perché allude a qualcosa che non c'entra con Guernsey», rispose l'antiquario. «Certo, hanno costruito gallerie, fortificazioni, postazioni per i cannoni, torrette d'avvistamento, ospedali e tutto il resto. Ma nessun baluardo. E, anche se lo avessero fatto, questo anello commemora qualcosa avvenuto un anno prima dell'occupazione.» Si chinò per la seconda volta con la lente. «Per la verità, non ho mai visto niente di simile. Pensate di venderlo?»

No, no, gli disse Deborah. Stavano solo cercando di scoprirne la provenienza, dato che dalle sue condizioni era ovvio che non si trovava all'aperto dal 1945. Logicamente, i primi posti in cui cercare informazioni erano le botteghe d'antiquariato.

«Capisco», disse Mitchell. Be', se cercavano informazioni, avrebbero fatto bene a parlare con i Potter, poco più avanti. Potter & Potter Antiquariato, Jeanne e Mark, madre e figlio, chiarì. Lei era esperta in porcellane e non sarebbe stata di grande aiuto. Ma c'era ben poco che il figlio non sapesse dell'esercito tedesco durante la seconda guerra mondiale.

Immediatamente Deborah e Cherokee tornarono in Mill

Street e stavolta si spinsero più in alto lungo la stradina, passando davanti a un vicoletto buio tra due edifici che si chiamava Black Lane. Subito dopo trovarono Potter & Potter. Al contrario del primo negozio, questo sembrava bene avviato.

Quando entrarono, c'era la madre, seduta su una sedia a dondolo, in pantofole, con i piedi poggiati su un panchetto imbottito e l'attenzione rivolta allo schermo di un televisore non più grande di una scatola di scarpe. Guardava un film: Audrey Hepburn e Albert Finney che correvano per la campagna su una MG d'annata. Un'auto non molto diversa da quella di Simon, constatò Deborah, e per la prima volta da quando aveva deciso di non recarsi al comando di polizia per andare invece a cercare China River, provò una fitta di rimorso. Era come una corda che le tirava la coscienza, un filo che poteva sciogliersi, se lo si strattonava troppo. Non si trattava di un vero e proprio senso di colpa, perché sapeva di non avere motivo per provarlo, ma era comunque spiacevole, una brutta sensazione di cui doveva liberarsi. Si domandò da cosa derivasse. Era irritante trovarsi alle soglie di una svolta importante, ed ecco che all'improvviso l'attenzione era sviata da tutt'altra parte.

Vide che Cherokee aveva già individuato il reparto degli articoli militari, che lì, al contrario del negozio precedente, era notevole. Potter & Potter avevano di tutto, dalle vecchie maschere antigas ai portatovaglioli nazisti. Tra la merce in vendita c'era perfino un cannone della contraerea, oltre a un vecchio proiettore cinematografico e un film intitolato *Eine gute Sache*. Cherokee era andato diritto a una bacheca con gli scaffali elettrici che si alzavano e si abbassavano premendo un bottone, dove i Potter tenevano medaglie, distintivi e insegne di uniformi. Il fratello di China stava esaminando tutti gli scaffali e, da come picchiava nervosamente con un piede sul pavimento, si capiva che era intento a cercare qualcosa che potesse rivelarsi utile per la situazione della sorella.

La signora Potter si alzò, interrompendo la visione privata del film con la Hepburn e Finney. Era una donna rotondetta, con occhi ipertiroidei, che tuttavia guardarono Deborah con un'espressione amichevole. «Posso aiutarla, tesoro?»

«S'intende di articoli militari?»

«Allora ha bisogno di Mark.» Ciabattò verso una porta socchiusa, che aprì su una scalinata. Camminava come chi avrebbe avuto bisogno di una protesi all'anca, perché si sorreggeva con una mano a ogni appiglio che trovava sul suo cammino. Chiamò il figlio e una voce le rispose dal piano di sopra. Lei gli disse che c'erano dei clienti e di lasciar perdere il computer. «Internet», fece a Deborah, con aria confidenziale. «Secondo me, è come l'eroina, davvero.»

Mark Potter scese rumorosamente le scale, e il suo aspetto era tutt'altro che quello di un tossicodipendente: malgrado il periodo dell'anno, era molto abbronzato e nei gesti sprizzava energia da tutti i pori.

Chiese cosa poteva fare per loro. Cosa cercavano esattamente? Riceveva di continuo nuova merce. «Le persone muoiono, ma le collezioni restano, ed è tanto di guadagnato per noi.» Perciò, se cercavano un articolo che per il momento lui non aveva, c'erano ottime possibilità di reperirlo comunque.

Deborah tirò di nuovo fuori l'anello.

Non appena lo vide, Mark Potter s'illuminò in viso. «Un altro!» esclamò. «Straordinario! Ne ho visto solo uno in tanti anni che sono nel settore. E ora un altro. Come l'avete trovato?»

Jeanne Potter si avvicinò dall'altro lato del mobiletto sul quale Deborah aveva appoggiato l'anello con la stessa richiesta fatta all'altro antiquario, di non toccarlo. «È come quello che hai venduto, tesoro, vero?» chiese la madre al figlio. E a Deborah: «L'abbiamo tenuto per tanto tempo. Era un po' sinistro, proprio come questo. Non avrei mai creduto che saremmo riusciti a venderlo. La roba di questo genere non piace a nessuno, non vi pare?»

«L'ha venduto di recente?» chiese Deborah.

I Potter si guardarono. La madre domandò: «Quando è stato?»

Il figlio rispose: «Dieci giorni fa? O forse un paio di settimane?»

«Chi l'ha comprato?» domandò Cherokee. «Ve lo ricordate?»

«Ma certo», rispose Mark Potter.

E la madre, con un sorriso: «Tu sì. Con l'occhio che ti ritrovi».

Mark sogghignò e disse: «Non si tratta di questo, e lo sai. Piantala di sfottermi, vecchia stupidotta». Poi si rivolse a Deborah. «Era una signora americana. Me lo ricordo perché in questo periodo dell'anno a Guernsey arrivano in pochi dagli Stati Uniti. D'altronde, perché dovrebbero? Di solito a loro piace andare in posti ben più grandi delle isole della Manica, no? »

Deborah sentì accanto a lei Cherokee trattenere il fiato. « È certo che fosse americana? » chiese lei.

« Della California. Ho sentito l'accento e gliel'ho chiesto. Anche mia madre. »

Jeanne Potter annuì. « Abbiamo parlato dei divi del cinema », disse. « Ho sempre pensato che chi vive in California li vede per strada. Lei invece ha detto di no, che non le era mai capitato. »

« Invece ha detto di aver visto Harrison Ford », intervenne il figlio. « Non raccontare frottole, mamma. »

Lei scoppiò a ridere, un po' confusa. « Allora continua tu. » E a Deborah: « Mi piace molto Harrison. Ha presente quella piccola cicatrice sul mento? È così virile ».

« Lo sai che sei davvero cattivella? » la riprese Mark. « Cos'avrebbe pensato papà? »

« Com'era? » intervenne Cherokee, con la voce carica di speranza. « La signora americana, intendo? Se la ricorda? »

In realtà, non l'avevano vista bene. Portava qualcosa sul capo, una sciarpa, secondo Mark. Per la madre invece si trattava di un cappuccio, che le copriva i capelli e le ricadeva sulla parte superiore del viso. Dato che non c'era molta luce nel negozio e probabilmente quel giorno pioveva, non potevano aggiungere molto sull'aspetto della donna. Però vestiva di nero, se questo poteva servire. E portava dei pantaloni in pelle, ricordò Jeanne Potter. Rammentava soprattutto quelli. Era proprio il genere di capo che lei avrebbe voluto indossare a quell'età, se fossero esistiti e lei avesse avuto il fisico adatto, cosa che invece le mancava.

Deborah non guardò Cherokee, ma non era necessario. Gli aveva detto dove avevano trovato l'anello lei e Simon, perciò sapeva benissimo che quel nuovo brandello d'informazione non faceva che accrescere la sua disperazione. River comunque non si disperò e chiese ai Potter se sull'isola vi fosse un altro posto da dove poteva provenire un anello del genere, un altro, non lo stesso, ci tenne a sottolineare.

I Potter rifletterono sulla domanda, e alla fine fu Mark a rispondere. C'era solo un posto, da cui poteva provenire quell'anello, riferì loro. Glielo disse e la madre fu immediatamente d'accordo con lui.

A Talbot Valley, disse Mark, viveva un grosso collezionista di residuati bellici. Aveva più pezzi lui che tutta l'isola messa assieme.

Si chiamava Frank Ouseley, aggiunse Jeanne Potter, e viveva col padre in un posto noto come il Moulin des Niaux.

Non era stato facile per Frank parlare a Nobby Debiere del possibile abbandono dei progetti di costruzione del museo. Ma lo aveva fatto comunque, per un senso dell'obbligo verso un uomo cui da giovane era venuto meno in troppe maniere. Adesso lo avrebbe detto al padre. Doveva molto a Graham Ouseley, ma era pura follia pensare di fingere in eterno che il loro sogno si sarebbe realizzato in fondo alla strada della St. Saviour's Church, come si aspettava il padre.

Certo, poteva sempre accennare del progetto a Ruth. O, se era per quello, parlare con Adrian Brouard, le sorelle, sempre che fosse riuscito a trovarle, o finanche Paul Fielder e Cynthia Moullin. L'avvocato non aveva indicato la somma precisa che ciascuno di loro avrebbe ereditato, dato che la cosa era nelle mani dei banchieri, dei mediatori e dei contabili. Ma doveva trattarsi di un patrimonio ingente, perché era impossibile credere che Guy avesse rinunciato a Le Reposoir, a tutto quanto si trovava all'interno della tenuta e alle altre sue proprietà, comunque si fosse regolato, senza assicurarsi il futuro con un enorme conto bancario e un portafoglio d'investimenti con il quale rifornirlo se necessario. Era troppo intelligente per non aver calcolato ogni sua mossa.

Parlare con Ruth sarebbe stato il metodo più efficace per rimettere in moto il progetto. Era lei la candidata più probabile a divenire la legale proprietaria di Le Reposoir, comunque fosse stata effettuata la manovra, e in tal caso si poteva tentare d'influenzarla, per farla sentire in dovere di adempiere le promesse del fratello alla gente, e magari convincerla a costruire una versione ridotta del Museo bellico Graham Ouseley sui terreni della tenuta, che avrebbe permesso la vendita del terreno da loro acquistato nei pressi della St. Saviour's per destinarlo al sacrario e ricavarne qualcosa per costruire l'edificio. O, d'altro canto, poteva parlare con gli eredi di Guy e cercare di strappare loro dei contribuiti, persuadendoli a erigere quello che di fatto sarebbe stato un monumento al loro benefattore.

Poteva farlo, e avrebbe dovuto. Anzi, se fosse stato un altro, non avrebbe perso tempo. Ma c'erano altre considerazioni oltre alla necessità di edificare una struttura in cui custodire l'enorme quantità di reperti militari accumulati in più di mezzo secolo. Indipendentemente dal contributo educativo che l'edificio da erigere avrebbe apportato alla comunità di Guernsey e dall'impulso decisivo che avrebbe dato alla pubblica affermazione di Nobby Debiere come architetto, la verità era che l'esistenza personale di Frank Ouseley sarebbe stata di gran lunga migliore *senza* un museo bellico.

Perciò non avrebbe parlato a Ruth di portare avanti la nobile opera del fratello. Né avrebbe circuito gli altri con la speranza di spremere loro dei fondi. Per quanto riguardava Frank, la questione era chiusa. Il museo era morto, come Guy Brouard.

L'uomo s'infilò con la vecchia Peugeot nella stretta via di campagna che portava al Moulin des Niaux. E mentre sobbalzava sulle buche, notò che la strada si era riempita di erbacce. I rovi invadevano l'asfalto. L'estate seguente vi sarebbe stata abbondanza di more, ma non si sarebbe potuti arrivare al mulino e ai cottage se non si dava da fare per potare i rami, l'edera, l'agrifoglio e le felci.

Adesso sapeva di potersi occupare di quella vegetazione selvatica: avendo preso una decisione e tracciato metaforicamente una linea sull'inesistente sabbia, si era assicurato in parte una libertà di cui non si era mai reso conto di sentire la mancanza. E questa gli schiudeva un mondo tutto nuovo, compreso un pensiero così banale come quello di potare le erbacce. Com'era strano avere un'ossessione, rifletté. Quando ci si abbandonava all'abbraccio soffocante di un'unica idea fissa, tutto il resto spariva.

Svoltò nel cancello proprio al di sotto della ruota ad acqua e l'auto avanzò scricchiolando sulla ghiaia del vialetto. Parcheggiò in fondo alla fila di cottage, con il cofano della Peugeot rivolto verso il torrente che non si vedeva ma si udiva oltre una macchia di olmi da tempo ricoperti d'edera. Era un'utile cortina di foglie che nascondeva Talbot Valley dalla strada principale, ma nello stesso tempo toglieva la piacevole vista di quelle acque gorgoglianti che ci si sarebbe potuti godere dal giardino, distesi sulle sdraio a primavera e in estate. Frank si rese conto che c'era molto da potare anche intorno ai cottage. Un'ulteriore indicazione di come aveva trascurato le cose.

In casa, trovò il padre appisolato sulla poltrona con le pagine del *Guernsey Press* sparse intorno a lui sul pavimento come carte da gioco di grosse dimensioni. Non appena vide il giornale, Frank si rese conto di non aver detto alla signora Petit di nasconderlo al padre, e passò un brutto momento a sfogliarlo per vedere se parlava della morte di Guy. Quando assodò che sull'edizione di quel giorno non c'era nulla, tirò un respiro di sollievo. Il giorno seguente sarebbe stato diverso, con il servizio sul funerale. Per adesso era al sicuro.

Andò in cucina, dove rimise in ordine il quotidiano e cominciò a preparare il tè. L'ultima volta che la signora Petit era passata da Graham quel giorno, aveva avuto la gentilezza di portare uno sformato, e sulla teglia aveva attaccato un allegro cartellino. POLLO E PORRO, BUON APPETITO! era scritto sul biglietto con il logo di una nota collana di ricettari inserito tra i rebbi di un forcone in miniatura infilato nella crosta.

Ottimo, pensò Frank. Riempì il bricco e tirò fuori la scatoletta del tè, quindi versò nella teiera alcune cucchiaiate di English Breakfast.

Stava disponendo i piatti e le posate sul tavolo, quando il padre si mosse in salotto. Frank lo udì dapprima risvegliarsi sbuffando, poi lanciare un'esclamazione soffocata di sorpresa per essersi addormentato senza volerlo.

«Che ora è?» chiese Graham Ouseley a voce alta. «Sei tu, Frank?»

Il figlio si affacciò alla porta e vide che il padre aveva il mento bagnato e un filo di saliva colato dalla bocca aveva formato una stalattite sulla mascella.

«Preparo il tè», disse Frank.

«Da quanto sei rientrato?»

«Pochi minuti. Dormivi e non volevo svegliarti. Com'è andata con la signora Petit?»

«Mi ha aiutato ad andare in bagno. Non mi piace che ci entrino le donne con me, Frank.» Graham si tirò la coperta sulle ginocchia. «Dove sei stato per tutte queste ore? Che ora si è fatta?»

Il figlio diede un'occhiata alla vecchia sveglia sulla cucina e vide sorpreso che erano già le quattro passate. «Telefono alla signora Petit, così le tolgo il pensiero di fare di nuovo un salto qui», disse. Dopo averlo fatto, tornò nel salotto per rispondere al padre, ma lo trovò riaddormentato. La coperta gli era scivolata dalle ginocchia, e Frank la risistemò, avvolgendola intorno alle gambe magre e reclinando lo schienale della poltrona in modo che la testa non ricadesse sul petto ossuto. Ripulì con un fazzoletto il mento del padre e gli tolse la saliva secca dalla mascella. La vecchiaia era una grossa stronzata, pensò. Una volta superati i biblici settanta, ci si ritrovava sulla china discendente che portava alla completa inettitudine.

Terminò di preparare il tè, forte, come si usava una volta tra i manovali. Scaldò lo sformato e ne tagliò qualche fetta. Tirò fuori un'insalata e imburrò il pane. Con il cibo in tavola e il tè pronto, andò da Graham e lo portò in cucina. Avrebbe potuto servirlo sulla poltrona con un vassoio, ma preferiva si trovassero faccia a faccia per la conversazione che li attendeva. In questo modo, sarebbe stato un parlare da uomo a uomo, non tra padre e figlio.

Graham mangiò con gusto lo sformato di pollo e porro, e il piacere della cucina della signora Petit gli fece dimenticare l'affronto di essere stato accompagnato da lei in bagno. Prese anche un'altra porzione, caso raro per un uomo che di solito mangiava meno di una adolescente.

Frank decise di non rovinargli l'appetito con le notizie che aveva da dargli. Così cenarono in silenzio, mentre il figlio meditava sul modo migliore per introdurre l'argomento e il padre faceva qualche sporadico commento sul cibo, specialmente la salsa, secondo lui la migliore che avesse mai assaggiato dalla morte della madre di Frank. Era in questi termini che si riferiva sempre all'annegamento di Grace Ouseley. La tragedia del bacino, Graham e la moglie che si dibattevano nell'acqua e solo lui emergeva vivo, era ormai sepolta nel passato.

Il cibo indusse i pensieri di Graham a passare dalla moglie al tempo di guerra e, in particolare, ai pacchi che alla fine gli abitanti di Guernsey avevano ricevuto dalla Croce Rossa, quando la scarsità di viveri sull'isola aveva ridotto la popolazione ad accontentarsi di caffè di pastinaca ed estratto di barbabietola. A un certo punto, raccontò il vecchio, dal Canada era giunta un'incredibile abbondanza. «Biscotti al cioccolato, ragazzo mio, non sono una vera delizia col tè?» E sardine, latte in polvere, salmone in scatola, prugne, prosciutto e manzo sotto sale. Ah, che giornata davvero splendida era stata quando i pacchi della Croce Rossa dimostrarono alla gente di Guernsey che, per quanto l'isola fosse piccola, non era stata dimenticata dal resto del mondo.

«E altroché se ne avevamo davvero bisogno», affermò Graham. «I crucchi potevano anche cercare di farci credere che quello stronzo del Führer avrebbe camminato sull'acqua e moltiplicato i pani, una volta conquistato il mondo, ma noialtri potevamo morire, Frankie, senza che lui si degnasse di passare anche solo una salsiccia dalla nostra parte.»

Il vecchio aveva una macchia di sugo sul mento e il figlio si chinò a pulirlo. «Erano tempi duri», disse.

«Ma la gente non se ne rende conto come dovrebbe, non credi? Oh, certo, pensano agli ebrei e agli zingari. A posti come l'Olanda e la Francia. Al Blitz. Diavolo se ci pensano, al Blitz, che i nobili inglesi, gli stessi il cui dannato re, non dimenticarlo, ci ha abbandonato ai crucchi con un semplice discorsetto tipo so-che-resisterete-al-nemico-miei-valorosi-sudditi...» Graham prese con la forchetta un po' di pasticcio e lo sollevò con mano tremante a mezz'aria, dove rimase sospeso come un bombardiere tedesco sul punto di sganciare il carico.

Frank si sporse di nuovo in avanti e portò con delicatezza il cibo alla bocca del padre. Graham gradì il pollo, riprendendo a masticare e a parlare nello stesso tempo: «Gli inglesi lo ricordano ancora, Frank. Londra viene bombardata e il mondo non deve mai dimenticarlo, neanche per un attimo, mentre qui...? Diavolo, per quello che ricordano gli altri di quanto è accaduto, potremmo aver avuto solo qualche problemino di poco conto. Non importa che il porto venne bombardato e vi furono ventinove morti, Frankie, senza che avessimo una sola arma per difenderci, e quelle povere signore ebree mandate nei campi di concentramento, e le esecuzioni di tutti quelli che, secondo loro, erano spie. Per quanto ne sa il resto del mondo, potrebbe non essere mai successo. Ma ben presto rimetteremo le cose a posto, non è vero, ragazzo?»

Ed ecco che alla fine era venuto il momento, pensò Frank. Non avrebbe avuto bisogno di una scusa per entrare in argomento. Doveva solo approfittare dell'occasione, perciò prese la decisione prima di avere un ripensamento e disse: «Papà, purtroppo è successo qualcosa. Non volevo dirtelo. So cosa significa il museo per te, e credo di non avere avuto il coraggio di rovinare il tuo sogno».

Graham drizzò la testa e rivolse al figlio l'orecchio dal quale sosteneva sempre di sentirci meglio: «Ripetilo», disse.

Frank sapeva benissimo che, in realtà, non c'era nulla che non andasse nell'udito del padre, a meno che non si parlasse di qualcosa che il vecchio preferiva non ascoltare. Perciò andò avanti. Disse al padre che Guy Brouard era morto la settimana prima. Era stato un avvenimento improvviso e inaspettato, ed era chiaro che Guy stava benissimo, non si aspettava neanche lontanamente di venire meno, poiché non aveva previsto le conseguenze della propria dipartita per i loro progetti sul museo bellico.

«Che cosa?» Graham scosse la testa come per schiarirsi le idee. «Guy morto? Non dirai sul serio, ragazzo?»

Sfortunatamente sì, ribatté Frank. E il punto era che, per chissà quale motivo, Guy Brouard non aveva sistemato le cose per una simile eventualità come ci si sarebbe aspettati da lui. Nel suo testamento non era destinata alcuna somma al museo, perciò il progetto di costruzione sarebbe stato accantonato.

«Cosa?» disse Graham, deglutendo il cibo, mentre con la mano tremante sollevava la tazza di tè al latte. «Piazzarono delle mine. Del tipo antiuomo. E anche cariche di demolizione, anche. Mine anticarro. Misero delle bandierine di pericolo, ma prova a immaginartelo. Delle bandierine gialle che ci avvertivano di non mettere i piedi sul suolo che ci apparteneva. Il mondo deve sapere tutte queste cose, ragazzo. Bisogna far capire che usavamo il muschio di certe alghe per farci la gelatina.»

«Lo so, papà. È importante che nessuno dimentichi.» A Frank ormai era passato l'appetito. Spinse il piatto al centro del tavolo e spostò la sedia per parlare direttamente all'orecchio del padre. Con questo intendeva far capire al vecchio che doveva dargli retta e ascoltarlo, perché le cose erano cambiate per sempre. «Papà», disse. «Non ci sarà nessun museo. Non abbiamo il denaro. Dipendevamo da Guy per finanziare la costruzione dell'edificio e lui nel testamento non ci ha lasciato fondi per farlo. Ora, so che mi senti benissimo, papà, e mi dispiace dirtelo, davvero, credimi. Non avrei mai voluto fartelo sapere, neanche che Guy era morto, ma dopo avere assistito alla lettura del testamento, ho capito che non avevo altra scelta. Mi dispiace.» E convenne tra sé che gli dispiaceva sul serio, ma solo in parte.

Nel tentativo di portare la tazza alle labbra, Graham si versò il tè sul petto. Frank gli resse la mano per rendergli il gesto più fermo, ma il vecchio si liberò con uno scatto, facendone cadere dell'altro. Portava un pesante panciotto abbottonato sulla camicia di flanella, perciò il liquido non lo scottò. Ma a lui sembrò più importante evitare il contatto col figlio che bagnarsi i vestiti. «Io e te», mormorò con gli occhi velati. «Avevamo un progetto, Frankie.»

Il figlio non avrebbe mai creduto di sentirsi così male vedendo crollare tutte le difese del padre. Era la stessa sensazione che avrebbe provato se dinanzi a lui fosse caduto in ginocchio un gigante. «Papà», disse, «non vorrei mai farti del male per nessuna ragione al mondo. Se conoscessi un modo per costruire il tuo museo senza l'aiuto di Guy, lo farei. Ma è impossibile. Il costo è troppo alto. Non possiamo far altro che abbandonare quest'idea.»

«La gente deve sapere», protestò Graham Ouseley, ma la sua voce era flebile e lui aveva perduto ogni interesse per il tè e il cibo. «Nessuno deve dimenticare.»

«Sono d'accordo.» Frank cercò disperatamente un modo per attutirgli il colpo. «Forse, col tempo, troveremo un modo per realizzarla.»

Graham curvò le spalle e si guardò intorno nella cucina, come un sonnambulo che si risvegliasse confuso. Le mani gli caddero in grembo e si mise a stringere convulsamente il tovagliolo. Mosse la bocca per dire qualcosa, ma non gli uscì niente. Guardò gli oggetti che lo circondavano e sembrò cercare in questi un appiglio di consolazione. Si scostò dal tavolo e anche Frank si alzò, pensando che il padre volesse andare in bagno, a letto o sulla sedia in salotto. Ma, non appena lo prese per il gomito, il vecchio si oppose. Voleva andare al piano da lavoro, sul quale Frank aveva appoggiato il *Guernsey Press* accuratamente ripiegato, con le due parole della testata separate da uno scudo bianco con all'interno due croci sovrapposte, rossa e gialla.

Graham prese il giornale e se lo strinse al petto. «Così sia», disse al figlio. «I mezzi cambiano, ma il fine è lo stesso. È questo che conta.»

Frank cercò di capire che rapporto vedesse il padre tra la fine dei loro progetti e il quotidiano dell'isola. «Certo, il giornale ci farà un pezzo», disse dubbioso. «E magari potremmo sollevare l'interesse di qualche evasore fiscale disposto a dare contributi. Ma quanto a ricavare la somma necessaria da un articolo giornalistico... Non credo che possiamo contarci, papà. E, anche se fosse, in questi casi ci vogliono anni.» Non aggiunse il resto: a novantadue anni, al padre non restava ancora molto da vivere.

«Li chiamerò io stesso», disse Graham. «E verranno. Vedrai che saranno interessati. Non appena sapranno, verranno di corsa.» Andò perfino a passi incerti verso il telefono, e alzò la cornetta come se volesse chiamare immediatamente.

«Non credo sia il caso di aspettarsi che al giornale diano a tutto questo la stessa importanza che diamo noi, papà», disse Frank. «Probabilmente vi dedicheranno un articolo. Di sicuro l'argomento ha un certo interesse, sotto il profilo umano. Ma non dovresti riporre le tue speranze...»

«È arrivato il momento», insistette Graham, come se il figlio non avesse parlato. «Avevo fatto una promessa a me stesso. Prima di morire, lo farò. Ci furono quelli che tennero fede e altri no. Ed è arrivato il momento. Prima che muoia, Frank.» Frugò tra le riviste posate sul piano da lavoro, sotto la posta arrivata negli ultimi giorni. «Dov'è finito l'elenco?» chiese. «Qual è il numero, ragazzo? Facciamo questa telefonata.»

Ma Frank era rimasto a quell'affermazione sul tener fede o no, e si chiedeva cosa intendesse il padre. Nella vita c'erano migliaia di modi di fare l'una o l'altra cosa, tener fede o no, ma in tempo di guerra, in un Paese occupato, ce n'era uno solo. «Papà, non penso...» cominciò cauto. Dio, pensò, come impedire al padre di lanciarsi su una china così pericolosa? «Ascolta, non è questo il modo di agire. Ed è ancora troppo presto...»

«Il tempo passa in fretta», ribatté Graham. «Ormai non ne rimane quasi più. L'ho giurato a me stesso. Ho giurato sulle loro tombe. Sono morti per il GIFT e nessuno ha pagato. Ma ora lo faranno. Tutto qui.» Tirò fuori l'elenco telefonico da un cassetto per i tovaglioli e le tovaglie e, anche se non era un volume troppo grande, lo sollevò con un grugnito sul piano da lavoro. Si mise a sfogliarlo e il respiro gli si accelerò, come a un corridore verso la fine della corsa.

«Papà, dobbiamo prima mettere insieme le prove», disse Frank, in un ultimo tentativo di fermarlo.

«Ce le abbiamo, le dannate prove. È tutto qui», si puntò alla tempia un dito deformato per una ferita rimarginata male durante la guerra, mentre fuggiva inutilmente dopo essere stato scoperto. La Gestapo era venuta ad arrestare quelli che stampavano il *GIFT*, traditi da qualcuno nel quale avevano riposto fiducia. Due dei quattro uomini responsabili del foglio clandestino di notizie erano morti in prigione. Un altro era morto in un tentativo di fuga. Solo Graham era sopravvissuto, ma non ne era uscito indenne. E aveva serbato per sempre il ricordo delle tre vite innocenti perdute alla causa della libertà per bocca di un informatore rimasto per troppo tempo ignoto. Il tacito accordo tra i politici inglesi e quelli dell'isola aveva impedito ogni inchiesta e relativa condanna al termine delle ostilità. Ormai era tutto morto e sepolto, e, dato che le prove erano considerate insufficienti «ad avviare una procedura penale», quelli che avevano mandato a morte i loro compagni per puro egoismo adesso vivevano senza curarsi del passato, in un futuro che con le loro azioni avevano negato a individui molto migliori di loro. Il progetto del museo avrebbe dovuto contribuire almeno in parte a riportare giustizia. Senza l'apposita sezione sui collaborazionisti, le cose sarebbero rimaste per sempre così: il tradimento confinato nelle menti di coloro che l'avevano commesso e di chi ne aveva subìto le conseguenze. Tutti gli altri avrebbero continuato a vivere senza sapere chi aveva pagato il prezzo della loro libertà e chi gli aveva imposto quella sorte.

«Ma, papà», disse Frank, anche se sapeva di parlare invano, «ti chiederanno ben altre prove che non la tua parola soltanto. Lo sai.»

«Bene, vedi di tirar fuori tutta quella roba», disse Graham con un cenno in direzione dei cottage accanto al loro, dove custodivano la collezione. «Dobbiamo tenerla pronta per loro, quando verranno. Datti da fare, ragazzo.»

«Ma, papà...»

«No!» Graham picchiò debolmente il pugno sull'elenco telefonico e agitò la cornetta verso il figlio. «Datti da fare, e subito. Parlo sul serio, Frank. Farò i nomi.»

14

DEBORAH e Cherokee parlarono pochissimo, mentre tornavano ai Queen Margaret Apartments. Si era alzato il vento e cadeva una pioggerellina che dava loro la scusa per restare in silenzio. Deborah si riparava sotto un ombrello e Cherokee camminava con le spalle curve e il bavero del giubbotto alzato. Scesero di nuovo lungo Mill Street e attraversarono la piazzetta. La zona era completamente deserta, tranne che per un furgone giallo parcheggiato nel bel mezzo di Market Street, sul quale veniva caricato il banco di vendita di una delle botteghe di macelleria ormai vuote. Era un triste segnale dell'imminente chiusura del mercato e, a coronamento della cosa, uno degli addetti al trasloco inciampò e fece cadere il lato che sorreggeva. Il vetro andò in frantumi e il fianco del bancone si ammaccò. Il compagno imprecò, dandogli del maledetto stupido e imbambolato. « Ci costerà parecchio! » gridò.

Deborah e Cherokee non afferrarono la replica dell'altro, perché voltarono l'angolo e cominciarono a salire per Constitution Steps. River fu il primo a rompere il silenzio. A metà salita, dove i gradini formavano una curva, si fermò e chiamò per nome Deborah. Lei si fermò a sua volta e si voltò a guardarlo. Notò che la pioggia gli aveva imperlato i capelli ricci con un reticolo di goccioline rilucenti, e le ciglia ritte e appiccicaticce di umidità gli davano un'aria infantile. Era scosso dai brividi. In quel tratto erano riparati dal vento, e in ogni caso lui portava un giubbotto pesante, perciò lei capì che non dipendeva dal freddo.

La conferma venne dalle parole di Cherokee: « Non verrà fuori nulla ».

Lei non finse neppure di chiedere spiegazioni. Sapeva che per lui c'erano scarse probabilità di pensare ad altro, perciò disse: « Comunque, dobbiamo chiederglielo ».

« Hanno detto loro stessi che potrebbero essercene degli altri sull'isola. E il tipo cui hanno accennato, quello di Talbot Valley, ha una collezione di residuati bellici da non crederci. L'ho vista con i miei occhi ».

«Quando?»

«Un giorno. Era venuto a pranzo e ne parlava con Guy. A un certo punto, si è offerto di farmela vedere, e Brouard ha approvato con entusiasmo. Allora mi sono detto: 'Che diavolo', e ci sono andato. Con me c'era anche quell'altro.»

«Chi?»

«Quel ragazzo amico di Guy. Paul Fielder.»

«E hai visto un altro anello come questo?»

«No. Ma questo non significa che non ci fosse. Questo tipo aveva un sacco di roba dappertutto. In scatole e sacchi. Schedari, scaffali. È tutto stipato in disordine in un paio di cottage. Se lui aveva un anello che, per un motivo o per l'altro, fosse venuto a mancare, diavolo, non se ne sarebbe nemmeno accorto. Non può avere catalogato tutto.»

«Stai dicendo che Paul Fielder potrebbe aver sottratto un anello mentre eri là?»

«Non sto dicendo niente. Solo che ci dev'essere un altro anello, perché escludo nel modo più assoluto che China...» Infilò le mani nelle tasche, a disagio, e distolse lo sguardo da Deborah, volgendolo alla collina, verso Clifton Street, i Queen Margaret Apartments e la sorella che lo attendeva nell'interno B. «Escludo nel modo più assoluto che China abbia fatto del male a qualcuno. Lo sai, e anch'io. Quest'anello... appartiene a un'altra persona.»

Parlava in tono deciso, ma Deborah preferiva non fare domande sull'origine di quella certezza. Sapeva che il confronto con China era ormai inevitabile. Indipendentemente dalle loro convinzioni, bisognava comunque affrontare la questione dell'anello.

«Andiamo all'appartamento», disse. «Tra un po' verrà giù un acquazzone.»

Trovarono China che guardava un incontro di pugilato alla televisione. Uno dei contendenti le prendeva di brutto ed era ovvio che bisognava chiudere il match. Ma a impedirlo c'era la folla che urlava. Sangue, dicevano quelle grida, vogliamo il sangue. China sembrava del tutto indifferente, aveva lo sguardo vacuo.

Cherokee andò al televisore e cambiò canale. Capitò su una gara ciclistica che si svolgeva in un Paese soleggiato simile alla Grecia, ma che in realtà avrebbe potuto trovarsi ovunque tranne che in quel posto piovoso. Azzerò il volume. Poi andò dalla sorella e, posandole una mano sulla spalla, le disse: «Stai bene? Vuoi qualcosa?»

Lei si scosse. «Tutto a posto, stavo solo pensando», disse con un sorriso appena abbozzato.

Lui ricambiò il sorriso. «Dovresti evitarlo il più possibile. Guarda i risultati su di me. Io penso di continuo. Se non l'avessi fatto, ora non ci troveremmo in questo casino.»

Lei alzò le spalle. «Già.»

«Mangi qualcosa?»

«Cherokee...»

«Okay, d'accordo. Lascia perdere.»

Solo allora China parve accorgersi che c'era anche Deborah. Girò la testa verso di lei e disse: «Pensavo che fossi andata da Simon, a portargli l'elenco di quello che ho fatto sull'isola».

Era il modo più semplice per affrontare l'argomento dell'anello, e lei ne approfittò facendo notare: «Non è completo. Su quell'elenco non c'è tutto».

«Che cosa intendi?»

Deborah appoggiò l'ombrello su un supporto accanto alla porta e andò a sedersi sul sofà, vicino all'amica. Cherokee prese una sedia e si sistemò dinanzi a loro.

«Non hai accennato a Potter & Potter Antiquariato», precisò Deborah. «In Mill Street. Sei andata lì a comprare un anello dal figlio. L'hai dimenticato?»

China lanciò un'occhiata al fratello come in cerca di spiegazioni, ma lui non disse nulla. Allora si rivolse di nuovo all'amica. «Non ho riportato anche i negozi dove sono stata. Non credevo... Perché avrei dovuto? Sono stata parecchie volte da Boots e in un paio di negozi di scarpe. Ho comprato una o due volte il giornale e delle mentine. Mi si è esaurita la batteria della macchina fotografica e l'ho sostituita con una che ho preso al centro commerciale, quello su High Street. Ma non ho annotato nulla di tutto questo, e ho dimenticato anche altri negozi. Perché?» E al fratello: «Cos'è questa storia?»

Per tutta risposta, Deborah tirò fuori l'anello. Aprì il fazzoletto che lo avvolgeva e allungò la mano verso China. «Era sulla spiaggia, alla baia dove è morto Guy Brouard», disse.

China non tentò nemmeno di toccare l'anello, dimostrando così di cogliere perfettamente il significato del fatto che Deborah l'avesse avvolto in un fazzoletto e che fosse stato trovato nei pressi del luogo dov'era avvenuto un omicidio. Tuttavia lo guardò, a lungo e intensamente. Era già così pallida che Deborah non riuscì a capire per certo se impallidisse ulteriormente. Ma strinse le labbra tra i denti e, quando rialzò gli occhi sull'amica, questi erano indiscutibilmente pieni di paura.

«Perché me lo domandi?» chiese. «Vuoi sapere se l'ho ucciso?»

«L'uomo del negozio, il signor Potter, ha parlato di un'americana che avrebbe acquistato da lui un anello simile a questo», riprese Deborah. «Un'americana proveniente dalla California. Che indossava pantaloni di pelle e un mantello, immagino, perché aveva un cappuccio sul capo. Costei e la signora Potter hanno discusso di divi cinematografici. I Potter ricordavano che questa donna venuta dall'America aveva riferito loro che di solito non s'incontrano mai attori famosi per...»

«D'accordo», la interruppe China. «Sei stata chiara. Ho comprato l'anello. Un anello. Quell'anello? Non so. Ho comprato un anello da loro, va bene?»

«Come questo?»

«Be', mi pare ovvio», rispose China bruscamente.

«Ascolta, Chine, dobbiamo scoprire...»

«Sto collaborando!» strillò lei al fratello. «D'accordo? Sto collaborando, come una brava ragazza. Sono andata in città, ho visto quell'anello e ho pensato che era perfetto, così l'ho comprato.»

«Perfetto?» chiese Deborah. «Per cosa?»

«Per Matt, va bene? L'ho preso per Matt.» China sembrava imbarazzata per la sua stessa ammissione, un regalo per un uomo col quale aveva sostenuto di aver chiuso. E, rendendosi conto di come doveva apparire la cosa agli altri due, continuò: «Era brutto, ed era proprio questo che mi piaceva. Era come mandargli una bambola vudù. Un teschio con le ossa incrociate. Veleno. Morte. Mi è parso un ottimo modo per fargli capire cosa provassi».

Cherokee si alzò e andò al televisore, dove i ciclisti correvano lungo il bordo di un precipizio. Sotto di loro si estendeva il mare e il sole si rifletteva sull'acqua. Spense l'apparecchio e tornò al suo posto, senza guardare né la sorella né Deborah.

Come se quelle azioni esprimessero il commento sottinteso dal suo silenzio, China rispose dicendo: «Va bene, è stato stupido. Era per mettere in pari le cose tra noi, per provocare una reazione da parte sua. Lo so, va bene? Lo so che è stupido. Ma mi andava di farlo, tutto qui. È stato appena l'ho visto. L'ho comprato e basta».

«E cosa ne hai fatto?» chiese Deborah. «Il giorno che l'hai acquistato?»

«Che intendi dire?»

«Al negozio te l'hanno confezionato in una bustina che tu hai infilato in un'altra? L'hai messo in tasca? Cos'è accaduto dopo?»

China rifletté su quelle domande. Cherokee smise di guardarsi le scarpe e rialzò la testa. Parve rendersi conto di dove volesse andare a parare Deborah, perché disse: «Cerca di ricordare, Chine».

«Non lo so. Probabilmente l'ho infilato nella borsetta», rispose lei. «È così che faccio di solito per i miei acquisti.»

«E dopo? Quando sei tornata a Le Reposoir? Cosa ne hai fatto?»

«Probabilmente... non so. Se era nella borsetta, l'avrò lasciato lì dimenticandomene. O è rimasto sulla toletta finché non abbiamo fatto i bagagli per ripartire.»

«Dove qualcuno potrebbe averlo visto», mormorò Deborah.

«Sempre che sia lo stesso anello», aggiunse Cherokee.

In effetti, pensò Deborah. Perché se l'anello che aveva in mano fosse stato solo una copia di quello che China aveva acquistato dai Potter, si trovavano dinanzi a una sorprendente coincidenza. E, per quanto improbabile, bisognava comunque chiarirla prima di andare avanti. «Quando siete partiti, hai messo nei bagagli anche l'anello? Adesso è tra le tue cose? Forse è infilato da qualche parte, e hai dimenticato dove?»

China sorrise, cogliendo l'ironia di ciò che stava per dire: «Non saprei, Debs. Al momento, tutta la mia roba ce l'hanno quelli della polizia. O, almeno, quello che ho portato con me. Se ho infilato l'anello in valigia quando sono tornata a Le Reposoir, sarà insieme con il resto».

«Allora bisognerà controllare», disse Deborah.

Cherokee accennò all'anello in mano a lei. «E di quello, che ne sarà?»

«Va consegnato alla polizia.»

«Cosa ci faranno?»

«Immagino che cercheranno di rilevare le impronte latenti. Potrebbero ottenerne qualcuna parziale.»

«E se ci riescono, che succede? Voglio dire, se salta fuori l'impronta di Chine? Se l'anello è lo stesso, capiranno che è stato messo là apposta? L'anello, intendo.»

«Potrebbero anche sospettarlo», concesse Deborah. Ma non disse qual era secondo lei la situazione. Alla polizia interessa unicamente accertare i fatti e chiudere il caso. Il resto viene lasciato ad altri. Se China non fosse risultata in possesso di un anello identico a quello che Deborah aveva trovato alla baia, la polizia non era tenuta a fare altro che prenderne atto e trasmetterlo alla magistratura. Sarebbe toccato poi all'avvocato difensore sostenere in aula una tesi differente sull'anello, al processo per omicidio.

Deborah si disse che i due fratelli dovevano saperlo benissimo. Non erano bambini. Dopo tutti i problemi con la legge del padre di China in California, dovevano avere una cultura su quello che seguiva alla scoperta di un reato.

«Debs», disse Cherokee, con un tono pensoso che prolungò quel diminutivo in una supplica. «E se per caso...» Guardò la sorella come per soppesarne la reazione a qualcosa che non era ancora stato detto. «È difficile chiederlo. E se perdessi quell'anello?»

«Perdessi?»

«No, Cherokee», disse China.

«Devo farlo», le fece lui di rimando. «Debs, se è davvero l'anello acquistato da China, e sappiamo che potrebbe esserlo, insomma, perché bisogna per forza informare quelli della polizia che l'hai trovato? Non puoi semplicemente gettarlo in un tombino o qualcosa del genere?» A quel punto sembrò rendersi conto di cosa stava chiedendo a Deborah, perché si affrettò ad aggiungere: «Ascolta, alla polizia sono già convinti che sia stata lei, perciò se trovano le sue impronte sull'anello, le utilizzeranno solo per inchiodarla definitivamente. Ma se tu lo perdi, se ti cade dalla tasca mentre torni all'albergo, diciamo...?» La guardò pieno di speranza, con la mano tesa perché lei vi depositasse sul palmo l'anello incriminato.

Deborah si sentì presa da quello sguardo, dalla franchezza e dall'aspettativa che vi si riflettevano, e dai rimandi a tutto quello che aveva passato insieme con China River.

«A volte, giusto e sbagliato si confondono», le disse tranquillamente Cherokee. «Quello che sembra giusto si rivela sbagliato e viceversa...»

«Scordalo», lo interruppe la sorella. «Scordalo, Cherokee.»

«Ma non sarebbe poi una gran cosa.»

«Ti ho detto di scordarlo.» China prese la mano di Deborah e le chiuse le dita sull'anello avvolto nel lino. «Fai quello che devi fare.» E al fratello: «Lei non è come te. Non le verrebbe così facile».

«Giocano sporco. E noi dobbiamo fare lo stesso.»

«No», escluse China, decisa, e all'amica: «Sei venuta per aiutarmi. Te ne sono grata. Fai quello che devi fare e basta».

Deborah annuì, ma si sentì in difficoltà dicendo: «Mi dispiace».

Aveva la sensazione di tradirli.

St. James non avrebbe mai pensato di essere un uomo che si lasciava prendere dall'agitazione. Dal giorno che si era risvegliato in un letto di ospedale senza ricordare altro che l'ultimo bicchiere di troppo di tequila, e aveva alzato gli occhi sul volto della madre leggendovi quello che poco più di un'ora dopo gli avrebbe confermato un neurologo, era sempre riuscito a controllare le proprie reazioni con una disciplina che sarebbe stata l'orgoglio di un militare. Ormai si considerava un sopravvissuto temprato dall'esperienza. Il peggio era già avvenuto e lui aveva retto al disastro che lo aveva colpito. Era rimasto paralizzato, azzoppato, per poi venire abbandonato dalla donna che amava, eppure ne era uscito senza rimanere scalfito dentro. *Se ho superato tutto questo, posso farcela in qualsiasi circostanza.*

Perciò era impreparato all'inquietudine che lo colse alla scoperta che la moglie non aveva consegnato l'anello all'ispettore Le Gallez; e che aumentò a un livello sconvolgente man mano che i minuti trascorrevano senza che Deborah facesse ritorno all'albergo.

All'inizio Simon si mise a camminare, per la stanza e sul terrazzino annesso. Poi si lasciò andare su una sedia e per cinque minuti cercò di riflettere sul possibile significato del comportamento della moglie. Ma questo non fece che accrescere la sua ansia, perciò afferrò il cappotto e uscì immediatamente dall'edificio, deciso ad andare a cercarla. Attraversò la strada senza un'idea precisa sulla direzione da prendere, apprezzando solamente la diminuzione della pioggia, che facilitava il cammino.

Tanto valeva avviarsi giù per il pendio, e andò da quella parte, costeggiando il muro di pietra che correva lungo una specie di giardino situato in un avvallamento del terreno di fronte all'albergo. Al termine sorgeva il monumento ai caduti dell'isola, e St. James vi era quasi giunto quando vide sbucare la moglie da dietro l'angolo.

Lei alzò la mano per salutarlo. Mentre le si avvicinava, Simon fece del suo meglio per calmarsi.

«Sei tornato», disse lei con un sorriso andandogli incontro.

«Mi pare ovvio», ribatté lui.

Il sorriso di Deborah si spense; le bastò sentire quella voce per capire tutto. Per lei era così. Lo frequentava da quasi una vita, e lui pensava di conoscerla. Ma Simon scopriva sempre di più che il divario tra l'idea che aveva della moglie e la realtà dei fatti cominciava ad assumere la profondità di un abisso.

«Che c'è?» chiese lei. «Simon, qualcosa non va?»

Lui la prese per un braccio, con una stretta che lei giudicò eccessiva, ma il marito non sembrava affatto disposto ad allentarla. La guidò verso il giardino infossato e la fece scendere per i gradini.

«Che cosa ne hai fatto di quell'anello?» le domandò.

«Fatto? Niente. L'ho portato subito a...»

«Dovevi consegnarlo a Le Gallez.»

«Stavo appunto per farlo. Ci andavo proprio ora. Simon, si può sapere cosa?...»

«Ora? Glielo stavi portando ora? E dov'è stato nel frattempo? Sono passate ore da quando l'abbiamo trovato.»

«Ma, insomma, perché fai così, Simon? Finiscila. Lasciami andare. Mi fai male.» Lei si liberò con uno strattone e lo fronteggiò, rossa in volto. C'era un sentiero che girava intorno all'intero perimetro del giardino, e lei si avviò lungo di esso, anche se non portava da nessuna parte, limitandosi a costeggiare il muro. L'acqua piovana aveva formato una pozza minacciosa, che rifletteva il cielo ormai avviato rapidamente all'imbrunire. Deborah l'attraversò senza esitazione, incurante delle gambe che s'inzupparono.

St. James la seguì. Era su tutte le furie per essere stato piantato in quel modo dalla moglie. Deborah sembrava tutta un'altra persona, e non lui lo tollerava. Naturalmente, se avesse dovuto correrle dietro, avrebbe perso. E lo stesso se si fosse arrivati a ben altro che a uno scontro di natura dialettica e intellettuale. Era la sventura di quella menomazione, che lo rendeva più debole e meno veloce della moglie. E anche questo non faceva che accrescere la sua collera alla sola idea di cosa avrebbe pensato un osservatore casuale nel vederli dalla strada che correva in alto lungo il parco infossato: lei che si allontanava sempre di più a grandi passi e lui che la inseguiva con quel patetico zoppicare da mendicante.

Deborah giunse al capo opposto del giardino, nel punto in cui era più infossato. Lì si fermò in un angolo dove sorgeva una piracanta carica di bacche rosse, dai rami che s'incurvavano fino a sfiorare la spalliera di una panchina. Non si sedette, rimase lì accanto e staccò una manciata di bacche dalla pianta, mettendosi a lanciarle distrattamente nella vegetazione.

Questo fece infuriare ancora di più St. James, perché era un gesto puerile. Gli parve di tornare indietro nel tempo, quando lui aveva ventitré anni e lei era una dodicenne in preda a un attacco isterico preadolescenziale per via di un taglio di capelli che detestava. Simon aveva dovuto lottare per strapparle le forbici e impedirle di fare ciò che voleva, e cioè peggiorare la situazione, imbruttirsi ancora di più, punirsi per aver pensato che bastasse una nuova acconciatura a toglierle la sensazione provata all'improvviso apparire di quei brufoli sul mento che segnavano il suo definitivo mutamento fisico. «Ah, la nostra Deb è una personcina difficile», aveva commentato il padre. «Le occorre un tocco femminile», ma lui non gliel'aveva mai dato.

Quanto sarebbe stato comodo addossare la colpa di ogni cosa a Joseph Cotter, pensò St. James, convincersi che lui e Deborah erano arrivati a quel punto del matrimonio solamente perché il suocero era rimasto vedovo. Quello sì che avrebbe reso tutto più facile. Non gli sarebbe toccato cercare un'altra spiegazione del perché Deborah si fosse comportata in maniera così inconcepibile.

Le si avvicinò e scioccamente disse la prima cosa che gli venne in mente: «Non scappare mai più via da me in quel modo, Deborah».

Lei si volse di scatto con una manciata di bacche nel pugno.

«E tu non osare mai più, capito?, mai più rivolgerti a me in quel modo.»

Lui cercò di contenersi, perché si rendeva conto che la discussione sarebbe degenerata, se uno dei due non avesse cercato di calmarsi. E sapeva anche che non sarebbe stata certo Deborah la prima a cedere. Allora disse nel tono più moderato possibile, che però era solo di poco meno aggressivo di quello precedente: «Esigo una spiegazione».

«Ah, è questo che vuoi, vero? Be', scusami, ma non mi sento proprio di dartela.» Lei lanciò le bacche sul sentiero.

Come un guanto di sfida, pensò lui. Se lo raccoglieva, sapeva benissimo che tra loro ci sarebbe stata guerra aperta. E lui era infuriato, ma non voleva arrivare a quel punto. Aveva abbastanza senno da capire che le situazioni conflittuali non servivano a nulla. «Quell'anello costituisce una prova», disse. «E le prove vanno consegnate alla polizia. Se non lo si fa immediatamente...»

«Come se tutte le prove finissero subito in mano loro. Sai benissimo che non è così. Lo sai che in almeno metà dei casi, la polizia scova delle prove che nessuno ha neanche riconosciuto come tali. Perciò, prima di arrivare in mano loro, hanno subìto almeno una dozzina di passaggi intermedi. E tu lo sai, Simon.»

«Questo non dà a nessuno il diritto di allungare le tappe», ribatté lui. «Dove sei stata con quell'anello?»

«Mi stai interrogando? Ma ti rendi conto? Non te ne importa niente?»

«In questo momento m'importa solo di una cosa. Ero convinto che un importante elemento di prova si trovasse nelle mani di Le Gallez, e invece non era così, quando gliene ho accennato. Ti rendi conto tu di che cosa significa?»

«Oh, capisco.» Lei sollevò il mento. Quando parlò, aveva il tono di trionfo che di solito assume una donna quando un uomo cade nella trappola che lei gli ha teso. «Si tratta di te. Hai fatto una brutta figura. Hai perso la faccia.»

«Ostacolare un'inchiesta giudiziaria non è una questione di faccia», disse lui seccamente. «È un reato.»

«Non ostacolavo nulla. Ho quel maledetto anello.» Ficcò una mano nella borsetta e tirò fuori l'anello avvolto nel fazzoletto del marito, gli afferrò un braccio con una stretta analoga a quella che le aveva dato lui poc'anzi e glielo cacciò in mano. «Ecco, sei contento? Portalo al tuo adorato ispettore Le Gallez.

Dio solo sa cosa potrebbe pensare se non corri subito da lui, Simon.»

«Perché fai così?»

«Io? E tu, allora?»

«Perché ti avevo detto cosa fare, avevamo una prova, sappiamo che lo è, l'abbiamo capito subito e...»

«No», disse lei. «Sbagliato. Non ne eravamo certi, lo sospettavamo solamente. E sulla base di questo, mi hai chiesto di portare l'anello. Ma se fosse stato così decisivo consegnarlo immediatamente alla polizia, l'anello, intendo, potevi anche portarlo tu, anziché andartene per i fatti tuoi dovunque tu sia stato, cosa che per te ovviamente doveva essere ancora più importante, dell'anello.»

St. James rimase ad ascoltare con crescente irritazione. «Sai maledettamente bene che sono stato a parlare con Ruth Brouard. Considerato che è la sorella della vittima ed è stata lei a chiedere di vedermi, e sai anche questo, direi che avevo qualcosa di appena un po' più importante di cui occuparmi a Le Reposoir.»

«Ma certo. Mentre, al confronto, le mie erano sciocchezze.»

«Tu dovevi fare solo...»

«Piantala di ripeterlo!» La voce si trasformò in uno strillo. Deborah se ne accorse, perché riprese a parlare più piano e con più calma. «Quello che dovevo fare io era questo», disse calcando ironicamente la frase. «Lo ha scritto China. Ha pensato che potrebbe esserti utile.» Frugò di nuovo nella borsetta e pescò un blocco formato protocollo piegato in due. «Ho scoperto anche la provenienza dell'anello», proseguì con deliberata cortesia, altrettanto allusiva della precedente ironia. «E te lo dirò, se credi che quest'informazione sia altrettanto importante, Simon.»

St. James prese il blocco e cominciò a sfogliarlo, scorrendo con gli occhi le date, gli orari, i posti e le descrizioni che aveva annotato China o, almeno, quella doveva essere la sua grafia.

«Voleva fartelo avere», disse Deborah. «Anzi, mi ha chiesto espressamente di dartelo. Inoltre, è stata lei a comprare l'anello.»

Lui alzò gli occhi dal documento. «Cosa?»

«Mi hai sentito. L'anello, o uno simile. China l'ha acquistato in un negozio di Mill Street. Io e Cherokee lo abbiamo rintracciato. Poi abbiamo chiesto a lei, e China ha confessato di averlo comprato per mandarlo al suo ragazzo o, meglio, al suo ex, Matt.»

Lei gli raccontò il resto, riferendogli tutto per filo e per segno: le botteghe di antiquariato, i Potter, quello che aveva fatto China dell'anello, l'ipotesi che ve ne fosse un altro proveniente da Talbot Valley. E concluse dicendo: «Cherokee sostiene di aver visto lui stesso la collezione. E con lui c'era un ragazzo che si chiama Paul Fielder».

«Cherokee?» chiese bruscamente St. James. «Era lì quando hai rintracciato la provenienza dell'anello?»

«Mi pareva di averlo detto.»

«Allora sa tutto?»

«Credo ne abbia il diritto.»

St. James imprecò in silenzio: contro se stesso, la moglie e l'intera situazione, il fatto di essersi lasciato coinvolgere per ragioni alle quali non voleva neanche pensare. Deborah non era una stupida, ma non aveva riflettuto sino in fondo. Solo che, se glielo avesse detto, avrebbe peggiorato le cose tra loro, ma se non lo avesse fatto, almeno diplomaticamente o in un altro modo, avrebbe messo a rischio tutta l'indagine. Non aveva scelta.

«Non è stato saggio, Deborah.»

Lei capì il sottinteso dal tono del marito e chiese seccamente: «Perché?»

«Avrei preferito che me lo facessi sapere prima.»

«Cosa?»

«Che intendevi rivelare...»

«Non ho rivelato...»

«Hai detto che lui era con te quando avete rintracciato la provenienza dell'anello, vero?»

«Lui voleva dare una mano. È preoccupato. Si sente responsabile, perché è stato lui a voler intraprendere questo viaggio e ora la sorella sta per subire un processo per omicidio. Quando sono andata via dall'appartamento di China, lui aveva l'aria... Soffre davvero con lei. Per lei. Cherokee voleva dare una mano, e per me non c'era niente di male a permetterglielo.»

«È un sospetto, Deborah, quanto la sorella. Se non è stata lei a uccidere Brouard, è stato qualcun altro. E il fratello era uno dei presenti nella tenuta.»

«Non penserai...? Non è stato lui! Oh, per l'amor di Dio! È venuto a Londra apposta per vederci. È andato all'ambasciata.

Ha accettato di vedere Tommy. Desidera disperatamente che qualcuno dimostri che China è innocente. Come puoi credere che avrebbe fatto tutto questo se fosse lui l'assassino? Perché?»

«Non saprei cosa rispondere.»

«Ah, sì? Però insisti...»

«Ascolta che cosa ho scoperto», la interruppe lui, detestandosi per l'amaro piacere che si accorse di provare. L'aveva messa con le spalle al muro e adesso si accingeva a sferrarle il colpo di grazia, per stabilire chi aveva veramente ragione e chi torto. Le disse dei documenti consegnati a Le Gallez e ciò che risultava da quelle carte sul viaggio in America di Guy Brouard che la sorella stessa ignorava. Era irrilevante che durante la discussione con Le Gallez lui avesse sostenuto il contrario di quanto adesso diceva alla moglie a proposito del possibile legame fra la trasferta di Brouard in California e Cherokee River. Contava solo imporle la propria supremazia in fatto di omicidio. Le parole di Simon sembravano suggerire che il mondo della moglie dovesse limitarsi alla fotografia: immagini di celluloide manipolate in camera oscura. Il mondo di St. James, invece, era quello della scienza, dei fatti concreti. Fotografia poteva essere sinonimo d'immaginazione. Deborah doveva tenerlo bene in mente la prossima volta che avrebbe deciso di dare forma con le sue stesse mani a una pista della quale non sapeva nulla.

Quando terminò di riferirle tutto, lei disse, rigida: «Capisco. Allora mi dispiace per l'anello».

«Sono sicuro che hai agito per il meglio», le disse St. James, con la magnanimità di un marito che aveva appena ristabilito la giusta gerarchia matrimoniale. «Lo porterò subito a Le Gallez e gli spiegherò l'accaduto.»

«Bene», disse lei. «Se vuoi, vengo con te. Sarò lieta di dare io le spiegazioni, Simon.»

Lui fu lusingato dalla proposta, perché rivelava appieno che lei si era resa conto di aver sbagliato. «Non è affatto necessario», le disse gentilmente. «Me ne occuperò io, amore.»

«Ne sei sicuro?» domandò lei maliziosa.

Simon avrebbe dovuto capire il significato di quel tono, ma fallì miseramente. Invece disse: «Certo, sono lieto di farlo, Deborah», come uno stupido convinto di essere superiore in tutto a una donna.

«Buffo. Non l'avrei mai detto.»

«Cosa?»

«Che avresti perso l'occasione di vedermi mettere sotto torchio da Le Gallez. Sarebbe stato così divertente assistere. Mi meraviglio che tu voglia rinunciarci.»

Deborah ebbe un sorriso amaro e di scatto gli passò davanti, lungo il sentiero che risaliva verso la strada.

L'ispettore Le Gallez stava salendo sulla propria auto nel cortile del comando di polizia quando St. James entrò dal cancello. Dopo che Deborah lo aveva lasciato nel giardino, la pioggia aveva ripreso a cadere e, anche se per la fretta lui era uscito senza ombrello, non aveva seguito la moglie per andare a prenderne uno alla reception dell'albergo. A quel punto, andare dietro la moglie sarebbe equivalso a importunarla. E dato che lui non ne aveva motivo, non voleva che lei lo pensasse.

Deborah si comportava in modo indegno. Certo, aveva anche scoperto delle informazioni probabilmente utili: rintracciare la provenienza dell'anello faceva risparmiare tempo a tutti, e accertarne anche una seconda possibile origine poteva distogliere le forze dell'ordine locali dalla convinzione che China River fosse colpevole. Tuttavia, questo non era una scusa per il modo furtivo e disonesto in cui aveva condotto la sua piccola indagine privata. Se intendeva battere una pista in proprio, avrebbe dovuto prima dirlo a lui, per evitargli di fare la figura dello sciocco davanti al responsabile dell'inchiesta. E, indipendentemente da quello che lei aveva scoperto e appreso da China River, restava il fatto che aveva messo a disposizione del fratello della donna una notevole quantità di dettagli. E bisognava assolutamente farle capire che questo comportamento era stato una leggerezza inaudita.

Fine della storia, pensò St. James. Lui aveva fatto quello che aveva il diritto e il dovere di fare. Eppure, non intendeva andarle dietro. Si disse che le avrebbe dato il tempo di tranquillizzarsi e riflettere. Un po' di pioggia non gli avrebbe fatto male, se serviva a insegnare qualcosa a Deborah.

Davanti al comando di polizia, Le Gallez lo vide e si fermò, con la portiera della sua Escort aperta. Sul sedile posteriore erano legati due seggiolini per bambini, identici, vuoti. «Gemelli», disse brusco l'ispettore vedendo che St. James li guardava. «Hanno otto mesi.» E, come se con questo fosse entrato senza volerlo in confidenza con Simon, per ripristinare le distanze aggiunse subito: «Dov'è?»

«Ce l'ho io.» Dopodiché St. James riferì tutto quanto gli aveva raccontato Deborah dell'anello e concluse dicendo: «China River non ricorda dove l'ha messo. La donna sostiene che se quest'anello non è quello da lei acquistato, voi dovreste essere già in possesso del suo, che si trova in mezzo ai suoi effetti personali».

Le Gallez non chiese di vedere subito l'anello. Sbatté invece la portiera dell'auto e disse: «Allora venga con me», tornando all'interno del comando.

St. James lo seguì. L'ispettore lo precedette al secondo piano, facendolo entrare in una stanza piena di roba, che fungeva da laboratorio della Scientifica. Foto in bianco e nero di orme erano appese ad asciugare lungo una parete e, sotto di esse, c'era l'attrezzatura per rilevare impronte latenti che esalava cianoacrilato. Al di là di questo c'era una porta con la scritta CAMERA OSCURA e una luce rossa accesa a indicare che ci stava lavorando qualcuno. Le Gallez bussò tre volte e disse infuriato: «Impronte, McQuinn», quindi, a St. James: «Lo tiri fuori».

Simon consegnò l'anello. L'ispettore compilò l'apposito modulo. McQuinn uscì dalla camera oscura, mentre il superiore firmava con molti svolazzi. In men che non si dica, l'individuo che sull'isola assommava le funzioni di un'intera squadra della Scientifica si mise al lavoro sul nuovo elemento di prova proveniente dalla baia dov'era perito Guy Brouard.

Le Gallez lasciò McQuinn alle sue esalazioni di colla e condusse St. James nella sala dei reperti, dove chiese all'agente di servizio l'elenco degli effetti personali di China River. Vi diede una scorsa e riferì quello che già Simon aveva iniziato a sospettare: non esisteva nessun anello tra gli oggetti che la polizia aveva sequestrato alla donna.

Le Gallez doveva esserne più che soddisfatto, pensò Simon. In fondo, quest'informazione aggiungeva un altro chiodo alla bara di China River. Ma, anziché apparire compiaciuta, l'espressione dell'ispettore sembrava infastidita. Era come se il frammento di un puzzle che secondo lui sarebbe stato di una certa forma, in realtà ne avesse assunta un'altra.

Le Gallez lanciò un'occhiata a St. James, poi esaminò un'altra volta l'elenco dei reperti. L'agente di servizio disse: «Non c'è proprio, Lou. Non c'era prima e non c'è adesso. Ho controllato ogni cosa più di una volta. È tutto qui. Non risulta niente del genere».

Da questo St. James capì che l'ispettore non cercava solo un anello su quell'elenco; doveva aver trovato dell'altro, di cui non gli aveva parlato nel corso del loro precedente incontro, e adesso lo stava scrutando, come per decidere se intendeva rivelarglielo.

«Maledizione», fece tra i denti Le Gallez. «Venga con me.»

Andarono nel suo ufficio, dove l'ispettore chiuse la porta e, indicata una sedia a St. James, prese per sé quella della scrivania e vi si lasciò cadere pesantemente, massaggiandosi la fronte e afferrando il telefono. Digitò qualche numero e, non appena qualcuno rispose all'altro capo del filo, disse: «Le Gallez. Niente...? Diavolo, continuate a cercare, allora. Dappertutto. Non trascurate niente... So maledettamente bene quanta gente ha avuto la possibilità di confondere le acque là, Rosumek. Che tu ci creda o no, saper contare è uno dei requisiti indispensabili per il mio grado. Continuate». Riattaccò.

«Sta conducendo una perquisizione?» domandò St. James. «Dove? A Le Reposoir?» Non attese risposta. «Ma l'avrebbe fermata, se quello che cercava fosse stato l'anello.» Rifletté sulla cosa e capì che poteva trarne un'unica conclusione. «Immagino che abbia ricevuto un rapporto dall'Inghilterra. Sono stati i particolari emersi dall'autopsia che l'hanno spinta a effettuare questa perquisizione?»

«Lei non è affatto stupido, vero?» Le Gallez prese una cartella e ne estrasse parecchi fogli spillati insieme. Ma non vi fece riferimento mentre aggiornava St. James. «Tossicologia», disse.

«Qualcosa d'inatteso nel sangue?»

«Un oppiaceo.»

«Al momento della morte? Allora cosa sostengono? Che quando è stato soffocato era privo di sensi?»

«Così pare.»

«Ma questo può voler dire solo che...»

«Che il caso non è ancora chiuso.» Le Gallez non aveva un tono soddisfatto. E c'era poco da meravigliarsene. Alla luce di questo nuovo dato, per far quadrare tutto, era necessario dimostrare che la vittima stessa o la principale sospetta della polizia avesse avuto in qualche modo a che fare con l'oppio o un derivato. In caso contrario, l'accusa di Le Gallez contro China River si sarebbe sciolta come neve al sole.

«Quali sono le sue fonti?» chiese St. James. «Non poteva darsi che Brouard fosse tossicodipendente?»

«E avesse assunto una dose prima di andare a nuotare? Magari facendo una visitina di prima mattina agli spacciatori del posto? Non mi pare probabile, a meno che non volesse finire annegato.»

«Niente segni sulle braccia?»

Le Gallez gli lanciò un'occhiata come per dirgli: ci prende per dei completi idioti?

«Ed eventuali residui nel sangue di una dose inoculata la sera prima? Lei ha ragione: non ha senso assumere narcotici prima di una nuotata.»

«Non ha affatto senso che lui ne facesse uso.»

«Allora qualcuno l'ha drogato quella mattina? Come?»

Le Gallez parve a disagio. Gettò sulla scrivania i documenti e disse: «Quell'uomo è rimasto soffocato dalla pietra. Qualunque cosa avesse nel sangue, è morto così, maledizione. Soffocato da quella pietra. Non dimentichiamolo».

«Almeno, però, adesso è più chiaro come gli è stata introdotta in gola. Se è stato drogato e ha perduto conoscenza, sarebbe stato tanto difficile infilargli una pietra in gola e farlo soffocare? L'unica domanda è: com'è stato drogato? Non sarebbe rimasto tranquillamente a subire un'iniezione. Era diabetico? Gli hanno sostituito l'insulina? No? Allora deve averla... Cosa? Bevuta in soluzione?» St. James vide l'ispettore stringere leggermente gli occhi e gli disse: «Allora pensa che bevesse», e si rese conto all'improvviso che l'investigatore era disponibile a fornirgli nuove informazioni, nonostante il malinteso dell'anello. Era una forma di compensazione: una tacita offerta di scuse per l'insulto e lo scatto di nervi in cambio del fatto che St. James si era trattenuto dal portare l'inchiesta di Le Gallez sui proverbiali carboni ardenti. Riflettendo sulla cosa e nel contempo rielaborando tutto quanto sapeva del caso, Simon disse lentamente: «Dev'esservi sfuggito qualcosa sul luogo del delitto, un particolare dall'apparenza innocua».

«Non ci è sfuggito», ribatté Le Gallez. «È stato sottoposto a esami, insieme con tutto il resto.»

«Cosa?»

«Il thermos di Brouard. La sua dose giornaliera di ginkgo e tè verde. La beveva ogni mattina, dopo la nuotata.»

« Sulla spiaggia, intende? »

« Già, su quella dannata spiaggia. Ci teneva particolarmente alla dose giornaliera di ginkgo e tè verde. La droga dev'essere stata messa nella bevanda. »

« Ma non ce n'era traccia quando l'avete analizzata? »

« Acqua salata. Abbiamo pensato che Brouard l'avesse sciacquata. »

« Qualcuno di certo l'ha fatto. Chi ha trovato il corpo? »

« Duffy. È andato giù alla baia, perché Brouard non era tornato a casa e la sorella aveva telefonato per vedere se si era fermato al cottage per una tazza di tè. L'ha trovato stecchito ed è tornato indietro di corsa per chiamare il pronto intervento, credendo che si trattasse di un attacco di cuore. E sarebbe stato logico, no? Brouard aveva quasi settant'anni. »

« Così, in quell'andirivieni, Duffy avrebbe potuto sciacquare il thermos. »

« Potrebbe averlo fatto, sì. Ma se è stato lui a uccidere Brouard, o l'ha fatto con la complicità della moglie o comunque mettendola a conoscenza della cosa, e in ogni caso lei sarebbe la più abile mentitrice che abbia mai conosciuto. La donna sostiene infatti che il marito era di sopra e lei in cucina quando Brouard è andato a nuotare. Duffy non è mai uscito di casa, dice sempre lei, prima di andare in cerca del morto giù alla baia. E io le credo. »

Allora St. James lanciò un'occhiata al telefono e rifletté sulla chiamata effettuata da Le Gallez con le relative allusioni alla perquisizione in corso. « Dunque, se non state cercando di scoprire come sia stato drogato quella mattina, sempre che abbiate stabilito che la droga si trovava nel thermos, vi preme scoprire dov'era l'oppiaceo prima di essere utilizzato, qualcosa in cui poteva essere messo per essere introdotto nella tenuta. »

« Se era nel tè, e non vedo dove altro abbia potuto essere, questo farebbe pensare a un liquido », disse Le Gallez. « O a una sostanza in polvere solubile. »

« Il che a sua volta evoca una bottiglietta, una fiala, un contenitore di sorta... sul quale si spera vi siano delle impronte. »

« E potrebbe essere dovunque. »

St. James capì le difficoltà in cui si trovava l'ispettore: non solo un'enorme tenuta da passare al setaccio, ma anche una schiera di centinaia di sospetti, adesso, poiché la notte prima della morte di Guy Brouard Le Reposoir si era riempito d'invitati, ognuno dei quali poteva essere venuto alla festa con propositi omicidi. Perché, malgrado la presenza dei capelli di China River sul corpo della vittima, malgrado la figura appostata di primo mattino con il mantello della donna e malgrado anche l'anello con il teschio e le ossa finito sulla spiaggia e acquistato da lei stessa, la sostanza ingerita dall'ucciso suggeriva a chiare lettere una nuova versione dei fatti, che adesso Le Gallez sarebbe stato costretto ad ascoltare.

A St. James non sarebbe affatto piaciuto essere nei suoi panni. Fino a quel momento, le prove facevano pensare che l'assassina fosse China River, ma la presenza del narcotico nel sangue del defunto dimostrava l'esistenza di una premeditazione in diretto contrasto col fatto di avere conosciuto Brouard solo al suo arrivo sull'isola.

«Se è stata la River», disse St. James, «avrebbe dovuto portare il narcotico con sé dagli Stati Uniti, non le pare? Non avrebbe certo contato di trovarlo qui a Guernsey. Non conosceva il posto: quanto grande era la città, dove trovare la roba. E, anche se si fosse riproposta di procurarsela qui, cercandola e trovandola, rimane pur sempre la domanda: perché l'ha fatto?»

«Tra gli effetti della River non c'è niente che lei avrebbe potuto utilizzare per trasportarla», disse Le Gallez, come se Simon non avesse appena sollevato una questione molto convincente. «Niente bottigliette, barattoli, fiale. Niente. Questo fa pensare che l'abbia gettato. Se e quando lo troviamo, conterrà dei residui. O le impronte digitali. Ne basterà anche una sola. Nessuno mette in conto tutte le eventualità, quando commette un omicidio. Di solito sono convinti di averlo fatto, ma uccidere non è un'attitudine naturale delle persone, a meno che non si tratti di psicopatici, perciò, quando arrivano al momento di agire, perdono la testa e dimenticano di aver trascurato un particolare.»

«Ma questo la riporta alla questione del perché», ragionò St. James. «China River non aveva un movente. Non ricava nulla dalla morte di quell'uomo.»

«Se trovo il contenitore con le sue impronte, quello è un problema che non mi riguarda», fece Le Gallez di rimando.

Quell'osservazione rifletteva l'aspetto peggiore del lavoro della polizia: la deplorevole tendenza degli investigatori a identificare dapprima un colpevole e poi adeguarvi ogni interpretazione dei fatti. Certo, gli investigatori di Guernsey avevano un mantello, dei capelli sul corpo della vittima e testimoni oculari che asserivano di avere visto qualcuno seguire Guy Brouard in direzione della baia. E adesso avevano un anello acquistato dalla principale sospetta, trovato sul luogo del delitto. Ma avevano anche un elemento che avrebbe dovuto mettere loro i bastoni tra le ruote. In altri casi, in cui il rapporto tossicologico non sortisse un simile risultato, degli innocenti finivano a scontare pene immeritate e questo spiegava perché la fiducia del pubblico nella prassi investigativa si fosse da tempo tramutata in cinismo.

«Ispettore Le Gallez», cominciò cautamente St. James, «da un lato abbiamo un multimilionario che viene assassinato e una sospetta che non ricava niente da questa morte. Dall'altro, abbiamo diverse persone legate alla vittima quando era in vita, le quali avrebbero potuto tutte quante nutrire aspettative d'eredità. Abbiamo un figlio ripudiato e una piccola fortuna lasciata a due adolescenti privi di legami di parentela con il defunto, e un certo numero d'individui con sogni infranti collegati, a quanto pare, al progetto di Brouard di costruire un museo bellico. Secondo me, qui di moventi per un omicidio ve ne sono a iosa. Ignorarli a favore di...»

«È stato in California. L'avrà conosciuta là. Il movente è maturato allora.»

«Ma ha controllato i movimenti degli altri?»

«Nessuno di loro è andato in...»

«Non parlo di viaggi in California», lo interruppe Simon. «Mi riferisco al mattino dell'omicidio. Ha verificato dov'erano gli altri? Adrian Brouard, le persone che avevano a che fare col museo, i due ragazzi beneficiari, i genitori di questi ultimi, che avevano bisogno di soldi, gli altri conoscenti di Brouard, l'amante, i figli della donna?»

Le Gallez rimase in silenzio, ed era una risposta più che eloquente.

St. James insistette: «China River si trovava in casa, questo è vero. Come è vero che potrebbe aver conosciuto Brouard in California, il che resta ancora da dimostrare. O il fratello potrebbe averlo incontrato, per presentarlo poi alla sorella. Ma, a parte questa possibilità, che potrebbe anche rivelarsi inesistente, China River si comporta davvero come un'assassina? L'ha mai fatto? Ha mai tentato di fuggire? Quel mattino, è partita col fratello, com'era in programma, ma non ha fatto niente per confondere le tracce.

Non ricavava assolutamente nulla dalla morte di Brouard. Non aveva nessuna ragione di volerlo morto.»

«Per quanto ne sappiamo», sottolineò l'ispettore.

«Per quanto ne sappiamo», convenne Simon. «Tuttavia, attribuire a lei il delitto sulla base di prove che chiunque potrebbe avere contraffatto... Se non altro, si renderà conto che l'avvocato di China River smonterà il suo caso pezzo a pezzo.»

«Non credo», si limitò a dire Le Gallez. «So per esperienza che non c'è fumo senza arrosto, signor St. James.»

15

PAUL FIELDER di solito apriva gli occhi al suono della sveglia, un vecchio aggeggio di latta nero, tutto ammaccato, che caricava ogni sera e regolava con cura, controllando sempre che uno dei fratelli più piccoli non vi avesse messo mano durante il giorno. Ma la mattina successiva a destarlo fu il telefono, seguito da un pesante trepestio su per le scale. Riconobbe il passo pesante e chiuse strettamente gli occhi, nel caso Billy fosse entrato nella stanza. Perché il fratello fosse già in piedi di prima mattina era un mistero, a meno che non fosse neanche andato a letto la sera prima. A volte, Billy stava sveglio a guardare la tele finché non c'era più nulla da vedere e allora se ne stava seduto a fumare nel salotto, mettendo dei dischi sul vecchio stereo dei genitori, suonandoli a tutto volume. Ma nessuno gli diceva di abbassare in modo che il resto della famiglia potesse dormire. Erano finiti da un pezzo i giorni in cui qualcuno osava dire a Billy qualcosa che lo mandava in bestia.

La porta della camera fu aperta rumorosamente, e Paul strinse ancora di più gli occhi. Sul letto di fronte, il fratellino più piccolo lanciò un grido di spavento, e per un attimo Paul provò la colpevole sensazione di sollievo di chi è convinto di sfuggire alla tortura ai danni di un'altra vittima. Ma si trattava solo di un'esclamazione di sorpresa, perché subito dopo l'apertura della porta, Paul si prese una pacca sulla spalla. Poi la voce di Billy disse: «Ehi, stupido idiota, pensi non sappia che fai finta? Svegliati. Ci sono visite per te».

Paul tenne gli occhi ostinatamente chiusi, e forse fu questo che spinse il fratello ad afferrarlo per i capelli e sollevargli la testa. Billy gli esalò sul viso l'alito fetido del primo mattino e disse: «Vuoi un lavoretto di lingua, mezza sega? Ti aiuta a svegliarti? Ti piace di più dai maschietti, vero?» Diede uno scrollone al capo di Paul e lo lasciò ricadere sul cuscino. «Sei proprio un frocetto. Scommetto che ce l'hai grosso e non sai dove metterlo. Vediamo.»

Paul sentì le mani del fratello sulle coperte e reagì. La verità era che ce l'aveva duro. Gli succedeva sempre al mattino, e dalle conversazioni udite a scuola durante la ricreazione aveva scoperto che era normale, con suo grande sollievo, perché aveva cominciato a chiedersi per quale motivo si svegliasse con l'uccello in perpendicolare.

Lanciò un grido non troppo dissimile da quello del fratellino e strinse la coperta. Quando divenne fin troppo chiaro che l'avrebbe vinta Billy, saltò fuori dal letto e corse in bagno. Chiuse la porta sbattendola e girò la chiave nella serratura. Billy picchiò sul legno.

«Ora si dà una tiratina al cazzo», disse ridendo. «Però non è molto divertente senza l'aiuto di qualcuno, vero? Una di quelle seghettine in coppia che ti piacciono tanto.»

Paul fece scorrere l'acqua nella vasca e tirò lo sciacquone del water. Qualsiasi cosa, pur di non sentire il fratello.

Al di sopra dello scrosciare dell'acqua, udì altre voci gridare fuori della porta, seguite dalla risata folle del fratello, poi un picchiare lieve ma insistente. Chiuse l'acqua e rimase accanto alla vasca. Sentì la voce del padre.

«Apri, Paulie. Devo parlarti.»

Aprì e vide il padre dinanzi alla porta, in tenuta da lavoro, pronto per andare al cantiere stradale. Portava dei blue-jeans incrostati, stivali sudici e una pesante camicia di flanella fetida di sudore. Con una tristezza che gli provocò un nodo alla gola, Paul pensò che il padre avrebbe dovuto indossare gli abiti da macellaio, avrebbe dovuto vestire di bianco, camice bianco, grembiule bianco e un paio di pantaloni sempre puliti. Sarebbe dovuto andare al lavoro nel posto dove era sempre andato, da quando Paul riusciva a ricordare. Avrebbe dovuto già cominciare a esporre la carne nel suo punto vendita, l'ultimo in fondo alla fila del mercato, dove ormai non lavorava più nessuno, perché tutte le cose di una volta erano morte e sepolte.

Paul avrebbe voluto sbattere la porta in faccia al padre: su quei vestiti logori che non avrebbe mai dovuto portare, sul volto non rasato che non avrebbe dovuto avere. Ma non ebbe il tempo di farlo, perché sulla soglia apparve anche la madre, impregnata dell'odore di pancetta fritta che costituiva parte della colazione che la donna insisteva nel far mangiare ogni mattino al marito per mantenerlo in forze.

«Vestiti, Paulie», disse. «Deve venire a trovarti un avvocato.»

«Sai di che si tratta, Paul?» chiese il padre.

Il ragazzo scosse la testa. Un avvocato? A vedere lui? Doveva esserci un errore.

«Sei andato a scuola regolarmente, Paul?» chiese il padre.

Lui annuì, incurante della bugia. Era andato a scuola regolarmente, quando non aveva altro da fare. Come per esempio il signor Guy e tutto quello che era successo. Questo gli provocò un'ondata improvvisa di dolore.

La mamma se ne accorse. S'infilò una mano nella tasca della vestaglia e ne estrasse un fazzolettino che cacciò in mano al figlio: «Sbrigati, tesoruccio». E al marito: «Ol, la colazione». Poi, mentre si allontanava con il marito, si voltò e aggiunse: «È andato di sotto». Come un'inutile spiegazione, il televisore risuonò ad altissimo volume, a indicare che l'interesse di Billy era rivolto altrove.

Rimasto solo, Paul fece del proprio meglio per prepararsi all'incontro con l'avvocato. Si lavò la faccia e le ascelle. Indossò i vestiti del giorno prima. Si sciacquò i denti e si pettinò. Si guardò allo specchio e si domandò cosa potesse mai significare. La donna, il libro, la chiesa e i manovali. Lei teneva una penna d'oca orientata in qualche modo: la punta rivolta verso il libro e le piume al cielo. Ma che significava? Forse proprio niente, eppure non ci credeva.

Sei bravo a mantenere i segreti, mio principe?

Scese di sotto, dove il padre mangiava e Billy, dimenticata la televisione, fumava stravaccato sulla sedia con i piedi appoggiati sulla pattumiera e una tazza di tè accanto al gomito. Quando Paul entrò nella stanza, lui la sollevò, salutandolo con un sorrisetto ammiccante: «È andata bene la sega, Paul? Spero tu abbia ripulito il sedile della tazza».

«Bada come parli», disse Ol Fielder al figlio maggiore.

«Oooh, come sono spaventato», fece lui per tutta risposta.

«Uova, Paulie?» chiese la madre. «Posso preparartele al tegamino o sode, se preferisci.»

«L'ultimo pasto prima che lo portino via», disse Billy. «Se ti dai da fare a seghe in galera, tutti i ragazzi vorranno provarlo, Paulie.»

La conversazione fu interrotta dagli strepiti della Fielder più piccola al piano di sopra. La mamma di Paul porse la padella al marito chiedendogli di stare attento alle uova e andò a prendere l'unica figlia femmina.

Il campanello d'ingresso suonò, mentre i due piccoli Fielder si precipitavano con fracasso giù per le scale e prendevano posto a tavola. Ol Fielder andò a rispondere e subito dopo chiamò ad alta voce Paul, dicendogli di andare nel salotto. «Anche tu, Mave», fece alla moglie. E suonò come un invito anche a Billy, che si unì a loro come un ospite indesiderato.

Giunto sulla soglia, Paul esitò. Non ne sapeva granché di avvocati, e le poche informazioni in suo possesso non lo rendevano affatto entusiasta d'incontrarne uno. Di solito si occupavano di processi, e questi ultimi volevano dire che c'era gente nei guai. E, comunque andassero le cose, quello nei guai sarebbe stato lui.

L'avvocato era un certo signor Forrest, che passò lo sguardo un po' confuso da Billy a Paul, visibilmente incerto su chi fosse il ragazzo che cercava. Billy risolse il problema spingendo avanti il fratello. «È lui quello che cerca», disse. «Cos'ha fatto?»

Ol Fielder presentò il resto della famiglia. Il signor Forrest si guardò intorno in cerca di un posto dove sedersi. Mave Fielder spostò una pila di biancheria lavata dalla poltrona più grande e disse: «Prego, si accomodi», anche se lei rimase in piedi. Nessuno, infatti, sapeva cosa fare. Si udirono strusciare di piedi e brontolii allo stomaco, la piccola si agitò tra le braccia della madre.

Il signor Forrest appoggiò la borsa su un'ottomana di vinilpelle e, dal momento che nessun altro si sedeva, restò in piedi anche lui. Frugò tra i documenti e si schiarì la gola.

Paul, comunicò ai genitori e al fratello maggiore, era stato nominato uno dei principali beneficiari del testamento del defunto Guy Brouard. I Fielder erano al corrente delle leggi sulla successione di Guernsey? No? Bene, gliele avrebbe spiegate lui.

Paul rimase ad ascoltare, ma non capì molto. Si rese conto che stava accadendo qualcosa di straordinario solo quando vide le espressioni dei genitori e sentì Billy che diceva: «Cosa? Che cosa? Merda!» Ma quando la madre gridò: «Il nostro Paulie? Diventerà ricco?» capì che stava accadendo proprio a lui.

«Merda fottuta!» imprecò Billy e si voltò di scatto verso Paul. Stava per aggiungere qualcosa, ma il signor Forrest prese a usare l'espressione «il nostro giovane signor Paul», riferendosi al beneficiario che era venuto a trovare, e qualcosa scattò nella mente di Billy, che spinse da parte il fratello minore e uscì scompostamente prima dalla stanza, poi dall'abitazione, sbattendo la porta d'ingresso così forte che nel salotto sembrò verificarsi un mutamento di pressione.

Paul vide però che il padre gli sorrideva, dicendogli: «Questa sì che è una buona notizia. Meglio per te, figliolo».

La mamma mormorava: «Gesù mio, buon Dio».

Il signor Forrest diceva qualcosa a proposito di commercialisti, di calcolare le somme esatte, quanto doveva avere ognuno e come veniva stabilito. Nominava anche i figli del signor Guy e Cyn, la figlia di Henry Moullin. Parlava di come e perché si fosse disposto in un certo modo delle proprietà, e diceva che se Paul avesse avuto bisogno di consigli per gli investimenti, i risparmi, l'assicurazione, i mutui eccetera, poteva chiamare direttamente il signor Forrest, che sarebbe stato ben lieto di fornire tutta l'assistenza possibile. Pescò i biglietti da visita e ne spinse uno in mano a Paul e un altro al padre. Disse loro di dargli un colpo di telefono non appena si fossero chiariti sulle domande da rivolgergli. Perché, e qui sorrise, ce ne sarebbero state parecchie, come sempre, in situazioni del genere.

Infatti, Mave Fielder ne aveva già una pronta. Si umettò le labbra secche, lanciò un'occhiata nervosa al marito e si sistemò la bimba in grembo. «Quanto?...» chiese.

Ah, fece il signor Forrest. Be', al momento ancora non si sapeva. C'erano da esaminare degli estratti conto, prospetti di operazioni finanziarie e note in sospeso, ma se ne stavano occupando i commercialisti e, una volta terminato, si sarebbe conosciuto l'esatto ammontare. Tuttavia, era disposto ad azzardare un'ipotesi, anche se avrebbe preferito non vi facessero troppo affidamento e non prendessero delle iniziative in vista di un simile patrimonio, si affrettò ad aggiungere.

«Vuoi saperlo, Paulie?» gli domandò il padre. «O preferisci aspettare che finiscano di calcolare la cifra esatta?»

«Secondo me, vuole saperlo subito», disse Mave Fielder. «Per me sarebbe così, e anche per te, vero, Ol?»

«Deve dirlo Paulie. Allora, figliolo?»

Il ragazzo guardò i loro volti, luminosi e sorridenti. Sapeva la risposta che si attendevano da lui. E intendeva accontentarli perché per loro significava molto ricevere buone notizie. Così annuì, con un rapido cenno del capo in avanti, come se con quel gesto prendesse finalmente atto di un futuro che all'improvviso si estendeva ben oltre i loro sogni più impensati.

Non c'era una completa certezza finché non fossero stati completati i conteggi, disse loro il signor Forrest, ma poiché il signor Brouard era un affarista furbo come il diavolo, esistevano concrete possibilità che la quota ereditata da Paul Fielder ammontasse alla fine intorno alle settecentomila sterline.

«Oh, Gesù!» esclamò soffocata Mave Fielder.

«Settecento...» Ol Fielder scosse il capo come per schiarirsi le idee. Poi il suo viso, segnato per tanto tempo dalla tristezza del fallimento, si accese di un sorriso privo di ombre. «Settecentomila sterline? Settecento... Ma pensa! Paulie, figlio mio, pensa solo a cosa puoi farne.»

Paul formulò solo con la bocca la parola settecentomila, senza pronunciarla, ma per lui era incomprensibile. Si sentiva come inchiodato dov'era e sopraffatto dal senso di responsabilità che all'improvviso gli era piovuto addosso.

Pensa solo a cosa puoi farne.

Questo gli riportò alla mente le parole del signor Guy, quando dall'alto della residenza di Le Reposoir guardavano gli alberi che si schiudevano allo splendore di aprile e i giardini rifiorivano alla vita uno dopo l'altro.

«A chi è stato dato molto, si richiede ancora di più, mio principe. Ed è su questa consapevolezza che si fonda l'equilibrio dell'esistenza. Saresti in grado di farlo, se ti trovassi in una simile posizione, figliolo? Come la prenderesti?»

Paul non lo sapeva. Né allora, né adesso. Ma cominciava ad avere un'idea del motivo per cui il signor Guy gli avesse lasciato tutto quel denaro. Non era qualcosa di espressamente dichiarato, perché quell'uomo non faceva mai nulla in quel modo, come aveva scoperto Paul.

Lasciò i genitori a parlare con il signor Forrest delle varie questioni concernenti la sua miracolosa eredità e tornò nella sua camera, dove, per sicurezza, aveva infilato lo zaino sotto il letto. S'inginocchiò per tirarlo fuori, e in quel momento udì Tabù che raschiava con le zampe sul linoleum del corridoio. Il cane gli si avvicinò annusando.

Questo fece ricordare a Paul di chiudere la porta, e per buona misura spostò davanti a questa le due scrivanie che si trovavano nella stanza. Tabù saltò sul letto, girando in circolo alla ricerca di un posto dove l'odore del ragazzo fosse più forte, per accovacciarvisi, e, quando l'ebbe trovato, si distese soddisfatto e osservò il padrone che tirava fuori lo zaino, lo ripuliva dalla lanugine e sganciava le fibbie di plastica.

Paul sedette accanto al cane e Tabù gli appoggiò la testa su una gamba, per ricevere la sua grattatina dietro le orecchie. Lui lo accarezzò brevemente, perché quel mattino c'erano altre preoccupazioni che dovevano avere la precedenza sulle manifestazioni d'affetto all'animale.

Il ragazzo non sapeva cosa farsene di quello che aveva trovato. Quando l'aveva srotolata, si era accorto che non somigliava proprio alla mappa di un tesoro dei pirati come invece si aspettava. Però, era certo che fosse qualcosa di simile, perché, altrimenti, il signor Guy non l'avrebbe messa là per fargliela trovare. In quegli istanti, mentre esaminava la sua scoperta, si era ricordato che il signor Guy spesso parlava per enigmi: per esempio, il brutto anatroccolo scacciato dal resto dello stormo stava a indicare Paul e i compagni di scuola; oppure un'auto che mandava sgradevoli esalazioni di fumo nero stava per un corpo rimpinzato irrimediabilmente di cibo cattivo, sigarette e mancanza di esercizio. Il signor Guy si esprimeva così, perché non gli piaceva fare prediche a nessuno. Ma Paul non avrebbe mai immaginato che quel suo approccio alle conversazioni utili si sarebbe riversato anche nei messaggi postumi.

La donna raffigurata sorreggeva un calamo o, almeno, era quello che pareva, e aveva un libro aperto in grembo. Dietro di lei un edificio alto e imponente, e sotto dei manovali intenti a erigerlo. A Paul sembrava una cattedrale. E la donna aveva un aspetto, come dire, malinconico, infinitamente triste. Scriveva sul libro come per documentare... cosa? I suoi pensieri? L'opera? Quello che veniva realizzato alle sue spalle? E di cosa si trattava? La costruzione di un edificio. Una donna con un libro e un calamo, e quella costruzione che, messi insieme, contenevano un ultimo messaggio per Paul da parte del signor Guy.

Sai molte cose senza nemmeno rendertene conto. Puoi fare tutto quello che vuoi.

Ma con questo? Cosa doveva farne? Gli unici edifici che Paul associava al signor Guy erano gli alberghi, la residenza di Le Reposoir e il museo, della cui costruzione parlavano lui e il signor Ouseley. Le uniche donne che gli venivano in mente pensando al defunto erano Anaïs Abbott e la sorella del signor Guy. Ma era improbabile che la comunicazione avesse a che fare con la prima. E, ancor meno, che il signor Guy avesse lasciato a Paul un messaggio concernente i suoi alberghi o perfino la sua abitazione. Quindi, non restavano che la sorella e il museo del signor Ouseley. Doveva essere questo il significato recondito del messaggio.

Forse il libro in grembo alla donna rappresentava un resoconto che lei teneva della costruzione del museo. E il fatto che il signor Guy avesse lasciato a Paul il compito di scoprire questo messaggio, mentre era ovvio che avrebbe potuto scegliere qualunque altra persona, stava a indicare quali fossero le disposizioni del defunto per il futuro. E l'eredità da lui ricevuta confermava il contenuto di quella raffigurazione: Ruth Brouard avrebbe dovuto provvedere a portare avanti il progetto, ma il denaro con il quale costruirlo era quello di Paul.

Doveva essere così. Paul lo sapeva o, meglio, lo sentiva. E il signor Guy gli aveva parlato più di una volta delle sensazioni.

«Confida in ciò che c'è all'interno, ragazzo mio. È là che si trova la verità.»

Con un sussulto di piacere, Paul capì che «all'interno» significava molto di più che nel profondo del cuore e dell'anima. Si riferiva all'interno del dolmen. Doveva confidare in quello che aveva trovato in quella stanza buia. E lo avrebbe fatto.

Strinse Tabù e gli parve di sentirsi sollevare dalle spalle una cappa di piombo. Da quando aveva appreso della morte del signor Guy, aveva vagato nell'oscurità. Adesso vedeva la luce. Anzi, molto di più. Aveva ritrovato l'orientamento.

Ruth non ebbe bisogno di sentire il verdetto dell'oncologo. Glielo lesse in volto, specie in fronte, che appariva più segnata del solito. Da questo capì che il medico cercava di scacciare una sensazione d'incombente fallimento. Si chiese come doveva essere decidere di dedicare la propria vita a un lavoro che consisteva nell'assistere al trapasso d'innumerevoli pazienti. Dopotutto, i dottori avrebbero dovuto guarire e celebrare la vittoria sulle malattie, gli incidenti e le infermità. Ma gli specialisti che si occupavano del cancro andavano in guerra con armi spesso insufficienti contro un nemico che non conosceva limiti e non era governato da nessuna regola. Il cancro era come un terrorista, pensò Ruth: neanche il minimo preavviso, solo distruzione improvvisa. Bastava solo quella parola a distruggere.

«Abbiamo fatto tutto il possibile con i farmaci a disposizione», esordì il dottore. «Ma arriva un momento in cui occorre un analgesico oppiaceo più forte. E credo che per lei sia il caso, Ruth. L'idromorfone non basta più. Non possiamo aumentarne la dose. Dobbiamo cambiare.»

«Preferirei un'alternativa.» Ruth sapeva di avere la voce flebile e detestava dover svelare l'intensità della propria sofferenza. Con un sorriso forzato, proseguì: «Se si limitasse a pulsare, non sarebbe così insopportabile. Avrei un po' di respiro tra una fitta e l'altra... non so se riesco a spiegarmi. E in quelle brevi pause avrei il ricordo di com'era... prima».

«Allora ci vuole un altro ciclo di chemioterapia.»

«No, basta», disse Ruth con fermezza.

«Quindi dobbiamo passare alla morfina. È l'unica risposta possibile.» Il medico la osservò, e il velo nei suoi occhi che fino a quel momento l'aveva schermato da lei per un istante scomparve, lasciandolo nudo dinanzi al suo sguardo, una creatura che sentiva il dolore di troppi suoi simili. «Di cosa ha paura esattamente?» Il suo tono era gentile. «Della chemioterapia in sé? Degli effetti collaterali?»

Lei scosse la testa.

«La morfina, allora? Ha paura della dipendenza? Gli eroinomani, le fumerie d'oppio, i tossici che crollano nei vicoli?»

Lei scosse di nuovo la testa.

«Il fatto che la morfina rappresenta l'ultimo stadio, con quel che ne consegue?»

«No, nient'affatto. So che sto morendo e non ho paura di questo.» Rivedere *Maman* e Papà dopo tanto tempo, rivedere Guy e potergli dire che le dispiaceva. Cosa c'era da temere in questo? pensò Ruth. Ma voleva avere il controllo del modo, e conosceva l'effetto della morfina, sapeva che alla fine ti privava proprio di ciò che tu cercavi coraggiosamente di lasciar andare con un sospiro.

«Ma non è necessario morire in una tale agonia, Ruth. La morfina...»

«Voglio essere consapevole che me ne sto andando», disse lei. «Non voglio ridurmi a un corpo che respira in un letto.»

«Ah.» Il dottore appoggiò le mani sulla scrivania e le intrecciò in modo che il suo anello con sigillo rifletté la luce. «Lei si è fatta già un'immagine: la paziente in coma e la famiglia radunata intorno al letto, che la guarda nel momento in cui è del tutto inerme. Lei giace immobile e neppure cosciente, incapace di comunicare quello che le passa per la mente.»

Ruth sentì le lacrime pungerle le palpebre, ma resistette alla tentazione di piangere. Si limitò ad annuire.

«È un'immagine che appartiene a molto tempo fa», le disse il dottore. «Naturalmente, può valere anche oggi, se è ciò che desidera il paziente: un'entrata in coma accuratamente preparata, con la morte che attende alla fine. Oppure, è possibile controllare il dosaggio, in modo da alleviare il dolore e mantenere lo stato di coscienza.»

«Ma se il dolore è troppo intenso, il dosaggio dev'essere adattato. E so cosa fa la morfina. Non può fingere che non debiliti.»

«Se le crea dei problemi, se le dà troppa sonnolenza, possiamo compensarla con qualcos'altro. Il metilfenidato, uno stimolante.»

«Altre droghe.» L'amarezza che Ruth udì nella sua stessa voce andava di pari passo con il dolore alle ossa.

«Qual è l'alternativa, Ruth, oltre a quella che ha già?»

Era quella la domanda, e la risposta non era facile da accettare, con quello che comportava. C'era la morte di propria mano, oppure l'accettare il supplizio, come un martire cristiano, oppure la droga. E lei doveva decidere.

Ci rifletté mentre sorseggiava una tazza di caffè all'Admiral de Saumarez Inn. Nel camino ardeva un bel fuoco, e Ruth aveva trovato un tavolinetto libero lì vicino. Si era accomodata su una sedia e aveva ordinato il caffè. Lo bevve lentamente, assaporandone l'aroma amaro, con lo sguardo incantato sulle fiamme che lambivano avidamente i ceppi.

Non avrebbe dovuto trovarsi in quella posizione, pensò stancamente. Da giovane, aveva pensato di sposarsi un giorno e avere una famiglia come le altre ragazze. Poi, divenuta donna, quando si era resa conto di aver superato i trenta e i quaranta senza averlo fatto, aveva ritenuto di poter essere utile al fratello, che da sempre per lei contava più di ogni altra cosa. Si era detta che forse era destinata a quell'unico fine. E lo aveva accettato. Sarebbe vissuta unicamente per Guy.

Ma questo aveva significato accettare il modo di vivere del fratello, e per lei non era stato facile. Alla fine, comunque, c'era riuscita, convincendosi che il suo comportamento era semplicemente la reazione alla perdita prematura subita e alle conseguenti responsabilità che gli erano state scaricate addosso. Tra le quali, lei stessa. E lui le aveva accettate di buon grado. Gli doveva molto, e questo le aveva permesso ogni volta di chiudere un occhio, finché, a un certo momento, non ce l'aveva più fatta.

Si domandò perché la gente reagiva così alle difficoltà patite nell'infanzia. La provocazione di uno diventava la scusa di un altro, ma in entrambi i casi le azioni finivano sempre per giustificarsi con le vicende infantili. Questa semplice massima appariva evidente ogni volta che valutava la vita del fratello: la spinta al successo per dimostrare quanto valeva scaturiva dalla persecuzione e dalla perdita subite, il continuo e incessante corteggiare le donne era solo un riflesso dell'infanzia privata dell'amore materno, i tentativi falliti di essere padre erano indizi di un rapporto con il proprio genitore finito ancor prima di cominciare. Lei sapeva tutto questo, vi aveva riflettuto a lungo. Ma, ciononostante, non aveva mai considerato come certe esperienze infantili influissero sulle vite altrui.

Lei, per esempio: un'intera esistenza dominata dalla paura. Persone che promettevano di tornare e non lo facevano mai, era questo lo sfondo sul quale lei aveva interpretato la sua parte nel dramma della vita. E, tuttavia, non si poteva agire serenamente in un clima così carico di ansia, perciò si cercavano dei modi per fingere che quella paura non esistesse. Dal momento che un uomo poteva sempre andare via, aveva scelto di legarsi all'unico uomo che sarebbe rimasto per sempre. E, dato che i bambini crescevano, cambiavano e finivano per abbandonare il nido, aveva ovviato a tutto questo nel modo più semplice: non avendo figli. Il futuro era troppo pieno d'incognite, così lei preferiva vivere nel passato. Anzi, aveva fatto della sua intera esistenza un tributo al passato, era divenuta una documentarista del passato, una sua celebrante, una diarista. Così, vivere finalmente senza paura era divenuto un modo per vivere senza in realtà farlo davvero.

Ma era poi tanto sbagliato? Ruth non ne era convinta, specie se considerava cosa avevano sortito i suoi tentativi di calarsi finalmente nella vita attiva.

«Voglio sapere cosa intendi fare», le aveva chiesto Margaret quella mattina. «Adrian è stato privato di ciò che gli spettava di diritto, sotto molti aspetti, e tu lo sai, e io voglio sapere cosa intendi fare. Francamente, non m'importa come lui vi sia riuscito, a quali inghippi legali sia ricorso. Voglio solo sapere come intendi porvi rimedio. Non se, Ruth, ma come. Perché sai dove si arriverà, se non fai qualcosa.»

«Guy voleva...»

«Non m'interessa un dannato accidente di cosa secondo te volesse Guy, perché lo so benissimo: quello che ha sempre voluto.» Margaret era avanzata verso di lei, che sedeva alla toletta e cercava di aggiungere un po' di colote artificiale al proprio viso. «Tanto giovane da poter essere sua figlia, anzi, se è per questo, ancora più giovane delle figlie. Una persona alla quale nemmeno con la più sbrigliata fantasia si sarebbe potuto immaginare che potesse arrivare. Ecco chi era la sua ultima conquista. E tu lo sai, vero?»

La mano di Ruth tremava così forte che lei non riusciva a girare l'astuccio del rossetto. Margaret se ne era accorta e aveva colto la palla al balzo, interpretando il gesto come una risposta che la cognata non aveva intenzione di darle in modo palese.

«Mio Dio, allora lo sapevi!» aveva esclamato con voce roca. «Sapevi che aveva intenzione di sedurla e non hai fatto niente per impedirlo. Dal tuo punto di vista, ed è stato sempre così, quel piccolo bastardo di Guy non faceva mai niente di male, indipendentemente da chi subiva le conseguenze delle sue azioni.»

Ruth, io lo voglio, e anche lei.

«In fondo, che importanza aveva che lei fosse solo l'ultima di una serie molto lunga di donne che lui doveva avere a tutti i costi? Che importava se, nel prenderla, perpetrava un tradimento dal quale nessuno si sarebbe mai più ripreso? Quando c'era di mezzo lui, si finiva sempre col considerarlo il favore di un signore. Allargava i loro orizzonti, le prendeva sotto la propria ala, le salvava da una brutta situazione, e sappiamo tutt'e due quale fosse. Quando, in realtà, lui non faceva altro che scopare nel modo più semplice a sua disposizione. E tu lo sapevi, l'avevi capito e hai permesso che accadesse. Come se non avessi altre responsabilità al di fuori di te stessa.»

Ruth aveva abbassato la mano, che ormai tremava troppo per servire a qualcosa. Sì, Guy aveva sbagliato, lei era disposta ad ammetterlo. Ma il fratello non ne aveva l'intenzione. Non l'aveva previsto, e neppure pensato. No, non era un simile mostro. Era semplicemente successo che quella ragazza si era trovata lì un giorno, e Guy l'aveva improvvisamente *vista*, l'aveva desiderata e aveva pensato che doveva averla a tutti i costi, perché *è quella giusta, Ruth*. Era sempre «quella giusta» per Guy, e questo giustificava tutte le sue azioni. Sì, Margaret aveva ragione. Ruth si era accorta del pericolo.

«Sei stata a guardare?» le aveva chiesto Margaret. Fino ad allora aveva guardato il riflesso della cognata nello specchio, ma a quel punto le aveva girato intorno e le si era parata davanti. Così Ruth era stata costretta a guardarla in faccia, anche se aveva sperato di evitarlo. Margaret le aveva tolto di mano il rossetto: «È andata così? Sei stata coinvolta direttamente? Non più in disparte a fare la devota ammiratrice di Guy, ma stavolta parte attiva del dramma. O hai solo sbirciato? Una versione femminile di Polonio, nascosta dietro l'arazzo?»

«No!» aveva gridato Ruth.

«Oh. Allora eri solo una che non c'entrava. Non importa cosa lui facesse.»

«Questo non è vero.» Era troppo: il dolore fisico, quello per la morte del fratello, dover essere testimone di sogni infranti, amare troppe persone in contrasto reciproco, vedere la passione mal riposta di Guy che finiva sempre nel solito modo. Anche alla fine. Anche dopo che lui aveva detto per l'ultima volta: «È quella giusta, Ruth». Perché ovviamente quella ragazza non lo era, ma lui voleva convincersi che lo fosse, altrimenti, se non lo avesse fatto, avrebbe dovuto affrontare la realtà di se stesso: un vecchio che, per tutta la vita, aveva cercato di superare un dolore che non aveva mai voluto provare. E a niente era servito *Prends soin de ta petite sœur*, l'ingiunzione divenuta il motto di un blasone familiare che esisteva solo nella mente del fratello. Perciò, come poteva rimproverarglielo? Quali pretese lei avrebbe potuto accampare? Quali minacce?

Nessuna. Poteva solo tentare di ragionare con lui. Ma quando anche questo si era rivelato inutile, com'era scontato che fosse dall'istante in cui lui aveva detto ancora una volta: «È quella giusta», come se non l'avesse già affermato chissà quante altre volte, Ruth aveva capito che per fermarlo doveva prendere un'altra via, completamente nuova per lei; sarebbe stato muoversi su un terreno sconosciuto e pericoloso. Eppure doveva farlo.

Perciò, Margaret si sbagliava, almeno su questo. Ruth non aveva interpretato il ruolo di Polonio, rimanendosene ad ascoltare nell'ombra, trovando conferma ai suoi sospetti e, nel contempo, ricavando una soddisfazione vicaria per qualcosa che lei non aveva mai avuto. Ruth sapeva. Aveva cercato di ragionare col fratello. E, non essendoci riuscita, aveva agito.

E adesso? Adesso doveva affrontare le conseguenze di ciò che aveva fatto.

Ruth sapeva di dover fare ammenda, in un modo o nell'altro. Margaret voleva che lei pensasse che strappare l'eredità che spettava di diritto a Adrian dalla palude legale che Guy aveva creato per negarla al giovane bastasse come gesto riparatore. Ma era solo perché la cognata desiderava una soluzione rapida a un problema accumulatosi per anni. Come se un'infusione di denaro nelle vene di Adrian fosse la risposta a ciò che lo tormentava da una vita, pensò Ruth.

Ruth terminò il caffè e lasciò il denaro sul tavolo. Si rimise il cappotto con una certa difficoltà, armeggiando con i bottoni e la sciarpa. Fuori, la pioggia cadeva leggera, ma una scia di bel tempo in direzione della Francia faceva sperare in un miglioramento con l'avanzare del giorno. Ruth si augurò che fosse così, perché era venuta in città senza ombrello.

A fatica, risalì il pendio di Berthelot Street, chiedendosi fino a quando sarebbe riuscita a tirare avanti e quanti mesi o soltanto settimane le restavano prima di essere costretta a letto per il conto alla rovescia. Sperò non fossero molti.

In cima alla salita, New Street svoltava a destra, verso la Royal Court House. Lì vicino c'era l'ufficio di Dominic Forrest.

Ruth entrò e trovò l'avvocato appena tornato da un breve giro di visite mattutine. L'avrebbe ricevuta, se poteva attendere un quarto d'ora. Doveva richiamare due numeri con urgenza. Le andava un caffè?

Ruth rifiutò. Non poteva neanche sedersi, perché non era certa di potersi rialzare senza aiuto. Prese una copia di *Country Life* e si mise guardare le foto senza vederle.

Il signor Forrest fu da lei nel giro di quindici minuti, come promesso. Quando la chiamò, aveva l'aria seria, e Ruth si chiese se non fosse rimasto a guardarla dalla soglia dell'ufficio, quasi cercando di valutare per quanto tempo ancora lei ce l'avrebbe fatta a tirare avanti. Le sembrava che ormai quasi tutti la guardassero in quel modo. Più cercava di apparire normale e non prona alla malattia, più la gente pareva attendersi una clamorosa smentita di quella bugia.

Ruth si sedette nell'ufficio di Forrest, rendendosi conto che sarebbe sembrato strano se fosse restata in piedi per tutto l'incontro. L'avvocato le domandò se le dava fastidio che lui prendesse un caffè. Era in piedi da ore, perché si era alzato molto presto, e aveva bisogno di un po' di caffeina per ritrovare la spinta. Non voleva almeno una fetta di gâche?

Ruth declinò l'offerta, stava bene così e aveva appena preso una tazza di caffè all'Admiral de Saumarez Inn. Attese che il signor Forrest sorseggiasse la bevanda mangiando un po' di pane dell'isola, quindi spiegò il motivo della visita.

Parlò all'avvocato della propria confusione a proposito del testamento di Guy. Aveva assistito alla stesura di quelli precedenti, come il signor Forrest sapeva, e per lei era stato uno shock sentire i cambiamenti apportati alla distribuzione dell'eredità: niente per Anaïs Abbott e figli, il museo bellico del tutto dimenticato e i Duffy ignorati. E vedere che Guy aveva lasciato meno denaro ai figli che a quei due... cercò le parole e alla fine optò per «*protégés* del posto», era una situazione davvero sconcertante.

Dominic Forrest annuì solennemente. Confessò che anche lui si era domandato che cosa stesse accadendo quando gli era stato chiesto di aprire il testamento in presenza d'individui che non ne erano beneficiari. Non era regolare, come d'altronde non lo era il fatto di leggerlo in quelle circostanze, eppure aveva pensato che forse Ruth voleva essere circondata da amici e parenti in quei tragici momenti. Adesso, però, capiva che la stessa Ruth era all'oscuro dell'ultima versione del documento. Questo spiegava molte cose avvenute al momento della lettura. «Mi ero meravigliato che lei non fosse venuta con lui il giorno che ha firmato il documento. L'aveva sempre fatto, prima. Ho pensato che forse lei non si sentiva bene, ma non l'ho chiesto, perché...» L'avvocato alzò le spalle, mostrandosi nel contempo comprensivo e imbarazzato. Ruth si rese conto che anche lui sapeva. Allora probabilmente anche Guy sapeva.

«Ma, vede, lui me l'aveva sempre detto, prima», fece Ruth.

«Tutte le volte che cambiava il testamento. Sto cercando di capire perché mi abbia nascosto quest'ultima versione.»

«Forse credeva che l'avrebbe turbata», ipotizzò Forrest. «Forse aveva capito che lei non avrebbe condiviso le modifiche apportate ai lasciti. Trasferire parte del denaro fuori dalla famiglia.»

«No, non può trattarsi di questo», replicò Ruth. «Negli altri testamenti era prevista la stessa cosa.»

«Ma non in ragione del cinquanta per cento. E nelle versioni precedenti, i figli ereditavano ciascuno più degli altri beneficiari. Forse Guy pensava che lei lo avrebbe colto al volo. Sapeva che lei avrebbe capito cosa significavano i termini del suo testamento nel momento stesso in cui li avesse uditi.»

«Certo, avrei protestato», ammise Ruth. «Ma questo non avrebbe cambiato le cose. Le mie proteste non avevano nessun significato per Guy.»

«Sì, ma questo prima...» Forrest fece un gesto vago con le mani. Ruth pensò alludesse al cancro.

Infatti. Aveva senso, se il fratello aveva capito che lei stava per morire. Si trattava di assecondare la volontà di una sorella che non sarebbe rimasta ancora a lungo tra i vivi. Perfino Guy lo avrebbe fatto. E questo avrebbe comportato di lasciare ai tre figli un'eredità per lo meno equivalente, se non superiore, a quella destinata ai due adolescenti dell'isola, cioè proprio il contrario di quello che Guy intendeva fare. Le figlie, da molto tempo, avevano fatto in modo di non contare più niente per lui, e il figlio l'aveva deluso per tutta la vita. E lui voleva ricordare le persone che avevano ricambiato il suo amore nel modo che gli sembrava più giusto. Perciò aveva rispettato le leggi sull'eredità lasciando ai figli il cinquanta per cento dovuto, riservandosi il diritto di fare quello che gli pareva con il resto.

Ma non dire niente a lei... Ruth si sentiva abbandonata alla deriva nello spazio, nel bel mezzo di una turbolenza e del tutto priva di appigli. Perché Guy l'aveva tenuta all'oscuro, il fratello, la sua roccia. In meno di ventiquattro ore aveva scoperto un viaggio in California mai rivelato e adesso un deliberato raggiro per impartire una punizione e una ricompensa, la prima ai danni di giovani che lo avevano deluso e la seconda a vantaggio di quelli che, secondo lui, avevano fatto il contrario.

«Era molto deciso su quest'ultimo testamento», disse il signor Forrest, come per rassicurarla. «E la stesura prevedeva un discreto lascito ai figli, indipendentemente da ciò che avrebbero ricevuto gli altri beneficiari. Come ricorderà, è partito da due milioni di sterline, dieci anni fa. Investite con criterio, avrebbero potuto fruttare una tale fortuna da accontentare tutti, anche chi ne avrebbe ereditato solo una parte.»

A parte la scoperta lacerante di quello che aveva fatto il fratello a danno di tante persone, Ruth prestò particolare attenzione ai verbi al condizionale con cui si era espresso il signor Forrest. All'improvviso l'avvocato le parve molto lontano, e lo spazio in cui era stata scagliata l'allontanava sempre di più dal resto dell'umanità. «C'è altro che devo sapere, signor Forrest?» chiese.

L'uomo parve soppesare la domanda. «Deve? Non direi. D'altro canto, però, considerati i figli di Guy e il modo in cui reagiranno, penso che sia meglio prepararsi.»

«A cosa?»

L'avvocato prese un pezzo di carta appoggiato accanto al telefono sulla scrivania. «Ho ricevuto un messaggio dalla ragioneria giudiziaria. Ricorda quei numeri che dovevo richiamare? Uno era questo.»

«E allora?» Ruth si rese conto che l'uomo esitava dal modo in cui guardò il foglietto di carta. Era lo stesso atteggiamento del dottore quando cercava di raccogliere le forze per comunicare le brutte notizie.

«Ruth, è rimasto pochissimo denaro. A malapena duecentocinquantamila sterline. Certo, una somma considerevole, in circostanze normali. Ma se lei considera che è partito con due milioni... Era un affarista accorto, nessuno lo batteva. Sapeva quando, dove e come investire. Perciò, dovrebbe esserci molto di più di quello che è rimasto sul conto.»

«Cos'è accaduto?...»

«Al resto dei soldi?» terminò Forrest. «Non lo so. Quando il contabile ha presentato la relazione, gli ho detto che doveva esserci un errore, perciò ora sta ricontrollando, ma, per quanto ne sa, le cose stanno proprio così.»

«Che significa?»

«Evidentemente dieci mesi fa, Guy ha venduto una porzione significativa dei suoi pacchetti. Oltre tre milioni e mezzo di sterline, all'epoca.»

«Per metterle in banca? Sul suo conto corrente, forse?»

« Non ce n'è traccia. »

« Per effettuare un acquisto. »

« Non è registrato da nessuna parte. »

« Allora cosa? »

« Non lo so. Ho scoperto solo dieci minuti fa che il denaro è scomparso, e posso dirle quanto resta: un quarto di milione di sterline. »

« Ma, come suo avvocato, lei doveva sapere... »

« Ruth, ho appena trascorso una parte della mattinata a informare i beneficiari che avrebbero dovuto ereditare all'incirca settecentomila sterline ciascuno, forse di più. Mi creda, ignoravo che il denaro era sparito. »

« Non potrebbe averlo rubato qualcuno? »

« Non vedo come. »

« Un'appropriazione indebita da parte di qualcuno della banca o dell'agente di borsa? »

« Ripeto: come? »

« Potrebbe averlo dato via? »

« Sì, certo. Il contabile sta appunto cercando delle tracce documentali. La persona più logica cui avrebbe potuto versare del denaro di nascosto è il figlio. Ma per il momento non lo sappiamo. » Alzò le spalle.

« Se Guy ha dato del denaro a Adrian », disse Ruth, più a se stessa che all'avvocato, « non ne ha fatto parola. E nemmeno il figlio. E la madre non lo sa. Margaret, la madre, ha presente? » fece all'avvocato. « Non lo sa. »

« Finché non scopriamo dell'altro, dobbiamo accettare il fatto che tutti avranno un'eredità molto ridotta rispetto a quella che avrebbe potuto essere », disse il signor Forrest. « E lei devè prepararsi a subire una forte ondata di rancore. »

« Già, ridotta. Non ci avevo pensato. »

« Allora cominci a farlo », le consigliò l'avvocato. « Da come stanno le cose, i figli di Guy erediteranno meno di sessantamila sterline a testa, gli altri due circa ottantasettemila sterline, e lei è insediata in una proprietà che, con tutti gli annessi, ne vale milioni. Quando si scoprirà come stanno le cose, eserciteranno un'enorme pressione su di lei perché raddrizzi quello che agli occhi degli altri è un torto. Finché non sistemiamo tutto, le suggerisco di attenersi a quello che sappiamo delle volontà di Guy circa la tenuta. »

«Potrebbero essercene delle altre da scoprire», mormorò Ruth.

Forrest lasciò cadere sulla scrivania gli appunti del contabile. «Mi creda, c'è veramente molto di più da scoprire», convenne.

16

VALERIE DUFFY ascoltò il telefono che suonava all'altro capo del filo e sussurrò: «Rispondi, rispondi, forza, rispondi». Ma il segnale di libero continuava a vuoto. Anche se non voleva riattaccare, alla fine si costrinse a farlo. Un attimo dopo, si convinse di aver sbagliato numero e ritentò. Riebbe la linea, gli squilli ricominciarono, ma il risultato fu lo stesso.

Fuori, la polizia continuava la perquisizione. Erano stati tenaci e minuziosi nel passare al setaccio la residenza, dopodiché avevano rivolto l'attenzione agli edifici annessi e ai giardini. Valerie ne dedusse che ben presto avrebbero deciso di perquisire anche il cottage. Anche quest'ultimo faceva parte di Le Reposoir, e il sergente che guidava la squadra aveva detto che gli ordini erano di condurre una ricerca approfondita e accurata sul posto.

Non voleva neanche pensare a cosa cercavano, ma ne aveva un'idea fin troppo chiara. Un agente era sceso dal piano di sopra con le medicine di Ruth in un sacchetto per le prove, e solo insistendo sul fatto che quei farmaci erano essenziali per la salute della proprietaria, Valerie l'aveva persuaso a non portare via neanche una pillola dall'abitazione. Di certo non sarebbero state di alcuna utilità alla polizia, gli aveva detto. Mentre la signorina Brouard soffriva terribilmente, e senza le medicine...

«Soffre?» l'aveva interrotta l'agente. «Allora qui ci sono degli antidolorifici?» E aveva agitato il sacchetto, quasi a sottolineare il concetto.

Certo. Non dovevano fare altro che cercare sulle etichette il termine «analgesico», e dovevano averlo sicuramente notato quando avevano preso i farmaci dall'armadietto di Ruth.

«Abbiamo degli ordini, signora», era stata la risposta dell'agente. Da questo, Valerie aveva capito che avrebbero portato via tutte le medicine che trovavano, senza badare a cosa servissero.

Allora aveva chiesto se potevano non sequestrare tutte le pillole. «Prenda un campione da ogni boccetta e lasci il resto», aveva proposto lei. «Lo faccia per la signorina Brouard. Senza i farmaci, starà malissimo.»

L'agente aveva accettato, ma non era soddisfatto. Quando Valerie si era allontanata per tornare al lavoro in cucina, si era sentita addosso gli occhi dell'uomo e aveva capito di essersi attirata dei sospetti. Per questa ragione non voleva fare la chiamata dalla residenza. Quindi, era uscita di casa, recandosi al cottage. E, anziché telefonare dalla cucina, dove non sarebbe stata in grado di osservare l'andamento della perquisizione nella tenuta, l'aveva fatta dalla camera da letto al piano di sopra, dove si era seduta sulla coperta dal lato di Kevin, vicino alla finestra, in modo da poter spiare gli uomini della polizia che si separavano, dirigendosi verso i giardini e gli altri edifici che sorgevano a Le Reposoir.

Rispondi, pensò. *Rispondi, forza, rispondi*. Gli squilli continuavano a vuoto.

Distolse lo sguardo dalla finestra, chinandosi sul telefono per concentrare tutta la propria forza di volontà attraverso la cornetta. Se avesse insistito a lungo, quel suono irritante prima o poi avrebbe ottenuto risposta.

A Kevin non sarebbe piaciuto. Avrebbe chiesto: perché lo fai, Val? E lei non sarebbe stata capace di dargli una risposta semplice e schietta, visto che ormai da tempo la posta in gioco era troppo alta perché lei potesse permettersi di essere semplice e schietta.

Rispondi, rispondi, andiamo, rispondi, pensò.

Il marito era uscito piuttosto presto. Il tempo peggiorava ogni giorno, le aveva detto, e bisognava che lui desse un'occhiata a quelle fessure nelle finestre sul davanti della casa di Mary Beth. Era esposta direttamente sulla Portelet Bay e, quando avesse cominciato a piovere sul serio, per quella donna sarebbe stato un problema. Le finestre al pianoterra erano quelle del salotto e l'acqua le avrebbe distrutto il tappeto, senza contare che ambedue le figlie di Mary Beth soffrivano di raffreddore allergico a causa dell'umidità, come Val sapeva bene. E al piano di sopra era ancora peggio, perché si trattava delle finestre delle camerette delle bambine. Non sopportava l'idea delle nipoti che dormivano con la pioggia che filtrava all'interno e scorreva lungo la carta da parati. Come cognato, aveva delle responsabilità, e non se la sentiva di trascurarle.

Così era andato a occuparsi delle finestre della cognata. La povera, indifesa Mary Beth Duffy, resa precocemente vedova da una malformazione cardiaca che aveva ucciso il marito appena sceso da un taxi per entrare in un albergo, nel Kuwait. In meno di un minuto per Corey era finita. Anche Kev aveva lo stesso problema del gemello, ma non se n'erano mai accorti finché Corey non era morto per strada, sotto quel sole implacabile, nell'afa del Kuwait. Kevin, dunque, doveva la vita alla morte del fratello. Quella malformazione congenita in uno dei gemelli indicava un'analoga possibilità per l'altro. Così adesso Kevin portava nel petto un apparecchietto magico, un dispositivo che avrebbe potuto salvare la vita di Corey, se solo si fosse avuto il sospetto che nel suo cuore c'era qualcosa che non andava.

Di conseguenza, Valerie sapeva che il marito si sentiva doppiamente responsabile per la moglie e le figlie del fratello. Mentre cercava di rammentare a se stessa che da parte di Kev era solamente un modo per assolvere a un senso dell'obbligo che non sarebbe mai esistito se Corey non fosse morto, non poté fare a meno di guardare l'orologio accanto al letto e domandarsi quanto ci voleva a sigillare quattro o cinque finestre.

Le due nipoti di Kev erano a scuola, e Mary Beth sarebbe stata piena di riconoscenza. Quest'ultima, combinata al dolore per la sua perdita, poteva risultare una miscela esplosiva.

Fa' che io riesca a dimenticare, Kev. Aiutami a dimenticare.

Il telefono continuava a suonare, incessante. Valerie ascoltava a capo chino. Si premette le dita sugli occhi.

Sapeva fin troppo bene come funzionava la seduzione. L'aveva visto accadere sotto i suoi occhi. Per far nascere una storia tra un uomo e una donna bastavano poche occhiate in tralice e alcuni sguardi diretti. Poi i contatti casuali, per i quali esisteva sempre una spiegazione: dita che si sfioravano passando un piatto, una mano sul braccio semplicemente per sottolineare una battuta divertente. Dopodiché un rossore della pelle faceva presagire il desiderio negli occhi. Alla fine arrivavano le ragioni per attardarsi, per vedere la persona amata, per farsi vedere e desiderare.

Valerie si chiese come si fossero ridotti a quel punto. E dove sarebbero arrivati se nessuno si fosse deciso a parlare.

Lei non era mai stata brava a mentire in modo convincente. Messa dinanzi ai fatti, li ignorava, li evitava, fingeva di fraintenderli, oppure diceva la verità. Guardare una persona negli occhi e mentire deliberatamente era qualcosa che andava ben oltre le sue ridotte capacità. Se le chiedevano: «Cosa ne sai, Val?», poteva solo parlare o fuggire.

Era assolutamente certa di ciò che aveva visto dalla finestra il mattino della morte di Guy Brouard. E lo era ancora, anche adesso. Perché si trattava di qualcosa del tutto in accordo con le abitudini di quell'uomo. Come ogni mattino, Brouard era passato dinanzi al cottage diretto alla baia, per andare a fare la sua nuotata che non serviva tanto da esercizio fisico quanto da conferma di una prestanza e una virilità che ormai il tempo cominciava a sottrargli. Poi, un attimo dopo, quella figura che lo seguiva. E Valerie era sicura di chi fosse perché aveva notato l'atteggiamento di Brouard verso l'americana – affascinante e affascinato, com'era tipico di lui, con un misto di cortesia da vecchia Europa e di familiarità da Nuovo Mondo – e sapeva cosa potevano suscitare quei modi in una donna e fino a dove l'avrebbero spinta.

Ma, uccidere? Era quello il problema. Era disposta a credere che China River l'avesse seguito alla baia, probabilmente per un appuntamento prestabilito. Poteva anche ammettere che prima di quel mattino tra i due fossero successe cose grosse, se non addirittura tutto; ma non riusciva a convincersi che l'americana avesse ucciso Guy Brouard. Eliminare un uomo e, soprattutto nel modo in cui era stato ucciso, non era opera di una donna. Le donne uccidono le rivali in amore, non l'oggetto di tale rivalità.

Partendo da questo presupposto, c'era motivo di credere che la stessa China River fosse stata in pericolo. Ad Anaïs Abbott non poteva certo aver fatto piacere assistere alle attenzioni che l'amante riservava a un'altra. E c'erano forse altre persone, si domandò Valerie, che avevano osservato China River e Guy Brouard saltando subito alla conclusione che tra loro stesse per sbocciare una relazione? Non solo un'estranea, dunque, venuta a stare qualche giorno a Le Reposoir per poi ripartire, bensì una minaccia ai progetti di qualcuno per il futuro, progetti che fino all'arrivo di China River a Guernsey sembravano sul punto di realizzarsi senza nessuno sforzo. Ma, se le cose stavano così, perché uccidere Guy Brouard?

Rispondi, dai, rispondi, disse mentalmente Valerie al telefono.

Poi, una voce: « Val, che ci fanno qui quelli della polizia? »

Lei lasciò cadere in grembo la cornetta e si voltò di scatto. Sulla soglia della camera c'era Kevin, con la camicia semisbottonata, come se intendesse cambiarsi. Per un attimo lei si chiese perché: *forse hai addosso l'odore di quell'altra, Kev?* Ma vide che lui apriva il guardaroba, in cerca di qualcosa di più pesante per difendersi dal freddo: un maglione di lana da pescatore col quale avrebbe potuto lavorare all'aperto.

L'uomo guardò la cornetta nel grembo della moglie. Dall'auricolare veniva debolmente il segnale di libero. Valerie la afferrò, riponendola sulla forcella del telefono. Solo allora si accorse che le facevano male le articolazioni delle mani. Mosse le dita, ma fece una smorfia per le fitte acute di dolore. Si chiese perché non vi avesse fatto caso prima.

«Fa male?» disse Kevin.

«Va e viene.»

«Stavi chiamando il dottore?»

«Come se questo potesse cambiare le cose. Continua a dire che non c'è niente che non vada. 'Non ha l'artrite, signora Duffy.' E quelle pillole che mi dà, secondo me, sono solo caramelle, Kev, per prendermi in giro. Ma il dolore c'è, eccome. Certi giorni non riesco nemmeno a muovere le dita.»

«Un altro dottore allora?»

«È così difficile per me trovare qualcuno di cui fidarmi.» Com'era vero, pensò. Da chi aveva imparato a sospettare e dubitare in quel modo?

«Intendevo il telefono», disse Kevin, infilandosi il maglione di lana. «Cerchi un altro dottore? Se il dolore peggiora, devi pur fare qualcosa.»

«Oh.» Valerie guardò il telefono sul comodino accanto al letto per distogliere gli occhi dal marito. «Sì, sì, cercavo... Non sono riuscita a ottenere la linea.» Sorrise in fretta. «Ma dove andrà a finire il mondo, se i dottori non rispondono al telefono, neanche negli ambulatori?» Si sbatté le mani sulle cosce, come per chiudere la questione. «Vado a prendere quelle pillole. Se è tutta una faccenda mentale, come pensa il dottore, forse riusciranno a convincere anche il mio corpo.»

Alzarsi per andare a prendere le pillole l'aiutò a ricomporsi. Uscì con la boccetta dal bagno e andò in cucina, per mandarle giù come faceva con tutti i medicinali: con il succo d'arancia. In questo non c'era niente di straordinario che Kevin dovesse notare.

Quando scese di sotto, Valerie era di nuovo pronta ad affrontarlo. «Tutto a posto da Mary Beth?» chiese allegra. «Le hai sistemato le finestre?»

«È preoccupata per l'arrivo del Natale. Sarà il primo senza Corey.»

«È dura. Ne sentirà la mancanza ancora per molto tempo. Per me sarebbe lo stesso con te, Kev.» Valerie tirò fuori uno strofinaccio per i piatti dal cassetto della biancheria da tavola e si mise ad asciugare i piani di lavoro. Non era necessario, ma aveva bisogno di fare qualcosa, per impedire alla verità di trapelare. Tenersi occupata era l'ideale per apparire sicura nella voce e nell'atteggiamento, e dal suo volto non traspariva niente. Era questo che desiderava: la consolazione di sentirsi al sicuro, senza che alcunché rivelasse ciò che davvero provava. «Immagino però che sia difficile, quando ti vede. Guarda te, ma nei suoi occhi c'è Corey.»

Kevin non rispose. Allora lei fu costretta a guardarlo.

«Si preoccupa per le bambine», disse il marito. «Chiederanno a Babbo Natale di riportare loro il papà. Mary Beth è preoccupata per quello che accadrà quando il loro desiderio non sarà realizzato.»

Valerie sfregò il piano di lavoro nel punto dove una pentola troppo calda aveva annerito la vecchia superficie con una bruciatura. Ma il problema restava, anche passandovi lo strofinaccio sopra. Quella chiazza si era formata tanto tempo prima, e si sarebbe dovuto provvedere allora.

«Che fa la polizia qui, Val?» tornò a chiedere Kevin.

«Una perquisizione.»

«In cerca di cosa?»

«Non lo dicono.»

«Ha a che fare con?...»

«Sì. Con che altro? Hanno preso le pillole di Ruth.»

«Non penseranno che sia stata lei a...»

«No. Non so. Non credo.» Valerie smise di sfregare e ripiegò lo strofinaccio. La bruciatura rimase così com'era.

«Non è da te essere qui a quest'ora», disse Kevin. «Non c'è del lavoro da sbrigare alla residenza? Preparare i pasti?»

«Ho dovuto togliermi dai piedi», rispose lei, alludendo alla polizia.

«Te l'hanno chiesto loro?»

«Così mi è parso.»

«Verranno a perquisire anche qui, se l'hanno fatto là.» Lui lanciò uno sguardo alla finestra, come se potesse vedere la residenza anche dalla cucina, mentre invece non era così. «Mi domando che cosa cerchino.»

«Non lo so», ripeté lei, ma sentiva una stretta alla gola.

Dinanzi al cottage, un cane si mise ad abbaiare. Poi i latrati divennero guaiti. Qualcuno gridò. Valerie e il marito andarono nel salotto, dove le finestre si affacciavano su un prato e sul vialetto che girava intorno alla scultura di bronzo dei nuotatori e dei delfini. Videro Paul Fielder e Tabù, impegnati in uno scontro con le locali forze dell'ordine, nella persona di un agente addossato a un tronco d'albero, mentre il cane cercava di azzannargli i pantaloni. Paul lasciò cadere la bicicletta e cercò di allontanare Tabù. L'agente venne avanti, rosso in viso e con la voce alterata.

«Meglio che me ne occupi io», disse Valerie. «Non voglio che il nostro Paul finisca nei guai.»

La donna afferrò il cappotto, che quando era entrata nel cottage aveva appoggiato sulla spalliera di una poltrona, e si avviò alla porta.

Kevin non disse nulla, finché lei non mise la mano sulla maniglia. E anche allora, si limitò a chiamarla per nome.

Lei si voltò. Il marito aveva il volto scabro, le mani indurite dal lavoro, lo sguardo impenetrabile. Quando lui riprese a parlare, Valerie udì la domanda, ma non ebbe il coraggio di rispondere.

«Vuoi dirmi qualcosa?» le domandò Kevin.

Lei sorrise con allegria e scosse la testa.

Deborah sedeva sotto il cielo argenteo non lontano dalla statua imponente di Victor Hugo, con il mantello e la sciarpa di granito che fluttuavano per sempre nel vento che soffiava dalla sua natia Francia. Era sola sul pendio di Candie Gardens, dove era salita appena uscita dall'albergo. Aveva dormito male perché sentiva troppo la vicinanza del corpo del marito, ed era decisa a evitare di toccarlo involontariamente girandosi durante la notte. In quello stato, non si poteva dare il benvenuto a Morfeo. Si era alzata prima dell'alba, uscendo a fare una passeggiata.

Dopo l'incontro tempestoso con Simon la sera prima, era tornata in albergo. Ma lì si era sentita come una bambina tormentata dai sensi di colpa. Furiosa con se stessa per aver permesso anche al minimo rimorso d'insinuarsi nella sua coscienza pur sapendo di non aver fatto niente di male, era uscita di nuovo ed era tornata solo dopo mezzanotte, quando poteva essere ragionevolmente sicura che il marito sarebbe stato addormentato.

Era andata da China. «Simon sta diventando impossibile», le aveva detto.

«È la perfetta definizione dell'uomo.» China aveva tirato dentro Deborah e avevano preparato insieme la pasta. «Racconta», aveva detto l'amica affabile. «Ci pensa la zia a consolarti.»

«Quello stupido anello», aveva ribattuto lei. «È stato per quello che ha perso la testa.» Le aveva spiegata tutto mentre China versava un barattolo di salsa di pomodoro in una pentola e cominciava a girare. «Neanche avessi commesso un crimine», aveva concluso.

«Comunque, è stato stupido», aveva commentato China, quando lei aveva finito. «Il solo fatto di averlo comprato, intendo. È stato un gesto impulsivo.» Aveva accennato col mento all'amica. «Tu non l'avresti fatto.»

«Secondo Simon, portare in giro quell'anello è stato un gesto impulsivo.»

«Davvero?» China aveva dato un'occhiata veloce alla cottura della pasta per poi concludere apertamente: «Be', allora capisco perché non fosse proprio ansioso di conoscermi».

«Non è questo», si era affrettata a ribattere Deborah. «Non devi... Lo conoscerai. Non vede l'ora... Ha sentito tanto parlare di te in tutti questi anni.»

«Sul serio?» China aveva alzato gli occhi dal sugo fissandola diritto in faccia. Deborah si era sentita a disagio sotto quello sguardo. L'amica aveva detto: «Non ti preoccupare. Sei andata avanti con la tua vita. Non c'è niente di sbagliato. In California non hai passato certo i tuoi tre anni migliori. Capisco perché per te sarebbe stato preferibile non ricordare, se avessi potuto evitarlo. E restare in contatto, sarebbe stato un modo per farlo, no? Comunque, a volte le amicizie vanno così. Per un po' le persone sono molto unite, e poi non più. Le cose cambiano. E anche le esigenze. È così e basta. Però mi sei mancata».

«Saremmo dovute restare in contatto», aveva detto Deborah.

«È difficile, se non si scrive, si telefona o altro.» Il volto di China si era aperto in un sorriso, ma era triste, e Deborah se n'era accorta.

«Mi dispiace, China. Non so perché non ho scritto. Volevo

farlo, ma col trascorrere del tempo... Avrei dovuto scrivere, mandare e-mail, telefonare.»

«Battere su un tam-tam.»

«Anche. Ti sarà sembrato... non so. Probabilmente avrai pensato che mi fossi dimenticata di te. E invece no. Come potevo, dopo tutto quello che era successo?»

«Ho ricevuto la partecipazione di nozze.» Sottinteso *ma non l'invito.*

Deborah aveva capito comunque e aveva cercato di spiegare: «Ho pensato che dovesse apparirti strano, dopo Tommy. Improvvisamente, dopo tutto quello che era accaduto, sposavo un altro. Non sapevo come spiegarlo».

«Pensavi di doverlo spiegare per forza? E perché?»

«Perché sembrava...» Deborah aveva cercato la parola adatta per descrivere come sarebbe potuto apparire il passaggio da Tommy Lynley a Simon St. James a una persona che ignorava il suo amore per il secondo e la successiva separazione. Era stato tutto troppo penoso per parlarne con qualcuno mentre era in America. Poi era arrivato Tommy, a riempire un vuoto di cui anche lui all'epoca ignorava l'esistenza. Era troppo complicato, come sempre. Forse per questo lei aveva finito per considerare China parte dell'esperienza americana che comprendeva anche Tommy, e di conseguenza doveva essere relegata nel passato quando era finita la storia con lui. «Non ho mai parlato molto di Simon, vero?»

«Non l'hai mai nominato. Eri sempre in attesa della posta e, ogni volta che squillava il telefono, sembravi un cucciolo scodinzolante. Se la lettera che aspettavi non arrivava, e neanche la telefonata, sparivi per un paio d'ore. Allora ho pensato che dovesse esserci qualcuno in Inghilterra con cui stavi chiudendo, ma non volevo fare domande. Me ne avresti parlato tu stessa quando ti fossi sentita pronta. E invece non l'hai mai fatto.» China aveva versato la pasta nello scolapasta e si era voltata. «Potevi mettermi al corrente». «Mi spiace che tu non abbia avuto abbastanza fiducia in me.»

«Non è stato così. Pensa a tutto quello che è successo, quante cose dimostrano che, al contrario, avevo la più completa fiducia in te.»

«Certo, l'aborto. Ma era solo una questione fisica. L'aspetto emotivo di te, invece, non l'hai mai confidato a nessuno. Anche quando hai sposato Simon. O adesso che hai litigato con lui. Le amiche sono fatte per confidarsi, Debs. Non fanno soltanto comodo, come i Kleenex quando hai bisogno di soffiarti il naso.»

«Credi di essere stata soltanto questo per me? E di esserlo anche ora?»

China aveva alzato le spalle. «Non so di preciso.»

Adesso, a Candie Gardens, Deborah rifletté sulla serata con China. Mentre era dall'amica, Cherokee non si era fatto vedere. «Ha detto che sarebbe andato al cinema, ma probabilmente se ne starà in qualche bar a fare la corte a una donna.» Perciò non c'era nessuna distrazione e nessun modo per evitare di discutere su quanto era accaduto alla loro amicizia.

A Guernsey vivevano uno strano rovesciamento di ruoli, e questo creava dell'incertezza tra loro. China, che per tanto tempo era stata la personalità guida nella loro relazione, sempre a prendersi cura di una straniera giunta in California ferita da un amore inconfessato, era stata costretta dalle attuali circostanze a divenire la supplicante, soggetta alla disponibilità altrui. Deborah, che era sempre stata l'oggetto delle premure di China, aveva indossato il mantello della buona samaritana. Questa profonda modifica nella natura del loro rapporto le disorientava alquanto, più di quanto non sarebbe avvenuto se tra loro vi fosse stata solo la ferita degli anni nei quali avevano perduto i contatti. Perciò nessuna delle due sapeva qual era la cosa più giusta da fare o da dire. Deborah, però, era convinta che ambedue, nell'intimo, provassero lo stesso stato d'animo, anche se non riuscivano a esprimerlo. In realtà, cercavano un rapporto, proteso verso il futuro ma nel contempo scaturito dal passato che avevano condiviso.

Deborah si alzò dalla panchina quando un raggio lattiginoso di sole illuminò il sentiero di cenere vulcanica che arrivava al cancello del giardino. Lo seguì, passando dapprima tra prati e cespugli, poi costeggiando uno stagno dove nuotavano dei pesci rossi, delicate miniature di quelli del giardino giapponese a Le Reposoir.

Fuori, in strada, cominciava il traffico mattutino, e i pedoni si affrettavano verso il centro della cittadina. La maggior parte di loro attraversava la strada in Ann's Place. Deborah li seguì lungo la lieve curva che passava dinanzi all'albergo.

Vide Cherokee appoggiato al muro basso che delimitava il giardino infossato. Mangiava qualcosa avvolto in un tovagliolino di carta e beveva da una fumante tazza da asporto. Non perdeva di vista per un solo attimo la facciata dell'albergo.

Deborah andò verso di lui, ma Cherokee era così intento a sorvegliare l'edificio dall'altro lato della strada che non se ne accorse e al suono della sua voce sobbalzò. Poi fece un largo sorriso: «Allora funziona», disse. «Ti stavo inviando un messaggio telepatico per chiederti di uscire.»

«Funziona meglio se il messaggio è telefonico», ribatté lei. «Che mangi?»

«Cornetto al cioccolato. Ne vuoi?» Lo allungò verso di lei.

«E anche fragrante. Delizioso», proclamò Deborah, prendendone un morso.

Lui le porse anche la tazza, dalla quale saliva l'aroma del caffè caldo. Lei ne prese un sorso e lui sorrise. «Ottimo.»

«Cosa?»

«Quello che è appena avvenuto.»

«Cioè?»

«Il nostro matrimonio. Nelle tribù primitive dell'Amazzonia, saresti appena divenuta la mia donna.»

«E cos'avrebbe implicato?»

«Vieni in Amazzonia con me e lo scoprirai.» Lui diede un morso al cornetto e la osservò attentamente. «Chissà dove avevo la testa, allora. Non mi sono mai accorto che sei un vero schianto. Dev'essere stato perché eri impegnata.»

«Lo sono ancora», fece notare Deborah.

«Le donne sposate non contano.»

«Perché?»

«È un po' difficile da spiegare.»

Deborah si appoggiò al muro accanto a lui, gli prese di mano il caffè e si concesse un altro sorso. «Provaci.»

«Cose da uomini. Sono le regole basilari. Puoi provarci con una donna se è single o sposata. Single perché è disponibile e, diciamocelo francamente, di solito cerca proprio uno che la faccia sentire desiderabile, perciò ci sta. Sposata perché probabilmente il marito l'avrà trascurata una volta di troppo, e in caso contrario te lo dice subito in faccia, così non sprechi il tuo tempo. Ma la donna che è legata a qualcuno senza essere sposata è del tutto off limits. È indifferente alle tue mosse e, se ci provi con lei, prima o poi forse dovrai vedertela con il suo uomo.»

«Sembra la voce dell'esperienza», commentò Deborah.

Lui fece un sorriso malizioso.

«Secondo China, la scorsa notte eri a caccia di donne.»

«Ha detto che eri venuta. Mi sono chiesto perché.»

«C'era un po' di maretta da queste parti, ieri sera.»

«Allora ci si può provare anche con te. Quando c'è maretta, va benissimo per provarci. Prendi dell'altro caffè.»

«Per suggellare il nostro matrimonio amazzonico?»

«Vedi? Pensi già da sudamericana.»

Scoppiarono a ridere allegri.

«Saresti dovuta venire più spesso nella contea di Orange», disse Cherokee. «Sarebbe stato bello.»

«Così avresti potuto prendere in giro anche me?»

«Nah. Non lo faccio più, adesso.»

Deborah ridacchiò. Cherokee scherzava, ovviamente. Non era attratto da lei più di quanto non lo fosse dalla sorella. Ma quella calda corrente tra uomo e donna che passava tra loro era piacevole, doveva ammetterlo. Si chiese da quanto tempo mancasse nel suo matrimonio, e se le cose stessero davvero così. Ma fu solo un pensiero.

«Volevo il tuo consiglio», disse Cherokee. «Non ho dormito granché la notte scorsa per cercare di decidere cosa fare.»

«A che proposito?»

«Chiamare la mamma. China non vuole coinvolgerla, non vuole che sappia niente. Ma io penso che ne abbia il diritto. Dopotutto è nostra madre. China dice che tanto non avrebbe nulla da fare qui, ed è vero. Però potrebbe sempre venire, no? E, comunque, pensavo di chiamarla. Che ne dici?»

Deborah rifletté sulla cosa. Quando andava bene, il rapporto di China con la madre somigliava più a una tregua armata tra eserciti impegnati in una guerra civile. Quando andava male, era una battaglia in campo aperto. Il disprezzo di China verso la madre affondava le radici nell'affetto che Andromeda River le aveva negato nell'infanzia. Il che, a sua volta, scaturiva da uno slancio appassionato verso i temi sociali e ambientali che aveva portato l'interessata a trascurare quelli che riguardavano direttamente i propri figli. Il risultato era che aveva avuto sempre troppo poco tempo per Cherokee e China, i quali avevano trascorso gli anni decisivi della crescita in motel dai rivestimenti di stagno, dove l'unico lusso era la macchinetta del ghiaccio accanto all'ufficio del gestore. Da quando Deborah conosceva China, quest'ultima nutriva una forte carica di rancore nei confronti della madre per le condizioni in cui aveva tirato su i figli mentre agitava cartelloni di protesta a favore di animali, piante e bambini in pericolo per colpa di condizioni non troppo diverse da quelle che subivano i suoi figli.

«Forse dovresti aspettare qualche giorno», suggerì Deborah. «China è molto tesa. D'altronde, chi non lo sarebbe? Se non la vuole qui, meglio rispettare i suoi desideri. Almeno per ora.»

«Pensi che si metterà ancora peggio, vero?»

Lei sospirò. «Ora c'è questa faccenda dell'anello. Quanto vorrei che non l'avesse acquistato.»

«Anch'io.»

«Cherokee, che è successo tra lei e Matt Whitecomb?»

River guardò l'albergo e parve esaminare le finestre del primo piano, dove le tende erano ancora tirate per non lasciare entrare la luce del giorno. «Non approdava a niente, e lei l'aveva capito. Era quello che era, cioè ben poco, e lei voleva un rapporto molto più significativo, perciò finalmente ha aperto gli occhi.»

«E dopo tredici anni c'era soltanto questo?» chiese Deborah. «Com'è possibile?»

«Perché gli uomini sono degli idioti.» Cherokee bevve il resto del caffè e continuò: «Ora è meglio che torni da lei, va bene?»

«Ma certo.»

«E io e te, Debs?... Dobbiamo darci da fare ancora di più per tirarla fuori da questo casino. Lo sai, vero?» Tese una mano e per un attimo sembrò che volesse carezzarle i capelli o il viso. Invece la posò sulla spalla e gliela strinse. Poi si avviò a grandi passi in direzione di Clifton Street, non lontano dalla Royal Court House, dove China sarebbe stata processata se non avessero fatto qualcosa per impedirlo.

Deborah tornò nella stanza d'albergo. Lì trovò Simon nel bel mezzo di uno dei suoi rituali mattutini. Di solito, veniva assistito da Deborah o dal padre di lei, perché adoperare gli elettrodi da solo gli riusciva un po' difficile. Era disteso sul letto con una copia del *Guardian* del giorno prima, e leggeva la prima pagina mentre l'elettricità gli stimolava i muscoli inutilizzabili della gamba per prevenirne l'atrofia.

Deborah sapeva che questa era la sua principale forma di vanità. Ma rappresentava anche la residua speranza che un giorno si potesse trovare un modo per farlo camminare di nuovo normalmente. Quando fosse arrivato quel giorno, lui voleva che la sua gamba fosse in grado di svolgere le proprie funzioni.

Ogni volta che lo sorprendeva in circostanze simili, si sentiva vicina a Simon con tutto il cuore. Lui però lo sapeva e, poiché detestava qualsiasi manifestazione di pietà, lei si sforzava in tutti i modi di fingere che il marito facesse qualcosa di normale come lavarsi i denti.

«Quando mi sono svegliato e non ti ho trovata, ho passato un brutto momento», disse St. James. «Ho pensato fossi stata fuori tutta la notte.»

Lei si sfilò il cappotto e andò al bollitore elettrico, lo riempì d'acqua e lo accese; poi mise due bustine nella teiera. «Ero furiosa con te. Ma non al punto di dormire per strada.»

«Non era alla strada che pensavo.»

Lei si voltò a guardarlo, ma lui era intento a esaminare una pagina interna del quotidiano. «Abbiamo parlato dei vecchi tempi. Quando sono tornata, dormivi. Io invece non riuscivo a prendere sonno. È stata una di quelle notti in cui non fai che rigirarti. Mi sono alzata presto e ho fatto una passeggiata.»

«È bello fuori?»

«Freddo e grigio. Sembra di essere a Londra.»

«È dicembre», disse lui.

«Mmm», fece lei di rimando. Dentro di sé, invece, urlava: *Si può sapere perché parliamo del tempo, in nome di Dio? È a questo che si riducono tutti i matrimoni?*

Come se le avesse letto nella mente e volesse dimostrarle che si sbagliava, Simon disse: «A quanto pare, è proprio il suo anello, Deborah. Non ce n'è un altro tra i suoi effetti personali al comando. Naturalmente, non potranno esserne del tutto certi finché...»

«Ci sono le sue impronte?»

«Ancora non lo so.»

«Allora...»

«Non ci resta che attendere.»

«Credi che sia colpevole, vero?» Deborah sentì l'amarezza nella propria voce e, anche se cercava di essere come lui, razionale, riflessiva, attenta ai fatti e a non lasciarsene influenzare, non ci riuscì. «Sai che bell'aiuto stiamo dando.»

«Deborah, vieni qui, siedi sul letto», disse Simon con calma.

«Dio, detesto quando mi parli così.»

«Sei arrabbiata per ieri. Mi sono... comportato male con te, lo so. Sono stato duro, scortese. Lo ammetto. Ti chiedo scusa. Accantoniamo la cosa? Perché vorrei dirti quel che ho scoperto. L'avrei fatto ieri sera, ma era difficile. Io ero infuriato e tu avevi tutti i diritti di tagliare la corda.»

Era il massimo che potesse fare Simon per ammettere di aver compiuto un passo falso nel loro matrimonio. Deborah lo riconobbe e si avvicinò al letto, sedendosi sulla sponda. «L'anello potrebbe anche essere il suo, ma questo non significa che lei fosse là, Simon.»

«Ne convengo.» St. James proseguì spiegando come aveva trascorso le ore dopo che si erano separati al giardino.

La differenza di fuso orario tra Guernsey e la California aveva reso possibile mettersi in contatto con l'avvocato che aveva assunto Cherokee per portare i progetti architettonici oltre oceano. William Kiefer aveva iniziato la conversazione citando il diritto alla riservatezza del rapporto con il proprio cliente, ma si era immediatamente dimostrato disponibile non appena aveva saputo che la persona in questione era stata assassinata su una spiaggia di Guernsey.

Guy Brouard, aveva spiegato Kiefer a Simon, lo aveva assunto per una serie d'incarichi alquanto insoliti. Desiderava che l'avvocato scovasse una persona perfettamente affidabile disposta a fare da corriere per trasportare degli importanti progetti architettonici dalla contea di Orange a Guernsey.

All'inizio, aveva detto il legale a Simon, quel compito gli era parso idiota, anche se non ne aveva fatto parola con il signor Brouard nel corso del loro breve incontro. Perché non ricorrere a una delle solite agenzie che effettuavano con modica spesa quanto da lui richiesto? FedEx, DHL o UPS? Ma il signor Brouard si era rivelato un misto intrigante di autorevolezza, eccentricità e paranoia. Aveva detto a Kiefer che aveva il denaro per fare le cose a modo suo, e questo consisteva nell'ottenere tutto come e quando lo desiderava. Avrebbe trasportato quei progetti lui stesso, ma si trovava nella contea di Orange solo per impostarne il disegno. Non poteva trattenersi il tempo necessario per attendere che fossero terminati.

Aveva detto che gli occorreva una persona responsabile che facesse da corriere. Era disposto a pagare qualsiasi cifra pur di trovare quella adatta. Non si fidava di un uomo solo per portare a termine il lavoro, aveva spiegato Kiefer. Brouard aveva un figlio fallito che lo aveva convinto a non fidarsi dei giovani, e non voleva neppure una donna in viaggio da sola per l'Europa, perché non gli piaceva l'idea che le esponenti dell'altro sesso se ne andassero in giro senza compagnia, né tanto meno intendeva sentirsi responsabile se le fosse accaduto qualcosa. Era fatto alla vecchia maniera. Perciò, si erano accordati per trovare un uomo e una donna. Avrebbero cercato una coppia sposata di qualsiasi età per portare a termine la commissione.

Brouard, aveva detto Kiefer, era eccentrico quanto bastava per offrire cinquemila dollari per l'incarico, ma tirato al punto di non andare oltre il biglietto in classe turistica. Poiché la coppia doveva essere pronta a partire non appena i progetti fossero stati pronti, la miglior fonte di potenziali corrieri era sembrata la California University. Perciò Kiefer aveva fatto affiggere l'offerta di lavoro nella bacheca dell'università e atteso gli eventi.

Nel frattempo, Brouard gli aveva pagato la parcella e aggiunto i cinquemila dollari promessi al corriere. Niente assegni e, poiché a Kiefer la cosa era parsa strana, si era accertato che non vi fosse niente d'illegale effettuando dei controlli sull'architetto per assicurarsi che lo fosse davvero e non si trattasse invece di un fabbricante d'armi, un narcotrafficante o un fornitore di sostanze per la guerra biologica.

Questo perché ovviamente, aveva specificato Kiefer, nessuno di costoro avrebbe inviato qualcosa tramite un normale corriere.

Ma l'architetto era risultato chiamarsi Jim Ward, già compagno di Kiefer alle superiori. L'uomo aveva confermato punto per punto ogni cosa: stava preparando dei progetti per il signor Guy Brouard, Le Reposoir, St. Martin, isola di Guernsey. Il cliente desiderava i progetti su carta il più presto possibile.

Allora Kiefer si era dato da fare per svolgere al meglio la propria parte. Si era presentata una sfilza di candidati, tra i quali aveva scelto un certo Cherokee River. Era meno giovane degli altri ed era sposato, aveva spiegato Kiefer.

«Sostanzialmente, l'avvocato ha confermato quello che ci hanno raccontato i River dall'inizio alla fine», disse Simon. «Era uno strano modo di agire, ma ho l'impressione che a Brouard piacesse così. Disorientare le persone era per lui un sistema per tenerle sotto controllo. È importante per i ricchi. È così che lo diventano, tanto per cominciare.»

«La polizia è informata di tutto questo?»

Lui scosse la testa. «Le Gallez, però, ha tutta la documentazione. Immagino che, prima o poi, lo verrà a sapere.»

«Allora la rilascerà?»

«Solo perché la versione di China combacia con i fatti?» Simon protese una mano verso la scatola da cui partivano gli elettrodi, spense il dispositivo e cominciò a staccare i fili. «Non credo, Deborah. No, a meno che non scopra qualcosa che appunti definitivamente i sospetti su un'altra persona.» Afferrò le grucce e scese dal letto.

«E c'è qualcos'altro? Qualcosa che indirizzi definitivamente i sospetti su un'altra persona?»

Lui non rispose. Preferì prendersela comoda con la protesi della gamba, appoggiata vicino alla poltrona sotto la finestra. Deborah ebbe l'impressione che quel mattino lui tirasse per le lunghe, in tutto, anche nel vestirsi.

Finalmente le disse: «Hai l'aria preoccupata».

«China si chiedeva se tu... Be', non è parso che avessi una grande voglia di conoscerla. È convinta che tu abbia qualche ragione per tenerla a distanza. È vero?»

«Vista dal di fuori, è proprio la persona adatta da incastrare per un delitto del genere. Lei e Brouard sono evidentemente rimasti per un po' di tempo da soli, era facile mettere le mani sul mantello di China, e chiunque avesse accesso alla sua camera poteva procurarsi i suoi capelli e le sue scarpe. Ma in un omicidio, la premeditazione esige un movente. E, dal mio punto di vista, lei non ne aveva.»

«Però la polizia potrebbe pensare...»

«No, lo sanno benissimo di non avere il movente. Questo ci spiana la strada.»

«Per trovarne uno da attribuire a un'altra persona?»

«Sì. Perché si arriva a premeditare un omicidio? Vendetta, gelosia, ricatto o vantaggi materiali. Secondo me, è in queste direzioni che ora dobbiamo concentrare le energie.»

«Ma, quell'anello... Simon, se è davvero di China?»

«Allora dobbiamo darci da fare maledettamente alla svelta.»

MARGARET CHAMBERLAIN manteneva una presa saldissima sul volante mentre tornava in macchina a Le Reposoir. Questo l'aiutava a concentrarsi, col pensiero rivolto unicamente alla forza da mettere nelle mani. E in più la tratteneva con la mente nella Range Rover diretta a sud lungo la Belle Greve Bay, senza riandare all'incontro con la cosiddetta famiglia Fielder.

Trovarli era stato facile. C'erano solo due Fielder sull'elenco telefonico, e uno di loro viveva su Alderney. L'altro era domiciliato in Rue des Lierres, in una zona compresa tra St. Peter Port e St. Sampson. Individuare il luogo sulla cartina non era stato difficile. Nella pratica, era stato diverso, poiché quella parte della cittadina, detta il Bouet, non era delle migliori, per aspetto e reputazione.

Quel quartiere a Margaret ricordava un po' troppo il suo lontano passato in una famiglia con sei figli, i cui componenti non solo facevano una vita scombinata ma non riconoscevano neanche l'esistenza reciproca. Nel Bouet vivevano i rifiuti della società isolana, e le loro abitazioni erano uguali a quelle dei loro simili in Inghilterra: orribili villette a schiera con ingressi molto stretti, finestre di alluminio e infissi arrugginiti. Sacchi rigonfi di rifiuti prendevano il posto dei cespugli e, invece delle aiuole, pochi prati chiazzati di fango pieni di detriti.

Mentre Margaret scendeva dall'auto, due gatti si contendevano a suon di soffi rabbiosi il possesso degli avanzi di un pasticcio di carne di maiale abbandonato nel canaletto di scolo. Un cane frugava in un bidone dell'immondizia rovesciato. Alcuni gabbiani divoravano i resti di una pagnotta in un prato. Alla vista di tutto questo, lei provò un brivido, anche se si rese conto di poterne arguire che sarebbe stata avvantaggiata nella conversazione che si accingeva a fare. Chiaramente i Fielder non erano in condizione di assumere un avvocato che li illuminasse sui propri diritti. Quindi, pensò, non avrebbe dovuto essere difficile strappare loro quello che spettava a Adrian.

Ma non aveva tenuto conto della creatura che venne ad aprirle. Era una massa corpulenta d'indecente antagonismo maschile, scarmigliata e sporca. Lei disse affabile: «Buongiorno. Abitano qui i genitori di Paul Fielder?»

L'altro rispose: «Forse sì, o forse no», e le incollò gli occhi sui seni, col deliberato proposito d'innervosirla.

«Lei non è il signor Fielder, il padre?» chiese lei. Ma naturalmente non avrebbe potuto esserlo. Malgrado l'ostentata precocità sessuale, non doveva avere più di vent'anni. «È un figlio? Gradirei parlare con i suoi genitori, se sono in casa. Potrebbe informarli che si tratta di suo fratello, perché immagino che Paul Fielder lo sia, vero?»

Lui le tolse momentaneamente gli occhi dal petto, rialzando la testa. «Quell'idiota», disse, e si scostò dalla porta.

Margaret lo prese come un invito a entrare e, quando lo zoticone si dileguò verso il retro della casa, lei si sentì autorizzata a seguirlo e si ritrovò sola con lui in una cucina stretta che puzzava di pancetta rancida. Il ragazzo si accese una sigaretta sul fornello del gas e si voltò di nuovo verso di lei mentre aspirava il fumo.

«Cos'ha combinato adesso?» chiese il fratello Fielder.

«Ha ereditato una bella somma di denaro da mio marito, ex marito, per essere esatti. Ed è stata tolta a mio figlio, cui è destinata. Preferirei evitare una lunga vertenza legale sulla questione, e ho pensato che fosse meglio vedere se i suoi genitori sono d'accordo.»

«Davvero?» chiese il fratello Fielder. Si aggiustò sulle anche i jeans sudici, spostò il peso sull'altra gamba ed emise un peto rumoroso. «Pardon», disse. «Dimenticavo che con una signora bisogna essere educati.»

«Immagino che i suoi genitori non siano in casa.» Margaret si mise la borsetta sul braccio, a indicare che il loro incontro stava per concludersi. «Se li informa che...»

«Magari sono di sopra. Gli piace farlo di mattina. E lei? Quando lo preferisce?»

Lei decise che la conversazione con quel teppista si era spinta fin troppo oltre, perciò disse: «Se li informa che è passata Margaret Chamberlain, già Brouard, li chiamerò più tardi». Si girò per andarsene da dove era venuta.

«Margaret Chamberlain, già Brouard», ripeté il fratello Fielder. «Non so se riesco a ricordarmelo. Mi servirà un po' di aiuto. È troppo complicato da pronunciare.»

Lei si fermò sulla strada per l'uscita. «Se ha un pezzo di carta, glielo scrivo.»

Era nel corridoio tra la cucina e la porta d'ingresso, e il giovane la raggiunse là. La sua vicinanza nello stretto varco lo rendeva ancora più minaccioso, e il silenzio della casa che li avvolgeva sembrò improvvisamente amplificarsi. Lui disse: «Non pensavo alla carta. Non ricordo più neanche cosa volevo farne».

«Capisco. Allora non dovrò fare altro che telefonare e presentarmi.» Margaret si voltò, anche se non le andava di perderlo di vista, avviandosi alla porta.

Lui la raggiunse in due passi e le bloccò la mano sulla maniglia. Lei si sentì il suo fiato sul collo. Il ragazzo le si strinse addosso, sospingendola contro l'uscio. Dopo che la ebbe intrappolata contro la porta, staccò la mano e la fece scivolare in basso finché non gliela mise sull'inguine. Premette forte e l'attirò a sé. Con l'altra mano le afferrò il seno sinistro e glielo strinse. Accadde tutto in un istante: «Questo dovrebbe bastare per aiutarmi a ricordare», borbottò lui.

Per quanto fosse ridicolo, Margaret riuscì a pensare solo a cosa ne avesse fatto della sigaretta. La teneva in mano? Intendeva ustionarla?

La preoccupazione di bruciarsi, così incongrua per una persona in quelle circostanze, le diede l'impulso sufficiente a vincere la paura. Gli assestò una gomitata nelle costole, poi gli schiacciò il piede con il tacco dello stivaletto. Lui allentò la stretta e lei lo spinse via, infilando la porta. Avrebbe voluto fermarsi per sferrargli una ginocchiata nelle palle – Dio, quanto le sarebbe piaciuto farlo – ma anche quando si arrabbiava e diventava una tigre, non era certo una stupida. Così tornò alla macchina.

Adesso, mentre guidava verso Le Reposoir, si sentiva sferzata dall'adrenalina e reagiva con la collera. La indirizzò contro quel subumano con cui aveva avuto a che fare al Bouet. Come aveva osato? Chi diavolo credeva di essere? Cos'aveva intenzione di fare? Avrebbe potuto ucciderlo. Ma non durò a lungo. Si esaurì al pensiero delle conseguenze, e questo incanalò la sua furia su un bersaglio molto più appropriato: il figlio.

Non era andato con lei. Il giorno prima, l'aveva lasciata sola ad affrontare Henry Moullin, e quella mattina aveva fatto lo stesso.

Adesso basta, però, decise Margaret. Perdio, basta. Basta darsi tanto da fare per organizzare la vita a Adrian senza la minima collaborazione e neanche un grazie. Si era battuta al posto suo da quando era nato, ma adesso basta.

Arrivata a Le Reposoir, sbatté lo sportello della Range Rover ed entrò a grandi passi nella residenza, sbattendo anche la porta dell'ingresso. Quei colpi intercalavano il suo monologo interiore. Adesso basta. Uno sbattere di porta. Lui se la sarebbe vista da solo. Un altro sbattere.

Ma non vi fu nessun suono in risposta al trattamento inferto al maestoso portale della residenza e questo la fece infuriare in modo inaudito. Così avanzò pesantemente nell'antico salone di pietra stampandovi tatuaggi rabbiosi con i tacchi degli stivaletti. Si precipitò su per le scale verso la stanza di Adrian. Le uniche due cose che la trattennero dal farvi subito irruzione furono la preoccupazione di avere ancora addosso qualche segno di ciò che le era appena capitato e il timore di sorprendere il figlio in qualche disgustosa attività intima.

E forse, pensò, era stato proprio questo a spingere Carmel Fitzgerald tra le braccia fin troppo disponibili del padre di Adrian. Quella ragazza doveva avere avuto esperienza diretta dei metodi odiosi cui ricorreva il figlio per rilassarsi quando era sotto pressione, e a quel punto doveva essersi rivolta a Guy, tutta confusa, in cerca di sollievo e consolazione, cose che l'uomo era stato più che lieto di darle.

Mio figlio è un tipo strambo, non quello che ci si attenderebbe da un uomo vero, mia cara.

Oh, certo, fin troppo giusto, pensò Margaret. E l'unica speranza di tornare normale gli era stata strappata dalle mani. E per colpa sua, il che mandava Margaret su tutte le furie. Quando, buon Dio, quando, il figlio si sarebbe deciso a diventare l'uomo che lei avrebbe voluto?

Nel corridoio al piano superiore, sopra un cassettone di mogano era appeso uno specchio dalla cornice dorata, e lei si fermò a controllare il proprio aspetto. Scese subito con lo sguardo sul petto, dove temeva di vedere l'impronta delle sudice dita del fratello Fielder sul maglione di cashmere giallo. Sentiva ancora quelle mani e il fiato. Mostro, cretino, psicopatico, delinquente.

Giunta dinanzi alla porta di Adrian, bussò due volte, senza delicatezza. Lo chiamò per nome, girò la maniglia ed entrò. Lui era a letto, ma non dormiva. Stava disteso con lo sguardo fisso alla finestra, dove le tendine erano scostate per far entrare la grigia luce del giorno, e le ante erano spalancate.

Margaret si sentì mancare e la collera l'abbandonò di colpo. Nessuna persona normale sarebbe stata a letto in quelle condizioni, pensò.

Fu scossa dai brividi. Andò alla finestra ed esaminò il davanzale e il terreno in basso. Si girò di nuovo verso il letto. Il piumone era tirato su fino al mento, e i rigonfiamenti al di sotto indicavano la posizione delle membra del figlio. Margaret ne seguì la topografia fino ai piedi. Doveva guardare, si disse, scoprire il peggio.

Quando gli sollevò il piumone dalle gambe, lui non protestò. E non si mosse mentre lei gli esaminava la pianta dei piedi in cerca di segni che indicassero un'uscita notturna. Le tende e la finestra aperta facevano pensare che avesse avuto un episodio. Prima di allora non si era mai arrampicato su un davanzale o su un tetto in piena notte, ma il suo subconscio non era sempre governato da quello che facevano o no gli individui razionali.

«Di solito i sonnambuli non si mettono in pericolo», era stato detto a Margaret. «Fanno di notte le stesse cose che farebbero di giorno.»

Il punto era proprio quello, pensò cupamente Margaret.

Ma se Adrian era uscito dalla stanza anziché vagare all'interno, non ve n'era traccia sui piedi. Cancellò un attacco di sonnambulismo dall'elenco dei potenziali segnali di pericolo sullo schermo che registrava le funzioni psicologiche del figlio e passò a controllare il letto. Non fece il minimo sforzo per essere delicata con lui mentre gli infilava le mani intorno alle anche in cerca di chiazze d'umidità sulle lenzuola e sul materasso. Con sollievo, non ne trovò. Quindi poteva occuparsi del coma vigile, come lei definiva le periodiche cadute in trance del figlio in pieno giorno.

Un tempo, lo faceva con gentilezza. Lui era il suo povero ragazzo, il suo adorato tesoro, così diverso dagli altri figli, sanissimi e affermati, così sensibile a tutto quello che accadeva intorno a lui. Lo svegliava dallo stato di dormiveglia carezzandolo delicatamente sulle gote. Gli massaggiava la testa fino a svegliarlo e lo riportava in sé mormorando a bassa voce.

Ma adesso no. Il fratello Fielder le aveva spremuto tutto il latte della tenerezza e della sollecitudine materna. Se Adrian fosse stato con lei nel Bouet, non sarebbe successo niente di tutto quello. Anche se come uomo non serviva a niente, la sua sola presenza, da testimone, sia chiaro, in casa Fielder avrebbe di certo impedito in qualche modo l'aggressione subita a opera di quel subumano.

Margaret afferrò il piumone e lo strappò via dal corpo del figlio. Lo gettò sul pavimento e sfilò il cuscino da sotto la testa di Adrian. Gli vide sbattere le palpebre e disse: «Il troppo è troppo. Prendi le redini della tua vita».

Adrian guardò la madre, quindi la finestra, poi di nuovo la donna, e infine il piumone sul pavimento. Non rabbrividì per il freddo e non si mosse.

«Scendi dal letto!» urlò Margaret.

Allora lui si svegliò completamente. «Per caso sono...?» chiese, accennando alla finestra.

«Tu che ne pensi? Sì e no», replicò lei alludendo sia alla finestra sia al letto. «Assumeremo un legale.»

«Qui si chiamano...»

«Non m'importa un dannato accidente di come si chiamano. Ne assumerò uno e voglio che tu venga con me.» Andò al guardaroba e prese la veste da camera del figlio. Gliela gettò addosso, chiuse la finestra e lui finalmente si alzò.

Quando lei si voltò, Adrian la guardava e, dall'espressione, Margaret capì che adesso era del tutto cosciente e cominciava a reagire all'invasione nella sua camera da parte della madre. Era come se soltanto allora iniziasse a rendersi conto che lei gli aveva esaminato il corpo e la stanza. E Margaret vide anche cosa comportava quella presa di coscienza: sarebbe stato più difficile affrontarlo, ma lei sapeva di essere un osso troppo duro per il figlio.

«Hai bussato?» le domandò.

«Non essere ridicolo. Che ti viene in mente?»

«Rispondimi.»

«Non osare nemmeno parlare a tua madre in questo modo. Sai cos'ho passato stamattina? Sai dove sono stata? E perché?»

«Voglio sapere se hai bussato.»

«Ma sentiti! Hai idea di cosa sembri?»

«Non cambiare argomento. Ho il diritto...»

«Sì, hai il diritto. Ed è questo che faccio dall'alba. Mi occupo dei tuoi diritti. Cerco di farteli ottenere. E guarda che bel ringraziamento ottengo per cercare di far ragionare quelle stesse persone che te li hanno tolti.»

«Voglio sapere...»

«Sembri un bambino piagnucoloso di due anni. Finiscila. Sì, ho bussato, e forte anche. Ho gridato. E se credi che avessi voglia di andarmene e aspettare che tu tornassi da chissà quale mondo fantastico in cui ti trovavi, ti sbagli. Sono stanca di lavorare per te, mentre tu non dimostri nessun interesse. Vestiti, è arrivato il momento di agire. Ora, altrimenti la faccio finita con tutto questo.»

«Allora falla finita.»

Margaret avanzò verso il figlio, grata per il fatto che lui avesse ereditato l'altezza del padre e non la sua. Lo superava di oltre sei centimetri, quasi sette, e se ne avvantaggiò. «Sei impossibile, ti voti alla sconfitta. Hai idea di come sia ripugnante? Cosa prova una donna?»

Lui andò al comò, dove aveva posato un pacchetto di Benson and Hedges. Lo scosse facendo uscire una sigaretta e l'accese. Aspirò profondamente e non disse nulla. L'indolenza dei gesti era l'esasperazione fatta persona.

«Adrian!» Margaret si accorse di avere strillato e provò l'orrore di somigliare a sua madre: quella sguattera dalla voce incrinata di disperazione e paura, da mascherare entrambe dietro una collera apparente. «Rispondimi, maledizione. Non posso accettarlo. Sono venuta a Guernsey per assicurarti un futuro e non ho intenzione di starmene qui e permetterti di trattarmi come...»

«Cosa?» Lui si volse di scatto verso di lei. «Come cosa? Come un pezzo d'arredo? Fai questo e fai quello. Come tu tratti me?»

«Io non...»

«Credi che non sappia di che si tratta? Anche prima? Conta solo quello che vuoi. Quello che hai in mente.»

«Come puoi dirlo? Ho lavorato, come una schiava. Ho organizzato e sistemato le cose per oltre metà della mia vita, ho vissuto per fare di te una persona di cui essere fiero, per metterti alla pari con i tuoi fratelli e le tue sorelle. Per fare di te un uomo.»

«Non farmi ridere. Ti sei data da fare per rendermi un buono a nulla e, ora che lo sono, stai cercando di togliermi di torno. Pensi che non me ne accorga? Che non lo sappia? Si tratta di questo. Da quando sei scesa dall'aereo.»

«Non è vero. Anzi, è ignobile, ingrato e mira a...»

«No. Cerchiamo di essere chiari su questo, se vuoi che contribuisca ad acquisire ciò che mi è dovuto. Desideri che io ottenga quel denaro per liberarti di me. 'Niente più scuse, Adrian. Adesso devi vedertela da solo.'»

«Non è vero.»

«Credi che non sappia che razza di perdente sono? Quant'è imbarazzante avermi attorno?»

«Non parlare così di te stesso. Non farlo mai!»

«Con una fortuna nelle mie mani, le scuse sono finite. A questo punto mi tocca uscire di casa e dalla tua vita. Se è per questo, avrei anche abbastanza denaro per andare in manicomio.»

«Desidero solo che tu abbia ciò che meriti. Dio del cielo, non lo capisci?»

«Altroché», rispose lui. «Credimi, lo capisco. Ma cosa ti fa pensare che non abbia già ciò che merito? Ora, madre?»

«Sei suo figlio.»

«Già, è questo il punto. Suo figlio.»

Adrian la fissò a lungo. Margaret comprese che le stava inviando un messaggio, e ne avvertì l'intensità nello sguardo, anche senza le parole. All'improvviso le parve fossero diventati estranei l'uno all'altra, due persone con un passato del tutto avulso da quell'istante nel quale le rispettive vite si erano incrociate per caso.

Ma era proprio in quella sensazione di estraneità e di distacco che lei cercò scampo. Tutto, pur di non correre il rischio di incoraggiare l'impensabile a invaderle la mente.

Margaret disse con calma: «Vestiti, Adrian. Andiamo in città. Dobbiamo assumere un avvocato e non abbiamo tempo da perdere».

«Sono un sonnambulo», disse lui, e solo allora apparve almeno in parte agitato. «Faccio cose di ogni genere.»

«Non è proprio il caso di discuterne ora.»

Simon e Deborah si separarono dopo la conversazione nella stanza dell'albergo. Lei avrebbe cercato di verificare la possibile esistenza di un secondo anello tedesco come quello che avevano trovato sulla spiaggia. Lui avrebbe scovato i beneficiari del testamento di Guy Brouard. I loro obiettivi erano sostanzialmente uno solo, scoprire un movente per l'omicidio, ma gli approcci erano differenti.

Dopo avere ammesso con se stesso che i chiari indizi di premeditazione puntavano decisamente verso chiunque altro implicato nel delitto tranne che i due River, St. James diede la propria benedizione a una visita di Deborah e Cherokee a Frank Ouseley, per parlare con quest'ultimo della sua collezione di cimeli bellici. Sua moglie sarebbe stata più al sicuro con un uomo, se si trattava d'interrogare un presunto assassino. Da parte sua, Simon sarebbe andato da solo alla ricerca delle persone più direttamente interessate dal testamento di Guy Brouard.

Cominciò recandosi a La Corbière, dove trovò l'abitazione dei Moullin nell'ansa di una delle carrarecce che serpeggiavano per l'isola tra siepi striminzite e alti terrapieni ricoperti da folte macchie d'edera e di salicornia. Simon conosceva solo per sommi capi la zona in cui vivevano i Moullin, ma non fu difficile localizzare il posto preciso. Si fermò davanti a una grossa casa colonica gialla appena fuori dal piccolo villaggio e chiese informazioni a una donna che, con un certo ottimismo, appendeva la biancheria all'aperto, nell'aria umida e nebbiosa. «Oh, caro», disse lei, «lei cerca la Casa delle Conchiglie.» E indicò genericamente a est. Bisognava seguire la strada superando la curva verso il mare, gli spiegò. Non poteva sbagliare.

Infatti fu così.

St. James si fermò sul vialetto d'accesso e per un attimo studiò i dintorni dell'abitazione dei Moullin, prima di procedere oltre. Corrugò la fronte alla vista di tutti quei frammenti di conchiglie distrutte: dove prima doveva esserci stato un giardino molto particolare, adesso non restavano che pochi oggetti a testimoniare com'era stato quel posto. Un pozzo dei desideri di conchiglie se ne stava intatto sotto un enorme castagno, e su una stravagante dormeuse di gusci e cemento era poggiato un cuscino dello stesso materiale sul quale, con dei pezzettini di vetro rotto color indaco, erano state scritte le parole PAPÀ DICE... Tutto il resto era ridotto a pezzi. Sembrava che intorno alla piccola e tozza abitazione si fosse scatenato un uragano di mazze.

Su un lato dell'edificio sorgeva una baracca, e dall'interno proveniva della musica: Frank Sinatra, a giudicare dalla voce, che canticchiava un brano di musica leggera in italiano. St. James andò da quella parte. La porta della baracca era socchiusa, e lui vide che l'interno era intonacato e illuminato da file di tubi fluorescenti che pendevano dalla volta.

Salutò ad alta voce, ma nessuno rispose. Entrò e si trovò nel laboratorio di un vetraio. Gli oggetti che vi si realizzavano erano di due tipi completamente diversi. Una metà consisteva in vetri su misura per serre, l'altra era dedicata a lavorazioni artistiche. In questa parte del laboratorio erano stipati grandi sacchi di sostanze chimiche accatastati a poca distanza da un forno spento, al quale erano appoggiati tubi per soffiare il vetro. Gli oggetti terminati erano disposti su degli scaffali, pezzi decorativi dai colori molto vivi: grossi piatti su treppiedi, vasi stilizzati, sculture moderne. Oggetti che sarebbero stati meglio in un ristorante di Terence Conran a Londra, che non in una baracca di Guernsey. St. James li osservò con una certa sorpresa. Le condizioni in cui si trovavano, spolverati con cura e tenuti alla perfezione, erano in contrasto con l'abbandono della fornace, con i tubi e i sacchi di sostanze chimiche, sui quali era accumulato uno spesso strato di sporcizia.

Il vetraio ignorò la presenza di Simon. Lavorava su un ampio banco, dal lato della baracca dove si realizzavano i vetri per le serre. Sopra di lui era appeso il progetto di una serra, e altri disegni analoghi, ancora più elaborati, si trovavano ai lati e al di sotto del primo. Nel tagliare la lastra trasparente posata sul banco, l'uomo non ricorse a nessuno di quei disegni, bensì a un tovagliolino di carta dove erano state scarabocchiate delle misure.

St. James pensò che doveva trattarsi di Moullin, il padre di una dei due beneficiari di Brouard. Lo chiamò per nome, stavolta ad alta voce. Moullin alzò la testa e si sfilò i tappi dalle orecchie. Questo spiegava perché non avesse sentito arrivare Simon, ma non perché facesse suonare Sinatra.

L'uomo si avvicinò alla fonte della musica, un lettore CD, dove Frank era passato a *Luck Be a Lady Tonight* e lo interruppe a metà frase. Prese un grosso asciugamano con un motivo di balene che lanciavano zampilli e coprì l'apparecchio, dicendo: «Mi serve a far sapere alla gente che sono qui. Ma mi dà ai nervi, perciò mi metto i tappi».

«E se cambiasse genere musicale?»

«Non ne sopporto nessuno, quindi non ha importanza. Cosa posso fare per lei?»

St. James si presentò e porse il biglietto da visita. Moullin lo lesse e lo gettò sul banco, dove finì accanto al tovagliolino con le misure. La sua espressione si fece subito diffidente. Ovviamente aveva notato la professione di Simon, e non credeva certo che un perito scientifico di Londra fosse venuto per discutere della costruzione di una serra.

«Il suo giardino è stato danneggiato», disse St. James. «Non pensavo che anche da queste parti vi fossero atti di vandalismo.»

«È venuto a ispezionarlo?» chiese l'uomo. «È di questo che si occupano quelli come lei?»

«Ha telefonato alla polizia?»

«Non ce n'era bisogno.» Moullin sfilò dalla tasca un metro avvolgibile di metallo e lo posò sulla lastra che aveva tagliato. Fece un segno accanto a una delle cifre riportate sul tovagliolino e poggiò con cura il vetro su una dozzina o anche più di pezzi già pronti. «Sono stato io», disse. «Era ora.»

«Capisco. Per rinnovare la casa.»

«Per rinnovare la vita. L'hanno cominciato le mie ragazze, dopo che mia moglie ci ha lasciato.»

«Lei ha più di una figlia?» chiese St. James.

Moullin parve soppesare la domanda, prima di rispondere: «Ne ho tre». Si girò e prese un'altra lastra. La mise sul banco e si chinò su di essa: un uomo da non disturbare sul lavoro. Simon ne approfittò per avvicinarsi a dare un'occhiata ai progetti e ai disegni appesi sopra il banco. Le parole «Yates», «Dobree Lodge» e «Le Valon» identificavano l'ubicazione della complicata serra. Gli altri, vide, erano disegni di finestre stilizzate. Facevano parte del Museo bellico G.O.

St. James rimase un po' a osservare Henry Moullin al lavoro senza aggiungere altro. Era un uomo dall'ossatura robusta, di aspetto vigoroso e sano. Aveva mani muscolose, che si notavano anche sotto i numerosi cerotti che le coprivano qua e là.

«Vedo che si è tagliato», disse Simon. «Dev'essere un rischio professionale.»

«Altroché.» L'artigiano tagliò il vetro e ripeté la cosa con un'abilità che smentiva quello che aveva appena detto.

«Lei realizza finestre e serre?»

«Si capisce da quei progetti.» Lui alzò la testa e la inclinò verso i disegni appesi al muro. «Se si tratta di vetro, sono in grado di fare qualsiasi cosa, signor St. James.»

«Ed è stato per questo che Guy Brouard si è interessato a lei?»

«Infatti.»

«Doveva realizzare le finestre del museo?» Simon accennò ai disegni fissati al muro. «O si trattava solo di ipotesi?»

«Ho fatto tutti i lavori in vetro per i Brouard», rispose Moullin. «Ho buttato giù le vecchie serre e ho costruito quella nuova. Come dicevo, se c'è di mezzo il vetro, faccio di tutto. Lo stesso vale per il museo.»

«Ma non sarà l'unico vetraio dell'isola. Sarebbe impossibile, con tutte le serre che ho visto.»

«Non l'unico», ammise Moullin. «Solo il migliore. E i Brouard lo sapevano.»

«Ed è per questo che per i lavori del museo la scelta è caduta su di lei?»

«Può ben dirlo.»

«A quanto pare, tuttavia, nessuno conosceva l'esatta architettura dell'edificio. Almeno fino alla sera della festa. Perciò il fatto che lei abbia realizzato dei disegni in anticipo... Si è basato sul progetto dell'architetto di qui? A proposito, ho visto il plastico. I suoi disegni sembrano fatti apposta.»

Moullin spuntò un'altra misura sul tovagliolino e chiese: «È venuto per parlare di finestre?»

«Perché solo una?» domandò St. James.

«Una cosa?»

«Una figlia. Lei ne ha tre, ma Brouard ne ha ricordata solo una nel testamento. Cynthia Moullin. La sua... è quella maggiore?»

L'artigiano prese un'altra lastra e praticò tre tagli. Controllò con il metro che le misure fossero giuste e disse: «Cyn è la maggiore».

«Ha qualche idea del perché Brouard abbia scelto lei? Tra l'altro, quanti anni ha?»

«Diciassette.»

«Non ha ancora finito la scuola?»

«Fa le superiori a St. Peter Port. Le hanno consigliato di proseguire all'università. È molto intelligente, ma qui non esiste niente del genere. È necessario che vada in Inghilterra, e l'Inghilterra costa bei soldi.»

«Che lei non aveva, immagino. E nemmeno sua figlia.»

Finché lui non è morto. L'affermazione rimase sospesa tra loro come il fumo di una sigaretta invisibile.

«Esatto. Era solo una questione di soldi, e siamo stati fortunati.» Moullin alzò gli occhi dal banco e si voltò a guardare St. James. «È questo che voleva sapere o c'è dell'altro?»

«Ha qualche idea del perché una sola delle sue figlie sia stata ricordata nel testamento?»

«Nessuna.»

«Di sicuro anche le altre sue figlie trarrebbero beneficio da un'istruzione superiore.»

«È vero.»

«E allora?»

«Non hanno ancora l'età. Sono troppo giovani per iscriversi all'università. Tutto a suo tempo.»

L'allusione di Moullin era del tutto illogica e St. James ne approfittò per farglielo notare. «Ma il signor Brouard non si aspettava certo di morire, no? A sessantanove anni, non era un giovanotto, ma sotto tutti gli altri aspetti stava benissimo. Non è così?» Non attese risposta. «Perciò, se Brouard desiderava che la sua figlia maggiore si pagasse gli studi col denaro che le avrebbe lasciato, quando sarebbe accaduto? Lui sarebbe potuto morire anche tra vent'anni, o di più.»

«A meno che non l'avessi ucciso, si capisce», disse Moullin. «Non è lì che vuole andare a parare?»

«Dov'è sua figlia, signor Moullin?»

«Andiamo, amico. Ha diciassette anni.»

«Allora è qui? Posso parlarle?»

«È ad Alderney.»

«A fare che?»

«Bada alla nonna. O si nasconde dagli sbirri. La metta come vuole, tanto non me ne importa.» Tornò al banco da lavoro, ma Simon vide che gli pulsava la vena sulla tempia, e quando praticò il taglio successivo sul vetro uscì fuori dal segno. Borbottò un'imprecazione e gettò i pezzi rovinati tra i rifiuti.

«Non può permettersi di commettere troppi errori nel suo genere di lavoro», osservò St. James. «Sarebbe troppo costoso.»

«Lei mi distrae», ribatté Moullin. «Perciò, se non c'è altro, ho del lavoro da fare e poco tempo da perdere.»

«Capisco perché il signor Brouard abbia lasciato del denaro a un ragazzo che si chiama Paul Fielder», disse Simon. «Brouard era un mentore per lui, grazie a un'istituzione molto nota sull'isola, l'AGIG. Ne ha sentito parlare? Per questo i loro rapporti rientravano nel quadro di un'iniziativa specifica. È così che anche sua figlia ha conosciuto Brouard?»

«Cyn non aveva nessun rapporto con lui», disse Henry Moullin. «Né con l'AGIG o altro.» E, nonostante quello che aveva affermato poco prima, decise di smettere di lavorare. Cominciò a rimettere a posto gli attrezzi per tagliare e misurare, poi afferrò un piumino passandolo sul banco per ripulirlo dai minuscoli frammenti di vetro. «Quell'uomo aveva i suoi capricci, ecco com'è andata con Cyn. Un capriccio oggi, un altro domani. Posso fare questo e quello, o qualsiasi cosa mi pare, perché, se mi va, ho i mezzi per fare la parte di Babbo Natale che viene a Guernsey. Cyn è stata fortunata. Come il gioco delle sedie: quando il pezzo musicale è finito, lei si trovava al posto giusto. Un altro giorno sarebbe toccato una delle sue sorelle. Un altro mese, e sarebbe andata così. Ecco com'è stato. L'ha conosciuta meglio delle altre perché lei era nella tenuta mentre lavoravo. Oppure andava a trovare la zia.»

«La zia?»

«Val Duffy. Mia sorella. Mi dà una mano con le ragazze.»

«In che modo?»

«Che cosa intende?» chiese Moullin, e fu chiaro che stava arrivando al limite. «Le ragazze hanno bisogno della presenza di una donna. Vuole sapere il perché dalla a alla zeta o ci arriva da solo? Cyn andava a trovare la zia e parlavano, di cose femminili, va bene?»

«I cambiamenti fisici dell'adolescenza? Problemi con i ragazzi?»

«Non lo so. Di solito tengo il naso al suo posto, cioè in faccia, non nei fatti loro. Solo, ringraziavo il cielo che Cyn avesse una donna con cui parlare e che si trattasse di mia sorella.»

«Una sorella che, se qualcosa non andava, glielo avrebbe detto subito?»

«Non c'era niente che non andasse.»

«Ma quell'uomo aveva i suoi capricci.»

«Cosa?»

«Brouard. Ha detto che aveva i suoi capricci. Uno di questi era Cynthia?»

Moullin s'imporporò in viso e fece un passo avanti verso St.

James. «Maledizione, dovrei...» Si fermò, ma gli costò un certo sforzo. «Parliamo di una ragazza», disse. «Non di una donna fatta, ma solo di una ragazza.»

«Non sarebbe la prima volta che un uomo anziano s'incapriccia di una ragazza.»

«Sta travisando le mie parole.»

«Allora dia loro il giusto significato.»

Moullin si concesse una pausa. Si allontanò e guardò le sue creazioni in vetro sparse nella stanza. «Come dicevo, aveva i suoi capricci. Quando l'occhio gli cadeva su una cosa, vi spargeva sopra la polvere magica. La faceva sentire speciale. Poi il suo occhio veniva catturato da qualcos'altro e lui vi spostava sopra la polvere magica. Era fatto così.»

«La polvere magica era il denaro?»

L'artigiano scosse il capo. «Non sempre.»

«Allora cosa?»

«La fiducia.»

«Che genere di fiducia?»

«In se stessi. Era bravo in questo. Il problema era che a un certo punto cominciavi a credere che una tale fiducia potesse fruttare qualcosa.»

«Denaro.»

«In prospettiva. Come se lui dicesse: 'Ecco come posso aiutarti se lavori sodo, ma prima devi impegnarti in questo, poi vedremo'. Lui non lo diceva mai esplicitamente, però finivi per pensarlo.»

«Anche lei?»

«Anch'io», ammise Moullin con un sospiro.

St. James rifletté su quanto aveva appreso riguardo a Guy Brouard, sui segreti che nascondeva, sui suoi progetti per il futuro e su quello che ognuno aveva creduto di lui e delle sue intenzioni. Forse, pensò Simon, questi aspetti del carattere del defunto, che in altre circostanze sarebbero potuti apparire semplicemente capricci di un ricco imprenditore, erano invece sintomi di un comportamento più articolato e dannoso: un bizzarro gioco di potere. Un uomo influente non più al timone di un redditizio giro d'affari esercitava una forma di controllo sugli altri, ed era proprio questo l'obiettivo che gli interessava. Le persone diventavano pezzi degli scacchi e le loro vite componevano la scacchiera. Il giocatore principale era Guy Brouard.

E questo era arrivato a spingere qualcuno all'omicidio?

Per St. James, la risposta dipendeva da quello che ognuna delle persone coinvolte aveva fatto in seguito alla fiducia professata da Brouard in ciascuno di loro. Si guardò ancora una volta intorno nella baracca e vide qualcosa d'illuminante nei lavori in vetro accuratamente disposti, mentre la fornace e i tubi erano abbandonati a se stessi. «Le ha fatto credere di essere un'artista», osservò. «È andata così, vero? L'ha incoraggiata a credere che avrebbe potuto realizzare il suo sogno?»

All'improvviso Moullin si avviò verso la porta della baracca, dove spense la lampadina e si stagliò contro la luce che entrava da fuori. Era una figura imponente, delineata non solo dall'abbigliamento voluminoso che indossava, ma anche dalla sua forza taurina. St. James pensò che non doveva avere avuto nessun problema a distruggere i lavoretti delle figlie in giardino.

Lo seguì. Fuori, Moullin chiuse con una spinta la porta della baracca e la serrò con un pesante lucchetto. «Faceva credere alla gente di contare di più, ecco di cosa era capace», disse. «Ma se poi qualcuno faceva il passo più lungo della gamba perché istigato da lui, affari suoi. Se ne fregava se qualcuno si allargava troppo, fino a correre dei rischi.»

«Però la gente di solito non si allarga senza una sia pur vaga prospettiva di successo», obiettò St. James.

Henry Moullin lanciò un'occhiata al giardino, sul quale i frammenti di conchiglie si estendevano come il manto di una nevicata. «Era bravo in fatto di idee. Ad averle e a darle agli altri. Noialtri... eravamo bravi ad avere fiducia.»

«Conosceva le clausole del testamento del signor Brouard?» chiese Simon. «E sua figlia?»

«Intende dire se l'abbiamo ucciso? Se siamo stati svelti a eliminarlo prima che cambiasse idea?» L'artigiano infilò la mano in tasca e ne estrasse un pesante mazzo di chiavi. Si avviò lungo il vialetto verso la casa, facendo scricchiolare sotto i piedi la ghiaia e le conchiglie. St. James gli si affiancò, non perché sperasse che l'uomo approfondisse l'argomento da lui stesso sollevato, ma perché aveva visto qualcosa tra le chiavi e voleva accertarsi che fosse proprio ciò che pensava.

«Il testamento», ripeté. «Ne conosceva le clausole?»

Moullin rispose solo quando giunse sotto il portico d'ingresso e inserì la chiave nella serratura. Si voltò verso Simon e disse:

«Non sapevamo niente di nessun testamento. Buona giornata a lei».

Tornò a girarsi verso la porta ed entrò, richiudendosela di scatto alle spalle. Ma St. James aveva visto quello che gli interessava. Una piccola pietra forata al centro che pendeva dall'anello in cui erano infilate le chiavi del vetraio.

Simon fece un passo indietro, staccandosi dalla casa. Non era così sciocco da credere che Henry Moullin gli avesse detto tutto, ma si rendeva conto di non potergli forzare oltre la mano, per il momento. Eppure, mentre rifaceva il vialetto al contrario, per un attimo si fermò a esaminare la Casa delle Conchiglie: le tendine accostate per non fare entrare la luce del giorno, la porta chiusa, il giardino distrutto. Pensò al significato dell'espressione «avere dei capricci». Quando si metteva qualcuno a parte dei propri sogni, si finiva per influenzarlo parecchio.

Mentre se ne stava lì, senza guardare niente in particolare, colse con la coda dell'occhio un movimento proveniente dalla casa. Ne cercò la fonte con lo sguardo e la vide a una piccola finestra.

All'interno, una figura dietro i vetri rimise a posto le tendine. Ma non prima che St. James avesse il tempo di scorgere dei capelli biondi e una sagoma evanescente che spariva dalla vista. In altre circostanze, avrebbe potuto credere di avere intravisto un fantasma. Ma una luce nella stanza illuminava da dietro l'inconfondibile corpo di una donna dalle fattezze molto concrete.

18

PAUL FIELDER provò un enorme sollievo nel vedere Valerie Duffy arrivare di corsa sul prato, con il cappotto nero dalle falde svolazzanti. Il fatto che non l'avesse abbottonato fece capire al ragazzo che lei era dalla sua parte.

«Ehi, stia a sentire», gridò la donna, mentre l'agente afferrava Paul per la spalla e Tabù azzannava il poliziotto alla gamba. «Che cosa gli sta facendo? Lui è il nostro Paul. È uno di qui.»

«Allora perché non s'identifica?» L'agente, notò il ragazzo, aveva un paio di baffi da tricheco, dai quali pendeva ancora un pezzetto della colazione a base di cereali, che tremolava ogni volta che parlava; Paul rimase a osservare affascinato il fiocco d'avena oscillare avanti e indietro come uno scalatore che penzolasse da un pericoloso precipizio.

«Glielo dico io chi è», disse Valerie Duffy. «Si chiama Paul Fielder ed è uno di qui. Tabù, finiscila. Lascia andare quest'uomo cattivo.» Afferrò il cane per il collare e lo allontanò dalla gamba dell'agente.

«Dovrei arrestarvi tutti e due per aggressione.» L'uomo lasciò andare Paul con una spinta che lo fece finire addosso a Valerie. A quel gesto, Tabù ricominciò ad abbaiare.

Il ragazzo s'inginocchiò di scatto accanto al cane e nascose il volto nella pelliccia puzzolente della bestiola. Subito, Tabù smise di abbaiare, ma in compenso prese a ringhiare.

«La prossima volta, identificati quando sei interrogato, ragazzo», disse baffi di tricheco. «Altrimenti finisci diritto in gattabuia. E anche quel cane. Anzi, dovrebbe già esserci per quello che ha fatto. Guarda i miei pantaloni. Mi ci ha lasciato un maledetto buco. Lo vedi? Avrebbe potuto farmelo nella gamba. Carne, ragazzo. Sangue. Ha fatto le vaccinazioni? Dove sono i suoi documenti? Consegnameli immediatamente.»

«Non faccia lo sciocco, Trev Addison», intervenne Valerie, in tono aspro. «Sì, lo so chi è lei. Sono andata a scuola con suo fratello. E lei lo sa bene che nessuno se ne va in giro con i documenti del proprio cane. Ora, lei si è spaventato, e anche il ragazzo. E il cane. Perciò facciamola finita e non peggioriamo le cose.»

A sentirsi chiamare per nome, l'agente in qualche modo si calmò; si rassettò l'uniforme e si diede una lisciata ai pantaloni. «Abbiamo degli ordini», si giustificò.

«Lo so», fece Valerie. «E noi dobbiamo lasciarveli eseguire. Venga con me, però, e vediamo di dare una sistemata a quei pantaloni. Farò in un attimo, e lasciamo perdere il resto.»

Trev Addison lanciò un'occhiata verso il bordo del vialetto, dove uno dei colleghi era chino a ispezionare i cespugli. Aveva tutta l'aria di essere uno di quei lavori estenuanti che avrebbero fatto venire a chiunque la voglia di dieci minuti di pausa. «Non so se è il caso...»

«Andiamo», disse Valerie. «Così si berrà anche una tazza di tè.»

«Ha detto un attimo?»

«Ho due figli grandi, Trev. Ci metterò meno a fare il rammendo di quanto ci metterà lei a bere il tè.»

«Allora d'accordo», disse l'agente. E a Paul: «E tu sta' fuori dai piedi, capito? Qui è in corso un'operazione di polizia».

Valerie disse al ragazzo: «Vai nella cucina della residenza, tesoro, e preparati una tazza di cacao. Ci sono anche dei biscotti freschi allo zenzero». Gli fece un cenno d'assenso e si riavviò sul prato, seguita da Trev Addison.

Paul rimase inchiodato dov'era finché i due non scomparvero nel cottage. Si accorse che il cuore gli batteva all'impazzata e appoggiò la fronte sul dorso di Tabù. L'odore umido e muschioso del cane era familiare e gradevole, come il tocco della mano di sua madre sulla guancia quando da piccolo aveva la febbre.

Non appena il cuore rallentò, lui sollevò la testa e raccolse lo zaino che gli era caduto quando il poliziotto l'aveva afferrato per le spalle.

Andò sul retro della residenza, come faceva sempre. C'era una grande agitazione. Paul non aveva mai visto prima tanti poliziotti in un posto solo, tranne che alla tele, e si fermò subito dopo la serra per cercare di capire cosa stessero facendo. Cercavano, questo sì. Fin lì ci arrivava. Ma non riusciva a immaginare cosa. Ebbe l'impressione che qualcuno avesse perduto qualcosa di valore il giorno del funerale, quando tutti erano tornati a Le Reposoir dalla sepoltura per il ricevimento. Però, anche ammesso che fosse così, era impensabile che per cercarlo ci volesse la metà dell'intero comando di polizia. Doveva essere di proprietà dell'individuo più importante dell'isola, che però era proprio il morto. Perciò, chi altro... Paul non lo sapeva e non riusciva a immaginarlo. Entrò in casa.

Passò dalla porta della serra che, come sempre, non era chiusa a chiave. Tabù gli andò dietro a passetti veloci, con le unghie che raschiavano sul pavimento di mattoni. All'interno era piacevolmente caldo e umido, e il gocciolare dell'acqua del sistema d'irrigazione creava un ritmo ipnotico che a Paul sarebbe piaciuto restare ad ascoltare. Ma non poteva farlo, perché gli era stato detto di prepararsi la cioccolata. E specialmente quando veniva a Le Reposoir preferiva fare esattamente quel che gli veniva ordinato. Era così che conservava il privilegio di accedere alla tenuta, e lui ci teneva moltissimo.

«Comportati bene con me e io farò lo stesso con te. Sono queste le basi di tutto ciò che conta, mio principe.»

Ed era questo un altro motivo per cui Paul sapeva cosa doveva fare. Non solo riguardo al cacao e ai biscotti con lo zenzero, ma anche all'eredità. Quando l'avvocato era andato via, i genitori erano saliti in camera sua e avevano bussato alla porta. Il padre aveva detto: «Paulie, dobbiamo parlare di questo, figliolo», e la madre: «Sei un ragazzo ricco, tesoro. Pensa a cosa puoi fare con tutto quel denaro». Lui li aveva fatti entrare e avevano parlato con lui e tra loro, ma anche se aveva visto come muovevano le labbra e colto qua e là qualche parola o frase, sapeva già cosa fare. Era venuto a Le Reposoir per cominciare.

Si domandò se la signorina Ruth fosse in casa. Non aveva pensato di controllare se la sua macchina era fuori. Era venuto a trovare proprio lei. Se non c'era, era deciso ad attendere.

Si spostò in cucina attraversando il grande salone di pietra, l'entrata e un altro corridoio. La casa era immersa nel silenzio, anche se dallo scricchiolare del pavimento al piano di sopra capì che probabilmente la signorina Ruth era in casa. Tuttavia, si rese conto che non stava bene aggirarsi furtivo nell'abitazione in cerca di qualcuno, specie se si trattava proprio della persona cui si voleva parlare. Perciò, quando arrivò alla porta della cucina, vi s'infilò dentro. Si sarebbe preparato il cacao con i biscotti e poi sarebbe arrivata Valerie che lo avrebbe condotto di sopra a vedere Ruth.

Paul era stato nella cucina di Le Reposoir tante di quelle volte da sapere dove si trovavano le cose. Sistemò Tabù sotto il tavolo della stanza, gli mise accanto lo zaino per fargli appoggiare la testa e andò alla dispensa.

Come il resto di Le Reposoir, era un luogo magico, pieno di odori che lui non era capace di identificare, nonché di scatole e barattoli di cibi che non aveva mai sentito nominare. Era sempre molto contento quando Valerie lo spediva nella dispensa a prendere qualcosa mentre cucinava. Gli piaceva prolungare quell'esperienza il più possibile, respirare la mistura di estratti, spezie, erbe aromatiche e altri ingredienti per cucinare. Era un'esperienza che lo trasportava in un punto dell'universo completamente diverso da quelli che conosceva.

Anche adesso indugiò là dentro. Stappò una fila di bottiglie e le annusò a una a una. VANIGLIA lesse su un'etichetta. ARANCIA, MANDORLA, LIMONE. Le fragranze erano così inebrianti che, quando le inalava, sentiva che il profumo gli saliva fino agli occhi.

Dagli estratti passò alle spezie, cominciando dalla cannella. Quando arrivò allo zenzero, ne prese un pizzico non più grande dell'unghia del mignolo, se lo mise sulla lingua e si sentì l'acquolina in bocca. Sorrise e passò alla noce moscata, al cumino, al curry e ai chiodi di garofano. Dopo vennero le erbe aromatiche, gli aceti e gli oli. Poi la farina, lo zucchero, il riso e i fagioli. Prendeva le scatole e leggeva cosa c'era scritto sopra. Teneva i pacchi di pasta poggiati alla guancia e si passava sulla pelle le confezioni di cellophane. Non aveva mai visto un'abbondanza del genere. Per lui era una meraviglia.

Alla fine, con un sospiro soddisfatto, tirò fuori il barattolo del cacao. Lo portò al tavolo e prese il latte dal frigo. Da sopra i fornelli prese un pentolino e misurò esattamente una tazza di latte e non una goccia di più, la versò nel recipiente e la mise a scaldare. Per la prima volta gli era consentito adoperare la cucina, e voleva rendere fiera Valerie della diligenza con cui aveva approfittato di quel raro privilegio.

Accese il fornello e cercò un cucchiaino per misurare il cacao. I biscotti allo zenzero erano sul tavolo di lavoro, appena usciti dal forno e messi a raffreddare sulla rastrelliera. Ne prese uno e lo diede a Tabù. Poi ne prese altri due per sé e se ne mise uno in bocca. L'altro voleva gustarselo col cacao.

Da qualche parte della casa si udirono i rintocchi di un orologio. Come per accompagnarlo, vi furono dei passi lungo il corridoio proprio al di sopra della sua testa. Una porta venne aperta, scattò un interruttore della luce e qualcuno cominciò a scendere la scala sul retro che portava in cucina.

Paul sorrise. La signorina Ruth. Dato che Valerie non c'era, lei doveva prendersi da sola il caffè di metà mattina, se lo voleva. Ed era lì che fumava nella caraffa di vetro. Paul prese un'altra tazza, un cucchiaino e lo zucchero per lei, preparando tutto. Immaginò la conversazione che sarebbe seguita: lei avrebbe spalancato gli occhi per la sorpresa e atteggiato le labbra in una muta esclamazione, poi, accorgendosi di come lui aveva apparecchiato per lei, avrebbe mormorato: «Paul, come sei caro, ragazzo».

Lui si chinò e tolse lo zaino da sotto la testa di Tabù. Il cane alzò lo sguardo, drizzando le orecchie verso la scala. Dal fondo della gola gli venne un ringhio. Poi un guaito e infine un latrato. Qualcuno dalle scale disse: «Ma che accidenti?...»

Non era la voce della signorina Ruth. Da dietro l'angolo sbucò una donna di stazza vichinga. Vide Paul e domandò: «E tu, chi diavolo sei? Come sei entrato? Che ci fai qui? Dov'è la signora Duffy?»

Troppe domande tutte insieme, e Paul era stato sorpreso con un biscotto di zenzero in mano. Gli occhi del ragazzo assunsero l'espressione esclamativa che avrebbero dovuto avere le labbra della signorina Ruth e le sopracciglia gli schizzarono in alto verso l'attaccatura dei capelli. In quello stesso istante Tabù si lanciò fuori da sotto il tavolo abbaiando come un dobermann, con le zanne scoperte. Non gli erano mai piaciute le persone che parlavano in tono aspro.

La vichinga si fece indietro. Tabù avanzò verso di lei prima che Paul avesse la possibilità di afferrarlo per il collare. Lei si mise a gridare: «Portalo via, prendilo, maledizione, prendilo!» come se pensasse che il cane potesse davvero farle del male.

Ma quelle grida fecero aumentare i latrati di Tabù. E proprio in quel momento, il latte messo a scaldare sul fornello traboccò.

Troppe cose tutte assieme: il cane, la donna, il latte, il biscotto in mano che sembrava rubato solo che non era così, perché era stata Valerie a dirgli di prenderne uno e, anche se in realtà ne aveva tolti tre, cioè due in più, andava bene lo stesso, non era un crimine.

Il latte sfrigolò sul fornello e il suo odore si diffuse nell'aria come uno stormo di uccelli. Tabù abbaiava. La donna strillava. Paul era un blocco di cemento.

«Stupido!» La voce della vichinga stridette come metallo su metallo. «Non startene lì, per amor di Dio.» E il latte bruciava alle spalle di Paul. La donna indietreggiò verso il muro, voltandosi come per non vedere la propria distruzione a opera dei denti di un animale che in realtà era molto più spaventato di lei, ma, invece di svenire o di scappare via, si mise a gridare: «Adrian! Adrian! Per l'amor di Dio, Adrian!»

E, dato che l'attenzione non era più rivolta a lui o al cane, Paul sentì i propri arti sbloccarsi e riprendere la mobilità. Scattò in avanti e afferrò Tabù, lasciando cadere lo zaino sul pavimento. Trascinò con sé il cane verso la cucina e armeggiò per spegnere la fiamma sotto il latte. Nel frattempo, il cane abbaiava ancora, la donna gridava e qualcuno scendeva rumorosamente per le scale.

Paul tolse il pentolino dal fornello e lo portò all'acquaio, ma, dovendo trattenere con una mano il cane che cercava di scappare, si sbilanciò e perse la presa sul manico. Il pentolino col latte bollente finì sul pavimento e Tabù tornò dov'era prima: a qualche centimetro dalla vichinga, con l'aria di volersene fare uno spuntino. Paul si lanciò su di lui e lo allontanò, mentre il cane continuava ad abbaiare come un indemoniato.

Adrian Brouard piombò nella stanza. «Che diavolo?...» urlò sovrastando il baccano. Poi: «Tabù! Basta! Finiscila!»

La vichinga gridò: «Conosci questa creatura?» e Paul non fu sicuro se alludesse a lui o al cane.

Non che avesse importanza, perché Adrian conosceva entrambi. L'uomo disse: «È Paul Fielder, quello cui papà...»

«Lui?» La donna riportò lo sguardo sul ragazzo. «Questo piccolo, lercio...» Parve a corto di epiteti adatti per definire l'intruso che aveva sorpreso in cucina.

«Lui», confermò Adrian. Indossava solo i pantaloni del pigiama e le pantofole, come se stesse vestendosi solo allora. Per Paul era inconcepibile non essere già in piedi e in giro a quell'ora.

Vivi alla giornata, mio principe. Non si sa mai se ce ne sarà un'altra.

A Paul si riempirono gli occhi di lacrime. Gli pareva di sentire quella voce. Ne avvertiva così forte la presenza che sembrava che il signor Guy fosse entrato nella stanza. Avrebbe risolto questo problema in un attimo: una mano tesa a Tabù e l'altra a Paul, e con la sua voce pacificatrice avrebbe detto: che succede qui?

« Metti a tacere quell'animale », ordinò Adrian a Paul, anche se l'abbaiare di Tabù si era ormai ridotto a un ringhio. « Se morde mia madre, ti troverai nei guai. »

« Più di quanto già non lo sia », scattò la donna, « che è parecchio, te l'assicuro. Dov'è la signora Duffy? È stata lei a farti entrare? » Quindi si mise a gridare: « Valerie! Valerie Duffy! Venga subito qui ».

A Tabù non piacevano le grida, ma quella stupida donna non l'aveva ancora capito. Non appena lei alzò la voce, il cane riprese ad abbaiare. L'unica soluzione era portarlo fuori dalla stanza, ma Paul non poteva farlo e contemporaneamente ripulire tutto, e riprendersi lo zaino. Sentì le budella attorcigliarsi e il cervello sul punto di scoppiare, e si decise ad agire prima che accadesse l'irreparabile.

Alle spalle dei Brouard c'era un corridoio che dava sull'orto. Paul cominciò a tirare Tabù in quella direzione. Ma la vichinga berciò: « Non pensare nemmeno di andartene senza pulire il pasticcio che hai combinato, rospetto ».

Il cane diede un ringhio. I Brouard si fecero indietro. Il ragazzo riuscì a infilare il corridoio senza altri schiamazzi, benché la vichinga gridasse: « Torna subito qui! », e spinse fuori il cane, chiudendogli la porta sul muso e cercando d'ignorarne i guaiti di protesta.

Paul sapeva che il cane stava solo cercando di proteggerlo, e chiunque con un pizzico di buonsenso avrebbe dovuto capirlo. Ma purtroppo in giro non c'erano molte persone dotate di buonsenso. Questo le rendeva tanto più pericolose in quanto paurose e scaltre.

Perciò, doveva allontanarsi da loro. Dato che non era venuta a vedere il motivo di tutto quel baccano, Paul capì che la signorina Ruth non era in casa. Doveva tornare quando non ci fossero stati problemi, ma non poteva lasciarsi alle spalle i resti del disastroso incontro con gli altri Brouard. Non sarebbe stato giusto.

Tornò in cucina e si fermò sulla porta. Vide che, nonostante quello che aveva detto la vichinga, lei e Adrian erano già intenti ad asciugare il pavimento e pulire il fornello. Però l'aria della stanza era ancora impregnata dell'odore di latte bollito.

« ...fine a questa sciocchezza », stava dicendo la madre di

Adrian. «Lo metterò subito in riga senza nessun equivoco. Se crede di potersene venire qui senza permesso come se fosse già il proprietario e non quello che chiaramente è, un pezzo di...»

«Madre.» Paul vide che Adrian si era accorto di lui sulla soglia e, a quella parola, anche la donna si volse a guardarlo, appallottolando lo strofinaccio che teneva nella mano piena di anelli. Lo scrutò da capo a piedi con una tale espressione di disgusto che Paul si sentì attraversare da un brivido e capì di doversene andare immediatamente. Ma non poteva farlo senza prima recuperare lo zaino e il messaggio che c'era dentro, quello sul progetto e sul sogno.

«Puoi informare i tuoi genitori che assumeremo un avvocato per questa faccenda del testamento», gli disse la vichinga. «Se t'illudi di poterti prendere anche un solo penny del denaro di Adrian, ti sbagli di grosso. Ho intenzione di darti battaglia in ogni tribunale possibile e, quando avrò finito, tutti i soldi che contavi di togliere a mio figlio saranno spariti. Capisci? Non vincerai. Ora, vattene via di qui. Non voglio più vedere la tua faccia. Altrimenti chiamo la polizia. E farò abbattere quel maledetto bastardo.»

Paul non si mosse. Non sarebbe andato via senza lo zaino, ma non aveva idea di come prenderlo. Era dove l'aveva lasciato, vicino alla gamba del tavolo al centro della stanza. Ma tra lui e lo zaino c'erano i Brouard. E avvicinarsi a quei due poteva rivelarsi pericoloso per lui.

«Mi hai sentito?» domandò la vichinga. «Ho detto di uscire. Non sei gradito qui, checché tu ne pensi. Non sei bene accetto in questa casa.»

Paul capì che l'unico modo per riprendersi lo zaino era lanciarsi sotto il tavolo e afferrarlo, e così fece. Prima che la madre di Adrian finisse quello che stava dicendo, il ragazzo si gettò a terra carponi e si mosse alla svelta sul pavimento come un granchio.

«Dove va?» chiese lei. «Che fa, ora?»

Adrian comprese le intenzioni di Paul e tirò via lo zaino nello stesso istante in cui il ragazzo vi metteva le mani sopra.

«Mio Dio, questa bestiolina ha rubato qualcosa!» gridò la vichinga. «Questo è il limite. Fermalo, Adrian.»

Il figlio cercò di farlo, ma le immagini evocate dalla parola «rubato», cioè la possibile perquisizione dello zaino, la scoperta di ciò che conteneva, le domande, la polizia, una cella, le preoccupazioni, la vergogna diedero a Paul una forza che altrimenti non avrebbe mai posseduto. Tirò così forte da far perdere l'equilibrio a Adrian Brouard, che crollò sul tavolo e cadde sulle ginocchia, urtando con il mento il legno. La madre urlò e questo diede a Paul l'occasione che attendeva. Si riprese lo zaino e balzò in piedi, quindi si precipitò verso il corridoio.

L'orto era circondato da un muro, ma il cancello si apriva sui terreni della tenuta. A Le Reposoir c'erano posti dove nascondersi dei quali i Brouard ignoravano perfino l'esistenza, ci avrebbe scommesso. Perciò era certo che, se ce l'avesse fatta ad arrivare nel giardino incolto, sarebbe stato al sicuro.

Corse come un lampo nel corridoio, mentre alle sue spalle la vichinga gridava: «Caro, tutto a posto?» Poi: «Inseguilo, per l'amor di Dio, Adrian! Prendilo». Ma Paul era più veloce di madre e figlio. L'ultima cosa che udì fu: «Deve avere qualcosa in quello zaino!» Poi la porta si chiuse alle sue spalle e lui corse con Tabù verso il cancello del giardino.

Deborah fu sorpresa da Talbot Valley. Sembrava una valle in miniatura trasportata lì dallo Yorkshire, dove lei e Simon avevano trascorso la luna di miele. Era stata scavata dall'erosione di un fiume in epoche immemorabili, e un fianco era costituito da dolci pendii verdi dove pascolavano le mandrie fulve dell'isola, riparate dal sole e dalle sferzate di cattivo tempo grazie a piccoli boschetti di querce. La strada costeggiava il fianco opposto, un'erta collina sostenuta da muraglioni di granito, sui cui crescevano frassini e olmi, e oltre i quali il terreno si rialzava in altri pascoli. Era una zona diversa dal resto dell'isola, come lo Yorkshire dai South Downs.

Cercavano una strada sterrata detta Les Niaux. Cherokee era relativamente sicuro della sua ubicazione, perché era già stato da quelle parti. Comunque, teneva una cartina aperta sulle ginocchia e faceva da navigatore. Stavano quasi per superare il punto giusto, ma, quando giunsero a un varco in una siepe, lui esclamò: «Gira qui!» E aggiunse: «Sfido io: queste stradine sono così strette che somigliano ai nostri vialetti d'ingresso».

Definire stradina quel tratto di sentiero lastricato era un'esagerazione. Si diramava dalla via principale come l'entrata in un'altra dimensione, caratterizzata da una folta vegetazione, dall'aria umida e dalla vista dell'acqua che scorreva tra le crepe dei massi che la costeggiavano. A una cinquantina di metri dall'ingresso del sentiero, sulla destra apparve un mulino ad acqua. Si trovava a cinque metri dalla strada ed era sormontato da una vecchia chiusa ricoperta di rampicanti.

«È qui», disse Cherokee, ripiegando la cartina e riponendola nel cruscotto. «Vivono nel cottage in fondo. Il resto...» Fece un gesto verso le costruzioni che superarono, mentre Deborah entrava con l'auto nell'ampio slargo dinanzi al mulino ad acqua. «È là che tiene tutta la roba dei tempi della guerra.»

«Ne deve avere parecchia», commentò lei, perché c'erano altri due cottage, al di là di quello che Cherokee aveva indicato come l'abitazione del proprietario.

«A dir poco», ribatté lui. «Quella è l'auto di Ouseley. Forse siamo fortunati.»

Deborah sapeva che avevano bisogno di molta fortuna. La presenza di un anello sulla spiaggia dove Guy Brouard era morto, identico a quello acquistato da China, a sua volta scomparso dagli effetti personali dell'amica, non aiutava certo la causa della sua dichiarata innocenza. Era necessario che Frank Ouseley riconoscesse l'anello dalla descrizione e che, inoltre, si accorgesse che ne mancava uno uguale dalla sua collezione.

Da qualche parte era acceso un fuoco di legna. Deborah e Cherokee ne sentirono l'odore mentre si avvicinavano all'ingresso del cottage di Ouseley.

«Mi fa pensare al canyon», commentò River. «Quando sei lì in pieno inverno, non ti accorgi neppure di trovarti nella contea di Orange. Tutte quelle capanne e i fuochi... A volte la neve sulle Saddleback Mountains. È il massimo.» Si guardò intorno. «Non me n'ero mai accorto, finora.»

«Qualche ripensamento sul fatto di vivere su una barca da pesca?» chiese Deborah.

«Diavolo», fece lui lamentoso, «ho cominciato ad avere ripensamenti dopo un quarto d'ora che stavo dietro le sbarre a St. Peter Port.» Si fermò sul quadrato di cemento che fungeva da portico d'ingresso del cottage. «Mi rendo conto che tutto questo è colpa mia. Sono stato io a cacciare China nei guai, perché ho sempre avuto la mania dei dollari facili, e lo so. Perciò devo tirarla fuori da questo casino. E se non ci riesco...» Sospirò e il fiato gli uscì in uno sbuffo di vapore. «È spaventata, Debs. E anch'io. Per questo volevo chiamare la mamma. Non che sarebbe stata di grande aiuto, anzi, avrebbe peggiorato le cose, però...»

«È sempre la mamma», concluse Deborah per lui, stringendogli un braccio. «Andrà tutto bene, vedrai.»

Lui mise una mano sulla sua. «Grazie», disse. «Sei...» Sorrise. «Lascia perdere.»

Lei inarcò un sopracciglio. «Pensavi di provarci con me, Cherokee?»

Lui scoppiò a ridere. «Ci puoi scommettere.»

Bussarono alla porta e poi suonarono il campanello. Malgrado il cicaleccio della televisione all'interno e la Peugeot parcheggiata fuori, nessuno rispose. Cherokee fece notare che forse Frank era all'opera sull'immensa collezione e, mentre Deborah riprendeva a bussare, lui andò a controllare gli altri due cottage. Fu lei a udire una voce incerta dall'interno della casa che diceva: «Calma, maledizione, calma», e chiamò Cherokee: «Viene qualcuno». Lui tornò indietro e, in quel mentre, dall'altro lato della porta la serratura scattò.

Aprì un vecchio molto avanti negli anni, con spessi occhiali che lanciavano riflessi, che si appoggiava al muro con una mano debolissima. Sembrava stare in piedi per l'effetto combinato della parete e della forza di volontà, ma era chiaro che doveva costargli una fatica tremenda. Avrebbe dovuto adoperare un tutore o, almeno, un bastone, ma non aveva né l'uno né l'altro.

«Ah, eccovi finalmente», disse cordiale. «È un po' presto, no? Comunque, non importa. Va bene lo stesso. Entrate, entrate.»

Chiaramente aspettava qualcun altro. Anche Deborah si aspettava un individuo molto più giovane. Ma Cherokee chiarì l'arcano dicendo: «C'è Frank, signor Ouseley? Abbiamo visto la sua macchina fuori», e così lei capì che il vecchio pensionato era il padre dell'uomo che cercavano.

«Non è Frank che cercate, ma il sottoscritto, Graham», ribatté l'altro. «Frank è andato a riportare la teglia di quel pasticcio alla fattoria dei Petit. Se siamo fortunati, quella donna ci farà dell'altro pollo al porro entro la fine della settimana.»

«Frank torna presto?» chiese Deborah.

«Oh, abbiamo tutto il tempo che vogliamo», dichiarò Graham Ouseley. «Non preoccupatevi. Frank non approva la mia decisione, è meglio che ve lo dica. Ma ho promesso di fare la cosa giusta prima di morire. E intendo farla, con o senza l'approvazione di quel ragazzo.»

Avanzò a passi incerti in un salotto surriscaldato, dove raccolse un telecomando dal bracciolo di una poltrona, lo puntò verso un televisore nel quale uno chef affettava con mano esperta una banana, e spense. «Andiamo in cucina», propose. «C'è del caffè.»

«Senta, siamo venuti per...»

«Nessun disturbo.» Il vecchio interruppe quella che immaginava fosse una protesta. «Mi piace essere ospitale.»

Non c'era altro da fare che seguirlo in cucina. Era una stanzetta resa ancora più piccola da tutto quello che vi era stipato. Pile di quotidiani, lettere e documenti si contendevano lo spazio con utensili da cucina, vasellame, posate e qualche attrezzo da giardino fuori posto.

«Sedetevi», disse loro Graham Ouseley, andando verso il bollitore del caffè nel quale c'erano quattro dita di un liquido dall'aspetto colloso che lui gettò senza tante cerimonie nell'acquaio con tutti i fondi. Da uno scaffale inclinato prese un barattolo di metallo e con mano tremante versò la miscela, nella caffettiera e per terra. Poi, strascicando i piedi sul pavimento, arrivò a prendere il bricco sui fornelli. Lo riempì d'acqua dal rubinetto e lo mise a bollire. Il successo riportato in queste operazioni lo rese raggiante d'orgoglio. «Ecco fatto», annunciò, sfregandosi le mani, poi li guardò contrariato e chiese: «Ma perché diavolo voi due ve ne state ancora in piedi?»

La risposta era che chiaramente non erano loro gli ospiti attesi dal vecchio. Ma, dato che il figlio non c'era, sebbene la presenza della macchina facesse pensare che sarebbe tornato presto, Deborah e Cherokee si scambiarono un'occhiata che significava: dopotutto, perché no? Avrebbero preso un caffè col vecchio mentre aspettavano.

Lei, però, ritenne giusto chiedere: «Ma Frank torna presto, signor Ouseley?»

L'altro rispose stizzito: «State a sentire, tutti e due. Non dovete preoccuparvi di Frank. Accomodatevi. Avete i taccuini pronti? No? Buon Dio, voialtri dovete avere una memoria da elefanti». Sedette su una sedia e si allentò la cravatta. Solo allora Deborah si accorse che si era vestito di tutto punto in tweed e panciotto, e aveva le scarpe lucidate. «Frank si preoccupa sempre», li informò Graham Ouseley. «È angosciato dal pensiero di quello che potrebbe venir fuori da quest'incontro con voi. Ma io sono tranquillo. Cos'altro possono farmi dopo avermi costretto a subire dieci volte tanto? È un mio dovere verso i morti. Quello d'inchiodare i vivi alle loro responsabilità. Sarebbe un dovere di tutti noi, e sono deciso a dare l'esempio, prima di morire. Ho la bellezza di novantadue anni. Che ne pensate?»

Deborah e Cherokee mormorarono di meraviglia. Sulla cucina il bricco mandò un sibilo.

«Ci penso io», disse Cherokee e, senza dare a Graham Ouseley il tempo di protestare, si alzò. «Racconti la sua storia, signor Ouseley. Io intanto preparo il caffè.» Rivolse al vecchio un sorriso cordiale.

La cosa sembrò andargli a genio, perché non si mosse mentre River si occupava del caffè, spostandosi per la cucina in cerca delle tazzine, dei cucchiai e dello zucchero. Mentre portava tutto a tavola, il vecchio si appoggiò alla spalliera della sedia e disse: «Sapete, è davvero una grossa storia. Statemi a sentire».

La rievocazione li riportò indietro di più di cinquant'anni, al tempo dell'occupazione tedesca delle isole della Manica. Ouseley li definì cinque anni vissuti sotto il tallone di ferro, cinque anni trascorsi a tentare di farla ai maledetti crucchi e cercare di vivere con dignità, malgrado l'abbrutimento. Tutti i veicoli requisiti, perfino le biciclette, gli apparecchi radiofonici dichiarati *verboten*, la deportazione dei vecchi residenti, l'esecuzione di tutti coloro che erano ritenuti «spie». Campi di concentramento nei quali prigionieri russi e ucraini lavoravano alla costruzione di opere fortificate per i nazisti. Tutti quelli che si opponevano all'ordine imposto dai tedeschi venivano mandati a morte nei lager sul continente. Si esaminavano i documenti di famiglia per accertare che nessuno avesse nelle vene sangue ebreo dal quale purificare la popolazione. E tra la gente onesta di Guernsey abbondavano le quinte colonne: individui diabolici, disposti a vendere le proprie anime e quelle degli altri isolani in cambio di qualsiasi cosa venisse promessa dai tedeschi.

«Gelosia e rancore», dichiarò Graham Ouseley. «Ecco per quali motivi ci vendevano. Antichi contrasti che venivano appianati spifferando un nome ai diavoli nazisti.»

L'unica consolazione era che il più delle volte i traditori non erano del posto. Per esempio, c'era un olandese che viveva a St. Peter Port e aveva scoperto dove qualcuno nascondeva la radio, oppure un irlandese di St. Sampson che aveva assistito all'approdo notturno di un'imbarcazione inglese nei pressi di Petit Port Bay. Certo, non era una scusante, né tanto meno motivo di clemenza, ma il fatto che le quinte colonne fossero degli stranieri rendeva il tradimento meno terribile che se fosse stato commesso da isolani. Ma, alla fine, era accaduto anche questo: uno di Guernsey che aveva venduto i compagni. Come nel caso del «gift».

«Gift?» chiese Deborah. «Intende 'gift' come 'dono'?»

No, li informò Graham Ouseley. GIFT come acronimo di Guernsey Independent From Terror, Guernsey Indipendente dal Terrore. Era il foglio clandestino di notizie, nonché l'unica fonte d'informazioni autentiche sulle attività degli alleati durante la guerra. I dati venivano accuratamente ricavati di notte dall'ascolto di radio di contrabbando regolate per ricevere la BBC. Le notizie sulla guerra erano battute su singoli fogli nelle ore piccole dietro le finestre oscurate della sagrestia di St. Pierre-du-Bois, e distribuiti a mano tra persone di assoluta fiducia, tanto avide di sapere come andassero veramente le cose nel mondo da rischiare, pur di averle, un interrogatorio da parte dei nazisti, con tutte le possibili conseguenze.

«Tra loro, però, c'erano delle quinte colonne», dichiarò Graham Ouseley. «Avremmo dovuto immaginarlo, noialtri, e prestare più attenzione. Non avremmo mai dovuto fidarci. Ma erano dei nostri.» Si picchiò con il pollice sul petto. «Mi capite? Erano dei nostri.»

I quattro uomini responsabili del GIFT vennero arrestati su denuncia di uno di questi traditori, spiegò. In seguito alla cattura, tre morirono, due in prigione e l'altro in un tentativo di fuga. Solo uno di loro, lo stesso Graham Ouseley, era sopravvissuto a due anni di carcere infernale, finché non era stato liberato, ridotto a quaranta chili scarsi di pelle, ossa, pidocchi e tubercolosi.

Ma i traditori che li avevano denunciati non si erano limitati a distruggere gli artefici del GIFT, disse Ouseley. Avevano passato informazioni su quelli che davano asilo alle spie inglesi, nascondevano prigionieri russi fuggiti, o avevano l'unica «colpa» di tracciare col gesso la V di vittoria sui sedili delle moto dei soldati nazisti mentre questi la sera se ne stavano a bere nei bar degli alberghi. Eppure i traditori non furono mai costretti a pagare per i loro misfatti, ed era questo che bruciava a quelli che avevano sofferto per colpa loro. C'era stata gente morta, giustiziata, finita in prigione e qualcuno non era mai tornato. Ma per oltre cinquant'anni nessuno aveva fatto pubblicamente i nomi dei responsabili.

«Hanno le mani lorde di sangue», dichiarò Graham Ouseley. «E intendo fargliela pagare. Oh, naturalmente cercheranno d'impedirmelo. Negheranno con tutte le loro forze. Ma quando forniremo le prove... Ed è questo che intendo fare: prima i nomi sul giornale, loro che smentiscono tutto e assumono degli avvocati per sistemare le cose. Poi arrivano le prove, ed eccoli sotto torchio, come sarebbe dovuto succedere quando i crucchi si arresero agli alleati. Allora sarebbe dovuto venir fuori tutto. Le quinte colonne, i maledetti profittatori, le puttane che si erano messe con i tedeschi e i loro piccoli bastardi mangiacrauti.»

Il vecchio era sempre più eccitato, le labbra schiumanti, la pelle che aveva assunto un colorito bluastro e Deborah cominciò a temere per il suo cuore. Allora capì che era meglio spiegargli che non erano quelli che lui pensava, cioè reporter venuti ad ascoltare la sua storia per stamparla sul quotidiano locale.

«Signor Ouseley, mi dispiace molto, ma...» cominciò.

«No!» Il vecchio scostò la sedia dal tavolo con una forza sorprendente, che fece versare il caffè dalle tazze e il latte dalla caraffa. «Venite con me, se non credete alla mia storia. Io e mio figlio Frank abbiamo le prove, avete sentito?» Cercò di rimettersi in piedi, e Cherokee si alzò per aiutarlo. Graham però lo spinse via, rifiutando il sostegno, e andò a passi incerti alla porta. Ancora una volta, non c'era altro da fare che seguirlo, dargli corda e sperare che il figlio tornasse a casa prima che quel poveraccio si sentisse male.

St. James si fermò prima al cottage dei Duffy. Non fu sorpreso di non trovare nessuno: a metà giornata, sia Valerie sia Kevin dovevano essere al lavoro, lui nella tenuta, lei nella residenza. Simon intendeva parlare alla moglie. La strana sensazione che aveva avvertito nel corso della precedente conversazione con lei necessitava di ulteriori chiarimenti adesso che aveva scoperto che era la sorella di Henry Moullin.

Infatti, la trovò nella grande casa, cui gli fu consentito avvicinarsi solo dopo essersi identificato con gli agenti che stavano ancora effettuando la perquisizione della tenuta. Valerie venne ad aprire con un mucchio di lenzuola tra le braccia.

St. James non perse tempo in convenevoli. Gli avrebbero tolto il vantaggio della sorpresa e permesso alla donna di riordinare i pensieri. Invece disse: «Perché non mi ha detto che c'era di mezzo un'altra donna con i capelli biondi?»

Valerie Duffy non rispose, ma lui vide che aveva lo sguardo confuso, anche se immediatamente dopo assunse un'espressione calcolatrice. Distolse gli occhi, come per cercare il marito. Le sarebbe piaciuto avere il suo sostegno, ne dedusse St. James, e lui era deciso a negarglielo.

«Non capisco», disse lei con un filo di voce. Posò le lenzuola sul pavimento e si ritirò verso l'interno della casa.

Lui la seguì nel salone di pietra, dove l'aria era gelida e impregnata dell'odore del caminetto. La donna si fermò accanto all'enorme tavolo da refettorio al centro della stanza e si mise a raccogliere foglie secche e bacche cadute da un addobbo autunnale da cui spuntavano lunghe candele bianche.

«Ha dichiarato di aver visto una donna bionda che seguiva Brouard alla baia il mattino della sua morte», le ricordò St. James.

«L'americana...»

«Questo è ciò che vorrebbe farci credere.»

Lei alzò gli occhi dai fiori. «L'ho vista.»

«Ha visto qualcuno. Ma vi sono altre possibilità, non è vero? Semplicemente lei ha trascurato di accennarvi.»

«La signora Abbott è bionda.»

«Anche sua nipote Cynthia, immagino.»

A onore di Valerie, va detto che non gli staccò gli occhi dal volto e non disse nulla finché non le fu chiaro cos'avesse scoperto lui. Non era una sciocca.

«Ho parlato con Henry Moullin», disse St. James. «Credo di avere intravisto sua nipote. Voleva farmi credere che fosse ad Alderney dalla nonna, ma qualcosa mi dice che, se pure questa nonna esiste, Cynthia non si trova su quell'isola. Perché suo fratello tiene la figlia nascosta in casa, signora Duffy? L'ha anche chiusa in camera?»

«Sta attraversando una fase difficile», disse alla fine Valerie

Duffy e, mentre parlava, tornò ai fiori, alle foglie e alle bacche. «Succede sempre alle ragazze della sua età.»

«Una fase che prevede la reclusione?»

«Di certo non si riesce a parlare con loro. In modo sensato, intendo. Non vogliono ascoltare.»

«In modo sensato di cosa?»

«Del capriccio del momento.»

«E quello di Cynthia è...»

«Non saprei.»

«Non secondo suo fratello», fece notare St. James. «Lui dice che si confidava con lei. Mi ha dato l'impressione che lei e sua nipote siate molto unite.»

«Non abbastanza.» La donna prese una manciata di foglie e le gettò nel camino, poi da una tasca del grembiule pescò uno straccio e si mise a spolverare il ripiano del tavolo.

«Quindi lei approva il fatto che l'abbia rinchiusa in casa? Mentre la ragazza attraversa questa fase?»

«Non ho detto questo. Vorrei tanto che Henry non avesse...» Lei s'interruppe, smise di spolverare e parve di nuovo riordinare le idee.

«Perché il signor Brouard le ha lasciato del denaro? A lei e non alle altre sorelle? Una diciassettenne che eredita una piccola fortuna a spese dei figli del benefattore e delle sue stesse sorelle? A che scopo?»

«Non è stata l'unica. Se sa di Cyn, le avranno detto anche di Paul. Entrambi hanno altri fratelli e sorelle. Lui più di Cyn. Ma nessuno di loro è stato ricordato. Non so perché il signor Brouard abbia preferito così. Forse si divertiva all'idea dello scompiglio che tutti quei soldi avrebbero arrecato tra i giovani di una famiglia.»

«Non è quello che afferma il padre di Cynthia. Lui sostiene che il denaro era destinato a pagarle gli studi.»

Valerie spolverò una parte già pulita del tavolo.

«Dice anche che Guy Brouard aveva altri capricci. Mi domando se tra questi non vi fosse quello che ne ha causato la morte. Sa cos'è una ruota magica, signora Duffy?»

La mano che spolverava rallentò. «Folclore.»

«Folclore dell'isola, immagino», disse Simon. «Lei è nata qui, vero? Sia lei sia suo fratello?»

Lei alzò la testa. «Non è stato Henry, signor St. James.» Lo disse con estrema calma. Una vena le pulsò sulla gola, ma non diede altri segni di preoccuparsi per la piega che prendevano le affermazioni di St. James.

«Non pensavo affatto a Henry», ribatté lui. «Perché, aveva un motivo per volere la morte di Guy Brouard?»

Lei arrossì da capo a piedi e si chinò di nuovo per riprendere quell'inutile pulizia.

«Ho notato che era coinvolto nel progetto del signor Brouard per il museo. Quello originale, dai disegni che ho visto nel suo laboratorio. Mi chiedo se lo fosse anche nel progetto successivo. Ne sa qualcosa?»

«Henry ci sa fare con il vetro», rispose la donna. «È stato questo a farli conoscere. Il signor Brouard aveva bisogno di qualcuno per realizzare la serra qui. È grande e complessa. Non andava bene qualcosa di prefabbricato. Gli ci voleva qualcuno anche per le altre serre. Gli ho parlato di Henry. Loro due si sono incontrati e hanno scoperto di avere delle cose in comune. Da allora, Henry faceva dei lavori per lui.»

«Ed è stato così che il signor Brouard ha cominciato a interessarsi a Cynthia?»

«Il signor Brouard s'interessava a un sacco di gente», disse Valerie paziente. «Paul Fielder, Frank Ouseley, Nobby Debiere e Cynthia. Ha anche spedito Jemina Abbott a una scuola di moda a Londra e ha dato una mano alla madre, quando questa ne aveva bisogno. Trovava sempre un motivo d'interesse. Investiva nella gente. Era fatto così.»

«Di solito ci si aspetta un ritorno dagli investimenti», osservò St. James. «E non sempre di natura finanziaria.»

«Allora farà bene a chiedere a ciascuno di loro che cosa si aspettava in cambio il signor Brouard», disse lei mordace. «Magari cominciando da Nobby Debiere.» Appallottolò lo straccio e se lo rimise in tasca, quindi tornò verso la porta d'ingresso, dove raccolse la biancheria che aveva depositato a terra. «Se non c'è altro...»

«Perché Nobby Debiere?» le chiese Simon. «È l'architetto, vero? Il signor Brouard gli ha chiesto qualcosa di speciale?»

«Se lo ha fatto, Nobby non pareva molto intenzionato a darglielo, la sera prima che il signor Brouard morisse», affermò Valerie. «Dopo i fuochi d'artificio, hanno avuto una discussione vicino allo stagno delle anatre. 'Non le permetterò di rovinarmi', diceva Nobby. Mi domando che cosa volesse dire.»

Era un ovvio tentativo di sviarlo dalla nipote. Ma St. James non era disposto ad accantonare l'argomento. «Da quanto tempo lei e suo marito siete alle dipendenze dei Brouard, signora Duffy?» chiese.

«Dall'inizio.» Lei separò la biancheria da letto e se la mise sull'altro braccio, lanciando un'occhiata allusiva all'orologio.

«Allora conosceva le loro abitudini.»

Valerie non rispose subito, ma socchiuse impercettibilmente gli occhi, come per valutare le possibili implicazioni di quell'affermazione. «Abitudini?» gli fece eco.

«Per esempio la nuotata mattutina del signor Brouard.»

«Tutti lo sapevano.»

«Anche della sua bevanda abituale? Il gingko col tè verde? A proposito, dov'erano conservati?»

«In cucina.»

«Dove?»

«Nel mobile della dispensa.»

«E lei lavora in cucina.»

«Vorrebbe forse insinuare che io...»

«Dove sua nipote veniva a chiacchierare con lei? Dove suo fratello, che lavorava alla serra, veniva anche lui a fare quattro chiacchiere?»

«Tutti quelli che erano in amicizia con il signor Brouard entravano e uscivano dalla cucina. Questa è una casa ospitale. Non facciamo molte distinzioni tra quelli che lavorano alle strette dipendenze e gli altri che semplicemente gironzolano attorno. Anzi, qui non esistono affatto le strette dipendenze o qualunque altra cosa del genere. I Brouard non sono fatti così, né mai lo sono stati. Ed è stato per questo che...» S'interruppe e afferrò più strettamente le lenzuola.

«Ed è stato per questo che?...» ripeté a bassa voce St. James.

«Ho del lavoro da sbrigare», disse lei. «Ma le andrebbe un consiglio?» Non attese il permesso di Simon per riferirgli quello che le passava per la testa. «Le nostre questioni di famiglia non c'entrano niente con la morte del signor Brouard, signor St. James. Sospetto, però, che se continua a scavare un po' più a fondo, potrebbe scoprire che invece vi hanno avuto molto a che fare le vicende familiari di qualcun altro.»

19

FRANK non era riuscito a riportare la teglia a Betty Petit e tornare al Moulin des Niaux con la celerità che si era prefisso. La donna, vedova e senza figli, riceveva poche visite e, quando capitava qualcuno, s'imponevano caffè e brioche fresche. L'unico fattore che rese possibile la fuga di Frank in meno di un'ora fu il padre. La scusa di non poterlo lasciare troppo a lungo da solo gli tornava sempre utile, in caso di necessità.

Quando svoltò nello spazio antistante il mulino, la prima cosa che vide fu la Escort parcheggiata accanto alla sua Peugeot, con un grosso adesivo Harlequin attaccato al lunotto posteriore da cui si arguiva che era stata noleggiata sull'isola. Immediatamente andò con gli occhi al cottage, e notò che l'uscio era aperto. Corrugò la fronte e si affrettò verso di esso. Giunto sulla soglia, chiamò ad alta voce: «Papà?» Poi aggiunse: «Ci sei?» Ma gli bastò un attimo per capire che in casa non c'era nessuno.

L'alternativa era una sola. Trafelato, si precipitò verso il primo dei cottage nei quali erano custoditi i cimeli bellici. Passando davanti alla piccola finestra del salotto, vide qualcosa che gli fece montare il sangue alla testa. Vicino allo schedario c'era il fratello della River e, accanto a lui, una donna dai capelli rossi. Il primo cassetto era aperto e suo padre era davanti con una mano appoggiata al bordo per sorreggersi, mentre con l'altra cercava di tirare fuori un fascio di documenti.

Frank si mosse senza indugi. In pochi passi fu alla porta del cottage e l'aprì di scatto. Il legno gonfio cigolò sul vecchio pavimento. «Che diavolo!» esclamò brusco. «Che diavolo fate? Papà, lascia stare! Quei documenti sono delicati!» E questo, per ogni persona ragionevole, presupponeva la domanda sul perché, allora, fossero pigiati alla rinfusa nello schedario. Ma non era il momento di preoccuparsene.

Graham alzò gli occhi. «È giunto il momento, ragazzo», annunciò. «L'ho ripetuto tante volte. Sai cosa dobbiamo fare.»

«Sei pazzo?» chiese Frank. «Lascia perdere quella roba!» Prese il padre per un braccio e cercò di allontanarlo.

Il vecchio si liberò con uno strattone. «No! Quegli uomini se lo meritano. È un debito da pagare e intendo saldarlo. Sono sopravvissuto, Frank. Tre sono morti e io sono ancora vivo. Lo sono rimasto per tutti questi anni, e avrebbe potuto essere lo stesso anche per loro. A quest'ora sarebbero nonni, Frank. Invece è finito tutto, per colpa di un maledetto traditore che ora deve affrontare le conseguenze. Hai capito, figliolo? È giunto il momento di pagare.»

Si divincolava da Frank come un adolescente punito dal genitore, ma senza l'agilità giovanile. La debolezza del vecchio impediva al figlio di essere troppo rude con lui. Nello stesso tempo, però, gli rendeva molto più arduo il tentativo di tenerlo a bada.

«Credo sia convinto che siamo dei giornalisti», intervenne la rossa. «Abbiamo cercato di spiegargli... In realtà, siamo venuti a parlare con lei.»

«Uscite», le disse Frank girando un attimo la testa. Poi mitigò quell'intimazione: «Solo per un minuto, vi prego».

River e la rossa uscirono dal cottage. Ouseley attese che fossero fuori. Poi tirò via il padre dallo schedario e richiuse di scatto il cassetto, dicendo tra i denti: «Maledetto pazzo».

L'imprecazione richiamò l'attenzione di Graham. Frank usava di rado certe espressioni, e mai con il padre. La dedizione, la passione che avevano in comune, la storia che li legava e la vita trascorsa insieme avevano sempre ovviato a ogni possibile scatto d'ira o d'impazienza dinanzi all'ostinazione del vecchio. Ma in questo caso, Frank era arrivato al limite della sopportazione. Era come se dentro di lui avesse ceduto una diga, malgrado l'avesse eretta con tanta meticolosità negli ultimi due mesi, perciò si fece sfuggire una serie d'invettive che non immaginava neppure rientrassero nel suo vocabolario.

Graham si scostò, con le spalle curve, le braccia abbandonate sui fianchi e, dietro le spesse lenti, gli occhi confusi gli si riempirono di lacrime di frustrazione e di spavento.

«Io...» Il mento coperto di barba ispida s'increspò. «Io non volevo fare niente di male.»

Frank si costrinse a essere spietato. «Stammi a sentire, papà», disse. «Quei due non sono giornalisti. Mi hai capito? Non sono giornalisti. Quell'uomo è... Come spiegarlo? E, d'altronde, a che servirebbe? Quanto alla donna...» Non sapeva neppure chi fosse. Gli pareva di averla vista al funerale di Guy, ma su cosa ci facesse al mulino, e con il fratello della River... Doveva avere immediatamente una risposta in proposito.

Graham lo guardava pieno di confusione. «Hanno detto... Sono venuti per...» Poi, cambiando all'improvviso argomento, afferrò il figlio per la spalla e gridò: «È venuto il momento, Frank. Potrei morire da un momento all'altro. Sono l'unico rimasto. Te ne rendi conto, vero? Dimmelo. Dimmi di sì. E se non costruiamo il museo...» Aveva una presa più forte di quanto si aspettasse il figlio. «Frankie, non posso lasciarli morire invano.»

Quell'affermazione colpì il figlio come una lancia che gli avesse trafitto lo spirito e la carne. «Papà, per l'amor di Dio», implorò, ma non riuscì a concludere. Attirò a sé il padre e lo abbracciò stretto. Graham si lasciò sfuggire un singhiozzo.

Frank avrebbe voluto piangere con lui, ma gli mancavano le lacrime. E, anche se ne avesse avuto dentro un pozzo intero, non poteva permettersi di farle traboccare.

«Devo farlo, Frankie», gemette il padre. «È importante.»

«Lo so.»

«Allora...» Graham si staccò dal figlio e si asciugò le lacrime sulla manica della giacca di tweed.

Frank passò una mano intorno alle spalle del padre e disse: «Ne parleremo dopo, papà. Troveremo un modo». Lo spinse verso la porta e, poiché Graham aveva perso di vista i «giornalisti», non oppose resistenza, come se li avesse del tutto dimenticati, e probabilmente era così. Frank lo accompagnò nel cottage, dove la porta d'ingresso era ancora aperta.

Il vecchio si appoggiò completamente al figlio, mentre questi lo riportava alla sua comoda poltrona. La testa gli cascò come se fosse divenuta troppo pesante, e gli occhiali gli scivolarono sulla punta del naso. «Mi sento un po' strano, ragazzo», disse in un mormorio. «Forse è meglio se mi faccio una dormita.»

«Ti sei affaticato troppo», disse Frank. «Non devo più lasciarti solo.»

«Non sono un bambino cui devi pulire il sedere, Frank.»

«Ma non stai bene, se non ci sono io a badare a te. Sei ostinato come un mulo, papà.»

Il vecchio sorrise al paragone, e il figlio gli porse il telecomando: «Sei capace di startene lontano dai guai per cinque minuti?» chiese con dolcezza. «Voglio vedere che succede là fuori.» Con un cenno del capo indicò la finestra del salotto, alludendo all'esterno.

Non appena il padre fu di nuovo assorbito dalla televisione, Frank andò a rintracciare River e la rossa. I due se ne stavano in piedi vicino alle vecchie sdraio nel prato incolto sul retro del cottage. Erano presi dalla conversazione, ma all'apparire di Frank s'interruppero.

River presentò la sua accompagnatrice come un'amica della sorella. Si chiamava Deborah St. James, disse, e il marito era venuto da Londra per dare una mano a China. «Quell'uomo ha continuamente a che fare con casi del genere», precisò River.

Il problema principale di Frank era il padre e la necessità di non lasciarlo troppo tempo da solo col rischio di aggravare la situazione, perciò dopo le presentazioni chiese con la massima cortesia possibile: «In che cosa posso esservi utile?»

Gli risposero assieme. La loro visita riguardava un anello risalente al periodo dell'occupazione. Era contrassegnato da un'iscrizione in tedesco, una data e l'insolito simbolo del teschio con le ossa incrociate.

«Non ha nulla del genere nella sua collezione?» chiese River ansioso.

Frank lo guardò incuriosito, poi passò alla donna, che lo osservava con una serietà da cui si capiva quanto fosse importante per loro quell'informazione. Rifletté sulla cosa e le possibili implicazioni di un'eventuale risposta, qualunque essa fosse. Alla fine disse: «Non mi pare di avere mai visto niente di simile».

«Ma non ne è del tutto certo, vero?» ribatté River e, dato che Frank non lo smentì, indicò gli altri due cottage annessi al mulino. «Ha un bel po' di roba là dentro. Ricordo di averle sentito dire che non è ancora interamente catalogata. Era questo che facevate, giusto? Lei e Guy stavate preparando il materiale da esporre, ma prima dovevate approntare un elenco di ciò che avevate, dove si trovava e in che punto del museo collocarlo, esatto?»

«Sì, è proprio quello che stavamo facendo.»

«E quel ragazzo dava una mano. Paul Fielder. Guy lo portava con sé, di tanto in tanto.»

«A volte anche il figlio e il giovane Abbott», disse Frank. «Ma che c'entra con...»

River si girò verso la rossa. «Vedi? Ci sono altre piste da battere. Paul, Adrian, il figlio della Abbott. Gli sbirri sono convinti che tutte le strade portino a China, invece no, maledizione, ed eccone la prova.»

La donna replicò con dolcezza: «Non necessariamente. No, a meno che...» Assunse un'aria pensosa e si rivolse a Frank: «È possibile che abbiate catalogato un anello come quello descritto, e lo abbiate semplicemente dimenticato? Oppure che ve ne sia uno tra le sue cose, ma che lei non se lo ricordi?»

Frank ammise che era possibile, ma si mostrò dubbioso perché aveva già intuito quale sarebbe stata la successiva richiesta della donna e non era disposto ad accontentarla. Lei, comunque, gliela fece immediatamente. Poteva dare un'occhiata ai residuati bellici? Certo, lei sapeva benissimo che non potevano pretendere di passarli in rassegna a uno a uno, ma c'era sempre l'esile speranza d'incappare in un colpo di fortuna...

«Diamo un'occhiata ai cataloghi», concesse Frank. «Se c'era un anello, uno di noi l'avrà annotato, sempre che l'abbia trovato.»

Li portò dov'erano già stati con suo padre e tirò fuori il primo taccuino. Ce n'erano altri quattro, ognuno destinato a riportare tutti gli esemplari disponibili di un particolare articolo bellico. Finora Ouseley ne aveva compilato uno per i capi di abbigliamento, un altro per le medaglie e i distintivi, un terzo per le munizioni e le armi, il quarto per i documenti e le carte. Dando una scorsa al secondo, River e la St. James scoprirono che ancora non era venuto alla luce nessun anello come quello descritto. Questo, tuttavia, non significava che l'oggetto non potesse trovarsi da qualche parte nell'immenso assortimento di materiale ancora da esaminare. Cosa che, del resto, fu subito chiara a entrambi i visitatori.

Deborah St. James volle sapere se le altre medaglie e le insegne fossero tenute tutte in un posto o si trovassero sparse nella collezione. Intendeva quelle ancora da catalogare, e Frank lo capì.

Le disse che non erano tutte assieme. Spiegò che gli unici pezzi fino ad allora vagliati e catalogati erano quelli che rientravano nella medesima categoria. Erano riposti in contenitori accuratamente etichettati per facilitarne l'individuazione al momento di organizzare le esposizioni nel museo. Ogni articolo era registrato nell'apposito taccuino, dove gli erano stati assegnati due numeri di riferimento, uno del singolo pezzo e l'altro del blocchetto, in previsione del giorno in cui si sarebbe reso necessario.

«Dato che nel catalogo non si accenna a nessun anello...» disse Frank dispiaciuto. Il resto fu sottinteso da un silenzio eloquente: probabilmente non esisteva nessun anello, a meno che non fosse nascosto nel *mare magnum* degli articoli ancora da esaminare.

«Però c'erano degli anelli nella collezione», osservò River.

«Quindi», aggiunse la donna, «nel fare la cernita, qualcuno potrebbe, a sua insaputa, averne sottratto uno con il teschio e le ossa incrociate, giusto?»

«E potrebbe essere stato uno di quelli che frequentavano Guy», fece a sua volta River. «Paul Fielder, Adrian Brouard, il figlio della Abbott.»

«Può darsi», disse Frank. «Ma non vedo perché avrebbe dovuto.»

«Oppure l'anello potrebbe esserle stato rubato in un'altra occasione», ipotizzò Deborah. «Perché, se fosse stato asportato qualcosa dal materiale non ancora catalogato, come farebbe lei ad accorgersi che è sparito?»

«Immagino dipenda dall'oggetto eventualmente rubato», rispose Ouseley. «Se si trattasse di qualcosa di grosso e pericoloso, probabilmente me ne accorgerei. Ma nel caso di un oggetto minuscolo...»

«Come un anello», insistette River.

«... potrebbe anche sfuggirmi.» Frank notò le occhiate soddisfatte che i due si scambiarono. «Ma perché è così importante?» chiese.

«Fielder, Brouard e Abbott.» Cherokee si rivolse alla rossa, non a Frank, dopodiché si affrettarono a prendere congedo. Ringraziarono Ouseley per l'aiuto e si avviarono in fretta alla loro macchina. Lui sentì l'uomo che rispondeva a qualcosa che gli aveva fatto notare la donna dicendo: «Tutti avrebbero potuto avere un motivo diverso per desiderarlo. Ma non China, lei no».

Dapprima Frank pensò che River si riferisse all'anello con il teschio e le ossa incrociate, ma subito dopo capì che parlavano dell'omicidio: intendevano il fatto di desiderare la morte di Guy, o addirittura di averne bisogno. E, ancora di più, sapere che sarebbe stata l'unica soluzione in presenza di un pericolo incombente.

Ouseley fu scosso da un brivido e desiderò aver abbracciato

una religione che gli desse delle risposte, indicandogli la strada da percorrere. Chiuse la porta del cottage pensando alla morte, prematura, inutile o altro, e diede un'occhiata al guazzabuglio di reperti bellici che da anni erano l'unica ragione di vita per lui e il padre.

Ricordava il vecchio che gli diceva: «Guarda che abbiamo, Frank!»

E lui, a sua volta: «Buon Natale, papà. Non puoi immaginare dove l'ho trovato».

Oppure: «Pensa alle mani che hanno sparato con questa pistola, figliolo. Pensa all'odio di chi ha premuto il grilletto».

Tutto ciò che possedeva era stato accumulato per instaurare un legame inscindibile con un uomo dalla personalità titanica, un colosso in fatto di spirito, dignità, coraggio e forza. Era impossibile uguagliarlo, vivere come lui, sopravvivere a tutto quello che aveva passato lui, com'era stato capace di fare. L'unica era avere in comune l'amore per certe cose, e così affiancarsi in tono minore al padre, con la sua imponenza, il coraggio e la fierezza.

Era cominciata così, con quel bisogno di somigliargli talmente basilare e radicato che Frank si domandava spesso se i figli non fossero programmati fin dal concepimento per tentare di emulare alla perfezione i padri. Se non ci riuscivano, perché il genitore era una figura troppo erculea, non sminuita né dalla malattia né dall'età, bisognava inventarsi un'alternativa, che fungesse per il figlio da prova inconfutabile di valere quanto il padre.

Nel cottage, Frank osservò la testimonianza concreta del proprio valore. L'idea della collezione bellica e gli anni passati a cercare di tutto, dai proiettili alle bende, ricordavano nell'andamento la vegetazione cresciuta intorno al mulino: era stato tutto così caotico, esuberante e sfrenato. Il seme era stato piantato sotto forma di un baule pieno di roba conservato dalla madre di Graham: tessere annonarie, istruzioni per i bombardamenti, permessi per acquistare candele. Una volta visti e sfogliati, quei documenti avevano fornito l'ispirazione per il grande progetto all'interno del quale si era consumata l'esistenza di Frank Ouseley, ed era stato un esempio tangibile dell'amore per il padre. Si era servito della roba accumulata per manifestare la devozione, l'ammirazione e la gioia che non era stato capace di esprimere a parole.

Il passato è sempre tra noi, Frankie. Ed è giusto che chi tra noi ne è stato parte trasmetta l'esperienza a quelli venuti dopo. Altri-

menti come facciamo a impedire che il male si estenda, come facciamo a inchinarci dinanzi al bene?

E quale miglior modo di preservare quel passato e riconoscerlo appieno, che educare gli altri non solo in classe, come aveva fatto per anni, ma anche attraverso l'esposizione delle reliquie che avevano caratterizzato un periodo ormai trascorso da tanto tempo? Il padre possedeva una copia del *GIFT* consistente in un unico foglio, qualche proclama nazista, un berretto della Luftwaffe, un distintivo del partito, una pistola arrugginita, una maschera antigas e una lampada ad acetilene. Frank, che all'epoca era un ragazzino, si era ritrovato con quegli oggetti tra le mani, e a sette anni aveva deciso di dedicarsi alla loro sistematica raccolta.

Ti va di cominciare una collezione, papà? Non sarebbe divertente? Ci dev'essere un sacco di materiale sull'isola.

Non era un gioco, ragazzo. Non pensarlo mai, mi hai capito?

E, infatti, lui lo aveva capito. Era quello il suo tormento. L'aveva capito. Non era stato un gioco.

Frank scacciò dalla mente la voce del padre, ma al suo posto ne intervenne un'altra che giungeva dal nulla e spiegava il passato e il futuro, con parole di cui gli pareva di conoscere l'origine ma non poteva nominarla: *È la causa, è la causa, anima mia.* Gli sfuggì un lamento, come a un bimbo che facesse un brutto sogno, e si costrinse a entrare nell'incubo.

Si accorse di non aver chiuso perfettamente lo schedario, quando ne aveva riaccostato il cassetto. Allora si avvicinò incerto, come un soldato che attraversi un campo minato. Quando alla fine vi giunse illeso, chiuse le dita sulla maniglia del cassetto, aspettandosi quasi di scottarsi la carne mentre tirava.

Partecipava finalmente alla guerra in cui aveva sperato di combattere con valore. E adesso si accorgeva di cosa significasse avere disperatamente voglia di scappare dinanzi al nemico, in un posticino dove nascondersi, ma che non esisteva.

Quando tornò a Le Reposoir, Ruth Brouard vide che un gruppo di agenti erano passati dai terreni della tenuta al sentiero e avanzavano lungo la scorciatoia che li avrebbe condotti alla baia. A quanto pareva, avevano finito alla residenza e adesso avrebbero perquisito il terrapieno e le siepi, forse anche le zone boschive e i campi che si estendevano oltre, per trovare qualunque cosa potesse rivelarsi utile a dimostrare ciò che sapevano o semplicemente immaginavano sulla morte del fratello.

Li ignorò. Il tempo trascorso a St. Peter Port l'aveva privata di ogni residuo di forza e adesso minacciava di privarla di ciò che l'aveva sostenuta in una vita segnata dalla fuga, dalla paura e dalla perdita. Nonostante tutto quello che aveva passato e che avrebbe distrutto nell'intimo una qualsiasi altra bimba, lei era sempre riuscita a trovare degli appigli in se stessa. Questo dipendeva da Guy e da ciò che rappresentava: una famiglia e un senso di provenienza, anche se il luogo che avevano lasciato era scomparso per sempre. Ma ormai Ruth aveva l'impressione che lo stesso fratello, nei panni dell'essere umano che aveva conosciuto, fosse sul punto di venire cancellato. Se fosse accaduto, non sapeva come superarlo, e neppure se ne era capace. Anzi, non era neanche sicura di voler davvero sopravvivere a un'esperienza simile.

Si fermò lungo il viale sotto il filare dei castagni e pensò a quanto sarebbe stato bello dormire. Ogni movimento le costava fatica, da settimane, e sapeva che nell'immediato non esistevano palliativi alla sofferenza. La morfina, somministrata con cura, poteva mitigare il dolore che l'affliggeva senza sosta nelle ossa, ma solo l'oblio completo le avrebbe allontanato dalla mente i sospetti che cominciavano a tormentarla.

Quello che aveva appreso poteva avere mille spiegazioni, si disse. Ma ciò non toglieva che alcune di queste potessero essere costate la vita al fratello. Non importava che quanto aveva scoperto sugli ultimi mesi di vita di Guy le alleviasse i sensi di colpa per la propria parte nelle circostanze non chiarite che circondavano la morte di lui. Ciò che contava era il fatto di non aver saputo che cosa stesse facendo il fratello, e bastava questo a toglierle una dopo l'altra tutte le certezze più consolidate. E a quel punto, l'esistenza di Ruth sarebbe divenuta un susseguirsi di orrori. Per questo si rendeva conto di dover erigere delle difese contro la possibilità di perdere tutto quanto l'aveva tenuta ancorata al proprio mondo. Purtroppo, però, non sapeva come fare.

Dopo aver lasciato lo studio di Dominic Forrest, era andata dal broker di Guy, e poi dal suo banchiere. Da loro aveva saputo che il viaggio del fratello era avvenuto nei dieci mesi precedenti la sua morte. Vendendo una spropositata quantità di titoli, Guy

aveva effettuato un tale movimento di denaro in entrata e in uscita dalla sua banca che ogni traccia d'illegalità sembrava cancellata dalle sue azioni. Erano gli stessi volti impassibili dei suoi con-
siglieri finanziari a farglielo pensare, ma ciò che le esponevano
erano fatti così scarni da dover necessariamente essere ammanta-
ti dal velo dei più cupi sospetti della donna.

Cinquantamila sterline qui, settantacinquemila là, una cifra
dopo l'altra, fino all'immenso ammontare di duecentocinquantamila agli inizi di novembre. Ovviamente, dovevano esistere delle
tracce documentali, ma per il momento lei non intendeva seguir-
le. Le interessava unicamente trovare una conferma a quello che,
secondo Dominic Forrest, risultava dalle verifiche contabili della
situazione patrimoniale di Guy. Aveva investito e reinvestito con
accortezza e buonsenso, come sempre da quando si erano trasfe-
riti sull'isola, nove anni prima, ma all'improvviso negli ultimi
mesi, il denaro gli era sfuggito dalle mani come sabbia... o gli era
stato succhiato come sangue... o gli era stato richiesto... o prete-
so... o cosa?

Ruth non lo sapeva. Per un attimo giunse al ridicolo, dicendosi che non le importava. Certo, questo valeva per il denaro in sé,
e poteva anche essere vero. Ma ciò che quei fondi rappresentavano, e ciò che la loro assenza suggeriva in una situazione in cui il
testamento di Guy lasciava presagire esattamente il contrario,
che ve ne fossero in abbondanza, tanto da poter essere distribuiti
tra i figli e gli altri due beneficiari... Questo Ruth non poteva lasciarlo passare. Perché tutto ciò la induceva inevitabilmente a riflettere sull'assassinio del fratello e su come fosse inestricabil-
mente connesso alla questione di quel denaro.

Le doleva la testa. Troppe informazioni le si affollavano nella
mente e sembravano premerle contro il cranio, lottando per con-
tendersi la sua attenzione. Ma lei si rifiutava di concedergliela.
Desiderava solamente dormire.

Svoltò con l'auto sul lato della residenza e superò il roseto,
dove i cespugli privi di fronde erano già stati potati per l'inverno.
Subito dopo, il viale compiva un'altra curva e proseguiva verso la
vecchia scuderia dove lei teneva la macchina. Quando frenò là
davanti, si accorse di non avere nemmeno la forza di aprire la
portiera. Perciò, si limitò a girare la chiave, spegnere il motore e
poggiare il capo sul volante.

Sentì il freddo penetrare nella Rover, ma rimase dov'era, con gli occhi chiusi ad ascoltare quel silenzio confortante. La tranquillizzava più di ogni altra cosa. Nel silenzio non c'era nient'altro da scoprire.

Eppure si rendeva conto di non poter restare così a lungo. Aveva bisogno della medicina. E di riposo. Dio, quanto ne aveva bisogno.

Per aprire la portiera, la spinse con la spalla. Quando fu in piedi fuori dell'auto, si accorse di non essere neanche in grado di attraversare la ghiaia fino alla serra, da dove sarebbe potuta entrare in casa. Allora si appoggiò alla macchina, e fu così che notò del movimento dalla parte dello stagno.

Pensò subito a Paul Fielder, e di conseguenza che qualcuno doveva pur comunicargli che l'eredità non sarebbe stata immensa come gli aveva fatto credere in precedenza Dominic Forrest. Non che questo contasse granché. La famiglia del ragazzo era stata ridotta in povertà, l'attività del padre soppressa dalle spinte continue della modernizzazione e delle opportunità per l'isola. Qualunque cifra per lui sarebbe stata molto più di quello che avrebbe mai potuto sperare di possedere. Se fosse stato a conoscenza del testamento di Guy. Ma questo era un altro dilemma sul quale Ruth non aveva voglia di soffermarsi.

Per andare allo stagno le occorse uno sforzo di volontà. Ma quando arrivò, sbucando tra due rododendri e trovandosi davanti lo specchio d'acqua simile a un piatto di peltro che assumeva il colore del cielo, scoprì che non si trattava affatto di Paul Fielder, intento magari a costruire i ripari per le anatre al posto di quelli distrutti. Sulla riva dello stagno c'era invece quell'uomo venuto da Londra. Se ne stava a circa un metro da un mucchio di attrezzi abbandonati, ma la sua attenzione pareva rivolta al cimitero delle anatre, sulla riva opposta.

Ruth avrebbe preferito girare sui tacchi e tornarsene a casa, nella speranza di non essere notata. Ma lui guardò dalla sua parte e poi di nuovo le tombe dei volatili. «Che è successo?» chiese.

«A qualcuno non piacevano le anatre», rispose lei.

«Davvero? Sono così innocue.»

«Così pare.» Ruth non aggiunse altro, ma dal modo in cui lui la guardò, ebbe l'impressione che le leggesse la verità sul viso.

«Anche i ripari sono stati distrutti?» chiese l'altro. «Chi li stava rifacendo?»

«Guy e Paul. Avevano costruito anche quelli di prima. Lo stagno era uno dei loro progetti.»

«Forse a qualcuno non piaceva.» Simon rivolse lo sguardo verso la residenza.

«Non capisco a chi», replicò lei, anche se si rendeva perfettamente conto di quanto fossero forzate le sue stesse parole, ed era certa, e temeva, che lui non le credesse neppure per un momento. «Come ha detto lei, a chi potevano non piacere le anatre?»

«Qualcuno che ce l'aveva con Paul? O, più precisamente, non tollerava il legame tra lui e suo fratello?»

«Pensa a Adrian?»

«Perché, aveva motivo di essere geloso?»

Certo, pensò Ruth. Quello e altro. Ma non intendeva parlare del nipote né con quell'uomo né con nessun altro. Così disse: «È umido qui. La lascio alle sue contemplazioni, signor St. James. Vado dentro».

Lui la accompagnò, non richiesto. Le si avviò accanto con l'andatura claudicante e non vi fu altro da fare che traversare con lui la macchia d'alberi ed entrare nella serra, la cui porta come sempre non era chiusa a chiave.

Lui lo notò e le domandò se fosse sempre così.

Sì. Vivere a Guernsey non era lo stesso che a Londra. Lì la gente si sentiva molto più al sicuro. Le serrature non erano necessarie.

Nel dire quelle parole, Ruth si sentì addosso il suo sguardo. Capiva perfettamente cosa poteva fargli pensare una porta non chiusa: libertà di accesso e di uscita per chiunque volesse fare del male al fratello.

Almeno era un corso di pensieri migliore di quello che stava prendendo quando si era messo a parlare della morte delle anatre innocenti. Lei non credeva nel modo più assoluto che un qualsiasi estraneo sconosciuto avesse a che fare con la morte del fratello. Ma sarebbe anche stata pronta a sostenerlo per impedire al londinese di prendere in considerazione Adrian.

«Ho parlato con la signora Duffy, prima», disse lui. «È stata in città?»

«Ho visto l'avvocato di Guy», rispose Ruth. «Nonché il suo banchiere e il broker.» Entrò con lui nel soggiorno. Vide che Valerie aveva già sistemato la stanza. Le tende alle finestre erano scostate per far entrare la luce lattiginosa di dicembre e il caminetto a gas era acceso per spezzare il gelo. Sul tavolo vicino al sofà era appoggiata una caraffa di caffè, con accanto un'unica tazza e il relativo piattino. La scatola del ricamo era aperta, in previsione del fatto che lei avrebbe cominciato a lavorare al suo arazzo, e la posta era posata in una pila ordinata sullo scrittorio apribile.

Ogni cosa nella stanza contribuiva a creare la parvenza di un giorno normale. Ma non lo era. Non vi sarebbe stato mai più un giorno normale.

Fu questo che spinse Ruth a parlare. Rivelò in tutti i particolari a St. James quello che aveva scoperto a St. Peter Port. Mentre parlava, si sedette sul sofà e lo invitò ad accomodarsi su una delle poltrone. Lui ascoltò in silenzio e, quando lei ebbe finito, le propose tutta una serie di spiegazioni. Lei le aveva già prese in considerazione tornando in macchina dalla città. Come avrebbe potuto evitarlo, quando ognuna di esse conduceva potenzialmente all'omicidio?

«Per prima cosa, viene da pensare a un ricatto», disse Simon. «Quell'improvviso esaurimento di fondi, con prelievi sempre maggiori...»

«Nella sua vita non c'era niente per cui avrebbe potuto essere ricattato.»

«A prima vista. Ma, a quanto pare, nascondeva dei segreti, signorina Brouard. L'abbiamo scoperto dal suo viaggio in America, mentre lei lo credeva altrove, non le pare?»

«Ma per questo non occorre pensare a un segreto. C'è sicuramente una semplice spiegazione per ciò che ha fatto con il denaro, del tutto onesta. Solo che non sappiamo ancora qual è.» Lei per prima non credeva a quello che diceva e, dall'espressione scettica sul volto del londinese, capiva che anche per lui era lo stesso.

«Immagino che in cuor suo sappia che invece tutti quei movimenti di denaro non erano legittimi», le disse Simon, cercando chiaramente di essere gentile con lei.

«No, non posso affermarlo per certo.»

«E se intende scovare l'assassino, e credo sia così, dovremo prendere in considerazione tutte le possibilità.»

Lei non replicò. Ma la compassione che gli leggeva in viso la faceva stare ancora peggio. Ruth detestava la commiserazione altrui. Da sempre. Povera bimba, i suoi sono stati mandati al macello dai nazisti. Dobbiamo essere comprensivi, è naturale che abbia quei momenti di terrore e sofferenza.

«Conosciamo già l'assassina», dichiarò Ruth, glaciale. «L'ho vista, quel mattino. So chi è.»

St. James invece proseguì il corso del ragionamento, come se lei non avesse parlato: «Forse suo fratello stava versando il saldo. Su un enorme acquisto. Magari illegale. Armi? Droga? Esplosivi?»

«Ridicolo», commentò lei.

«Se sosteneva un causa...»

«Arabi? Algerini? Palestinesi? Gli irlandesi?» chiese lei ironica. «Mio fratello aveva per la politica lo stesso interesse di un nanetto da giardino, signor St. James.»

«Allora l'unica conclusione è che continuava deliberatamente a elargire denaro a qualcuno. E, in tal caso, dobbiamo considerare i potenziali destinatari di tanti soldi.» Guardò la soglia, come se pensasse a cosa si trovava oltre. «Dov'è suo nipote, signorina Brouard?»

«Tutto questo non ha niente a che fare con Adrian.»

«D'accordo, ma...»

«Sarà andato ad accompagnare la madre in macchina da qualche parte. Margaret non conosce bene l'isola e le strade sono segnalate male, perciò lei avrà bisogno dell'aiuto del figlio.»

«Allora è venuto a trovare spesso il padre, nel corso degli anni? Al punto da conoscere bene...»

«Adrian non c'entra!» L'urlo lacerò le sue stesse orecchie. Si sentì trafiggere le ossa da centinaia di aghi. Doveva mandare via quell'uomo, quali che fossero le sue intenzioni verso di lei e verso la sua famiglia. Dopodiché avrebbe preso la medicina in una dose tale da privare il corpo di ogni sensibilità, se era possibile. «Signor St. James», riprese. «Lei è venuto per una ragione precisa, immagino. So che non si tratta di una visita di cortesia.»

«Ho visto Henry Moullin», le comunicò Simon.

Immediatamente Ruth si fece circospetta. «Sì?»

«Non sapevo che la signora Duffy fosse sua sorella.»

«Non c'era motivo perché lei ne fosse informato.»

Lui le rivolse un sorrisetto, come per darle ragione. Poi continuò raccontando di aver visto i disegni di Henry per le finestre del museo. Disse che gli avevano fatto venire in mente i progetti

architettonici in possesso del signor Brouard e si chiedeva se n
gari poteva darvi un'occhiata.

Ruth fu così sollevata dalla semplicità della richiesta che
disse lieta di accontentarlo, senza riflettere sulle consequen
della cosa. I progetti erano di sopra, nello studio di Guy,
informò. Sarebbe andata a prenderli immediatamente.

St. James si offrì di accompagnarla, se lei non aveva nulla
contrario. Voleva dare un'altra occhiata al plastico realizzato
Bertrand Debiere per conto del signor Brouard. Non ci avreb
messo molto, le assicurò.

Non c'era altro da fare che accontentarlo. Giunti sulle sca
l'uomo di Londra ricominciò a parlare.

« Mi è sembrato che Henry Moullin tenga la figlia Cynthia i
clusa in casa. Da quanto va avanti la cosa, signorina Brouard? N
ha un'idea? »

L'anziana donna continuò a salire, fingendo di non avere u(
to la domanda.

Simon tuttavia non demordeva, e ripeté: «Signori:
Brouard?...»

Non appena svoltarono nel corridoio, diretti allo studio d
fratello, Ruth, grata per la scarsa luce che veniva da fuori e p
l'oscurità del passaggio che le avrebbe nascosto il volto, rispo
in fretta: «Non ne ho la più pallida idea. Non è mia abitudi:
immischiarmi nelle faccende private degli altri abitanti dell'isol
signor St. James».

«D'accordo, nella sua collezione non era registrato nessun ane
lo», disse Cherokee River alla sorella. « Ma questo non signifi(
che qualcuno non l'abbia rubato a sua insaputa. È lui stesso a c
re che là dentro sono passati Adrian, Stephen Abbott e quel r
gazzo, Fielder.»

China scosse la testa. «L'anello della spiaggia è il mio. Ne s
no certa. Me lo sento. Tu no?»

«Non parlare in questo modo», ribatté il fratello. «Ci dev'e
sere un'altra spiegazione.»

Erano nell'appartamento ai Queen Margaret, radunati in c
mera da letto, dove Deborah e Cherokee avevano trovato Chii
seduta davanti alla finestra su una sedia che aveva portato lì dal
cucina. La stanza era straordinariamente fredda, perché la fin

stra era aperta e nel riquadro si vedeva Castle Cornet in lontananza.

«Ho pensato che fosse meglio abituarsi a vedere il mondo da una stanzetta quadrata con un'unica finestra», aveva spiegato China ironica al loro arrivo.

Non aveva indossato né un cappotto né un maglione; aveva la pelle d'oca, ma sembrava non accorgersene.

Deborah si sfilò il cappotto. Avrebbe voluto rassicurare l'amica con lo stesso ardore di Cherokee, ma al tempo stesso non voleva darle false speranze. La finestra aperta era un pretesto per evitare di discutere sulla situazione sempre più nera in cui si trovava China. «Stai gelando, indossa questo», le consigliò, e mise il cappotto sulle spalle dell'amica.

Cherokee passò davanti a loro e chiuse la finestra. Poi disse a Deborah: «Usciamo di qui», e indicò con un cenno del capo il salotto, dove la temperatura era più alta, anche se di poco.

Dopo aver fatto sedere China con una coperta che Deborah le avvolse intorno alle gambe, lui disse alla sorella: «Devi badare di più a te stessa. Non possiamo fare anche questo».

«È convinto che sia stata io, vero?» disse China a Deborah. «Non è venuto perché crede che sia stata io.»

«Che stai...» cominciò Cherokee.

Afferrando al volo, Deborah lo interruppe: «Simon non si comporta così. Lui esamina tutte le prove e, per farlo, deve avere la mente aperta. Esattamente come in questo momento. La sua mente è aperta a tutte le ipotesi».

«Allora perché non è venuto? Avrei preferito il contrario. Se fosse venuto, se avessimo potuto incontrarci e parlare, gli avrei dato tutte le spiegazioni necessarie.»

«Non c'è niente da spiegare, perché tu non hai fatto niente a nessuno», protestò Cherokee.

«Quell'anello...»

«In un modo o nell'altro, è finito lì, sulla spiaggia. Se è tuo e non ricordi di averlo avuto in tasca quando qualche volta sei scesa alla baia, verrai incastrata. Chiuso.»

«Vorrei non averlo mai comprato.»

«Ah, questo sì, diamine. Pensavo che con Matt fosse un capitolo chiuso. Hai detto che l'avevi fatta finita tra voi.»

China fissò intensamente il fratello, così a lungo che lui distolse lo sguardo. «Non sono come te», gli disse.

Deborah si accorse che con quella frase tra i due era stato sottinteso qualcos'altro. Cherokee divenne inquieto e spostò il peso da una gamba all'altra. Si passò le dita fra i capelli e disse: «Andiamo, China, che diavolo».

«Cherokee fa ancora il surf», disse lei a Deborah. «Lo sapevi, Debs?»

«L'ha accennato, ma non credevo che intendesse davvero...» Le parole si smorzarono. Deborah si rese conto che l'amica non si riferiva davvero al surf.

«Gliel'ha insegnato Matt. È così che sono diventati amici. Cherokee non aveva una tavola da surf, ma Matt era disposto a insegnarglielo con la sua. Quanti anni avevate, allora?» chiese China al fratello. «Diciannove?»

«Venti», mormorò lui in risposta.

«Giusto, venti. Ma tu non avevi una tavola.» Si rivolse a Deborah. «Per diventare bravo, devi averne una tua. Non puoi continuare a fartela prestare da un altro per esercitarti.»

River andò al televisore e prese il telecomando. Lo esaminò; lo puntò verso l'apparecchio, lo accese, ma subito lo spense. «Andiamo, Chine», fremette.

«All'inizio Matt era amico di Cherokee, ma quando io e lui ci siamo messi insieme, loro due si sono allontanati. Non mi pareva bello, e una volta ho domandato a Matt perché era accaduto. Lui mi ha risposto che le cose cambiano tra le persone, senza aggiungere altro. Io ho pensato che i loro interessi fossero ormai diversi. Matt aveva cominciato a occuparsi di regia, mentre Cherokee faceva le solite cose: ascoltava musica, beveva birra e trafficava in falso artigianato indiano. Allora ho capito che Matt era cresciuto, mentre Cherokee voleva restare un eterno adolescente. Ma le amicizie non sono mai così semplici, vero?»

«Vuoi che me ne vada?» le chiese il fratello. «Posso farlo, lo sai. Torno in California e viene la mamma. Può stare lei con te al posto mio.»

«La mamma?» China soffocò una risata. «Sarebbe perfetto. Già me la immagino passare al setaccio l'appartamento e i miei vestiti, per eliminare ogni minima cosa che abbia a che fare con gli animali. Poi comincerebbe a preoccuparsi che io prenda una dose giornaliera di vitamine e tofu, che il riso e il pane siano integrali. Sai che bello: se non altro, avrei un po' di distrazione.»

« Allora cosa? » chiese Cherokee. Sembrava disperato. « Dimmelo. »

Si guardarono a vicenda, lui in piedi e la sorella seduta. Ma lei sembrava comunque sovrastarlo. Forse, pensò Deborah, era un riflesso delle loro personalità a far apparire China una figura così imponente rispetto a lui. « Farai quello che devi fare », gli disse China.

Fu lui a distogliere gli occhi per primo. Mentre restavano in silenzio, Deborah pensò fuggevolmente al rapporto tra fratelli. In fatto di legami tra fratello e sorella, lei si sentiva un pesce fuor d'acqua.

Con lo sguardo sempre fisso su Cherokee, China chiese: « Hai mai desiderato tornare indietro nel tempo, Debs? »

« Capita a tutti, prima o poi. »

« In che periodo del passato vorresti tornare? »

Deborah vi rifletté. « Ci fu una Pasqua prima che morisse la mamma... Una festa di beneficenza su un prato del villaggio. Si potevano noleggiare dei pony per quindici penny e io li avevo giusti giusti. Se li spendevo, sarebbero finiti in fumo per tre minuti nella pista dei cavalli e non mi sarebbe rimasto più niente per altre cose. Non riuscivo a decidere cosa fare. Ero arrabbiata perché sia in un caso sia nell'altro, avrei fatto una scelta sbagliata e me ne sarei pentita, restandoci male. Perciò ne parlai con la mamma. E lei mi disse che non esistono le decisioni sbagliate, ma solo le loro conseguenze e gli insegnamenti che riusciamo a trarne. » Sorrise a quel ricordo. « Vorrei tanto tornare a quell'istante e ripartire con la mia vita da lì. Solo che stavolta lei non dovrebbe morire. »

« E tu cos'hai fatto? » le chiese Cherokee. « Sei andata sul pony o no? »

Lei soppesò la domanda. « Che strano, non me lo ricordo. Dopotutto, non credo che il pony fosse così importante per me. Contava di più quello che mi diceva lei. Era fatta così. »

« Fortunata », commentò China.

« Sì », confermò Deborah.

In quel momento bussarono alla porta, e il campanello suonò con insistenza. Cherokee andò a vedere chi fosse.

Aprì la porta e si trovò davanti due agenti in divisa. Uno di loro si guardava intorno ansioso, come se temesse un'imboscata, e l'altro si picchiava leggermente un manganello sul palmo della mano.

«Il signor Cherokee River?» chiese il secondo. Non attese risposta, sapendo chiaramente con chi parlava. «Deve venire con noi, signore.»

«Cosa? Dove?» domandò lui.

China si alzò. «Cherokee? Cosa...» Ma apparentemente non ebbe bisogno di finire la domanda.

Deborah le si avvicinò e passò il braccio intorno alla vita dell'amica. «Scusate, che sta succedendo?»

A Cherokee fu notificato il mandato di arresto della polizia di Stato di Guernsey. Avevano le manette, ma non gliele misero. Uno dei due agenti disse: «Se vuole seguirci, signore».

L'altro prese Cherokee per un braccio e si affrettò a condurlo fuori.

20

GLI ALTRI due cottage del mulino ad acqua erano male illuminati, perché di solito Frank non vi si tratteneva a lavorare di pomeriggio e di sera. Ma non aveva bisogno di molta luce per trovare quello che cercava nello schedario. Sapeva dove si trovava ogni documento, e nel suo inferno personale rientrava anche il fatto di conoscerne i contenuti.

Lo tirò fuori. Era in una cartellina di cartoncino che sembrava uno strato di pelle levigata. Lo scheletro, però, consisteva in una busta ridotta quasi a brandelli, dagli angoli ripiegati, che da tempo aveva perduto la piccola chiusura metallica.

Negli ultimi giorni della guerra, le forze che occupavano l'isola avevano dimostrato un'arroganza tanto più sorprendente se si pensava alle sconfitte subite altrove dai militari tedeschi. Anzi, su Guernsey all'inizio si erano perfino rifiutati di arrendersi, decisi com'erano a negare il fallimento del loro piano di conquista dell'Europa e di perfezione eugenetica. Il general maggiore Heine era salito a bordo della HMS *Bulldog* a negoziare i termini della resa solo il giorno dopo la vittoria ufficiale, già festeggiata nel resto del continente.

Appigliandosi a quel poco che restava loro in quegli ultimi giorni, e forse intenzionati a lasciare il proprio segno sull'isola come tutti coloro che li avevano preceduti a Guernsey, i tedeschi non avevano distrutto tutto quanto avevano costruito. Alcune realizzazioni, come le torrette per i cannoni, erano difficili da demolire. Altre, come quella che Frank aveva tra le mani, erano mute testimonianze che per certi isolani l'egoismo aveva soppiantato il senso di fratellanza, fino a commettere azioni il cui risultato era andato a vantaggio dei tedeschi. Che le cose non stessero esattamente così significava poco per gli occupanti. Più che altro, contava l'impatto morale di aver messo nero su bianco con una grafia spigolosa i termini del tradimento.

La disgrazia di Frank era stata il suo rispetto per la storia, che l'aveva spinto dapprima a studiarla all'università, poi a insegnarla per quasi trent'anni a adolescenti in gran parte disinteressati.

Era lo stesso rispetto inculcatogli dal padre. Era lo stesso rispetto che lo aveva spinto ad accumulare una collezione che, aveva sperato, sarebbe servita a tener viva la memoria anche molto tempo dopo la sua scomparsa.

Aveva sempre creduto all'aforisma sulla necessità di ricordare il passato, altrimenti si era condannati a ripeterlo. Da tempo, aveva compreso che i conflitti armati in tutto il mondo rappresentavano l'incapacità dell'uomo di riconoscere l'inutilità dell'aggressione. L'invasione e il dominio provocavano oppressione e rancore. Ne scaturiva violenza in ogni forma, e nulla di veramente positivo. Frank lo sapeva, e ne era fervidamente convinto. Era un missionario che cercava di convertire il suo piccolo mondo alla conoscenza che gli era stato insegnato a considerare preziosa, e il suo pulpito era costituito dai cimeli bellici raccolti per anni. Aveva deciso che quegli oggetti avrebbero parlato da soli, in modo che la gente vedesse e non dimenticasse mai più.

Così, come i tedeschi prima di lui, non aveva distrutto niente. Aveva messo insieme una tale quantità di pezzi che da tempo non ricordava più tutto ciò che possedeva. Aveva raccolto qualunque cosa avesse a che fare con la guerra e l'occupazione.

In realtà, non conosceva neppure lui stesso la propria collezione in dettaglio. Vi pensava per lo più in termini generici: armi, divise, pugnali, documenti, proiettili, utensili, berretti. Solo con l'arrivo di Guy Brouard aveva cominciato ad avere un atteggiamento diverso.

Potrebbe diventare una specie di monumento, Frank. Qualcosa che faccia da tratto distintivo per l'isola e le persone che hanno sofferto. Senza contare quelle che sono morte.

Era quella l'ironia. E la causa.

Frank portò la busta vecchia e sottile a una sedia dal fondo di bambù malandato. Accanto c'era una lampada a stelo dal paralume scolorito. La accese e si sedette, posandosi in grembo la busta e restando a esaminarla per qualche istante prima di aprirla. Dopodiché ne estrasse un fascio di quindici fogli di carta molto delicati.

Ne sfilò uno dalla metà del mucchio. Lo lisciò sulle cosce e ripose gli altri sul pavimento. Poi esaminò il foglio con un'intensità che a un profano avrebbe fatto pensare che fosse la prima volta che lo vedeva. E perché quell'atteggiamento? Era un pezzo di carta talmente innocuo.

6 Würstchen, lesse. *1 Dutzend Eier, 2 kg. Mehl, 6 kg. Kartoffeln, 1 kg. Bohnen, 200 g. Tabak.*

Era un semplice elenco, infilato tra altre note di acquisto di altre cose, dalla benzina alla pittura. Visto nell'insieme, era un documento privo d'importanza, un foglietto perduto senza che nessuno se ne accorgesse. Eppure a Frank rivelava tante cose, non ultima l'arroganza degli occupanti, che registravano per iscritto tutto ciò che facevano e lo conservavano per poter identificare dopo la vittoria coloro che vi avevano contribuito.

Se Frank non avesse passato la vita intera, dall'infanzia alla solitudine di adulto, ad apprendere il valore di tutto quanto aveva a che fare con quel periodo di sofferenze per Guernsey, avrebbe potuto mettere chissà dove quel pezzo di carta, e nessuno se ne sarebbe accorto. Anche se lui comunque avrebbe saputo che c'era, e nessuno gliel'avrebbe levato di mente.

In realtà, se gli Ouseley non avessero cominciato ad accarezzare l'idea del museo, quel documento non sarebbe mai stato scoperto, neppure dallo stesso Frank. Ma, una volta che lui e il padre avevano accettato l'offerta di Guy Brouard per la costruzione dell'edificio destinato a educare e migliorare gli attuali e futuri abitanti di Guernsey, era cominciato il lavoro di selezione, catalogazione e riordino indispensabile a una simile impresa. E così era venuto alla luce quell'elenco. «*6 Würstchen*», lesse. «*1 Dutzend Eier, 2 kg. Mehl, 6 kg. Kartoffeln, 1 kg. Bohnen, 200 g. Tabak.*»

Era stato Guy a trovarlo, dicendo: «Frank, che ne pensi?» dato che non conosceva il tedesco.

Ouseley l'aveva tradotto, in modo distratto e meccanico, senza soffermarsi a leggere ogni riga e ad assimilarne le possibili implicazioni. Solo quando gli era sfuggita dalle labbra l'ultima parola, *Tabak*, aveva compreso appieno il significato. E, rendendosi conto di ciò che comportava, aveva alzato gli occhi in cima al foglio, poi verso Guy, che già l'aveva letto, Guy, che per colpa dei tedeschi aveva perduto i genitori, la famiglia e un intero patrimonio.

«Come ti regolerai con questo documento?» gli aveva domandato Brouard.

Frank non aveva risposto.

«Dovrai pur agire, in qualche modo», aveva insistito Guy.

«Non puoi passarci sopra. Dio santo, Frank, non avrai mica intenzione di far finta di nulla?»

Nei giorni successivi era divenuto un tormentone. *Hai fatto qualcosa, Frank? L'hai reso pubblico?*

Ouseley aveva creduto che ormai non sarebbe più stato necessario, visto che Guy, l'unico oltre lui a esserne informato, era morto e sepolto. Anzi, era convinto che sarebbe stato possibile mettere tutto a tacere per sempre. Ma gli avvenimenti del giorno prima gli avevano fatto capire che non era possibile.

Chi dimentica il passato lo ripete.

Si alzò. Rimise le altre carte nella busta e infilò nuovamente la busta nella cartellina. Richiuse lo schedario e spense la luce. Aprì la porta del cottage e se la richiuse alle spalle.

A casa, trovò il padre addormentato in poltrona. Alla televisione trasmettevano una serie poliziesca: due agenti con la scritta NYPD sul retro delle giacche a vento e armi alla mano si accingevano a sfondare una porta e seminare violenza. In altre occasioni, Frank avrebbe svegliato il padre per condurlo di sopra. Ma adesso gli passò davanti e salì, in cerca di solitudine nella sua stanza.

Sul cassettone teneva due foto incorniciate. In una erano ritratti i genitori il giorno del matrimonio, dopo la guerra. Nell'altra Frank e il padre posavano ai piedi di una torretta d'avvistamento tedesca non lontana dalla fine di Rue de la Prevote. Ouseley non ricordava chi l'avesse scattata, ma aveva bene in mente quel giorno: nonostante la pioggia battente, erano andati comunque sulla scogliera e, quando erano arrivati, il sole aveva ripreso a splendere su di loro. Era un segno che Dio approvava il pellegrinaggio, aveva sentenziato Graham.

Frank appoggiò il foglio preso dallo schedario sulla seconda foto. Si allontanò camminando all'indietro, come un prete che si rifiuti di dare le spalle al pane benedetto. Sentì dietro di sé il letto e vi si sedette. Fissò quell'insignificante documento e cercò di non riudire quella voce che lo sfidava: *Non puoi passarci sopra.*

E lui sapeva di non poterlo fare. Perché: *è la causa, anima mia.*

Frank non aveva una grande esperienza del mondo, ma non era ignorante. Sapeva che la mente umana è una curiosa creatura, spesso in grado di agire come un gioco di specchi di fronte a particolari troppo dolorosi da ricordare. Se necessario, può creare un universo parallelo. Una realtà separata per qualsiasi situazione troppo difficile da affrontare. Con quel comportamento, tuttavia, la mente costruiva una menzogna, Frank lo sapeva. Si trattava semplicemente della migliore strategia per affrontare le cose.

Il guaio era quando la mente arrivava al punto di cancellare del tutto la verità, anziché limitarsi ad allontanarla temporaneamente. In questi casi, si arrivava alla disperazione. Regnava la confusione. E, alla fine, seguiva il caos.

Frank sapeva che ormai avevano perduto ogni controllo. Era giunto il momento di agire, ma si sentiva paralizzato. Aveva dedicato la vita al servizio di una chimera e, benché lo sapesse da due mesi, si accorse che ancora cercava di rifiutarlo.

Renderlo adesso di pubblico dominio avrebbe vanificato oltre mezzo secolo di dedizione, ammirazione e fiducia. Avrebbe fatto di un eroe una canaglia. Avrebbe fatto finire una vita in disgrazia agli occhi del mondo.

Frank sapeva di poterlo impedire. C'era soltanto un pezzo di carta che si frapponeva tra le fantasie di un vecchio e la verità.

In Fort Road, a casa di Bertrand Debiere venne ad aprire una donna molto attraente, malgrado fosse in avanzato stato di gravidanza. Era la moglie dell'architetto, Caroline, si presentò a St. James. Il marito lavorava nel giardino sul retro, con i ragazzi. Glieli teneva per qualche ora mentre lei cercava di scrivere un po'. Era molto bravo, un marito modello. Quant'era fortunata ad averlo.

Caroline Debiere notò i grossi fogli di carta che St. James portava arrotolati sotto il braccio. Gli chiese se si trattasse di una questione di lavoro. Dal tono della voce, si capiva benissimo che si augurava fosse proprio così. Il marito era un bravo architetto, disse allo sconosciuto. Per costruire ex novo, rinnovare o ampliare edifici, era bene affidarne il progetto a Bertrand Debiere.

St. James le disse di voler consultare il marito su una serie di disegni preesistenti. Era già stato allo studio, ma una segretaria lo aveva informato che il signor Debiere per quel giorno era già andato via. Allora aveva cercato sull'elenco telefonico e si era preso la libertà di venire direttamente a casa dell'architetto. Sperava di non essere capitato in un orario inopportuno.

Nient'affatto. Caroline sarebbe andata a chiamare Bertrand

nel giardino, se al signor St. James non seccava attendere nel salotto.

Dal giardino sul retro venne un grido di gioia, seguito dal rumore di un martello che piantava un chiodo nel legno. Nell'udirlo, St. James disse di non voler distogliere il signor Debiere dalle sue occupazioni, perciò, se alla moglie dell'architetto non dispiaceva, avrebbe raggiunto lui e i bambini nel giardino.

Caroline apparve sollevata, felice di poter continuare il suo lavoro senza doversi occupare di nuovo dei figli. Indicò a St. James l'uscita posteriore e lo lasciò andare dal marito per conto proprio.

Bertrand Debiere era uno dei due uomini che Simon aveva visto allontanarsi dalla processione verso la tomba di Guy Brouard, e intavolare una fitta conversazione sui terreni di Le Reposoir. L'architetto era molto allampanato, così alto e segaligno da sembrare il personaggio di un romanzo di Dickens. In quel momento, se ne stava appollaiato sui rami più bassi di un sicomoro, e inchiodava le fondamenta di una casetta chiaramente destinata ai bambini, che erano due, e stavano dando una mano come fanno sempre i piccoli: il fratello maggiore passava i chiodi al padre prendendoli da una borsa di pelle appesa alla spalla, mentre quello minore batteva con un martello di plastica alla base dell'albero, canticchiando: «Io picchio, io inchiodo», senza essere di nessuna utilità al padre.

Debiere vide St. James attraversare il prato, ma, prima di rivolgergli la parola, finì di piantare il chiodo. Simon notò lo sguardo dell'architetto posarsi dapprima sulla sua andatura zoppicante, poi andare alla ricerca della causa, la protesi che spuntava sul calcagno, infine risalire, come aveva fatto la moglie, ai rotoli di carta che portava sotto il braccio.

L'architetto si calò dai rami e disse al figlio maggiore: «Bert, porta dentro tuo fratello, per favore. Ormai la mamma vi avrà preparato quei biscotti. Mi raccomando, però, solo uno per ciascuno. Non vorrete rovinarvi il tè».

«Quelli al limone?» chiese il ragazzino più grande. «Ha fatto quelli al limone, papà?»

«Credo di sì. Non erano quelli che volevate?»

«Quelli al limone!» mormorò Bert al fratellino minore.

La prospettiva dei biscotti spinse i bambini a interrompere quello che stavano facendo e a correre in casa gridando: «Mam-

mina! Mamma! Vogliamo i biscotti!» ponendo così fine alla solitudine della donna. Debiere li guardò con affetto, poi recuperò
la borsa dei chiodi che Bert aveva gettato via spargendone la
metà sull'erba.

Mentre li raccoglieva, St. James si presentò e spiegò i suoi rapporti con China River. Era venuto a Guernsey su richiesta del
fratello dell'accusata, disse, e la polizia sapeva che stava conducendo delle indagini per conto proprio.

«Di che genere?» chiese Debiere. «La polizia ha già catturato l'assassina.»

St. James non intendeva discutere del fatto che China River
fosse colpevole o innocente. Indicò invece i progetti che portava
arrotolati sotto il braccio e chiese all'architetto se gli spiaceva dar
loro un'occhiata.

«Di che si tratta?»

«I progetti del museo bellico scelti dal signor Brouard. Non li
ha ancora visti, vero?»

Debiere gli rispose che, come gli altri abitanti dell'isola presenti alla festa di Brouard, aveva avuto modo di vedere solamente il disegno tridimensionale dell'edificio concepito dall'architetto americano.

«Una stronzata totale», fu il suo commento. «Non riesco a
immaginare cos'avesse in mente Guy quando ha optato per quella roba. Per un museo a Guernsey, va bene quasi come una na-
vetta spaziale. Finestroni sul davanti, volte da cattedrale. Il riscaldamento sarebbe impossibile, a meno di spendere una fortuna, per non parlare del fatto che l'intera struttura sembra conce-
pita per sorgere su una scogliera e affacciarsi sul panorama.»

«Mentre l'effettiva ubicazione del museo?...»

«Si trova in fondo alla strada che parte dalla St. Saviour's
Church, accanto ai tunnel sotterranei. Che, in un'isola di questa
grandezza, è il punto più interno e lontano dalle scogliere.»

«E la vista?»

«Una schifezza. A meno che non consideri panorama il parcheggio per l'ingresso ai tunnel.»

«Ha espresso le sue preoccupazioni al signor Brouard?»

Debiere assunse un'espressione diffidente. «Gli ho parlato.»
Soppesò la borsa dei chiodi che aveva in mano, come per decidere se riprendere a costruire la casa sull'albero. Diede una rapida
occhiata al cielo e la poca luce del giorno che ancora restava lo

indusse a rinunciare per il momento all'opera. Cominciò a raccogliere le assi di legno ammucchiate sul prato alla base dell'albero, le portò su un telone di polietilene da un lato del giardino, dove le ammucchiò ordinatamente.

«Mi è stato detto che non vi siete limitati a parlare», osservò St. James. «Pare che abbiate avuto una discussione. Subito dopo i fuochi d'artificio.»

Debiere non replicò. Si limitò ad accatastare il legname sulla pila, paziente come Ferdinando che esegue i voleri di Prospero nella *Tempesta*. Quando terminò, disse calmo: «Dovevo avere io q-q-quel maledetto incarico. Lo sapevano tutti. Perciò, quando invece è a-a-andato a un altro...» Tornò al sicomoro, dov'era rimasto Simon, e appoggiò una mano sul tronco screziato. Per un minuto rimase in silenzio, nel tentativo di vincere l'improvvisa balbuzie. «Una casa sull'albero», disse alla fine, ironizzando sulle sue stesse fatiche. «Ecco a cosa mi sono ridotto. Una maledetta casa sull'albero.»

«Il signor Brouard le aveva detto che avrebbe ottenuto l'incarico?» chiese St. James.

«Esplicitamente? No. N-n-non...» Parlava a fatica. Poi, quando si ricompose, riprovò: «Non era da Guy. Non faceva mai promesse, si limitava alle allusioni. Faceva intravedere delle possibilità: fai questo, e vedrai che in men che non si dica...»

«Nel suo caso, cosa significava?»

«L'indipendenza. Un mio studio personale. Non più uno schiavo o un fannullone che lavora per la gloria altrui, ma le mie idee in uno spazio tutto mio. Sapeva che lo desideravo e m'incoraggiava. Dopotutto, era un imprenditore. Perché non dovremmo esserlo anche noialtri?» Debiere esaminò la corteccia del sicomoro e scoppiò in una risata amara. «Così ho lasciato il lavoro e mi sono messo in proprio, ho avviato uno studio. Lui aveva corso dei rischi in vita sua, perciò l'avrei fatto anch'io. Naturalmente, per me era più facile, convinto com'ero di ottenere un grosso incarico.»

«Lei ha detto che non gli avrebbe permesso di rovinarla», gli rammentò St. James.

«Hanno sentito anche questo alla festa?» chiese Debiere. «Non ricordo le parole esatte, ma solo di aver dato un'occhiata a quel progetto invece di sbavarvi sopra come tutti gli altri. Mi sono accorto di quanto fosse errato e non riuscivo a capire perché l'avesse scelto, mentre aveva detto... e promesso. E ricordo di aver p-p-provato...» S'interruppe. Le nocche della mano erano bianche per la forza con cui stringeva l'albero.

«Che succede adesso che è morto?» chiese Simon. «Il museo sarà costruito lo stesso?»

«Non lo so», ammise l'architetto. «Frank Ouseley mi ha detto che nel testamento non è destinato nulla al museo. E non riesco a immaginare Adrian che prenda così a cuore il progetto da finanziarlo, perciò credo che stia a Ruth decidere se portarlo avanti o no.»

«Secondo me, a questo punto, accetterebbe dei suggerimenti.»

«Guy aveva messo in chiaro che il museo era importante per lui. E, mi creda, Ruth lo sa bene senza che glielo dicano gli altri.»

«Non intendevo dei suggerimenti sulla costruzione del museo, mi riferivo a eventuali modifiche del progetto», precisò Simon. «Forse è più disponibile del fratello a prenderle in considerazione. Le ha parlato? Ha intenzione di farlo?»

«Certo», rispose Debiere. «Non ho molta scelta.»

«Come mai?»

«Si guardi intorno, signor St. James. Ho due bambini e un altro in arrivo. Una moglie che ho convinto a lasciare il lavoro per scrivere un romanzo. Un'ipoteca su questa casa e un nuovo studio in Trinity Square, dove la mia segretaria si aspetta che la paghi, prima o poi. Ho bisogno di quell'incarico e se non l'ottengo... Per questo parlerò a Ruth. Cercherò di convincerla. Farò di tutto.»

Si rese conto di che cosa poteva significare l'ultima affermazione, perché all'improvviso si staccò dall'albero e tornò alla pila di legname sul bordo del prato. Tirò in alto i lati del telone e ricoprì le assi. Sotto c'era una corda avvolta ordinatamente. La prese e legò il polietilene sul legname, dopodiché cominciò a raccogliere gli attrezzi.

St. James lo seguì mentre prendeva il martello, i chiodi, la livella, il metro avvolgibile e li portava in una baracca ben fatta in fondo al giardino. Qui li poggiò su un piano di lavoro, sul quale St. James mise anche i progetti che aveva preso a Le Reposoir. Il suo principale obiettivo era stato scoprire se le elaborate finestre di Henry Moullin potevano essere applicate al tipo di edificio scelto da Guy Brouard, ma adesso si accorgeva che il vetraio non era l'unico per il quale la costruzione del museo bellico ricopriva un'importanza decisiva.

«Questi sono i progetti inviati dall'architetto americano al signor Brouard», disse Simon. «Purtroppo non me ne intendo. Vuol darci un'occhiata e dirmi che ne pensa? Mi pare che ce ne siano parecchi, uno diverso dall'altro.»

«Gliel'ho già detto.»

«Forse guardandoli le verrà in mente dell'altro.»

I fogli erano grandi e quadrati, di un metro per lato. Con un sospiro, Debiere accettò di esaminarli e prese un martello per tenerli distesi.

Non erano eliografie. Debiere gli disse che queste ultime ormai avevano fatto la stessa fine delle copie in carta carbone e le macchine per scrivere. Erano documenti in bianco e nero che sembravano usciti da una fotocopiatrice mastodontica. Mentre li passava in rassegna, l'architetto li identificò uno dopo l'altro: lo schema dei singoli piani dell'edificio, i documenti di costruzione con etichette che indicavano il progetto della volta, i circuiti elettrici, le varie sezioni, la mappa del sito con l'ubicazione del fabbricato e il prospetto d'elevazione.

Debiere scosse la testa scorrendoli. «Ridicolo», mormorò. Poi: «Ma che diavolo ha in mente quest'idiota!» Si riferiva alle misure grottesche delle sale di cui sarebbe stata composta la struttura. Ne indicò una con un cacciavite. «Come potrebbe fare da galleria, da spazio espositivo o quello che sia? Le guardi. Stanze di questa grandezza potrebbero tuttalpiù contenere tre persone, ma sarebbe il massimo. Non è più grande di una cella. E sono tutte così.»

St. James esaminò lo schema indicato dall'architetto. Notò anche che il disegno non riportava alcuna didascalia, e chiese a Debiere se fosse normale. «Di solito non si indicano le destinazioni di ciascun ambiente?» domandò. «Perché qui sono omesse?»

«Chi diavolo lo sa», rispose l'altro, liquidando la domanda. «Secondo me, è un lavoro fatto con i piedi. E non mi sorprende, visto che costui ha realizzato il progetto senza neanche prendersi la briga di effettuare un sopralluogo sul posto. E guardi qui...» Sfilò uno dei fogli e lo mise sopra gli altri, picchiandovi sopra con il cacciavite. «Un cortile con una piscina? Ma per l'amor di Dio, mi piacerebbe scambiare due parole con quest'idiota. Probabilmente, progetta case a Hollywood e pensa che un posto non sia completo senza un angolo dove delle ventenni in bikini possano prendere il sole. Che spreco di spazio. Questa cosa è un completo disastro. Non posso credere che Guy...» Corrugò la fronte. All'improvviso si chinò sul disegno e lo guardò con più attenzione. Sembrava cercare qualcosa, ma evidentemente non c'era da nessuna parte, perché guardò ai quattro angoli del foglio e poi diresse gli occhi lungo i bordi. «È maledettamente strano», mormorò, e spostò di lato il primo disegno per osservare quello che si trovava al di sotto. Quindi passò al successivo, e all'altro ancora. Alla fine, rialzò la testa.

«E allora?» chiese St. James.

«Dovrebbe esserci la firma», disse l'architetto. «Su tutti. E invece non c'è.»

«Che intende dire?»

Debiere indicò i progetti. «Quando un progetto è terminato, l'architetto vi appone un timbro con sopra la sua firma.»

«È una formalità?»

«No, è essenziale. Solo così i progetti acquistano valore legale. Non si può ottenere l'approvazione di una commissione urbanistica o edilizia senza il timbro e la firma, e di certo nessun appaltatore accetterebbe il lavoro.»

«Allora, se non sono legali, di cos'altro potrebbe trattarsi?» chiese Simon.

«Di materiale rubato.»

Rimasero in silenzio, entrambi con gli occhi fissi sui disegni poggiati sul piano di lavoro. Fuori della baracca una porta sbatté e una vocina gridò: «Papà! Mamma ti ha fatto anche il biscotto di pasta frolla».

Debiere si scosse. Corrugò la fronte nel tentativo di capire qualcosa che invece era chiaramente incomprensibile: un nutrito raduno di abitanti dell'isola a Le Reposoir, una serata di gala, un annuncio sorprendente, fuochi d'artificio per festeggiare l'occasione, la presenza di tutte le personalità più importanti di Guernsey, il grande risalto sui giornali e sul canale televisivo locale.

I figli gridavano: «Papà! Papà! Vieni per il tè!» ma Debiere pareva non udirli. «Ma allora cos'aveva intenzione di fare?» mormorò.

La risposta avrebbe potuto gettare una nuova luce sul delitto, pensò St. James.

Si rivelò abbastanza semplice trovare un legale. Margaret Chamberlain si rifiutava di considerarli o di chiamarli «avvocati», perché non intendeva servirsene più del tempo necessario a costringere i beneficiari dell'ex marito a cedere l'eredità. Dopo aver lasciato la Range Rover nel parcheggio di un albergo in Ann's Place, lei e il figlio fecero su e giù a piedi per le strade in pendenza di St. Peter Port, finché non arrivarono alla Royal Court House. Margaret riteneva che lì sarebbe stato facile incontrare dei legali. O, almeno, così sosteneva Adrian. Da sola, si sarebbe ridotta a cercare su un elenco telefonico, con la cartina topografica della cittadina. Avrebbe dovuto fare le telefonate e importunare le persone senza poter rendersi conto delle situazioni in cui le coglieva. In questo modo, invece, non c'era bisogno del telefono. Poteva piombare nella cittadella prescelta e verificare di persona se la mente legale cui si sarebbe rivolta era di suo gradimento.

Alla fine, optò per lo studio Gibbs, Grierson e Godfrey. L'allitterazione dei cognomi era una seccatura, ma l'ingresso era imponente e la scritta sulla targa in bronzo di una severità che evocava la spietatezza necessaria alla missione di Margaret. Entrò dunque insieme con il figlio senza appuntamento e chiese di vedere uno dei componenti eponimi dello studio legale. Mentre parlava, trattenne l'impulso di dire a Adrian di stare dritto, accontentandosi del fatto che il figlio avesse lottato con quel piccolo teppista di Paul Fielder per proteggerla.

Guarda caso, quel pomeriggio non era in ufficio nessuno dei fondatori. Uno di loro era morto quattro anni prima e gli altri due erano fuori per questioni legali di una certa importanza, stando all'impiegato. Ma uno degli avvocati alle dipendenze dello studio avrebbe ricevuto la signora Chamberlain e il signor Brouard.

Margaret volle sapere se si trattava di un principiante.

Le fu assicurato che non era così.

Infatti, l'avvocato in questione si rivelò una donna di mezza età che si chiamava Juditha Crown. «Signora Crown», si presentò. Aveva un grosso neo sotto l'occhio sinistro e un po' di alitosi per via di un sandwich al salame mangiato a metà che si trovava in un piatto di carta poggiato sulla scrivania.

Adrian sedette scomposto e Margaret espose il motivo della loro visita: un figlio privato dell'eredità e quest'ultima ridotta di almeno tre quarti dell'ammontare previsto.

Non le sembrava molto verosimile, disse la signora Crown con una malignità un po' troppo condiscendente per i gusti di Margaret. Se il signor Charmberlain, cominciò l'avvocato...

Brouard, la interruppe Margaret. Il signor Guy Brouard di Le Reposoir, comune di St. Martin. Lei era l'ex moglie e questo il figlio, Adrian Brouard, annunciò, aggiungendo allusiva: «Il maggiore, e l'unico erede maschio».

Al che Margaret ebbe finalmente la soddisfazione di vedere l'altra drizzarsi sulla sedia e prendere atto della cosa, sia pure metaforicamente. L'avvocato batté le ciglia dietro le lenti cerchiate d'oro e fissò Adrian con un nuovo interesse. In quel momento, Margaret fu grata per la continua ricerca di affermazione personale da parte di Guy. Se non altro, il suo nome era noto e, per associazione, anche quello del figlio.

Espose la situazione alla signora Crown: un patrimonio diviso in due, con due figlie e un figlio a dividersene una fetta, e l'altra ripartita in quote uguali tra due estranei non imparentati, sottolineò la cosa, nelle persone di un paio di adolescenti praticamente sconosciuti alla famiglia. Dunque, bisognava agire.

La signora Crown annuì con aria compunta e attese che Margaret continuasse. Ma, quando non lo fece, l'avvocato le chiese se c'era di mezzo anche una nuova moglie. No? Bene. Incrociò le mani sul ripiano della scrivania e atteggiò le labbra a un sorriso glaciale: allora non c'era niente d'irregolare nel testamento. Le leggi di Guernsey erano chiare in fatto di lasciti. La metà del patrimonio andava alla progenie legale del testatore. Nel caso non vi fossero coniugi viventi, l'altra metà poteva essere distribuita come preferiva il defunto. Come aveva fatto il signore in questione.

Margaret si rese conto che Adrian era inquieto e aveva tirato fuori dalla tasca una bustina di fiammiferi. Pensò che avesse intenzione di fumare malgrado non vi fossero posacenere nella stanza, invece lui cominciò a ripulirsi le unghie con gli angoli della bustina. La signora Crown non riuscì a nascondere una smorfia di disgusto.

Margaret avrebbe voluto riprendere il figlio, ma preferì dargli un colpo di tacco sul piede. Lui lo scostò. Lei si schiarì la gola.

La divisione dell'eredità stabilita dal testamento era solo una parte del problema, disse all'avvocato. La questione più urgente era quello che mancava dall'ammontare legale, indipendentemente da chi l'avrebbe ricevuto. Il testamento non faceva cenno alla tenuta, compresa la residenza, gli arredi e i terreni di Le Reposoir. Né alle proprietà di Guy in Spagna, Inghilterra, Francia, alle Seychelles e Dio solo sapeva dove altro. Non teneva conto dei beni personali, come le auto, le imbarcazioni, un aereo, un elicottero, né riportava i numerosi pezzi d'antiquariato, le miniature, l'argenteria, le opere d'arte, le monete e tutto quanto Guy aveva collezionato nel corso degli anni. Di certo, tutto questo sarebbe dovuto rientrare nel testamento di un uomo che, dopotutto, era stato un imprenditore di successo che aveva accumulato parecchi milioni di sterline. Invece nel documento erano citati solamente un libretto di risparmio, un conto corrente e un conto d'investimento. Come se lo spiegava la signora Crown? chiese Margaret.

L'avvocato parve riflettervi, ma solo per pochi secondi, dopodiché chiese a Margaret se fosse certa dei fatti. Lei le assicurò di sì, stizzosa. Non andava alla ricerca di un legale...

«Avvocato», mormorò la signora Crown.

... senza essere sicura dei fatti. Come aveva detto, mancavano almeno tre quarti del patrimonio di Guy Brouard, e lei intendeva agire nell'interesse di Adrian Brouard, il primogenito, il figlio maggiore e unico maschio.

E qui Margaret guardò Adrian in attesa di un mormorio di assenso o di entusiasmo. Invece lui poggiò la caviglia destra sul ginocchio sinistro, scoprendo una porzione di gamba dal colorito sgradevole, e non disse nulla. Non si era messo neppure le calze, notò la madre.

Juditha Crown osservò per un istante la carnagione del potenziale cliente ed ebbe la buona grazia di non rabbrividire. Quindi riportò l'attenzione su Margaret e disse che se la signora Chamberlain aspettava un momento, forse aveva qualcosa che poteva servire.

Quello che ci voleva era polso, pensò Margaret. Polso per infondere determinazione a quello smidollato di Adrian. Ma disse all'avvocato che avrebbe aspettato, qualunque cosa potesse tornare utile andava bene, e se la signora Crown era troppo occupata per accettare il loro caso, forse poteva raccomandare loro qualcun altro?...

Mentre lei le rivolgeva quella richiesta, l'avvocato uscì dalla stanza e si chiuse delicatamente la porta alle spalle. Dopodiché Margaret la udì parlare con l'impiegato all'ingresso: «Edward, dove abbiamo quella spiegazione del *Retrait Linager* che spedisci ai clienti?» La risposta arrivò a bassa voce.

Margaret sfruttò quella pausa per dire infuriata al figlio: «Potresti anche partecipare, facilitare le cose». Per un attimo, nella cucina di Le Reposoir, aveva davvero creduto che Adrian fosse finalmente cambiato. Si era battuto da uomo a uomo contro Paul Fielder, e lei aveva sentito risorgere la speranza... Ma era stata prematura e morta sul nascere. «Potresti anche dimostrare un po' più d'interesse per il tuo avvenire», aggiunse.

«Tanto non arriverei mai al tuo livello, madre», ribatté Adrian laconico.

«Sei irritante. Non c'è da meravigliarsi che tuo padre...» S'interruppe.

Lui drizzò la testa e le rivolse un sorriso sardonico. Ma non disse nulla, perché in quel momento tornò Juditha Crown con dei fogli dattiloscritti. Erano le spiegazioni di *Retrait Linager*, disse loro.

A Margaret interessava solo che la donna decidesse se accettare o no di lavorare per lei, in modo tale che lei potesse pensare al resto. Aveva molto da fare e, in cima alla lista delle priorità, non c'era certo lo starsene seduta nello studio di un avvocato a leggere spiegazioni di arcani statuti. Comunque, prese le carte che l'altra le porgeva e frugò nella borsa in cerca degli occhiali. Intanto la signora Crown espose a Margaret e al figlio le implicazioni legali derivanti dal possesso di un grosso patrimonio per i residenti di Guernsey.

Disse loro che la legge non prendeva alla leggera chi diseredava i figli su quell'isola della Manica. Non solo non si era liberi di lasciare denaro a chicchessia infischiandosene della prole, ma neppure di vendere le proprietà prima di morire e sperare di farla franca. In questo caso i figli avevano il diritto di prelazione per acquistare al prezzo di vendita. Naturalmente, se loro non potevano permetterselo, si era prosciolti dall'obbligo e in grado di vendere o dar via fino all'ultimo penny prima della dipartita. Ma, in ogni caso, i figli dovevano essere informati prima delle intenzioni che si avevano riguardo ai beni che altrimenti avrebbero costituito la loro eredità. Questo tutelava il possesso della proprietà all'interno della famiglia, almeno finché questa poteva permetterselo.

«Immagino che suo padre non l'abbia informata dell'intenzione di vendere prima della sua morte», disse la signora Crown direttamente a Brouard.

«Ma certo che no!» intervenne Margaret.

La signora Crown attese da Adrian una conferma alle sue parole. Aggiunse che, in tal caso, c'era un'unica spiegazione per la grossa fetta d'eredità mancante. Ed era molto semplice, in realtà.

«Cioè?» chiese educatamente Margaret.

Che il signor Brouard non avesse mai posseduto il patrimonio che gli si attribuiva, rispose l'avvocato.

Margaret fissò la donna con gli occhi sgranati. «È assurdo», disse. «Lo possedeva eccome. Da anni. E anche tutto il resto. Possedeva... Ascolti, non era mica un affittuario di altra gente.»

«Non dico questo», ribatté la signora Crown. «Sto solo ipotizzando che tutto ciò che figurava appartenergli, anzi, tutto ciò che aveva acquistato nel corso degli anni, almeno da quando viveva sull'isola, in realtà lo avesse acquistato per conto terzi. Oppure che fosse stato un altro a fare da prestanome per lui.»

A quelle parole, Margaret scorse lo spettro di un orrore che si rifiutava di ammettere, e tanto meno di affrontare. Allora disse con la voce roca: «Impossibile!» e sentì l'impulso di alzarsi, come se le gambe e i piedi agissero di volontà propria. Quasi senza accorgersene, si ritrovò china in avanti sulla scrivania di Juditha Crown, ad alitarle sul viso. «È una follia completa, mi ha sentito? Un'idiozia. Ma lo sa chi era? Ha idea della fortuna che aveva accumulato? Ha mai sentito parlare di Chateaux Brouard? Inghilterra, Scozia, Galles, Francia e Dio sa quanti altri alberghi. Cos'altro era, se non l'impero di Guy? Chi altro poteva possederlo, se non Guy Brouard?»

«Madre...» Anche Adrian era in piedi. Margaret si girò e vide che si era infilato il giubbotto di pelle, come per andarsene. «Abbiamo scoperto quello che...»

«Non abbiamo scoperto niente!» gridò lei. «Tuo padre ti ha preso in giro per tutta la vita e non gli permetterò di farlo anche ora che è morto. Deve avere dei conti bancari segreti e delle proprietà non registrate, e intendo scovare tutto. Devo entrarne in possesso e niente, mi hai sentito?, niente me lo impedirà.»

«Te l'ha fatta, madre. Lui sapeva...»

«Niente. Non sapeva proprio *niente*.» Si voltò di nuovo verso l'avvocato come se fosse stata Juditha Crown a sventare i suoi piani. «Chi è, allora?» domandò. «Chi? Una delle sue puttanelle? È questo che vuole insinuare?»

La signora Crown sembrò capire perfettamente che cosa intendesse Margaret, perché disse: «Secondo me, dev'essere stato qualcuno di cui si fidava, ciecamente, disposto a fare del patrimonio tutto quello che voleva lui, indipendentemente dall'intestazione».

Naturalmente, c'era solo una persona. Margaret lo sapeva senza che venisse nominata, e si rese conto di averlo capito fin dalla lettura del testamento nel salotto al piano di sopra. C'era solo una persona sulla faccia della terra della quale Guy poteva fidarsi al punto di mettere nelle sue mani ogni cosa, dopo la vendita, senza altra disposizione che custodirla sino al momento di distribuirla secondo i suoi voleri dopo la sua morte, o anche prima, se glielo avesse chiesto.

Margaret si domandò perché non ci avesse pensato.

Eppure la risposta era semplice. Non ci aveva pensato perché non conosceva la legge.

Si precipitò fuori dell'ufficio e uscì in strada sentendosi bruciare da capo a piedi. Ma non era sconfitta, neanche per sogno, intendeva metterlo in chiaro col figlio. Si girò di scatto verso di lui.

«Andremo subito a parlarle. È tua zia. Ha il senso della giustizia. Sempre che non si sia lasciata sopraffare dall'ingiustizia che la circonda. Lo ha sempre considerato una figura divina. Invece lui aveva la mente sconvolta, e l'ha tenuto nascosto, a lei e a tutti. Ma dimostreremo...»

«Zia Ruth lo sapeva», disse Adrian senza mezzi termini. «Capiva benissimo che cosa voleva lui, e l'ha assecondato.»

«Impossibile.» Margaret gli strinse il braccio con forza, per costringerlo ad aprire gli occhi e a comprendere. Per lui era arrivato il momento di prepararsi alla lotta, se aveva fegato, e, se non ne era capace, maledizione, l'avrebbe fatto lei al posto suo. «Deve averle detto...» Si domandò cosa. Cosa poteva aver detto Guy alla sorella per fare credere di agire a fin di bene, il bene suo, della sorella, dei figli e di tutti? Cosa le aveva detto?

«Ormai è fatta», replicò Adrian. «Non possiamo cambiare il testamento e tutto il resto, per come si sono messe le cose. L'unica è lasciar perdere.» S'infilò le mani nel giubbotto e ne tirò di nuovo fuori la bustina di fiammiferi, stavolta con un pacchetto di sigarette. Ne accese una e si fece una risatina, anche se con un'espressione tutt'altro che divertita. «E bravo, papà», commentò, scuotendo la testa. «Ci ha presi tutti per il culo.»

Il suo tono distaccato diede un brivido a Margaret, che provò a metterla diversamente. «Adrian, Ruth è una persona buona, ha il senso della giustizia. Se capisce fino a che punto tutto questo ti ha ferito...»

«Invece no.» Lui si tolse un pezzettino di tabacco dalla lingua, lo esaminò sulla punta del pollice e lo lanciò per la strada.

«Non dire così. Perché devi sempre fingere che tuo padre...»

«Non fingo. Non mi sento ferito. A che servirebbe? E, anche se lo fossi, non avrebbe importanza. Non cambierebbe nulla.»

«Come fai a dirlo? È tua zia. Ti vuole bene.»

«Lei c'era», disse Adrian. «Lei sa quali erano le intenzioni del fratello. E, credimi, non le cambierà di una virgola. Non lo farebbe mai, visto che sa già cosa voleva ricavare papà dalla situazione.»

Margaret corrugò la fronte. «'Lei c'era.' Dove? Quando? Quale situazione?»

Il figlio si allontanò dall'edificio, tirò su il bavero del giubbotto e si avviò verso la Royal Court House. Lei capì che era un modo per evitare di risponderle e drizzò le antenne. Si sentì pervadere da una pericolosa sensazione di paura. Bloccò il figlio ai piedi del monumento ai caduti e gli si accostò sotto lo sguardo cupo di quel malinconico soldato.

«Non azzardarti più a mollarmi in quel modo. Non abbiamo ancora finito. Quale situazione? Cos'è che non mi hai detto?»

Adrian gettò la sigaretta verso un gruppo di scooter parcheggiati in file disordinate poco lontano dal monumento. «Non voleva che io avessi dei soldi», rispose. «Né ora, né mai. Zia Ruth lo sapeva. Perciò, anche se facciamo appello a lei, al suo senso della lealtà e della giustizia, o come preferisci definirlo, lei avrà sempre in mente quello che voleva lui e si regolerà di conseguenza.»

«E come fa a sapere che intenzioni aveva Guy al momento della morte?» chiese Margaret ironica. «Certo, posso capire che ne fosse informata al momento di mettere in piedi questo casino. A quel punto era necessario, per assecondarlo. Ma solo allora. Le persone cambiano, e anche le intenzioni. Credimi, tua zia lo capirà, se sapremo farglielo presente.»

«No. Lei non ne era al corrente solo da allora», ribatté lui, e la superò, avviandosi verso il parcheggio dove avevano lasciato la Range Rover.

«Maledizione», berciò Margaret. «Fermati, Adrian.» Si accorse di parlare in tono trepido, e questo la urtò, così si sfogò con lui. «Dobbiamo fare un piano e decidere qual è il miglior approccio. Non tollereremo la situazione che ha creato tuo padre, non porgeremo l'altra guancia. Per quanto ne sappiamo, potrebbe avere organizzato tutto con Ruth in un momento di ripicca, magari pentendosene in seguito, senza però sapere che sarebbe morto senza poter risistemare le cose.» Lei fece una pausa e rifletté sulle implicazioni di ciò che aveva appena detto. «Forse qualcuno lo sapeva», mormorò. «Dev'essere così. Qualcuno sapeva che aveva intenzione di cambiare tutto, di assegnarti quello che ti spettava. E, proprio per questo, Guy doveva essere eliminato.»

«Non avrebbe cambiato nulla», disse Adrian.

«Finiscila! Come fai a saperlo...»

«Perché gliel'ho chiesto, va bene?» Lui ficcò le mani in tasca, avvilito. «Sono arrivato a chiederglielo», ripeté. «E c'era anche lei nella stanza. Zia Ruth. Ci ha sentiti parlare, e ha sentito me che glielo chiedevo.»

«Di cambiare il testamento?»

«Di darmi il denaro. Ha sentito tutto. Gliel'ho chiesto, e lui ha risposto che non ne aveva. O, almeno, non quello che chiedevo. Non gli ho creduto e abbiamo litigato. Me ne sono andato arrabbiato e lei è rimasta con lui.» A quel punto riprese a guardarla, con l'espressione rassegnata. «Impossibile pensare che non ne abbiano parlato, subito dopo. Lei avrà detto: 'Che facciamo, con Adrian?' e lui avrà risposto: 'Lasciamo tutto com'è'.»

A Margaret quelle rivelazioni giunsero come ventate gelide. «Sei andato di nuovo a chiedere a tuo padre?...» chiese. «Dopo settembre? Gli hai di nuovo chiesto i soldi?»

«Sì, e lui me li ha rifiutati.»

«Quando?»

«La sera prima della festa.»

«Ma mi avevi detto che non... da settembre scorso...» Margaret vide che le aveva voltato di nuovo le spalle, con il capo abbassato come faceva sempre da piccolo dinanzi alle mille delusioni e sconfitte. Lei avrebbe voluto riversare la sua collera su quelle circostanze, e sul destino che aveva reso così difficile l'esistenza a Adrian. Ma, a parte la naturale reazione materna, Margaret provava dell'altro, e avrebbe preferito che così non fosse. Né poteva correre il rischio di definirlo a chiare lettere. «Adrian...» cominciò. «Mi hai detto...» Riandò con la mente alla cronologia degli eventi. Cos'aveva detto? Che Guy era morto prima di potergli chiedere una seconda volta il denaro per avviare l'attività. Aveva in mente una linea di accesso a Internet, l'onda lunga del futuro, che Adrian avrebbe potuto cavalcare e rendere fiero il padre di aver messo al mondo un figlio così lungimirante. «Hai detto che non avevi avuto occasione di chiedergli il denaro da quando eri venuto.»

«Ho mentito», rispose apertamente Adrian. Si accese un'altra sigaretta, senza rivolgerle lo sguardo.

Margaret si sentì la gola asciutta. «Perché?»

Lui non rispose.

Avrebbe voluto scrollarlo. Doveva costringerlo in qualche modo a risponderle, perché solo così lei avrebbe scoperto il resto della verità e avrebbe potuto affrontarla e agire in fretta, valutando la prossima mossa. Ma, al di là di quel bisogno di escogitare piani, di giustificare, di fare qualsiasi cosa pur di proteggere il figlio, Margaret si rendeva conto di una questione ben più grave.

Se aveva mentito sul fatto di aver parlato col padre, forse le aveva nascosto anche dell'altro.

Dopo la conversazione con Bertrand Debiere, St. James tornò in albergo con l'aria pensosa. La ragazza al banco gli porse un messaggio, ma lui non lo aprì mentre saliva le scale verso la sua camera. Si chiese invece perché Guy Brouard avesse investito una considerevole quantità di tempo e denaro per procurarsi dei progetti architettonici senza valore legale. Ne era stato consapevole oppure in America era stato vittima di qualche affarista senza scrupoli che gli aveva carpito dei soldi e in cambio gli aveva consegnato dei piani edilizi inutilizzabili perché privi di ogni crisma ufficiale? Si trattava di un plagio? Ed era possibile, nel caso di progetti architettonici?

Nella stanza, andò al telefono e sfilò dalla tasca gli appunti con le informazioni ricevute da Ruth Brouard e dall'ispettore Le Gallez. Trovò il numero telefonico di Jim Ward e lo compose, rimettendo ordine nei propri pensieri.

In California era ancora mattina, e l'architetto doveva essere appena arrivato allo studio. La donna che rispose al telefono disse: «È appena entrato...» Poi: «Signor W., c'è qualcuno con un accento fantastico che chiede di lei...» Quindi di nuovo all'apparecchio: «Da dove ha detto che telefona? Come si chiama?»

St. James lo ripeté. Chiamava da St. Peter Port, sull'isola di Guernsey, nella Manica, spiegò.

«Accidenti, attenda un attimo, okay?» E prima di ripiombarlo nel limbo, Simon la sentì dire: «Ehi, ragazzi, dove si trova la Manica?»

Trascorsero quarantacinque secondi, nei quali St. James fu intrattenuto dall'allegra musica reggae proveniente dalla cornetta. Poi il brano s'interruppe di colpo e una piacevole voce maschile disse: «Jim Ward. In che cosa posso esserle utile? È sempre per Guy Brouard?»

«Allora ha parlato con l'ispettore Le Gallez», constatò St. James, e proseguì spiegando chi fosse e il suo intervento in merito alla situazione creatasi a Guernsey.

«Non credo di poter fare granché per lei», disse Ward. «Come ho detto all'ispettore che ha chiamato, ho avuto un unico incontro con il signor Brouard. Il suo progetto sembrava interessante, ma non ho fatto altro che organizzare la spedizione di quei campioni. Aspettavo di sapere se gli occorreva dell'altro. Gli avrei spedito delle nuove foto per fargli dare un'occhiata a diversi altri edifici che sto mettendo su nella zona settentrionale di San Diego. Ma non c'è stato altro.»

«Che intende per campioni?» domandò Simon. «Il materiale che abbiamo, e gli ho dato un'occhiata oggi, è una serie nutrita di disegni. Li ho esaminati con un architetto del posto...»

«Infatti. È una serie molto nutrita. Ho messo insieme per lui tutte le fasi di un progetto: un grosso centro termale che sta per sorgere qui sulla costa. È completo in ogni parte, tranne la rilegatura. Gli ho detto che così si sarebbe fatto un'idea di come lavoro, come lui desiderava, prima di affidarmi l'incarico. Se vuole saperlo, è uno strano modo di fare. Ma non c'era nessun problema ad accontentarlo, e mi ha risparmiato il tempo di...»

St. James lo interruppe: «Mi sta dicendo che i progetti inviati quaggiù non erano quelli di un museo?»

Ward scoppiò a ridere. «Museo? No. Si tratta di un centro termale per una clientela selezionata: un posto per quelli che si sottopongono a chirurgia plastica. Quando mi ha chiesto un campione del mio lavoro, un progetto completo nelle varie parti, era quello che avevo a portata di mano. Gli ho detto, infatti, che quello che gli avrei inviato non rispecchiava ciò che avrei fatto per un museo. Ma lui ha risposto che andava bene lo stesso. Bastava qualunque cosa, purché fosse completa, e lui si sarebbe fatto un'idea dandoci un'occhiata.»

«Allora non si tratta di progetti ufficiali», mormorò Simon, più a se stesso che a Ward.

«Esatto. Sono copie di materiale dello studio.»

St. James ringraziò l'architetto e riappese. Poi sedette sulla sponda del letto e si rimirò la punta delle scarpe.

Era come ritrovarsi nei panni di Alice che seguiva il coniglio nella tana e finiva nel paese delle meraviglie. Ormai era sempre più chiaro che il museo era stato soltanto un paravento. Ma per cosa? E, in ogni caso, la domanda più pressante era: lo era stato fin dall'inizio? E se era così, era possibile che una delle persone più coinvolte nel progetto, magari perché avrebbe tratto dei vantaggi dalla sua costruzione o vi aveva investito parecchio, avesse scoperto l'inganno e avesse perpetrato una vendetta personale per essere stato raggirato da Brouard?

St. James si premette le dita sulla fronte, costringendo la mente a vagliare ogni cosa. Ma anche a lui, come a tutti quelli che avevano conosciuto la vittima dell'omicidio, Guy Brouard riservava continue sorprese. Era una sensazione irritante.

Aveva riposto il foglietto ricevuto al banco sulla toletta, e adesso, alzandosi dal letto, lo vide: era un messaggio di Deborah, scritto in gran fretta.

«Cherokee è stato arrestato!» aveva scarabocchiato la moglie. «Ti prego, vieni non appena ricevi questo appunto.» «Ti prego» era sottolineato due volte, e Deborah aveva aggiunto una piantina che indicava per sommi capi come arrivare ai Queen

Margaret Apartments in Clifton Street, dove St. James si recò immediatamente.

Ebbe appena il tempo di appoggiare le nocche alla porta che Deborah venne ad aprire. «Grazie a Dio», disse. «Sono così contenta che tu sia venuto. Entra, amore. Ti presento China River, finalmente.»

L'amica sedeva compostamente sul divano, con una coperta sulle spalle che si stringeva come uno scialle. «Non pensavo che l'avrei davvero conosciuta», disse a St. James. «Non avrei mai creduto...» Fece una smorfia e si portò un pugno alla bocca.

«Cosa è successo?» chiese Simon a Deborah.

«Non lo sappiamo. Quelli della polizia non l'hanno detto al momento dell'arresto. Il legale di China, il suo avvocato, è andato al comando non appena gli abbiamo telefonato, ma non ci ha ancora fatto sapere nulla. Solo che...» Abbassò la voce. «Simon, credo che sia per via di qualcosa, qualcosa che hanno trovato. Altrimenti perché?»

«Le sue impronte sull'anello?»

«Cherokee non ne conosceva neanche l'esistenza. Non l'ha mai visto. È rimasto sorpreso quanto me, quando siamo andati dall'antiquario e abbiamo scoperto...»

«Deborah», intervenne China dal divano. Si voltarono verso di lei La donna appariva esitante. Poi disse mortificata: «Io... ho fatto vedere quell'anello a Cherokee non appena l'ho comprato».

«Sei sicura che lui non abbia...» disse St. James alla moglie.

«Debs non lo sapeva. Non gliel'ho detto. Non volevo, perché quando mi ha mostrato l'anello, qui nell'appartamento, Cherokee non ha detto una parola Ha finto di non riconoscerlo nemmeno. Non riuscivo a immaginare perché mai... Capisce, perché lui...» Si mordicchiò nervosamente il pollice. «Non l'ha detto... E io non pensavo...»

«Hanno preso anche gli effetti personali di Cherokee», disse Deborah al marito. «Aveva una borsa da viaggio e uno zaino. Cercavano soprattutto quelli. Erano in due, gli agenti, intendo, e hanno detto: 'Tutto qui? Ha portato solo questo con lei?' Dopo averlo arrestato, sono tornati e hanno frugato in tutti gli armadi. Anche sotto i mobili e nell'immondizia.»

Lui annuì e disse a China: «Parlerò direttamente con l'ispettore Le Gallez».

«Qualcuno aveva architettato tutto dall'inizio», disse la donna. «Si saranno detti: troviamo due americani stupidi che non sono mai stati all'estero, anzi, non hanno neanche i soldi per uscire dalla California, se non con l'autostop, e offriamo loro l'occasione che capita una volta nella vita. Sembrerà troppo bello per essere vero, e accetteranno al volo. Così li avremo in pugno.» Le tremò la voce. «Siamo stati incastrati. Prima io, adesso lui. Diranno che abbiamo orchestrato l'omicidio insieme prima di partire. E come facciamo a dimostrare il contrario? Che non conoscevamo neppure queste persone? Nessuna di loro. Come lo dimostriamo?»

St. James era restio a dire ciò che andava detto all'amica di Deborah. China, infatti, sembrava trarre una strana forma di conforto dalla consapevolezza che adesso sia lei sia il fratello si trovavano nei guai. Ma la verità stava in quello che avevano visto due testimoni il mattino dell'omicidio e negli indizi lasciati sul luogo del delitto. E poi c'era l'altro arresto e le sue motivazioni.

«Purtroppo è chiarissimo che l'assassino è uno solo, China», disse. «Un'unica persona è stata vista seguire Brouard alla baia e vicino al corpo è stata trovata un'unica serie d'impronte.»

Nella stanza le luci erano fioche, ma Simon vide la ragazza deglutire. «Allora non importava chi di noi due fosse accusato. Io o lui. Ma avevano assolutamente bisogno di due persone per raddoppiare le possibilità che almeno uno risultasse colpevole. Era tutto organizzato dall'inizio, non capisce?»

Simon tacque. Si rendeva conto che qualcuno aveva pensato a tutto. Gli era perfettamente chiaro che il delitto non era frutto d'improvvisazione. Ma capiva anche che, per quanto ne sapeva, solo quattro persone erano al corrente del fatto che due americani, potenziali capri espiatori per un omicidio, sarebbero venuti a Guernsey per effettuare una consegna a Guy Brouard: quest'ultimo, l'avvocato che aveva loro affidato l'incarico in California e gli stessi River. Dopo la morte di Brouard e le spiegazioni fornite dal legale, restavano solo China e Cherokee che potevano avere architettato il delitto. O, meglio, uno dei due.

«Il problema è che, a quanto pare, nessuno sapeva del vostro arrivo», disse cauto.

«E invece qualcuno ne era informato. Perché è stata organizzata la festa, quella per il museo...»

«Certo. Ma Brouard aveva fatto credere a diverse persone

che il progetto prescelto fosse quello di Bertrand Debiere. Da questo si può arguire che il vostro arrivo, la vostra presenza a Le Reposoir, fosse una sorpresa per tutti, tranne che per lo stesso Brouard. »

« Deve averlo detto a qualcuno. Tutti si confidano con gli altri. Che ne dice di Frank Ouseley? Erano buoni amici. O Ruth? Non può averlo detto alla sorella? »

« A quanto sembra, no. E, anche se l'avesse fatto, quella donna non aveva nessuna ragione di... »

« Perché, noi sì? » China alzò la voce. « Andiamo, ha detto a qualcuno che saremmo venuti. Se non a Frank o a Ruth, qualcun altro lo sapeva. Le dico che qualcuno lo sapeva. »

« Potrebbe avere avvertito la signora Abbott », suggerì Deborah al marito. « La donna con cui aveva una storia. »

« E lei potrebbe avere sparso la voce », aggiunse China. « A quel punto, chiunque poteva esserne al corrente. »

St. James doveva ammettere che era possibile, perfino probabile. Ma ovviamente il problema era che, se Brouard aveva informato qualcuno dell'arrivo dei River, questo poneva comunque la questione di un particolare essenziale ancora da chiarire: la natura apocrifa dei progetti architettonici. Brouard aveva presentato l'illustrazione ad acquerello dell'edificio come materiale genuino, il futuro museo bellico, mentre sapeva benissimo che non rappresentava niente del genere. Perciò, se aveva rivelato a un'altra persona che i River avrebbero portato dei disegni dalla California, gli aveva rivelato anche che erano dei falsi?

« Dobbiamo parlare con Anaïs, amore », lo sollecitò Deborah. « E anche col figlio. Il ragazzo era decisamente alterato. »

« Vedete? » fece China. « Ci sono altri possibili sospetti, e uno di loro sapeva del nostro arrivo, per cui ha deciso di architettare un piano. E dobbiamo trovare quella persona, Simon. Perché non lo faranno certo gli sbirri. »

Fuori aveva cominciato a cadere una pioggerellina, e Deborah prese sottobraccio Simon, stringendosi a lui. Sperava che l'interpretasse come il gesto di una donna in cerca di protezione nel proprio uomo, ma sapeva che il marito non s'illudeva mai fino a quel punto. Al contrario, Simon avrebbe capito benissimo che lei lo faceva per assicurarsi che lui non scivolasse sull'acciottolato reso sdrucciolevole dall'acqua e, a seconda dell'umore, l'avrebbe assecondata o no.

Per ragioni sue, Simon ignorò la vera ragione per cui lei lo teneva stretto e osservò: «Il fatto che Cherokee non abbia accennato con te all'anello, neppure che la sorella l'aveva comprato e gliel'aveva detto, e tanto meno di aver già visto un oggetto del genere, purtroppo è una cosa che non va, amore mio».

«Non voglio neanche pensare a quello che potrebbe significare», ammise lei. «Specie se sull'anello ci sono le impronte di Cherokee.»

«Già. Poco fa, temevo proprio che volessi arrivare a quello. Malgrado quell'osservazione sulla signora Abbott. Sembravi...» Deborah si sentì addosso lo sguardo del marito. «Colpita, credo.»

«È suo fratello», disse lei. «Non sopporto l'idea che suo fratello...» Avrebbe voluto bandire dalla mente il solo pensiero, ma non ci riusciva. Era là; dentro di lei, insinuatosi dal momento in cui il marito aveva fatto notare che nessuno sapeva dell'arrivo a Guernsey dei River. Da quell'istante, lei non aveva fatto altro che pensare a quando era stata l'ultima volta che aveva sentito di una prodezza di Cherokee che non fosse sia pure vagamente illegale. Era sempre quello che faceva dei piani, e questi puntavano invariabilmente al denaro facile. Era così anche quando Deborah viveva con China a Santa Barbara e ascoltava i racconti di quello che combinava il fratello dell'amica: dall'affitto della sua camera per storie di sesso tra adolescenti, alla florida piantagione di cannabis messa su subito dopo aver compiuto vent'anni. Fin da quando Deborah l'aveva conosciuto, Cherokee River era sempre stato un opportunista. La questione era capire quale tornaconto avesse intravisto per lanciarsi in un'impresa come l'assassinio di Guy Brouard.

«Mi riesce impossibile pensare alle conseguenze per China», disse Deborah. «Quello che le ha scaricato addosso, tra le tante persone... È orribile, Simon. Suo fratello. Come ha potuto... ammesso che sia stato lui. Perché, davvero, ci deve pur essere un'altra spiegazione. Mi rifiuto di credere a questa.»

«Possiamo sempre cercare un altro colpevole», disse Simon. «Parlare con gli Abbott, e anche con tutti gli altri. Ma, Deborah...» Lei alzò la testa e gli lesse la preoccupazione sul viso. «Devi prepararti al peggio», le disse.

«Il peggio sarebbe che China subisse un processo», ribatté Deborah. «E finisse in prigione al posto di un altro...» Le mancarono le parole, perché si rese conto che il marito aveva veramente ragione. Senza preavviso e il tempo di abituarsi, si sentiva presa tra due termini di un'alternativa: il male e il peggio. Il suo legame più forte era con la vecchia amica, perciò avrebbe dovuto sentirsi per lo meno un po' sollevata dal fatto che all'ultimo momento si fosse ovviato a un arresto per un'accusa ingiusta che avrebbe potuto costare a China la prigione. Ma se il prezzo era la scoperta che era stato il fratello a orchestrare gli eventi che l'avevano portata nelle mani della legge, come poter rallegrarsi della liberazione dell'amica dopo una simile rivelazione? E come avrebbe fatto China a riaversi, dopo un tradimento del genere? «Non crederà mai che lui le abbia potuto fare questo», disse Deborah alla fine.

«E tu?» chiese Simon calmo.

«Io?» Lei smise di camminare. Erano giunti all'angolo di Berthelot Street, che scendeva dolcemente verso High Street e il molo. La stradina era scivolosa e la pioggia che serpeggiava verso la baia cominciava a formare dei rivoli che nelle ore successive si sarebbero ingrossati. Non era il posto adatto a una passeggiata per un uomo malfermo sulle gambe, eppure Simon la imboccò a passo deciso, mentre Deborah rifletteva sulla domanda.

A metà della discesa, lei vide le vetrine dell'Admiral de Saumarez Inn ammiccare luminose nell'oscurità, suggerendo riparo e ristoro. Ma sapeva che si trattava di profferte capziose anche in tempi non sospetti, non meno provvisorie della pioggia che cadeva sulla cittadina. Ciononostante, il marito si diresse verso il locale. Lei non rispose alla domanda finché non furono al riparo sotto la porta della locanda.

A quel punto, gli disse: «Non ci avevo pensato, Simon. E, comunque, non sono certa di aver capito cosa intendi».

«Quello che ho detto. Ci credi?» le domandò. «Ne sei capace? Davvero sei disposta a credere che Cherokee River abbia incastrato la sorella? Perché questo significherebbe che è venuto a Londra espressamente per trovare te. O anche me. O tutti e due, se è per questo. E non per andare solamente all'ambasciata.»

«Perché?»

«Perché cercare noi, vuoi dire? Per far credere alla sorella di aiutarla. Per assicurarsi che lei non si soffermasse troppo su qualcosa che avrebbe potuto alimentare dei sospetti nei suoi confronti o, peggio, attirare su di sé l'attenzione della polizia. Potrei anche dire che cercava di mettersi a posto con la coscienza facendo almeno venire qui qualcuno che potesse dare una mano a China, ma se davvero intendeva far ricadere su di lei la colpa di un omicidio, credo che costui una coscienza non ce l'abbia affatto.»

«Lui non ti piace, vero?» chiese Deborah.

«La questione non è se mi piace o no, ma l'obiettività dei fatti: vederli per quello che sono, e spiegarli.»

Deborah si rese conto che in questo c'era qualcosa di vero. Capì che il giudizio spassionato di Simon su Cherokee River derivava da due elementi: la formazione scientifica del marito che affiorava immancabilmente nelle inchieste giudiziarie e quello che sapeva del fratello di China. Insomma, Simon non aveva investito nulla nell'innocenza o nella colpevolezza di Cherokee. Al contrario di lei. «No», disse. «Non credo che abbia fatto una cosa del genere. Proprio non ci credo.»

Simon annuì. Deborah vide che il marito aveva un'espressione inspiegabilmente tetra, ma si disse che doveva essere la luce. «Ecco, è proprio questo che mi preoccupa», commentò lui e la precedette nella locanda.

Sai che significa, vero, Frank? Sai che significa.

Ouseley non ricordava se Guy Brouard avesse detto quelle esatte parole o se gliele avesse solo lette in viso. Sapeva che comunque erano passate tra loro. Avevano la stessa consistenza reale del nome G.H. Ouseley e dell'indirizzo Moulin des Niaux che un arrogante ariano aveva scritto in cima alla ricevuta dei viveri: salsicce, farina, uova, patate e fagioli. E tabacco, in modo che il Giuda che si nascondeva tra loro non dovesse fumare foglie colte dai cespugli ai margini della strada, messe a seccare e arrotolate nella carta velina.

Senza doverlo chiedere, Frank capì il prezzo pagato per quei beni. Gli fu chiaro perché tre di quei temerari che avevano battuto a macchina il *GIFT* alla fioca e pericolosa luce di candela nella sagrestia di St. Pierre du Bois fossero finiti nei campi di concentramento, mentre a un quarto fosse toccata semplicemente la galera in Francia. I tre erano morti nel campo di lavoro o a causa di quello che avevano sofferto. Il quarto era rimasto dentro solo un anno. Quando ne parlava, descriveva la prigionia in Francia come un periodo crudele, segnato dalle malattie, disumano. Ma Frank capì che doveva per forza raffigurarlo in quei termini. Anzi, forse lo ricordava proprio così, perché altrimenti vederlo come una conseguenza logica e necessaria dell'allontanamento da Guernsey quale misura cautelativa per aver tradito i compagni, come un modo per tutelarsi nella veste di spia che al suo ritorno doveva molto ai nazisti, come ricompensa per un atto commesso perché, Dio santo, era affamato e non perché credesse davvero in qualcosa... Come avrebbe fatto un uomo ad affrontare la colpa di aver causato la morte dei compagni solo per riempirsi la pancia di cibo decente?

Col tempo, la menzogna secondo cui Graham Ouseley era stato uno di quelli traditi da un collaborazionista era divenuta realtà per il vecchio. Non poteva fare altrimenti e, se fosse stato messo di fronte alla consapevolezza che invece era proprio lui il colpevole, sulla cui coscienza gravava la morte di tre brave persone, questo avrebbe gettato la sua mente già alterata nella più totale confusione. Ma era proprio quello che sarebbe accaduto se la stampa avesse esaminato i documenti che gli avrebbero chiesto a sostegno delle sue rivelazioni.

Frank poteva solo immaginare che cosa sarebbe accaduto all'apparire della notizia. I giornali ci avrebbero marciato per giorni e giorni, immediatamente il canale televisivo e le stazioni radiofoniche dell'isola l'avrebbero ripresa. Alle proteste indignate dei discendenti dei collaborazionisti, e di quelli ancora vivi come Graham, la stampa avrebbe fornito le prove. Anzi, l'intera faccenda non sarebbe mai arrivata alla ribalta senza che queste fossero esibite in anticipo, così tra i nomi dei traditori resi di pubblico dominio sarebbe apparso quello di Graham Ouseley. E ai media non sarebbe sfuggita l'ironia della cosa: proprio l'uomo deciso a fare i nomi dei mascalzoni che avevano provocato detenzioni, deportazioni e morti era lui stesso un delinquente della peggior specie, un appestato da bandire.

Guy aveva chiesto a Frank cos'avesse intenzione di fare dopo la scoperta della perfidia paterna, e lui non aveva saputo che cosa rispondergli. Come Graham Ouseley era incapace di affrontare la verità delle proprie azioni durante l'occupazione, così Frank aveva scoperto di non riuscire ad assumersi la responsabilità di chiarire pubblicamente il passato. Anzi, aveva maledetto la sera in cui aveva conosciuto Guy Brouard a quella conferenza in città, e rimpianto amaramente il momento in cui aveva intravisto nell'altro un interesse per la guerra simile al proprio. Se non fosse accaduto e lui non avesse agito in modo così impulsivo, tutto sarebbe stato diverso. Quella ricevuta, che i nazisti custodivano tra le altre per identificare quelli che li avevano aiutati ed erano stati loro complici, sarebbe rimasta sepolta nell'enorme quantità di documenti che facevano parte di una collezione accumulata ma non catalogata con un certo criterio, etichettata e classificata.

L'arrivo di Guy Brouard nella loro vita aveva cambiato tutto. L'entusiastica proposta da parte del milionario di costruire una struttura più appropriata dove custodire la raccolta, accoppiata all'amore per l'isola in cui aveva trovato ospitalità, aveva creato un mostro. Il mostro era quella scoperta, una scoperta che esigeva l'ammissione e una conseguente iniziativa. Era questa la difficile situazione nella quale Frank cercava di districarsi invano.

Il tempo incalzava. Con la morte di Guy, Frank aveva sperato che tutto sarebbe passato sotto silenzio. Invece l'episodio accaduto quel giorno dimostrava il contrario. Graham era deciso a dare corso alla propria rovina. Anche se era riuscito a nascondersi per più di cinquant'anni, il rifugio ormai non c'era più e non esisteva nessun santuario dove ripararsi da quello che gli sarebbe capitato.

Nell'avvicinarsi al cassettone della camera da letto, Frank si sentiva le gambe pesanti. Prese la lista da dove l'aveva appoggiata e scese le scale, portandola con sé come un'offerta sacrificale.

Entrò nel salotto. In televisione c'erano due chirurghi in camice chini su un paziente in sala operatoria. Frank spense e si voltò verso il padre. Il vecchio dormiva ancora, con la bocca spalancata, e un rivolo di saliva che gli colava dal labbro inferiore.

Frank si chinò su di lui e gli mise una mano sulla spalla. «Papà, svegliati», disse. «Dobbiamo parlare», e lo scosse delicatamente.

Graham aprì gli occhi dietro le lenti spesse. Batté le palpebre confuso e disse: «Devo essermi appisolato, Frankie. Che ore sono?»

«È tardi. È ora di mettersi a letto.»

«Giusto», convenne Graham. «Giusto, ragazzo», e accennò ad alzarsi.

«Non ancora», disse Frank. «Da' prima un'occhiata a questa, papà», e mise la ricevuta dei viveri davanti agli occhi ormai deboli del vecchio.

Graham increspò la fronte e abbassò lo sguardo sul foglio di carta. «Cos'è?» chiese.

«Dimmelo tu. C'è sopra il tuo nome. Vedi? Proprio qui. C'è anche una data: 18 agosto 1943. È scritta quasi tutta in tedesco. Che ne pensi, papà?»

Il padre scosse la testa. «Niente. Non ne so proprio niente.» Era un'affermazione sincera, fatta senza la minima ombra di dubbio.

«Sai cosa dice? In tedesco, intendo. Sai tradurla?»

«Non parlo il crucco, no? Mai saputo, e non voglio impararlo.» Graham si agitò sulla sedia, si chinò in avanti e appoggiò le mani sui braccioli.

«Non ancora, papà», disse Frank per fermarlo. «Prima te la leggo.»

«Hai detto che è ora di andare a letto», ribatté il padre con la voce alterata.

«Prima questo. Dice: sei salsicce, una dozzina di uova, due chili di farina, sei chili di patate, un chilo di fagioli e tabacco, papà. Vero tabacco. Duecento grammi. È quello che ti hanno dato i tedeschi.»

«I crucchi?» chiese Graham. «Sciocchezze. Dove l'hai... Fammi vedere.» Cercò debolmente di sfilargliela dalla mano.

Frank la allontanò e disse: «Ecco cos'è accaduto, papà. Tu non ce la facevi più, immagino. Voglio dire, a raschiare il fondo per sopravvivere. Le razioni non bastavano, poi sono finite del tutto. Tè di rovi, pasticcio di bucce di patate. Avevi fame ed eri stanco e stufo marcio di mangiare radici ed erbacce. Perciò hai fatto loro i nomi...»

«*Non ho mai...*»

«Hai consegnato ai tedeschi quelli che volevano, perché tu avevi voglia di fumare decentemente. E di carne. Dio solo sa quanto ne avevi voglia, di carne. E sapevi che c'era un modo per procurartela. Ecco cos'è accaduto. Tre vite in cambio di sei salsicce. Era più che abbastanza, visto che ti eri ridotto a mangiare il gatto di casa.»

«Non è vero!» protestò Graham. «Sei diventato pazzo o che cosa?»

«Questo è il tuo nome, o no? E qui c'è la firma del *Feldkom-mandant* in fondo alla pagina. Heine. Proprio qui, guarda, papà. Ti si concedeva dall'alto un trattamento speciale. Un po' di sostentamento ogni tanto, per superare la guerra. Se dessi un'occhiata al resto dei documenti, quante altre ricevute del genere salterebbero fuori?»

«Non so di cosa stai parlando.»

«No che non lo sai. Sei riuscito a dimenticare. Cos'altro potevi fare dopo che sono tutti morti? Non te l'aspettavi, vero? Pensavi che avrebbero scontato le pene e sarebbero tornati a casa, questo te lo concedo.»

«Sei diventato matto, ragazzo. Fammi alzare da questa sedia. Spostati, o ti faccio vedere io.»

Quella minaccia paterna, udita da bambino così di rado da essersela quasi dimenticata, ebbe un certo effetto su Frank. Fece un passo indietro e osservò il padre che si sforzava di alzarsi.

«Ora vado a letto», disse Graham al figlio. «Ne ho abbastanza di queste sciocchezze. Ho da fare, domani, e devo riposarmi per stare in forze. E, bada, Frank», gli puntò contro un dito tremante, «non farti venire in mente di mettermi i bastoni tra le ruote, mi hai sentito? Bisogna raccontare tutto, e lo farò.»

«E tu non mi hai sentito?» chiese Frank, angosciato. «Tu eri uno di loro. Hai venduto i tuoi compagni. Sei andato a fare un patto con i nazisti e hai passato sessant'anni a negarlo.»

«Mai!...» Graham fece un passo verso di lui, con i pugni stretti. «Sono morte delle persone, bastardo. Dei bravi uomini, migliori di quanto non saresti mai, sono finiti a morte perché non volevano sottomettersi. Oh, gli era stato chiesto di farlo, sai? Collaborate, tenete duro, tirate avanti malgrado tutto. Il re vi ha abbandonato, ma si preoccupa per voi, e un giorno, quando tutto questo sarà finito, lo vedrete togliersi il cappello davanti a voi. Nel frattempo, fingete di fare come vi dicono i tedeschi.»

«È questo che ti sei detto? Che fingevi solamente di collaborare? Di tradire i tuoi amici, di vederli arrestare, di accollarti la farsa della tua deportazione, quando sapevi benissimo che era tutta una menzogna? Dove ti hanno mandato davvero, papà? Dove ti hanno nascosto nel periodo della detenzione? Quando poi sei tornato, nessuno si è accorto che stavi un po' troppo bene per essere uno che si era fatto un anno di galera in tempo di guerra?»

«Ho avuto la tubercolosi! Ho dovuto curarmi.»

«Chi te l'ha diagnosticata? Non un medico di Guernsey, immagino. E se adesso facessimo gli esami, quelli che dimostrano se hai avuto la tisi, come risulterebbero? Positivi? Ne dubito.»

«Sono solo un mucchio di sciocchezze», strillò Graham. «Sciocchezze e basta. Dammi quel foglio. Mi hai sentito, Frank? Dammelo subito.»

«No», disse il figlio. «E non parlerai con la stampa. Perché se lo fai, papà, se lo fai...» In quell'istante afferrò pienamente l'orrore della situazione: la vita del padre che era stata tutta una menzogna, e la parte che lui stesso, involontariamente ma entusiasticamente, aveva avuto nel crearla. Si era piegato in adorazione davanti all'altare del coraggio paterno per l'intera durata dei suoi cinquantatré anni, soltanto per scoprire che l'oggetto della sua religione personale era meno di un idolo pagano. Il dolore per questa scoperta involontaria era insopportabile. E la collera che si portava dietro era tale da sconvolgergli la mente. «Ero soltanto un bambino», disse con la voce rotta. «Credevo...» Non riuscì ad andare avanti.

Graham si tirò su i pantaloni. «E adesso cosa c'è? Lacrime? È questo che hai dentro? Allora sì che avevamo motivi per piangere. Cinque lunghi anni di inferno in terra, Frankie. Cinque anni, ragazzo. E ci hai mai sentiti piangere? Ci hai visto torcere le mani e domandarci cosa fare? Attendere come santi pazienti che qualcuno scacciasse i crucchi dall'isola? Nient'affatto. Abbiamo resistito, dipinto la V dappertutto, nascosto nel fango le radio, tagliato le linee telefoniche, tolto i cartelli stradali e nascosto gli schiavi quando scappavano. Abbiamo accolto i soldati inglesi quando sbarcavano come spie e solo per questo avremmo potuto essere fucilati sul posto. Ma piangere come bambini? L'abbiamo mai fatto? Tirare su col naso e piagnucolare? Mai. Abbiamo sopportato tutto da uomini. Perché eravamo uomini.» Andò verso le scale.

Frank lo guardò pieno di meraviglia. Capì che la versione dei fatti secondo Graham era così radicata nella sua mente che non sarebbe stato semplice estirparla. La prova che lui stringeva tra le mani non esisteva per il padre. Anzi, il vecchio non poteva permettersi di lasciare che esistesse. Ammettere di aver tradito delle brave persone sarebbe equivalso a riconoscere di essere un omicida. E non l'avrebbe fatto. Non l'avrebbe mai fatto. Come aveva potuto credere il contrario, si chiese Frank?

Il padre si afferrò al corrimano delle scale. Lui stava per andare ad aiutarlo, come faceva sempre, ma si accorse che non sopportava più di toccare il vecchio. Avrebbe dovuto mettergli la mano destra sul braccio e passargli la sinistra intorno alla vita, e la sola idea di quel contatto gli riusciva intollerabile. Perciò rimase immobile e guardò il vecchio salire con sforzo sette gradini.

«Verranno», disse Graham, più a se stesso che al figlio. «Ho telefonato. È venuto il momento di dire la verità nuda e cruda, e intendo farlo. Si dovranno fare dei nomi e qualcuno avrà ciò che gli spetta.»

Allora Frank, con la voce di un bimbo impotente disse: «Ma, papà, non puoi...»

«Non dirmi quello che posso e non posso fare!» ruggì il vecchio dalle scale. «Non osare mai più dire a tuo padre come comportarsi. Abbiamo sofferto, altroché. Alcuni di noi sono morti. E loro dovranno pagare, Frank. Fine della storia, mi hai sentito. Fine della storia.»

Si voltò, afferrando più saldamente il corrimano. Nell'alzare il piede per salire un altro gradino, vacillò e cominciò a tossire.

Allora Frank si mosse, perché la risposta era semplice, in fondo. Il padre sosteneva l'unica verità che conosceva. Ma quella di cui erano a parte tutti e due prevedeva che qualcuno dovesse pagare.

Andò alle scale e le salì di corsa, fermandosi a un passo da Graham. «Papà. Oh, papà», mormorò, e lo afferrò per i risvolti dei pantaloni. Li tirò solo una volta, con rapidità e forza, poi si scansò mentre il padre piombava giù.

Il colpo del cranio che urtava contro il gradino fu molto forte. Graham diede un grido spaventato mentre cadeva. Subito dopo però tacque, mentre il suo corpo scivolava velocemente giù per le scale.

21

IL MATTINO dopo, St. James e Deborah fecero colazione seduti vicino a una finestra che si affacciava sul piccolo giardino interno dell'albergo, dove un intrico di viole del pensiero formava un bordo colorato intorno a un fazzoletto d'erba. Stavano organizzando la giornata, quando arrivò China, vestita da capo a piedi di nero, una tenuta che ne accentuava l'aria spettrale.

Rivolse loro un rapido sorriso, col quale intendeva scusarsi per essersi presentata così presto, e disse: «Devo fare qualcosa, non posso starmene seduta ad aspettare. Prima ci ero costretta, ma ora non più, e ho i nervi a pezzi. Ci deve pur essere qualcosa...» Sembrò accorgersi del suo parlare sconnesso, s'interruppe, e riprese, ironica: «Scusatemi. Vado avanti con una cinquantina di tazze di caffè. Sono sveglia dalle tre del mattino».

«Prenda del succo d'arancia», propose St. James. «Ha fatto colazione?»

«Non riesco a mangiare», rispose lei. «Ma grazie. Ieri non l'ho detto, eppure me l'ero ripromesso. Senza voi due... Volevo solo dirvi grazie.» Sedette su una sedia al tavolo accanto al loro e girò lo sguardo sulle altre persone che si trovavano nella sala: uomini in giacca e cravatta con il cellulare accanto alle posate e la ventiquattrore sul pavimento appoggiata contro la sedia, con il quotidiano aperto. L'atmosfera era silenziosa come in un club londinese. China disse a bassa voce: «Sembra di essere in una biblioteca».

«Banchieri», spiegò St. James. «Hanno molte cose per la testa»

«Spocchiosi», commentò Deborah, e sorrise con affetto all'amica.

Quest'ultima prese il succo versatole da Simon. «Continuo a ripetermi nella mente tutta una serie di 'se solo'. Non avevo nessuna intenzione di venire in Europa, e se solo non mi fossi lasciata convincere... se solo avessi rifiutato di riparlarne... se solo avessi avuto tanto da fare da essere costretta a restare in America, forse non sarebbe partito neanche lui e non sarebbe accadut niente di tutto questo.»

«Inutile piangere sul latte versato», disse Deborah. «Quan do una cosa deve succedere, succede e basta. Non sta a noi far disaccadere.» Sorrise a quel suo neologismo. «Dobbiamo sol andare avanti.»

China ricambiò il sorriso. «Mi sembra di averlo già sentito.

«Era un buon consiglio, da parte tua.»

«All'epoca non ti piaceva.»

«No, è vero. Mi sembrava un po' cinico. Ma è sempre co quando vorresti che i tuoi amici si crogiolassero con te nelle tu indecisioni.»

China arricciò il naso. «Non essere così dura con te stessa.

«Allora cerca di non esserlo neanche tu.»

«D'accordo, affare fatto.»

Le due donne si guardarono con affetto. St. James le osservò si rese conto che comunicavano in un modo tutto femminile ch lui non riusciva a decifrare. Poi Deborah disse: «Mi sei manc ta», e China ricambiò con una risatina soffocata e un: «Così in pari». A quel punto, la conversazione terminò.

Lo scambio di battute servì a ricordare a Simon che l'esister za di Deborah non era limitata agli anni a partire dai quali lui conosceva. Entrata nella sua vita quando era una bimba di set anni, la moglie gli era sempre parsa un elemento permanen della mappa del suo universo personale. Il fatto che avesse anch lei un universo privato non era certo uno shock per lui, ma e comunque sconcertante essere costretto a riconoscere che l aveva avuto tutta una serie di esperienze alle quali lui non avev preso parte. Il fatto che avrebbe potuto benissimo farne par era una considerazione da riservare a un'altra occasione, quanc non vi fosse stata tanta carne al fuoco.

«Ha parlato con l'avvocato?» chiese quindi.

China scosse la testa. «Non c'era. Però doveva restare al c mando per tutta la durata dell'interrogatorio. E dato che non r ha chiamato...» Mise un dito su un toast infilato nella rastrellie come se volesse mangiarlo, ma poi lasciò perdere. «Immagir che siano andati avanti per tutta la notte. Con me hanno fatt così.»

«Allora comincerò da là», le annunciò St. James. «E v due... Penso dobbiate fare una visita a Stephen Abbott. L'altr giorno ha parlato con te, amore», disse a Deborah, «credo quindi che accetterà di farlo di nuovo.»

Accompagnò le due donne fino al parcheggio, dove aprirono una cartina dell'isola sul cofano della Escort e studiarono il percorso per Le Grand Havre, un'ampia rientranza nella costa settentrionale formata da due baie e da un porto, al di sopra della quale una rete di sentieri conduceva a torrette d'avvistamento e forti abbandonati. China avrebbe fatto da navigatrice a Deborah per arrivare in quella zona, dove Anaïs Abbott possedeva una casa a La Garenne. Nel frattempo, St. James avrebbe fatto una visita al comando di polizia per carpire all'ispettore Le Gallez tutte le informazioni possibili sull'arresto di Cherokee.

Guardò la moglie e l'amica partire in macchina lungo il percorso stabilito. Quando l'auto svoltò in St. Julian Avenue, lui distinse la curva della gota di Deborah. Sorrideva per qualcosa che l'amica aveva appena detto.

Simon rimase per un momento a pensare ai mille avvertimenti che avrebbe potuto dare alla moglie se solo lei lo avesse ascoltato. Le avrebbe detto che non c'entrava quello che lui pensava, ma quello che invece ignorava ancora.

Sperava che almeno Le Gallez avrebbe riempito le lacune e andò subito a cercarlo.

L'ispettore era appena arrivato al comando di polizia. Quando venne da Simon, aveva ancora indosso il cappotto. Lo appoggiò su una sedia nella sala operativa e indicò a St. James una lavagna, sulla quale un agente in divisa stava attaccando una serie di fotografie a colori.

«Dia un'occhiata», disse con un cenno e l'aria alquanto compiaciuta.

Simon vide che le immagini formavano una bottiglietta marrone di medie proporzioni, del tipo solitamente usato per lo sciroppo per la tosse, adagiata su un letto di erba secca e alghe. Una delle immagini ne mostrava le dimensioni comparate a un righello di plastica; altre la riprendevano nel punto in cui era stata rinvenuta: rispetto alla vegetazione più vicina, al campo in cui si trovava, alla siepe che lo separava dalla strada e rispetto a quest'ultima, un tratto boschivo in cui St. James ricordò di essere passato.

«È il viottolo che conduce alla baia», disse.

«Già, proprio quello», confermò Le Gallez.

«Allora, di che si tratta?»

«La bottiglia?» L'ispettore andò a una scrivania e prese un foglio di carta dal quale lesse ad alta voce: «*Eschscholzia californica*».

«Cioè?»

«Olio di papavero.»

«Quindi ha trovato l'oppiaceo.»

Le Gallez fece un sogghigno. «Infatti.»

«E *californica* vuol dire...»

«Proprio quello che immagina. Sulla bottiglietta ci sono le impronte di quel River. Chiare e inequivocabili. Una delizia per gli occhi, me lo lasci dire.»

«Maledizione», mormorò St. James, più a se stesso che all'ispettore.

«Abbiamo il nostro uomo.» Le Gallez era pienamente convinto di questa nuova piega dei fatti, esattamente come venti-quattro ore prima era convinto di avere catturato l'assassina.

«Allora, che spiegazione può dare?»

«Vuol dire come è arrivata fin lì?» L'ispettore si servì di una matita per indicare le foto mentre parlava. «Ho pensato questo: non avrebbe mai messo l'oppiaceo nel thermos la sera prima e neanche di primo mattino, c'era sempre la possibilità che Brouard lo sciacquasse prima di mettervi il tè. Perciò l'ha seguito alla baia e ha messo l'olio nel thermos, mentre Brouard nuota-va.»

«Correndo il rischio di essere visto?»

«Che rischio c'era? Non è ancora l'alba, perciò si aspetta non vi sia nessuno in giro. E, anche in caso contrario, indossa il man-tello della sorella. Quanto a Brouard, si allontana dalla riva a nuoto e non presta attenzione alla spiaggia. River non ha nessun problema ad attendere che lui sia in acqua, dopodiché si avvicina di soppiatto al thermos e vi versa l'olio. Quindi si nasconde, tra gli alberi, dietro una roccia o il chiosco delle bibite. Attende che Brouard esca dall'acqua e beva il tè come fa ogni mattina, e tutti lo sanno. Ginkgo e tè verde. Fa crescere i peli sul petto, ma so-prattutto mette il fuoco nelle palle, ed è quello che interessa a Brouard per far contenta la sua ragazza. River attende che l'op-piaceo faccia effetto e poi gli è addosso.»

«E se la sostanza non avesse agito mentre Brouard era ancora sulla spiaggia?»

«E cosa importava a River?» Le Gallez alzò le spalle in modo eloquente. «Non era ancora sorta l'alba, e l'oppiaceo avrebbe comunque fatto effetto lungo la strada che Brouard faceva per tornare a casa. Avrebbe potuto avvicinarlo in qualunque punto. Poiché dopo aver bevuto si è addormentato sulla spiaggia, lui gli ha cacciato il sasso in gola ed è finita lì. Contava sul fatto che la causa della morte sarebbe stata attribuita al soffocamento da corpo estraneo, come in effetti è stato. Poi si è sbarazzato della bottiglietta di olio di papavero gettandola tra i cespugli mentre tornava a casa. Non si è reso conto che il cadavere sarebbe stato sottoposto comunque a esami tossicologici, indipendentemente dalla causa apparente del decesso.»

Era una ricostruzione non priva di senso. Gli assassini compiono sempre qualche errore di calcolo e, nella maggior parte dei casi, è per questo che vengono catturati. Dato che sulla bottiglia contenente l'oppiaceo erano state trovate le impronte digitali di Cherokee River, era logico che l'attenzione di Le Gallez si fosse appuntata su di lui. Ma restavano ancora da spiegare tutti gli altri dettagli del caso. St. James ne scelse uno, in particolare.

«Che mi dice dell'anello? Ci sono le sue impronte anche su quello?»

Le Gallez scosse la testa. «Non siamo riusciti a ricavarne una decente. Solo una parziale di una parziale, ma nient'altro.»

«Allora?»

«L'avrà portato con sé. Forse aveva intenzione di cacciare quello in gola a Brouard, invece della pietra. Quest'ultima ha confuso le acque per un po', e a River deve aver fatto comodo. Dopotutto, voleva davvero far apparire colpevole la sorella in modo così lampante? Magari non intendeva consegnarcela su un piatto d'argento, quanto invece farci arrivare a lei con un po' di lavoro.»

St. James rifletté su tutto questo. Aveva una certa logica, nonostante la fiducia che la moglie riponeva nei River, ma c'era qualcos'altro cui Le Gallez non aveva accennato nella fretta di chiudere il caso senza incolpare del delitto un isolano. «Immagino che si renda conto che lo stesso ragionamento su Cherokee vale anche per altri», gli fece notare. «E ci sono persone che, come minimo, avevano dei moventi per desiderare la morte di Brouard.» Senza attendere la replica di Le Gallez, proseguì: «Henry Moullin ha nel suo mazzo di chiavi una ruota delle fate e il sogno, alimentato da Brouard ma non realizzato, di diventare un artista vetraio. Bertrand Debiere è pieno di debiti, perché credeva di ottenere l'incarico del museo di Brouard. Quanto all'edificio...»

Le Gallez l'interruppe con un gesto seccato della mano. «Moullin e Brouard erano molto amici, da anni. Hanno effettuato insieme i lavori che hanno trasformato il vecchio Thibeault Manor in Le Reposoir. Senza dubbio, Henry una volta gli avrà dato la pietra in segno di amicizia. Come per dire: 'Sei uno di noi, amico'. Quanto a Debiere, non ce lo vedo Nobby a uccidere proprio l'uomo cui sperava di far cambiare idea, e lei?»

«Nobby?»

«Bertrand.» Le Gallez non dissimulò l'imbarazzo. «È un soprannome. Andavamo a scuola insieme.»

E questo, agli occhi dell'ispettore, rendeva l'architetto un candidato assassino ancora più improbabile di quanto non lo sarebbe stato un qualunque altro abitante dell'isola. St. James non si diede per vinto. «Ma perché? Qual era il movente di Cherokee River? E quello della sorella, quando era la sua principale indiziata?»

«Il viaggio di Brouard in California, mesi fa. È stato allora che River ha preparato il piano.»

«Perché?»

L'ispettore perse la pazienza. «Senta, amico, non lo so», disse infuriato. «E non *ho bisogno* di saperlo. Io devo solo scoprire chi è l'assassino di Brouard, e l'ho fatto. D'accordo, all'inizio avevo preso di mira la sorella, ma sulla base delle prove che lui aveva falsificato.»

«Ma potrebbe essere stato anche qualcun altro.»

«Chi? E perché?» Le Gallez avanzò con più aggressività del necessario verso Simon, che per un momento temette di essere buttato fuori senza cerimonie dal comando di polizia.

Allora disse con calma: «Dal conto di Brouard manca del denaro, ispettore. Una grossa somma. Lo sapeva?»

Le Gallez cambiò espressione e St. James ne approfittò.

«Me l'ha detto Ruth Brouard. È stato via via prelevato.»

L'ispettore rifletté sulla cosa, e disse con minore convinzione di prima: «River potrebbe aver...»

Simon l'interruppe. «Se proprio vuole credere che c'entri River, magari in un ricatto, perché uccidere la gallina prima che avesse fatto le uova d'oro? Ma anche se così fosse, se River ricattava Brouard, perché quest'ultimo avrebbe accettato proprio lui, fra tante persone, come corriere selezionato dal suo legale in America? Di sicuro Kiefer gli aveva comunicato il nome prima dell'arrivo a Guernsey, altrimenti come avrebbe fatto a sapere chi doveva andare a prendere all'aeroporto? E nell'apprendere che si trattava di River, Brouard avrebbe immediatamente annullato la cosa.»

«Non l'ha saputo in tempo», ribatté Le Gallez, ma già cominciava ad apparire meno sicuro.

St. James insistette. «Ispettore, neanche Ruth Brouard sapeva che il fratello stava sperperando il patrimonio. Secondo me, non ne era al corrente nessun altro. Non all'inizio, almeno. Perciò non avrebbe più senso pensare che qualcuno possa averlo ucciso per impedirgli di esaurire del tutto i fondi? E se non è così, non può darsi che fosse implicato in qualcosa d'illegale? E questo, a sua volta, non fa pensare a un movente di gran lunga più solido di quelli attribuibili ai River?»

Le Gallez tacque. Dalla sua espressione, Simon capì che l'ispettore era sconcertato da quella nuova rivelazione sulla vittima dell'omicidio di cui lui per primo avrebbe dovuto essere informato. Lanciò un'occhiata alla lavagna, sulla quale le foto della bottiglietta contenente l'oppiaceo erano sembrate la prova lampante dell'identità dell'assassino. Poi tornò a guardare St. James e parve soppesare la nuova ipotesi prospettatagli dall'altro. Alla fine disse: «D'accordo. Allora venga con me. Dobbiamo fare una serie di telefonate».

«A chi?» domandò St. James.

«Alle uniche persone in grado di far parlare un banchiere.»

China era un'eccellente navigatrice e così giunsero, senza mai sbagliare, a Vale Road, sul versante settentrionale di Belle Greve Bay.

Attraversarono un piccolo quartiere con il pizzicagnolo, la parrucchiera, un meccanico e a un semaforo – uno dei pochi dell'isola – svoltarono a nord-ovest. Tra i continui cambiamenti di paesaggio tipici di Guernsey, si ritrovarono in una zona agricola che si estendeva lungo la strada per mezzo chilometro; era caratterizzata da un ettaro scarso di serre che baluginavano al sole del mattino. Dopo aver percorso quattrocento metri, Deborah riconobbe il posto e si chiese perché non ci avesse pensato prima. Lanciò un'occhiata circospetta all'amica e, dalla sua espressione, vide che anche lei aveva capito dove si trovavano.

«Ferma qui, okay?» disse all'improvviso China quando giunsero alla curva che portava alla States Prison. Deborah frenò in una piazzola venti metri più avanti e l'amica scese dalla macchina, avvicinandosi a un intrico di biancospini e prugnoli che fungeva da siepe. Più in là, in lontananza, si vedevano due degli edifici che costituivano la prigione. Con le facciate di un giallo pallido e i tetti a embrici rossi, avrebbe potuto essere una scuola o un ospedale. Solo le finestre, con le sbarre di ferro, rivelavano la vera destinazione dell'edificio.

China era chiusa in se stessa e Deborah esitava a intromettersi nei suoi pensieri, perciò le restò accanto in silenzio, sentendosi frustrata per la propria inadeguatezza, specialmente se paragonata al tenero affetto ricevuto dall'amica quando lei a sua volta ne aveva avuto bisogno.

Fu China a parlare: «Non ce la farebbe, per nessuna maledetta ragione».

«Sarebbe lo stesso per chiunque.» Deborah pensò alle porte della prigione che si chiudevano, i lucchetti che scattavano e poi un'infinita distesa di tempo che si perdeva in settimane e mesi, finché non passavano anni.

«Per Cherokee sarebbe peggio», ribatté China. «Per gli uomini è sempre peggio.»

Deborah le lanciò un'occhiata. Ricordò la descrizione fattale dall'amica dell'unica visita al padre in prigione. «I suoi occhi. Non riusciva a tenerli fermi», le aveva detto. «Eravamo seduti a quel tavolo e, ogni volta che alle sue spalle passava qualcuno troppo vicino, lui si voltava di scatto, come se temesse di essere accoltellato. O peggio.»

Quella volta, era stato dentro per cinque anni. Il sistema carcerario della California teneva sempre aperti i suoi bracci per il padre di China.

Adesso la donna disse: «Non sa che cosa lo aspetta là dentro».

«Non andrà così», le assicurò Deborah. «Sistemeremo tutto al più presto e potrete tornarvene a casa tutti e due.»

«Sai, mi lamentavo sempre del fatto di essere così povera. Di dover sempre racimolare un po' di soldi nella speranza di mettere da parte qualcosa, un giorno. Era una cosa che odiavo. Dover lavorare alle superiori solo per comprarmi un paio di scarpe in qualche ipermercato. Servire ai tavoli da un anno all'altro per poter mettere da parte abbastanza per andare da Brooks. E poi l'appartamento a Santa Barbara. Quella topaia dove stavamo, Debs. Dio, come odiavo tutto quello. Ma tornerei subito indietro pur di tirarmi fuori da questa situazione. Il più delle volte, mio fratello mi fa impazzire. Figurati che avevo persino paura di alzare il telefono quando squillava per il timore di sentire la voce di Cherokee che diceva: 'China! Aspetta di sentire cos'ho in mente', e subito capivo che si trattava di affari loschi o di un prestito. Ma ora darei tutto quello che ho pur di avere mio fratello accanto a me e stare con lui sul molo di Santa Barbara ad ascoltare il suo ultimo imbroglio. »

D'impulso, Deborah prese l'amica tra le braccia. « Lo tireremo fuori da tutto questo », promise. « E anche te. Tornerete a casa. »

Risalirono in macchina. Mentre lei usciva in retromarcia dalla piazzola e s'immetteva nuovamente sulla strada, China disse: « Se avessi saputo che l'avrebbero arrestato... So che sembra una vocazione al martirio, e non è così che la vedo, però credo che avrei preferito scontare io la pena ».

« Nessuno finirà in prigione », replicò Deborah. « Ci penserà Simon. »

China aprì la cartina e la guardò come per individuare la strada, ma disse esitante: « Lui non è affatto come me lo immaginavo, è molto diverso, non avrei mai pensato... » S'interruppe. Poi aggiunse: « È molto carino, Deborah ».

Lei le lanciò un'occhiata e completò ad alta voce quello che pensava l'amica: « Ma non somiglia neppure lontanamente a Tommy, vero? »

« Per niente. Con lui sembri, non so, meno libera, almeno rispetto a quando stavi con Tommy. Ricordo le risate che ti facevi con lui, e le vostre avventure insieme, colpi di testa pazzeschi. Con Simon non ti vedo fare niente del genere. »

« No? » Deborah sorrise, ma era un'espressione forzata. C'era del vero in quello che diceva l'amica. La sua relazione con Simon non avrebbe potuto essere più diversa dal periodo trascorso con Tommy, tuttavia l'osservazione di China le pareva una critica implicita al marito, e questo la metteva nella posizione di difenderlo, un ruolo che non le piaceva. «Forse perché ci vedi presi da una situazione molto seria.»

«Non credo sia questo», replicò China. «Come hai detto tu, è diverso da Tommy. Forse perché è... Sai, la gamba? Non è che il suo atteggiamento serio verso la vita dipende da quello?»

«Forse ha solo più motivi per essere serio.» Deborah sapeva che questo non era necessariamente vero. Come detective della Omicidi, Tommy aveva preoccupazioni professionali che superavano quelle di Simon. Ma cercò un modo per spiegare la personalità del marito all'amica, per farle capire che amare un uomo quasi del tutto chiuso in se stesso non era poi così diverso dall'essere innamorata di un uomo schietto, passionale ed esuberante.

«Il suo handicap, intendi?» chiese China dopo un istante.

«Cosa?»

«Il motivo per cui Simon dev'essere serio.»

«Non ci penso mai», le disse Deborah, con lo sguardo fisso sulla strada in modo che l'amica non potesse leggervi la bugia.

«Ah, bene. Sei felice con lui?»

«Molto.»

«Be', allora sei fortunata.» China rivolse di nuovo l'attenzione alla cartina. «All'incrocio vai dritta», disse brusca. «Poi la prima a destra.»

Deborah guidò verso la parte settentrionale dell'isola, una zona completamente diversa dall'agglomerato di piccoli centri dove si trovavano Le Reposoir e St. Peter Port. Le rupi di granito a sud di Guernsey lì lasciavano il posto alle dune. Una costa sabbiosa sostituiva le ripide discese che portavano alle baie e, dove la vegetazione proteggeva il terreno dal vento, sui rilievi di sabbia mobili crescevano ammofile e convolvoli, mentre su quelli fissi festuche rosse ed euforbie.

La strada le portò sul versante meridionale di Le Grand Havre, un'ampia baia aperta dove piccole imbarcazioni erano state tirate a riva per proteggerle dall'inverno. Da un lato dell'insenatura, i dimessi cottage bianchi di Le Picquerel si allineavano lungo una strada che svoltava a ovest, diretta verso la serie di baie che caratterizzavano la costa bassa di Guernsey. Dal lato opposto, c'era la biforcazione a destra di La Garenne, una strada che prendeva il nome dalle tane di conigli selvatici che una volta ospitavano la specialità culinaria dell'isola. Era una stretta striscia di selciato che seguiva in discesa il versante orientale di Le Grand Havre.

Nel punto in cui La Garenne formava una curva che seguiva la linea costiera, trovarono la casa di Anaïs Abbott. Era situata su un vasto appezzamento separato dalla strada da un muro degli stessi blocchi grigi di granodiorite impiegati per la costruzione dell'edificio. Sul davanti c'era un ampio giardino lungo il quale serpeggiava un sentiero che conduceva alla porta d'ingresso dell'abitazione. La Abbott era sulla soglia, a braccia conserte sotto il seno, e conversava con un uomo calvo che portava una valigetta e aveva qualche difficoltà a guardarla al di sopra del collo.

Mentre Deborah parcheggiava sul ciglio della strada di fronte alla casa, l'uomo porse la mano alla donna, come a conclusione di un affare, poi scese per il sentiero di pietra tra veronica e lavanda. Anaïs lo guardò andare via e, dato che la sua macchina era parcheggiata proprio di fronte a quella di Deborah, vide scendere dalla Escort le due altre visitatrici. S'irrigidì visibilmente e la sua espressione cambiò: da dolce e calorosa in presenza dell'uomo, divenne diffidente e calcolatrice. Scrutò con gli occhi ridotti a due fessure Deborah e China che salivano lungo il sentiero verso di lei.

Si portò una mano alla gola in un gesto di autodifesa e chiese a Deborah: «Chi è lei?» E a China: «Che ci fa fuori di galera? Che significa?» Poi a entrambe: «Perché siete qui?»

«China è stata rilasciata», spiegò Deborah, e si presentò, dando ragione della propria presenza in termini molto vaghi: per cercare di chiarire le cose.

«Rilasciata?» domandò Anaïs. «Che significa?»

«Che China è innocente, signora Abbott», rispose Deborah. «Non ha fatto del male al signor Brouard.»

Sentendo nominare il suo amante, gli occhi della donna si riempirono di lacrime. «Non posso parlare con lei», disse. «Non so cosa vuole, ma mi lasci in pace.» Fece per rientrare in casa.

«Anaïs, aspetti. Abbiamo bisogno di parlare», disse China.

Lei si voltò di scatto. «Non voglio parlare con lei, né vederla. Non ha già fatto abbastanza? Non è ancora soddisfatta?»

«Noi...»

«No! L'ho vista come si comportava con lui. Credeva di no? Be', invece sì. E sapevo a cosa mirava.»

« Anaïs, il signor Brouard mi ha portato in giro per la casa, per la tenuta. Lui voleva che io vedessi... »

« Lui voleva, lui voleva », la schernì Anaïs, ma la voce le mancò, e le lacrime che le riempivano gli occhi si riversarono copiose. « Sapeva che lui era mio. Lo sapeva, l'aveva visto, gliel'avevano detto tutti, ma lei è andata avanti lo stesso. Ha deciso di sedurlo e ha trascorso ogni minuto... »

« Io scattavo delle foto », la interruppe China. « Ho visto che c'era la possibilità di fare delle foto per una rivista americana. Gliene ho parlato e a lui l'idea è piaciuta. Non abbiamo... »

« Non osi negarlo! » Anaïs alzò la voce in un grido. « Lui si è allontanato da me. Ha detto che non pòteva, ma io so che non voleva. Ora ho perduto tutto. Tutto! »

La reazione della donna era talmente eccessiva che Deborah cominciò a chiedersi se scendendo dalla Escort non fosse entrata in un'altra dimensione, e cercò d'intervenire: « Abbiamo bisogno di parlare con Stephen, signora Abbott. È qui? »

Anaïs indietreggiò verso la porta. « Cosa volete da mio figlio? »

« Il ragazzo è andato con il signor Brouard a vedere la collezione di Frank Ouseley di cimeli dell'occupazione. Vogliamo fargli qualche domanda in proposito. »

« Perché? »

Deborah non le avrebbe detto altro e di certo nulla che potesse farle pensare che il figlio avesse qualche responsabilità nell'assassinio di Guy Brouard. Questo le avrebbe fatto perdere del tutto il controllo, che già era precario. Decise per un compromesso tra la verità, il raggiro e la prevaricazione: « Dobbiamo sapere che cosa ricorda di aver visto ».

« Perché? »

« È a casa, signora Abbott? »

« Stephen non ha fatto del male a nessuno. Come osa anche solo avanzare il sospetto che... » Anaïs aprì la porta. « Andate via dalla mia proprietà. Se volete parlare con qualcuno, chiamate il mio avvocato. Stephen non è qui e, comunque, non parlerà con voi, né ora né mai. »

Entrò in casa e sbatté la porta, ma, prima di farlo, un'occhiata la tradì. Si voltò a guardare nella direzione dalla quale erano venute, dove su un pendio a mezzo chilometro si levava il campanile di una chiesa.

Deborah e China si avviarono da quella parte. Rifecero in salita la strada di La Garenne, guidate dal campanile. Ben presto giunsero a un cimitero circondato di mura che sorgeva lungo il fianco di una collinetta in cima alla quale c'era la chiesa di St. Michel de Vale, sulla cui torre campanaria dalla facciata azzurra si trovava un orologio senza la lancetta dei minuti, mentre quella dell'ora indicava, a quanto pareva in modo permanente, il numero sei. Convinte che Stephen Abbott si trovasse in chiesa, provarono ad aprire la porta della cappella.

All'interno regnava il silenzio più completo. Le corde delle campane pendevano immobili vicino a un fonte battesimale, e un Cristo in croce sul vetro istoriato di una finestra guardava in basso verso un altare addobbato di agrifoglio e bacche. Non c'era nessuno nella navata, e lo stesso nella cappella degli Arcangeli, a fianco dell'altare principale, dove il tremolio di una candela indicava la presenza del sacramento.

Tornarono al cimitero. China stava dicendo: «Probabilmente ha cercato di depistarci. Scommetto che invece si trova in casa», quando Deborah scorse uno stagno al di là della strada. Era nascosto da filari di giunchi, ma dalla sommità della collinetta riuscivano a intravedere lo specchio d'acqua che si estendeva non molto lontano da una casa dal tetto rosso. Una figura gettava nell'acqua dei bastoncini di legno, con al fianco un cane noncurante. Mentre guardavano, il ragazzo spinse il cane verso lo stagno.

«Stephen Abbott», disse Deborah, cupa. «Che senza dubbio si distrae un po'.»

«Simpatico», commentò China, mentre rifacevano il sentiero fino alla macchina e attraversavano la strada.

Il ragazzo stava gettando un altro pezzo di legno nell'acqua quando le due donne spuntarono dalla fitta vegetazione che circondava lo stagno. «Forza», diceva Stephen al cane, che se ne stava accovacciato poco lontano e guardava tristemente l'acqua con la sopportazione di un martire cristiano. «Forza!» gridò il ragazzo. «Non sai fare proprio niente?» Gettò un altro bastoncino e un altro ancora, deciso a dimostrare di essere il padrone di una creatura che invece se ne infischiava di sottomettersi ed essere per questo ricompensata.

«Forse non vuole bagnarsi», suggerì Deborah, e aggiunse: «Ciao, Stephen, ti ricordi di me?»

Il ragazzo si girò a guardarla, poi andò con lo sguardo a China. Per un attimo, sgranò gli occhi, quindi tornò a fissarla con durezza e l'aria scontrosa. «Stupido cane», berciò. «Come questa stupida isola, e il resto. È tutto maledettamente stupido.»

«Deve avere freddo», osservò China. «Trema tutto.»

«Ha paura che gliele dia. E lo farò, se non porta il culo nell'acqua. Biscotto!» gridò lui. «Forza, vai a prendere quel fottuto bastoncino.»

Il cane gli voltò le spalle.

«Quel pezzo di merda è sordo», disse Stephen. «Ma mi comprende. Sa che cosa mi aspetto da lui e, se capisce che gli conviene obbedirmi, lo farà.» Si guardò intorno e trovò una pietra, che soppesò nella mano per valutarne i potenziali danni.

«Ehi!» gridò China. «Lascialo stare.»

Stephen la guardò con le labbra arricciate in una smorfia. Poi lanciò la pietra, gridando: «Biscotto! Pezzo di merda buono a nulla! Vieni qui!»

Il sasso colpì il cane a un lato della testa. La bestiola guaì, balzò in piedi e sparì con un salto tra i giunchi, dove lo udirono muoversi uggiolando tra la vegetazione.

«Tanto è il cane di mia sorella», mormorò Stephen, tagliando corto. Si voltò e gettò delle pietre nell'acqua. Deborah, però, si accorse che aveva gli occhi gonfi di lacrime.

China gli si avvicinò furiosa, dicendo: «Sta' a sentire, stronzetto...», ma Deborah la fermò con un gesto e si rivolse al ragazzo con dolcezza: «Stephen...»

Lui la interruppe senza darle il tempo di continuare: «Mi dice: 'Porta fuori il cane'», cominciò a raccontare amaramente, «'portalo a fare una passeggiatina, caro'. Io le faccio: 'Dillo a Jemina'. Dopotutto, quello stupido cane è il suo. Ma no, lei non può farlo. Paperella si è chiusa in camera a strillare perché non vuole andare via da questo buco di merda. Da non crederci».

«Andare via?» gli fece eco Deborah.

«Ci trasferiamo. L'agente immobiliare è in salotto a cercare di tenere quelle sue manacce untuose lontane dalla latteria di mamma. Parla di 'addivenire a un accordo vantaggioso per entrambi', come se in realtà non intendesse scoparsela seduta stante. Il cane gli abbaia contro e Paperella è isterica perché l'ultimo posto al mondo dove vorrebbe vivere è con la nonna a Liverpool, ma a me che m'importa? Vi assicuro che mi andrebbe bene qualsiasi cosa, pur di andarmene da quest'immondezzaio. E allora porto quello stupido cane qui fuori, ma non sono Paperella, eh, no, e lui vuole stare soltanto con lei. »

« Perché vi trasferite? » Deborah capì dal tono di China dove volesse andare a parare l'amica. C'era arrivata anche lei, soprattutto ripensando alla concatenazione di fatti per cui la famiglia Abbott si trovava in quelle condizioni.

« Mi pare ovvio », rispose Stephen. Poi, prima che le donne potessero approfondire l'argomento, chiese: « E comunque, che volete? » Lanciò un'occhiata alle canne e ai giunchi tra i quali Biscotto adesso se ne stava tranquillo, come se avesse trovato riparo.

Deborah gli domandò del Moulin des Niaux. Era mai stato là con il signor Brouard?

C'era andato una volta. « Mamma vi dava una grande importanza, ma l'unica ragione per la quale lui mi aveva chiesto di andare era che lei aveva insistito. » Gli scappò una risata. « Dovevamo *legare*. Stupida vacca. Come se lui avesse mai avuto intenzione di... Era un'autentica stupidaggine. Io, Guy, Frank, il padre di Frank, che ha quasi due milioni di anni, e tutta quella spazzatura, a mucchi. In scatole, sacchi, armadietti. Dappertutto. Una maledetta perdita di tempo. »

« Cos'hai fatto là? »

« Fatto? Loro esaminavano i cappelli. Cappelli, berretti, elmetti, di tutto. Chi li portava, cosa, quando, perché e come. Era stupido, una tale stupida perdita di tempo... Allora ho preferito uscire a farmi una passeggiata nella valle. »

« Allora non hai dato un'occhiata anche tu a quei cimeli di guerra? » chiese China.

Stephen sembrò avvertire qualcosa nel tono della sua voce, perché domandò a sua volta: « Come mai vuole saperlo? E, in ogni caso, cosa ci fa qui? Non doveva stare dietro le sbarre? »

Deborah intervenne nuovamente: « C'era qualcun altro con te? Il giorno che sei andato a vedere la collezione? »

« No », rispose lui. « Solo io e Guy. » Tornò a rivolgere l'attenzione a Deborah e all'argomento che, apparentemente, dominava i suoi pensieri. « Come dicevo, doveva trattarsi della grande esperienza che avrebbe cementato il nostro legame. Io avrei dovuto fare di tutto per dimostrarmi felice che lui fosse disposto a recitare la parte del padre per un quarto d'ora. E così lui avrebbe deciso che, come figlio, ero molto meglio di Adrian, uno scemo patetico, e in confronto a lui io almeno avrei avuto la possibilità di andare all'università senza avere una crisi di nervi soltanto perché non c'era la mammina a tenermi per mano. Era tutto così maledettamente stupido. Come se lui avesse mai avuto intenzione di sposarla.»

«Be', adesso è finita», gli disse Deborah. «Tornerete in Inghilterra.»

«Soltanto perché lei non ha ottenuto quello che voleva da Brouard», replicò lui e lanciò uno sguardo carico di disprezzo verso La Garenne. «Come se avesse mai avuto qualche possibilità di farcela. Non c'era neanche da pensare di strappargli qualcosa. E io ho cercato di dirglielo, ma lei non mi ascolta mai. Eppure chiunque, con un po' di cervello, avrebbe capito cos'aveva in mente lui.»

«Cosa?» chiesero le due donne, all'unisono.

Stephen le guardò con lo stesso disprezzo rivolto prima alla sua casa e alla madre. «Se la faceva con un'altra», rispose senza mezzi termini. «Io cercavo di farlo capire a mia madre, ma lei non mi ascoltava. Non riusciva a credere di avere fatto tanto per accalappiarselo – finendo sotto i ferri e tutto il resto, anche se aveva pagato lui l'operazione – mentre lui si scopava un'altra. 'È la tua immaginazione', mi ripeteva. 'Caro, non è che ti stai inventando tutto questo perché non hai avuto molto successo? Un giorno, troverai anche tu una ragazza, vedrai. Un ragazzone bello e robusto come te.' Dio, Dio, che stupida vacca.»

Deborah riesaminò mentalmente il tutto per cercare di capire: l'uomo, la donna, il ragazzo, la madre e tutte le ragioni di quell'accusa. «Sai chi è l'altra donna, Stephen?» gli chiese, e China, ansiosa, gli si avvicinò di un passo. Finalmente stavano approdando a qualcosa, e Deborah le fece cenno di non spaventare il ragazzo al punto di farlo tacere per l'impazienza di arrivare subito al nocciolo della faccenda.

«Certo che lo so. È Cynthia Moullin.»

Deborah lanciò un'occhiata a China, che scosse la testa, quindi chiese a Stephen: «Cynthia Moullin? E chi è?»

Una compagna di scuola, rispose il ragazzo. Una ragazza che frequentava le superiori con lui.

«Ma come fai a saperlo?» chiese Deborah che, però, vedendo l'espressione del suo viso, capì finalmente la verità. «L'hai perduta perché si è messa con il signor Brouard, vero?»

«Dov'è quello stupido cane?» disse lui in risposta.

Erano tre giorni che il fratello non rispondeva al telefono, e a quel punto Valerie Duffy non resse più. Dopo che Kevin fu andato al lavoro e Ruth ebbe terminato la colazione, avendo un'ora di libertà dalle faccende domestiche, la donna si mise in macchina e andò a La Corbière. Sapeva che a Le Reposoir nessuno si sarebbe accorto della sua assenza.

La prima cosa che notò alla Casa delle Conchiglie fu la distruzione del giardino d'ingresso, e questo la spaventò, perché era un segnale eloquente della furia del fratello. Henry era un brav'uomo, un fratello sul quale si poteva sempre fare conto, un amico leale e un padre affettuoso per le sue figlie, ma aveva una miccia che, se accesa, provocava l'esplosione nel giro di pochi secondi. Da adulta, non aveva mai assistito a uno dei suoi accessi di collera, ma aveva visto le devastazioni che lasciavano. Però fino allora Henry non si era mai scagliato contro un essere umano, ed era su quello che invece lei aveva contato il giorno che era andata da lui, trovandolo intento a preparare le focaccine che piacevano tanto alla figlia più piccola, e gli aveva detto che il suo caro amico, Guy Brouard, aveva una relazione con la sua figlia maggiore.

Era l'unico modo che le era venuto in mente per porre fine a quella storia. Parlare con Cynthia non era servito neanche a scalfire il loro assurdo legame. «Ci amiamo, zia Val», le aveva detto la ragazza con l'innocenza di una vergine deflorata di recente e con grande soddisfazione. «Sei mai stata innamorata?»

Niente poteva convincere la ragazza che uomini come Guy Brouard non s'innamoravano mai. Per Cynthia non faceva la minima differenza nemmeno il fatto che, mentre se la faceva con lei, lui continuasse a scoparsi Anaïs Abbott. «Oh, ne abbiamo parlato», aveva detto la ragazza. «Deve farlo, altrimenti la gente potrebbe pensare che sta con me.»

«Ma sta con te! Ha sessantanove anni! Mio Dio, potrebbe essere arrestato per questo!»

«Oh, no, zia Val. Abbiamo aspettato che fossi maggiorenne.»

«Aspettato...?» In un attimo Valerie aveva rivisto gli anni in

cui il fratello aveva lavorato per Guy Brouard a Le Reposoi
portando qualche volta con sé una delle figlie perché era impo
tante che Henry passasse un po' di tempo con ciascuna di lor
per compensare il fatto che la madre le aveva abbandonate pe
vivere con un divo rock il cui bagliore celestiale si era spento c
un pezzo.

Cynthia era stata quella che accompagnava più spesso il pa
dre. A Valerie non era venuto in mente nulla, finché non avev
visto le prime occhiate tra la ragazza e Guy Brouard, i contatti i
apparenza casuali tra i due: una mano che sfiorava un braccio
una volta li aveva seguiti, atteso, osservato e affrontato la ragazz
per scoprire il peggio.

Doveva dirlo a Henry. Non c'era alternativa, dal moment
che Cynthia non si lasciava persuadere a non proseguire pe
quella strada. E adesso sentiva incombere su di sé le consequen
ze di quella rivelazione al fratello come la lama di una ghigliotti
na in attesa del segnale per abbattersi.

Camminò attraverso le tristi rovine di quello che una volta er
stato un giardino così particolare. L'auto di Henry era parcheg
giata accanto alla casa, non lontano dalla baracca nella quale la
vorava il vetro, ma il posto era chiuso con il catenaccio, perciò le
andò alla porta d'ingresso. Là si fece forza per un attimo, quind
bussò.

Era suo fratello, si disse: non aveva nulla di cui preoccuparsi
da temere da lui. Avevano superato insieme un'infanzia difficil
nella casa di una madre rigida che, come lo stesso Henry in un
storia ripetutasi, era stata abbandonata da un coniuge infedele
Questo faceva sì che tra loro vi fosse più del legame di sangue
avevano in comune ricordi così vividi che niente sarebbe mai sta
to più importante del modo in cui avevano imparato a contar
l'uno sull'altra, a farsi da genitori in assenza del padre e con un
madre inesistente sotto il profilo emotivo. Erano riusciti a non la
sciarsene influenzare. Avevano giurato che tutto ciò non avrebb
gravato sulla loro vita. Se poi non c'erano riusciti, non era colp
di nessuno, e non era stato certo per mancanza di decisione e vo
lontà.

La porta venne aperta prima che lei bussasse, e Valerie s
trovò davanti il fratello con una cesta di biancheria appoggiat
sul fianco. Aveva un'espressione torva, come sempre. «Val», dis

se. «Che diavolo vuoi?» Dopodiché andò a grandi passi in cuci-na, dove aveva costruito una tettoia che serviva da lavanderia.

Seguendolo, Valerie non poté fare a meno di notare che Henry faceva il bucato come gli aveva insegnato lei. I capi bianchi, scuri e colorati tutti accuratamente separati, e gli asciugamani in un mucchio a parte.

Henry vide che la sorella lo osservava e sul viso gli passò un lampo di disgusto per se stesso. «Certe lezioni non si scordano mai», le disse.

«Continuavo a telefonare», replicò lei. «Perché non rispondevi? Eri a casa, no?»

«Non ne avevo voglia.» Lui aprì la lavatrice, dove era appena terminato un carico, e cominciò a infilarlo nell'essiccatoio. Vicino, in un acquaio, l'acqua gocciolava ritmicamente su qualcosa che era a bagno. Henry vi diede un'occhiata, versò della candeggina e rigirò energicamente i panni con un lungo cucchiaio di legno.

«Non giova agli affari», commentò Valerie. «Magari c'è della gente che ti cerca per lavoro.»

«Rispondevo sul cellulare. Le chiamate di lavoro arrivano lì.»

Nel sentirlo, lei imprecò tra sé. Non le era venuto in mente il cellulare. Perché? Era troppo spaventata, preoccupata e piena di sensi di colpa per concentrarsi su qualcosa che non fosse calmare i suoi nervi tesi. «Oh, il cellulare», mormorò. «Non ci avevo pensato.»

«Infatti», disse lui e cominciò a gettare nella lavatrice il nuovo carico di biancheria. Erano capi delle ragazze: jeans, maglioni e calzettoni. «Non ci avevi pensato, Val.»

La sua voce aveva una punta molto acuta di disprezzo, ma lei si rifiutò di lasciarsi intimorire. «Dove sono le ragazze, Harry?» chiese.

Nell'udire quel nomignolo, lui le lanciò un'occhiata. Per un attimo lei vide attraverso la maschera di disprezzo del fratello e lui tornò a essere il ragazzino che teneva per mano quando attraversavano l'Esplanade per andare a fare il bagno nelle piccole pozze d'acqua sotto l'Havelet Bay. Provò l'impulso di dirgli che non poteva nascondersi da lei. Invece attese la sua risposta.

«A scuola. Perché, dove dovrebbero stare?»

«Mi riferivo a Cyn, in particolare», ammise lei.

Lui non rispose.

«Harry, non puoi tenerla sotto chiave...»

Lui le puntò il dito contro e disse: «Non c'è nessuno sotto chiave in nessun posto. Mi hai sentito? Nessuno».

«Allora l'hai fatta uscire. Ho visto che hai tolto la grata dalla finestra.»

Invece di rispondere, Henry prese il detersivo e lo versò sui capi da lavare. Non lo dosò e, mentre continuava a sparpagliarlo in abbondanza, le lanciò un'occhiata di sfida, nel caso volesse dargli un consiglio. Ma lei l'aveva fatto una volta, una volta soltanto, che Dio la perdonasse. Ed era venuta ad assicurarsi che non fosse accaduto nulla dopo che gli aveva detto: «Henry, devi fare qualcosa».

«Allora è andata da qualche parte?» gli domandò.

«Si rifiuta di uscire dalla sua camera.»

«Non la tieni più chiusa a chiave?»

«Non è più necessario.»

«No?» Valerie fu percorsa da un brivido. Si strinse le mani intorno al corpo anche se la casa non era affatto fredda.

«Non è necessario», ripeté Henry e, come a sottolineare il concetto, andò all'acquaio dove l'acqua continuava a gocciolare e con il cucchiaio di legno tirò fuori qualcosa.

Era un paio di mutandine femminili e, mentre lo sorreggeva, lasciò cadere l'acqua sul pavimento. Valerie vide che c'erano ancora tracce di una macchia, nonostante l'ammollo e la candeggina. Nell'intuire il motivo esatto per cui il fratello aveva confinato la figlia nella sua stanza, la donna si sentì pervadere da un'ondata di nausea.

«Allora non lo è», constatò Valerie.

«Per un pelo.» Accennò con la testa alle camere da letto. «Per questo non esce. Puoi andare a parlarle, se proprio ci tieni. Ma ora è lei che si è chiusa dentro, e·si lamenta come una gatta quando le anneghi i cuccioli. Maledetta sciocca.» Sbatté il coperchio della lavatrice, pigiò dei pulsanti e la mise in funzione.

Valerie andò alla porta della stanza della nipote. Bussò piano e la chiamò per nome, aggiungendo: «Sono zia Val, cara. Vuoi aprire la porta?» Ma quella non rispose. Lei temette il peggio, e gridò: «Cynthia? Cynthia! Vorrei parlarti. Apri la porta, per favore». Di nuovo, l'unica risposta fu il silenzio. Un silenzio di tomba, soprannaturale. E Valerie era convinta che vi fosse un'unica ragione per cui un'adolescente passasse dai lamenti all'assenza completa di segni di vita. Si affrettò a tornare dal fratello.

«Dobbiamo entrare in quella stanza», disse. «Potrebbe aver...»

«Sciocchezze. Uscirà quando ne avrà voglia.» Lui scoppiò in una risata amara e feroce. «Forse si è talmente abituata a stare là dentro che ci ha preso gusto.»

«Henry, non puoi lasciarla...»

«Non dirmi quello che posso e che non posso fare!» urlò lui. «Piantala di sparare stronzate. Hai già parlato troppo. Hai fatto la tua parte, al resto ci penso io, a modo mio.»

Era proprio questa la più grande paura della donna: che il fratello affrontasse le cose a modo suo. Perché si trattava di ben altro che della vita sessuale della figlia. Se si fosse trattato di un ragazzo di città o di un compagno di scuola, Henry si sarebbe limitato a mettere in guardia Cynthia dai pericoli, a prendere tutte le precauzioni per salvaguardarla dalle conseguenze di un rapporto sessuale fortuito ma comunque investito di grandi aspettative, perché per lei era una novità assoluta. Ma qui si trattava di ben altro che della scoperta del sesso da parte di una figlia. Era stata una seduzione, con una tale doppiezza che quando Valerie l'aveva raccontato per la prima volta al fratello, lui non le aveva creduto. Non ne era stato capace. Anzi, a quella rivelazione aveva reagito come un animale colpito alla testa. Allora lei gli aveva detto: «Ascoltami, Henry, è la verità e, se non fai qualcosa, Dio solo sa che cos'accadrà alla ragazza».

Erano state le parole fatali: *se non fai qualcosa*. Adesso la relazione era finita, e lei voleva sapere disperatamente la verità su quel *qualcosa*.

Henry la guardò a lungo, e l'eco dell'espressione «a modo mio» risuonava tra loro come le campane della chiesa di St. Martin. Valerie portò le mani alle labbra e le premette contro i denti, come se con quel gesto potesse impedirsi di dire ciò che pensava, ciò che più temeva.

Lui le lesse facilmente nella mente, come sempre. La guardò da capo a piedi e disse: «Hai i sensi di colpa, Val? Non preoccuparti, ragazza».

Lei si sentì sollevata. «Oh, Harry, grazie al cielo, perché io...» ma fu interrotta dal fratello che completò la confessione.

«Non sei stata l'unica a dirmi di loro.»

22

RUTH entrò nella camera da letto del fratello per la prima volta dopo la sua morte. Aveva deciso che era venuto il momento di mettere ordine tra gli abiti di Guy. Non tanto perché ve ne fosse l'immediata necessità, quanto perché aveva bisogno di avere qualcosa da fare. E tanto meglio se era qualcosa che riguardava Guy, che le facesse risentire la presenza rassicurante del fratello ma nel contempo le impedisse di scoprire dell'altro sui molti modi in cui lui l'aveva ingannata.

Andò al guardaroba e tolse dalla gruccia la sua giacca di tweed preferita. Per un attimo, inspirò a fondo il profumo familiare del suo dopobarba, poi infilò la mano nelle tasche, una dopo l'altra, estraendone un fazzoletto, una scatoletta di mentine, una biro e un foglietto di carta staccato da un taccuino a spirale, con i bordi strappati e ripiegato in quattro. Ruth lo aprì: vi era scritto, con la grafia inconfondibile di un'adolescente: «C + G = ♥ × sempre!» Ruth si affrettò ad accartocciare il foglietto nel pugno, guardando a sinistra e a destra, come per paura che l'avesse vista qualcuno, un angelo vendicatore in cerca della prova nella quale lei era appena incappata.

Non che ormai avesse bisogno di una prova, né che l'avesse mai pretesa. Non occorrono prove quando si sa qualcosa di mostruoso per aver visto la verità con i propri occhi...

Ruth provò lo stesso malessere che l'aveva assalita il giorno che era tornata inaspettatamente prima dall'incontro con i samaritani. Non aveva ancora la diagnosi per quei dolori. Liquidandola come artrite, prendeva dell'aspirina, sperando di stare presto meglio. Ma quel giorno, l'intensità del dolore la rendeva incapace di fare altro che tornare a casa e distendersi a letto. Perciò aveva abbandonato la riunione molto prima della fine ed era tornata in macchina a Le Reposoir.

Le ci era voluto uno sforzo per salire le scale: la forza di volontà contro una crescente debolezza. Alla fine, aveva vinto la battaglia ed era avanzata barcollando nel corridoio fino alla sua camera, accanto a quella di Guy. Aveva appena messo la mano sul pomo quando le era arrivato alle orecchie uno scoppio di risa. Poi una voce di ragazza aveva gridato: «No, Guy! Mi fai solletico!»

Ruth era rimasta di sale perché aveva riconosciuto quella voce e, proprio per questo, non si era mossa dalla porta. Non ci riusciva, perché non poteva crederci. Per quella ragione, si era detta che probabilmente doveva esserci una spiegazione più semplice per ciò che faceva il fratello con un'adolescente in camera sua.

Se si fosse affrettata a lasciare il corridoio, sarebbe rimasta con quella convinzione. Ma prima di poter anche solo pensare di andarsene, la porta della camera del fratello si era aperta e ne era uscito Guy, infilandosi una vestaglia sul corpo nudo e dicendo rivolto all'interno della stanza: «Userò una delle sciarpe di Ruth. Ti piacerà».

Si era voltato e aveva visto la sorella. L'unica reazione dell'uomo era stata di sbiancare in un attimo. Ruth era avanzata di un passo verso di lui, ma il fratello aveva afferrato la maniglia della porta, richiudendola. Da dentro, Cynthia Moullin aveva chiesto ad alta voce: «Che succede, Guy?»

«Togliti di mezzo, *frère*», aveva detto Ruth, e lui, con voce roca: «Buon Dio, come mai sei a casa?»

«Per vedere, immagino», aveva risposto lei, spingendolo da parte per arrivare alla porta.

Lui non aveva cercato di fermarla, e adesso Ruth si domandò perché. Era stato come se lui avesse voluto che lei vedesse tutto: la ragazza sul letto, magra, bella, nuda, fresca e così intatta, e la nappina con la quale l'aveva stuzzicata ancora appoggiata sulla coscia.

«Vestiti», aveva ordinato Ruth a Cynthia Moullin.

«Credo proprio di no», era stata la risposta della ragazza.

Erano rimasti così tutti e tre, come attori in attesa di un'imbeccata che non veniva: Guy sulla porta, Ruth accanto al guardaroba, la ragazza sul letto. Cynthia aveva guardato l'uomo, inarcando un sopracciglio, e Ruth si era chiesta come poteva essere che un'adolescente colta in una situazione del genere fosse così sicura del fatto suo.

«Ruth», aveva detto Guy.

«No», aveva replicato lei. E alla ragazza: «Vestiti ed esci da questa casa. Se tuo padre ti vedesse...»

E non aveva potuto aggiungere altro, perché Guy le si era avvicinato e le aveva messo un braccio intorno alle spalle. L'aveva chiamata di nuovo per nome. Poi, a bassa voce – da non credersi – aveva aggiunto: «Vorremmo restare soli, Ruthie, se non ti dispiace. Ovviamente, non sapevamo che saresti tornata a casa».

Era stata l'assoluta sensatezza dell'affermazione di Guy nell'assurdità di quella circostanza che aveva spinto Ruth a precipitarsi fuori della stanza. Mentre richiudeva la porta, lui aveva mormorato: «Parleremo dopo». E, prima che la porta fosse chiusa del tutto, Ruth lo aveva sentito dire: «Dovremo fare a meno della sciarpa». Poi il vecchio pavimento aveva scricchiolato sotto i piedi del fratello e lo stesso il letto, quando Guy era tornato accanto a Cynthia.

Era passato del tempo, e le erano parse ore, anche se probabilmente si era trattato di una mezz'oretta appena, e poi aveva udito l'acqua scorrere e il ronzio di un asciugacapelli. Distesa sul letto, Ruth ascoltava quei rumori, così familiari e naturali da indurla quasi a credere di non aver visto nulla.

Ma Guy non lo aveva permesso. Era andato da lei non appena Cynthia se n'era andata. Ormai era calata la sera e Ruth non aveva ancora acceso una luce. Avrebbe preferito rimanere al buio, ma lui non le aveva concesso nemmeno quello. Si era avvicinato al comodino e aveva acceso la lampada. «Sapevo che non dormivi», aveva detto. L'aveva guardata a lungo e poi aveva mormorato: «*Ma sœur chérie*», con l'aria così preoccupata che all'inizio Ruth era convinta che lui volesse chiedere scusa. Si sbagliava.

Guy era andato alla piccola poltrona imbottita e vi si era lasciato cadere sopra. Sembrava come rapito, aveva pensato Ruth.

«È quella giusta», aveva detto col tono di chi parla di una reliquia sacra. «Finalmente l'ho trovata. Ci crederesti, Ruth? Dopo tutti questi anni? È proprio quella che cercavo.» Si era alzato, come in preda a un'incontenibile emozione, e aveva cominciato a muoversi per la stanza. Mentre parlava, toccava le tendine delle finestre, i bordi dei primi ricami di Ruth, gli angoli dei cassettoni, il merletto che adornava i bordi di un centrino. «Abbiamo intenzione di sposarci», aveva annunciato. «E non te lo dico perché ci hai sorpreso... in quelle condizioni, oggi. Volevo dirtelo dopo il suo compleanno. E anche lei. Volevamo dirtelo insieme.»

Il compleanno della ragazza. Ruth aveva fissato il fratello, sentendosi all'improvviso parte di un mondo che le era sconosciuto, nel quale ognuno faceva quello che più gli piaceva e dava le spiegazioni solo più tardi, ma unicamente se colto sul fatto.

«Fra tre mesi compirà diciotto anni», aveva continuato Guy. «Abbiamo pensato a una cena di compleanno. Tu, suo padre e le sorelle. Forse verrà anche Adrian dall'Inghilterra. Abbiamo pensato che potrei mettere l'anello tra i regali e quando lo apre...» Aveva fatto un largo sorriso. Sembrava tornato ragazzo, aveva dovuto convenire Ruth. «Che sorpresa sarà! Puoi tenere la cosa per te fino allora?»

«Questo è...» aveva cominciato lei, ma non era riuscita ad andare avanti. Poteva solo immaginare, e anche così era troppo terribile. Aveva girato la testa da un'altra parte.

«Ruth, non hai niente da temere da questo», si era affrettato a dire Guy. «Resterai con me, come sempre. Cyn lo sa e lo desidera anche lei. Ti ama come...» ma non aveva finito la frase.

Era stata Ruth a farlo: «Una nonna», disse. «E questo cosa fa di te?»

«L'età non conta in amore.»

«Mio Dio. Hai cinquant'anni più...»

«Lo so quanti anni ho più di lei», aveva replicato lui bruscamente. Era tornata accanto al letto ed era rimasto a guardarla. Aveva il viso perplesso. «Pensavo saresti stata contenta della cosa. Io e lei, innamorati, con la voglia di costruirci una vita insieme.»

«Quanto?»

«Nessuno sa quanto gli resta da vivere.»

«Intendevo da quanto va avanti. Oggi... non m'è sembrato... Lei aveva troppa confidenza.»

Guy non aveva risposto subito e Ruth si era sentita male, rendendosi conto di ciò che sottintendeva la riluttanza del fratello. «Dimmelo», aveva insistito. «Se non lo fai tu, me lo dirà lei.»

«Dal suo sedicesimo compleanno, Ruth», aveva risposto lui.

Era peggio di quello che pensava, perché significava che il fratello aveva cominciato a possedere la ragazza nel giorno stesso in cui farlo era diventato legale. E voleva anche dire che le aveva messo gli occhi addosso Dio solo sapeva da quanto tempo. Guy aveva preparato i suoi piani e orchestrato con cura la seduzione di Cynthia. *Mio Dio*, aveva pensato Ruth, *quando Henry lo scoprirà, quando lo verrà a sapere...*

«Ma, e Anaïs?» aveva chiesto.

«Che c'entra Anaïs?»

«Hai detto lo stesso di lei. Non ricordi? Hai detto: 'È quella giusta'. E allora ci credevi. Perciò, cosa ti fa pensare...»

«Stavolta è diverso.»

«Guy, è sempre diverso. Nella tua mente è diverso. Ma è solo perché si tratta di una novità.»

«Non capisci. D'altronde, come potresti? Le nostre vite hanno preso strade così differenti.»

«E io ti ho osservato passo dopo passo», aveva detto Ruth, «ma questo è...»

«Qualcosa di più grande», l'aveva interrotta lui. «Di profondo. Un'occasione di cambiamento. Se sono così pazzo da lasciarla e rinunciare a quello che abbiamo costruito insieme, allora merito di restare per sempre da solo.»

«E Henry?»

Guy aveva guardato da un'altra parte.

Allora Ruth aveva capito che per conquistare Cynthia, il fratello aveva deliberatamente approfittato dell'amico Henry Moullin. Si era rea conto che quando nella tenuta sorgeva qualche problema e Guy diceva: «Lasciamo che se ne occupi lui», era per arrivare alla figlia del vetraio. E allo stesso modo in cui il fratello avrebbe razionalizzato la macchinazione ai danni di Henry se lei gliel'avesse rinfacciata, così avrebbe continuato a fare circa l'ennesima illusione su una donna che, a suo dire, gli aveva conquistato il cuore. Oh, lui era davvero convinto che Cynthia Moullin fosse quella che aveva sempre cercato. Ma era stato lo stesso con Margaret, JoAnna e tutte quelle venute dopo, compresa Anaïs Abbott. Adesso parlava di sposare l'ultima arrivata solo perché aveva diciassette anni, lo voleva e a lui piaceva l'effetto che questo aveva sul suo ego di anziano. Col tempo, però, avrebbe posato gli occhi altrove. Oppure sarebbe capitato a lei. Ma, in entrambi i casi, qualcuno ne avrebbe sofferto le conseguenze, in modo devastante. Ruth doveva fare qualcosa per evitarlo.

Così aveva parlato a Henry. Ruth si era detta che agiva per evitare a Cynthia una cocente delusione, e anche adesso aveva bisogno di credere che fosse stato per questo. C'erano mille altri motivi, oltre a quello etico e morale, che rendevano sbagliata la relazione tra il fratello e l'adolescente. Se a Guy mancavano la saggezza e il coraggio di chiuderla con delicatezza e lasciare la ragazza libera di vivere una vita piena e autentica, una vita con un avvenire, allora doveva compiere lei i passi per metterlo in condizione di non fare ulteriori danni.

Aveva deciso di dire a Henry Moullin solo una parte della verità: che Cynthia forse stava affezionandosi troppo a Guy. Che passava troppo tempo a Le Reposoir, anziché stare con gli amici o studiare, cercando scuse per venire nella tenuta a trovare la zia, passando troppe ore libere al seguito del fratello. Ruth l'aveva definita una forma di affetto ossequioso e aveva detto che forse era il caso che Henry parlasse alla ragazza.

Lui l'aveva fatto. Cynthia aveva risposto con una franchezza che Ruth non si era aspettata. Non era una cotta da scolaretta o un affetto ossequioso, aveva detto lei tranquillamente al padre. Non c'era nulla di che preoccuparsi. Avevano intenzione di sposarsi, perché lei e l'amico del padre erano amanti, da quasi due anni.

Così il vetraio era piombato a Le Reposoir e aveva trovato Guy che dava da mangiare alle anatre ai bordi del giardino tropicale. Con lui c'era Stephen Abbott, ma a Henry non importava niente. «Pezzo di merda!» aveva gridato, avanzando minaccioso verso Guy. «Ti ucciderò, bastardo. Ti taglierò il cazzo e te lo caccerò in gola. Dio ti condanni all'inferno. Hai osato toccare mia figlia!»

Stephen era corso a cercare Ruth. Il ragazzo farfugliava e lei aveva afferrato solo il nome Henry Moullin e le parole «gridano per via di Cyn».

Ruth aveva cercato qualcuno che potesse intervenire, ma l'auto di Kevin e Valerie non c'era e soltanto lei e Stephen potevano impedire lo scatenarsi della violenza.

Quant'era stata stupida a pensare che un padre riuscisse ad affrontare l'uomo che aveva sedotto la figlia senza la voglia di strangolarlo, di ucciderlo.

Già mentre si avvicinava al giardino tropicale, sentiva i colpi. Il vetraio grugniva, le anatre starnazzavano, ma Guy era piombato nel silenzio più assoluto. Un silenzio di tomba. Con un grido, Ruth si era lanciata tra i cespugli.

I corpi erano sparsi dovunque. Sangue, piume, e morte. Henry era in piedi tra le anatre che aveva abbattuto con l'asse di legno che teneva ancora in mano. Aveva il petto ansante e il volto rigato dalle lacrime. Alzò un braccio tremante verso Guy, che stava immobile accanto a una palma, con un sacchetto di cibo per le anatre che si versava sui suoi piedi. «Stai lontano da lei», aveva sibilato Henry. «La prossima volta che la tocchi, ti uccido.»

Adesso, nella camera da letto di Guy, Ruth rivisse ogni cosa. Sentì l'immane peso della propria responsabilità per l'accaduto. Le buone intenzioni non erano servite a nulla. Non avevano evitato il peggio a Cynthia, né salvato la vita a Guy.

Piegò la giacca del fratello lentamente e, sempre lentamente, tornò al guardaroba e tirò fuori il capo successivo.

Mentre sfilava dei pantaloni da una gruccia, la porta della stanza si aprì e Margaret Chamberlain disse: «Voglio parlare con te, Ruth. Ieri sera, sei riuscita a evitarmi, a cena: era stata una giornata lunga, l'artrite, il bisogno di riposare. Ti faceva comodo. Ma adesso dovrai ascoltarmi».

Ruth smise di occuparsi dei vestiti del fratello. «Non ho cercato di evitarti.»

La cognata sbuffò ironica ed entrò nella stanza. Aveva l'aspetto trasandato, notò Ruth. Lo chignon era un po' storto e ciocche di capelli sfuggivano dall'acconciatura accurata. I gioielli non si accordavano all'abbigliamento del giorno, come invece succedeva sempre, e aveva dimenticato gli occhiali da sole che, con il sole o la pioggia, portava abitualmente sulla testa.

«Siamo stati da un legale», annunciò. «Io e Adrian. Naturalmente sapevi che l'avremmo fatto.»

Ruth ripose delicatamente i pantaloni sul letto. «Sì», ammise.

«Anche lui, ovviamente. Per questo ha fatto in modo di sbarrarci la strada in partenza.»

L'anziana donna non disse nulla.

«Non è così, Ruth?» insistette Margaret con un sorriso malevolo. «Guy sapeva benissimo come avrei reagito scoprendo che aveva diseredato il suo unico figlio.»

«Margaret, lui non ha diseredato...»

«Non fingere il contrario. Si è informato sulle leggi di questa deprecabile pustoletta che passa per essere un'isola e ha scoperto che cosa sarebbe successo al suo patrimonio se non avesse passato tutto nelle tue mani. Non poteva neanche vendere senza dirlo prima a Adrian, perciò ha fatto in modo di non possedere più nulla. Che piano, Ruthie. Spero ti sia divertita a distruggere i sogni del tuo unico nipote. Perché è questo il risultato.»

«Non era per distruggere qualcuno», le disse Ruth con calma. «Guy non ha regolato le cose in quel modo perché non amava i figli, e neanche per fare loro del male.»

«Però i risultati sono questi, o no?»

«Ti prego, ascolta, Margaret. Guy non...» Ruth esitò, cercando di decidere come spiegare la personalità del fratello alla sua ex moglie, come dirle che le cose non erano semplici come sembravano, come farle capire che Guy voleva che in parte i figli fossero come lui. «Non credeva nei diritti acquisiti. Tutto qui. Lui si era fatto dal niente e voleva che i figli vivessero quella stessa esperienza. Con la ricchezza che ne derivava, quella sicurezza che solo...»

«Che stupidaggine», sbottò Margaret beffarda. «È una cosa che non ha senso, sotto ogni punto di vista. E lo sai, Ruth. Lo sai maledettamente bene.» S'interruppe, come per ricomporsi e riordinare i pensieri, convinta che vi fossero degli appigli per intentare una causa in grado di mutare quelle circostanze irrevocabili. «Ruth», riprese, sforzandosi visibilmente di mantenere la calma, «lo scopo della vita è proprio quello di dare ai tuoi figli più di quello che hai avuto tu, non di metterli in condizione di ricominciare a lottare dal tuo stesso punto di partenza. Altrimenti perché desiderare un futuro migliore del presente se si sa dall'inizio che non porterà a niente?»

«Non è così. Serve a imparare, a crescere, ad affrontare le sfide e a superarle. Guy credeva che realizzare un'esistenza con le proprie mani formasse il carattere. Lui l'ha fatto e si è realizzato. Ed era questo che desiderava per i suoi figli. Non voleva metterli in condizione di non dover lavorare. Non intendeva lasciarli con la tentazione di non combinare nulla con la propria vita.»

«Ah. Questo però non vale per altre due persone. Per loro la tentazione va bene, perché loro, per qualche ragione, non devono lottare, vero?»

«Le ragazze di JoAnna sono nelle stesse condizioni di Adrian.»

«Non parlo delle figlie di Guy, e lo sai», disse Margaret. «Mi riferisco agli altri due, Fielder e Moullin. Considerate le loro condizioni, hanno ricevuto una fortuna a testa. Che ne dici di questo?»

«Sono dei casi particolari. Sono diversi. Non hanno avuto i vantaggi...»

«Oh, no, certo. Ma adesso se li stanno prendendo eccome,

vero, Ruthie?» Margaret scoppiò a ridere, andò al guardaroba aperto e passò le dita sui maglioni di cashmere che Guy preferiva alle camicie e cravatte.

«Ci teneva particolarmente a loro», disse l'anziana donna. «Credo che si possa definirli dei nipoti acquisiti. Gli faceva da mentore, e loro erano...»

«Dei ladruncoli», completò la frase la cognata. «Ma facciamo in modo che abbiano la loro ricompensa, malgrado le dita appiccicose che si ritrovano.»

Ruth la guardò contrariata. «Ladri? Di che parli?»

«Di questo: ho sorpreso a rubare in questa casa il protetto di Guy, o devo continuare a considerarlo un nipotino, Ruth? È successo ieri mattina, in cucina.»

«Probabilmente Paul aveva fame. A volte Valerie gli dà qualcosa da mangiare. Avrà preso un biscotto.»

«E se l'è infilato nello zaino? Aizzandomi contro il suo bastardo quando ho cercato di vedere cosa avesse nascosto? Continua così e vedrai che, prima o poi, si porterà via l'argenteria, Ruth. O qualche pezzo di antiquariato di Guy, gioielli, o qualunque cosa avesse preso. Non appena ha visto me e Adrian, è scappato via e, se proprio non vuoi credere che sia colpevole di qualcosa, prova almeno a chiedergli perché ha afferrato quello zaino e ha lottato contro di me e mio figlio quando abbiamo cercato di toglierglielo.»

«Non ti credo», disse Ruth. «Paul non ci ruberebbe nulla.»

«Davvero? Allora ti suggerisco di chiedere alla polizia di perquisirgli lo zaino.»

Margaret andò al comodino e alzò la cornetta del telefono. La tese alla cognata con aria di sfida. «Li chiamo io o lo fai tu, Ruth? Se quel ragazzo è innocente, non ha nulla da temere.»

La banca di Guy Brouard si trovava in Le Pollet, uno stretto prolungamento di High Street che correva parallelo alla parte bassa di North Esplanade. Un'arteria relativamente breve e per lo più in ombra, lungo la quale su entrambi i lati, sorgevano edifici che avevano quasi trecento anni. Serviva a ricordare la natura mutevole di tutte le città. Un'ex residenza, con i suoi blocchi di granito e le pietre angolari, nel corso del XX secolo era stata trasformata in albergo, mentre un paio di vicine abitazioni del XIX secolo, in pietre irregolari, fungevano da negozi di abbigliamento. Le vetrine curve delle bottegucce edoardiane poco distanti erano vestigia del commercio fiorito nella zona nei giorni che avevano preceduto la prima guerra mondiale, mentre dietro di esse incombeva la moderna costruzione che ospitava un istituto finanziario londinese.

La banca che Le Gallez e St. James cercavano si trovava alla fine di Le Pollet. I due uomini erano accompagnati dal sergente investigativo Marsh del Dipartimento frodi, un giovane con antiquate basette a favoriti, che, rivolto all'ispettore, commentò: «Forse abbiamo un po' esagerato, signore, non crede?»

Le Gallez rispose aspramente: «Dick, voglio metterli nella condizione di essere costretti a collaborare fin da subito. Così risparmiamo tempo».

«Secondo me, sarebbe bastata una telefonata del Servizio antiriciclaggio, signore», fece notare Marsh.

«Ho l'abitudine di vedere sempre il pro e il contro, e non intendo rinunciarci. Forse una chiamata del Servizio antiriciclaggio poteva anche sciogliere le loro lingue, ma una visita del Dipartimento frodi gli scioglierà gli intestini.»

Il sergente Marsh sorrise, alzando gli occhi al cielo. «Voi della Omicidi non vi divertite mai abbastanza», disse.

«Approfittiamo di ogni occasione, Dick.» L'ispettore tirò verso di sé la pesante porta di vetro della banca e fece passare St. James.

Il direttore si chiamava Robilliard e conosceva bene Le Gallez. Quando entrarono nel suo ufficio, il funzionario si alzò dalla sedia e disse: «Louis, come stai?» porgendo la mano all'ispettore. E aggiunse: «Ci sei mancato alla partita di calcio. Come va la caviglia?»

«Di nuovo a posto.»

«Allora ti aspettiamo al campo nel fine settimana. A vederti, un po' di moto ti farebbe bene.»

«I cornetti al mattino mi uccidono», ammise Le Gallez.

Robilliard scoppiò a ridere. «Solo i grassi muoiono giovani.»

Le Gallez presentò St. James e Marsh, dicendo: «Siamo venuti per parlare un po' di Guy Brouard».

«Ah.»

«Questa era la sua banca, vero?»

«Anche della sorella. C'è qualcosa che non va nei suoi conti?»

«Sembra di sì, David. Mi dispiace.» Le Gallez proseguì spiegando tutto quello che avevano scoperto: la svendita di un ingente portafoglio di azioni e obbligazioni seguita da una serie di prelievi bancari, in un arco di tempo relativamente breve. Tanto che alla fine il conto era risultato quasi del tutto esaurito. Adesso che Brouard era morto, come probabilmente Robilliard sapeva, visto che negli ultimi tempi non si parlava d'altro, e si trattava di un omicidio... «Dobbiamo controllare ogni cosa», concluse l'ispettore.

Il direttore della banca assunse un'aria pensosa. «Sì, capisco», disse. «Ma per utilizzare come prova ciò che appartiene alla banca, dovrai ottenere una richiesta del magistrato. Immagino che tu lo sappia.»

«Certo», disse Le Gallez. «Ma per il momento ci occorrono soltanto delle informazioni. Dov'è finito il denaro, per esempio, e come?»

Robilliard rifletté su quella richiesta. Gli altri restarono in attesa. Le Gallez aveva spiegato a St. James che sarebbe bastata una telefonata del Servizio antiriciclaggio per ottenere dalla banca tutte le informazioni necessarie; lui, però, preferiva il contatto personale, non solo sarebbe stato più proficuo, ma anche più rapido. Gli istituti finanziari erano tenuti per legge a segnalare le transazioni sospette al Servizio antiriciclaggio, su eventuale richiesta di quest'ultimo. Ma non ne erano proprio entusiasti. C'erano svariati modi per prendersela comoda. Per questo motivo, l'ispettore aveva richiesto la presenza del Dipartimento frodi nella persona del sergente Marsh. Ormai Guy Brouard era morto da troppi giorni perché loro fossero costretti ad aspettare, mentre la banca faceva i soliti balletti richiesti dalla legge.

Alla fine Robilliard disse: «Sempre che ti sia chiara la situazione riguardo alle prove...»

Le Gallez si picchiettò sulla tempia. «È tutto qui dentro, David. Dicci quello che puoi.»

Il direttore andò a prendere di persona gli incartamenti, lasciandoli a godersi il panorama del porto e il molo di St. Julian che si scorgeva dalla finestra. «Con un buon telescopio, da qui si vede la Francia», commentò Le Gallez.

«E a chi interessa?» replicò Marsh, e si fecero tutti e due la risatina tipica degli abitanti dell'isola che da un pezzo avevano esaurito l'ospitalità verso i turisti.

Quando Robilliard tornò, dopo più di cinque minuti, aveva con sé una stampata di computer, che stese sul tavolo.

«Guy Brouard aveva un grosso conto. Non come quello della sorella, ma ingente. Negli ultimi mesi ci sono stati pochi movimenti in entrata e in uscita sul conto della donna, ma considerando chi era il signor Brouard, la catena Chateaux Brouard e il giro d'affari quando lui era al vertice, non c'era nessun motivo di preoccuparsi per il conto del fratello.»

«Messaggio ricevuto», disse Le Gallez, e a Marsh: «Ci siamo, Dick?»

«Finora stiamo collaborando», riconobbe il sergente.

St. James non poté che ammirare il modo in cui i tre conducevano la cosa, tipico delle piccole città. Poteva solo immaginare come sarebbe divenuto tutto più complicato se si fosse cominciato a consultare gli avvocati, a chiedere l'autorizzazione della magistratura o un'ingiunzione del Servizio antiriciclaggio. Così attese i successivi sviluppi della conversazione, che arrivarono immediatamente.

«Ha effettuato una serie di bonifici a Londra», disse loro Robilliard. «Tutti a beneficio della stessa banca e sullo stesso conto. Sono iniziati», consultò la stampa, «poco più di otto mesi fa, e sono continuati in primavera e in estate, con cifre sempre maggiori, culminando in un'ultima tornata il 1° ottobre. Il primo bonifico è di cinquemila sterline, l'ultimo di duecentocinquantamila.»

«Duecentocinquantamila sterline? E ogni volta tutto sullo stesso conto?» chiese Le Gallez. «Cristo, David, ma chi si occupa della bottega qui?»

Robilliard arrossì leggermente. «Come dicevo, i Brouard erano grossi correntisti. Avevano un giro d'affari con holding in tutto il mondo.»

«Ma si era ritirato, maledizione.»

«Certo. Però, vedi, se quei bonifici fossero stati effettuati da qualcuno che non conoscevamo altrettanto bene, grossi movimenti da parte di qualche cittadino straniero, per esempio, avremmo subito preso dei provvedimenti. Ma non c'era nulla che facesse pensare a qualcosa d'irregolare. E neanche adesso.» Staccò un bigliettino adesivo dalla stampata e proseguì: «Il conto ricevente è intestato alla International Access. L'indirizzo è a Bracknell. A esser franco, credo sia una compagnia agli esordi, nella quale investiva Brouard. Se fai dei controlli, scommetto che scoprirai proprio questo».

«Ti piacerebbe», disse Le Gallez.

«È tutto quello che so», ribatté Robilliard.

L'ispettore non abbassò la guardia. «Tutto quello che sai o soltanto quello che vuoi dirci, David?»

A quella domanda, il direttore sbatté la mano sulla stampata e disse: «Ascoltami bene, Louis, non c'è nulla che mi faccia pensare che le cose stiano diversamente».

Le Gallez prese il documento. «Va bene. Vedremo.»

Fuori, i tre uomini si fermarono davanti a una panetteria, dove l'ispettore guardò con vivo desiderio i cornetti al cioccolato esposti in vetrina. Il sergente Marsh disse: «Bisogna controllare, signore, ma dato che Brouard è morto, non credo che a Londra ci sarà qualcuno disposto a darsi troppo da fare per chiarire le cose».

«Potrebbe essere una transazione perfettamente legittima», fece osservare St. James. «A quanto pare il figlio, Adrian Brouard, vive in Inghilterra. E anche le altre figlie. Può darsi che uno di loro sia il titolare della International Access, e Brouard facesse del suo meglio per sostenerla.»

«Capitale d'investimento», mormorò il sergente Marsh. «Ci serve qualcuno a Londra che faccia dei controlli alla banca del posto. Telefonerò al Servizio antiriciclaggio e farò presente la cosa, ma secondo me a questo punto pretenderanno un mandato giudiziario. Quelli della banca, intendo. Se lei telefona a Scotland Yard...»

«Ho io qualcuno a Londra», intervenne St. James. «Proprio allo Yard. Forse potrebbe darci una mano. Gli farò una telefonata. Ma nel frattempo...» Rifletté su tutto quello che aveva scoperto nei giorni precedenti e seguì tutte le piste più probabili cui conducevano le diverse informazioni. «Mi occupo io degli sviluppi del caso a Londra, se non ha nulla in contrario», disse a Le Gallez. «Dopodiché, penso proprio che sia arrivato il momento di parlare chiaro con Adrian Brouard.»

23

«Perciò i fatti stanno così, ragazzo», disse il padre a Paul, con un sorriso affettuoso, ma il figlio vide che aveva un'espressione di rammarico. L'aveva notata ancor prima che il padre gli chiedesse di salire con lui in camera per parlare a quattr'occhi. Il telefono aveva squillato. Ol Fielder aveva risposto, dicendo: «Certo, signor Forrest, il ragazzo è qui», e aveva ascoltato a lungo, col viso che passava lentamente dall'esultanza alla preoccupazione e infine a una velata delusione. «Ah, bene», disse dopo che Dominic Forrest ebbe terminato quello che aveva da riferire, «è pur sempre una bella somma, e vedrà che Paul non arriccerà il naso, glielo assicuro.»

Dopo aveva chiesto al ragazzo di seguirlo di sopra, ignorando Billy che sbraitava: «Allora, di che si tratta? Il nostro Paulie non diventerà più un nababbo?»

Erano andati nella camera di Paul, e si erano seduti sul suo letto. L'uomo gli aveva spiegato che l'eredità valutata inizialmente dal signor Forrest in settecentomila sterline in realtà consisteva in circa sessantamila. Molto meno di quanto li avesse indotti ad aspettarsi l'avvocato, certo, ma pur sempre una somma da non disprezzare. Paul poteva utilizzarla in molti modi: iscrivendosi al politecnico, all'università, viaggiando. Poteva comprarsi una macchina e non dover fare più affidamento su quella vecchia bici. Se credeva, poteva mettere su una piccola attività, o perfino acquistare un cottage da qualche parte. Non particolarmente bello, e neppure grande, ma uno che magari necessitava di un po' di lavori, di una sistemata, per migliorarlo col tempo, così quando un giorno si sposava... Ah, be', erano soltanto sogni, no? Ma non c'era niente di male. Non li facciamo tutti?

«Mica nella tua testa avevi già speso tutti quei soldi, ragazzo?» chiese dolcemente Ol Fielder a Paul dopo aver terminato quella spiegazione. «No? Non credo, figliolo. Tu hai buonsenso in queste cose. Meglio che sia stato lasciato a te, Paulie, anziché a... Be', sai a chi mi riferisco.»

«Allora è questa la novità? Altroché se c'è da ridere.»

Paul alzò la testa e vide che era arrivato anche il fratello, senza essere invitato, come al solito. Billy se ne stava sulla soglia, appoggiato allo stipite, leccando la glassa da una tortina. «A quanto pare, il nostro Paulie non se ne andrà da un'altra parte a fare la bella vita. Be', posso dire solo che sono contento. Non so come sarebbe qui senza Paul che si fa le seghe nel letto ogni notte.»

«Adesso basta, Bill!» Ol Fielder si alzò, stiracchiandosi la schiena. «Avrai pure qualcosa da fare stamattina, come tutti noi.»

«Lo credi davvero?» replicò il giovane. «E invece no, non ho niente da fare. Sono diverso da voialtri, va bene? Per me non è così facile trovare lavoro.»

«Potresti almeno provare», ribatté il padre. «Questa è la sola differenza tra te e noi.»

Paul spostò lo sguardo dal padre al fratello. Poi lo abbassò per osservarsi le ginocchia dei pantaloni. Vide che erano lise al punto di stracciarsi solo a toccarle. Li aveva portati per troppo tempo, senza avere altro per cambiarsi.

«Oh, è così, eh?» chiese Billy. A quel tono, Paul trasalì, perché sapeva che l'affermazione del padre, anche se fatta a fin di bene, era proprio l'occasione che cercava il fratello per menare le mani. Da mesi covava rabbia, e gli serviva solamente una scusa per sfogarla. Tanto più dopo che il padre era stato assunto al cantiere dei lavori stradali, lasciando indietro Billy a leccarsi le ferite. «Questa è la sola differenza, papà? Nient'altro?»

«Lo sai, Billy.»

Il giovane entrò nella stanza. Paul si raggomitolò sul letto. Billy era alto come il padre e Ol, sebbene fosse più massiccio, era troppo mite. Inoltre, non aveva energie da sprecare in una zuffa. Gli servivano tutte le risorse per fare la propria parte al cantiere stradale ogni giorno e, anche se non fosse stato così, non era uomo che amasse le risse.

Ed era proprio questo il problema, agli occhi di Billy: che suo padre non aveva l'istinto di battersi. Tutti i titolari dei banconi del mercato di St. Peter Port avevano saputo che le locazioni non sarebbero state rinnovate, perché quel posto era destinato alla chiusura per un piano di ristrutturazione che prevedeva boutique di moda, antiquari, chioschi e negozi per turisti. Macellai, pescivendoli e fruttivendoli sarebbero stati mandati via, e potevano andarsene uno alla volta, man mano che scadevano i contratti, o farlo tutti subito. Alle autorità competenti non importava nulla, purché si togliessero di mezzo quando arrivava il loro turno.

«Ci opporremo con la forza», aveva giurato Billy a tavola. E in tante notti aveva fatto i suoi piani. Se non potevano vincere, avrebbero bruciato quel posto sino alle fondamenta, perché nessuno poteva azzardarsi a scacciare la famiglia Fielder senza pagarne il prezzo.

Ma non aveva fatto i conti con il padre. Ol Fielder era da sempre un uomo pacifico.

Come in quel momento, dinanzi a Billy, cui prudevano le mani dalla voglia di menarle e cercava solo un pretesto.

«Devo andare al lavoro, Bill», disse l'uomo. «Faresti meglio a trovartene uno anche tu.»

«Ce l'avevo un lavoro», ribatté il giovane. «Proprio come te, il nonno e il bisnonno.»

Ol scosse la testa. «Quei tempi sono finiti, figliolo.» Fece per avviarsi alla porta.

Billy lo afferrò per un braccio. «Tu», disse al padre, «sei un pezzo di merda buono a nulla.» Paul emise un grido soffocato di protesta. Il fratello lo guardò rabbioso. «E tu stanne fuori, segaiolo.»

«Devo andare al lavoro, Bill», ripeté il padre.

«Tu non vai da nessuna parte. Parliamo di questo, adesso, e tu dovrai renderti conto di quello che hai fatto.»

«Le cose cambiano», disse Ol Fielder al figlio.

«Sei tu che hai permesso che cambiassero», ribatté Billy. «Era tutto nostro. Il nostro lavoro, il nostro denaro, la nostra attività. Te l'aveva lasciato il nonno. E l'aveva messo su il padre, per lasciarlo a lui. Ma tu hai lottato per tenertelo? Hai cercato di salvarlo?»

«Non c'era nessuna possibilità di farlo, e lo sai, Bill.»

«Sarebbe stato anche mio, un giorno. Era quello che avrei dovuto fare, maledizione.»

«Mi dispiace», disse Ol.

«Ti dispiace?» Billy strattonò il braccio del padre. «Non serve a un cazzo. Non cambia la situazione.»

«E che cosa può cambiarla?» chiese Ol Fielder. «Lasciami il braccio.»

«Perché? Hai paura di un po' di dolore? È per questo che

non ti sei voluto mettere contro di loro? Avevi paura di finire nei pasticci, papà? Qualche bernoccolo? Un po' di lividi? »

« Devo andare al lavoro, ragazzo. Lasciami. Non insistere, Billy. »

« Invece insisto quanto mi pare. E te ne andrai quando lo dirò io. Ora dobbiamo finire di parlare. »

« Non serve a niente. Le cose sono quelle che sono. »

« Non dirlo! » Billy alzò la voce. « Non venirmi a dire queste stronzate. Ho trattato la carne da quando avevo dieci anni. Ho imparato il mestiere, e me la sono cavata bene. Per dieci anni, papà. Le mani e i vestiti sporchi di sangue e un odore così forte che mi chiamavano Tritacarne, lo sai, papà? Ma non m'importava perché era la mia vita, e me la stavo costruendo. Quel bancone mi apparteneva, e adesso non mi è rimasto niente. Te lo sei lasciato portare via perché non volevi sporcarti le mani. E allora che mi rimane? Dimmelo, papà. »

« Succede, Bill. »

« Non a me! » gridò il giovane. Lasciò andare il braccio del padre e lo spinse, una, due, tre volte, e Ol Fielder non fece nulla per fermarlo. « Battiti con me, stronzo », gridava il giovane, ogni volta che lo spintonava. « Battiti con me. Forza, battiti con me. »

Paul vide tutto questo in una specie di nebbia. Sentì appena delle voci e Tabù che abbaiava da qualche parte della casa. *La tele*, pensò. *E dov'è la mamma? Non sente? Perché non sale a fermarlo?*

Ma la donna non era in grado di farlo. Né lei, né nessun altro. A Billy piaceva la violenza implicita nella macellazione. Gli piacevano le mannaie, i colpi che separavano la parte carnosa dalle ossa o facevano a pezzi queste ultime. E adesso che non poteva più farlo, da mesi aveva una voglia incontenibile di distruggere qualcosa, o di ridurla a brandelli finché non ne fosse rimasto nulla. Questo bisogno di fare del male gli scoppiava dentro, e stava per sfogarlo.

« Non mi batterò con te, Billy », disse Ol Fielder, dopo che il figlio l'ebbe spintonato per l'ultima volta. Aveva le gambe contro il letto, e vi si lasciò cadere. « Non mi batterò con te, figliolo. »

« Hai paura di perdere? Andiamo, alzati. » Billy lo colpì violentemente alla spalla con il taglio della mano. Ol Fielder fece una smorfia di dolore. Il giovane sogghignò senza allegria. « Già, ecco com'è. Hai capito? Alzati, stronzo. Alzati, alzati, ho detto. »

Paul cercò di allontanare il padre verso un'inesistente salvezza, ma il fratello si girò verso di lui. «Lascia perdere, segaiolo. Stanne fuori, hai sentito? È una faccenda tra lui e me.» Afferrò il padre per la mascella e gliela strinse, costringendolo a voltare la testa dalla parte di Paul, in modo che quest'ultimo lo vedesse in viso. «Guardalo bene, questo muso», disse Billy al fratello. «È un verme patetico. Non vuole battersi con nessuno.»

L'abbaiare di Tabù divenne più forte. Si udirono delle voci avvicinarsi.

Ol spinse via le mani del figlio dal viso. «Basta!» sbottò.

«Di già?» Billy scoppiò a ridere. «Papà, papà. Abbiamo appena incominciato.»

«Ho detto basta!» urlò Ol Fielder.

Era proprio quello che voleva Billy, e si mise a saltellare esultante. Continuando a ridere, cominciò a sferrare pugni a vuoto. Poi si voltò di nuovo verso il padre e imitò i movimenti di un pugile. «Dove preferisci. Qui o fuori?»

Avanzò verso il letto, tirando pugni. Ma solo uno arrivò al padre, un colpo alla tempia, perché in un attimo la stanza si riempì di persone. Dalla porta, fecero irruzione degli uomini in divisa blu, seguiti da Mave Fielder, con la figlia più piccola in braccio. Dietro di lei c'erano i fratellini intermedi, con il viso sporco di marmellata e dei toast in mano.

Paul credette fossero venuti a separare il padre dal fratello maggiore. Qualcuno doveva avere avvertito la polizia e, dato che una pattuglia si trovava nei paraggi, erano arrivati a tempo di record. Adesso avrebbero sistemato tutto e si sarebbero portati via Billy. Lo avrebbero sbattuto dentro e finalmente in casa avrebbe regnato la pace.

Invece accadde tutt'altro. Un agente disse a Billy: «Sei tu Paul Fielder?» Un altro avanzò verso il giovane e, rivolto al padre, domandò: «Che succede qui, signore? C'è qualche problema?»

Ol Fielder rispose di no. Non c'era nessun problema, solo una lite in famiglia in via di ricomposizione.

L'agente voleva sapere se Billy fosse Paul.

«Vogliono il nostro Paulie», riferì Mave Fielder al marito. «Non hanno voluto dire perché, Ol.»

Billy ridacchiò. «Finalmente ti hanno beccato, lazzarone», disse a Paul. «Hai dato spettacolo nel cesso pubblico? Eppure ti avevo avvertito di non gironzolare da quelle parti, no?»

Paul si addossò tutto tremante alla testata del letto. Vide che uno dei fratelli più piccoli teneva Tabù per il collare. Il cane continuava ad abbaiare, e uno degli agenti disse: «Fate smettere questo coso!»

«Ha una pistola?» chiese Billy con una risata.

«Bill!» gridò Mave. Poi: «Ol? Ol! Cos'è questa storia?»

Ma naturalmente, Ol Fielder non ne sapeva più degli altri.

Tabù continuava ad abbaiare. Si agitava, cercando di liberarsi. L'agente ordinò: «Fate qualcosa per quel maledetto animale!»

Tabù voleva solo essere lasciato, e Paul lo sapeva. Voleva solo assicurarsi che nessuno avesse fatto del male al suo padroncino.

L'altro agente disse: «Ci penso io...» E afferrò il collare di Tabù per allontanare il cane.

Tabù ringhiò. L'agente lanciò un grido e gli mollò un sonoro calcio. Paul balzò dal letto per andare dal suo cane, ma Tabù corse uggiolando giù per le scale.

Paul cercò di seguirlo, ma si sentì trattenere e sollevare. La madre urlava: «Cos'ha fatto? Cos'ha fatto?» mentre Billy rideva selvaggiamente. Paul dimenò i piedi, in cerca di appoggio, e così facendo sferrò senza volerlo un calcio alla gamba dell'agente. L'uomo grugnì e mollò la presa, e questo diede al ragazzo il tempo di afferrare lo zaino e correre alla porta.

«Fermatelo!» gridò qualcuno.

Era facile. La stanza era così piccola e affollata che nessuno poteva muoversi e tanto meno nascondersi da qualche parte. In men che non si dica, Paul fu condotto giù per le scale e fuori dall'abitazione.

Da quel momento in poi, per lui fu un vorticare di immagini e suoni. Udiva la madre che continuava a chiedere che cosa volessero dal suo piccolo Paulie, il padre che diceva: «Mave, ragazza, cerca di stare calma», Billy che continuava a sghignazzare e Tabù che abbaiava. I vicini erano usciti a guardare. Sopra di loro, per la prima volta dopo tanti giorni, il cielo era sereno e su quello sfondo gli alberi che delimitavano il parcheggio pieno di gobbe sembravano schizzi a carboncino.

Senza neanche il tempo di capire cosa gli accadeva, Paul si ritrovò sul sedile posteriore di un'auto della polizia con lo zaino stretto al petto. Aveva i piedi freddi e quando chinò gli occhi per guardarli, si accorse di non avere le scarpe. Portava ancora le pantofole malconce e non gli avevano dato neanche il tempo d'infilarsi un giubbotto.

La portiera dell'auto venne sbattuta e il motore mandò un rombo. Paul udì la madre che continuava a gridare. Mentre l'auto partiva, girò la testa e vide la sua famiglia svanire in lontananza.

Poi, da un lato della folla che si era raccolta spuntò Tabù che si avviò di corsa dietro di loro. Abbaiava furiosamente, con le orecchie che sventolavano.

«Maledetto stupido cane», mormorò l'agente alla guida. «Se non torna a casa...»

«Non è un nostro problema», disse l'altro.

Uscirono dal Bouet in Pitronnerie Road. Quando arrivarono a Le Grand Bouet e acquistarono velocità, Tabù continuava a correre freneticamente dietro di loro.

Deborah e China ebbero qualche difficoltà nel trovare l'abitazione di Cynthia Moullin a La Corbière. Avevano saputo che era nota come la Casa delle Conchiglie ed era impossibile farsela sfuggire, sebbene si trovasse su un sentiero non più largo del pneumatico di una bicicletta, che a sua volta si diramava da un viottolo che serpeggiava fra terrapieni e siepi. Solo al terzo tentativo videro una cassetta delle lettere di gusci di ostriche e si convinsero di aver trovato il posto che cercavano. Deborah svoltò nel vialetto e nell'attraversarlo notarono tutte le conchiglie distrutte nel giardino.

«Una volta doveva essere la Casa delle Conchiglie», mormorò lei. «Nessuna meraviglia che non l'abbiamo vista subito.»

Il posto sembrava abbandonato: il vialetto vuoto, una baracca chiusa e le finestre a vetri romboidali con le tendine accostate. Ma quando scesero dall'auto, notarono una giovane accoccolata in fondo a quello che restava di un curioso giardino. Stringeva tra le braccia la sommità di un piccolo pozzo dei desideri tempestato di conchiglie, con la testa bionda poggiata sull'orlo. Sembrava una statua di Viola dopo il naufragio nella *Dodicesima notte*, e non si mosse mentre Deborah e China si avvicinavano.

Però, fece sentire la sua voce, dicendo: «Va' via. Non voglio vederti. Ho telefonato alla nonna e ha detto che posso andare ad Alderney. Vuole che vada lì e intendo farlo».

«Sei Cynthia Moullin?» chiese Deborah alla ragazza.

Lei alzò la testa, spaventata. Guardò prima China, poi Deborah, come per cercare di capire chi fossero. Poi rivolse un'occhiata alle loro spalle, forse per scoprire se fossero accompagnate da qualcun altro. Poiché non c'era nessuno con loro, si accasciò e sul suo viso tornò la disperazione.

«Pensavo che fosse mio padre», disse con la voce spenta, e abbassò di nuovo la testa sull'orlo del pozzo. «Vorrei essere morta.» Riprese a stringere i lati del pozzo come se potesse imporre al corpo di assecondare la propria volontà.

«So cosa si prova», disse China.

«No, nessuno lo sa», replicò Cynthia. «Nessuno lo sa, perché riguarda solo me. Lui dice che è contento. 'Ora puoi riprendere a vivere come prima. Inutile piangere sul latte versato e quel che è fatto è fatto.' Ma non è così. Lui pensa che sia finita, ma non sarà mai così. Non per me. Io non dimenticherò mai.»

«Vuoi dire il fatto che fra te e il signor Brouard sia finita?» le chiese Deborah. «Perché lui è morto?»

Al nome di Brouard, la ragazza rialzò la testa. «Chi siete?»

Deborah glielo spiegò. Mentre venivano in macchina da Le Grand Havre, China le aveva detto che durante il soggiorno a Le Reposoir non aveva sentito nulla su Guy Brouard e questa Cynthia Moullin. Per quanto ne sapeva, l'unica amante dell'uomo era Anaïs Abbott. «E lo si capiva benissimo dai loro atteggiamenti», aveva detto. Quindi era evidente che la ragazza non rientrava nel quadro, prima dell'arrivo dei River a Guernsey. Restava da vedere perché ne fosse stata tenuta fuori e chi l'aveva deciso.

Mentre Deborah si presentava insieme con China ed esponeva le ragioni della visita alla Casa delle Conchiglie, le labbra di Cynthia cominciarono a tremare. Al termine delle spiegazioni, le prime lacrime avevano cominciato a scorrere lungo le guance, cadendo sul maglione grigio e lasciandovi ovali in miniatura del suo dolore.

«Lo desideravo», disse piangendo. «E anche lui. Non l'ha mai detto, e nemmeno io, ma lo sapevamo entrambi. Gli è bastato guardarmi quella volta, prima che lo facessimo, e ho capito che tra noi era cambiato tutto. Gli leggevo in viso cosa volesse dire per lui e tutto quanto, e io gli ho detto: 'Non usare niente'. E lui ha sorriso per comunicarmi che aveva capito cosa intendevo e che era d'accordo. Avrebbe reso tutto più facile, in fin dei conti. A quel punto, sarebbe stato logico che ci sposassimo.»

Deborah guardò China. Quest'ultima atteggiò le labbra a una muta esclamazione di stupore. Deborah chiese a Cynthia: «Eri fidanzata con Guy Brouard?»

«Lo saremmo stati», rispose lei. «Ma ora... Guy... Oh, Guy.» Piangeva senza ritegno, come una ragazzina. «Non rimane più niente. Se ci fosse stato un bambino, avrei avuto qualcosa. Ma ora lui è morto sul serio, ed è una cosa che non riesco ad accettare, perciò lo odio. Lo odio, lo odio, lo odio. Mi fa: 'Vai avanti, ora. La vita continua. Sei libera di fare come prima', e si comporta come se non avesse pregato che accadesse, come se non avesse creduto che io sarei stata capace di scappare e nascondermi finché non avessi avuto il bambino e per lui sarebbe stato troppo tardi cercare d'impedirmelo. Dice che la gravidanza mi avrebbe rovinato la vita, come se ora non lo fosse. Ed è contento, tanto contento.» Gettò le braccia intorno al pozzo dei desideri, versando lacrime sull'orlo granuloso.

Avevano ottenuto la risposta alla loro domanda, pensò Deborah. Si era dissipato ogni dubbio sull'esistenza di una relazione tra Cynthia Moullin e Guy Brouard. E la persona che lei odiava era naturalmente il padre. Deborah non riusciva a immaginare chi altro potesse nutrire le preoccupazioni attribuite dalla ragazza all'uomo sul quale riversava tutto il suo disprezzo.

«Cynthia», disse, «possiamo accompagnarti in casa? Qui fuori fa freddo, e tu hai solo quel maglione...»

«No! Non tornerò mai là dentro! Resterò qui finché muoio, e lo desidero tanto.»

«Non credo che tuo padre lo permetterà.»

«Invece lo desidera quanto me», disse lei. «'Restituiscimela, la ruota', mi fa. 'Non sei degna della sua protezione.' E io avrei dovuto sentirmi ferita, capendo cosa intendeva. In realtà voleva dire: 'Non sei mia figlia', e io avrei dovuto capirlo anche senza sentirlo a chiare lettere. Ma a me non importa un dannato niente di niente, capite? Non me ne importa.»

Deborah guardò China un po' confusa. L'amica alzò le spalle, anche lei senza capire. La cosa stava facendosi complicata e serviva qualche lume.

«Tanto l'avevo già data a Guy», continuò Cynthia. «Mesi fa. Gli avevo detto di portarla sempre con sé. Lo so che era sciocco.

Si trattava soltanto di una stupida pietra. Ma gli avevo assicurato che l'avrebbe protetto, e credo che mi abbia creduto, perché ero stata io a dirglielo...» Riprese a singhiozzare. «Invece no, vero? Era soltanto una stupida pietra.»

La ragazza era un insieme affascinante di innocenza, sensualità, ingenuità e vulnerabilità. Deborah capì l'attrattiva che doveva avere esercitato su un uomo che intendeva educarla alla vita e nel contempo proteggerla, iniziandola ad alcuni degli aspetti più piacevoli. Cynthia Moullin, in un certo senso, era completamente disponibile a una relazione, e chiaramente costituiva una tentazione per un individuo che aveva bisogno di mantenere in ogni circostanza un'aura di superiorità. Anzi, in quella ragazza, Deborah rivedeva se stessa: la persona che sarebbe potuta diventare se non fosse andata per conto suo per tre anni in America.

Fu questa considerazione che la spinse a inginocchiarsi accanto a Cynthia e a metterle delicatamente una mano sulla nuca. «Mi dispiace moltissimo per quello che stai passando», le disse. «Ma, ti prego, vieni dentro con noi. Ora desideri morire, ma non sarà sempre così. Credimi, lo so.»

«Anch'io», disse China. «Davvero, Cynthia. Deborah ha ragione.»

Sembravano le frasi di due sorelle, e la ragazza lo capì. Così si lasciò aiutare ad alzarsi, dopodiché si asciugò gli occhi con le maniche del maglione e disse pateticamente: «Devo soffiarmi il naso».

«Potrai farlo in casa», le suggerì Deborah.

La fecero allontanare dal pozzo dei desideri e l'accompagnarono alla porta d'ingresso. Lì Cynthia s'irrigidì, e per un attimo Deborah temette che non volesse più entrare, ma dopo che lei ebbe chiesto ad alta voce se c'era qualcuno senza ottenere risposta, la ragazza accettò di superare la soglia. Per soffiarsi il naso usò un tovagliolino da tè, poi andò in salotto e si raggomitolò su una vecchia poltrona imbottita, appoggiando la testa sul bracciolo e avvolgendosi in una coperta lavorata a maglia.

«Ha detto che dovevo abortire.» Adesso parlava senza emozione. «Che mi avrebbe tenuto rinchiusa finché non l'avessi fatto. Non mi avrebbe lasciato la possibilità di scappare, per avere il bastardo di quel bastardo. Io gli ho detto che non era un bastardo, perché ci saremmo sposati molto prima che nascesse, e questo l'ha fatto uscire di testa. 'Tu resti qui finché non vedo del san-

gue', ha detto. 'Quanto a Brouard, poi penseremo a lui.'»
Cynthia teneva lo sguardo fisso sulla parete di fronte alla poltrona, dov'erano appese delle foto di famiglia. Al centro c'era quella di un uomo seduto, presumibilmente il padre, circondato da tre ragazzine. L'uomo sembrava entusiasta e pieno di buone intenzioni. Le figlie, invece, apparivano serie e bisognose di svago. Cynthia continuò: «Lui sapeva benissimo cosa volevo, ma non gliene importava. E ora non è rimasto niente. Se almeno avessi avuto il bambino...»

«Credimi, ti capisco», disse Deborah.

«Eravamo innamorati, ma lui non lo capiva. Diceva che ero stata sedotta, invece non era così.»

«No», disse Deborah. «Non è così che succede, vero?»

«No, infatti.» Cynthia strinse il tovagliolino nel pugno e se lo portò al mento. «Ho capito che gli piacevo dall'inizio, e la cosa era reciproca. Ecco com'è andata. Ci piacevamo. Lui parlava con me e io con lui. E si accorgeva veramente di me. Non ero un semplice pezzo di arredo per lui. Ero reale. Me l'ha detto lui stesso. E col tempo è avvenuto il resto. Ma niente che io non mi aspettassi o non volessi. Poi papà l'ha scoperto. Non so come. E ci ha rovinato tutto. L'ha fatto diventare qualcosa di brutto e sporco, che Guy faceva solo per divertirsi, come se avesse scommesso con qualcuno che sarebbe stato il mio primo uomo e gli servissero le lenzuola per dimostrarlo.»

«I padri sono protettivi», disse Deborah. «Probabilmente non intendeva...»

«Oh, invece sì. E, comunque, Guy era proprio così.»

«Voleva portarti a letto per scommessa?» China scambiò con Deborah un'occhiata indecifrabile.

Cynthia si affrettò a rettificare: «Voleva farmi vedere com'era. Sapeva che io non avevo mai... Gliel'avevo detto. E lui allora si è messo a parlare di com'era importante per una donna... ha detto... che la prima volta fosse esultante. *Esultante!* Ed è stato proprio così. E lo è stato anche tutte le volte successive.»

«Perciò ti sentivi legata a lui», disse Deborah.

«Avrei voluto che vivesse per sempre con me. Non m'importava che fosse più vecchio. Che differenza faceva? Non eravamo semplicemente due corpi che scopavano a letto. Eravamo due anime che si erano trovate ed erano destinate a stare comunque insieme. E sarebbe stato così, se lui non avesse... non avesse...»

Cynthia appoggiò di nuovo la testa sul bracciolo della poltrona e ricominciò a piangere. «Voglio morire anch'io.»

Deborah le si avvicinò, le accarezzò la testa e disse: «Mi dispiace tanto. Perderlo senza avere neanche il suo bambino... Devi sentirti sconfitta».

«Mi sento distrutta», fece lei tra i singhiozzi.

China restò dov'era, a poca distanza, incrociando le braccia come per proteggersi dall'impatto emotivo di Cynthia. «Forse non serve a niente saperlo ora, ma vedrai che supererai tutto», disse. «Anzi, un giorno ti sentirai meglio. In futuro. Ti sentirai del tutto diversa.»

«Non voglio.»

«No, è sempre così. Amiamo alla follia e, quando perdiamo l'amore, ci richiudiamo in noi stesse e ci sembra di morire, anzi, non desideriamo altro. Ma non vale la pena di farlo per nessun uomo, chiunque sia. E, comunque, nel mondo reale le cose vanno diversamente. Tiriamo avanti e alla fine passa, poi rimettiamo insieme i pezzi.»

«Non voglio rimettere insieme i pezzi!»

«Adesso», disse Deborah. «Adesso vuoi solo crogiolarti nel dolore, perché è da questo che si capisce la forza del tuo amore. E abbandonare il dolore quando è il momento rende onore al tuo sentimento.»

«Davvero?» La ragazza aveva una voce infantile, e lo stesso valeva per il suo aspetto, tanto che Deborah si sorprese a nutrire nei suoi confronti un forte desiderio protettivo. All'improvviso capì che cosa doveva aver provato il padre di quella povera ragazza quando aveva scoperto che Guy Brouard l'aveva avuta.

«Io ci credo», affermò Deborah.

Lasciarono Cynthia a riflettere su quell'ultima considerazione, rannicchiata sotto la coperta, con la testa appoggiata al bracciolo. Il pianto l'aveva lasciata esausta ma calma. Disse loro che avrebbe dormito. Forse avrebbe sognato Guy.

Sul sentiero disseminato di conchiglie che portava alla macchina, China e Deborah non parlarono. Poi si fermarono e diedero un'occhiata al giardino, che sembrava essere stato calpestato da un gigante. «Che maledetto casino», sbottò China.

Deborah le lanciò un'occhiata. Sapeva che l'amica non si riferiva alla distruzione delle conchiglie che una volta decoravano il prato e le aiuole. «Disseminiamo le nostre vite di mine», considerò.

«Di bombe nucleari, piuttosto. Lui aveva quasi settant'anni, e lei quanti? Diciassette? Dovrebbe essere un maledetto abuso di minore. E invece no, c'è stato molto attento, vero?» Si passò una mano tra i capelli corti, con un gesto naturale e improvviso, che la fece somigliare molto al fratello. «Gli uomini sono dei porci», inveì. «Se ce n'è uno solo decente, vorrei tanto poterlo incontrare. Soltanto per stringergli la mano e dirgli: 'Ehi, cazzo, come va?', lieta che ve ne sia almeno uno che non va in cerca della grande scopata. Tutte queste stronzate su 'tu sei l'unica' e 'io ti amo'? Ma perché diavolo le donne continuano a cascarci?» Lanciò uno sguardo a Deborah e, prima che quest'ultima potesse replicare, continuò dicendo: «Oh, lascia perdere, non ti preoccupare. Ogni volta me lo dimentico. Questo discorso sulle fregature da parte degli uomini non vale per te».

«China, è...»

Lei la zittì con un gesto. «Scusa, davvero, scusa. Non avrei dovuto. È che vedendola e ascoltando quello che... Lascia stare.» Si affrettò verso la macchina.

Deborah la seguì. «Tocca a tutti soffrire, prima o poi. Succede: è una diretta conseguenza della vita.»

«Eppure non dovrebbe andare così.» China aprì la portiera della macchina dal lato del passeggero e si lasciò cadere sul sedile. «Perché le donne sono così stupide?»

«Veniamo educate a credere nelle favole», rispose Deborah. «Un uomo tormentato salvato dall'amore di una brava donna. Ci inculcano quest'idea fin dalla culla.»

«Ma in questo caso non si tratta proprio di un uomo preso dai tormenti», fece notare China, con un gesto verso la casa. «Dunque perché lei ha perso la testa per lui? Oh, era un uomo affascinante, di bell'aspetto, in ottima forma e non dimostrava settant'anni. Ma lasciarsi convincere... voglio dire, a farlo per la prima volta con lui... Comunque la metti, poteva essere suo nonno, se non il bisnonno.»

«Eppure, nonostante questo, sembrava davvero innamorata di lui.»

«Scommetto che c'entra in qualche modo il conto in banca di quell'uomo. Bella casa, bella tenuta, bella macchina, tutto bello. La promessa di diventare la signora del maniero. A richiesta, vacanze favolose in tutto il mondo. Tutti i vestiti che vuoi. Ti piacciono i diamanti? Sono tuoi. Cinquantamila paia di scarpe? A disposizione. Vuoi una Ferrari? Non c'è problema. Scommetto che tutto questo agli occhi di Cynthia rendeva Guy Brouard attraente da morire. Insomma, guarda questo posto. È da qui che viene lei. E questo la rendeva una preda facile. Lo sarebbe stata qualsiasi ragazza proveniente da un posto simile. Certo, le donne ci cascano sempre per un idiota tormentato. Ma se prometti loro molti soldi, allora sì che perdono davvero la testa. »

Deborah ascoltò tutto questo col cuore che le batteva forte in gola. «Lo credi davvero, China? » chiese.

«Certo, maledizione. E gli uomini lo sanno. Fai frusciare i soldi in giro e aspetta i risultati. Di solito è come appendere la carta moschicida. Per la maggior parte delle donne, il denaro conta più del fatto che l'uomo si regga in piedi. Basta che lui respiri e abbia le tasche piene, e l'affare è fatto. Ma prima lo chiamiamo amore. Diciamo di essere felici da morire quando siamo con lui. Proclamiamo che stando con lui ci sembra di sentir cantare gli uccellini, la terra ci trema sotto i piedi e cambiano le stagioni. Ma, sotto sotto, si riduce tutto ai soldi. Siamo capaci di amare un uomo con l'alito cattivo, una gamba sola e senza uccello, purché ci permetta di condurre il tenore di vita cui vorremmo abituarci. »

Deborah non seppe cosa rispondere. Sotto molto aspetti, le affermazioni di China valevano anche per lei, non solo per la sua relazione con Tommy, divenuta così difficile quando, con il cuore infranto, aveva abbandonato Londra per la California tanti anni prima, ma anche per il matrimonio, celebrato diciotto mesi dopo la fine di quel legame. In superficie, sembrava proprio come l'aveva descritto China. La considerevole fortuna di Tommy poteva essere stata l'attrattiva iniziale, mentre quella molto più modesta di Simon le aveva comunque concesso una libertà che la maggior parte delle sue coetanee non aveva. Il fatto che nulla fosse come sembrava, che il denaro e la sicurezza che apportava a volte potessero trasformarsi in una ragnatela che la intrappolava, che la faceva sentire non del tutto padrona di sé, incapace di contribuire ad alcunché... Alla fin fine, che importanza aveva tutto questo, rispetto alla fortuna di avere avuto un amante ricco e adesso un marito in grado di mantenerla?

Ma Deborah si tenne tutto dentro. Era stata lei a crearsi quella vita. E China ne sapeva ben poco. «Certo», convenne. «Il vero amore di una donna per un'altra è un buono pasto. Torniamo in città. A quest'ora Simon avrà parlato con la polizia.»

24

Uno dei vantaggi di essere amico intimo di un sovrintendente ad interim del CID consisteva nel potergli parlare immediatamente. St. James, infatti, dovette aspettare solo un attimo per avere in linea Tommy, che disse divertito: «Deb è riuscita a trascinarti a Guernsey, vero? Sapevo che lo avrebbe fatto».

«In realtà, non voleva che venissi anch'io», replicò Simon. «Per fortuna, sono riuscito a convincerla che non avrebbe giovato alla causa giocare a Miss-Marple-va-a-St.-Peter-Port.»

«E come sta andando?»

«Scorre, ma non proprio liscia come vorrei.» St. James riferì all'amico l'inchiesta privata che lui e Deborah stavano conducendo, cercando nel contempo di non ostacolare la polizia del posto. «Non so fin quando potrò tirare la corda sulla dubbia base della mia reputazione», concluse.

«E hai chiamato per questo?» chiese Lynley. «Quando Deborah è venuta allo Yard, ho parlato con Le Gallez che è stato molto chiaro: non vuole che la Polizia Metropolitana interferisca nel caso.»

«Non si tratta di questo», si affrettò a rassicurarlo St. James. «È solo questione di un paio di telefonate che potresti fare per me.»

«Di che tipo?» Lynley era diffidente.

Simon glielo spiegò. Quando finì, Tommy disse che l'organismo britannico da investire delle questioni bancarie in territorio inglese era l'Authority dei servizi finanziari. Avrebbe fatto del suo meglio per ottenere informazioni dalla banca destinataria dei bonifici telegrafici da Guernsey, ma poteva rendersi necessario un mandato giudiziario, che avrebbe richiesto più tempo.

«Può darsi che non vi sia niente d'illegale», gli disse St. James. «Sappiamo che il denaro è andato a un gruppo denominato International Access, a Bracknell. Puoi partire da loro?»

«Forse si renderà necessario. Vedrò cosa posso fare.»

Dopo la telefonata, St. James scese nell'ingresso dell'albergo, dove ammise tra sé che già da un pezzo avrebbe dovuto comprare un cellulare, mentre cercava di far capire alla receptionist che era essenziale che lo rintracciasse se arrivava una chiamata da Londra per lui. La ragazza prese nota e, mentre gli assicurava svogliatamente che avrebbe comunicato gli eventuali messaggi, Deborah e China fecero ritorno dall'escursione a Le Grand Havre.

Andarono tutti e tre nella sala dell'albergo, dove ordinarono caffè e si scambiarono informazioni. St. James si rese conto che Deborah, partendo da quello che aveva scoperto, era già saltata a conclusioni non del tutto infondate. Da parte sua, China invece non si lasciava condizionare da quegli stessi fatti per formarsi un'opinione sul caso, e per St. James c'era da ammirarla. Nei suoi panni, non era sicuro che sarebbe stato altrettanto cauto.

«Cynthia Moullin ha parlato di una pietra», disse Deborah alla fine. «Ha detto di averla data a Guy Brouard. Per proteggerlo, sostiene. E il padre la rivoleva indietro. Questo mi porta a chiedermi se fosse la stessa pietra usata per soffocarlo. Il padre ha un movente piuttosto chiaro. È arrivato perfino a rinchiuderla in camera, finché non ha avuto le mestruazioni, per essere sicuro che non fosse incinta di Guy Brouard.»

St. James annuì. «Le Gallez ipotizza che qualcuno avesse intenzione di usare l'anello col teschio e le ossa per soffocare Brouard, ma abbia cambiato idea scoprendo che lui aveva con sé quella pietra.»

«E il qualcuno in questione sarebbe Cherokee?» China non attese risposta. «Ma neanche nel suo caso, come quando hanno accusato me, esiste un movente preciso. E non ne hanno forse bisogno per tenere in piedi l'imputazione, Simon?»

«In linea di principio, sì.» Avrebbe voluto aggiungere cos'altro sapeva, e cioè la scoperta da parte della polizia di un elemento importante ai fini del movente, ma non intendeva rivelare quell'informazione. Non tanto perché sospettasse del delitto China River o il fratello, quanto perché tutti erano dei potenziali colpevoli, e per precauzione era meglio non scoprire le carte.

Prima che potesse andare avanti, scegliendo tra una risposta diplomatica e la menzogna, Deborah osservò: «Cherokee non poteva sapere che Guy Brouard aveva quella pietra».

«A meno che non l'avesse vista», disse St. James.

«E come?» ribatté lei. «Cynthia ha detto che Brouard la portava con sé. Non fa pensare che la tenesse in tasca invece che nel palmo della mano?»

«Sì, potrebbe darsi», convenne St. James.

«Eppure Henry Moullin sapeva per certo che Brouard l'aveva. Infatti, ha chiesto esplicitamente alla figlia di restituirgliela, come ci ha detto lei. Se era stata Cynthia a informarlo di aver dato il suo amuleto, portafortuna contro il malocchio o quello che era all'uomo cui il padre aveva dichiarato guerra, perché Moullin non è andato a reclamarlo di persona?»

«Nulla ci dice che non l'abbia fatto», fece osservare St. James. «Ma finché non lo sapremo per certo...»

«Daremo la colpa a Cherokee», concluse China senza mezzi termini. Guardò Deborah, come per dire: vedi?

St. James non gradì le implicazioni di quell'occhiata, quasi fosse un cenno d'intesa tra le due donne coalizzate contro di lui. «Non possiamo escludere nulla», disse. «Tutto qui.»

«Non è stato mio fratello», insistette la River. «Ascolti: anche Anaïs Abbott ha un movente. E Henry Moullin. Perfino Stephen Abbott ne ha uno, se è vero che voleva ficcarsi nelle mutande di Cynthia o separare la madre da Brouard. Allora che c'entra Cherokee? Niente. Perché? Perché non è stato lui. Non conosceva tutta questa gente più di quanto la conosca io.»

Deborah aggiunse: «Non puoi scartare tutti gli elementi a carico di Henry Moullin, e sospettare di Cherokee. Soprattutto perché non ci sono prove a indicare che sia implicato nella morte di Guy Brouard». Mentre completava l'osservazione, dovette leggere qualcosa sul volto del marito, perché aggiunse: «A meno che invece non ci sia qualcosa, altrimenti perché l'avrebbero arrestato? Quindi qualcosa c'è. Dove avevo la testa? Sei andato alla polizia? Che ti hanno detto? È a proposito dell'anello?»

St. James lanciò un'occhiata a China, che si era sporta attenta verso di lui, poi di nuovo alla moglie. Scosse la testa e disse: «Deborah». Quindi concluse con un sospiro di scusa: «Mi spiace, amore».

Deborah sgranò gli occhi rendendosi conto di quel che stava facendo e dicendo il marito. Distolse lo sguardo da Simon, e questi vide che la moglie si premeva le mani sul grembo, come per contenere la collera. Evidentemente, anche China comprese l'atteggiamento dell'amica, perché si alzò, malgrado non avesse bevuto il caffè, e disse: «Credo che andrò a vedere se mi lasciano parlare con mio fratello. O se riesco a trovare Holberry per fare avere a Cherokee un messaggio attraverso di lui. Oppure...»

Esitò, e lo sguardo le andò all'ingresso della sala, dove stavano entrando due donne cariche di buste di Marks & Spencer. Vedendole sedersi e ascoltando le loro risate e il chiacchiericcio, China assunse un'aria tetra. Disse a Deborah: «Ci vediamo dopo, okay?» Salutò Simon con un cenno e afferrò il cappotto.

Deborah la chiamò mentre usciva dalla sala, ma l'amica non si voltò; allora si girò verso il marito e gli chiese: «Era proprio necessario? È stato come se avessi dato a Cherokee scopertamente dell'assassino. E credi che c'entri anche lei, vero? Per questo non hai voluto dire davanti a China quello che hai scoperto. Sei convinto che siano stati loro, insieme, o solo uno dei due. È questo che pensi, vero?»

«Non possiamo escludere che l'abbiano fatto», replicò St. James, anche se non era esattamente quello che intendeva dire. Invece di esporre i suoi argomenti, si accorse di reagire al tono di accusa della moglie, benché comprendesse che questo atteggiamento era dovuto all'irritazione e costituiva il primo passo di una nuova discussione con lei.

«Come fai a dirlo?» chiese lei.

«E tu come fai a escluderlo, Deborah?»

«Perché ti ho appena spiegato cos'abbiamo scoperto, e non c'è niente che abbia a che fare con Cherokee o con China.»

«No», convenne lui. «Quello che avete scoperto non ha alcun rapporto con loro.»

«Invece, quello che hai scoperto tu sì. È questo che stai dicendo. E, come un bravo detective, lo tieni per te. Va benissimo. Allora tanto vale che me ne torni a casa e ti lasci a...»

«Deborah.»

«... a occuparti di ogni cosa da solo, dato che lo stai già facendo.» Come China, cominciò a infilarsi il cappotto. Però, ebbe qualche intoppo e non riuscì a fare l'uscita drammatica che avrebbe desiderato.

«Deborah», ripeté lui. «Siediti e ascolta.»

«Non parlarmi in quel modo. Non sono una bambina.»

«Allora non ti comportare come...» Si fermò appena in tempo e alzò le mani, con i palmi rivolti verso di lei in un gesto che voleva dire: finiamola qui. Si costrinse alla calma e s'impose di parlare in tono ragionevole. «Non è importante quello che penso.»

«Allora tu...»

«Inoltre», la interruppe deciso, «non è importante neanche quello che pensi tu. Contano i fatti. In una situazione del genere, i sentimenti personali non possono interferire.»

«Buon Dio, allora hai già preso una decisione, vero? E su cosa si basa?»

«Non ho affatto preso una decisione. Non sta a me e, anche se così fosse, nessuno me l'ha chiesta.»

«Quindi?»

«Le cose non si mettono bene, ecco tutto.»

«Che cosa hai saputo? Cos'hanno scoperto?» E, dato che lui non rispondeva, Deborah esclamò: «Dio del cielo, non ti fidi di me? Cosa credi che faccia con una simile informazione?»

«Che faresti, se riguardasse il fratello della tua amica?»

«Che razza di domanda è questa? Cosa pensi che farei, che glielo direi?»

«L'anello...» A St. James ripugnava dirlo, ma doveva farlo. «E, a quanto risulta, l'ha riconosciuto fin dall'inizio, eppure non l'ha detto. Come lo spieghi, Deborah?»

«Non sta a me spiegarlo, ma a lui, e lo farà.»

«Credi in lui fino a questo punto?»

«Non è un assassino.»

Ma i fatti indicavano diversamente, anche se St. James non poteva correre il rischio di rivelarglielo. *Eschscholzia californica*, una bottiglietta in un campo, con sopra le impronte. E tutto quanto era avvenuto nella contea di Orange, in California.

Rifletté per un momento. Tutti gli indizi puntavano verso River. Ma un particolare no: il movimento di denaro da Guernsey a Londra.

Margaret era alla finestra e lanciava un'esclamazione ogni volta che un uccello passava troppo vicino alla casa. Aveva fatto altre due telefonate alla polizia dell'isola, chiedendo di sapere quando si sarebbero decisi a prendere provvedimenti riguardo a «quel miserabile ladruncolo», aspettandosi che mandassero degli agenti a raccogliere la sua testimonianza e poi agissero. Da parte sua, Ruth, cercava di concentrarsi sul ricamo.

Margaret, però, la distraeva troppo. Le sue uscite avevano questo tenore: «Tra un'ora non protesterai più la sua innocenza», oppure: «Ti faccio vedere io che significano verità e onestà», e altre simili osservazioni. Ruth non sapeva che cosa stesse aspettando, perché dopo la prima telefonata alla polizia la cognata aveva detto solo: «Se ne occuperanno immediatamente».

Tuttavia, man mano che i tempi di quell'*immediatamente* si allungavano, Margaret diventava sempre più agitata. Stava per fare un'altra chiamata per chiedere l'intervento delle autorità, quando un'auto della polizia giunse davanti alla casa e lei lanciò un grido di trionfo: «L'hanno preso!»

Corse alla porta, e Ruth fece del suo meglio per tenerle dietro, alzandosi a fatica dalla sedia e seguendola con andatura zoppicante. La cognata si precipitò a passo di carica fuori, dove uno dei due agenti in divisa stava aprendo lo sportello posteriore dell'auto. Lei si lanciò tra il poliziotto e l'occupante del sedile. Quando Ruth finalmente arrivò, Margaret aveva afferrato Paul Fielder per il colletto e lo stava tirando rudemente fuori dall'auto.

«Pensavi di averla fatta franca, vero?» gli domandò.

«Andiamo, signora», disse l'agente.

«Dammi lo zaino, ladruncolo!»

Paul non cedette e si strinse lo zaino al petto, dandole un calcio sulla caviglia. Lei urlò: «Sta cercando di scappare», e agli uomini della polizia: «Fate qualcosa, maledetti. Toglietegli quello zaino. Ce l'ha dentro».

L'altro agente girò intorno all'auto e disse: «Lei sta interferendo con...»

«Non sarebbe così, maledizione, se voialtri faceste il vostro lavoro.»

«Stia indietro, signora», disse il primo.

«Margaret», intervenne Ruth. «Così non fai che spaventarlo. Paul, caro, perché non entri? Agenti, vi spiacerebbe, accompagnarlo in casa?»

Margaret lasciò andare il ragazzo con riluttanza, e Paul corse da Ruth. Aveva le mani tese, e le sue intenzioni erano chiare. Lei e nessun altro doveva avere il suo zaino.

Ruth fece entrare in casa il ragazzo e gli agenti, con lo zaino in una mano e un braccio infilato sotto quello di Paul. Era un gesto di amicizia. Lui tremava come una foglia, e lei voleva fargli capire che non aveva nulla da temere. La sola idea che quel ragazzo potesse aver sottratto qualcosa da Le Reposoir era ridicola.

Le dispiaceva per l'ansia che provava Paul e sapeva che la presenza della cognata non faceva che peggiorarla. Ruth si rese conto che avrebbe dovuto impedire a Margaret di effettuare quella chiamata alla polizia. Ma a meno di rinchiuderla in soffitta o tagliare le linee telefoniche, non sapeva in che modo impedirglielo.

Adesso che il danno era fatto, però, poteva almeno evitare che Margaret sottoponesse il povero ragazzo a un terrificante interrogatorio. Perciò, quando giunsero nel salone di pietra, disse: «Da questa parte. Paul, agenti, se volete passare nel soggiorno. È subito dopo quei due gradini accanto al caminetto». E vedendo Paul con lo sguardo fisso sullo zaino, lo rassicurò dolcemente: «Te lo porto subito. Va' con loro, caro. Non ti sarà fatto niente di male».

Gli agenti condussero Paul nel soggiorno, chiudendo la porta e Ruth si rivolse alla cognata: «Finora ti ho lasciato fare a modo tuo. Ora mi permetterai di fare a modo mio».

Margaret non era una stupida. Capì subito che il progetto di affrontare il ragazzo che aveva rubato il denaro destinato al figlio stava andando all'aria, e disse: «Apri lo zaino e scoprirai la verità».

«Lo farò in presenza della polizia», ribatté Ruth. «Se ha preso qualcosa...»

«Troverai delle scuse per coprirlo», disse Margaret amaramente. «È ovvio. Le trovi per chiunque. È il tuo modo di affrontare l'esistenza, Ruth.»

«Ne parleremo dopo, se è il caso.»

«Non riuscirai a tenermene fuori. Non puoi.»

«È vero. Ma la polizia sì, e lo farà.»

Margaret s'irrigidì. Ruth vide che si era accorta di avere perduto, ma cercava una maniera per avere l'ultima parola, ed esprimere tutto quello che aveva sofferto e continuava a soffrire per colpa degli spregevoli Brouard. Ma, poiché non ci riusciva, si girò bruscamente. Ruth attese finché non udì i passi della cognata su per le scale.

Quando raggiunse i due agenti e Paul Fielder nel soggiorno, rivolse al ragazzo un sorriso tenero. «Siediti, caro», disse. E agli agenti: «Prego», indicando due poltrone e il divano. Paul scelse quest'ultimo, e lei gli si sedette accanto. Mise la mano sulla sua e mormorò: «Mi dispiace terribilmente. Temo che sia sovreccitata».

«Ascolti, questo ragazzo è stato accusato di aver rubato...»

Ruth alzò la mano per interrompere l'agente, e disse: «È solo un frutto dell'immaginazione di mia cognata. Se manca qualcosa, non so nemmeno di che si tratta. Affiderei in toto e in qualunque momento la mia casa a questo ragazzo, con tutti i miei averi». E, per dimostrarlo, restituì a Paul lo zaino senza aprirlo, dicendo: «Mi dispiace solo per il disturbo creato a tutti quanti. Margaret è molto sconvolta per la morte di mio fratello, pertanto non si comporta in modo razionale».

Pensava con questo di chiudere la questione, ma si sbagliava. Paul spinse di nuovo lo zaino verso di lei e quando lei gli chiese: «Perché, ragazzo mio? Non capisco», lui sganciò le fibbie e ne tirò fuori un oggetto cilindrico: qualcosa di arrotolato.

Ruth lo guardò e poi sollevò gli occhi su di lui, perplessa. Entrambi gli agenti si alzarono in piedi. Paul spinse l'oggetto nelle mani di Ruth e, vedendo che lei non sapeva cosa farne, prese lui l'iniziativa. Spiegò il rotolo e lo aprì sulle ginocchia della donna.

Lei lo guardò e disse: «Oh, mio Dio», e all'improvviso capì.

La vista le si confuse, e in un attimo perdonò tutto al fratello: i segreti che aveva nascosto e le bugie che aveva detto. Il modo in cui aveva sfruttato gli altri. Il bisogno di dimostrare la sua virilità. Il continuo impulso a sedurre. Si ritrovò di nuovo una bambina che stringeva la mano al fratello maggiore. «*N'aie pas peur*», le aveva detto. «*N'aie jamais peur. On rentrera à la maison.*»

Uno dei due agenti stava parlando, ma Ruth percepì a stento la sua voce. Scacciò dalla mente miriadi di ricordi e riuscì a dire: «Paul non l'ha rubato. Lo custodiva per me. Intendeva consegnarlo a me. Immagino che dovesse tenerlo fino al mio compleanno. Guy voleva che fosse al sicuro e sapeva che Paul l'avrebbe fatto per lui. È andata così».

Non riuscì ad aggiungere altro. Si sentiva sopraffatta dall'emozione, sconcertata dal significato di ciò che aveva fatto il fratello, e la pena inconcepibile che si era dato per onorare lei, la loro famiglia e il comune retaggio. Mormorò agli agenti: «Vi abbiamo dato molto disturbo. Ve ne chiedo scusa». Bastò questo per indurli a prendere congedo.

Rimasta sola con Paul, il ragazzo indicò con il dito l'edificio raffigurato dall'illustratore, i minuscoli manovali che lavoravano alla costruzione, la donna eterea seduta in primo piano, con gli occhi rivolti all'enorme libro che aveva in grembo. La veste allargata intorno a lei in pieghe azzurre. I capelli sospinti all'indietro come da una brezza. Era deliziosa come quando Ruth l'aveva vista più di sessant'anni prima: eternamente giovane e immutata, ferma nel tempo.

Ruth cercò a tentoni la mano di Paul e la prese tra le sue. Adesso era lei che tremava, e non riusciva a parlare. Ma era in grado di agire, e lo fece. Portò la mano di Paul alle labbra e si alzò.

Gli fece cenno di andare con lei. Lo avrebbe portato di sopra, in modo che vedesse da sé e comprendesse appieno la natura del dono straordinario che le aveva appena consegnato.

Valerie trovò l'appunto al ritorno da La Corbière. Era di sole quattro parole, scritte con la grafia ordinata di Kevin: IL SAGGIO DI CHERIE. Il fatto che lui non avesse aggiunto altro era un segno evidente del suo disappunto.

La donna avvertì una punta di rammarico. Aveva dimenticato la recita natalizia a scuola. Sarebbe dovuta andare col marito ad applaudire le prodezze vocali della nipotina di sei anni, ma nell'ansia di scoprire fino a dove arrivava la sua responsabilità nella morte di Guy Brouard, si era scordata di tutto il resto. Anche se Kevin le aveva ricordato il concerto a colazione, lei non l'aveva ascoltato. Era troppo presa dai progetti per la giornata: come e quando fare un salto alla Casa delle Conchiglie senza far notare la propria assenza e cosa dire a Henry una volta arrivata.

Quando Kevin giunse a casa, lei stava preparando il brodo di pollo e scremava il grasso dall'orlo di una pentola che bolliva. Sul piano di lavoro vicino a lei c'era una nuova ricetta per la zuppa. L'aveva ritagliata da una rivista nella speranza d'indurre Ruth a mangiare.

Il marito venne sulla soglia e rimase a guardarla, con la cravatta allentata e il panciotto sbottonato. Vide che si era vestito di tutto punto, e Valerie provò una nuova punta di rammarico: avrebbe dovuto essere con lui.

Kevin andò con gli occhi all'appunto che aveva lasciato affisso al frigorifero. Valerie disse: «Mi dispiace, ho dimenticato. È stata brava Cherie?»

Lui annuì. Si sfilò la cravatta e se l'avvolse intorno alla mano, appoggiandola poi sul tavolo accanto a una ciotola di noci sgusciate. Si tolse giacca e panciotto, prese una sedia e si sedette.

«Mary Beth sta bene?» chiese Valerie.

«Se così si può dire. È il primo Natale senza di lui.»

«Anche per te è lo stesso.»

«È diverso.»

«Posso immaginarlo. Per fortuna le bambine hanno te.»

Tra loro cadde il silenzio. Il brodo di pollo gorgogliava. Dei pneumatici passarono scricchiolando sulla ghiaia a poca distanza dalla finestra della cucina. Valerie guardò fuori e vide l'auto della polizia che usciva dai terreni della tenuta. Corrugò la fronte, tornò al brodo di pollo e aggiunse del sedano a pezzetti. Gettò una manciata di sale e attese che il marito dicesse qualcosa.

«La macchina non c'era, e ne avevo bisogno per andare in città», fece notare lui. «Ho dovuto prendere la Mercedes di Guy.»

«Perfettamente adatta al tuo elegante abbigliamento. A Mary Beth è piaciuto essere accompagnata in una macchina di lusso?»

«Ci sono andato da solo. Era troppo tardi per passare a prenderla. Sono arrivato in ritardo alla recita. Aspettavo te. Ero sicuro che saresti tornata, che fossi andata a prendere le medicine in farmacia per la nobiltà della casa o qualcosa del genere.»

Valerie scremò dell'altro grasso inesistente dal brodo. Se ce n'era troppo, Ruth non avrebbe mangiato, si sarebbe limitata a osservare gli ovali delicati, e avrebbe allontanato la ciotola. Perciò, Valerie doveva essere vigile e dedicare tutta l'attenzione al brodo di pollo.

«Cherie ha sentito la tua mancanza», insistette Kevin. «Dovevi venire.»

«Però Mary Beth non ha chiesto dov'ero?»

Kevin non rispose.

«Allora», disse Valerie nel tono più gentile possibile, «hai sigillato le finestre a casa sua, Kev? Non ci sono altre infiltrazioni?»

«Dov'eri?»

Lei andò ad aprire il frigo e guardò dentro, cercando di pensare a una risposta.

Kevin si alzò, e la sedia raschiò sul pavimento. Andò anche lui al frigo e lo richiuse. Valerie tornò ai fornelli e lui la seguì. Quando lei prese il cucchiaio di legno per occuparsi del brodo, il marito glielo tolse di mano e lo appoggiò con cura sul supporto per gli utensili. «Dobbiamo parlare.»

«Di cosa?»

«Lo sai.»

Lei non voleva ammetterlo. Non poteva permetterselo. Perciò spinse se stessa e il marito su un altro terreno. Sapeva il rischio terribile che correva, quello cioè di ritrovarsi nella condizione di rinnovare il tormento della madre: il destino di abbandono che sembrava incombere sulla sua famiglia. Lei aveva trascorso l'infanzia e la giovinezza all'ombra di quella sventura, e aveva fatto di tutto per assicurarsi di non vedere mai più un coniuge che andava via. Era accaduto alla madre e al fratello. Ma aveva giurato che a lei non sarebbe successo. Era convinta che quando si lavora, si lotta, ci si sacrifica e si ama, si merita in cambio la devozione. Lei l'aveva da anni, incondizionata. Ma doveva rischiare di perderla per rivolgere la sua protezione da un'altra parte, dove ce n'era più bisogno.

Raccolse le forze e disse: «Senti la nostalgia dei ragazzi, vero? In parte, è dovuto anche a questo. Abbiamo fatto un buon lavoro con loro, ma se ne sono andati per la loro strada e ti manca molto non dover fare più il padre. È cominciata così. Ho visto in te questi sentimenti la prima volta che le figlie di Mary Beth sono venute qui a prendere il tè».

Non guardò il marito, e lui non disse nulla. In altre circostanze, lei avrebbe potuto interpretare il suo silenzio come un assenso e lasciar perdere il resto della conversazione. Ma in quella situazione non poteva farlo, perché si sarebbe rischiato di cominciarne un'altra. Gli argomenti sicuri erano ormai così pochi che lei preferì quello, dicendosi che tanto prima o poi avrebbero comunque dovuto parlarne.

«Non è forse vero, Kev?» chiese. «Non è così che è incominciato?» Malgrado la scelta deliberata dell'argomento, fatta a sangue freddo per nascondere per sempre l'altra sua terribile scoperta, si ricordò della madre e di com'era andata per lei: le implorazioni, le lacrime, le preghiere di non essere abbandonata e l'offerta di cambiare completamente, di diventare come l'altra, se era questo che il marito desiderava da lei. Valerie promise a se stessa che, se si fosse arrivati a quel punto, non si sarebbe comportata così.

«Valerie.» Kevin parlava adesso con la voce roca. «Che è successo a noi due?»

«Non lo sai?»

«Dimmelo.»

Lei lo guardò. «Siamo ancora 'noi due'?»

Il marito apparve così perplesso che per un attimo lei ebbe la tentazione di fermare le cose lì, quasi al limite, ma senza superarlo. Solo che non poteva farlo. «Di che stai parlando?» le domandò.

«Di scelte», rispose lei. «Di come le rifuggi, quando dovresti farle. Oppure farle e rifuggire da altre. Ecco cos'è successo. Me ne sono accorta benissimo, fin dall'inizio. Ho voltato gli occhi da un'altra parte, ci sono passata sopra, ho finto di non vedere. Ma il problema rimane, e hai ragione, dobbiamo parlare.»

«Val, hai detto...»

Lei lo interruppe, impedendogli di cambiare argomento. «Gli uomini non prendono una sbandata, a meno che non manchi loro qualcosa, Kev.»

«Una sbandata?»

«Possono avvertire la mancanza di una cosa qualsiasi, in quello che hanno. All'inizio ho pensato che potevi far loro da padre, pur senza esserlo, che potevi dare loro tutto l'affetto paterno e per noi non ci sarebbero state complicazioni. Potevi prendere il posto di Corey nella loro vita, e sarebbe stato bello se lo avessi fatto.» Deglutì, e avrebbe tanto voluto non aggiungere il seguito. Ma sapeva che, come il marito, non aveva scelta. «E sai cosa mi sono detta quando ci ho riflettuto? 'Non ha bisogno di farlo anche con la moglie di Corey.'»

«Un momento», disse Kevin. «Hai pensato che... io e Mary Beth?...»

Lui era sgomento e questo l'avrebbe fatta sentire sollevata, se non fosse stata costretta a insistere sull'argomento per fare in modo di cancellare dalla mente di lui ogni altro pensiero tranne quello che la moglie l'aveva sospettato di essersi innamorato della vedova del fratello. «Perché, non è stato forse così?» gli domandò Valerie «Non è così? Voglio la verità, Kev, credo di averne il diritto.»

«Tutti la desideriamo», disse Kevin. «Ma non sono del tutto sicuro che ne abbiamo il diritto.»

«In un matrimonio?» fece lei. «Dimmela, Kevin. Voglio sapere che cosa sta succedendo.»

«Niente», rispose lui. «Non riesco a capire come ti sia venuto in mente che stesse succedendo qualcosa.»

«Le sue figlie. Le sue telefonate. Ha sempre bisogno di te per un motivo o per l'altro. Tu ti rendi sempre disponibile per lei, ti mancano i nostri ragazzi e vorresti... Lo capisco che ti mancano i nostri ragazzi, Kev. »

« Certo che mi mancano. Sono il loro padre. Perché non dovrei sentirne la mancanza? Ma questo non significa che... Val, verso Mary Beth ho i doveri di un fratello verso una sorella. Niente di più, niente di meno. E tu dovresti essere la prima a capirlo. Allora era per questo? »

« Cosa? »

« Il silenzio, i segreti. Come se mi nascondessi qualcosa. Perché era così, vero? Mi nascondevi qualcosa? Tu parli sempre, ma negli ultimi tempi avevi smesso. Quando ho chiesto... » Fece un gesto con la mano e poi la lasciò ricadere sul fianco. « Ti rifiutavi di parlare. Così ho pensato... » Distolse gli occhi da lei, esaminando il brodo di pollo come se fosse una pozione.

« Pensato cosa? » domandò Valerie, perché alla fin fine lei doveva sapere cos'aveva in mente il marito, in modo da avere la possibilità di negare e, così facendo, di lasciar cadere per sempre l'argomento tra loro.

« In un primo tempo, credevo l'avessi raccontato a Henry », rispose lui, « malgrado la promessa di tenere a freno la lingua. Ho pensato che avessi detto a tuo fratello di Cyn e così facendo ti fossi convinta di avere provocato la morte di Brouard, rifiutandoti di parlarmene perché ti avevo messo in guardia dal farlo. Ma poi ho deciso che si trattava di qualcos'altro, qualcosa di peggio. Peggio per me, intendo. »

« Cosa? »

« Val, conoscevo i modi di fare di Brouard. Aveva già la Abbott, ma lei non era fatta per lui. Aveva anche Cyn, ma lei è soltanto una ragazzina. Lui voleva una donna, che ne avesse gli atteggiamenti e l'esperienza, una di cui potesse avere bisogno come lei di lui. E tu lo sei, Val. Lui ne era consapevole, e io l'avevo capito. »

« Allora hai pensato che io e il signor Brouard?... » Valerie non riusciva a crederci: non solo a quell'irragionevole sospetto, ma anche alla fortunata coincidenza che gli fosse venuto. Il marito aveva un'aria così mortificata che lei si sentì il cuore gonfio. Avrebbe voluto ridere della folle idea che Guy Brouard, fra tante donne, potesse aver desiderato proprio lei, che aveva le mani ruvide per i servizi e il fisico di una che aveva messo al mondo dei figli, senza mai ricorrere a un chirurgo plastico. Che stupido era stato Kevin a pensarlo. Brouard desiderava la gioventù e la bellezza per sostituire quelle che lui ormai aveva perduto, avrebbe voluto dire al marito. Invece si limitò a esclamare: «Com'è potuta venirti in mente una cosa simile, amore?»

«Non è da te essere così riservata», disse. «Se non era per via di Henry...»

«No, infatti», disse lei, e sorrise al marito, abbandonandosi alla menzogna.

«Allora di cos'altro poteva trattarsi?»

«Ma pensare che io e il signor Brouard... Come ti è venuto in mente che lui potesse interessarmi?»

«Non mi è venuto in mente. Avevo tutto sotto gli occhi. Lui era quello che era e tu mi nascondevi dei segreti. Lui era ricco, mentre noi non lo saremo mai, e per te avrebbe potuto contare qualcosa. Tu invece... be', quella è stata la parte più facile.»

«Perché?»

Kevin tese le mani. Dall'espressione del marito, Valerie capì che quanto stava per dire costituiva la parte più ragionevole dei castelli in aria che si era costruito. «Chi non ci avrebbe provato, se avesse avuto la minima probabilità di successo?»

Valerie gli si avvicinò e disse: «C'è stato un solo uomo nella mia vita, Kevin. Ci sono poche donne in grado di affermarlo. E meno ancora possono esserne fiere. Io posso sostenere con fierezza che ci sei stato sempre e solo tu».

Kevin l'abbracciò, attirandola a sé senza dolcezza e stringendola senza desiderio. Voleva solo essere rassicurato, e Valerie lo sapeva, perché per lei era lo stesso.

Per fortuna, non le chiese altro.

E lei non aggiunse niente.

Margaret aprì la sua seconda valigia sul letto e cominciò a togliere altri vestiti dal cassettone. Quando era arrivata, aveva piegato tutto con cura, ma adesso li metteva via senza la minima attenzione. Aveva chiuso con quel posto e con i Brouard. Dio solo sapeva quando ci sarebbe stato l'aereo successivo per l'Inghilterra, ma lei era decisa a prenderlo.

Aveva fatto tutto quello che poteva: per il figlio, per l'ex cognata, per tutti, maledizione. Ma essere liquidata da Ruth era stata la goccia finale, più ancora dell'ultima conversazione con Adrian.

«Ecco che cosa pensa», aveva annunciato al figlio. Era andato a cercarlo in camera sua, ma non lo aveva trovato. Alla fine l'aveva scovato all'ultimo piano della casa, nella galleria in cui Guy teneva alcuni dei pezzi d'antiquariato messi insieme negli anni e la maggior parte delle opere d'arte. Il fatto che tutto quello avrebbe potuto essere di Adrian, anzi, avrebbe dovuto (benché le tele fossero tutte in stile moderno, sbavature di colore e figure che sembravano uscite da un'affettatrice, probabilmente valevano parecchio), e il pensiero che Guy avesse organizzato i suoi ultimi anni per negare deliberatamente al giovane quello cui aveva diritto... A Margaret bruciava. Giurò che avrebbe ottenuto una rivalsa.

Adrian non stava facendo nulla nella galleria. Si limitava al suo comportamento più tipico: se ne stava stravaccato in una poltrona. La stanza era gelida e, per proteggersi dal freddo, Adrian aveva indossato il giubbotto di pelle. Teneva le gambe distese davanti e le mani nelle tasche. Avrebbe potuto essere l'atteggiamento di chi assisteva a una partita in cui la propria squadra di calcio preferita veniva umiliata sul campo, ma gli occhi dell'uomo non fissavano un televisore. Li puntava invece sulla mensola del camino, dove c'erano una dozzina di foto di famiglia, tra cui alcune in cui lui appariva con il padre, con le sorellastre e con la zia.

Margaret lo aveva chiamato per nome e aveva detto: «Mi hai sentito? Pensa che tu non abbia diritto al suo denaro. E, a sentire lei, anche per lui era lo stesso. Dice che tuo padre non credeva nei *diritti acquisiti*. L'ha messa giù così. Come se potessimo crederle. Se tuo padre avesse avuto la fortuna di ritrovarsi con qualcuno che gli lasciava un'eredità, pensi che avrebbe arricciato il naso? Che avrebbe detto: 'Oddio, no, grazie, non va bene per me. Meglio lasciarla a qualcuno capace di conservare la propria purezza anche di fronte a una somma inattesa'. Non mi pare verosimile. Sono degli ipocriti, tutti e due. In realtà, lui ha voluto servirsi di te per punirmi, e lei è felice come una pasqua di portare a termine il piano del fratello. Adrian! Mi ascolti? Hai sentito anche una sola parola di quello che ho detto?»

Margaret si era domandata se il figlio non si fosse rifugiato in uno dei suoi stati di semitrance, così tipici di lui. Rinchiuditi in te stesso per un periodo prolungato di falsa catatonia, giovanotto, e lascia che si occupi la mammina dei particolari più sgradevoli della tua vita.

Alla fine, per Margaret era stato troppo: le telefonate dalle scuole in cui Adrian non riusciva negli studi; le infermiere degli ambulatori medici per gli alunni che le dicevano in via riservata: « In realtà, non c'è niente che non vada nel ragazzo, signora », gli psicologi con le loro espressioni comprensive che la sollecitavano a tagliare il cordone ombelicale se voleva che il figlio migliorasse; i mariti incapaci di prendere sotto la loro ala protettiva un figliastro con troppi problemi; le sorellastre punite perché lo tormentavano; gli insegnanti ripresi perché non lo comprendevano; i dottori ricusati perché non erano in grado di aiutarlo; gli animali domestici dati via perché non gli piacevano; quelli che lo assumevano scongiurati di concedergli ulteriori possibilità; gli affittuari presso i quali si doveva intercedere; le potenziali fidanzate importunate e influenzate... Tutto questo per arrivare a quel momento, quando lui avrebbe dovuto per lo meno ascoltarla, mormorare anche una sola parola di riconoscenza, dirle: hai fatto del tuo meglio, mamma, o magari lanciare un grugnito. E invece no. Era chiedergli troppo. Era pretendere da lui di darsi un minimo da fare, di dimostrare un po' di grinta, di preoccuparsi finalmente di avere una vita che fosse tale e non una semplice estensione di quella materna, perché una madre doveva pur avere delle garanzie, o no? Non doveva forse poter essere certa che i figli avessero la volontà di sopravvivere se lasciati a loro stessi?

Ma dal figlio maggiore non le era venuta nessuna certezza del genere. E, prendendone atto, Margaret aveva sentito tutta la sua determinazione venire meno.

« Adrian! » aveva gridato e, non ottenendo risposta, gli aveva dato un ceffone e poi aveva strillato: « Non faccio parte dell'arredo! Rispondimi immediatamente! Adrian, se non... » aveva alzato di nuovo la mano.

Lui l'aveva afferrata mentre stava per calargliela di nuovo sul viso e l'aveva stretta forte, mentre si alzava. Poi l'aveva scostata bruscamente, come se fosse immondizia, dicendo: « Devi sempre peggiorare le cose. Non ti voglio qui. Tornatene a casa ».

« Mio Dio », aveva ribattuto lei. « Come osi... » Ma non era riuscita ad aggiungere altro.

« Ne ho abbastanza », aveva detto lui. Ed era uscito dalla galleria.

Così lei era andata in camera, dove aveva preso le valigie da sotto il letto. Aveva già fatto la prima e adesso preparava la seconda. Certo che sarebbe tornata a casa. Lo avrebbe abbandonato al suo destino. Gli avrebbe dato l'opportunità di affrontare la vita con le sue sole forze, come lui desiderava, a quanto pareva.

Due portiere d'auto furono sbattute in rapida successione sul viale, e Margaret andò alla finestra. Aveva udito i due agenti andare via neanche cinque minuti prima, e aveva visto che non portavano con loro Paul Fielder. Sperò che fossero tornati a prenderlo, dopo aver trovato finalmente un motivo per sbatterlo dentro. Ma vide una Ford Escort blu marino, con l'autista e il passeggero intenti a conversare ai lati del cofano.

Riconobbe l'uomo per averlo visto al ricevimento dopo il funerale di Guy: era quell'individuo disabile, dall'aria ascetica, che aveva notato vicino al caminetto. La sua accompagnatrice, l'autista, era una donna dai capelli rossi. Margaret si chiese che volessero, cosa fossero venuti a fare.

La risposta le arrivò immediatamente. Perché lungo il vialetto, dalla direzione della baia, arrivò Adrian. Dal fatto che i nuovi venuti fossero girati dalla parte del figlio, Margaret capì che probabilmente l'avevano visto sul sentiero mentre arrivavano e adesso lo stavano aspettando.

Drizzò le antenne. Sebbene avesse deciso di abbandonare il figlio al suo destino, il fatto che Adrian parlasse con degli estranei mentre l'omicidio del padre restava ancora insoluto lo metteva in pericolo.

Margaret gettò sul letto la camicia da notte che stava per mettere in valigia e uscì in fretta dalla stanza.

Andando verso le scale, udì il mormorio della voce di Ruth nello studio di Guy. Si ripromise di occuparsi più tardi del rifiuto oppostole dalla cognata di lasciarle affrontare quel teppista in erba alla presenza degli agenti di polizia. Adesso c'era una situazione più pressante di cui occuparsi.

Una volta fuori, vide che l'uomo e la compagna dai capelli rossi si avvicinavano al figlio. « Salve! » disse ad alta voce. « Posso esservi utile? Sono Margaret Chamberlain. »

Notò un lampo sul volto di Adrian, che le parve di disprezzo.

Stava quasi per abbandonarlo ai due sconosciuti, ma non poteva farlo senza prima scoprire cosa volessero.

Raggiunse i visitatori e si presentò nuovamente. L'uomo disse di chiamarsi Simon Allcourt-St. James, e la compagna era sua moglie, Deborah. Erano venuti per vedere Adrian Brouard. Nel dirlo, l'uomo accennò col capo verso il giovane, per intendere che sapeva che era lui e prevenirne così ogni eventuale tentativo di fuga.

«Di che si tratta?» domandò Margaret cordiale. «Sono la madre di Adrian.»

«Ha cinque minuti?» chiese Allcourt-St. James a Adrian, come se Margaret non fosse stata fin troppo chiara.

Lei sentì una punta d'irritazione, ma cercò di mantenere il tono cordiale: «Mi spiace, non abbiamo tempo. Devo partire per l'Inghilterra e Adrian deve accompagnarmi in macchina a...»

«Venite dentro», li invitò lui. «Possiamo parlare in casa.»

«Adrian, caro», disse Margaret. Gli lanciò una lunga occhiata dura, che significava un messaggio preciso: smettila di fare lo sciocco. Non abbiamo idea di chi sia questa gente.

Lui la ignorò e li precedette verso la porta d'ingresso. Lei non ebbe altra scelta che seguirli, dicendo: «Be', sì. Qualche minuto lo abbiamo, vero?» nel tentativo di presentare un fronte unito.

Margaret avrebbe preferito costringerli a tenere la conversazione in piedi nella sala di pietra, dove l'aria era gelida e gli unici posti per sedersi erano le sedie dal fondo duro appoggiate alle pareti, per abbreviare la visita. Adrian, invece, li condusse nel salotto. Lì ebbe il buonsenso di non chiederle di andare via, e lei prese posto al centro di un divano, per far sentire la sua presenza.

St. James, come chiese di essere chiamato quando Margaret gli si rivolse col doppio cognome, sembrava indifferente al fatto che lei ascoltasse ciò che aveva da dire al figlio. Lo stesso la moglie, che andò a sedersi accanto a lei sul divano senza essere invitata, e assunse un'aria vigile, come se fosse stata incaricata di tenere sotto controllo tutti i partecipanti alla discussione. Da parte sua, Adrian pareva incurante del fatto che due estranei fossero venuti a cercarlo. E il suo atteggiamento rimase lo stesso quando St. James cominciò a parlare di denaro, e in grandi quantità, che mancava dal patrimonio di Guy Brouard.

Bastò un attimo perché Margaret afferrasse la portata delle rivelazioni di St. James e capisse fino a che punto era stata decimata l'eredità di Adrian. Per quanto fosse stata irrisoria, considerata l'entità reale se Guy non avesse astutamente impedito al figlio di beneficiare della propria fortuna, adesso la somma risultava perfino inferiore a quanto lei aveva pensato dovesse ammontare.

«Non vorrà dirci davvero che...» esclamò Margaret.

«Madre», la interruppe Adrian. «Vada avanti», disse a St. James.

A quanto pareva, quell'uomo non era venuto solo a informare del drastico mutamento intervenuto nelle aspettative di Adrian. Negli ultimi otto o nove mesi, Guy aveva trasferito il suo denaro da Guernsey mediante bonifici telegrafici, e St. James era là per scoprire se Adrian sapeva qualcosa sui motivi per i quali il padre inviava grosse somme su un conto londinese intestato a una società domiciliata a Bracknell. L'uomo precisò che c'era già qualcuno che stava raccogliendo informazioni in proposito a Londra, ma se il signor Brouard, lì presente, avesse loro facilitato il compito riferendo eventuali particolari in suo possesso...

Il significato era chiaro come il sole e, prima che Adrian potesse parlare, Margaret disse: «Qual è esattamente il suo lavoro, signor St. James? Francamente, e la prego di credere che non intendo essere scortese, non vedo perché mio figlio dovrebbe rispondere alle sue domande, quali che siano». Questo sarebbe dovuto bastare per fare tenere a Adrian la bocca chiusa. Ma naturalmente non fu così.

«Non so per quale ragione mio padre inviasse denaro altrove mediante bonifici telegrafici», disse Adrian.

«Non era per caso diretto a lei? Per motivi personali? Un'attività imprenditoriale? O qualche altra ragione? Debiti?»

Adrian sfilò dalla tasca dei jeans un pacchetto malconcio di sigarette, ne tirò fuori una e l'accese. «Mio padre non finanziava le mie attività», disse. «O qualsiasi altra cosa facessi. Lo avrei voluto, ma lui si rifiutava. Tutto qui.»

Margaret trasalì. Adrian stava andando oltre quello che gli era stato chiesto. E in fondo, perché no, perché non cogliere quell'occasione per farle dispetto? Tra loro erano volate parole grosse, e adesso lui aveva la possibilità di pareggiare i conti, che avrebbe colto al volo, senza preoccuparsi delle conseguenze di ciò che diceva. Il figlio la faceva impazzire.

«Quindi lei non ha alcun rapporto con la International Access, signor Brouard?» chiese St. James a Adrian.

«Di che parla?» chiese Margaret prudente.

«La società destinataria dei bonifici telegrafici effettuati dal padre del signor Brouard. Oltre due milioni di sterline, a quanto risulta.»

Margaret cercò di apparire interessata anziché atterrita, ma le sembrava di avere il ventre attanagliato da un cerchio d'acciaio. S'impose di tenere lo sguardo fisso sul figlio. Se Guy gli aveva davvero inviato del denaro, pensò, se Adrian le aveva mentito anche su questo... Non era, infatti, International Access il nome che Adrian aveva in mente per la società cui intendeva dare vita? Era tipico di lui intitolare i progetti ancora prima di metterli in pratica. Il parto della sua mente e la brillante idea che gli avrebbe fruttato milioni se solo il padre ci avesse messo il capitale. Ma Adrian aveva affermato che Guy non aveva investito nulla nella sua idea, neanche cinquanta penny. Se invece aveva mentito, da allora il padre non aveva fatto che dargli denaro...

Tutto quello che poteva far apparire Adrian in qualche modo colpevole andava affrontato immediatamente.

«Signor St. James», disse Margaret, «le assicuro che se Guy ha inviato del denaro in Inghilterra, non è stato a Adrian.»

«No?» St. James era cortese come cercava di apparire lei, ma non le sfuggì lo sguardo che scambiò con la moglie, e tanto meno ne fraintese il significato. Dovevano ritenere come minimo curioso che lei parlasse a nome di un figlio adulto che sembrava perfettamente in grado di farlo da solo. Al peggio, la consideravano una stronza intrigante. Potevano pensare quello che volevano. Adesso lei aveva ben altro per la mente che preoccuparsi del giudizio di due estranei.

«Mio figlio me l'avrebbe detto. Mi riferisce tutto», disse. «Quindi, poiché non mi ha parlato di denaro inviatogli dal padre, Guy non glielo ha mandato, ecco tutto.»

«Già», disse St. James, e guardò Adrian. «Signor Brouard? Forse per ragioni che esulavano dagli affari?»

«Gliel'ha già chiesto», fece notare Margaret.

«Non credo però che abbia risposto», replicò educatamente la moglie di St. James. «Non del tutto, almeno.»

Era proprio il tipo di donna che Margaret detestava: seduta tranquilla, con i capelli che le cadevano alla perfezione e la pelle immacolata. Probabilmente era felicissima di essere vista ma non udita, come una moglie vittoriana che aveva imparato a trarsi in disparte e a contemplare l'Inghilterra.

«Senta», cominciò Margaret. Ma Adrian l'interruppe: «Non ho ricevuto denaro da mio padre», dichiarò. «Per nessuna ragione.»

«Ecco», sottolineò la madre. «Ora, se non c'è altro, abbiamo molto da fare prima della mia partenza.» Fece per alzarsi.

La domanda successiva di St. James la bloccò. «Allora c'è qualche altra persona, signor Brouard? Qualcuno che lei conosce in Inghilterra che suo padre potrebbe aver voluto in qualche modo aiutare? Una persona che aveva rapporti con una società denominata International Access?»

Questo era il limite. Avevano dato a quel maledetto individuo tutte le risposte che voleva. Adesso desideravano solo che se ne andasse. «Se Guy inviava il suo denaro da qualche parte, probabilmente c'entrava una donna», ipotizzò Margaret con aria maliziosa. «Sono la prima a suggerirvi di cercare in quella direzione. Adrian? Caro? Mi dai una mano con le valigie? È ora che ci avviamo.»

«Una donna in particolare?» chiese St. James. «So della relazione del padre del signor Brouard con la signora Abbott, ma dato che quest'ultima vive qui a Guernsey... C'è qualcuna in Inghilterra con la quale dovremmo parlare?»

Dovevano dargli un nome, se volevano sbarazzarsi di quell'uomo. Ed era preferibile che fossero loro a riferirglielo, anziché lasciare che lo scoprisse da solo per poi utilizzarlo contro il figlio. Detto da Margaret e da Adrian, poteva ancora apparire innocente. Mentre, se fossero stati altri a farlo, sarebbe sembrato che loro due avessero qualcosa da nascondere.

Allora si rivolse al figlio con un tono che voleva essere disinvolto, se non addirittura impaziente, come per far capire ai due intrusi che stavano abusando del loro tempo. «Oh, c'è stata quella giovane venuta qui con te in visita, l'anno scorso. La tua amichetta che giocava a scacchi. Come si chiamava? Carol? Carmen? No. Carmel, ecco. Carmel Fitzgerald. Guy era molto preso da lei, vero? Devono avere avuto anche un'avventuretta, mi sembra di ricordare. Quando tuo padre ha capito che tu e lei non eravate... be', si sa. Non si chiamava così, Adrian?»

«Papà e Carmel...»

Margaret proseguì, per essere certa che i St. James capissero:

«A Guy piacevano le donne e, dato che Carmel e Adrian non stavano insieme... Caro, forse era preso da Carmel più di quanto tu pensassi. Ricordo che la cosa ti divertiva. 'Papà ha scelto Carmel come gusto del mese', dicevi. E ridevamo del gioco di parole tra 'Carmel' e 'caramello'. Ma non sarà stato che tuo padre fosse più affezionato a lei di quello che credevi? Mi hai detto che lei ne parlava come di una storia senza impegno, ma forse per Guy c'era qualcosa di più profondo. Certo, non sarebbe stato da lui comprarsi l'affetto di una persona, ma solo perché non aveva mai dovuto farlo. E nel caso di quella ragazza... Che ne pensi, caro?»

Margaret trattenne il fiato. Sapeva di aver parlato troppo in fretta, ma non aveva potuto evitarlo. Bisognava suggerire a Adrian come dipingere la relazione tra il padre e la donna che invece avrebbe dovuto sposare lui. Adesso, il figlio non doveva fare altro che cogliere l'imbeccata e dire: oh, certo. Papà e Carmel. Che spasso. Se volete sapere dov'è finito il denaro di mio padre, dovete parlare con lei.

Ma Adrian non pronunciò una sola parola del genere. Invece si rivolse all'uomo venuto da Londra e disse: «Non si tratta di Carmel. Si conoscevano a stento. Papà non era interessato. Lei non era il suo tipo».

Suo malgrado, Margaret esclamò: «Ma mi hai detto...»

Lui le lanciò un'occhiata. «Non mi pare. L'hai pensato tu. D'altronde, perché no? Era una cosa logica.»

Margaret vide che gli altri due non avevano idea di cosa intendessero dire madre e figlio, ma erano decisamente interessati a scoprirlo. Lei, però, era così sconcertata da quello che aveva appena saputo dal figlio da non riuscire a valutare gli eventuali danni che sarebbero derivati dal tenere davanti a degli estranei la conversazione che s'imponeva con Adrian. Dio, su cos'altro ancora le aveva mentito? E se quel verbo le fosse sfuggito dinanzi a quei due venuti da Londra, che uso ne avrebbero fatto? Fin dove si sarebbero spinti?

«Sono saltata a delle conclusioni affrettate», disse. «Tuo padre era sempre... Be', lo sai come girava intorno alle donne. Così ho pensato... Ma devo aver frainteso... Hai detto che per lei era una storia senza impegno, no? Forse parlavi di un'altra e io ho creduto ti riferissi a Carmel...»

Lui sorrise sardonico, godendosi lo spettacolo della madre che si rimangiava quello che aveva appena detto. La lasciò friggere ancora un po', poi intervenne. «Non so di nessuna donna in Inghilterra. Ma papà se la faceva con qualcuna qui sull'isola. Non so chi fosse, ma mia zia sì.»

«Glielo ha detto?»

«Li ho sentiti discutere della cosa. Posso dirle solo che dev'essere una ragazza molto giovane, perché Ruth minacciava di raccontarlo al padre. Ha detto che se era quello l'unico modo per impedire a Guy di continuare ad avere una storia con una ragazzina, l'avrebbe fatto.» Sorrise senza allegria e aggiunse: «Era un bel tipo mio padre. Non mi sorprende che alla fine sia stato ucciso».

Margaret chiuse gli occhi, desiderando ardentemente che qualcosa la trasportasse via dalla stanza, e maledisse il figlio.

25

ST. JAMES e la moglie non dovettero cercare Ruth Brouard. Fu lei a trovare loro. Venne nel salotto raggiante di entusiasmo. «Signor St. James», esordì. «Che bella fortuna. Ho telefonato al suo albergo, e mi hanno detto che era venuto qui.» Ignorò la cognata e il nipote, chiedendo a Simon di seguirla, per favore, perché all'improvviso tutto era diventato chiarissimo e voleva farglielo sapere subito.

«Devo?...» chiese Deborah, accennando ad andare via.

Doveva essere presente anche lei, le disse l'anziana donna, quando seppe chi era.

Margaret Chamberlain protestò. «E adesso cosa c'è, Ruth? Se ha a che fare con l'eredità di Adrian...»

Ma la cognata seguitò a ignorarla, fino al punto di chiudere la porta mentre parlava e dire a St. James: «Deve perdonare Margaret. È piuttosto...» Alzò le spalle allusiva, aggiungendo: «Venite con me. Sono nello studio di Guy».

Arrivati lì, Ruth non perse tempo in preamboli. «So cos'ha fatto con il denaro», disse loro. «Ecco, guardate voi stessi.»

St. James vide che sulla scrivania del fratello era srotolato un dipinto a olio. Era di settanta centimetri di altezza per quarantasei di base, e veniva trattenuto ai margini da volumi presi dagli scaffali. Ruth lo toccò esitante, come se fosse un oggetto religioso. «Guy finalmente l'ha riportato a casa», mormorò.

«Cos'è?» chiese Deborah, in piedi accanto a lei, guardando il dipinto.

«La bella donna con il libro e il calamo», rispose Ruth. «Apparteneva a mio nonno e, prima di lui, al padre e così via, per quanto ne so. Era destinata a Guy. E immagino che abbia speso tutti i suoi soldi per ritrovarla. Non c'è altra...» Le si spezzò la voce, e St. James, alzando la testa dal dipinto, vide che dietro gli occhiali dalle lenti rotonde, Ruth aveva gli occhi gonfi. «È tutto ciò che resta di loro, vedete?»

Si sfilò gli occhiali e, asciugandosi gli occhi con la manica del maglione, andò in fondo alla stanza, dove prese una foto da un tavolino. «Eccola», disse. «La vedete nella foto. Ce la diede *Maman* la notte che partimmo perché c'erano tutti. Li vedete? *Grandpère, grandmère, tante* Esther, *tante* Becca, i loro mariti appena sposati, i nostri genitori, noi. Lei disse: '*Gardez-la*'...» Ruth si accorse di essersi trasferita in un altro posto e in un altro tempo, e tornò all'inglese. «Chiedo scusa. Mia madre disse: 'Conservatela finché non ci ritroveremo, così ci riconoscerete vedendoci'. Allora non sapevamo che non sarebbe accaduto mai più. E, guardate nella foto, eccola là, sopra la credenza. La bella signora con il libro e il calamo, dov'è sempre stata. Guardate le piccole figure in lontananza, intente a erigere la chiesa. Un enorme edificio gotico, la cui costruzione richiese cento anni, e lei è seduta lì, così serena. Come se sapesse qualcosa di quella chiesa che noialtri non scopriremo mai.» Ruth sorrise con affetto al dipinto, anche se aveva gli occhi lucidi. «*Très cher frère*», mormorò. «*Tu n'as jamais oublié.*»

St. James si era avvicinato a Deborah per guardare la foto, mentre Ruth parlava. E vide, infatti, che il dipinto dinanzi a loro sulla scrivania era lo stesso della foto di famiglia, che lui aveva notato l'ultima volta che era stato nella stanza. Raffigurava una famiglia numerosa raccolta intorno a una tavola rotonda per la cena della Pasqua ebraica. Sorridevano tutti felici all'obiettivo, in pace con il mondo che di lì a breve li avrebbe distrutti.

«Cos'è successo al dipinto?»

«Non l'abbiamo mai saputo», rispose Ruth. «Abbiamo solo fatto delle ipotesi. Quando finì la guerra, attendemmo. Per qualche tempo pensammo che sarebbero venuti a cercarci, i nostri genitori. Vedete, non sapevamo. Non subito. Almeno per qualche tempo, perché continuavamo a sperare... Be', i bambini sono fatti così, no? Solo in seguito venimmo a sapere la verità.»

«Che erano morti», mormorò Deborah.

«Che erano morti», confermò Ruth. «Erano rimasti per troppo tempo a Parigi. Scapparono a Sud, credendo che laggiù sarebbero stati al sicuro, e quelle furono le ultime notizie che avemmo di loro. Erano andati a Lavaurette. Ma lì non c'era scampo da Vichy. Gli ebrei venivano denunciati a richiesta delle autorità. Erano peggio dei nazisti, perché in fondo gli ebrei erano francesi, anche loro cittadini della repubblica di Vichy.» Prese la fotografia dalle mani di St. James e la fissò, seguitando a parlare. «Alla fine della guerra, Guy aveva dodici anni, io nove. Passò molto tempo prima che potessimo tornare in Francia e scoprire cos'era accaduto alla nostra famiglia. Dall'ultima lettera ricevuta, sapevamo che avevano abbandonato tutto tranne i vestiti che potevano stare in una valigia a testa. Perciò la bella signora con il libro e il calamo rimase, insieme con il resto delle nostre cose, in custodia a un vicino, Didier Bombard. Costui disse a Guy che i nazisti erano venuti a reclamarla, in quanto proprietà di ebrei. Ma naturalmente poteva benissimo aver mentito, lo sapevamo.»

«Allora come avrà fatto suo fratello a ritrovare il dipinto» chiese Deborah, «dopo tutti questi anni?»

«Era un uomo molto determinato, mio fratello. Avrà assoldato tutte le persone necessarie: dapprima per cercarlo, poi per acquistarlo.»

«International Access», osservò St. James.

«Di che si tratta?» chiese Ruth.

«I destinatari del denaro, quello trasferito dal suo conto qui a Guernsey. È una società con sede in Inghilterra.»

«Ah, allora è così.» Prese una piccola lampada dal ripiano della scrivania del fratello e la avvicinò per fare più luce sul dipinto. «Devono essere stati loro a rintracciarlo. Ha perfettamente senso, se si pensa alle enormi collezioni di opere d'arte che ogni giorno sono acquistate e vendute in Inghilterra. Quando parlerete con loro, immagino che vi diranno come hanno fatto a rintracciarlo e chi si è adoperato per farcelo riavere. Investigatori privati, molto probabilmente. E anche qualche galleria. Di certo, Guy avrà dovuto ricomprarlo. Non gliel'avrebbero riconsegnato e basta.»

«Ma se è vostro...» obiettò Deborah.

«Come potevamo dimostrarlo? Avevamo soltanto quella foto di famiglia come prova, e chi si sarebbe prestato a stabilire sulla base di un ritratto di una cena tra parenti che il quadro appeso al muro sullo sfondo è proprio questo?» Indicò il dipinto dinanzi a loro sulla scrivania. «Non avevamo altri documenti, non ce n'erano. Era sempre stato in famiglia, la bella signora con il libro e il calamo, e al di là di quest'unica foto, non c'era modo di dimostrarlo.»

«E le testimonianze di persone che l'avevano visto nella casa di vostro nonno?»

«Presumo che siano tutte morte ormai», disse Ruth. «E, oltre a Monsieur Bombard, non avrei saputo indicarne altre. Perciò Guy non aveva altro modo per recuperarlo che acquistarlo da chiunque lo possedeva, ed è quello che ha fatto, potete esserne certi. Doveva essere il suo regalo di compleanno per me: riportare in famiglia l'unica cosa rimasta della famiglia. Prima che morissi.»

Guardarono in silenzio la tela srotolata sulla scrivania. Che il dipinto fosse vecchio, non c'erano dubbi. A St. James sembrava olandese o fiammingo, ed era un'opera che ipnotizzava, di una bellezza senza tempo, che di certo rappresentava un'allegoria sia per l'artista sia per il mecenate che gliel'aveva commissionata.

«Mi domando chi sia», disse Deborah. «Una dama, a giudicare dagli abiti che indossa. Sono molto fini, vero? E il libro. È così grande. Possederne uno simile, ed essere in grado di leggerlo a quell'epoca... Doveva essere piuttosto ricca. Forse è una regina.»

«È solo la signora con il libro e il calamo», disse Ruth. «Per me è sufficiente.»

St. James si scosse dalla contemplazione del dipinto, e chiese: «Come ha fatto a trovarlo proprio stamattina? Era qui in casa? Tra le cose di suo fratello?»

«Lo aveva Paul Fielder.»

«Il ragazzo cui suo fratello faceva da mentore?»

«Me l'ha dato lui. Margaret pensava che avesse rubato qualcosa dalla casa perché non permetteva a nessuno di avvicinarsi allo zaino. Ma dentro c'era questo dipinto, e lui me l'ha immediatamente consegnato.»

«Quando?»

«Stamattina. La polizia l'ha portato qui dal Bouet.»

«È ancora qui?»

«Dev'essere da qualche parte nella tenuta. Perché?» Il viso di Ruth divenne grave. «Non penserà mica che l'abbia rubato, vero? Perché non l'avrebbe mai fatto. Non è nella sua natura.»

«Posso prenderlo, signorina Brouard?» St. James toccò l'orlo del dipinto. «Soltanto per un po'. Ne avrò cura.»

«Perché?»

«Se non le dispiace. Non deve preoccuparsi. Glielo restituirò presto», si limitò a rispondere Simon.

Lei guardò il dipinto come se non volesse separarsene, e doveva essere così. Dopo qualche istante, però, annuì e tolse i libri dai bordi della tela. «Bisogna incorniciarlo e appenderlo.»

Consegnò la tela a St. James. Lui la prese e disse: «Immagino che sappia che suo fratello aveva una relazione con Cynthia Moullin, vero, signorina Brouard?»

Ruth spense la lampada e la rimise al suo posto. Per un attimo St. James pensò che non avrebbe risposto, ma alla fine la donna disse: «Li ho scoperti assieme. Mio fratello ha detto che prima o poi mi avrebbe informata. Ha sostenuto che intendeva sposarla».

«E lei non gli ha creduto?»

«Signor St. James, troppe volte mio fratello aveva sostenuto di aver trovato finalmente la donna della sua vita. 'È lei', diceva. 'È quella giusta, Ruth.' E sul momento era il primo a esserne convinto. Perché scambiava sempre il brivido dell'attrazione sessuale per amore, come accade a molte persone. Il problema di Guy era che non riusciva ad andare oltre. E, non appena quell'impulso svaniva, come succede sempre, ogni volta lui si convinceva che il sentimento era finito senza capire che, invece, proprio allora si presentava la possibilità d'incominciare ad amare.»

«Ne ha parlato al padre della ragazza?» chiese St. James.

Ruth andò dalla scrivania al plastico del museo bellico sul tavolo e tolse della polvere inesistente dal tetto: «Non mi ha lasciato altra scelta. Non aveva intenzione di chiudere, ed era sbagliato».

«Perché?»

«È una ragazza, poco più di una bambina. Non ha esperienza. Ero disposta a chiudere un occhio quando scherzava con donne più adulte, proprio per via della loro età. Erano coscienti delle loro azioni, indipendentemente da quello che pensavano delle intenzioni di mio fratello. Ma Cynthia... era troppo. È andato troppo oltre. Non mi ha lasciato altra scelta che parlare con Henry. Ho pensato che fosse l'unico modo per salvare tutti e due. Lei da un cuore a pezzi, lui dal biasimo.»

«E non ha funzionato, vero?»

Lei distolse gli occhi dal plastico del museo. «Non è stato Henry a uccidere mio fratello, signor St. James. Non ha alzato un dito contro di lui. Pur avendone avuto l'occasione, gli è mancato il coraggio di farlo. Mi creda, non è un uomo del genere.»

St. James capiva che per Ruth Brouard era assolutamente necessario credere in questo. Se avesse permesso ai suoi pensieri di prendere un altro corso, la responsabilità da affrontare sarebbe stata atroce. Come se non lo fosse già tutto quanto gravava su di lei.

«È certa di quello che ha visto dalla finestra il mattino della morte di suo fratello, signorina Brouard?» le domandò.

«Ho visto quella donna che lo seguiva», rispose lei. «Ne sono certa.»

«Lei ha visto qualcuno», la corresse gentilmente Deborah. «Qualcuno vestito di nero. A una certa distanza.»

«Quella donna non era in casa. L'ha seguito. Ne sono certa.»

«Il fratello è stato arrestato», disse St. James. «La polizia è convinta di aver commesso un errore in precedenza. Esiste una possibilità che lei abbia visto il fratello, invece di China River? Lui avrebbe potuto benissimo prendere il mantello della sorella e, avendolo visto addosso a lei in occasioni precedenti, se lo avesse portato lui sarebbe stato logico credere di vedere China.» Mentre parlava, St. James evitò lo sguardo di Deborah, sapendo come avrebbe reagito all'insinuazione che comunque uno dei due River potesse essere coinvolto nel caso. Ma c'erano degli argomenti che andavano affrontati, a dispetto dei sentimenti della moglie. «Ha cercato anche Cherokee River in casa, quel mattino?» domandò a Ruth. «Ha controllato la sua camera come ha fatto con quella di China?»

«Sono stata in quella della donna», ribadì lei.

«E nella camera di Adrian? Ha controllato là? E in quella di suo fratello? Non ha cercato China là?»

«Adrian non... Guy e quella donna non hanno mai... Guy non...» A Ruth mancarono le parole.

E fu la risposta che cercava St. James.

Quando la porta del salotto si chiuse alle spalle dei visitatori, Margaret non perse tempo ad affrontare il figlio. Adrian, capita l'antifona, fece per uscire dalla stanza, ma lei lo precedette alla porta e gli sbarrò il passo. «Siediti, Adrian», ordinò. «Ci sono delle cose di cui dobbiamo discutere.» Si rese conto di aver parlato in tono minaccioso e avrebbe preferito evitarlo, ma era maledettamente stanca di dover attingere alle sue riserve decisamente limitate di amore materno, e adesso non restava altro che affrontare i fatti: Adrian era stato un bambino difficile dal giorno della nascita, e i bambini difficili spesso si ritrovavano adolescenti difficili, che a loro volta diventavano adulti difficili.

Per troppo tempo aveva considerato il figlio una vittima delle circostanze, alle quali era ricorsa per spiegare tutte le sue stranezze. L'insicurezza apportata dalla presenza nella sua vita di uomini chiaramente incapaci di comprenderlo era stata per lei un modo di razionalizzare anni di sonnambulismo e stati di fuga dai quali solo un tornado avrebbe potuto scuoterlo. La paura di essere abbandonato da una madre che si era risposata non una, ma tre volte, era la ragione per la quale lei gli perdonava l'incapacità di crearsi un'esistenza propria. Il trauma della prima infanzia spiegava l'incidente della defecazione in pubblico che ne aveva provocato l'espulsione dall'università. Agli occhi di Margaret c'era sempre stata una ragione per ogni cosa. Ma non riusciva a trovarne una sola per giustificare il fatto che lui avesse mentito proprio alla donna che aveva dato la vita per rendere quella del figlio più vivibile. Adesso pretendeva qualcosa in cambio. E se non poteva ottenere la vendetta desiderata, poteva bastare anche una spiegazione.

«Siediti», ripeté. «Non andrai da nessuna parte. Abbiamo qualcosa di cui discutere.»

«Cosa?» chiese lui. E Margaret s'infuriò, perché dal tono del figlio si capiva che non era circospetto quanto piuttosto irritato, come se lei gli stesse facendo perdere del tempo prezioso.

«Carmel Fitzgerald», disse lei. «Intendo approfondire la questione.»

Adrian la guardò negli occhi, e lei si accorse che il figlio aveva l'ardire di mostrare insolenza, come un adolescente colto a commettere un'azione che gli era stata proibita, e che avesse fatto di tutto per essere scoperto, come gesto di sfida che si rifiutava di esprimere a parole. Margaret si sentì prudere le mani dalla voglia di cancellare con un ceffone quell'espressione dal viso di Adrian. Ma si trattenne e andò a una sedia.

Lui rimase alla porta, ma non uscì dalla stanza. «D'accordo, Carmel», disse. «Che vuoi sapere di lei?»

«Mi hai detto che lei e tuo padre...»

«L'hai pensato tu. Io ti ho detto tutto affanculo.»

«Non usare questo modo di...»

« Tutto affanculo », ripeté lui. « Tutto in merda, madre. Tutto finito in un cazzo di niente. »

« Adrian! »

« L'hai pensato tu. Hai passato tutta la vita a paragonarmi a lui. E a quel punto, perché preferire il figlio al padre? »

« Non è vero! »

« E invece, stranamente, lei preferiva me. Anche se c'era lui qui. Probabilmente perché lei non era il suo tipo, e lo sapeva. Non era bionda, sottomessa come piacevano a lui, né intimorita come si doveva dal suo denaro e dalla sua influenza. Il fatto è che, comunque, non rimase impressionata da lui, nonostante il fascino che papà riversò su di lei. Carmel capì che si trattava solamente di un gioco, e lo era, no? La conversazione brillante, gli aneddoti, le domande indagatrici mentre ricopriva una donna di attenzioni. Lui non la desiderava veramente, me se lei fosse stata disposta, lui ci sarebbe stato, perché faceva sempre così. Era la sua seconda natura, lo sai, chi lo sa meglio di te? Solo che a lei non interessava. »

« E allora si può sapere per quale motivo mi hai detto... mi hai lasciato intendere... E non puoi negarlo, l'hai lasciato intendere davvero. Perché? »

« Perché dentro di te, eri già arrivata a quella conclusione. Tra me e Carmel era finito tutto dopo che eravamo venuti qui a trovare lui, e quale altra ragione poteva esserci? Io dovevo averlo colto con le mani infilate nelle sue mutandine... »

« Finiscila! »

« Ed ero stato costretto a chiudere. Oppure era stata lei, che preferiva lui a me. Era l'unico motivo che ti veniva in mente, vero? Perché se non si trattava di quello, se non l'avevo perduta per colpa di papà, doveva esserci qualcos'altro, e non volevi pensare a cosa fosse, perché speravi che quel problema fosse stato finalmente superato. »

« Stai dicendo delle sciocchezze. »

« Allora ecco cos'è stato, madre. Carmel era disposta ad accettare praticamente tutto. Non andava molto per il sottile e del resto lei stessa non aveva tutta quest'attrattiva. Non è che avesse molte probabilità di trovare un altro, e voleva sistemarsi. E, dopo averlo fatto, non sarebbe certo corsa dietro ad altri uomini. Insomma, era perfetta. Tu l'avevi capito, e anch'io. Tutti quanti, anche la stessa Carmel. Eravamo fatti l'uno per l'altra. Ma c'era solo un problema: un compromesso che lei non poteva accetta-re.»

«Che genere di compromesso? Di che parli?»

«Un compromesso notturno.»

«Notturno? Il tuo sonnambulismo? Era spaventata? Non capiva che queste cose...»

«Io pisciavo nel letto», la interruppe lui, con il volto bruciante di umiliazione. «Va bene? Contenta? Pisciavo nel letto.»

Margaret cercò di nascondere la repulsione e disse: «Sarebbe potuto succedere a chiunque. Dopo aver bevuto troppo la sera... Perfino un incubo... La confusione di trovarsi in una casa che non era la tua...»

«Tutte le notti che passammo qui», disse lui. «Tutte le notti. Fu comprensiva, ma chi può biasimarla per aver voluto chiudere? Perfino una scialba giocatrice di scacchi senza la minima speranza di trovare un altro uomo ha dei limiti. Sarebbe stata disposta ad accettare il sonnambulismo, i sudori notturni, i brutti sogni, anche i miei stati di trance. Ma non di dover dormire nella mia urina, e non posso certo biasimarla. Sono trentasette anni che lo faccio, e comincia a essere sgradevole.»

«No! L'avevi superato. So per certo che l'avevi superato. Quello che è avvenuto qui, a casa di tuo padre, è stata un'eccezione. E non accadrà più perché tuo padre è morto. Perciò le telefonerò e glielo dirò.»

«Sei così impaziente?»

«Tu meriti...»

«Non diciamo bugie. Carmel era la tua migliore occasione per sbarazzarti di me, madre. Solo che non è andata come speravi.»

«Non è vero!»

«No?» Adrian scosse la testa con divertita derisione. «E io che pensavo che tu volessi farla finita con le bugie.» Tornò a voltarsi verso la porta, dove non c'era più la madre a impedirgli di lasciare la stanza. La aprì. Girò la testa e, mentre usciva dal salotto, disse: «Ho chiuso con questa storia».

«Con cosa? Adrian, non puoi...»

«Certo che posso», ribatté lui. «E lo farò. Sono quello che sono, e cioè, ammettiamolo, esattamente quello che tu volevi. E guarda a cosa ci ha portato, madre. A questo: io e te, insieme per forza.»

«Ed è forse colpa mia?» gli domandò lei, atterrita da come lui interpretava tutti i gesti d'affetto. Nessun ringraziamento per averlo protetto, nessuna gratitudine per averlo guidato, nessun riconoscimento per aver interceduto per lui. Mio Dio, se non altro, meritava almeno un cenno del capo dal figlio per l'interesse continuo che lei aveva dimostrato verso i suoi affari. «Adrian, è colpa mia?» domandò Margaret, vedendo che lui non rispondeva.

Ma l'unica cosa che ottenne fu uno scoppio di risa. Adrian se ne andò chiudendole la porta in faccia.

«China ha ripetuto più volte di non avere avuto nessuna relazione con lui», disse Deborah al marito non appena uscirono sul vialetto. Soppesò attentamente le parole. «Forse, però, non voleva dirmelo. Era imbarazzata per avere avuto una storia con lui perché si è appena lasciata con Matt. C'era poco da vantarsene. Non per ragioni morali, ma perché... Be', è un po' triste. Sai, quando si fa qualcosa solo perché se ne ha bisogno... E se c'è una cosa che China detesta in se stessa è mettersi in una simile condizione, perché rivela troppo di lei.»

«Questo spiegherebbe perché non si trovava nella sua camera», convenne Simon.

«E crea la possibilità per qualcuno che sapeva dov'era lei, di prendere il mantello, quell'anello, qualche capello di China, le scarpe... Sarebbe stato facile.»

«Solo una persona potrebbe averlo fatto, comunque», fece notare lui. «Lo capisci, vero?»

Deborah distolse gli occhi. «Non posso credere che sia stato Cherokee. Simon, ci sono altri, altri che ne avevano l'opportunità e, soprattutto, il movente. Adrian, tanto per cominciare. E Henry Moullin.»

Lui tacque e guardò un uccellino sfrecciare tra i rami nudi di un castagno. Mormorò il nome della moglie come in un sospiro, e Deborah capì la differenza tra le rispettive posizioni. Lui sapeva qualcosa che lei invece ignorava. Chiaramente, il marito riteneva che il colpevole fosse Cherokee.

Per questo motivo, Deborah s'irrigidì sotto il tenero sguardo di Simon. «Cosa facciamo ora?» chiese, con una certa formalità.

Lui accettò quel cambiamento di tono e di umore senza protestare, dicendo: «Kevin Duffy, credo».

Il cuore di Deborah diede un balzo a quell'improvvisa svolta. «Allora sei convinto anche tu che possa essere stato qualcun altro?»

«Penso solo che sia il caso di parlare con lui.» Simon guardò la tela ricevuta da Ruth. «Nel frattempo, perché non vai a cercare Paul Fielder, Deborah? Dev'essere qui nei paraggi.»

«Paul Fielder? Perché?»

«Vorrei sapere dove ha trovato questo dipinto. È stato Guy Brouard ad affidarglielo in custodia, o il ragazzo l'ha visto, l'ha preso e l'ha consegnato a Ruth solo perché è stato sorpreso con la tela nello zaino?»

«Non credo che l'abbia rubata. Che cosa ne avrebbe fatto? Non è la roba che di solito rubano gli adolescenti.»

«No. Ma, d'altro canto, lui non sembra il solito adolescente. E ho l'impressione che la famiglia se la passi male. Potrebbe aver pensato di vendere il dipinto in un negozio di antiquariato di St. Peter Port. Meglio cercare di scoprirlo.»

«E pensi che me lo dirà, se glielo chiedo?» fece Deborah dubbiosa. «Non posso certo accusarlo di aver sottratto il dipinto.»

«Secondo me, tu riesci a far parlare la gente di qualsiasi cosa», ribatté il marito. «Compreso Paul Fielder.»

Si separarono. Simon si avviò verso il cottage dei Duffy e Deborah rimase alla macchina, cercando di decidere da che parte andare in cerca di Paul Fielder. Considerando quello che aveva già passato quel giorno, secondo lei il ragazzo aveva sentito il bisogno di un po' di pace e tranquillità. Le venne il sospetto che fosse in uno dei giardini. Avrebbe dovuto controllarli uno per uno.

Cominciò da quello tropicale, dato che era il più vicino alla casa. Lì alcune anatre nuotavano placidamente in uno stagno, e delle allodole cinguettavano in coro su un olmo, ma non c'era nessuno a guardare o ascoltare, perciò Deborah passò al giardino accanto, dov'erano le sculture. Lì si trovava il luogo della sepoltura di Guy Brouard e, quando lei trovò il cancello aperto, fu certa che all'interno avrebbe incontrato il ragazzo.

Infatti fu così. Paul Fielder sedeva sulla fredda terra vicino alla tomba del suo mentore e sfiorava con le dita gli steli delle viole del pensiero piantate lungo i bordi della lapide.

Deborah gli si avvicinò. I suoi passi scricchiolavano sulla

ghiaia e lei non fece nulla per attutire il rumore che annunciava il suo arrivo. Ma il ragazzo non alzò la testa dai fiori.

Lei notò che non aveva i calzini e portava delle pantofole al posto delle scarpe. Su una delle sue caviglie sottili c'era una macchia di terra e le estremità dei jeans erano sporche e logore. Non era coperto adeguatamente per il freddo della giornata. Deborah non riusciva a credere che non rabbrividisse.

Salì i pochi gradini orlati di muschio che portavano alla tomba, ma, anziché avvicinarsi al ragazzo, andò all'albero dietro di lui, dove c'era una panchina sotto un gelsomino invernale. I fiori gialli emanavano una tenue fragranza nell'aria. Lei aspirò il profumo e osservò il ragazzo che si prendeva cura delle viole del pensiero.

«Immagino che lui ti manchi moltissimo», disse alla fine. «È terribile perdere qualcuno cui si vuole bene. Specialmente un amico. Non ci stanchiamo mai di loro. Almeno, per me è così.»

Il ragazzo si chinò su una viola del pensiero e ne strappò via un bocciolo avvizzito, rigirandolo tra pollice e indice.

Deborah, però, si accorse da un lieve movimento delle palpebre di Paul che lui ascoltava. Allora continuò: «Credo che la cosa più importante dell'amicizia sia la libertà che ti dà di essere te stesso. I veri amici ti accettano come sei, con tutti i difetti. Ti sono vicini nelle buone e nelle cattive circostanze. Puoi sempre contare su di loro quando si tratta di dire la verità».

Il ragazzo gettò via la viola e strappò delle erbacce inesistenti tra le altre piante.

«Loro vogliono sempre il nostro bene», disse Deborah. «Anche quando noi stessi non sappiamo quale sia. Immagino che il signor Brouard sia stato un amico del genere per te. Sei stato fortunato ad averlo avuto. Dev'essere terribile ora che non c'è più.»

A quel punto, Paul si alzò in piedi. Si asciugò i palmi sui fianchi. Temendo che scappasse, Deborah continuò a parlare, per cercare di conquistare la fiducia del ragazzo che taceva.

«Quando qualcuno se ne va così, specialmente... voglio dire in quel modo terribile... il modo in cui è morto, faremmo di tutto per riportarlo da noi. E quando ci rendiamo conto che è impossibile, vogliamo avere qualcosa di loro, per tenerli ancora un po' con noi. Finché non riusciamo a separarcene.»

Paul strascicò i piedi sulla ghiaia. Si asciugò il naso sulla manica della camicia di flanella e lanciò a Deborah uno sguardo diffidente. Girò la testa e fissò gli occhi sul cancello, a una trentina di metri. Lei se l'era chiuso alle spalle e si rimproverò tra sé per averlo fatto. Adesso il ragazzo si sarebbe sentito intrappolato. Col risultato di non essere disposto a parlare.

«I vittoriani avevano avuto un'idea giusta», disse lei. «Facevano dei monili con i capelli dei defunti. Lo sapevi? Può sembrare macabro, ma, se ci pensi, probabilmente era una grande consolazione avere una spilla o un medaglione che conteneva una piccola parte di qualcuno che amavano. È triste che non lo facciamo più, perché anche oggi abbiamo bisogno di qualcosa e, se una persona muore e non ci lascia una parte di sé, cos'altro possiamo fare, se non prendere quello che troviamo?»

Paul interruppe il movimento dei piedi. Rimase perfettamente immobile, come una delle sculture, ma sulle gote gli apparve una chiazza rossa, come l'impronta di un pollice sulla pelle chiara.

«Mi chiedo se non sia successo proprio questo col dipinto che hai dato alla signorina Brouard», proseguì Deborah. «Forse il signor Brouard te l'ha mostrato perché intendeva fare una sorpresa alla sorella Avrà detto che era un segreto tra voi. Perciò, tu eri certo che nessun altro ne conosceva l'esistenza.»

Le chiazze rosse si allargarono fino alle orecchie. Il ragazzo lanciò uno sguardo a Deborah e subito distolse gli occhi. Le dita strinsero l'estremità della camicia, che pendeva fuori dai jeans ed era altrettanto logora.

«Allora, quando il signor Brouard è morto così all'improvviso, forse hai pensato di tenerti quel dipinto come ricordo», disse Deborah. «Dopotutto, solo tu e lui ne conoscevate l'esistenza. Che male ci sarebbe stato? È andata così?»

Il ragazzo fece un balzo all'indietro, come se fosse stato colpito, e lanciò un grido inarticolato.

«Non ti preoccupare», disse Deborah. «Abbiamo riavuto il dipinto. Ma quello che mi chiedo...»

Il ragazzo girò sui tacchi e partì a razzo. Corse giù per gli scalini e lungo il sentiero, mentre Deborah si alzava dalla panchina e lo chiamava per nome. E proprio quando si era convinta di averlo perduto, a metà del giardino Paul si fermò vicino alla statua di bronzo di una donna nuda, accoccolata e incinta, con un'espressione melanconica e grandi mammelle pendule. Il ragazzo si voltò verso di lei e Deborah vide che si mordeva il labbro inferiore e la fissava. Allora fece un passo avanti. Lui non si mosse. Lei cominciò ad avvicinarsi con prudenza, come si fa con un daino spaventato. Quando fu a una decina di metri, il ragazzo si rimise a correre. Ma si fermò al cancello e si voltò di nuovo a guardarla. Aprì l'inferriata e la lasciò così. Si avviò a est, ma stavolta senza correre.

Deborah capì che voleva che lo seguisse.

26

ST. JAMES trovò Kevin Duffy dietro il cottage, intento a curare un orto. Lavorava la terra con un pesante forcone, ma, alla vista di Simon, interruppe l'opera.

«Val è alla residenza», gli disse. «La troverà in cucina.»

«Veramente è con lei che vorrei parlare», ribatté St. James. «Ha un momento?»

Kevin andò con lo sguardo al dipinto in mano al londinese, ma se anche lo riconobbe non ne diede segno. «Dica pure», rispose.

«Sapeva che Guy Brouard era l'amante di sua nipote?»

«Le mie nipoti hanno rispettivamente sei e otto anni, signor St. James. Guy Brouard ha avuto di volta in volta dei ruoli diversi nelle vite di molte persone. Ma tra i suoi interessi non rientrava la pedofilia.»

«Intendo la nipote di sua moglie, Cynthia Moullin», precisò Simon. «Sapeva che la ragazza aveva una relazione con Brouard?»

L'altro non rispose, ma l'occhiata che rivolse alla residenza fu fin troppo eloquente.

«Ha parlato della cosa con Brouard?» chiese St. James.

Di nuovo, nessuna risposta.

«E col padre della ragazza?»

«Non posso esserle di nessun aiuto, sotto questo aspetto», disse Duffy. «Tutto qui, quello che è venuto a chiedermi?»

«Nient'affatto. Sono venuto a chiederle di questo.» St. James aprì con cura l'antica tela.

Kevin Duffy spinse i rebbi del forcone nel terreno e si avvicinò al londinese, pulendosi le mani sul retro dei jeans. Guardò il dipinto e dalle labbra gli sfuggì un sospiro profondo.

«A quanto sembra, il signor Brouard si è dato molta pena per riottenerlo», spiegò St. James. «La sorella mi ha raccontato che non era più in possesso della famiglia dagli anni '40. Non sa da dove provenga in origine, né dove sia rimasto dai tempi della guerra o come abbia fatto il fratello a riaverlo. Mi chiedo se lei non possa fare un po' di luce in proposito.»

«Perché io?»

«Ha due scaffali di libri e video d'arte nel salotto, signor Duffy, e una laurea in storia dell'arte appesa al muro. Direi quindi che su questo dipinto lei potrebbe saperne più di un giardiniere qualsiasi.»

«Non so dove si trovava», replicò l'altro. «Né come l'abbia riavuto.»

«Resta l'ultimo quesito», fece notare St. James. «Sa da dove proviene in origine?»

Kevin Duffy non aveva staccato gli occhi dal dipinto. Dopo un istante, disse: «Venga con me», ed entrò nel cottage.

Sulla soglia, scalciò via gli stivali infangati e condusse St. James nel salotto. Accese una fila di luci puntate direttamente sui libri, prese un paio di occhiali appoggiati sul bracciolo di una logora poltrona e scorse la collezione di volumi d'arte finché non trovò quello che cercava. Lo prese, si sedette, cercò nell'indice e sfogliò il libro, aprendolo alla pagina desiderata. La guardò a lungo, poi voltò il libro verso St. James e disse: «Guardi lei stesso».

Non si trattava di una riproduzione fotografica del dipinto, come si aspettava Simon, bensì di un disegno, lo studio di un futuro dipinto, parzialmente colorato, come se l'artista avesse fatto delle prove di colore per l'opera definitiva. Aveva completato solo la veste della figura femminile, e l'azzurro scelto era lo stesso poi impiegato nel dipinto. Forse, dopo aver deciso in fretta sul resto del quadro, l'autore non aveva ritenuto necessario completare la colorazione dello schizzo ed era passato direttamente alla tela, quella che St. James aveva tra le mani.

La composizione e le figure dello schizzo sul libro erano identiche a quelle del dipinto che Paul Fielder aveva consegnato a Ruth Brouard. In entrambi, la bella signora con il libro e il calamo sedeva placidamente in primo piano, mentre sullo sfondo una schiera di manovali lavorava intorno alle pietre che formavano una massiccia cattedrale gotica. L'unica differenza tra lo schizzo e l'opera finita consisteva nel fatto che al primo era stato dato un titolo. Si chiamava *Santa Barbara*, e chiunque avesse voluto ammirarlo, l'avrebbe trovato nella sezione dei maestri olandesi, al Museo delle belle arti di Anversa.

«Ah, ecco», disse lentamente Simon. «Non appena l'ho visto, ho capito subito che doveva essere un'opera di rilievo.»

«Di rilievo?» Il tono di Kevin Duffy era un misto di reverenza e incredulità. «Quello che ha tra le mani è un Pieter de Hooch. XVII secolo. Uno dei tre maestri di Delft. Secondo me, finora non si sapeva neanche dell'esistenza di questo dipinto.»

St. James abbassò lo sguardo su ciò che aveva tra le mani ed esclamò: «Buon Dio!»

«Può cercare in tutti i libri d'arte che le capitano tra le mani, ma non troverà mai quel dipinto», continuò Duffy. «Solo il disegno, lo studio. Tutto qui. Per quanto se ne sapeva, de Hooch non aveva mai realizzato il dipinto. I soggetti religiosi non rientravano nella sua sfera, perciò si è sempre creduto che avesse accarezzato l'idea per poi rinunciarvi.»

«Per quanto se ne sapeva.» St. James si rese conto che l'asserzione di Kevin Duffy confermava quanto dichiarato da Ruth. E cioè che, a memoria loro, il dipinto era sempre appartenuto alla sua famiglia. Una generazione dopo l'altra, i padri l'avevano tramandato in eredità ai figli. Per questo motivo, probabilmente nessuno aveva mai pensato di far esaminare il dipinto da un esperto per capire esattamente di cosa si trattasse. Come aveva detto Ruth, era semplicemente il quadro di famiglia della bella signora con il libro e il calamo. St. James riferì a Kevin Duffy che nome dava la signorina Brouard a quell'opera.

«Non si tratta di un calamo», disse l'altro. «La donna ha in mano una palma. È il simbolo di un martire. La si vede nei dipinti religiosi.»

St. James esaminò con più attenzione la tela e vide che effettivamente sembrava proprio la fronda di una palma, ma capì anche che una bambina, ignara dei simboli utilizzati nei quadri dell'epoca e abituata a guardare sempre quell'immagine, avrebbe potuto interpretarla come una lunga ed elegante penna d'oca. «Ruth mi ha raccontato che il fratello andò a Parigi, dopo la guerra», disse. «Intendeva recuperare le cose di famiglia, ma tutto quello che possedevano era andato perduto. Immagino che questo valesse anche per il quadro.»

«Sarebbe stata la prima cosa», convenne Duffy. «I nazisti avevano l'obiettivo d'impadronirsi di tutto quanto secondo loro rientrasse nell'arte ariana. Lo definivano 'rimpatrio'. La verità era che quei bastardi prendevano qualsiasi cosa su cui riuscissero a mettere le mani.»

«Ruth pensa che un vicino della famiglia, un certo Monsieur

Didier Bombard, possa aver avuto la possibilità d'impadronirsi dei loro beni. Poiché non era ebreo, se era lui ad avere il dipinto, perché sarebbe dovuto finire nelle mani dei tedeschi? »

« I nazisti entravano in possesso delle opere d'arte in diverse maniere. Non solamente col furto spudorato. C'erano degli intermediari francesi, dei mercanti d'arte che le acquistavano per conto degli occupanti. E ricettatori tedeschi che facevano pubblicare sui giornali parigini delle inserzioni in cui chiedevano di portare in questo o quell'albergo lavori artistici per potenziali acquirenti. Il suo Monsieur Bombard potrebbe aver venduto il dipinto in questo modo. Se non sapeva di cosa si trattava, l'avrà portato a uno di quegli avvoltoi e sarà andato via pieno di gratitudine per averne ricevuto in cambio duecento franchi. »

« Può darsi. Ma dopo? Dove sarebbe andato a finire? »

« Chi lo sa? » disse Duffy. « Alla fine della guerra, gli alleati istituirono delle unità investigative per restituire le opere d'arte ai proprietari. Ma erano sparse ovunque. Il solo Göring ne possedeva quantità enormi. Tuttavia, milioni di persone erano morte, intere famiglie cancellate senza che fosse rimasto nessuno a reclamare i loro beni. E se qualcuno era sopravvissuto, ma non poteva dimostrare di esserne il legittimo proprietario, non c'era niente da fare. » Scosse la testa. « Dev'essere andata così per questo dipinto. Oppure è rimasto attaccato alle dita di qualcuno degli alleati, che l'ha imboscato nella sacca e se l'è portato a casa come ricordo. Oppure durante la guerra è stato acquistato da un mercante francese in Germania, probabilmente da un unico proprietario, che è riuscito a nasconderlo dopo l'invasione alleata. Il punto è che se la famiglia era morta, chi poteva sapere di chi era cosa? E quanti anni aveva Guy Brouard all'epoca? Dodici? Quattordici? Non si preoccupava certo di rientrare in possesso dei beni di famiglia subito dopo la guerra. Gli sarà venuto in mente anni più tardi, ma a quell'epoca il dipinto doveva essere scomparso da un pezzo. »

« E ci sarebbero voluti altri anni ancora per ritrovarlo », disse St. James. « Per non parlare di un esercito di storici dell'arte, esperti di beni culturali, musei, case d'asta e investigatori. » Più una piccola fortuna, aggiunse tra sé.

« È stato già fortunato a ritrovarlo », commentò Duffy. « Alcuni pezzi scomparvero durante la guerra e non tornarono più alla luce. Su altri si fanno tuttora congetture. Non riesco a immaginare come abbia fatto il signor Brouard a dimostrare che questo gli appartenesse.»

«Deve averlo ricomprato, piuttosto che aver tentato di comprovarne la proprietà», spiegò St. James. «Dai suoi conti manca un'enorme somma di denaro. È stata trasferita a Londra mediante bonifici telegrafici.»

Duffy inarcò un sopracciglio. «Davvero?» Parve dubbioso. «Certo, potrebbe averlo rilevato a un'asta. O sarà comparso in un negozio di antiquariato di un villaggio di campagna o in un mercatino. Però, è difficile credere che nessuno abbia capito di cosa si trattava.»

«Ma quanti autentici esperti in storia dell'arte ci sono in circolazione?»

«Non così tanti», ammise Duffy. «Ma chiunque può accorgersi che è antico. Di sicuro l'avranno fatto valutare.»

«Ma se davvero fu rubato da qualcuno alla fine della guerra... Un soldato che se lo porta via... Dove? A Berlino? A Monaco?»

«E perché non a Berchtesgaden?» propose Duffy. «Gli alti papaveri nazisti avevano tutti delle case là. E alla fine della guerra quel posto brulicava di soldati alleati. Tutti cercavano di portarsi via qualcosa.»

«D'accordo, Berchtesgaden», convenne St. James. «Un soldato lo prende durante il saccheggio. Se lo porta a casa e lo appende al muro sopra il divano, disinteressandosene. Il quadro rimane là fino alla sua morte, dopodiché passa ai figli. Questi non hanno mai dato troppa importanza alle cose dei genitori, perciò lo svendono. A un'asta, per strada, a un mercatino, in un posto qualunque. A quel punto il dipinto viene acquistato. Finisce su un banco di vendita. A Portobello Road, per esempio, o a Bermondsey, oppure in un negozio di Camden Passage. Perfino in campagna, come ipotizzava lei. Gli incaricati di Brouard lo cercavano da anni e, non appena lo vedono, vi mettono le mani sopra.»

«Sì, potrebbe essere andata così», concesse Duffy. «No, siamo sinceri, dev'essere andata proprio così.»

St. James fu incuriosito dalla sicurezza di quell'affermazione. «Perché?» chiese.

«Perché è l'unico modo in cui il signor Brouard poteva riaverlo. Non aveva modo di dimostrarne la proprietà. Dunque, ha

530

dovuto ricomprarlo. Non poteva certo riottenerlo da Christie's o
Sotheby's, quindi doveva necessariamente...»

«Un momento», lo interruppe Simon. «Perché non da Christie's o da Sotheby's?»

«Avrebbe dovuto offrire più di qualche miliardario con le tasche bucate, un magnate arabo del petrolio o chissà chi altro.»

«Ma Brouard aveva denaro...»

«Non fino a questo punto. Non abbastanza. Non con gli
esperti di Christie's o Sotheby's che sapevano esattamente cos'a-
vevano tra le mani e l'intera cerchia degli appassionati d'arte a ri-
lanciare per appropriarsene.»

St. James guardò il dipinto: settanta centimetri per quaranta-
sei di tela, colori a olio e innegabile genio. Domandò lentamente:
«Di quanto denaro stiamo parlando esattamente, signor Duffy?
Secondo lei, quanto vale questo dipinto?»

«Almeno dieci milioni di sterline, direi», gli rispose Kevin
Duffy. «Come valore di partenza in un'asta.»

Paul guidò Deborah sul retro della residenza. Attraversò il cortile che separava le scuderie dalla casa e si diresse verso un tratto
ricoperto di arbusti, con un boschetto di olmi.

Il ragazzo s'infilò tra questi ultimi e lei accelerò l'andatura per
non perderlo. Quando arrivò agli alberi, Deborah scorse un sentiero agevole da seguire, con il terreno reso spugnoso dallo spesso strato di foglie che lo ricoprivano. Lo percorse serpeggiando
tra la vegetazione, finché da lontano non intravide un muro di
pietra grezza, sul quale Paul si stava arrampicando. Lei temette
di perderlo definitivamente, ma quando il ragazzo giunse in cima, si fermò, guardandosi indietro per accertarsi di essere seguito, e la aspettò finché non fu arrivata ai piedi del muro. A quel
punto, le tese la mano e la aiutò a superarlo per passare dall'altra
parte.

Là Deborah vide che i contorni rifiniti e la cura dei dettagli
che caratterizzavano Le Reposoir lasciavano il posto a un pascolo ampio ma abbandonato, dove le erbacce, i cespugli e i rovi
crescevano fin quasi all'altezza della vita, e un sentiero aperto tra
di essi conduceva a un curioso tumulo di terra. Non fu sorpresa
quando Paul saltò giù dal muro e si avviò velocemente sul viotto-

lo. Arrivato al tumulo, il ragazzo girò a destra e lo costeggiò lungo la base.

Lei stava chiedendosi come fosse possibile che un mucchio di terra nascondesse un dipinto, quando vide le pietre disposte con cura lungo la parte inferiore del tumulo. Allora comprese che non stava osservando un rialzo naturale, quanto invece una struttura edificata dall'uomo in tempi preistorici.

Trovò il giovane Fielder che armeggiava con la combinazione di un lucchetto a chiusura di una porta di quercia vecchia e deformata. Con un suono secco e uno scatto il lucchetto si aprì e lui spinse la porta col piede, infilandosi per precauzione il lucchetto in tasca. Il varco d'accesso al tumulo era alto poco più di un metro. Paul si chinò e, camminando all'indietro, in un attimo scomparve nell'oscurità.

A quel punto, Deborah poteva correre ad avvertire Simon da brava mogliettina, oppure seguire il ragazzo; optò per la seconda possibilità.

Oltrepassata la porta, si ritrovò in un passaggio di pietra umido e stretto, alto non più di un metro e mezzo dal pavimento alla volta. Ma, dopo sei metri scarsi, il cunicolo sfociava in una cripta centrale più larga e più alta, fiocamente illuminata dalla luce del giorno proveniente dall'esterno. Deborah si rimise diritta e batté le palpebre per abituare gli occhi. Non appena riprese a vedere bene, si accorse di trovarsi in un'ampia cavità. Era una salda costruzione interamente di granito, il pavimento, le mura, la volta, e da un lato si trovava un pilastro nel quale con l'immaginazione si poteva quasi raffigurare l'antica scultura di un guerriero armato pronto a scacciare gli intrusi. Dal pavimento si alzava una lastra di granito di circa dieci centimetri, probabilmente in funzione di altare. Accanto c'era una candela spenta, ma del ragazzo nessuna traccia.

Deborah passò un brutto momento. S'immaginò rinchiusa là dentro senza che nessuno sapesse dove si trovava. Si lasciò sfuggire un'imprecazione per aver seguito ciecamente Paul Fielder, e questo le calmò i nervi. Allora chiamò ad alta voce il ragazzo e, in risposta, sentì sfregare un fiammifero. Alla sua destra, dalla fenditura di una parete deforme di pietra filtrò la luce. Lei si diresse da quella parte.

L'apertura era larga una trentina di centimetri. S'infilò attraverso di essa, strusciando sulle umide e fredde pareti del muro di pietra, e vide che in quella seconda cavità c'erano parecchie candele e una brandina pieghevole da campo. Nel mezzo era seduto Paul, con una bustina di fiammiferi in una mano e una candela accesa nell'altra. Il ragazzo la sistemò in una nicchia formata da due pietre del muro esterno e ne accese una seconda, che appoggiò sul pavimento dopo aver fatto colare a terra della cera per fissarla.

«È questo il tuo posto segreto?» gli chiese Deborah a bassa voce. «È qui che hai trovato il dipinto, Paul?»

Lo riteneva improbabile. Doveva piuttosto trattarsi di un posto per nascondere tutt'altro genere di roba, ed era quasi certa di sapere di cosa si trattasse. Lo testimoniava il lettino da campo, e quando Deborah prese la scatola di legno ai piedi di quest'ultimo e l'aprì, ne trovò la conferma.

Dentro c'erano profilattici di vari tipi: con le creste, lisci, colorati e aromatizzati. Abbastanza da far pensare che quel posto venisse utilizzato sistematicamente per farvi del sesso. Era perfetto: nascosto, probabilmente dimenticato e particolare quanto bastava per attirare una ragazza convinta che lei e il proprio uomo fossero potenzialmente perseguitati da una cattiva stella. Dunque, era lì che Guy Brouard portava Cynthia Moullin per i loro incontri intimi. La domanda era perché vi avesse condotto anche Paul Fielder.

Deborah lanciò un'occhiata al ragazzo. Alla luce delle candele osservò il volto liscio da cherubino e i riccioli che gli incorniciavano il capo, come l'immagine di un dipinto rinascimentale. Aveva delle fattezze decisamente femminee, accentuate dai tratti delicati e dal fisico snello. Per quanto Guy Brouard avesse avuto fama di essere un uomo attratto esclusivamente dalle donne, Deborah non escluse la possibilità che avesse rivolto le sue attenzioni anche a Paul.

Il ragazzo guardava la scatola che lei teneva aperta in grembo; lentamente, prese una manciata di quelle piccole confezioni di stagnola e le osservò, tenendole nel palmo della mano.

Deborah gli chiese con delicatezza: «Paul, tu e il signor Brouard eravate amanti?»

Il ragazzo rimise i profilattici nella scatola e richiuse di scatto il coperchio intagliato.

Lei lo guardò e ripeté la domanda.

Paul si voltò di scatto, spense le candele e sparì attraverso la fenditura dalla quale erano entrati poco prima.

Paul disse a se stesso che non avrebbe pianto, perché era una cosa insignificante. Davvero. Era un uomo e, secondo quanto aveva appreso da Billy, dal padre, dalla tele, da qualche numero rubacchiato di *Playboy* e dai compagni di scuola quando ci andava, gli uomini lo facevano di continuo. Che il signor Brouard l'avesse fatto qui... Perché doveva essere così, no? Cos'altro potevano voler dire quelle piccole confezioni lucenti, se non che aveva portato qualcuno qui, una donna, un'altra persona altrettanto importante per lui da poterla mettere a parte del suo posto segreto?

«Sai tenere questo nostro segreto speciale, Paul? Se ti porto dentro, mi prometti di non dire mai a nessuno dell'esistenza di questo posto? Col tempo, sarà stato del tutto dimenticato, e vorrei che lo rimanesse ancora, finché ci riesco. Ti va? Sei capace di fare una promessa?»

Certo che lo era. Paul l'aveva fatta e mantenuta.

Aveva visto il lettino da campo, ma aveva pensato che il signor Guy lo utilizzasse per farsi dei pisolini, per accamparsi, magari meditare o pregare. Aveva visto anche la scatola di legno, ma non l'aveva aperta, perché aveva imparato fin da piccolo, e dopo una serie di spiacevoli esperienze, a non toccare mai quello che non gli apparteneva. Tant'è che era stato quasi sul punto d'impedire di farlo alla signora dai capelli rossi. Ma lei si era messa la scatola in grembo e aveva sollevato il coperchio prima di dargli la possibilità di togliergliela. Quando lui aveva visto cosa conteneva...

Paul non era stupido. Sapeva a cosa servivano quegli affarini. Eppure li aveva presi, perché pensava di vederli sparire come in sogno. Invece erano rimasti, decisamente reali, piccole prove concrete del vero uso che il signor Guy faceva di quel posto.

La signora aveva detto qualcosa, ma lui non aveva udito le parole precise, soltanto il suono della sua voce, mentre la cripta cominciava a vorticargli intorno. Doveva andare via senza essere visto, perciò aveva spento le candele ed era fuggito.

Ma, naturalmente, non poteva allontanarsi. Aveva il lucchetto e, se non altro, era responsabile. Non poteva lasciare la porta aperta. Doveva chiuderla, perché aveva promesso al signor Guy...

E non avrebbe pianto, perché era una cosa maledettamente stupida da farsi. Il signor Guy era un uomo, come tale aveva le sue esigenze e le soddisfaceva da qualche parte, tutto qui. Questo non aveva niente a che fare con Paul e l'amicizia di quest'ultimo con lui. Erano stati amici dall'inizio alla fine, e perfino il fatto che il signor Guy avesse portato in quel posto anche un'altra persona non cambiava nulla. O no?

Dopotutto, cos'aveva detto lui? «Allora, sarà il nostro segreto.»

Il signor Guy non aveva specificato che non l'avrebbe diviso con nessun altro. Né proclamato di non considerare nessun'altra persona così importante da essere messa al corrente dell'esistenza di quel posto. O no? Il signor Guy non gli aveva mentito. Perciò prendersela tanto adesso, farsi venire un attacco di nervi...

Ti piace, eh, rottinculo? Come te lo mette?

Questo lo credeva Billy. Ma non era mai successo. Se mai Paul aveva desiderato una maggiore intimità con il signor Guy, era qualcosa che scaturiva da un bisogno di emulazione, non di comunione sessuale. E l'emulazione nasceva anche dalla condivisione, come quella che riguardava il posto segreto.

«Posti segreti, pensieri segreti. Un posto dove parlare e starsene in pace. È a questo che serve, mio principe. Ecco per cosa lo utilizzo.»

In realtà, era chiaro che lo sfruttava per ben altro. Ma questo non doveva renderlo meno inviolabile agli occhi di Paul, e nel caso sarebbe stato lui stesso a deciderlo.

«Paul? Paul?»

Sentì la donna uscire dalla cripta interna, procedendo a tentoni per via del buio improvviso. Ma, una volta entrata nella cripta principale, non avrebbe incontrato difficoltà perché la luce che filtrava dall'esterno era sufficiente.

«Sei qui?» chiese la donna. «Ah, eccoti. Mi hai fatto prendere uno spavento. Pensavo...» Rise piano, ma Paul si accorse che era nervosa e si vergognava del suo stato. Una sensazione che lui conosceva bene. «Perché mi hai portato qui?» gli domandò. «È per via di quel dipinto?»

Paul l'aveva quasi dimenticato. La vista di quella scatola, il fatto che lei l'avesse aperta, tirandone fuori il contenuto e dicendogli certe cose... L'aveva quasi dimenticato. Voleva che lei sapesse e capisse, perché qualcuno doveva farlo. La signorina Ruth era certa che lui non avesse rubato nulla a Le Reposoir, ma agli occhi degli altri vi sarebbero stati sempre dei sospetti, se lui non spiegava dove aveva preso il dipinto. Paul non sopportava l'idea di quel sospetto negli altri, perché Le Reposoir era il suo unico rifugio sull'isola e non voleva perderlo, non l'avrebbe sopportato, gli era intollerabile la sola idea di dover stare a casa con Billy o a scuola a subire provocazioni e beffe senza nessuna speranza di fuga e nessun posto dove poter andare. Ma rivelarlo a qualcuno della tenuta avrebbe voluto dire tradire il segreto che aveva giurato di mantenere per sempre: l'ubicazione di questo dolmen. E non poteva farlo, perciò l'unica soluzione era indicarlo a questa estranea che non vi avrebbe attribuito nessuna importanza e non sarebbe mai più tornata da quelle parti.

Solo che adesso non poteva mostrarle il punto esatto. Doveva proteggere il suo segreto. Eppure, sentiva il bisogno di farle vedere qualcosa, perciò si avvicinò al basso altare di pietra inginocchiandosi proprio davanti alla fessura che correva per tutta la lunghezza. Tirò fuori la candela che vi si trovava e l'accese, indicando con un gesto alla signora di guardare in basso.

«Qui?» domandò lei. «Il dipinto era qui?» chiese fissandolo e Paul annuì solennemente. Le mostrò che il dipinto era stato posato nell'avvallamento e che sarebbe risultato invisibile a chiunque non fosse andato dietro l'altare, chinandosi come aveva fatto lui.

«Che strano», commentò la signora. Però, gli sorrise gentilmente. «Grazie, Paul», disse. «Sai che non ho mai pensato che volessi tenerti il dipinto per te, vero? Non credo che tu sia una persona del genere.»

«Signor Ouseley, è nostro compito fare di tutto per alleviarle il dolore in questa circostanza», disse la ragazza a Frank. Era molto più comprensiva di quanto non ci si sarebbe aspettato da una della sua età. «Siamo qui per aiutarla a superare la sua perdita. Perciò, se crede, possiamo pensare a tutto noi dell'impresa. Siamo a sua disposizione, perciò ne approfitti pure.»

Secondo Frank, la ragazza era troppo giovane per accogliere i clienti, scambiare convenevoli, concordare il cerimoniale e promuovere i servizi offerti della Markham & Swift Funeral Services. Sembrava sui sedici anni, anche se probabilmente doveva

averne dai venti ai trenta, e si era presentata come Arabella
Agnes Swift, la bisnipote maggiore del fondatore. Gli aveva dato
una calda stretta di mano, facendolo accomodare nel suo ufficio,
che aveva l'aspetto più informale possibile, dato che di solito vi
accoglieva persone prostrate dal dolore. Era arredato come il salotto di una nonna, con un divano, due poltrone, un tavolino da
caffè e foto di famiglia sulla mensola di un falso caminetto dal
quale arrivava il bagliore di un riscaldamento elettrico. Tra i ritratti esposti c'era anche quello di Arabella, che indossava la toga da laureanda. Particolare dal quale Frank aveva intuito la sua
vera età.

La ragazza attendeva educatamente una risposta. Aveva poggiato con discrezione sul tavolino da caffè un album rilegato in
pelle, che probabilmente conteneva le foto delle bare tra le quali
potevano scegliere i familiari dei defunti. Teneva in grembo un
taccuino a spirale, ma non prese la penna che vi aveva appoggiato ordinatamente sopra quando era venuta a sedersi accanto a lui
sul divano. Aveva un'aria del tutto professionale, senza il minimo
accenno dickensiano che Frank si aspettava di trovare all'interno
della Markham & Swift Funeral Services.

«Se preferisce, possiamo tenere la cerimonia anche qui nella
nostra cappella», disse la ragazza, in tono molto dolce. «Certe
persone non sono praticanti regolari. Alcuni preferiscono un approccio più agnostico alle esequie.»

«No», disse Frank alla fine.

«Quindi farà tenere il servizio funebre in una chiesa? Posso
segnare il nome? E anche quello del celebrante?»

«Nessuna cerimonia», stabilì Ouseley. «Nessun funerale.
Non l'avrebbe voluto. Preferisco che lui...» Frank s'interruppe.
Non bisognava metterla in quel modo. «Lui preferiva la crema-
zione. Potete farlo, vero?»

«Oh, sì. Certo che possiamo», gli assicurò Arabella. «Ci oc-
cuperemo di tutte le formalità e del trasferimento del corpo al
crematorio statale. Dovrà solo prendere in consegna l'urna. Lasci che le faccia vedere...» Si sporse in avanti e a Frank arrivò il
suo profumo, una fragranza piacevole, scelta apposta, e lui se ne
rendeva conto, per offrire consolazione alla clientela, che ne aveva tanto bisogno. Perfino Ouseley, al quale non occorrevano certo le condoglianze della ragazza, aspirandolo si ricordò di quando veniva tenuto stretto al seno della madre. Si chiese come fa-

cessero i profumieri a conoscere esattamente l'aroma in grado di produrre quel balzo all'indietro della memoria.

«Ce ne sono di diversi tipi», continuò Arabella. «La sua scelta dipende dall'uso che intende fare delle ceneri. Alcune persone si consolano conservandole, altre...»

«Nessuna urna», la interruppe Frank. «Prenderò le ceneri come le consegnano. In una scatola, una busta. Comunque le consegnino.»

«Oh, bene, certo.» Il volto della ragazza non tradì la minima emozione. Non stava a lei commentare ciò che facevano i familiari con i resti del caro estinto, ed era stata ben preparata a tenerlo presente. Probabilmente la decisione di Frank non avrebbe portato i profitti sperati alla Markham & Swift, ma non era un problema di Ouseley.

Così tutto fu sistemato alla svelta e senza troppe smancerie, e Frank si ritrovò al volante della Peugeot, diretto a St. Sampson.

Era stato più facile di quanto non si fosse aspettato. Prima era uscito di casa, era andato agli altri due cottage a controllare il contenuto e a chiudere a chiave le porte per la notte. Al ritorno, si era avvicinato al padre, disteso scomposto e immobile ai piedi delle scale. «Papà! Dio!» aveva gridato. «Ti avevo detto di non salire per nessun motivo...» Si era chinato su di lui: il respiro era debole, quasi inesistente. Frank aveva camminato un po' per la stanza, guardando l'orologio. Dopo dieci minuti, era andato al telefono e aveva chiamato il pronto soccorso. Aveva segnalato l'emergenza e si era disposto all'attesa.

Graham Ouseley era morto prima che al Moulin des Niaux arrivasse l'ambulanza. Al momento del trapasso, Frank non aveva potuto fare a meno di piangere, per entrambi e per quello che avevano perduto. E gli infermieri lo avevano trovato così: singhiozzante come un bambino e con la testa del padre tra le mani, dove spiccava il livido che indicava il punto in cui la fronte aveva battuto sulle scale.

Poco dopo, era arrivato anche il medico curante di Graham. Il dottor Langlois gli aveva detto che il padre se n'era andato in fretta. Probabilmente aveva avuto un attacco di cuore mentre saliva le scale. Uno sforzo eccessivo. Ma dato che c'erano pochi lividi sul viso, c'erano buone possibilità che fosse già privo di sensi quando aveva battuto contro il gradino di legno, e che la morte fosse sopravvenuta immediatamente senza che lui si rendesse neanche conto di quello che gli era accaduto.

«Ero appena andato a chiudere i cottage per la notte», aveva spiegato Frank sentendo che le lacrime, asciugandosi sulle gote, gli bruciavano la pelle screpolata intorno agli occhi. «Quando sono tornato... Gli avevo sempre detto di non provarci nemmeno...»

«I vecchi sono piuttosto cocciuti», aveva detto Langlois. «Lo vedo sempre. Sanno di non essere più arzilli, ma non intendono diventare un peso per gli altri, perciò si guardano bene dal chiedere qualcosa quando ne hanno bisogno.» Aveva stretto la spalla di Frank. «Avresti potuto fare ben poco per cambiare le cose.»

Si era fermato, mentre gli infermieri spingevano dentro la barella, e aveva continuato a trattenersi anche dopo che il corpo era stato portato via. Frank aveva sentito il dovere di offrirgli del tè e, quando il dottore gli aveva confidato: «Non rifiuterei un whisky», aveva tirato fuori dell'Oban single malt, versandone due dita e osservando il vecchio che lo mandava giù soddisfatto.

Prima di andarsene, Langlois aveva detto: «Per quanto siamo preparati, quando un genitore se ne va così all'improvviso è uno shock. Ma lui aveva... quanto? Novant'anni?»

«Novantadue.»

«Novantadue. Ormai era preparato. Di solito lo sono, sai. Quelli della loro età, intendo. Aveva dovuto prepararsi mezzo secolo fa Per lui, ogni giorno vissuto in più dopo il 1940 era un dono di Dio.»

Frank desiderava disperatamente che quell'uomo se ne andasse, ma Langlois continuava a chiacchierare, dicendogli proprio quello che avrebbe voluto sentire di meno: che uomini dello stampo di Graham Ouseley non esistevano più da un pezzo, che lui doveva essere lieto di avere avuto un padre del genere e per così tanti anni, fino alla sua stessa vecchiaia, che Graham era stato fiero di avere un figlio come lui, col quale poter vivere in pace e armonia fino alla morte, che la tenera e incessante dedizione al padre aveva significato molto per quest'ultimo...

«Fanne tesoro», gli aveva detto solennemente Langlois. Poi se n'era andato. Rimasto solo, Frank era salito in camera e si era sdraiato sul letto con gli occhi asciutti, in attesa del futuro.

Adesso, giunto a South Quay, si trovò intrappolato a St. Sampson. Alle sue spalle, incalzava il traffico dal Ponte, alimentato da quelli che avevano fatto acquisti nel distretto commerciale della città e ormai tornavano a casa. Davanti c'era una coda che arrivava fino a Bulwer Avenue. Lì, all'incrocio, un autoarticolato aveva fatto una curva troppo stretta in South Quay e adesso era bloccato in una posizione impossibile, con troppi veicoli che cercavano di superarlo, troppo poco spazio di manovra e troppe persone che davano consigli. Alla vista di tutto questo, Frank svoltò di scatto a sinistra e uscì dal traffico, accostando al molo, dove parcheggiò di fronte all'acqua.

Scese dall'auto. In quel periodo dell'anno c'erano poche imbarcazioni all'interno del porto. E l'acqua di dicembre che lambiva le pietre aveva il vantaggio di non essere piena di chiazze di petrolio, come quelle lasciate in piena estate da sconsiderati proprietari di natanti che erano la sventura dei pescatori del posto. Al di là del bacino, all'estremità settentrionale del Ponte, il cantiere navale emetteva la consueta cacofonia di colpi metallici, ronzii di saldature, raschiature e imprecazioni che contrappuntavano l'opera di revisione delle imbarcazioni, in vista della stagione successiva. Anche se Frank riconosceva il significato di ogni suono e il rapporto che aveva con le diverse fasi del lavoro, lasciò che la mente li trasformasse in qualcos'altro. I colpi divennero così il risuonare di stivali sull'acciottolato, lo strusciare dei piedi per terra, lo scorrere del cursore in un fucile che veniva caricato, le imprecazioni in risposta agli ordini di aprire il fuoco, comprensibili in tutte le lingue.

Non riusciva a sgombrare la mente da quelle storie, perfino adesso che ne avrebbe avuto più bisogno: le aveva ascoltate ripetutamente per cinquantatré anni, senza mai stancarsene e rifiutarle fino a questo momento. Eppure, continuavano a tornare, che lo volesse o no: 28 giugno 1940, ore 18.55. Il ronzio insistente degli aerei che si avvicinavano e quello ancor più forte della paura e della confusione della gente radunata al porto di St. Peter Port per assistere alla partenza del battello postale, com'era loro semplice consuetudine, e degli altri, con gli autocarri in coda per depositare i carichi di pomodori nelle stive delle navi da trasporto. C'era troppa gente nella zona e, quando giunsero i sei aeroplani, lasciarono morti e feriti al loro passaggio. Le bombe incendiarie caddero sugli autocarri ed esplosivi ad alto potenziale li fecero saltare in aria, mentre raffiche di mitraglia falciavano la folla senza distinzioni. Uomini, donne e bambini.

Dopodiché deportazioni, interrogatori, esecuzioni e lavori forzati. Come pure la rigida separazione di ogni goccia di sangue ebraico e gli innumerevoli proclami e mandati. Per le varie trasgressioni, erano previsti i lavori forzati o il plotone d'esecuzione. Controllo della stampa, del cinema, dell'informazione, delle menti.

Era fiorito il mercato nero, gestito da quelli che traevano profitto dalla miseria dei loro simili. Poveri fattori che tenevano delle radio nascoste nei granai erano divenuti inaspettatamente degli eroi. Un'intera popolazione ridotta a rovistare tra i rifiuti in cerca di cibo e carburante tirava avanti come dimenticata dal resto del mondo, con l'incubo della Gestapo, sempre vigile e in ascolto, pronta a schiacciare chiunque compiva una mossa falsa.

La gente moriva, Frank. Qui, su quest'isola, la gente soffriva e moriva per colpa degli Unni. E alcuni combattevano nell'unico modo possibile. Perciò, non dimenticarlo mai, ragazzo. Cammina a testa alta. Tu vieni da una schiatta che ha visto i tempi peggiori ed è sopravvissuta per raccontarli. Non c'è nessun altro ragazzo su quest'isola che può dire lo stesso di quello che è accaduto.

La voce e i ricordi. La voce che gli *instillava* i ricordi. E Frank non riusciva a scuotersi di dosso né l'una né gli altri, perfino in quel momento. Temeva di esserne perseguitato per il resto della sua vita. Avrebbe potuto annegarsi nel Lete, ma non sarebbe bastato a ripulirgli la mente.

I padri non dovevano mentire ai figli. Se decidevano di mettere al mondo nuove generazioni, il loro compito era trasmettere delle verità apprese con l'esperienza. Di chi poteva fidarsi il figlio di un uomo, se non dell'uomo stesso?

Fu quella la conclusione cui giunse Frank mentre stava da solo sul bordo della banchina a osservare l'acqua e vedendovi invece i riflessi della storia che aveva forgiato spietatamente una generazione di isolani. Era una questione di fiducia. Lui l'aveva accordata come l'unico dono possibile da parte di un bambino alla figura distante e spaventosa del suo genitore. E Graham l'aveva accettata allegramente, abusandone al massimo. Dopodiché, non era rimasto altro che il fragile scheletro di una relazione fatta di pagliuzze e di colla. Il vento crudele della rivelazione l'aveva distrutta. Una struttura inconsistente che non sarebbe mai potuta esistere, fin dall'inizio.

Aver vissuto per più di mezzo secolo fingendo di non essere

responsabile della morte di quei bravi uomini... Frank non riusciva a provare il minimo sentimento di affetto per il padre, dinanzi alle scorie immonde che Graham Ouseley si lasciava dietro con quel gesto. Forse un giorno ci sarebbe riuscito, se fosse arrivato alla stessa età del vecchio e se a quel punto avesse guardato alla vita con occhi differenti.

Dietro di sé, udì il traffico in coda che finalmente ripartiva. Si voltò e vide che l'autocarro all'incrocio si era finalmente sbloccato. Allora risalì in macchina e s'immise di nuovo nel flusso di veicoli in uscita da St. Sampson. Si diresse con loro verso St. Peter Port, acquistando velocità quando alla fine uscì dalla zona industriale di Bulwer Avenue e imboccò la strada che seguiva la lunga curva di Belle Greve Bay.

Doveva fare un'altra sosta prima di tornare a Talbot Valley, per questo proseguì verso sud, con l'acqua a sinistra e a destra St. Peter Port, che si alzava come una grigia fortezza a terrazze. S'infilò tra gli alberi di Le Val des Terres e giunse a Fort Road con neanche un quarto d'ora di ritardo sull'appuntamento cui aveva accettato di andare, a casa di Debiere.

Avrebbe preferito evitare un'altra conversazione con Nobby. Ma quando l'architetto gli aveva telefonato, insistendo tanto, il solito senso di colpa l'aveva indotto a rispondere: «Va bene, verrò», aggiungendo l'ora più probabile del suo arrivo.

Nobby venne ad aprire di persona e condusse Frank in cucina, dove in assenza della moglie stava preparando il tè ai ragazzi. La stanza era insopportabilmente calda e l'architetto aveva il volto lucido di sudore. L'aria era greve dell'odore di bastoncini di pesce bruciati in precedenza. Dal salotto veniva il rumore di un videogioco, con le esplosioni che risuonavano quando il programma provvedeva all'eliminazione dei cattivi.

«Caroline è in città.» Nobby tirò fuori dal forno una piastra e si chinò a esaminarla. Sopra c'erano i bastoncini di pesce fumanti, che emanarono altro cattivo odore. Lui fece una smorfia. «Come fanno a sopportare questa roba?»

«Tutto quello che non piace ai genitori», osservò Frank.

Nobby mise la piastra sul piano di lavoro e con un cucchiaio di legno spinse i bastoncini su un piatto. Prese dal frigo una busta di patatine congelate e la vuotò sulla piastra vuota, che rimise nel forno. Nel frattempo, sul fuoco una pentola si mise a bollire allegramente, emanando una nuvola di vapore che si librò su di loro come il fantasma della signora Beeton, la decana della cucina britannica.

Nobby la rimestò e tirò fuori un cucchiaio di piselli. Erano di un verde innaturale, come tinti. Li guardò dubbioso, poi li rigettò nell'acqua che bolliva. «Dovrebbe esserci lei», disse. «È più brava di me in queste cose. Io sono un caso disperato.»

Frank sapeva che l'ex alunno non gli aveva telefonato per avere una lezione di cucina, ma anche che non avrebbe resistito a lungo in quella stanza surriscaldata. Perciò gli diede una mano. Cercò un colabrodo nel quale versare i piselli, quindi coprì questi ultimi e gli odiosi bastoncini di pesce con della stagnola, mentre le patatine si cuocevano. Fatto questo, aprì la finestra della cucina e chiese: «Perché volevi vedermi, Nobby?»

L'altro intanto preparava la tavola per i figli. «Lei è in città», disse.

«L'hai già detto.»

«Cerca lavoro. Mi chieda dove.»

«Va bene. Dove?»

Nobby fece una risata, del tutto priva di allegria. «Ufficio relazioni con il pubblico. Mi chieda per fare che.»

«Nobby...» Frank cominciava a stancarsi.

«Per scrivere i loro maledetti opuscoli», disse l'architetto, con un'altra risata, questa volta stridula e incontrollata. «Ha mollato *Architectural Digest* per le relazioni con il pubblico. Grazie a me. Sono stato io che l'ho spinta a lasciare il posto. 'Scrivi il romanzo', le ho detto. 'Realizza il tuo sogno. Come ho fatto io.'»

«Mi dispiace per questo», disse Frank. «Non puoi nemmeno immaginare quanto mi dispiaccia.»

«Infatti, non ci riesco. Ma il bello è questo: tutto per nulla. Fin dall'inizio. Se n'è reso conto? O lo sapeva già?»

Frank corrugò la fronte. «E come? In che modo?...»

Nobby si sfilò il grembiule della moglie e lo appoggiò alla spalliera di una sedia. Stranamente, sembrava divertito da quella conversazione, divertimento che aumentò alla successiva rivelazione. I progetti che Guy si era fatto portare dall'America erano falsi, disse. Li aveva visti lui stesso, e non erano legalmente validi. Anzi, a suo parere non si trattava neppure di progetti per un museo. Che ne pensava Frank Ouseley?

«Non aveva intenzione di costruire un museo», gli comunicò

Nobby. «Era tutto un gioco: prima su, poi giù, come i birilli. E i birilli eravamo noi. Io, lei, Henry Moullin e tutti gli altri coinvolti. Prima si trattava di accrescere le nostre aspettative con i suoi grandi progetti, poi di guardarci contorcere e implorarlo man mano che si sgonfiava tutto. Ecco la verità. Però il gioco è arrivato solo fino a me. Poi Guy è stato eliminato e voialtri siete rimasti a chiedervi come far andare avanti il progetto anche senza la sua 'benedizione'. Ma volevo che lo sapesse, Frank. Non aveva senso che fossi l'unico a cogliere i benefici dell'insolito senso dell'umorismo di Guy.»

Frank si sforzò di assimilare quella notizia. Contraddiceva tutto quello che sapeva di Guy e aveva appreso nel corso della loro amicizia. Certo, la sua morte e le clausole del testamento avevano messo fine al progetto del museo. Ma che lui non avesse mai avuto intenzione di costruirlo era qualcosa che Frank non poteva permettersi nemmeno di pensare. Né ora, né mai. Il prezzo era troppo alto.

«I progetti. I progetti consegnati dagli americani...» cominciò a dire.

«Tutti fasulli», tagliò corto Nobby con allegria. «Li ho visti. Li ha portati qui un tizio di Londra. Non so chi li ha disegnati o per quale motivo, ma non sono certo quelli di un museo da costruire in fondo alla strada della St. Saviour's Church.»

«Ma lui doveva...» Cosa? Si domandò Frank. Doveva cosa? Sapere che qualcuno avrebbe esaminato con attenzione i progetti? Quando? Quella sera? Brouard aveva esposto il plastico dettagliato di un edificio, dichiarando che si trattava di quello prescelto, ma nessuno gli aveva chiesto nulla dei progetti. «Dev'essere stato ingannato», disse Ouseley. «Perché aveva davvero intenzione di costruire il museo.»

«Con quali soldi?» chiese Nobby. «Come ha fatto notare lei stesso, Brouard nel suo testamento non ha lasciato un penny per la costruzione dell'edificio, Frank, e non ha dato a Ruth la minima indicazione di provvedere lei a finanziarlo, se a lui fosse accaduto qualcosa. No, Guy non è stato ingannato da nessuno. Noi sì, invece. Tutti quanti. Siamo stati al gioco.»

«Ci dev'essere un errore. Un malinteso. Forse di recente aveva fatto un cattivo investimento e perduto i fondi destinati alla costruzione. Magari non avrà voluto ammetterlo, perdendo la faccia agli occhi della comunità, perciò ha continuato come se niente fosse, per non farlo sapere a nessuno...»

«Ne è convinto?» Nobby non si sforzò affatto di nascondere l'incredulità del tono. «Ne è davvero convinto?»

«Come spiegarlo, altrimenti? L'ingranaggio era già avviato, Nobby. Si sarà sentito responsabile. Tu hai lasciato il lavoro per dedicartici anima e corpo. Henry aveva investito nell'arte vetraria. Erano usciti articoli sul giornale e la gente del posto era piena di aspettative. Se avesse perduto del denaro, Brouard avrebbe dovuto confessare o fingere di andare avanti, sperando che col tempo l'interesse della gente diminuisse, se tirava le cose in lungo.»

Nobby incrociò le braccia. «Lo pensa davvero?» Dal tono si capiva che l'ex alunno adesso si ergeva a maestro. «Certo, capisco benissimo che per lei sarebbe preferibile continuare a crederlo.»

Per un attimo Frank ebbe l'impressione che l'architetto conoscesse la verità, che lui, il possessore di migliaia di adorati reperti dell'ultima guerra, in realtà non desiderava affatto che quel materiale fosse esposto. Ma, benché fosse questa la realtà delle cose, Nobby Debiere non poteva assolutamente saperlo. Era una questione troppo complessa perché lui potesse venirne a capo. Per quanto a lui risultava, Frank Ouseley era soltanto un altro membro del gruppo di quelli che avevano creduto in un progetto finito nel nulla.

«Probabilmente, mi rifiuto di accettarlo», ammise Frank. «Non posso crederci, ci dev'essere una spiegazione.»

«Gliel'ho appena data. Vorrei solo che Guy fosse qui a godersi i risultati delle sue macchinazioni. Guardi. Lasci che le faccia vedere.» Nobby andò a un angolo del piano di lavoro, dove la famiglia teneva la posta del giorno. Diversamente dal resto della casa, lì c'era disordine, con pile accumulate di lettere, riviste, cataloghi ed elenchi telefonici. Da sotto, l'architetto sfilò un foglio e lo porse a Frank.

Era un annuncio pubblicitario, con illustrazione e testo. Raffigurava una caricatura di Nobby Debiere a un tavolo da disegno sul quale era appoggiato uno schizzo. Ai piedi del personaggio erano sparsi rotoli parzialmente aperti sui quali s'intravedevano altri abbozzi. Il testo presentava la nuova impresa come BER-

TRAND DEBIERE: RESTAURI, RISTRUTTURAZIONI E RIMODERNAMEN-
TI, con l'indirizzo lì a Fort Road.

«Ho dovuto licenziare la segretaria», disse Nobby, con un'allegria forzata che raggelava il sangue. «Perciò, ha perduto il lavoro anche lei, e sono sicuro che Guy ne sarebbe stato infinitamente lieto, se fosse ancora vivo.»

«Nobby...»

«Come vede, lavorerò a casa, e questo va benissimo, si capisce, così Caroline potrà passare gran parte del tempo in città. Quando mi sono licenziato, ho bruciato i ponti con lo studio dove lavoravo, ma col tempo riuscirò a farmi assumere altrove, sempre che non mi respingano. Sì. Non è meraviglioso, come sono andate le cose?» Tolse l'annuncio di mano a Frank e lo infilò sotto l'elenco telefonico, accartocciandolo.

«Mi dispiace», disse Ouseley. «Le cose sono andate...»

«Sono andate benissimo per qualcuno», lo interruppe Debiere. «Su questo non c'è dubbio.»

27

ST. JAMES trovò Ruth Brouard nella serra. La costruzione era più grande di quanto non fosse apparsa quando l'aveva vista per la prima volta il giorno del funerale, e l'aria era umida e calda. Di conseguenza, i vetri gocciolavano di condensa. L'acqua delle finestre e quella proveniente da un sistema d'irrigazione produceva un incessante gocciolio sulle ampie foglie di piante tropicali e sul passaggio di mattoni che vi serpeggiava in mezzo.

L'anziana donna si trovava al centro di quell'ambiente di vetro, dove il passaggio si allargava a formare una piazzola che ospitava una sedia a sdraio, una sedia, un tavolo di vimini e un piccolo stagno, nel quale galleggiavano delle ninfee. Lei stava sulla sdraio, con i piedi appoggiati su un cuscino e un album di fotografie in grembo; sul tavolino accanto aveva a portata di mano un vassoio col tè.

«Voglia scusare questo calore», gli disse Ruth, con un cenno allo scaldino elettrico acceso e appoggiato sui mattoni, che faceva aumentare la temperatura della serra. «Mi è di conforto. Non che, in realtà, faccia molto per cambiare il corso delle cose, ma almeno ne dà l'impressione.» Lo sguardo le andò al dipinto che St. James teneva arrotolato non troppo stretto, ma non disse nulla, invitandolo ad avvicinare la sedia per potergli mostrare il passato suo e del fratello.

St. James constatò che l'album era servito a documentare gli anni nei quali i Brouard avevano trovato rifugio in Inghilterra. Conteneva ritratti di un ragazzo e una ragazzina durante la guerra e nella Londra postbellica, sempre insieme, con gli sguardi seri fissi nell'obiettivo. Anche se crescevano, le loro espressioni solenni restavano immutate, in posa dinanzi a una porta, un cancello, un giardino o un caminetto.

«Non mi ha mai dimenticato», disse Ruth Brouard voltando le pagine. «Non stavamo mai insieme presso la stessa famiglia e, ogni volta che lui se ne andava, ero terrorizzata. Avevo paura che non tornasse più, che gli accadesse qualcosa senza che io venissi a saperlo. Semplicemente, un giorno non sarebbe più ricomparso. Ma lui mi ripeteva che non sarebbe successo e, anche in caso contrario, io avrei sentito come un cambiamento nell'universo, perciò, finché non avessi avvertito quella sensazione, potevo stare tranquilla.» Chiuse l'album e lo mise da parte. «Però, non l'ho provata quel giorno, quando è andato alla baia, signor St. James. Non ho avvertito nulla.»

Simon le restituì il dipinto.

«Tuttavia, è stata una fortuna avere ritrovato questo», disse lei, prendendolo. «In una piccola misura, è come se mi restituisse la famiglia.» Mise il dipinto sull'album e guardò St. James. «Che altro?» domandò.

Lui sorrise. «È certa di non essere una strega, signorina Brouard?»

«Assolutamente sì», rispose lei. «Vuole qualcos'altro da me, vero?»

Lui lo ammise. Dalle parole e dalle azioni della donna, capì che lei non aveva idea del valore del dipinto che il fratello era riuscito a ritrovare per lei. Per il momento, St. James lasciò le cose com'erano. Si rendeva conto che l'importanza che lei attribuiva al quadro non sarebbe certo cambiata se avesse saputo che si trattava dell'opera di un maestro.

«Forse ha ragione sul fatto che suo fratello possa aver speso il denaro per rintracciare il quadro», le disse. «Ma mi piacerebbe controllare i suoi conti, per accertarmene. Lei ha gli estratti, vero?»

Lei rispose di sì. Guy teneva le sue carte nello studio. Se il signor St. James voleva seguirla, sarebbe stata lieta di accompagnarlo. Portarono con sé il dipinto e l'album, anche se era fin troppo evidente che Ruth li avrebbe lasciati candidamente nella serra finché non fosse tornata a riprenderli.

Nello studio, lei andò ad accendere le lampade perché ormai era l'imbrunire e poi, sorprendentemente, tirò fuori dal mobiletto accanto alla scrivania un libro dei conti rilegato in pelle, come quello di Bob Cratchit.* Ruth sorrise alla reazione di St. James.

«Per l'amministrazione degli alberghi usavamo i computer», disse. «Ma per le finanze personali Guy era all'antica.»

«Sembra un po'...» St. James cercò un eufemismo.

* L'impiegato di Scrooge nel *Canto di Natale* di Charles Dickens. (*N.d.T.*)

Glielo fornì lei: «Antiquato. Non da Guy. Tuttavia, non aveva mai capito bene i computer. In fatto di tecnologia, è arrivato al massimo ai telefoni a tastiera e ai forni a microonde. Questo registro, però, è facilissimo da consultare, vedrà. Guy era molto preciso».

Mentre St. James sedeva alla scrivania e apriva il libro mastro, Ruth ne portò altri due. Ciascuno di essi, spiegò, riportava le spese del fratello per un periodo di tre anni. Non si trattava di grosse uscite, perché il denaro era intestato quasi interamente a lei, ed era a questo che si attingeva per la manutenzione della tenuta.

Ottenuto il libro mastro più recente, St. James lo esaminò per vedere in che cosa erano consistiti gli ultimi tre anni di spese per Guy Brouard. Non gli ci volle molto per cogliere il filo che legava tutte le spese di quel periodo: avevano un nome e un cognome: Anaïs Abbott. Brouard aveva sborsato di continuo denaro per la sua amante, pagandole di tutto, dalla chirurgia estetica alle tasse patrimoniali, dall'ipoteca sulla casa alle vacanze in Svizzera e nel Belize, fino alle rette scolastiche per il corso da modella della figlia. Oltre a questo, lui aveva riportato l'acquisto di una Mercedes-Benz, di dieci sculture identificate dal nome dell'artista e dal titolo, un prestito a Henry Moullin riferito a una «fornace» e altri prestiti e donazioni al figlio. Più di recente, aveva comprato un lotto di terra a St. Saviour's ed effettuato dei pagamenti a Bertrand Debiere e a De Carteret-Progettazione Interni, Tissier Electric e Idraulica Burton-Terry.

Da tutto ciò, St. James concluse che Brouard aveva avuto effettivamente intenzione di costruire il museo bellico, al punto di affidarne i progetti a Debiere. Ma tutti i pagamenti sia pur vagamente connessi alla realizzazione di un edificio pubblico erano cessati da mesi. Poi, al posto delle annotazioni ordinate tenute in precedenza da Brouard, la pagina terminava con un elenco di numeri, che proseguivano su quella successiva e alla fine erano messi tutti tra parentesi, ma senza riportare il singolo destinatario. Malgrado questo, St. James era quasi certo del nominativo: International Access. Infatti, le somme corrispondevano a quelle fornite dalla banca a Le Gallez. Simon notò che l'ultimo pagamento, il più elevato di tutti, era stato trasferito telegraficamente da Guernsey lo stesso giorno dell'arrivo dei River sull'isola.

St. James chiese a Ruth Brouard una calcolatrice, e lei gliela diede prendendola da un cassetto della scrivania del fratello. «Mi ha detto che lui ha intestato quasi tutto a suo nome, ma deve pur aver trattenuto qualcosa per le proprie spese, no? Ha idea della cifra?»

«Parecchi milioni di sterline», rispose lei. «Pensava di poter vivere agiatamente con gli interessi, una volta che il denaro fosse stato adeguatamente investito. Perché? C'è qualcosa?...»

Non aggiunse l'espressione «che non va» perché non era necessario. Fin dall'inizio, c'era ben poco che andava nelle questioni finanziarie del fratello lasciate in sospeso a causa della sua morte.

Lo squillo del telefono, comunque, risparmiò a St. James una risposta immediata. Ruth rispose dall'apparecchio sulla scrivania e gli passò la cornetta.

«Non ti sei accattivato le simpatie della receptionist del tuo albergo», gli disse Thomas Lynley da Londra. «Secondo lei, dovresti comprare un cellulare: riferisco alla lettera.»

«Capito. Hai scoperto qualcosa?»

«Certamente. È una situazione interessante, anche se non credo che ti piacerà. Rappresenta un ostacolo in più.»

«Lasciami indovinare. Non esiste nessuna International Access a Bracknell.»

«Centro al primo colpo. Ho telefonato a un vecchio amico di Hendon. Lavora alla Buoncostume in quella zona. È andato a quell'indirizzo e ha trovato un centro di abbronzatura. Sono lì da otto anni: evidentemente è un settore che va molto bene a Bracknell...»

«Me lo ricorderò.»

«... e i titolari hanno detto di non avere la più pallida idea di quello di cui parlava il mio uomo. Allora ne ho discusso un'altra volta con la banca. Ho accennato all'Authority dei servizi finanziari e loro hanno accettato di fornire informazioni sul conto della International Access. A quanto pare, il denaro trasferito telegraficamente da Guernsey veniva inoltrato quarantotto ore dopo in una località che si chiama Jackson Heights, a Queens, nello Stato di New York.»

«Jackson Heights? È...»

«Il posto, non l'intestatario del conto.»

«E te l'hanno detto il nome?»

«Vallera and Son.»

«Un'impresa?»

«Sembra di sì, ma non sappiamo di che genere. E nemmeno la banca ne è informata. Non sta a loro fare domande eccetera. Ma ha l'aria di essere... be', sai una cosa? C'è di che far venire voglia di indagare al governo americano.»

Simon esaminò il disegno del tappeto che aveva sotto i piedi. Si accorse di Ruth accanto a lui, e alzò gli occhi, vedendo che lo guardava. Aveva un'espressione ansiosa, ma, al di là di questo, dal viso della donna non traspariva nient'altro.

Riappese dopo che Lynley gli ebbe assicurato che si era già messo in moto l'ingranaggio per avere al telefono qualcuno della Vallera and Son, anche se avvertì St. James di non aspettarsi nessuna collaborazione dall'altro lato dell'Atlantico. «Se le cose stanno come sembra, potremmo trovarci a un punto morto, a meno che non coinvolgiamo le forze locali. Il Servizio antiriciclaggio, l'FBI o la polizia di New York.»

«Ci manca solo questo», commentò sarcastico Simon.

Lynley si fece una risatina. «Ci risentiamo», e riappese.

St. James attaccò e per qualche istante rifletté sulle implicazioni di quanto gli aveva riferito Lynley. Lo sommò a quello che già sapeva, e il risultato non gli piacque affatto.

«Che succede?» gli domandò alla fine Ruth Brouard.

Lui si scosse. «Mi chiedo se ha ancora il pacco con cui sono arrivati i progetti del museo, signorina Brouard.»

In un primo momento, mentre avanzava attraverso la vegetazione, Deborah St. James non scorse il marito. Era il crepuscolo e lei pensava a quello che aveva visto nel tumulo preistorico dove l'aveva condotta Paul Fielder. Soprattutto, si domandava perché il ragazzo conoscesse la combinazione della serratura e avesse fatto di tutto per impedirle di vederla.

Perciò non scorse Simon, finché non gli finì quasi addosso. Era impegnato con un rastrello all'estremità dei tre edifici annessi più vicini alla residenza. Passava al setaccio i rifiuti della tenuta, dopo aver capovolto tre bidoni.

Sentendosi chiamare, si fermò. La moglie gli chiese se avesse deciso di cambiare mestiere, dandosi allo smaltimento, e lui sorrise. «Posso sempre farci un pensierino, anche se mi limiterei ai rifiuti delle pop star e dei politici. Cos'hai scoperto?»

«Tutto quello che ti occorre sapere, e anche di più.»

«Paul ti ha parlato del dipinto? Ben fatto, amore.»

«Non so neanche se Paul sia in grado di parlare», confessò lei. «Ma mi ha portato nel posto dove l'ha trovato, anche se all'inizio ho pensato che volesse chiudermici dentro.» Proseguì spiegando l'ubicazione e la natura del tumulo in cui l'aveva condotta il ragazzo, compresi i particolari sulla serratura a combinazione e su ciò che si trovava all'interno delle due cripte. Concluse dicendo: «I profilattici, il lettino da campo: era ovvio per cosa lo usava Guy Brouard, Simon. Anche se, a essere onesta, non capisco perché non si facesse le sue scappatelle qui in casa».

«C'era quasi sempre la sorella», le rammentò lui. «E dato che tra le scappatelle c'era anche un'adolescente...»

«O forse due, se bisogna contare anche Paul Fielder, e credo proprio di sì. È tutto così nauseante, non trovi?» Guardò dietro di sé, verso la vegetazione, il prato, il sentiero tra gli alberi. «Comunque, credimi, lì erano davvero fuori di vista. Devi sapere esattamente in che punto della tenuta è ubicato il dolmen per trovarlo.»

«E lui ti ha fatto vedere in quale punto del dolmen...?»

«In quale punto ha trovato il dipinto?» Simon annuì, e Deborah glielo spiegò.

Il marito ascoltò, appoggiandosi al rastrello come un fattore che si riposava. Quando lei terminò la descrizione dell'altare di pietra e della cavità dietro di esso e lui ebbe chiarito che invece si trattava di un avvallamento dello stesso pavimento, Simon scosse la testa. «C'è qualcosa che non va, Deborah. Quel dipinto vale una fortuna.» Le disse tutto quello che aveva saputo da Kevin Duffy, concludendo: «E Brouard doveva saperlo».

«Che era un de Hooch? Ma come? Se il dipinto apparteneva alla famiglia da generazioni ed era stato tramandato in eredità di padre in figlio, come faceva a saperlo? Tu l'avresti saputo?»

«No. Ma se non altro, avrebbe dovuto sapere quello che aveva speso per riaverlo, cioè all'incirca due milioni di sterline. Non posso credere che dopo essere arrivato a sborsare quella cifra e a fare tutto quello che ha fatto per trovare quella tela, l'avrebbe depositata in quel dolmen, neanche per cinque minuti.»

«Ma se era chiuso a chiave...?»

«Non è questo il punto, amore. Parliamo di un dipinto del

XVII secolo. Non l'avrebbe messo in un nascondiglio dove il freddo e l'umidità avrebbero potuto danneggiarlo.»

«Allora credi che Paul stia mentendo?»

«Non ho detto questo, ma solo che è improbabile che Brouard abbia messo il dipinto in una cripta preistorica. Se voleva nasconderlo, in vista del compleanno della sorella, come sostiene lei, o di qualche altra occasione, esistevano dozzine di posti nella residenza dove avrebbe potuto conservarlo con minor rischio che rimanesse danneggiato.»

«Allora qualcun altro...?» ipotizzò Deborah.

«Temo sia l'unica cosa possibile.» Lui tornò al lavoro col rastrello.

«Che cosa cerchi?» Lei sentì la trepidazione nella sua stessa voce e capì che se n'era accorto anche il marito, perché quando la guardò aveva gli occhi torvi, come sempre quando era preoccupato.

«Il modo in cui è arrivato a Guernsey», le rispose.

Tornò a occuparsi dei rifiuti e continuò a spargerli finché non trovò quello che cercava. Era un tubo di poco più di novanta centimetri di lunghezza e venti di diametro. A entrambe le estremità, era chiuso da solidi fermagli di metallo dai bordi ripiegati in basso per aderire stretti e inamovibili al contenitore.

Simon lo fece rotolare fuori dai rifiuti e si chinò goffamente a raccoglierlo. Girandolo su un lato, comparve un'incisione lungo tutta la lunghezza del tubo. Il taglio era stato allargato fino a diventare un varco dai margini sfrangiati, dove il rivestimento esterno del contenitore era stato aperto, rivelandone la vera struttura. Quello che avevano davanti era un tubo nascosto all'interno di un altro, e non ci voleva uno scienziato nucleare per dedurre a cosa era servita l'intercapedine all'interno.

«Ah», mormorò Simon, e guardò Deborah.

Lei sapeva a cosa pensava il marito, perché era la stessa cosa che, suo malgrado, pensava lei. «Posso dare un'occhiata?» chiese. E prese il tubo, ringraziando tra sé il marito per non aver fatto commenti.

L'esame del tubo rivelò quello che, secondo Deborah, era un dettaglio importante. L'unica via d'accesso all'intercapedine era attraverso l'involucro esterno. Perché gli anelli alle estremità erano fissati in modo così aderente che forzarli avrebbe danneggiato irreparabilmente l'intera struttura. Inoltre, la cosa avrebbe segnalato a chiunque avesse visto il tubo, e in particolare il destinatario, se non gli uomini della dogana, che era stato manomesso. Eppure non c'era un solo segno intorno agli anelli di metallo alle due estremità. Deborah lo fece notare al marito.

«Infatti», convenne lui. «Ma ti rendi conto di cosa significa, vero?»

Lei era innervosita dall'intensità con cui il marito la fissava e le aveva rivolto quella domanda. «Che cosa?» chiese. «Che chiunque abbia portato questo tubo a Guernsey non sapeva...»

«Non l'ha aperto prima», la interruppe. «Ma questo non significa che non sapesse che cosa conteneva, Deborah.»

«Come fai a dirlo?» Si sentiva male. Una voce dentro di lei e tutti i suoi istinti urlavano: *No!*

«Per via del dolmen. Per la presenza della tela nel dolmen. Guy Brouard è stato ucciso per quel dipinto, Deborah. È l'unico movente che spiega tutto il resto.»

«Troppo comodo», ribatté lei. «Potrebbe anche essere quello che dovevamo credere. No, ascolta, Simon», lo prevenne quando lui cercò di parlare, «secondo te, sapevano in anticipo che cosa conteneva il tubo.»

«Uno di loro, non entrambi.»

«D'accordo, uno. Ma in questo caso, se volevano...»

«Lui, secondo me, è lui che voleva», disse il marito senza scomporsi.

«Sì, va bene. Certo che sei fissato su questo... Se lui...»

«Cherokee River, Deborah.»

«Sì, Cherokee. Se voleva il dipinto, se sapeva cosa c'era nel tubo, perché portarlo a Guernsey? Perché non sparire trafugandolo? Non ha senso che l'abbia portato fin qui e rubato solo dopo. C'è anche un'altra spiegazione.»

«E cioè?»

«Penso che tu la conosca. Guy Brouard ha aperto questo tubo e l'ha fatto vedere a qualcun altro. Ed è stata quella persona che l'ha ucciso.»

Adrian guidava troppo veloce e quasi in mezzo alla strada. Superava altre macchine a casaccio e rallentava senza motivo. Insomma, guidava con l'intento deliberato d'innervosirla, tuttavia Margaret era decisa a non lasciarsi provocare. Il figlio era così prevedibile. Adrian voleva che lei gli chiedesse di non guidare in quel modo proprio per continuare a farlo esattamente come gli pareva, dimostrandole così una volta per tutte che lei non esercitava nessuna autorità su di lui. Un comportamento che ci si sarebbe aspettati da un bambino di dieci anni ansioso di prendersi una rivincita sulla madre.

Adrian l'aveva già fatta infuriare abbastanza. A Margaret era occorso tutto il proprio autocontrollo per non scagliarsi contro di lui. Lo conosceva abbastanza da capire che non le avrebbe rivelato nulla di quello che aveva deciso di tenere per sé, perché farlo adesso per lui avrebbe significato che aveva vinto lei. Vinto cosa, Margaret non lo sapeva e non ne aveva la più pallida idea. Tutto quello che aveva sempre desiderato per il figlio maggiore era una vita normale, una carriera di successo, una moglie e dei bambini.

Era troppo sperarlo e fare in modo di ottenerlo? Secondo lei, no. Ma negli ultimi giorni aveva imparato a proprie spese che ogni tentativo di spianargli la strada, d'intercedere per lui, di scusarlo per tutti i suoi problemi, dal sonnambulismo all'incapacità di controllare i bisogni fisiologici, erano solo perle gettate ai porci.

Molto bene, pensò. E sia. Ma non sarebbe andata via da Guernsey senza risolvere almeno una questione con lui. Le risposte evasive andavano bene: da un certo punto di vista, potevano anche essere interpretate come segnali graditi di una condizione adulta troppo a lungo rimandata. Invece le autentiche bugie erano inaccettabili, in qualunque momento. Perché di esse vivevano i deboli di mente irrecuperabili.

Adesso si rendeva conto che probabilmente Adrian le aveva mentito per quasi tutta la vita, sia nei fatti sia nelle implicazioni. Ma era stata così presa dai tentativi incessanti di allontanarlo dall'influenza nefasta del padre che aveva sempre accettato la versione data dal figlio di tutti gli episodi nei quali era stato coinvolto: dall'annegamento accidentale del cucciolo la notte prima del secondo matrimonio di Margaret al motivo della recente fine del fidanzamento con Carmel.

E non aveva alcun dubbio che lui stesse continuando a mentirle. Quella faccenda dell'International Access aveva tutta l'aria di essere la più grossa balla che le avesse mai raccontato.

Perciò Margaret disse: «Quindi lui ti ha mandato quei soldi, vero? Mesi fa. Mi domando come li hai spesi».

Non c'era da sorprendersi che Adrian rispondesse: «Di che cosa stai parlando?» Il tono era indifferente, anzi, addirittura annoiato.

«In scommesse, vero? A carte? In speculazioni idiote sul mercato azionario? So che non esiste nessuna International Access, perché in più di un anno sei uscito di casa solamente per fare visita a tuo padre o vedere Carmel. Ma forse è stato proprio per questo. Li hai spesi per Carmel. Le hai regalato una macchina? Dei gioielli? Una casa?»

Lui alzò gli occhi al cielo. «Ma certo. È proprio quello che ho fatto. Lei ha accettato di sposarmi, e dev'essere stato perché io ho tirato fuori la grana come un nababbo.»

«Non sto scherzando», ribatté Margaret. «Hai mentito sul fatto di aver chiesto dei soldi a tuo padre, su Carmel e la storia con lui, mi hai lasciato credere che il tuo fidanzamento è finito perché volevi 'qualcosa di diverso' dalla donna che aveva già accettato di sposarti. Su cosa non hai mentito?»

Le lanciò un'occhiata. «Che differenza fa?»

«Che differenza fa cosa?»

«La verità o le bugie. Tu vedi solo quello che vuoi vedere. Io non faccio altro che renderti le cose più facili.» Adrian sorpassò al volo un furgoncino che arrancava dinanzi a loro e, mentre lo superava, pigiò sul clacson e tornò in corsia a pochi centimetri da un autobus che arrivava di fronte.

«Come puoi dire una cosa simile?» chiese Margaret. «Ho passato la parte migliore della mia vita...»

«A vivere al posto mio.»

«Non è così. Sono stata coinvolta, come tutte le madri. Mi sono preoccupata.»

«Ad assicurarti che le cose andassero a modo tuo.»

Tuttavia, Margaret era decisa a non permettere che Adrian cambiasse il corso della conversazione, e proseguì dicendo: «Come ringraziamento per tutto questo, non ho ricevuto altro che assolute falsità. E questo è inaccettabile. Io non merito e non chiedo altro che la verità. E intendo conoscerla subito».

«Perché ne hai il diritto?»

«Esatto.»

«Ma certo. Non perché t'interessi davvero.»

«Come puoi dirlo! Sono venuta per te. Ho scoperchiato i ricordi insopportabili di quel matrimonio...»

«Ma per favore», la schernì lui.

«... a causa tua. Per assicurarmi che tu ottenessi quello che ti spettava dal testamento di tuo padre, perché sapevo che avrebbe fatto di tutto per negartelo. Era l'unico modo che gli restava per punirmi.»

«E perché gli sarebbe interessato punirti?»

«Perché credeva che avessi vinto io. E non sopportava la sconfitta.»

«Vinto cosa?»

«Te. Ti ho allontanato da lui per il tuo bene, ma lui non lo capiva. Lo considerava solo un atto di vendetta da parte mia, perché se lo avesse valutato sotto un'altra luce avrebbe dovuto rivedere la sua intera esistenza, e riflettere sull'effetto che avrebbe potuto avere sull'unico figlio se ti avessi permesso di prendervi parte. E lui non voleva farlo. Non voleva accettarlo. Perciò mi dava la colpa di averti separato da lui.»

«E tu non intendevi affatto farlo, naturalmente», osservò lui sardonico.

«Certo che intendevo farlo, invece. Cos'altro pretendevi da me? Lui aveva una sfilza di amanti. Anche mentre era sposato con JoAnna. Dio solo sa cos'altro. Probabilmente delle orge. Droga. Alcol. Per quanto ne so, necrofilia e depravazione. Sì, ti ho protetto da tutto questo, e lo rifarei. Ho avuto ragione a comportarmi così.»

«Per questo sono in debito con te», concluse Adrian. «Il quadro è chiaro. Allora dimmi...» Le lanciò uno sguardo fermandosi per lasciar scorrere il traffico a un incrocio che li avrebbe portati all'aeroporto. «Cos'è che vuoi sapere, esattamente?»

«Cos'è accaduto al suo denaro? Non quello con cui ha acquistato tutto ciò che è intestato a Ruth, ma il resto, che ha tenuto, perché deve averne avuto a tonnellate. Non poteva concedersi le scappatelle e mantenere una donna ai livelli di Anaïs Abbott soltanto con le elemosine che gli passava Ruth. Lei è troppo moralista per aver contribuito sia pur minimamente al tenore di vita della sua amante. Perciò, in nome di Dio, che ne è stato del suo denaro? O te l'ha già dato, o l'ha nascosto da qualche parte, e l'unico modo che ho di sapere se è il caso di cercarlo ancora è che tu mi dica la verità. Ti ha dato del denaro?»

«Smettila di cercarlo», fu la laconica risposta di Adrian. Stavano arrivando all'aeroporto, dove un aereo si predisponeva all'atterraggio, forse lo stesso che avrebbe fatto rifornimento e riportato nel giro di un'ora Margaret in Inghilterra. Lui svoltò lungo la corsia d'accesso al terminal e si fermò là davanti, anziché parcheggiare negli appositi spazi lungo il percorso. «Andiamo», disse.

Lei cercò di leggergli in viso. «Significa che?...»

«Significa quello che significa», disse lui. «Il denaro è finito. Non lo troverai. Non provarci neppure.»

«Come fai a... Allora l'ha dato a te? L'hai sempre avuto, dall'inizio? Ma se è così, perché non hai detto?... Adrian, per una volta, voglio la verità.»

«Stai sprecando il tuo tempo», disse lui. «Ecco la verità.»

Aprì la portiera dalla sua parte, scese dall'auto e andò sul retro della Range Rover. Spalancò il portellone e nell'abitacolo entrarono folate di aria fredda, mentre lui prendeva le valigie della madre e le scaricava sul bordo del marciapiede con ben poche cerimonie. Poi andò ad aprirle lo sportello. A quanto pareva, la conversazione era terminata.

Margaret scese, stringendosi addosso il cappotto. Lì, in quella zona esposta dell'isola, soffiava un vento gelido. Lei sperò che agevolasse il suo volo di ritorno in Inghilterra. In seguito, avrebbe fatto lo stesso con il figlio. Di una cosa era certa riguardo a Adrian, malgrado ciò che lui pensava adesso di quella situazione e malgrado il suo comportamento attuale: sarebbe tornato. Andava così nel loro mondo, che lei aveva creato per entrambi.

«Quando torni a casa?» gli domandò.

«Non ti riguarda, madre.» Pescò le sigarette e, dopo cinque tentativi, riuscì ad accenderne una. Un altro avrebbe rinunciato al secondo fiammifero spento, ma non il figlio. Almeno in questo, era come sua madre.

«Adrian, mi stai facendo perdere la pazienza», gli disse lei.

«Torna a casa», le fece lui di rimando. «Non saresti dovuta venire.»

«Allora, cos'hai in mente di fare, se non vieni a casa con me?»

Lui sorrise senza allegria e tornò dal suo lato dell'auto. Le parlò al di sopra del cofano. «Credimi, penserò a qualcosa», disse.

St. James si separò da Deborah mentre risalivano la china dal parcheggio all'albergo. Lei era stata pensierosa per tutto il tragitto di ritorno da Le Reposoir. Aveva guidato con la consueta attenzione, ma lui si accorgeva benissimo che la sua mente non era concentrata sul traffico o sulla direzione che seguivano. Sapeva che lei pensava alla spiegazione che lui le aveva proposto sul perché un inestimabile dipinto fosse nascosto in un cumulo di terra circondato di pietre. Non poteva darle torto. Anche lui ci pensava, semplicemente perché non poteva escluderla. Simon si rendeva conto che, allo stesso modo in cui la naturale predisposizione della moglie a vedere il meglio nelle persone poteva indurla a ignorare le verità di fondo sugli altri, la sua personale inclinazione a diffidare di tutti rischiava di fargli vedere le cose diversamente da come stavano. Perciò nessuno di loro due profferì parola durante il viaggio di ritorno a St. Peter Port. Solo mentre si avvicinavano ai gradini d'ingresso dell'albergo, Deborah si voltò verso di lui, come se fosse giunta a una decisione.

«Non vengo subito. Voglio prima fare una passeggiata.»

Lui esitò prima di replicare. Era consapevole di quanto fosse pericoloso dirle qualcosa di sbagliato. Eppure capiva anche che era ancor più pericoloso non dirle nulla in una situazione nella quale lei sapeva più del necessario, per essere una parte in causa nient'affatto disinteressata.

«Dove vai?» le chiese. «Perché non prendi qualcosa da bere? Una tazza di tè o altro?»

Gli occhi di Deborah cambiarono espressione. Sapeva cosa intendeva veramente il marito, nonostante gli sforzi di fingere altrimenti. «Forse ho bisogno di una scorta armata, Simon.»

«Deborah...»

«Torno presto», promise lei, e se ne andò, non nella direzione dalla quale erano venuti, ma giù per Smith Street, che portava a High Street e di lì al porto.

Simon non poté fare altro che lasciarla andare, ammettendo con se stesso che per il momento neanche lui sapeva più di lei quale fosse la verità sulla morte di Guy Brouard. Non aveva altro che sospetti, e lei sembrava decisa a non condividerli.

Entrando nell'albergo, si sentì chiamare e vide la receptionist dietro il bancone con un foglietto di carta teso verso di lui. «Messaggio da Londra», gli disse consegnandoglielo insieme con la chiave della stanza. Simon vide che la ragazza aveva scritto sul biglietto SUPER LINLEY, alludendo al grado del suo amico a Scotland Yard, *superintendent*. Eppure era un modo per definirlo che avrebbe divertito il sovrintendente ad interim, nonostante l'errore nella trascrizione del cognome. «Dice di procurarsi un cellulare», aggiunse la ragazza, allusiva.

Nella stanza, St. James non richiamò subito l'amico. Invece, andò alla scrivania sotto la finestra e digitò un altro numero.

In California, Jim Ward era impegnato in una riunione con i soci, gli fu comunicato quando ottenne la linea. Purtroppo l'incontro non si teneva allo studio bensì al Ritz Carlton, sulla costa, gli fu specificato con un certo sussiego dalla donna che al telefono aveva risposto: «Southby, Strange, Willow e Ward. Parla Crystal». La segretaria aggiunse: «Sono tutti irraggiungibili, ma può lasciare un messaggio».

St. James non aveva il tempo di aspettare che questo arrivasse poi all'architetto, perciò chiese alla giovane, che sembrava intenta a masticare gambi di sedano, se poteva aiutarlo.

«Farò quel che posso», rispose lei allegra. «Anch'io studio architettura.»

Simon le domandò dei progetti inviati a Guernsey da Jim Ward, e fu baciato dalla fortuna. Quei documenti non erano usciti molto tempo prima dallo studio Southby, Strange, Willow e Ward, e guarda caso era Crystal a occuparsi degli invii per posta, UPS, FedEx, DHL e perfino tramite Internet. Dato che in quel caso particolare si era trattato di una situazione del tutto diversa dalla solita procedura, ricordava tutto e sarebbe stata ben lieta di spiegarglielo... Se solo aspettava un momento, perché stava suonando l'altra linea.

Lui restò in attesa e, a tempo debito, lei tornò a parlare con la sua voce piena di allegria. Normalmente, gli disse, i progetti sarebbero giunti oltreoceano tramite Internet a un altro architetto, che a sua volta li avrebbe consegnati. Ma in questo caso, si trattava di campioni del lavoro del signor Ward e non c'era fretta di farli arrivare. Perciò li aveva impacchettati «come sempre» e consegnati a un avvocato che era venuto a prenderli. Crystal aveva scoperto che questo rientrava negli accordi del signor Ward con il cliente d'oltreoceano.

«Era un certo signor Kiefer?» chiese St. James. «Il signor William Kiefer. Era lui che è venuto a prenderli?»

Non ricordava il nome, disse Crystal, ma secondo lei non era Kiefer. Anche se... un momento. A pensarci bene, rammentava che il tipo non si era affatto presentato. Aveva solo detto che era lì per prendere i progetti diretti a Guernsey, e lei glieli aveva dati.

«Sono arrivati, sì?» chiese la ragazza con una certa apprensione.

Ma certo.

Com'erano stati impacchettati? chiese St. James.

Al solito, rispose lei. Un tubo per le spedizioni di grosso formato, in cartone spesso. «Non è che si è danneggiato nel viaggio?» s'informò la ragazza, sempre preoccupata.

Non come pensava lei, rispose St. James. Ringraziò Crystal e riattaccò pensieroso. Compose il numero successivo e questa volta ebbe subito fortuna nel chiedere di William Kiefer: in meno di trenta secondi, l'avvocato californiano fu in linea.

Contestò la versione dei fatti data da Crystal. Non aveva mandato nessuno a ritirare i disegni architettonici, precisò. Il signor Brouard gli aveva raccomandato esplicitamente che i progetti fossero consegnati allo studio legale da qualcuno dello studio di Ward, quando fossero stati pronti. A quel punto, Kiefer doveva fare in modo che i corrieri li portassero dalla California a Guernsey. Le cose erano andate esattamente così, e lui si era limitato a fare solo quello.

«Ricorda la persona che portò i progetti dallo studio dell'architetto?» chiese St. James.

«Non ho visto chi fosse, se si trattava di un uomo, una donna o altro», rispose Kiefer. «La persona ha lasciato i progetti alla nostra segretaria e io li ho trovati quando sono tornato dal pranzo. Erano impacchettati, etichettati e pronti a partire. Ma forse lei ricorda... Può attendere un minuto?»

Ci volle di più, e St. James fu intrattenuto da un motivetto d'attesa in cui Neil Diamond faceva scempio dell'inglese solo per mantenere una serie terribile di rime. Quando la linea telefonica rientrò in funzione, Simon si ritrovò a parlare con una certa Cheryl Bennett.

La persona che aveva portato i progetti architettonici allo studio del signor Kiefer era un uomo, disse a St. James. E quando le fu chiesto se ricordava qualcosa di particolare su di lui, rispose: «Può ben dirlo. Non se ne vedono certo nella contea di Orange».

«Chi?»

«I rasta.» L'uomo che aveva portato i progetti era un caraibico, rivelò. «Aveva i riccioli che gli arrivavano fin dove s'immagina. Sandali, pantaloni tagliati e una camicia hawaiana. Aveva un aspetto strano, per essere un architetto. Ma forse faceva solo le consegne per loro o qualcosa del genere.»

Non le aveva detto il suo nome, concluse la ragazza. Di solito, quei tipi non parlano. Aveva gli auricolari e ascoltava della musica. Le ricordava Bob Marley.

St. James ringraziò Cheryl Bennett e riattaccò.

Andò alla finestra ed esaminò il panorama di St. Peter Port. Pensò a quello che aveva detto la ragazza e a cosa poteva significare. Riflettendoci, c'era una sola possibile conclusione: nulla di quello che avevano scoperto fino ad allora era come sembrava.

28

FU LA mancanza di fiducia del marito a spronare Deborah, insieme con il fatto che probabilmente lui la giustificava tra sé imputandola proprio alla moglie, che non aveva consegnato l'anello nazista alla polizia nei tempi indicati da Simon. Eppure i dubbi che lui nutriva nei suoi confronti non riflettevano l'attuale situazione. La verità era che Simon non si fidava di lei perché non l'aveva mai fatto. Era una reazione riflessa ogni volta che per Deborah si presentava la necessità di agire da persona matura: Simon la riteneva del tutto incapace. E proprio quel modo di fare del marito era la rovina della loro relazione, il risultato del matrimonio con un uomo che un tempo si era comportato verso di lei come un secondo genitore. Non che lui assumesse sempre quel ruolo nei momenti critici. Ma era già irritante che ci cascasse di tanto in tanto, e bastava questo a indurla a fare cose che lui non desiderava.

Per questo, anziché guardare le vetrine in High Street, risalire verso i Candie Gardens, arrivare a Castle Cornet o curiosare tra le gioiellerie della Commercial Arcade, Deborah andò ai Queen Margaret Apartments. Ma la visita in Clifton Street fu senza risultato. Così scese per la scalinata che partiva dal distretto commerciale, dicendosi che non era affatto alla ricerca di China e, anche se fosse stato così, che importava? Erano vecchie amiche e l'altra probabilmente attendeva rassicurazioni sul fatto che la vicenda in cui si era trovata coinvolta con il fratello fosse in via di soluzione.

E Deborah intendeva dargliele. Era il minimo che poteva fare.

China, però, non era nel vecchio mercato, in fondo alla gradinata, e nemmeno nel negozietto di alimentari dove Deborah aveva incontrato in precedenza i River. Solo dopo aver rinunciato all'idea di trovarla, la vide svoltare l'angolo da High Street in Smith Street.

Deborah si era avviata per la salita, rassegnata a tornare in albergo. Si era fermata a comprare un quotidiano a un'edicola, e stava infilandolo nella borsa a tracolla, quando intravide China a metà della via che risaliva la collina, mentre usciva da un negozio e proseguiva all'insù, verso il punto in cui Smith Street si apriva a ventaglio, formando una piazza nella quale sorgeva il monumento ai caduti della prima guerra mondiale.

Deborah la chiamò ad alta voce e China si voltò e scrutò i pedoni diretti come lei verso l'alto, eleganti uomini e donne d'affari al termine della giornata lavorativa nelle numerose banche situate di sotto. Alzò la mano in un gesto di saluto e attese che Deborah la raggiungesse.

«Come va?» domandò China quando lei fu a portata d'orecchio. «Novità?»

«Difficile dirlo», rispose Deborah. Poi, per portare la conversazione su un altro terreno, le chiese a sua volta: «Che fai?»

«Canditi», rispose China.

Deborah pensò dapprima che fosse un gioco di parole sui Candie Gardens, ma non aveva senso, perché China non si trovava certo nelle vicinanze del parco. Poi, però, compì subito quella piccola acrobazia mentale che aveva imparato quando viveva in America, per tradurre l'inglese dell'amica nel proprio: «Ah, *dolcetti*, da mangiare».

«Cercavo dei Baby Ruth o dei Butterfinger.» China diede un colpetto sulla grossa borsa che portava in spalla, nella quale aveva messo i dolciumi. «Sono i suoi preferiti. Ma non li hanno da nessuna parte, perciò ho preso quello che ho trovato. Spero che mi permetteranno di vederlo.»

Non gliel'avevano consentito alla prima visita in Hospital Lane. Quando aveva lasciato Deborah e il marito, al mattino, era andata direttamente al comando di polizia, ma le era stato negato di vedere il fratello. L'avevano informata che nel periodo in cui il sospetto è sottoposto a interrogatorio può ricevere solo la visita dell'avvocato. Naturalmente, avrebbe dovuto saperlo, perché era stata trattenuta anche lei per lo stesso motivo. Allora China aveva telefonato a Holberry. Lui aveva detto che avrebbe fatto il possibile per farle ottenere il permesso di vedere il fratello. Per questo era uscita in cerca di dolci. E adesso andava a portarglieli. Lanciò un'occhiata alla piazza e all'incrocio poco più in alto. «Vuoi venire?»

Deborah rispose di sì. Così andarono insieme al comando di polizia, a soli due minuti dal punto in cui si erano incontrate.

Al bancone, appresero da un graduato per nulla cordiale che

la signorina River non aveva il permesso di vedere il fratello. Quando China disse che Roger Holberry aveva ottenuto il permesso di farla passare, l'altro replicò che non ne sapeva niente, perciò, se alle signore non spiaceva, aveva da fare.

«Chiami il responsabile», insistette China. «L'ispettore Le Gallez. Probabilmente Holberry ha parlato con lui. Ha detto che avrebbe ottenuto il permesso... Ascolti, vorrei solo vedere mio fratello, okay?»

L'uomo fu inamovibile. Se Roger Holberry aveva ottenuto il permesso tramite qualcuno, riferì a China, la persona in questione, l'ispettore Le Gallez o la regina di Saba, lo avrebbe comunicato a lui. Dato che così non era, nessuno era autorizzato a visitare il sospetto, tranne l'avvocato dello stesso.

«Ma Holberry è proprio il suo avvocato», protestò China.

L'uomo sorrise con imperturbabile freddezza. «Non mi pare sia con lei», ribatté, facendo mostra di guardare dietro le spalle della ragazza.

China si scaldò e cominciò a dire: «Stia a sentire, razza di...» ma intervenne Deborah, che si rivolse con calma al graduato: «Non potrebbe consegnare lei i dolci al signor River?» Al che China disse brusca: «Neanche per sogno», e uscì a grandi passi dal posto di polizia, senza aver dato nulla al fratello.

Deborah la trovò nel cortile adibito a parcheggio, seduta sul bordo di una fioriera a strappare infuriata le foglie delle piante che vi si trovavano. «Bastardi», berciò China. «Cosa credono? Che lo faccia evadere?»

«Forse possiamo arrivare direttamente a Le Gallez.»

«Non vedrebbe l'ora di darci una mano.» Gettò a terra una manciata di foglie.

«Hai chiesto all'avvocato come l'ha presa Cherokee?»

«'Come ci si aspetterebbe, date le circostanze'», citò China. «Questo avrebbe dovuto farmi stare meglio, ma può voler dire di tutto e io non so cosa. In quelle celle si sta di merda, Deborah. Le pareti e il pavimento nudi, una panca di legno che si degnano di trasformare in letto se devi per forza restare la notte. Toilette e lavandino di acciaio inossidabile. E quella grande porta blu sempre chiusa. Non si vede una rivista, un libro, un poster, una radio, un cruciverba, un mazzo di carte. Per lui, ci sarà da impazzire. Non è preparato, non è il tipo. Dio, sono stata così contenta di uscire. Là dentro mi mancava il respiro. Avrei preferito perfino la prigione. E lui non ha nessuna possibilità di...» Si trattenne con uno sforzo. «Devo far venire la mamma. Lui la vuole e, se lo faccio, mi sentirò meno in colpa per il fatto di sentirmi sollevata che qualcuno sia finito dentro al posto mio. Gesù, che figura ci faccio?»

«È umano provare sollievo nell'essere rilasciati», disse Deborah.

«Se solo potessi entrare a vederlo e assicurarmi che stia bene...»

L'amica si mosse, e Deborah pensò che volesse di nuovo tornare all'attacco del comando di polizia. Ma sapeva che sarebbe stato inutile, perciò si alzò. «Camminiamo.»

Deborah riprese la via per la quale erano arrivate, scendendo verso il lato opposto del monumento ai caduti e avviandosi direttamente ai Queen Margaret Apartments. Troppo tardi si rese conto che quella strada avrebbe svoltato davanti alla Royal Court House. Ai piedi dei gradini che portavano all'ingresso, China esitò e alzò gli occhi verso l'imponente facciata dell'edificio che ospitava l'apparato giudiziario dell'isola. Sulla sua sommità sventolava la bandiera di Guernsey, tre leoni in campo rosso, che sbattevano nella brezza.

Deborah non fece in tempo a invitare l'amica a proseguire, che China si avviò per la scalinata che portava all'ingresso dell'edificio ed entrò. A Deborah non restò che seguirla.

Trovò China nell'ingresso, che consultava una guida. Quando la raggiunse, l'amica le disse: «Non sei obbligata a restare con me. Me la caverò. E, comunque, Simon ti starà aspettando».

«Sono io che voglio rimanerti accanto», ribatté Deborah. «China, andrà tutto bene.»

«Già.» China attraversò in fretta l'ingresso e superò le porte di legno e vetro, sul quale erano indicate le varie sezioni che si trovavano all'interno. Lei si diresse verso un'imponente scalinata, passando dinanzi a una parete di quercia su cui erano scritti a caratteri dorati i cognomi delle antiche famiglie dell'isola, e al piano che sovrastava l'ingresso trovò quello che cercava: l'aula nella quale venivano celebrati i processi.

Non era il posto migliore per tirarsi su di morale, e trovarsi là non fece che sottolineare le differenze tra lei e il fratello. Nella stessa posizione, con una sorella accusata ingiustamente di un delitto, Cherokee si era dato immediatamente da fare, com'era nella natura del suo carattere irrequieto: un uomo allo stremo con un piano d'emergenza. Deborah capiva che, benché fosse la disperazione di China, la tendenza di Cherokee a escogitare sempre qualcosa aveva i suoi vantaggi, uno dei quali era non cedere mai allo scoramento.

«Non dovresti stare qui in queste circostanze», disse Deborah all'amica, mentre questa si sedeva in fondo all'aula, dal capo opposto del seggio del giudice.

Come se Deborah non avesse parlato, China disse: «Holberry mi ha spiegato come celebrano i processi qui. Quando pensavo che sarebbe toccato a me, volevo sapere come sarebbe andata, perciò gliel'ho chiesto». Guardò davanti a sé, come se potesse vedere la scena dinanzi a loro man mano che la descriveva. «Funziona così: qui non hanno giurie, non come noi, in America, intendo. Non convocano delle persone al banco dei giurati e le interrogano per accertarsi che non abbiano già deciso di mandare qualcuno alla sedia elettrica. Ricorrono a giurati di professione, che lo fanno per lavoro. Ma non mi pare proprio che si possa ricavarne un processo equo. In questo modo, non si rischia che chiunque li possa contattare in anticipo? E hanno la possibilità di leggere i particolari del caso? Per quanto ne so, possono anche condurre indagini per conto proprio. È completamente diverso che da noi.»

«In effetti, la cosa spaventa», confessò Deborah.

«In America avrei un'idea di cosa fare, perché saprei come vanno le cose. Potremmo trovare qualcuno capace di scovare giurati e scegliere i migliori, rilasciare interviste alla stampa, parlare alla TV, influenzare l'opinione pubblica al punto che se si arrivasse a un processo...»

«Non ci sarà», disse Deborah, decisa. «Non ci sarà e basta. Ne sei convinta o no?»

«...almeno toccheremmo i sentimenti e l'opinione della gente. In fondo, lui ha degli amici. Ci siamo io, tu, Simon. Potremmo fare qualcosa, se fosse come in America, no?»

In America, pensò Deborah. Sapeva che l'amica aveva ragione. Quello che doveva affrontare sarebbe stato meno atroce se fosse stata in America, dove aveva familiarità con gente, con tutto quello che la circondava e, soprattutto, con le procedure giudiziarie o, almeno, con il modo di condurle.

Deborah si rese conto di non poter offrire a China la tranquillità che derivava dall'abitudine, tanto meno in quell'aula dove si profilava un futuro spaventoso. Poteva solo proporre di andarsene in un posto un po' meno terribile, dove consolare la donna che a suo tempo aveva fatto tanto per lei.

Nel silenzio che seguì l'osservazione di China, Deborah disse sotto voce: «Ehi, amica...»

China la guardò.

Deborah sorrise e decise di usare un'espressione tipica dell'amica e, soprattutto, del fratello di quest'ultima: «Qui è moscia. Tagliamo la corda».

Nonostante lo stato d'animo, China sorrise a sua volta. «Già. D'accordo. Forza, allora.»

Quando Deborah si alzò e tese la mano a China, lei la prese. E non la lasciò finché non abbandonarono l'aula, scesero le scale e uscirono dall'edificio.

Assorto nei suoi pensieri, St. James riattaccò dopo la seconda conversazione della giornata con Lynley. Non era stato difficile ottenere informazioni dalla Vallera and Son, stando a quanto riferitogli dal sovrintendente di New Scotland Yard. Chiunque si trovasse all'altro capo della linea quando lui aveva chiamato, non doveva essere una cima. Non solo l'individuo in questione aveva urlato a qualcuno: «Ehi, papà! Una telefonata dalla Scozia!* Ci credi?» quando Lynley si era qualificato, dopo aver rintracciato la ditta di Jackson Heights, ma aveva anche risposto di buon grado e con vena ciarliera alla domanda sulla natura delle attività professionali di cui si occupava la Vallera and Son.

Con un accento che sembrava uscito dal *Padrino*, l'uomo, che aveva detto di chiamarsi Danny Vallera, riferì a Lynley che la Vallera and Son era un'impresa che convertiva assegni in contanti, concedeva prestiti ed effettuava bonifici telegrafici «in tutto il mondo, se vuole. Perché? Ha bisogno d'inviare dei verdoni qui? Ci pensiamo noi. Possiamo cambiare qualunque cosa in dollari. Cos'avete voialtri in Scozia? Franchi? Corone? Siete anche voi nell'euro? Non c'è problema. S'intende che le costa.»

Affabile sino in fondo, e ovviamente senza un pizzico di

---

* L'interlocutore ha afferrato solo il termine Scotland, cioè Scozia. (N.d.T.)

buonsenso e il minimo sospetto, aveva spiegato che lui e papà trasferivano denaro fino a novemilanovecentonovantanove dollari «e può aggiungerci anche i novantanove centesimi, se vuole», una risatina, «anche se mi sembra un'esagerazione, no?» per determinate persone che non volevano ritrovarsi i Federali alla porta, come avrebbero fatto se la Vallera and Son avesse denunciato trasferimenti di diecimila dollari e oltre, come richiesto da «Zio Samuel e quei cazzoni di Washington». Perciò, se qualcuno voleva spedire dalla Scozia negli Stati Uniti qualunque cifra inferiore ai diecimila verdoni, alla Vallera and Son sarebbero stati ben lieti di fare da intermediari nell'operazione, a pagamento s'intende. Nell'America dei politici in vendita, dei lobbisti in offerta, delle elezioni truccate e del capitalismo allo sbaraglio, tutto era a pagamento.

E se la somma da trasferire superava i novemilanovecentonovantanove dollari e novantanove centesimi, aveva domandato Lynley, cosa succedeva?

In quel caso, la Vallera and Son doveva segnalarla ai Federali.

E cosa facevano questi ultimi?

S'interessavano, quando era il caso. Se il cliente faceva Gotti di cognome, avrebbero subito drizzato le orecchie. Se invece fosse stato un certo Joe Stronz, fresco di grana, ci avrebbero messo più tempo.

«È stato tutto molto illuminante», aveva detto Lynley a St. James, al termine del resoconto. «Il signor Vallera sarebbe andato avanti all'infinito, perché sembrava contentissimo di aver ricevuto una telefonata dalla Scozia.»

St. James ridacchiò. «Perché, poi ha smesso?»

«A un certo punto, è entrato in scena il signor Vallera senior. Ci sono stati dei rumori di fondo come di qualcuno molto contrariato e subito dopo la linea è stata interrotta.»

«Hai dei crediti, Tommy», disse Simon.

«Non da parte del signor Vallera senior, spero.»

Adesso, nella sua camera d'albergo, Simon esaminò la mossa seguente. Senza coinvolgere un organismo governativo degli Stati Uniti, giunse all'ineluttabile conclusione di doversela vedere da solo, acquisire in un modo o nell'altro ulteriori elementi e utilizzarli per far venire allo scoperto l'assassino di Guy Brouard. Valutò le diverse possibilità di affrontare il problema, prese una decisione e scese nell'ingresso.

Là s'informò su come utilizzare il computer dell'albergo. La receptionist che non aveva saputo conquistare costringendola a rintracciarlo in tutta l'isola, non accolse quella richiesta con un entusiasmo sfrenato. Si morse il labbro inferiore con gli incisivi sporgenti e lo informò che avrebbe dovuto chiedere al signor Alyar, il direttore. «Di solito non lo mettiamo a disposizione degli ospiti. In genere ognuno si porta il suo. Non ha un portatile?» Non aggiunse: e un cellulare?, ma era sottinteso. *Aggiornati*, gli disse l'espressione della ragazza prima che andasse in cerca del signor Alyar.

St. James dovette attendere nell'ingresso per quasi dieci minuti, quindi, da dietro una porta che dava nella parte interna dell'albergo, arrivò un individuo tarchiato con un vestito a doppio petto. Si presentò come il signor Alyar, Felix Alyar, e chiese se poteva essere d'aiuto.

St. James spiegò con maggiore chiarezza la sua richiesta. Mentre parlava, diede il suo biglietto da visita e fece il nome dell'ispettore Le Gallez, nel tentativo di acquisire il più possibile un ruolo legittimo nell'inchiesta in corso.

Con molto più garbo della receptionist, il signor Alyar acconsentì all'utilizzo delle risorse informatiche dell'albergo da parte di St. James. Lo invitò a passare dietro il banco della reception, e di lì in un ufficio. All'interno c'erano altre due componenti del personale sedute davanti a dei terminali, e una terza che introduceva alcuni documenti in un fax.

Felix Alyar condusse St. James a un terzo terminale e disse alla ragazza che inviava le carte: «Penelope, questo signore si servirà del tuo computer». Quindi, prima di andarsene, aggiunse: «L'albergo è lieto di metterlo a sua disposizione». E fece un sorriso stereotipato. St. James lo ringraziò e si collegò immediatamente a Internet.

Cominciò con l'*International Herald Tribune*, andando sul sito del quotidiano, dove scoprì che tutti gli articoli risalenti a più di due settimane prima si potevano reperire solo presso le testate sulle quali erano apparsi per la prima volta.* Non ne fu sorpreso, data la natura di quello che cercava e la portata ridotta del gior-

* L'*Herald Tribune* ripropone in Europa una selezione dei contenuti di importanti testate americane, come il *Washington Post* e il *New York Times* (*N.d.T.*)

nale. Perciò andò su USA *Today*, ma lì, al contrario, le notizie dovevano comprendere una varietà troppo grande di argomenti, perciò in quasi tutti i casi si limitavano ai fatti più eclatanti, di politica interna, crisi internazionali, omicidi clamorosi, gesti di eroismo.

Quindi passò al *New York Times*, dove digitò PIETER DE HOOCH e, non ottenendo risultati, SANTA BARBARA. Ma neanche in quel caso la ricerca andò a buon fine. Allora cominciò a dubitare dell'ipotesi venutagli in mente quando aveva sentito parlare per la prima volta della Vallera and Son, di Jackson Heights, New York, e poi scoperto di cosa si occupava la società.

Con quello che sapeva, non gli restava altro che il *Los Angeles Times*, perciò passò sul sito del quotidiano e cominciò a cercare nell'archivio. Come in precedenza, si limitò al solito periodo, gli ultimi dodici mesi, e digitò di nuovo il nominativo di Pieter de Hooch. In meno di cinque secondi, la videata cambiò e apparve un elenco di articoli sull'argomento, cinque sulla prima pagina, con l'indicazione di altri che seguivano.

Scelse il primo e aspettò che il computer lo scaricasse. Sullo schermo apparve innanzi tutto il titolo: *Ricordi di un padre*.

St. James fece scorrere l'articolo. A suoi occhi balzava una successione di frasi in grassetto. Quando vide le parole *veterano decorato della seconda guerra mondiale* rallentò la lettura del pezzo. Si parlava di una tripla operazione di trapianto – cuore, polmoni e reni – effettuata al St. Clare's Hospital di Santa Ana, California. L'intervento era stato eseguito su un ragazzo di quindici anni che si chiamava Jerry Ferguson. Il padre, Stuart, era il veterano decorato di cui si diceva nell'articolo.

Stuart Ferguson, rivenditore di automobili – era di questo che si occupava –, aveva passato il resto dei suoi giorni a cercare un modo di sdebitarsi con il St. Clare's per aver salvato la vita del figlio. Essendo un'istituzione benefica che per principio non rifiutava nessuno, la clinica non aveva richiesto nessun pagamento per una prestazione che altrove sarebbe costata oltre duecentomila dollari. Un rivenditore di macchine, con quattro figli a carico, aveva ben poche speranze di mettere insieme una somma del genere, perciò alla sua morte Stuart Ferguson aveva lasciato in eredità al St. Clare's l'unica cosa di potenziale valore che possedeva: un dipinto.

Erano riportate le parole della moglie: «Non avevamo idea...

Di certo Stu non si era mai reso conto... Diceva di averlo avuto durante la guerra... Un ricordo... È tutto quello che so».

«Pensavo fosse solo un vecchio quadro», era stato il commento di Jerry Ferguson dopo una valutazione del dipinto da parte degli esperti del Getty Museum. «Papà e mamma lo tenevano in camera da letto Ecco, non gli ho mai dato molto peso.»

In questo modo, le suore della Misericordia, che gestivano il St. Clare's Hospital con un bilancio ridottissimo e passavano la maggior parte del tempo a cercare fondi per mantenerlo a galla, si erano ritrovate all'improvviso proprietarie di un'inestimabile opera d'arte. L'articolo era corredato da una foto in cui Jerry Ferguson e la madre consegnavano il quadro di *Santa Barbara* di Pieter de Hooch a un'arcigna madre Monica Casey, che al momento di riceverlo non aveva la più pallida idea di quello che si ritrovava tra le sue pie mani.

Alla domanda successiva, se cioè si rammaricavano per essersi privati di un oggetto tanto prezioso, la madre aveva risposto: «È stata una bella sorpresa renderci conto di cos'avevamo appeso in casa da tanti anni», e il figlio: «Diamine, papà voleva così, e a me sta bene». Da parte sua madre Monica Casey confessava di avere avuto le palpitazioni, annunciando che avrebbero messo in vendita all'asta il de Hooch subito dopo averlo fatto ripulire e restaurare. Nel frattempo, aveva detto all'inviato del giornale, le suore della Misericordia avrebbero custodito il dipinto in un luogo molto sicuro.

Ma non abbastanza, pensò St. James. E questo aveva messo in moto tutto il resto.

Cliccò sugli articoli successivi e non fu sorpreso dalla piega che avevano preso gli eventi a Santa Ana, California. Li lesse velocemente, perché non gli ci volle molto a scoprire come la *Santa Barbara* di Pieter de Hooch fosse arrivata dal St. Clare's Hospital a casa di Guy Brouard, e stampò quelli più importanti.

Li riunì con un fermaglio e salì in camera sua.

Deborah preparava il tè, mentre China alzava e riponeva la cornetta del telefono alternativamente, ora digitando dei numeri, ora non arrivando neppure a farlo. Durante il tragitto a piedi, di ritorno ai Queen Margaret Apartments, si era finalmente decisa a chiamare la madre. Doveva essere informata di quello che succedeva a Cherokee, aveva detto. Ma adesso che doveva affrontare il momento della verità, come lo definiva lei, non aveva il coraggio di farlo. Così aveva digitato il prefisso per ottenere la linea internazionale, poi quello degli Stati Uniti, arrivando perfino a comporre le cifre del distretto telefonico di Orange, California. Ma a quel punto non era riuscita ad andare oltre.

Mentre Deborah dosava il tè, China spiegò il motivo della sua esitazione. Era una forma di scaramanzia: «Se faccio questa telefonata, gli porterò sfiga».

La St. James ricordò di averla già sentita usare quell'espressione. Se pensi che un incarico fotografico o un esame ti andranno bene, andrà tutto a rotoli, perché ti sei attirata la sfiga in anticipo. Se dici che aspetti una chiamata dal tuo ragazzo, diventi sfigata e lui non la farà. Se ti scappa un commento sul fatto che il traffico scorre alla grande su una delle grosse autostrade californiane, puoi essere certa che nel giro di dieci minuti trovi un incidente o una coda di sei chilometri. Deborah aveva soprannominato quel modo di pensare così contorto la Legge di Chinaland e, quando viveva con l'amica a Santa Barbara, si era abituata a stare attenta a non attirare la sfiga in certe situazioni.

Comunque domandò: «Ma perché porterebbe sfortuna?»

«Non lo so per certo. È solo una sensazione. Se la chiamo, le dico quello che sta succedendo e lei arriva qui, le cose potrebbero volgere al peggio.»

«Però mi sembra che questo violi la legge basilare di Chinaland», osservò Deborah. «Almeno per come la ricordo.» Accese il bollitore elettrico.

Sentendole usare quella vecchia espressione, l'amica sorrise suo malgrado. «E come?» domandò.

«Be', se ricordo come vanno le cose a Chinaland, bisogna immaginare esattamente l'opposto di ciò che si desidera. Non si fa sapere al Fato quello che si vuole davvero, in modo che lui non possa incasinare le cose. Diciamo che, cogliendolo alle spalle, arrivi di soppiatto al tuo vero obiettivo.»

«Per fregare quel bastardo», mormorò China.

«Esatto.» Deborah prese due tazze dalla credenza. «In questo particolare caso, a me sembra proprio che invece tu debba telefonare a tua madre. Non hai scelta. Se tu la chiami e insisti che venga a Guernsey...»

«Non ha neppure il passaporto, Debs.»

«Tanto meglio. Per lei, venire qui rappresenterà un problema enorme.»

«Per non dire la spesa.»

«Mmm, sì. E questo, praticamente, è garanzia di successo.» Deborah si appoggiò contro il piano di lavoro. «Deve ottenere un passaporto alla svelta. Questo implica un salto a... dove?»

«Los Angeles. Palazzo degli Uffici Federali. Fuori dalla San Diego Freeway.»

«Dopo l'aeroporto?»

«Di parecchio. Anche dopo Santa Monica.»

«Fantastico. Tutto quel traffico spaventoso, tante difficoltà. Perciò, lei prima deve recarsi là e ottenere il passaporto. Poi le tocca organizzare il viaggio. Volo per Londra e di là a Guernsey. E, dopo essersi data tanta pena, ormai carica di ansia da morire...»

«Viene qui e trova tutto risolto.»

«Probabilmente un'ora prima del suo arrivo.» Deborah sorrise. «Et voilà, la legge di Chinaland ha colpito ancora. Tanta pena e tante spese, alla fine per nulla.» Alle sue spalle il bollitore si spense automaticamente. Lei versò l'acqua in una teiera verde, la portò al tavolo e con un gesto invitò l'amica ad avvicinarsi. «Ma se non la chiami...»

China lasciò perdere il telefono e andò in cucina. Deborah lasciò che fosse lei a concludere quella considerazione lasciata in sospeso. L'amica, però, non lo fece. Si sedette al tavolo e prese una tazza, rigirandola tra le mani. «È da un pezzo che non la penso più così», disse. «E, comunque, era solo un gioco. Tanto, non funzionava più. O forse ero io. Non so.» Spinse da parte la tazza. «È cominciato con Matt, te l'ho mai detto? Da ragazzi. Passavo davanti a casa sua e mi dicevo che se non mi fossi girata a vedere se era nel garage o sul prato a fare qualche lavoretto per la madre o altro, se non avessi nemmeno pensato a lui, ci sarebbe stato. Se invece mi fossi girata o avessi pensato a lui, o anche solo al suo nome, lui non ci sarebbe stato. Funzionava sempre. Allora ho continuato. Se faccio l'indifferente, lui s'interesserà a me. Se non ci voglio uscire, lui ne avrà voglia. Se non penso che mi darà il bacio della buonanotte, lo farà, dovrà farlo, ne avrà un bisogno disperato. Certo, dentro di me ho sempre saputo che le cose non andavano davvero così, intendo il fatto di pensare e dire l'esatto contrario di quello che desideri, ma una volta iniziato a vederla in quel modo, a giocarci su, sono andata avanti. Fino alle estreme conseguenze: immagina di passare la vita con Matt e non succederà, vai avanti da sola, e lui si affannerà a venirti dietro, per legarsi a te per sempre.»

Deborah versò il tè e spinse dolcemente una tazza verso l'amica. «Mi dispiace per come sono andate le cose», mormorò. «So cosa provavi per lui. Quello che volevi, speravi, ti aspettavi. Tutto.»

«Già, tutto. È quella la parola adatta.» Lo zucchero era in un dosatore al centro del tavolo. China lo capovolse e i granelli bianchi cominciarono a cadere nella tazza come una nevicata. Smise quando ormai, agli occhi di Deborah, il tè era del tutto imbevibile.

«Vorrei che fosse andato tutto come desideravi», disse la St. James. «Ma chissà che non succeda.»

«Come per te? No, io sono diversa. Non ho fortuna. Non mi è mai successo e non mi succederà mai.»

«Non sai...»

«Mi sono limitata a un uomo soltanto, Deborah», la interruppe China impaziente. «Credimi, okay? Nel mio caso non ce n'era un altro, zoppo o no, in attesa che le cose finissero, per prendere il posto del primo.»

Deborah si sentì ferita dalle parole dell'amica. «È così che vedi la mia vita, il modo in cui sono andate le cose? Non è giusto, China.»

«Davvero? Io ho lottato con Matt in un eterno tira e molla. Dentro e fuori. Un giorno sesso alla grande, quello successivo tutto finito. Di nuovo insieme con la promessa che 'stavolta sarà diverso', e a letto per una scopata da impazzire. Tre settimane dopo, altra rottura, stavolta per qualcosa di veramente stupido: lui dice che verrà alle otto, ma arriva alle undici e mezzo senza preoccuparsi di chiamare per avvertire che farà tardi, e io non lo sopporto più neanche un secondo, così gli dico: 'Vattene, è finita, ne ho abbastanza'. Passano dieci giorni e lui chiama. Dice: 'Ascolta, piccola, dammi un'altra occasione. Ho bisogno di te'. E io gli credo perché sono straordinariamente stupida o disperata, e ricominciamo tutto daccapo. Tu intanto te ne stai niente meno che con un fottuto duca, o quello che è. E, quando esce definitivamente di scena, arriva Simon. Sei sempre fortunata.»

«Ma non è andata così», protestò Deborah.

«No? E allora dimmi come. Prova a paragonarla alla mia situazione con Matt.» China prese il tè ma non lo bevve. Invece disse: «Ma non ci riesci, vero? Perché la tua situazione è sempre stata molto diversa dalla mia».

«Gli uomini non sono...»

«Non parlo degli uomini, ma della vita. E faccio la differenza tra la mia e la tua, per come ti è andata sempre, maledizione.»

«Vedi solo la superficie delle cose», obiettò Deborah. «E la paragoni a quello che invece provi dentro. Ma non ha senso, China. Non avevo neppure una madre, e lo sai. Sono cresciuta in una casa che non era la mia. Per quasi tutta la vita, ho avuto paura perfino della mia ombra, a scuola mi prendevano in giro per i capelli rossi e le lentiggini, ero troppo timida per chiedere qualcosa, anche a mio padre. Ero così patetica, pronta a dimostrare riconoscenza solo perché qualcuno mi dava un buffetto sulla testa come a un cane. Fino a tredici anni, i miei soli amici sono stati i libri e una macchina fotografica di terza mano. Vivevo in casa di altra gente, dove mio padre era poco più di un servo, e mi domandavo sempre perché non fosse diventato qualcuno. Perché non aveva una carriera da dottore, dentista, bancario o altro? Perché non aveva un lavoro normale come i padri degli altri ragazzi? Perché...»

«Gesù, mio padre era addirittura in prigione!» gridò China. «E c'è ancora, come allora. Traffica droga, Deborah. Hai sentito? Lo capisci? È un fottuto narcotrafficante. E la mamma... Che te ne pare di avere per madre Miss Sequoia Americana? Sempre pronta a salvare il gufo maculato o lo scoiattolo a tre zampe. A impedire la costruzione di una diga, i lavori di una strada o gli scavi di un pozzo di petrolio. Ma mai che si ricordasse un compleanno, preparasse la merenda per la scuola o si accertasse che i figli avessero un paio di scarpe decenti. E, per l'amor del cielo, mai una volta che ci fosse per una partita di juniores, una riunione degli scout, un incontro con gli insegnanti o qualunque altra cosa, perché, Dio non voglia, la scomparsa di una specie di soffioni in pericolo avrebbe potuto turbare l'intero fottuto ecosistema. Perciò, non osare neanche paragonare la tua misera vita in una residenza, da figlia piagnucolosa di un servo, alla mia.»

Deborah fece un respiro tremante. Non c'era altro da dire.

China mandò giù un sorso di tè, con lo sguardo rivolto altrove. Deborah avrebbe voluto ribattere che nessuno era padrone del proprio destino, che contava solo come ci si giocava le proprie carte, e non la mano ricevuta. Ma non lo disse. Né fece osservare che aveva imparato da tanto tempo, con la morte della madre, che spesso da una brutta situazione poteva venire qualcosa di buono. Perché sarebbe sembrata una predica egoista e presuntuosa. Che peraltro le avrebbe riportate al matrimonio con Simon, che non sarebbe mai avvenuto se la famiglia del futuro marito non avesse ritenuto necessario allontanare da Southampton il padre di Deborah, distrutto dal dolore. Se non avessero incaricato Joseph Cotter di restaurare una casa abbandonata di famiglia a Chelsea, lei non sarebbe mai andata a vivere nella stessa casa di Simon, l'uomo con il quale adesso divideva la vita, innamorandosene per poi sposarlo. Ma era un terreno pericoloso da battere in una conversazione con China. Aveva già troppe cose da affrontare al momento.

Deborah sapeva di possedere informazioni in grado di alleviare le preoccupazioni dell'amica: il dolmen, la serratura a combinazione all'entrata, il dipinto che vi era nascosto, le condizioni del tubo in cui il dipinto era stato introdotto inconsapevolmente da Cherokee River nel Regno Unito e di lì a Guernsey, con tutto quanto sottintendeva il modo in cui era stato aperto. Ma si rendeva anche conto che era suo dovere verso il marito tacere tutto questo. Perciò, invece, disse: «So che sei spaventata, China, però lui se la caverà. Devi crederlo».

China voltò ancora di più la testa. Deborah notò che l'amica aveva serie difficoltà a deglutire. «Da quando abbiamo messo piede su quest'isola, siamo stati in balìa di qualcuno», disse la River. «Vorrei che avessimo consegnato quegli stupidi progetti per ripartire subito. Invece no. Ho pensato che sarebbe stato bello fare un servizio sulla casa. E dire che non sarei nemmeno riuscita a farlo pubblicare. È stata una sciocchezza, una stupidaggine. Uno dei tipici casini alla China. E ora ho messo nei guai tutti e due, Deborah. Lui sarebbe andato subito via, gli andava benissimo così. Era questo che voleva fare. Io invece ho pensato che c'era la possibilità di scattare qualche foto, di preparare un articolo da proporre in giro. E questa è stata la cosa più stupida di tutte, perché quand'è che sono riuscita a realizzare un servizio non richiesto e farmelo accettare? Mai, Cristo. Sono una tale perdente...»

Questo era troppo. Deborah si alzò in piedi e si avvicinò alla sedia dell'amica. Si fermò alle spalle di China e la circondò con le braccia. Premette la guancia sul capo della giovane e le disse: «Finiscila, andiamo, finiscila. Ti giuro...»

Prima che potesse finire, alle loro spalle si aprì la porta dell'appartamento e nella stanza entrò una folata di gelida aria vespertina di dicembre. Le due donne si voltarono e Deborah fece per andare a chiudere l'uscio, ma si bloccò non appena vide chi c'era sulla soglia.

«Cherokee!» gridò.

L'uomo aveva l'aria completamente esausta, con la barba non rasata e i vestiti stazzonati, ma il volto illuminato da un sorriso. Alzò una mano per frenare le loro esclamazioni e gli interrogativi, e per un attimo scomparve di nuovo all'esterno. Poi riapparve. Aveva una borsa da viaggio per mano, e le gettò all'interno dell'appartamento. Poi, dal giubbotto tirò fuori due piccoli libretti blu, ciascuno con un'iscrizione in oro sulla copertina. Ne lanciò uno alla sorella e baciò l'altro. «Il nostro biglietto d'uscita», disse. «Tagliamo la corda, Chine.»

Lei lo guardò, poi abbassò gli occhi sul passaporto che aveva tra le mani. «Che cosa?» chiese, e si precipitò ad abbracciarlo. «Che è successo, Cherokee? Si può sapere che è successo?»

«Non lo so e non l'ho chiesto», rispose il fratello. «Venti minuti fa, nella mia cella è entrato un poliziotto con la nostra roba e ha detto: 'Non c'è altro, signor River. Basta che entro domani mattina portiate via i culi dall'isola'. O, comunque, il senso era quello. Ci ha dato persino dei biglietti per Roma, se ci va bene, ha detto. Con le scuse degli Stati di Guernsey per l'inconveniente, s'intende.»

«È così che ha detto? A questi bastardi dovremmo fare una causa da trascinarli all'inferno e ritorno...»

«Neah», fece Cherokee. «Non m'interessa fare nulla del genere, soltanto andarmene via di qui. Se c'era un volo stanotte, credimi, l'avrei già preso. L'unica domanda è: ti va di andare nella Città Eterna?»

«Io voglio tornare a casa in eterno», rispose China.

Lui annuì e la baciò in fronte. «Devo ammetterlo: la mia capanna nel canyon non mi è mai sembrata così bella.»

Deborah assistette alla scena tra fratello e sorella, col cuore sollevato. Sapeva chi era responsabile del rilascio di Cherokee e lo benedì. Simon le era venuto in aiuto più volte in vita sua, ma mai in modo così gratificante. Il marito aveva davvero creduto all'interpretazione dei fatti che lei gli aveva proposto. E non solo. Per una volta, le aveva dato ascolto.

Ruth Brouard terminò la seduta di meditazione, sentendosi molto più in pace di quanto non le fosse mai accaduto negli ultimi sei mesi. Dalla morte di Guy, aveva saltato i suoi trenta minuti giornalieri di silenziosa contemplazione e, come risultato, la mente saltava da un argomento all'altro in un corpo che si lasciava prendere dal panico a ogni accesso di dolore. Era corsa di continuo in giro a incontrare avvocati, banchieri, intermediari, quando non frugava tra le carte del fratello in cerca d'indicazioni su come e perché avesse modificato il testamento. E se non faceva né l'una né l'altra cosa, andava dal dottore per cercare di cambiare il farmaco e sopportare meglio il dolore. Eppure, per tutto quel tempo, le domande e le soluzioni di cui aveva bisogno poteva trovarle semplicemente guardandosi dentro.

La seduta appena terminata dimostrava che era ancora capace di una lunga contemplazione. Sola nella sua stanza, con un'unica candela accesa sul tavolo accanto a sé, si era seduta concentrandosi sul flusso del respiro. Aveva scacciato l'ansia che la tormentava. Per mezz'ora, era riuscita a liberarsi dal dolore.

Quando si alzò dalla sedia, si accorse che ormai la luce del giorno se n'era andata, cedendo il posto all'oscurità. La casa era pervasa da un silenzio assoluto. I rumori familiari che conosceva da tanto tempo, vivendo col fratello, alla morte di quest'ultimo avevano lasciato un vuoto nel quale lei si sentiva una creatura scagliata all'improvviso nello spazio.

E sarebbe stato così fino a quando non fosse morta a sua volta. Poteva solo desiderare che accadesse al più presto. Si era controllata abbastanza bene finché aveva avuto ospiti, occupata nei preparativi e nella celebrazione del funerale di Guy. Ma il prezzo era stato alto, e il pagamento adesso si faceva sentire in termini di dolore e stanchezza. L'attuale solitudine le dava la possibilità di riprendersi da tutto quello che aveva passato. E anche di lasciarsi andare.

Non c'era più nessuno per il quale fingere di stare bene. Guy era morto e Valerie già sapeva, sebbene Ruth non gliel'avesse mai detto. Ma andava bene lo stesso, perché la signora Duffy non ne aveva mai fatto parola, fin dall'inizio. Ruth non l'aveva ammesso e Valerie non vi aveva mai accennato. Non si poteva chiedere di più a una donna che passava tanto tempo in quella casa.

Ruth prese una boccetta dal cassettone, ne fece cadere due pillole sul palmo e le mandò giù con l'acqua della caraffa accanto al letto. Le avrebbero indotto sonnolenza, ma in casa non c'era più nessuno con cui doversi mostrare sveglia. Poteva anche appisolarsi a tavola, se lo desiderava. O davanti a un programma televisivo. O perfino là, nella sua camera da letto, e restarci fino all'alba. Bastava qualche altra pillola. Era una tentazione.

Tuttavia, udì il rumore di una macchina in arrivo che faceva scricchiolare la ghiaia del vialetto. Andò alla finestra in tempo per vedere la parte posteriore di un veicolo sparire sul lato della casa. Corrugò la fronte, contrariata. Non aspettava nessuno.

Andò nello studio del fratello, alla finestra. Vide che nel cortile qualcuno aveva infilato un grosso veicolo in una delle vecchie scuderie. Le luci dei freni erano ancora accese, come se il conducente stesse valutando il da farsi.

Ruth rimase a guardare, in attesa, ma non accadde nulla. La persona nel veicolo sembrava aspettare che fosse lei a compiere la mossa successiva. E lei la fece.

Uscì dallo studio di Guy e andò alle scale. Era ancora irrigidita per il troppo tempo passato a meditare seduta, perciò le scese lentamente. Percepì l'odore della cena, che Valerie le aveva lasciato nello scaldavivande in cucina. Era diretta là non tanto perché avesse fame, quanto perché le sembrava la cosa più ragionevole da farsi.

Come lo studio di Guy, la cucina era sul retro della casa. Con la scusa di apparecchiarsi la tavola per la cena, avrebbe avuto la possibilità di vedere chi era venuto a Le Reposoir.

Ottenne la risposta quando alla fine scese gli ultimi gradini. Attraversò il corridoio verso il retro, dove da una porta socchiusa una lama di luce tracciava un segmento diagonale sul tappeto. Spinse i pannelli e vide il nipote, in piedi dinanzi allo scaldavivande, che rimescolava energicamente la pietanza lasciata da Valerie.

«Adrian!» esclamò Ruth. «Pensavo...»

Lui si volse di scatto.

«Pensavo...» riprese lei. «Sei qui. Ma quando tua madre ha detto che andava via...»

«Pensavi che me ne sarei andato anch'io. Certo. Di solito, la seguo dovunque vada. Ma non stavolta, zia Ruth.» Lui le porse un cucchiaio di legno per farle assaggiare quello che aveva tutta l'aria di essere manzo alla borgognona. «Ti va? Vuoi mangiare in sala da pranzo o qui?»

«Grazie, ma non ho molta fame.» Si sentiva invece un po' stordita, forse per effetto dell'analgesico o dello stomaco vuoto.

«Questo si vede benissimo», le disse Adrian. «Hai perso molto peso. Non te l'ha detto nessuno?» Andò alla credenza e prese una ciotola per minestra. «Ma stasera devi mangiare.»

Cominciò a mettere il manzo nella ciotola. Quando l'ebbe riempita, la coprì e prese dal frigo dell'insalata verde, anche questa preparata da Valerie. Dal forno tirò fuori un'altra ciotola, di riso, e cominciò a sistemare tutto sul tavolo al centro della cucina. Poi mise un calice da acqua, piatti e posate per uno.

«Adrian», disse Ruth, «perché sei tornato? Tua madre... Be', non è che l'abbia detto chiaramente, ma quando mi ha avvertito che se ne andava, ho pensato... Caro, so che sei deluso per il testamento di tuo padre, ma lui è stato inflessibile. E, malgrado tutto, devo rispettare...»

«Non mi aspetto niente da te», la interruppe Adrian. «Papà ha chiarito come la pensava. Siediti, zia Ruth. Ti prendo del vino.»

La donna si sentì in parte preoccupata e in parte confusa. Rimase immobile, mentre lui frugava nella dispensa che da tempo Guy aveva trasformato in cantina. Udì Adrian mentre sceglieva tra le costose bottiglie del padre. Una di esse tintinnò sul vecchio scaffale di marmo dove una volta venivano sistemati carni e formaggi. Un attimo dopo, Ruth sentì versare del vino.

Rifletté sul comportamento del nipote, chiedendosi cos'avesse in mente. Quando Adrian tornò, qualche istante dopo, aveva in una mano una bottiglia di borgogna aperta e nell'altra un bicchiere di vino. Lei notò che la bottiglia era vecchia e l'etichetta impolverata. Guy non l'avrebbe mai utilizzata per una cena così ordinaria.

«Non credo che...» cominciò Ruth. Ma lui le passò davanti e tirò fuori una sedia da sotto il tavolo, con fare cerimonioso.

«Si accomodi, signora», disse. «La cena è servita.»

«Perché, tu non mangi?»

«Ho preso qualcosa di ritorno dall'aeroporto. A proposito, la mamma è partita. Probabilmente a quest'ora sarà già atterrata. Finalmente ci siamo lavati le mani l'uno dell'altra, e la cosa risulterà enormemente gradita a William, il suo attuale marito, nel caso tu l'abbia dimenticato. D'altronde, cos'altro c'era da aspettarsi? Quando l'ha sposata, non aveva certo intenzione di prendere in casa come inquilino stabile il figliastro, no? »

Se Ruth non avesse saputo che tipo era il nipote, avrebbe scambiato quel comportamento e la conversazione per sintomi di uno stato maniacale. Ma nei trentasette anni di vita di Adrian, lei non aveva mai assistito a nulla di neanche lontanamente simile. Quindi, doveva trattarsi di qualcos'altro. Ruth non sapeva come definirlo, che cosa significasse e in che modo regolarsi.

« Non è strano? » mormorò lei. « Ero convinta che tu avessi fatto le valigie. Non che le abbia viste, però... È strano come ci appaiono le cose quando le diamo per scontate, vero? »

« Hai proprio ragione. » Lui le servì una porzione di riso e vi mise sopra del manzo, quindi poggiò il piatto davanti a lei. « Ecco il nostro guaio: guardiamo alla vita con idee preconcette. Non mangi, zia Ruth? »

« Ho... poco appetito. »

« Allora renderò le cose più facili. »

« Non vedo in che modo. »

« Lo so », disse lui. « Ma non sono del tutto inutile come sembro. »

« Non intendevo... »

« Non ti preoccupare. » Alzò il bicchiere. « Prendi un sorso di vino. Se c'è una cosa, probabilmente l'unica, che ho imparato da papà è come scegliere un vino. Questo... » Alzò la bottiglia alla luce e la guardò. « Sono lieto di affermare che è notevolmente corposo, è invecchiato al punto giusto e ha un eccellente bouquet. Cinquanta sterline a bottiglia? Di più? Be', non importa. È perfetto per quello che mangi. Assaggialo. »

Lei gli sorrise. « Se non ti conoscessi bene, potrei pensare che tu stia cercando di farmi ubriacare. »

« Semmai di avvelenarti », ribatté Adrian. « Ed ereditare una fortuna inesistente. Immagino di non essere neppure il tuo beneficiario. »

« Mi dispiace davvero, caro », gli disse Ruth. Poi, visto che il nipote seguitava a offrirle il vino, aggiunse: « Non posso. La mia medicina... Purtroppo, col vino mi farebbe male ».

«Ah.» Lui mise giù il bicchiere. «Allora non ti va di vivere un po' pericolosamente.»

«Ho lasciato che lo facesse tuo padre.»

«E guarda com'è finito», commentò Adrian.

Ruth abbassò gli occhi e armeggiò con le posate. «Mi mancherà.»

«Lo immagino. Prendi un po' di manzo. È molto buono.»

Lei rialzò gli occhi. «L'hai assaggiato?»

«Nessuno cucina come Valerie. Mangia, zia Ruth. Non ti lascerò andar via dalla cucina se non avrai mangiato almeno la metà della cena.»

A Ruth non sfuggì il fatto che lui non le avesse risposto. Questo fatto, insieme con il suo ritorno a Le Reposoir, quando invece si aspettava che andasse via con la madre, la rendeva incerta. Non vedeva nessuna ragione per l'aria sardonica del nipote. Lui sapeva del testamento del padre, e lei gli aveva appena detto del proprio. Comunque, disse: «Tutte queste premure per me. Sono... alquanto lusingata, immagino».

Si osservarono a vicenda al di sopra del tavolo, tra il fumo che si alzava dalle ciotole di riso e manzo. Però, il silenzio tra loro era diverso da quello che poco prima aveva dato tanta pace a Ruth, per questo fu lieta che quel momento fosse rotto dal doppio squillo insistente del telefono.

Fece per alzarsi e andare a rispondere.

Adrian la bloccò. «No», disse. «Voglio che tu mangi, zia Ruth. Per almeno una settimana non ti sei presa cura di te. Chiunque sia, ritelefonerà. Nel frattempo, ti farò mandare giù qualcosa.»

Lei sollevò la forchetta, anche se le pareva pesasse enormemente. «Sì», accettò. «Bene. Se insisti, caro...» Capì che, in ogni caso, non aveva importanza come sarebbe accaduto. Tanto la fine sarebbe stata la stessa. «Ma, posso chiederti perché lo fai, Adrian?»

«L'unica cosa che nessuno ha mai capito è che gli volevo bene davvero», rispose lui. «Malgrado tutto. E lui mi avrebbe voluto qui, zia Ruth. Lo sai bene quanto me. Avrebbe voluto che mi occupassi di tutto fino alla fine, perché lui avrebbe fatto così.»

Era una verità che Ruth non poteva negare. Per questo motivo, portò la forchetta alla bocca.

29

QUANDO Deborah lasciò i Queen Margaret Apartments, Cherokee e China stavano controllando le loro cose per accertarsi che non mancasse nulla prima di partire dall'isola. Innánzitutto, però, lui chiese la borsa della sorella e vi frugò rumorosamente in cerca del portafogli, perché, annunciò, sperava di trovarvi dei fondi per andare a cena fuori e fare baldoria per tutta la notte. Invece, dinanzi all'esiguità del contante in possesso della sorella, fu costretto a esclamare: «Solo quaranta sterline, Chine? Gesù, immagino che dovrò sborsare di persona per mangiare».

«Sarebbe ora», osservò lei.

«Aspetta.» Cherokee alzò un dito come per un'improvvisa ispirazione. «Scommetto che in High Street c'è un bancomat che potresti utilizzare.»

«E, in caso contrario, per pura coincidenza ho la mia carta di credito», aggiunse China.

«Dio, oggi è il mio giorno fortunato.»

Fratello e sorella scoppiarono a ridere allegramente. Aprirono le borse da viaggio per controllare tutto. A quel punto, Deborah augurò loro la buonanotte. Cherokee la accompagnò alla porta. Fuori, la fermò alla luce fioca della soglia.

Nella penombra somigliava più che mai al ragazzo che probabilmente era rimasto dentro. «Debs, grazie», disse. «Senza di te qui... senza Simon... Volevo solo dirti grazie.»

«Non abbiamo fatto molto.»

«Invece sì, tantissimo. E, comunque, sei venuta. Per amicizia.» Fece una risatina. «Avrei voluto che ci fosse dell'altro. Maledizione. Una signora sposata. Non ho mai avuto fortuna con te.»

Deborah batté le palpebre. Arrossì ma non disse nulla.

«Il posto sbagliato, nel momento sbagliato», continuò Cherokee. «Ma se le cose fossero state differenti, allora o adesso...» Guardò alle spalle di lei il cortiletto e, oltre, le luci della strada. «Volevo solo che lo sapessi. E non è per questo, per ciò che hai fatto per noi. È sempre stato così.»

«Grazie», disse Deborah. «Me lo ricorderò, Cherokee.»

«Se un giorno...»

Lei gli mise una mano sul braccio. «Non succederà», disse. «Ma grazie.»

«Sì. Bene», fece lui, e la baciò sulla guancia. Poi, prima che lei potesse muoversi, le prese il mento e la baciò sulla bocca. La lingua di Cherokee le toccò le labbra, separandogliele, indugiò e si ritrasse. «Desideravo farlo dalla prima volta che ti ho visto», confessò. «Come diavolo fanno questi inglesi a essere così fortunati?»

Deborah si scostò, ma aveva ancora sulle labbra il sapore di Cherokee. Sentì che il cuore le batteva leggermente, rapido e puro. Ma non sarebbe stato così se fosse rimasta ancora un solo istante nella semioscurità con lui. Così disse: «Gli inglesi sono sempre fortunati», e lo lasciò sulla porta.

Voleva riflettere su quel bacio e su tutto quello che l'aveva preceduto, mentre tornava in albergo. Perciò non andò direttamente là, discese invece per Constitution Steps, e di là s'incamminò per High Street.

In giro c'era pochissima gente. I negozi erano chiusi, e i ristoranti si trovavano tutti molto più in là, verso Le Pollet. Tre persone facevano la fila al bancomat cui aveva accennato Cherokee di fronte a una banca Nat West e un gruppo di cinque adolescenti parlavano tutti insieme a un cellulare con grandi schiamazzi che echeggiavano sugli edifici allineati lungo la strada. Un gatto macilento salì la gradinata dal porto e scappò via, acquattandosi davanti a un negozio di scarpe, mentre nelle vicinanze un cane abbaiava freneticamente e un uomo urlava per farlo tacere.

Deborah girò in Smith Street e cominciò l'ascesa, pensando a come erano bastate solo dodici ore per cambiare completamente la giornata. Era incominciata all'insegna della preoccupazione e della crescente disperazione, ed era finita in allegria. E anche con una rivelazione. Ma quest'ultima era una cosa che si faceva presto a mettere da parte. Sapeva benissimo che le parole di Cherokee scaturivano solamente dal piacere esuberante del momento, dal ritrovamento di una libertà che aveva quasi rischiato di perdere. Non si poteva prendere sul serio quello che si diceva all'apice di una tale esultanza.

Ma il bacio... Quello sì. Poteva prenderlo soltanto per quello che era, cioè un semplice bacio. Le era piaciuta la sensazione che le aveva dato. Di più, l'eccitazione provata. Ma aveva il buonsenso di non confonderla con qualcos'altro. E non provava né slealtà né sensi di colpa verso Simon. Dopotutto, era stato solo un bacio.

Sorrise, rivivendo i momenti che lo avevano preceduto. Quell'allegria così infantile era sempre stata una caratteristica del fratello di China. Questo interludio a Guernsey era stata un'eccezione nei trentatré anni di quell'uomo, non la regola.

Adesso i River potevano riprendere il viaggio o tornare a casa. In entrambi i casi, avrebbero portato con sé una parte di Deborah, quella che nei tre anni trascorsi in California, da ragazza era divenuta donna. Senza dubbio Cherokee avrebbe continuato a esasperare la sorella, China a frustrare il fratello, e insieme a scontrarsi, come succedeva sempre tra due personalità complesse. Ma, alla fine, sarebbero tornati uniti. Era così tra fratelli e sorelle.

Pensando al legame tra i due, Deborah passò davanti ai negozi di Smith Street, senza fare caso a dove si trovava. Solo quando giunse a metà strada si fermò, a una trentina di metri dall'edicola dove in precedenza aveva comprato un quotidiano. Guardò gli edifici ai due lati della strada: Ufficio relazioni con il pubblico, Marks & Spencer, Davies Viaggi, Panetteria Fillers, Galleria St. James, Libreria Buttons... vedendoli, corrugò la fronte. Allora tornò indietro e rifece tutta la strada, lentamente, prestando attenzione ai particolari. Si fermò dinanzi al monumento ai caduti. *Dovrò sborsare di persona per mangiare.*

Si affrettò verso l'albergo.

Trovò Simon non nella loro camera, bensì al bar. Leggeva una copia del *Guardian* centellinando un whisky. Con lui c'era un manipolo di uomini d'affari che tracannavano con molto chiasso i loro gin tonic pescando nelle ciotole di patatine. L'aria era acre per il fumo delle loro sigarette e il sudore di troppi corpi non lavati alla fine di una lunga giornata.

Deborah si fece strada tra loro fino al marito. Vide che Simon era vestito per la cena e disse in fretta: «Vado di sopra a cambiarmi».

«Non ce n'è bisogno», replicò lui. «Lascia solo la borsa e il cappotto in camera, non ti serviranno, amore mio. Andiamo direttamente a cena o vuoi prima bere qualcosa?»

Lei si chiese perché non le avesse chiesto dov'era stata. Lui ripiegò il giornale e prese il whisky, in attesa della sua risposta. «Io...» fece lei. «Direi uno sherry.»

«Ci penso io», si offrì lui.

Quando tornò dalla camera, lei disse: «Sono stata con China. Cherokee è stato rilasciato. Hanno detto a tutti e due che possono andarsene. Anzi, che devono farlo, con il primo volo in partenza dall'isola. Che è successo?»

Lui parve esaminarla per un momento interminabile che la fece di nuovo arrossire. «Ti piace Cherokee River, vero?» le chiese.

«Mi piacciono entrambi. Simon, che è successo? Me lo dici, per favore?»

«Il dipinto è stato rubato, non comprato», rispose lui. E aggiunse senza scomporsi: «Nella California del Sud».

«Nella California del Sud?» Deborah si accorse di avere assunto immediatamente un tono preoccupato, ma non riuscì a evitarlo, malgrado gli avvenimenti delle ultime due ore.

«Sì, nella California del Sud.» Simon le raccontò la storia del dipinto. Per tutto il tempo non distolse mai lo sguardo dal suo volto, e quella lunga occhiata cominciò ad angustiarla, facendola sentire una bambina che aveva in qualche modo deluso i genitori. Lei detestava quell'atteggiamento del marito, da sempre, ma non disse nulla, in attesa che terminasse la spiegazione. «Le brave monache del St. Clare's Hospital hanno preso delle precauzioni con il dipinto, quando hanno scoperto di cosa si trattava, ma non sono state sufficienti. Un basista ha scoperto o già conosceva il percorso, il mezzo e la destinazione. Il furgone era blindato e le guardie erano armate sia all'andata sia al ritorno, ma parliamo dell'America, la terra del libero e facile acquisto di qualsiasi cosa, dall'AK-47 agli esplosivi.»

«Il furgone ha subìto un'imboscata?»

«Mentre riportava il dipinto da dove l'avevano restaurato. Facile. E l'imboscata è arrivata in un modo che non avrebbe fatto sorgere alcun sospetto su un'autostrada californiana.»

«Un veicolo gli stava dietro. Un guasto al motore.»

«Entrambi.»

«Ma come hanno fatto? Com'era possibile fuggire?»

«Il furgone si è surriscaldato nell'ingorgo, grazie anche a una piccola perdita del radiatore scoperta in seguito. L'autista si è fermato a lato dell'autostrada, per scendere a controllare il motore. Un motociclista ha fatto il resto.»

«Davanti a tutti quei testimoni nelle macchine e negli autocarri in transito?»

«Sì. Del resto, cos'hanno visto, in realtà? Prima un motociclista che si fermava per offrire aiuto a un furgone in avaria, e poi lo stesso che si allontanava in fretta tra le corsie intasate di veicoli a rilento...»

«Impossibilitati a seguirlo. Sì, ora capisco com'è accaduto. Ma dove... Come ha fatto Brouard a scoprire... Fin nella California del Sud?»

«Cercava quel dipinto da anni, Deborah. Se io stesso ho trovato su Internet l'articolo che lo riguardava, sarebbe stato tanto difficile per lui fare lo stesso? E, una volta ottenuta l'informazione, con il denaro e una visita in California, ha fatto il resto.»

«Ma se non conosceva l'importanza di quel pezzo, chi ne era l'autore e tutto il resto... Simon, questo significa che avrebbe dovuto leggere tutti gli articoli di argomento artistico che gli capitavano sotto mano. Per anni.»

«Ne ha avuto il tempo. E quest'articolo, in particolare, era straordinario. Un veterano della seconda guerra mondiale sul letto di morte lascia in eredità il suo 'ricordo' bellico all'ospedale che ha salvato la vita del figlio da piccolo. La donazione si rivela un'opera d'arte inestimabile che nessuno sapeva neppure fosse stata realizzata dall'autore. Vale milioni e milioni, e le suore la venderanno all'asta per rimpinguare i fondi del loro ospedale. È una grossa notizia, Deborah. Era solo questione di tempo e, prima o poi, Guy Brouard ne sarebbe venuto a conoscenza, agendo di conseguenza.»

«Quindi si è recato sul posto di persona...»

«Per organizzare la cosa, sì. Tutto qui. Per organizzare il colpo.»

«Allora...» Deborah già immaginava come il marito avrebbe potuto interpretare la domanda che intendeva porgli, ma gliela fece lo stesso, perché aveva bisogno di sapere, perché qualcosa non andava e lei lo percepiva. L'aveva percepito in Smith Street. Lo percepiva adesso. «Se tutto questo è successo in California, perché l'ispettore Le Gallez ha rilasciato Cherokee? Perché ha detto a entrambi di lasciare l'isola?»

«Immagino che abbia acquisito altre prove», rispose Simon. «Un nuovo elemento che tira in ballo qualcun altro.»

«Non gli hai detto?...»

«Del dipinto? No, non gliel'ho detto.»

«Perché?»

«La persona che ha consegnato il dipinto all'avvocato di Tustin per il trasporto a Guernsey non era Cherokee River, Deborah. Non gli assomigliava affatto. Lui non è coinvolto.»

Prima che Paul Fielder potesse anche soltanto mettere la mano sulla maniglia, Billy aprì la porta della loro abitazione. Ovviamente, attendeva il ritorno del fratello, senza dubbio seduto nella sala con la televisione a tutto volume, a fumare sigarette e bere birra, e se un fratellino minore gli andava vicino, lui gli gridava di togliersi dai piedi. Doveva aver visto Paul arrivare dalla finestra e si era piazzato dietro la porta per essere il primo a parlargli.

Paul non fece in tempo a entrare che quello esclamò: «Ehi, guarda chi si vede! Finalmente il figliol prodigo del cazzo ritorna all'ovile. La polizia ha già finito con te, segaiolo? Ti hanno fatto divertire dietro le sbarre? Ho sentito che è la specialità degli sbirri».

Paul gli passò davanti in fretta. Sentì il padre che diceva ad alta voce dal piano di sopra: «È Paulie?» E la mamma dalla cucina: «Paulie? Sei tu, caro?»

Il ragazzo guardò verso le scale e la cucina, domandandosi che cosa ci facessero entrambi i genitori a casa. Al tramonto il padre tornava sempre dal cantiere stradale, ma la madre restava ancora per qualche ora a lavorare alla cassa di Boots, e faceva sempre gli straordinari, se riusciva a ottenerli, cioè quasi tutti i giorni. Il risultato era che il pasto serale si riduceva sempre a una cosa frettolosa, in cui ognuno prendeva quello che c'era: chi un barattolo di minestra o di fagioli precotti, chi si preparava un toast, tranne i più piccoli, dei quali di solito si occupava Paul.

Andò verso le scale, ma Billy lo bloccò. «Ehi, dov'è il cane, segaiolo?» chiese. «Dov'è il tuo fido compagno?»

Paul esitò, sentendo all'improvviso la morsa della paura dentro di sé. Non vedeva Tabù dal mattino, da quando il cane si era messo a inseguire abbaiando la macchina della polizia che lo portava via.

Il ragazzo si guardò attorno. Dov'era Tabù?

Atteggiò le labbra per fischiare, ma aveva la bocca troppo secca. Sentì il padre che scendeva le scale e, nello stesso momento, la madre uscì dalla cucina. Aveva un grembiule macchiato di ketchup e si asciugava le mani in uno strofinaccio.

«Paulie», disse il padre con una voce triste.

«Caro», fece la madre.

Billy scoppiò a ridere. «L'hanno preso. Quello stupido cane è stato preso in pieno. Prima una macchina, poi un autocarro, e lui ha continuato a correre. È finito che latrava come una iena selvatica sul bordo della strada, in attesa di qualcuno che venisse a dargli il colpo di grazia.»

«Basta, Bill», scattò Ol. «Vattene al pub o dovunque eri diretto.»

«Non vado proprio...» cominciò quello.

«Fa' come ti dice tuo padre, subito!» urlò Mave Fielder, in un tono stridulo così inconsueto per quella donna solitamente mite che il primogenito la guardò a bocca aperta come un pesce, quindi andò trascinandosi alla porta e prese il giubbotto di jeans.

«Stupido pezzo di merda», sibilò Billy al fratello. «Non sai badare a niente, vero? Neanche a uno stupido cane.» Uscì nella sera sbattendosi la porta alle spalle. Paul udì la sua risata cattiva, mentre diceva: «Stronzi sfigati».

Ma niente di ciò che Billy diceva o faceva ormai aveva più effetto su di lui. Entrò barcollando nella sala, con negli occhi soltanto la visione di Tabù. Tabù che correva dietro la macchina della polizia. Tabù sul bordo della strada, ferito a morte, che però continuava ad abbaiare e a mostrare i denti così che nessuno gli si avvicinava per paura di venir morso. Era tutta colpa sua, per non aver urlato ai poliziotti di fermare l'auto per far saltare a bordo il cane. O, almeno, dargli il tempo di tornare a casa e legare il bastardino.

Percepì il vecchio divano logoro contro le ginocchia e vi si abbandonò con la vista confusa. Qualcuno attraversò in fretta la stanza e gli si avvicinò, e sentì che gli veniva passato un braccio intorno alle spalle. Era per consolarlo, ma a lui parve una striscia di metallo incandescente. Lanciò un grido e cercò di liberarsi.

«So che sei a pezzi per questo, figliolo», gli disse il padre all'orecchio. «Hanno portato quella povera bestia dal veterinario. Hanno telefonato subito. Hanno chiamato tua madre al lavoro, perché qualcuno ha capito di chi era il cane e...»

Bestia. Cane. Era in quei termini che il padre parlava di Tabù. E Paul non sopportava che lo facesse nei confronti di Tabù, il suo amico, l'unica persona che lo conosceva sino in fondo. Perché quel cagnaccio era una persona, quanto lo stesso Paul.

«...perciò andiamo subito. Stanno aspettando», concluse il padre.

Paul alzò gli occhi su di lui, confuso, spaventato. Che cosa aveva detto?

Mave Fielder si accorse di quello che passava per la mente del figlio e spiegò: «Non l'hanno ancora abbattuto, tesoro. Sono stata io a dire loro di non farlo, di aspettare. Il nostro Paulie deve essere lì per dargli l'addio, perciò li ho pregati di fare quello che potevano per calmargli il dolore e aspettare finché tu non fossi stato al suo fianco. Ora ti accompagna papà. Io e i bambini...» Fece un gesto verso la cucina, dove probabilmente i fratellini e la sorellina stavano prendendo il tè, e per loro era un'occasione speciale che per una volta la madre fosse a casa per preparare la cena. «Ti aspetteremo, caro.» E quando Paul e il padre si alzarono, e il figlio le passò davanti, aggiunse: «Mi dispiace, Paul».

Salirono in silenzio sul vecchio furgone con la scritta FIELDER CARNI, MERCATI GENERALI ancora visibile in lettere rosse e sbiadite sulla fiancata, e Ol Fielder avviò il motore.

Ci misero parecchio, perché l'ambulatorio era in fondo a Route Isabelle e non c'erano vie dirette per arrivarci. Perciò dovettero entrare e uscire da St. Peter Port nel momento peggiore della giornata, e per tutto il tempo Paul avvertì la morsa di un malessere che sembrava liquefargli lo stomaco. Non vedeva altro che il cane: l'immagine della bestiola che correva abbaiando dietro l'auto della polizia, perché le portavano via l'unica persona al mondo cui era affezionata. Non si erano mai separati, Paul e Tabù. Perfino quando lui era a scuola, il cane stava là in attesa paziente, come una suora.

«Andiamo, ragazzo. Vieni dentro, d'accordo?»

La voce del padre era gentile, e Paul si lasciò condurre all'ingresso dell'ambulatorio. Tutto era confuso. Sentì un odore misto di animali e medicinali. Udì le voci del padre e dell'assistente veterinario. Ma non distinse nulla, finché non fu condotto sul retro, nell'angolino silenzioso dove una stufetta elettrica scaldava una forma coperta, nella quale una flebo lasciava cadere gocce di sostanze analgesiche.

«Non sente dolore», mormorò il padre nell'orecchio a Paul, prima che lui si avvicinasse al cane. «Gliel'abbiamo detto noi, figliolo. Non fatelo soffrire. Non eliminatelo, perché vogliamo che si accorga della presenza di Paul accanto a lui. E loro hanno fatto così.»

Un'altra voce si unì a loro: «È lui il padrone? Sei tu Paul?»

«È lui», rispose Ol Fielder.

Mentre loro parlavano sopra la sua testa, lui si chinò e tirò indietro la coperta. Vide Tabù con gli occhi socchiusi, che respirava piano e aveva un ago inserito in un punto della zampa dove gli avevano rasato il pelo. Paul chinò il viso sul muso del cane. Sospirò nel tartufo color liquirizia di Tabù. Il cane uggiolò e mosse leggermente gli occhi. Tirò fuori la lingua, con grande debolezza, e la passò sulla guancia di Paul in segno di saluto.

Chi poteva sapere tutto quello che avevano in comune, la natura del loro legame e i segreti che condividevano? Nessuno. Perché tutto restava tra loro e nessun altro. Quando le persone pensavano a un cane, lo consideravano un animale. Ma Paul non aveva mai visto Tabù sotto quell'aspetto. In inglese cane si dice *dog*, che è il contrario di *God*, Dio. Stare con un *doG*, dunque, significava confidare nell'amore e nella speranza.

Stupido, stupido, stupido, avrebbe detto il fratello.

Stupido, stupido, stupido, avrebbero detto tutti.

Ma questo non importava a Paul e Tabù. Loro erano un corpo e un'anima.

«... procedure chirurgiche», stava dicendo il veterinario. Paul non capiva se parlasse al padre o a qualcun altro. «... milza, ma non è necessariamente fatale... la difficoltà maggiore... le zampe posteriori... alla fine potrebbe rivelarsi un tentativo inutile... difficile sapere... è un'impresa ardua.»

«Temo che sia fuori discussione», disse Ol Fielder con rammarico. «Il costo... per dirla senza mezzi termini.»

«... capisco... naturalmente.»

«Voglio dire, quest'oggi... quello che avete fatto...» Trasse un profondo sospiro. «Ci vorrà del...»

«Sì, capisco... Naturalmente... Sarebbe comunque un tentativo in extremis, con le anche stritolate... un'estesa chirurgia ortopedica.»

Paul alzò gli occhi da Tabù e capì di cosa stavano parlando, il padre e il veterinario. Dalla sua posizione, chino sul cane, sembravano due giganti: il veterinario col lungo camice bianco e Ol Fielder con gli abiti da lavoro impolverati. Ma le loro figure troneggianti all'improvviso si facevano portatrici di speranza. Era come se la porgessero a Paul, ed era di quello che lui aveva bisogno.

Si tirò su e prese il padre per un braccio. Ol Fielder lo guardò e scosse la testa. «Non ce lo possiamo permettere, ragazzo mio, né io né tua madre. E, anche se gli facessero tutto questo, Tabù probabilmente non sarebbe mai più lo stesso.»

Paul volse lo sguardo ansioso al veterinario. Aveva una targhetta di plastica col nome: ALISTAIR KNIGHT, DOTTORE IN VETE-RINARIA, CHIRURGO. Quest'ultimo disse: «Sarebbe più lento, questo sì. E col tempo gli verrebbe anche l'artrite. E, come ho già detto, c'è soprattutto la possibilità che comunque non servirebbe a farlo sopravvivere. E, anche se accadesse, gli ci vorrebbero mesi di convalescenza».

«Troppo», disse Ol Fielder. «Lo capisci, vero, Paulie? Io e tua madre... Non ce la facciamo... Parliamo di una cifra enorme... Mi dispiace, Paul.»

Il signor Knight si accucciò e passò la mano sul pelo scarmigliato di Tabù. «Però è un buon cane», disse. «Vero, ragazzo?» Come se avesse capito, Tabù tirò di nuovo fuori la lingua pallida. Fu scosso da un brivido e ansimò. Le zampe anteriori ebbero una contrazione. «Allora dovremo abbatterlo», disse il signor Knight, alzandosi. «Vado a preparare l'iniezione.» E a Paul: «Sarà un conforto per entrambi se sarai tu a tenerlo».

Il ragazzo si chinò di nuovo sul cane, ma non sollevò Tabù fra le braccia, come avrebbe voluto fare. Con quel gesto gli avrebbe potuto procurare ulteriori danni, e lui non voleva che ciò avvenisse.

Ol Fielder strusciò i piedi sul pavimento in attesa che tornasse il veterinario. Paul tirò delicatamente la coperta su Tabù. Avvicinò la stufetta elettrica e, quando tornò il veterinario con due siringhe in mano, il ragazzo si sentì preparato.

Suo padre si acquattò. Lo stesso fece il veterinario. Paul invece allungò la mano e bloccò quella del veterinario: «Ho il denaro», disse al signor Knight, in modo così chiaro che avrebbero potuto essere le prime parole mai rivolte a un'altra persona. «Non m'importa quanto mi costerà. Salvi il mio cane.»

Deborah e il marito avevano appena iniziato col primo, quando il maître si avvicinò ossequioso, rivolgendosi a Simon. Disse che un signore, e usò quel termine come una concessione, desiderava conferire con il signor St. James. Attendeva fuori dall'ingresso del ristorante. Il signor St. James desiderava inviare un messaggio o parlargli immediatamente?

Simon si girò sulla sedia nella direzione da cui era arrivato il maître. Deborah fece lo stesso e vide un individuo tozzo con una giacca a vento verde scuro che se ne stava al di là dell'ingresso e li guardava o, meglio, guardava lei. Quando Deborah incrociò il suo sguardo, l'altro si affrettò a spostarlo su Simon.

«È l'ispettore Le Gallez», disse St. James. «Scusami, amore.» E andò a raggiungere il nuovo arrivato.

Parlarono per meno di un minuto, e Deborah li osservò, cercando d'interpretare l'inattesa apparizione della polizia al loro albergo. Simon tornò subito, ma non si sedette.

«Devo lasciarti.» Aveva un'espressione seria. Prese il tovagliolo lasciato sulla sedia e lo ripiegò accuratamente, com'era sua abitudine.

«Perché?» domandò lei.

«A quanto pare, avevo ragione. Le Gallez ha trovato nuovi elementi. Vorrebbe che io ci dessi un'occhiata.»

«Non può aspettare dopo che...»

«Sta scalpitando. Sembra voglia effettuare un arresto stasera stessa.»

«Un arresto? E di chi? Con la tua approvazione o cosa? Simon, non...»

«Devo andare, Deborah. Continua la cena. Non dovrei stare via molto. Vado solo al comando di polizia. Faccio un salto dietro l'angolo e torno subito.» Si chinò a baciarla.

«Perché è venuto a cercarti di persona? Avrebbe potuto... Simon!» Ma lui stava già andando via.

Deborah rimase un attimo seduta, a fissare la candela accesa al loro tavolo. Aveva la sgradevole sensazione che assale chi ha appena ascoltato una bugia bella e buona. Non intendeva correre dietro il marito ed esigere una spiegazione, ma nello stesso tempo si rendeva conto che non poteva starsene seduta lì docilmente, come un daino nella foresta. Così, optò per una via di mezzo e dal ristorante si spostò al bar, dove c'era una vetrata che si apriva sulla facciata dell'albergo.

Da lì, vide Simon che s'infilava in gran fretta il cappotto. Le Gallez parlava con un agente in divisa. In strada c'era un'auto della polizia col motore acceso e un autista al volante. Dietro il veicolo si trovava un furgone bianco della polizia, attraverso i cui finestrini Deborah scorse le sagome di altri poliziotti.

Lanciò un'esclamazione soffocata. Si accorse che era di sofferenza e ne conosceva la ragione, ma non aveva tempo di valutare i danni. Uscì in fretta dal bar.

Aveva lasciato la borsa e il cappotto in camera. Solo allora si rese conto che era stato Simon a consigliarglielo: «Non ti serviranno, amore mio», le aveva detto. E lei aveva acconsentito, come sempre. Lui era stato così avveduto e premuroso, così... *cosa?* Così deciso a impedirle di seguirlo. Mentre lui aveva il cappotto a portata di mano all'ingresso del ristorante, perché sapeva fin dall'inizio che Le Gallez sarebbe venuto a cercarlo nel bel mezzo della cena.

Ma Deborah non era sciocca come credeva il marito. Aveva il vantaggio dell'intuizione, e quello di essere già stata dove, secondo lei, erano diretti. E doveva essere quella la loro meta, nonostante ciò che Simon aveva detto prima per convincerla del contrario.

Dopo aver preso borsa e cappotto, Deborah si precipitò giù per le scale e uscì nella sera. I veicoli della polizia erano andati via, lasciando il marciapiede vuoto e la strada sgombra. Lei si mise a correre e arrivò al parcheggio dietro l'angolo dell'albergo, di fronte al comando di polizia. Non fu sorpresa di non vedere neanche un'autopattuglia o un furgone nel cortile. Era del tutto improbabile che Le Gallez fosse venuto a prendere Simon con una scorta solo per condurlo agli uffici della polizia di Guernsey, che si trovavano a un centinaio di metri.

«Abbiamo telefonato alla residenza, per informarla», stava dicendo l'ispettore a St. James, mentre correvano a tutta velocità nel buio verso St. Martin. «Ma non ha risposto nessuno.»

«Secondo lei, che significa?»

«Voglia Iddio che sia solo uscita per andare da qualche parte. A un concerto. A una funzione. A cena con amici. È Samaritana, e forse stasera c'era qualcosa in programma. Possiamo soltanto sperare.»

Imboccarono le curve che salivano per Le Val des Terres lungo il muro di pietra coperto di muschio che proteggeva dalle fra-

ne il pendio e gli alberi Col furgone che li seguiva a ruota, sbuca-
rono nel distretto di Fort George, dove le luci della strada illuminavano il verde che costeggiava il lato orientale di Fort Road. Le
abitazioni a occidente erano stranamente deserte a quell'ora,
tranne quella di Bertrand Debiere. Là tutte le luci sul davanti
della casa erano accese come se l'architetto volesse attirare qualcuno come un faro.

Proseguirono velocemente in direzione di St. Martin, e l'unico suono nell'abitacolo era il crepitare a intervalli della radio della polizia. Le Gallez afferrò il microfono mentre svoltavano in
una delle onnipresenti stradine dell'isola, sfilando sotto gli alberi
fino al muro che segnava il confine di Le Reposoir. Disse all'autista del furgone che seguiva di prendere la curva che l'avrebbe
portato alla baia, lasciare il veicolo là e tornare con gli uomini
lungo il sentiero. Si sarebbero riuniti all'interno del cancello
d'ingresso della tenuta

«E, per l'amor di Dio, cercate di non farvi vedere», ordinò.
Quindi rimise il microfono sull'apposito sostegno e ordinò al-
l'autista: «Prosegui per il Bayside. Gira sul retro».

Il Bayside era un albergo, chiuso per la stagione come molti
altri, fuori da St. Port Si ergeva nell'oscurità ai margini della
strada, a un chilometro dai cancelli di Le Reposoir. Andarono
sul retro dell'edificio, dove accanto a una porta col catenaccio
c'era un bidone dell'immondizia. Immediatamente si accese una
fila di luci di sicurezza. Non appena il veicolo si fermò, Le Gallez
si slacciò rapidamente la cintura e aprì lo sportello.

Tornarono a piedi verso la proprietà dei Brouard e, una volta
superato il muro confinario, s'infilarono nella folta macchia di
castagni che correva lungo il viale d'accesso e attesero di essere
raggiunti dagli uomini del furgone, che dovevano risalire il sentiero della baia.

«È certo di tutto questo?» si limitò a mormorare Le Gallez,
mentre se ne stavano nell'oscurità a battere i piedi per scaldarsi.

«È l'unica spiegazione che regge», rispose St. James.

«Speriamo.»

Passarono quasi dieci minuti prima dell'arrivo degli altri poliziotti, che entrarono dai cancelli con il fiato grosso per la ripida
salita dalla baia. A quel punto, Le Gallez disse a St. James: «Ci
faccia vedere dove si trova», facendogli segno di precederli.

Il miracolo di aver sposato una fotografa stava nel senso per i particolari sviluppato da Deborah: lei ricordava tutto quello che notava. Perciò non fu difficile trovare il dolmen. La loro preoccupazione principale era non farsi vedere. Tanto dal cottage dei Duffy, ai margini della tenuta, quanto dalla residenza, dove Ruth non aveva risposto al telefono. Così avanzarono piano lungo il lato est del viale, e aggirarono la casa da una distanza di una trentina di metri, mantenendosi al riparo degli alberi e procedendo a tastoni, senza l'ausilio di torce.

La notte era straordinariamente buia; una spessa cappa di nubi oscurava la luna e le stelle. Gli uomini camminavano in fila indiana al di sotto degli alberi, guidati da St. James. In tal modo si avvicinarono alla vegetazione dietro le scuderie, alla ricerca del varco nella siepe attraverso il quale sarebbero penetrati nel bosco e sul sentiero che conduceva al terreno recintato nel quale sorgeva il dolmen.

Senza una scaletta, non era facile scavalcare il muro di pietra e penetrare nello spazio che racchiudeva. Per una persona con una protesi alla gamba, inerpicarvisi costituiva un ostacolo. Ma per St. James, la situazione era resa ancora più complicata e difficoltosa dall'oscurità.

Le Gallez se ne rese conto. Accese una piccola torcia che aveva sfilato dalla tasca e, senza commenti, si spostò lungo il bordo del muro finché non trovò un punto in cui le pietre in cima erano cadute, formando un piccolo varco attraverso il quale ci si poteva issare facilmente. «Qui va bene», stabilì, e passò per primo.

Una volta all'interno della recinzione, si trovarono circondati da una vegetazione quasi prensile di erica, felci e rovi. La giacca a vento di Le Gallez s'impigliò immediatamente, e due degli agenti in divisa che lo seguivano cominciarono a imprecare per le spine dei cespugli che li avviluppavano.

«Diamine», mormorò l'ispettore, strappando la giacca dal ramo in cui si era impigliata. «È proprio certo che sia questo il posto?»

«Ci dev'essere un'entrata più agevole», disse St. James.

«Su questo ha maledettamente ragione.» Le Gallez si rivolse a uno dei suoi uomini: «Facci più luce, Saumarez».

«Non vogliamo mettere sull'avviso...» cominciò St. James.

«Andrà tutto a farsi fottere se finiamo impelagati tra queste maledette piante», ribatté l'ispettore. «Saumarez, puntala verso il basso.»

L'agente in questione aveva una potente torcia che illuminò il terreno. Nel vedere la luce, St. James gemette, perché di certo dovevano scorgerla anche dalla casa, ma la fortuna li aiutò quando il fascio giunse al punto che avevano scelto per scavalcare il muro. Perché, a meno di dieci metri sulla loro destra, intravidero un sentiero che portava all'interno della recinzione.

«Basta così», ordinò Le Gallez e la luce si spense. L'ispettore avanzò tra i rovi, spianandoli per fare strada agli uomini che lo seguivano.

Il dolmen era come Deborah l'aveva descritto al marito. Sorgeva al centro di quel pascolo chiuso, come se tante generazioni prima interi ettari di terra fossero stati cintati di mura col preciso scopo di proteggerlo. Ai profani poteva sembrare un inesplicabile poggio piombato nel bel mezzo di un campo da lungo tempo inselvatichito. Ma a chi aveva occhio per gli indizi preistorici avrebbe segnalato un posto dove valeva la pena effettuare degli scavi.

Si arrivava nei pressi del dolmen attraverso uno stretto sentiero ricavato nella vegetazione circostante. Girava intorno alla circonferenza con una larghezza di non più di sessanta centimetri, e gli uomini lo seguirono finché non giunsero alla pesante porta di legno con il lucchetto a combinazione appeso a un occhiello.

Lì Le Gallez si fermò e accese di nuovo la torcia tascabile, stavolta puntandola sulla chiusura. Da lì la passò sulle felci e i rovi. «Non è facile nascondersi», sussurrò.

C'era del vero in quelle parole. Non sarebbe stato facile appostarsi in attesa dell'assassino. D'altro canto, però, a non molta distanza dal dolmen la vegetazione era così fitta da offrire ampia possibilità di nascondersi.

«Hughes, Sebastian, Hazell», disse l'ispettore con un cenno ai cespugli. «Da quella parte. Avete cinque minuti. Voglio che apriate un passaggio da dove arrivare alla svelta senza essere visti. E zitti, per l'amor di Dio. Se anche doveste rompervi una gamba, tenetevelo per voi. Hawthorne, tu vicino al muro. Se viene qualcuno, ho regolato il mio cercapersone su VIBRA. Tutti gli altri, cellulari, cercapersone e radio spenti. Nessuno deve parlare, starnutire, ruttare o scoreggiare. Se incasiniamo tutto, torniamo di nuovo al punto di partenza e non sarò affatto contento. Capito? Forza.»

St. James sapeva che l'ora giocava a loro vantaggio. Perché, anche se sembrava notte fonda, non era tardi. Era improbabile che l'assassino venisse al dolmen prima di mezzanotte. Prima di allora, c'era il rischio d'incontrare qualcun altro nella tenuta e sarebbe stato troppo difficile giustificare la propria presenza a Le Reposoir al buio senza una torcia.

Perciò St. James fu sorpreso di udire, solo quindici minuti dopo, Le Gallez che esclamava con un'imprecazione soffocata: « Hawthorne ha qualcuno sul perimetro. Merda. All'inferno! » E agli agenti che stavano ancora spianando i rovi a quattro metri e mezzo dalla porta di legno: « Vi avevo detto cinque minuti. Stiamo arrivando ».

Si avviò, seguito da St. James. Gli uomini di Le Gallez erano riusciti a creare un riparo tra i cespugli delle dimensioni di una cuccia per cani. C'era posto per due persone, vi si pigiarono in cinque.

Chiunque stesse arrivando, si muoveva in fretta, scavalcando il muro senza esitazione e seguendo il sentiero. Subito dopo si vide una sagoma scura che si muoveva sullo sfondo ancora più scuro della notte. Solo un'ombra che si allungava sulle rigogliose felci che circondavano il tumulo indicava gli spostamenti di qualcuno che era già stato là, in precedenza.

Poi una voce disse piano, in tono fermo e inequivocabile: « Simon, dove sei? »

« Che diavolo... » mormorò Le Gallez.

« So che sei qui e non me ne andrò », disse chiaramente Deborah.

St. James lasciò andare un sospiro, che era in parte un'imprecazione e in parte un gemito. Avrebbe dovuto pensarci. Disse a Le Gallez: « Ha capito ».

« Sai che sorpresa », commentò l'ispettore. « La mandi via di qui. »

« Non sarà facile », ribatté Simon. Passò accanto a Le Gallez e agli agenti, e tornò verso il dolmen, dicendo: « Da questa parte, Deborah ».

Lei si girò di scatto verso di lui e disse semplicemente: « Mi hai mentito ».

Lui non le rispose, finché non la raggiunse. Le vide il volto, spettrale nell'oscurità, e gli occhi, grandi e scuri, come li aveva visti quasi vent'anni prima, quando Deborah era una bambina, al funerale della madre, confusa e in cerca di qualcuno di cui fidarsi. «Mi dispiace», si scusò. «Non vedevo alternativa.»

«Voglio sapere...»

«Non qui. Devi andartene. Le Gallez ha già fatto un'eccezione a permettermi di stare qui. Non la farà anche per te.»

«No», obiettò lei. «So cosa pensi. Ma resterò per assistere alla dimostrazione che hai torto.»

«Non è questione di aver torto o ragione», le disse lui.

«Ma certo», disse lei. «Non lo è mai, per te. Si tratta sempre e soltanto di semplici fatti, e di come li interpreti. E al diavolo chi li interpreta diversamente. Ma io conosco questa gente. Tu no. Non li hai mai conosciuti. Li vedi solo attraverso...»

«Stai saltando a delle conclusioni, Deborah. Non abbiamo il tempo di discutere. È troppo rischioso. Devi andartene.»

«Allora dovrai portarmi via di qui.» Simon colse l'irritante determinazione nel tono della moglie. «Avresti dovuto pensarci prima. 'Che faccio se la cara Deborah scopre che non vado affatto al comando di polizia?'»

«Deborah, per l'amor di Dio...»

«Cristo, che succede?»

Era stato Le Gallez a rivolgere quella domanda; l'ispettore avanzò verso Deborah con l'intenzione d'intimidirla.

Simon si rifiutava di ammettere esplicitamente con gli altri che non aveva, e non aveva mai avuto, il pieno controllo di quella rossa volitiva. In un altro mondo e in un'altra epoca, un uomo sarebbe riuscito a esercitare la propria autorità su una donna come Deborah. Ma loro, sfortunatamente, non vivevano in quell'epoca remota in cui le donne diventavano di proprietà dei propri uomini solo per averli sposati. «Lei non...» cominciò.

«Non me ne vado», disse Deborah, rivolta direttamente a Le Gallez.

«Lei invece farà come le viene detto, signora, maledizione, o la sbatto dentro», ribatté l'ispettore.

«Va benissimo», fece lei di rimando. «A quanto ne so, è molto bravo in questo. Finora ha sbattuto dentro entrambi i miei amici per motivi irrisori. Dunque, perché non anche me?»

«Deborah...» St. James sapeva che era inutile ragionare con lei, ma fece ugualmente il tentativo. «Non conosci tutti i fatti.»

«E come mai?» chiese lei, mordace.

«Non c'è stato tempo.»

«Oh, davvero?»

Dal tono della moglie e dalla carica emotiva dietro le parole, Simon si rese conto di aver valutato male l'impatto che avrebbe avuto su di lei la sua decisione di andare avanti senza dirle nulla. Eppure, lui non aveva il diritto di metterla pienamente al corrente, come lei avrebbe desiderato. Le cose avevano preso una svolta troppo rapida.

«Siamo venuti insieme», gli disse lei, piano. «Per aiutarli ·insieme.»

Conosceva il resto, che Deborah non aveva aggiunto: e insieme dovevamo concludere tutto questo. Ma non era così, e per il momento non poteva spiegarglielo. Non erano una versione contemporanea di Tommy e Tuppence, i personaggi di Agatha Christie, venuti a Guernsey per muoversi a suon di battute tra inganni, aggressioni e omicidi. Era morto un uomo in carne e ossa, non il cattivo di una favola che meritava pienamente di essere eliminato. L'unica forma di giustizia per il morto era prendere in trappola l'assassino, approfittando dell'unico istante in cui sarebbe venuto allo scoperto. E quella possibilità sarebbe stata messa a rischio se St. James non risolveva la situazione con la donna dinanzi a lui.

«Mi dispiace, non c'è tempo. Ti spiegherò, più tardi.»

«Bene», disse lei. «Aspetterò. Puoi venirmi a trovare in galera.»

«Deborah, per l'amor di Dio...»

«Gesù», troncò Le Gallez. E a Deborah: «Mi occuperò di lei in seguito, signora».

L'ispettore girò sui tacchi e tornò al nascondiglio. Da questo, St. James arguì che Deborah poteva restare con loro. Non gli piaceva affatto, ma sapeva che era meglio non trascinare oltre la discussione con la moglie. Anche lui avrebbe affrontato la situazione in un altro momento.

30

SI ERANO CREATI un posticino dove nascondersi. Deborah vide che si trattava di un rettangolo di vegetazione spianata somma- riamente dove si erano già appostati altri due uomini della poli- zia. Doveva essercene un terzo, che però se ne stava rintanato per chissà quale ragione lungo il perimetro murario della recin- zione. Per lei tutto questo non aveva senso; esisteva un'unica via d'accesso e uscita: il viottolo tra i cespugli.

Per il resto, non aveva idea di quanti altri poliziotti ci fossero nella zona, e non gliene importava molto. Era ancora sconvolta dal fatto che il marito, per la prima volta nel loro matrimonio, le avesse mentito con deliberata premeditazione. O, almeno, lei credeva fosse la prima volta, anche se ormai a quel punto era di- sposta ad ammettere che tutto era possibile. Perciò passava dalla rabbia alle intenzioni vendicative e al pensiero di ciò che inten- deva dirgli, una volta che la polizia avesse effettuato l'arresto che si preparava per quella sera.

Il freddo calò su di loro come un flagello biblico, alzandosi dalla baia e insinuandosi nella recinzione. Li colse verso la mez- zanotte, o così sembrò a Deborah. Nessuno voleva correre il ri- schio di accendere la luce necessaria a guardare un orologio.

Se ne stavano tutti in silenzio. I minuti e le ore passavano sen- za che nulla accadesse. Di tanto in tanto un fruscio tra i cespugli faceva crescere la tensione nel gruppetto. Ma poi non succedeva nient'altro. Il fruscio continuava e veniva attribuito a qualche creatura nel cui habitat si erano introdotti. Un ratto. O un gatto selvatico, curioso di scoprire chi fossero gli intrusi.

Ormai a Deborah sembrava di avere atteso fino all'alba, quan- do Le Gallez finalmente mormorò un'unica parola: «Arriva». Le sarebbe potuta sfuggire, se non fosse stato per un irrigidirsi simultaneo di tutti gli uomini nel nascondiglio.

Poi lo udì: lo scricchiolio delle pietre del muro che circondava la recinzione, seguito dal suono secco di un ramo spezzato sul terreno, mentre qualcuno si avvicinava al dolmen nell'oscurità. Nessuna torcia illuminava la via che, a quanto pareva, la persona in arrivo conosceva bene. Un attimo dopo, una figura vestita di nero, come uno spirito foriero di morte, scivolò sul sentiero che circondava il tumulo.

Alla porta del dolmen, la figura spettrale accese una torcia, illuminando il lucchetto a combinazione. Dai rovi, però, Deborah riusciva a vedere solamente i bordi di un alone di luce, la cui luminosità delineava solo la sagoma scura di qualcuno chino di spalle sull'ingresso del tumulo.

Attese che gli uomini della polizia si muovessero, ma nessuno lo fece. Sembrava che tutti stessero col fiato sospeso, mentre la figura apriva il lucchetto e si chinava, entrando nella cripta preistorica.

Dopo un attimo, una luce, la luce tremula di una candela, come Deborah sapeva bene, comparve nello spiraglio lasciato aperto. La luce divenne più forte, ma non riuscivano comunque a vedere nulla al di là della porta, e ogni movimento all'interno era attutito dallo spessore delle pareti di pietra della cripta e dalla terra che le ricopriva da generazioni.

Deborah non capiva perché la polizia non facesse niente. «Che cosa...» mormorò a Simon.

Lui le strinse un braccio. Lei non lo vedeva in viso, ma ebbe la netta impressione che avesse lo sguardo fisso sulla porta del dolmen.

Passarono tre minuti, quando all'improvviso le candele all'interno furono spente. Al loro posto vi fu il cerchio di luce della torcia, piccolo e saldo, che si avvicinò alla porta del dolmen dall'interno, mentre Le Gallez sussurrava: «Calma, adesso, Saumarez. Aspetta. Piano. Piano, amico».

Quando la figura uscì e si rimise dritta, l'ispettore disse: «Adesso». Vicino a lui, nello spazio angusto, l'agente in questione si alzò e nello stesso tempo accese una torcia così potente che per un attimo accecò Deborah e fece lo stesso con China River, presa nel fascio e nella trappola di Le Gallez.

«Resti dov'è, signorina River», ordinò l'ispettore. «Il dipinto non è là dentro.»

«No», sussurrò Deborah. Udì Simon mormorare: «Mi dispiace, amore», ma quasi non lo sentì, perché subito dopo tutto accadde molto in fretta.

Davanti al dolmen, un secondo fascio di luce investì China, che si voltò di scatto, come una preda in trappola. Non disse nulla: s'infilò di nuovo nel tumulo di terra e chiuse la porta dietro di sé.

Deborah si alzò senza pensarci e gridò: «China!» Poi, in preda al panico, si rivolse al marito e alla polizia: «Non è come sembra».

Come se non avesse parlato, Simon disse, rispondendo a qualcosa che gli aveva chiesto Le Gallez: «Solo il lettino da campo, qualche candela, una scatola di legno piena di profilattici...» E lei capì che ogni parola che aveva detto al marito sul dolmen era stata riferita alla polizia di Guernsey.

Questo parve a Deborah un tradimento anche maggiore. Era illogico, ridicolo e stupido, ma non riusciva a evitare di considerarlo tale. Non riusciva a rifletterci sino in fondo, ad andare al di là della cosa in sé. Provò solo l'impulso di precipitarsi fuori dal nascondiglio e correre dall'amica.

Simon l'afferrò quasi subito.

«Lasciami andare!» gridò lei, e cercò di liberarsi. Udì Le Gallez dire: «Maledizione, la porti via!» E Deborah gridò: «La prenderò per voi. Lasciami andare. Lasciami andare!»

Si liberò dalla presa di Simon, ma rimase dov'era. Si guardarono in faccia, ansanti. Lei disse: «Non sa dove andare, lo sai, e anche loro. Andrò io a prenderla. Devi lasciarmi andare».

«Non ne ho l'autorità.»

«Allora dillo a loro.»

«Ne è certo?» chiese Le Gallez a Simon. «Non c'è nessun'altra via d'uscita?»

«Che differenza fa se anche ci fosse?» replicò Deborah. «Come fa a lasciare l'isola? Sa che telefonerete all'aeroporto e al porto. Pensate che vada in Francia a nuoto? Lei verrà fuori quando... Lasciate che le dica che sono qui...» Si accorse che le mancava la voce e trovò insopportabile l'idea di dover lottare non solamente contro la polizia e il marito, ma anche contro le sue stesse maledette emozioni, che non le permettevano neanche per un istante di essere come lui: freddo, distaccato, capace di cambiare atteggiamento in un batter d'occhio, se necessario. E lo era stato.

«Cosa ti ha fatto decidere...?» chiese a Simon con la voce rotta. Ma non riuscì a finire la domanda.

«Non lo sapevo», rispose lui. «Non ne avevo la certezza. Soltanto, doveva essere per forza uno di loro.»

«Cos'è che non mi hai detto? No, non m'importa. Lasciami andare da lei. Le dirò cosa l'aspetta. La porterò fuori.»

Simon la esaminò in silenzio, e Deborah avvertì tutta l'indecisione che albergava nei suoi tratti intelligenti e angolosi. Ma vedeva anche la preoccupazione per il danno che Simon aveva inflitto alla sua capacità di avere fiducia in lui.

St. James domandò a Le Gallez, alle sue spalle: «Le permette...»

«All'inferno, no. Parliamo di un'assassina. Abbiamo già un cadavere. Non ne voglio un altro.» Poi, ai suoi uomini: «Portate fuori quella maledetta puttana».

Bastò quello a spingere Deborah a precipitarsi verso il dolmen. Tornò indietro di corsa tra i cespugli e afferrò la porta che portava nel tumulo prima ancora che Le Gallez avesse il tempo di urlare: «Prendetela!»

Una volta che lei fosse entrata, non avrebbero avuto altra scelta che attendere lo sviluppo successivo degli eventi. Potevano fare irruzione nel dolmen e rischiare la sua vita, se China era armata, e Deborah sapeva che non lo era, oppure attendere che lei portasse fuori l'amica. Quello che sarebbe accaduto dopo, probabilmente il suo stesso arresto, era qualcosa di cui al momento non le importava.

Spinse la spessa porta di legno ed entrò nell'antica cripta.

Si richiuse la porta alle spalle e il buio la avviluppò, profondo e silenzioso come in una tomba. L'ultimo suono che udì fu un urlo di Le Gallez, interrotto al momento della chiusura. Nello stesso istante la punta di un fascio di luce si perse nell'oscurità, e fu l'ultima cosa che vide.

«China», disse nel silenzio, e rimase in ascolto. Cercò di raffigurarsi l'interno del dolmen così come l'aveva visto quando era entrata con Paul Fielder. Davanti a lei si trovava la sala principale. Quella minore era a destra. Si rese conto che potevano esserci altre sale, forse a sinistra, ma la prima volta non le aveva viste e non ricordava vi fossero altri varchi.

Provò a mettersi nei panni dell'amica, o di chiunque si trovasse in situazione simile. Sicurezza, pensò. La sensazione di tornare nel ventre materno. La cripta laterale, più piccola e sicura.

Allungò una mano in cerca della parete. Era inutile aspettare che gli occhi si abituassero, perché non c'era niente cui adattarsi. Nessuna luce lacerava l'oscurità, né un guizzo, né un bagliore.

«China, c'è la polizia qui fuori», disse. «Sono all'interno della recinzione. Tre uomini piazzati a una trentina di metri dall'ingresso, uno vicino al muro e non so quanti altri fra gli alberi. Non sono venuta con loro. Non lo sapevo. Li ho seguiti. Simon...» Perfino allora, non riusciva a dire all'amica che era stato il marito a provocare la caduta di China. «Non c'è modo di scappare», avvertì l'amica. «Non voglio che tu rimanga ferita. Non so perché...» Eppure non riuscì a terminare la frase con la calma desiderata, perciò provò in un altro modo. «C'è una spiegazione per tutto, lo so. C'è. Non è vero, China?»

Rimase in ascolto, mentre tastava con le mani alla ricerca del varco che dava accesso alla cripta più piccola. Si disse che non c'era nulla da temere, perché l'altra era una sua amica, la donna che l'aveva aiutata in un brutto periodo, il peggiore che avesse mai attraversato, di amore e di perdita, d'indecisione e di azione, e relative conseguenze. Lei le era stata vicina, promettendole: «Passerà, Debs. Dovrà passare, credimi».

Nel buio, Deborah chiamò di nuovo China: «Lascia che ti accompagni fuori di qui. Voglio aiutarti, darti una mano a superare tutto questo. Ti sono amica».

Entrò nella cripta interna, strusciando col cappotto sul muro di pietra. Sentì lo strofinio della stoffa, e anche China River, perché finalmente parlò.

«Amica», sbuffò. «Oh, certo, Debs. Mi sei sempre amica.» Accese la torcia utilizzata per illuminare il lucchetto all'entrata del dolmen. La luce colpì Deborah direttamente in viso. Veniva dal basso, dalla brandina pieghevole, dov'era seduta China. Dietro quella luce vivida, il volto era terreo, come una maschera funeraria sospesa al di sopra del bagliore. «Tu non sai un cazzo dell'amicizia», le disse China, senza mezzi termini. «Non hai mai saputo un cazzo. Perciò non venirmi a dire che cosa puoi fare per aiutarmi.»

«Non ho portato io la polizia qui. Non sapevo...» Solo che Deborah non era capace di mentire, soprattutto in quel momento decisivo. Perché prima era stata in Smith Street, no? Era tornata indietro, e non aveva visto nessun negozio dove acquistare i dolciumi che China aveva affermato di aver preso per il fratello. Lo stesso Cherokee aveva aperto la borsa a tracolla della sorella in cerca di denaro e non aveva tirato fuori niente, e in particolare non le tavolette di cioccolato che avrebbero dovuto piacergli tanto. Deborah disse più a se stessa che a China: «Era l'agenzia di viaggi. Sei andata lì. Sì, dev'essere stato così. Stavi facendo dei progetti su dove andare, una volta lasciata l'isola, perché sapevi che ti avrebbero rilasciato. In fondo, avevano preso lui. Era quello che volevi fin dall'inizio, secondo i tuoi piani. Ma perché?»

«Ti piacerebbe saperlo, vero?» China passò la luce dall'alto in basso sul corpo di Deborah. «Perfetta sotto ogni punto di vista», commentò. «Brava in qualunque cosa decidi di fare. Sempre la pupilla di qualche uomo. Capisco perché t'interessa sapere come ci si sente a essere una buona a nulla e avere qualcuno fin troppo lieto di dimostrartelo.»

«Non mi dirai che l'hai ucciso perché... China, cos'hai fatto? Perché?»

«Cinquanta dollari», disse lei senza scomporsi. «Quello e una tavola da surf. Pensaci, Deborah. Cinquanta dollari e un'ottima tavola da surf.»

«Di che stai parlando?»

«Di quello che ha pagato. Il prezzo del cartellino. Lui pensava che sarebbe stato una volta sola. Ne erano convinti tutti e due. Ma io ero brava, molto più di quanto si aspettasse lui, e anche io stessa, perciò è tornato da me. All'inizio dovevo solo fargli perdere la verginità, e mio fratello gli aveva assicurato che l'avrei fatto, se mi trattava bene e si comportava da bravo ragazzo, se fingeva di non volere solo quello. Lui ha fatto così, e io ci sono stata. Soltanto che è andata avanti per tredici anni. Un bell'affare per lui, se ci pensi, visto che ha sborsato soltanto cinquanta dollari e una tavola da surf a mio fratello. *A mio fratello.*» La torcia elettrica tremolò, ma lei la tenne ferma e scoppiò in una risata forzata. «Immagina. Una persona pensa che sia amore eterno, l'altra invece si fa viva solo per farsi le migliori scopate della sua vita, mentre per il resto del tempo, tutto il resto del tempo, Deborah, ci sono un avvocato a Los Angeles, la proprietaria di una galleria a New York, un chirurgo di Chicago e Dio sa chi altro nell'intero Paese, ma nessuna di loro – capisci, Deborah? – lo fa scopare come me, per questo lui torna sempre. E io sono così stupida da pensare che è solo questione di tempo, poi staremo finalmente insieme, perché è così bello, mio Dio, è così bello e lui prima o poi lo capirà, vero? E infatti lo capisce, ma ci sono e ci sono state sempre altre, e lui me lo confessa quando io lo affronto, dopo che il mio maledetto fratello mi ha rivelato di avermi venduto al suo migliore amico per cinquanta dollari e una tavola da surf, quando avevo diciassette anni. »

Deborah non si muoveva e a stento respirava, sapendo che entrambe le cose avrebbero potuto costituire la mossa falsa che avrebbe spinto l'amica oltre il limite sul quale era in bilico. Disse l'unica cosa che credeva: « Non può essere vero ».

« Cosa? » chiese China. « Quello che ho detto su di te o su di me? Perché puoi star sicura che, per quanto mi riguarda, sono fatti, non parole. Quindi devi riferirti a te. Forse vuoi dire che la tua vita non è andata come volevi, dal primo al fottuto centomillesimo giorno, tutto secondo i piani. »

« Certo che no. Non va così. Non succede a nessuno. »

« Un papà che ti adora. Un fidanzato ricco pronto a fare qualsiasi cosa per te. Cui tiene seguito un marito ugualmente ben fornito. Tutto quello che hai sempre desiderato. Non una preoccupazione al mondo. Oh, passi un brutto periodo a Santa Barbara, ma alla fine tutto si sistema, come sempre nel tuo caso. Tutto si sistema. »

« China, non è mai così facile per nessuno. Lo sai bene. »

Fu come se Deborah non avesse parlato. « E semplicemente scompari. Come tutti gli altri. Come se non ti avessi dato tutta me stessa, anima e corpo, quando avevi bisogno di un'amica. Fai la stessa fine di Matt e di tutti gli altri. Prendi quello che ti serve e dimentichi i debiti. »

« Stai dicendo... Non intenderai mica che hai fatto tutto questo, quello che hai fatto... Non può essere per... »

« Te? Non sopravvalutarti Era ora di farla pagare a mio fratello. »

Deborah rifletté sulla cosa. Ricordò quello che le aveva detto Cherokee la prima notte che era venuto da loro a Londra. « Non volevi neanche venire con lui a Guernsey, almeno all'inizio », mormorò.

« No, finché non ho deciso di sfruttare il viaggio per fargliela pagare », riconobbe China. « Non sapevo come o quando, ma ero certa che, prima o poi, sarebbe venuta l'occasione giusta. Ho immaginato di far trovare della droga nelle sue valigie quando saremmo passati dalla dogana. Avevamo in mente di fare tappa ad Amsterdam, perciò pensavo di prendere la roba là. Sarebbe stato bello. Non proprio una trovata infallibile, ma certo una possibilità. O un'arma. Esplosivi nel bagaglio a mano. Qualunque cosa. La verità era che non m'importava di cosa si trattasse. Sapevo solo che l'avrei trovata, se avessi tenuto gli occhi aperti. E quando siamo arrivati qui a Le Reposoir e lui mi ha fatto vedere... quello che mi ha fatto vedere...» Dietro la torcia, fece un sorriso spettrale. «Ecco l'occasione che cercavo. Troppo bella per essere vera», concluse.

«Cherokee ti ha fatto vedere il dipinto?»

«Ah», esalò China. «Sei la solita. Tu e Simon, il marito-meraviglia, scommetto. Diavolo, no, Debs. Cherokee non sapeva affatto che trasportava quel dipinto. Nemmeno io. Almeno finché Guy non me l'ha fatto vedere. Vieni nel mio studio per il bicchiere della staffa, mia cara. Voglio mostrarti qualcosa che di certo ti colpirà molto più di tutto ciò che ti ho mostrato o fatto finora per cercare d'infilarmi nelle tue mutandine, perché si tratta di questo e lo vuoi anche tu, mi basta guardarti per capirlo. E, anche se non è così, che male c'è a provarci? Perché io sono ricco mentre tu no, e agli uomini basta questo per ottenere quello che vogliono dalle donne, e tu lo sai bene, Debs, più di chiunque altro. Solo che stavolta non è stato per cinquanta dollari e una tavola da surf, e il pagamento non è andato a mio fratello. È stato un carniere più grosso. Perciò me lo sono scopato proprio qui dentro, la prima volta che mi ha portato a vedere questo posto, perché era quello che voleva, per questo mi ci aveva condotto, aveva detto che ero speciale, lo stronzo, aveva acceso la candela, dato un buffetto a questa brandina dicendo: 'Che ne pensi del mio nascondiglio? Sussurramelo. Vieni vicino. Lasciati toccare. Possiamo procurarci delle belle sensazioni a vicenda. La luce c'illumina dolcemente la pelle e indora i punti dove dobbiamo toccarci. Come qui e là. Dio, penso che sia tu quella che cercavo, finalmente, mia cara'. Così l'ho fatto con lui, Deborah, e, credimi, gli è piaciuto, come a Matt, ed è qui che ho messo il dipinto quando l'ho preso la sera prima di ucciderlo.»

«Oh, Dio», mormorò Deborah.

«Dio non ha avuto niente a che fare con tutto questo. Né allora, né adesso, né mai, né con tutta la mia vita. Forse con la tua, ma non con la mia. E non è giusto, sai. Non lo è stato mai. Sono brava quanto te e chiunque altro, e merito di meglio di quello che mi è toccato.»

«Così hai preso il dipinto? Sai cos'è?»

«Leggo i giornali», ribatté China. «Non sono un granché nella California del Sud, e peggio ancora a Santa Barbara. Ma almeno ci mettono le notizie importanti.»

«Ma cosa intendevi farne?»

«Non lo sapevo. Ci ho pensato dopo. Non era essenziale, soltanto un di più. Sapevo che era nello studio. In realtà, non è che lui avesse preso grosse precauzioni per nasconderlo. Perciò l'ho preso e l'ho messo nel posto speciale di Guy. Sarei venuta a recuperarlo in seguito. Sapevo che sarebbe stato al sicuro.»

«Ma chiunque sarebbe potuto entrare qui per caso e trovarlo», le fece notare Deborah. «Una volta entrati nel dolmen, si trattava solo di troncare il lucchetto se non si conosceva la combinazione. Bastava entrare con una torcia, vederlo, e...»

«Come?»

«Era in piena vista, se si andava dietro l'altare. Era impossibile non notarlo.»

«È lì che l'hai trovato?»

«Non io. Paul, l'amico di Guy Brouard. Il ragazzo.»

«Ah», fece China. «Allora è lui che devo ringraziare.»

«Per cosa?»

«Per averlo sostituito con questo.» China portò alla luce la mano con cui non reggeva la torcia. Deborah vide che era stretta intorno a un oggetto dalla forma di un piccolo ananas. Nel preciso istante in cui nella mente le si formava la domanda: *Che cos'è*, si rese conto di cosa stava guardando.

All'esterno del dolmen, Le Gallez disse a St. James: «Le darò altri due minuti. Non di più».

Simon stava ancora cercando di assimilare il fatto che a fare la propria comparsa al dolmen fosse stata China River e non il fratello. Anche se aveva detto alla moglie che era certo che fosse stato uno di loro due – perché era quella l'unica ragione plausibile di tutto quanto era accaduto, dall'anello sulla spiaggia alla bottiglietta nel campo – fin dall'inizio aveva concluso che il colpevole fosse il fratello. E questo benché gli mancasse il coraggio morale di ammetterlo, perfino con se stesso. Non era tanto il fatto che l'omicidio fosse un crimine che attribuiva più agli uomini che alle donne, quanto piuttosto che, a un livello atavico che si rifiutava di riconoscere, voleva togliere di mezzo Cherokee River. Lo aveva desiderato fin dal momento in cui l'americano era apparso sulla soglia della loro casa a Londra, così affabile e con quel modo di chiamare sua moglie Debs.

Perciò, non rispose subito all'ispettore. Era troppo preso dal tentativo di cancellare dalla mente la propria fallibilità e la spregevole debolezza personale.

«Saumarez, tieniti pronto a entrare in azione», stava dicendo Le Gallez accanto a lui. «Voialtri...»

«La porterà fuori», intervenne St. James. «Sono amiche. Darà ascolto a Deborah. La porterà fuori. Non c'è alternativa.»

«Non voglio correre rischi», replicò l'ispettore.

La bomba a mano sembrava antiquata. Perfino da dove si trovava, Deborah notava che era incrostata di terra e scolorita per la ruggine. Doveva risalire alla seconda guerra mondiale e, come tale, non la riteneva pericolosa. Come poteva esplodere qualcosa di così vecchio?

China le lesse nella mente, perché disse: «Ma non ne sei certa, vero? Neanch'io. Dimmi come hanno fatto a capire tutto, Deborah».

«A capire cosa?»

«Che sono stata io. Questo posto. E la tua presenza qui. Non ti avrebbero lasciato venire, se non lo avessero saputo. Non ha senso.»

«Non lo so, te l'ho detto. Ho seguito Simon. Eravamo a cena e sono arrivati quelli della polizia. Simon mi ha detto...»

«Non mentirmi, va bene? Devono aver trovato la bottiglietta di olio di papavero, altrimenti non sarebbero mai venuti ad arrestare Cherokee. Hanno pensato che lui poteva aver simulato le prove per indirizzare i sospetti su di me, altrimenti perché avrei dovuto rischiare di seminare io stessa delle prove solo in base alla convinzione che avrebbero trovato quella bottiglietta? Perciò, devono averla scovata. Ma poi, che è successo?»

«Non so nulla di questa bottiglietta», rispose Deborah. «Né dell'olio di papavero.»

«Oh, andiamo. Lo sai. Vuoi fare l'ingenua? Simon non ti nasconde mai qualcosa d'importante. Perciò, parla, Debs.»

«Te l'ho detto. Non so cos'hanno scoperto. Simon non me l'ha riferito. Non intendeva farlo.»

«Allora non si fidava di te?»

«A quanto pare, no.» Quell'ammissione colpì Deborah come lo schiaffo inatteso di un genitore. Una bottiglietta di olio di papavero. Non poteva fidarsi di lei. «Ora dobbiamo andare», disse. «Aspettano, e faranno irruzione se non...»

«Non lo farò», la interruppe China.

«Cosa?»

«Scontare la pena, subire il processo o qualsiasi cosa facciano qui. Me ne andrò.»

«Non puoi... China, non c'è via di fuga. Non puoi lasciare l'isola. Avranno già avvertito... Non puoi.»

«Hai frainteso», ribatté lei. «Andarsene non significa fuggire. Significa togliersi di mezzo. Io e te. Amiche, si fa per dire, fino alla fine.» Ripose con cura la torcia da un lato e cominciò ad armeggiare con la spoletta della vecchia bomba a mano. «Non ricordo quanto ci mettono queste cose a esplodere, e tu?» mormorò.

«China!» urlò Deborah. «No! Non funzionerà, ma se lo fa...»

«È quello che spero», fu la replica.

Con sguardo carico d'orrore, Deborah vide che l'amica riusciva a liberare la spoletta. Vecchia, arrugginita ed esposta a chissà quanti cambiamenti atmosferici negli ultimi sessant'anni, sarebbe dovuta rimanere bloccata, invece no. Come le bombe inesplose che periodicamente riaffioravano nella parte meridionale di Londra, questa giaceva come un ricordo nella mano di China, con Deborah che cercava, senza riuscirci, di rammentare quanto tempo avevano – quanto tempo aveva lei, in particolare – per evitare la distruzione.

China mormorò: «Cinque, quattro, tre, due...»

Deborah si lanciò all'indietro, cadendo stupidamente e sventatamente nell'oscurità. Per un attimo che si prolungò all'infinito non accadde niente. Poi il dolmen fu scosso da un'esplosione che pareva il boato di un Armageddon.

Dopo non vi fu più nulla.

La porta fu scagliata via. Schizzò come un missile nel folto della vegetazione, e insieme giunse una violenta folata, ripugnante come vento di scirocco che soffiasse direttamente dall'inferno. Per un istante il tempo si fermò. E in quella sospensione, scomparvero tutti i suoni, assorbiti dall'orrore della consapevolezza dell'accaduto.

Poi, dopo un'ora, un minuto o un secondo, tutto l'universo parve reagire concentrandosi sulla capocchia di spillo che era quel punto dell'isola di Guernsey. Intorno a St. James si levarono suoni e movimenti che sembravano l'esondazione di una diga che aveva ceduto, dalla quale si riversavano acqua, fango, e insieme foglie, rami, alberi sradicati e cadaveri smembrati di animali travolti dal suo corso. Lui avvertì premere e spingere nel piccolo varco tra la vegetazione dov'era appostato. Dei corpi lo urtarono e lui udì, come da un pianeta distante, un uomo che imprecava e un altro che lanciava un grido roco. Più lontano, l'urlo stridulo di qualcuno sembrò librarsi sopra di loro, mentre tutt'intorno le luci delle torce volteggiavano come membra d'impiccati, cercando di bucare la polvere.

Lui guardò il dolmen attraverso tutto questo, riconoscendo la porta scagliata via, il rumore, la folata e le conseguenze per quello che erano: manifestazioni di qualcosa che nessuno aveva neanche lontanamente preso in considerazione. Quando lo accettò, si precipitò barcollando in avanti. Andò direttamente verso l'ingresso, dimenticandosi di trovarsi imprigionato tra i rovi. Strappò gli aculei e le spine che lo trattenevano, senza accorgersi che gli laceravano la carne. Era consapevole unicamente della porta, dell'interno di quel luogo e dell'indicibile paura per ciò che non osava neppure nominare ma che capiva perfettamente, perché non era necessario che gli si dicesse a chiare lettere cos'era accaduto, con la moglie e l'assassina intrappolate assieme.

Qualcuno lo afferrò, e lui si rese conto delle grida e intese anche le parole, non soltanto i suoni: «Gesù! Venga qui! Da questa parte, amico. Saumarez, per l'amor di Dio, tienilo. Saumarez, maledizione, facci luce qui. Hawthorne, verranno dalla casa. Tienili indietro, per l'amor del cielo».

Fu afferrato e tirato indietro, poi di nuovo spinto in avanti. Alla fine fu libero dalla vegetazione selvatica e avanzò goffamente dietro Le Gallez, diretto con lui al dolmen.

Perché il tumulo era ancora in piedi, come da centomila anni:

era di granito, ricavato dal cuore stesso dell'isola, adagiato su altro granito, circondato di granito, pavimentato e ricoperto da ulteriore granito. E infine nascosto nella terra stessa da cui era sorto l'uomo che avrebbe tentato ripetutamente di distruggerlo.

Senza riuscirci. Nemmeno adesso.

Le Gallez dava ordini. Aveva acceso la torcia e illuminava la polvere sospesa all'interno del dolmen, che saliva come le anime liberate nel giorno del giudizio. Si voltò per parlare a uno dei suoi uomini, che gli aveva chiesto qualcosa, e fu quella domanda (a qualunque cosa si riferisse, perché St. James non si rendeva conto di nulla, se non di ciò che gli stava davanti, all'interno del dolmen) che fece fermare l'ispettore sulla soglia per rispondere. La sosta diede a Simon la possibilità di entrare, altrimenti forse non gli sarebbe stato possibile. E si affrettò a farlo, con una preghiera e un voto a Dio: se fosse sopravvissuta, lui avrebbe fatto di tutto, sarebbe cambiato, avrebbe tentato e accettato qualunque cosa gli imponesse la volontà divina. Pur di non perderla.

St. James non aveva una torcia, ma non importava perché non gli occorreva la luce, gli bastavano le mani. Procedette a tastoni nel dolmen, sbattendo i palmi sulla ruvida superficie delle pietre, urtando con le ginocchia, picchiando per la fretta con la testa su qualcosa di basso. Si scostò e sentì il calore del sangue che gli colava dalla ferita. Continuò a recitare tra sé il voto. Essere, fare e accettare qualunque cosa gli imponesse la volontà divina. Avrebbe acconsentito a ogni richiesta del Signore, senza condizioni: di vivere solo per gli altri, solo per lei, di essere fedele e leale, di ascoltarla di più, di cercare di capirla, perché era lì che lui aveva sempre sbagliato, e Dio lo sapeva, per questo gliel'aveva tolta, vero?

Sarebbe voluto avanzare strisciando sul pavimento, ma non poteva per via della protesi che lo teneva in piedi. Eppure doveva farlo, doveva inginocchiarsi e supplicare nel buio e tra la polvere in cui non riusciva a trovarla. Perciò, si strappò la gamba del pantalone nel tentativo di arrivare all'odiata plastica e al velcro, ma non vi riuscì, e imprecò mentre nello stesso tempo pregava e implorava. Le Gallez lo trovò così quando lo raggiunse.

«Gesù, amico, Gesù», disse l'ispettore, e gridò alle sue spalle: «Saumarez, ci serve più luce».

Ma St. James non ne aveva bisogno. Perché vide prima il colore, quello del rame. Poi la massa e lo splendore: quanto aveva sempre adorato quei capelli.

Deborah giaceva in modo scomposto davanti alla pietra leggermente sollevata che aveva descritto come un altare, nel posto in cui Paul Fielder le aveva detto di aver trovato il dipinto della bella signora con il libro e il calamo.

St. James si precipitò su di lei. A stento si rese conto del trambusto intorno a sé e della luce che inondava quel tratto. Udì delle voci e uno strusciare di piedi sulla pietra. Sentì l'odore della polvere e il puzzo acre dell'esplosivo. Avvertì il sapore salato e metallico del proprio sangue e, allungando la mano, tastò dapprima la pietra dura e fredda dell'altare, quindi, al di là di questo, la carne morbida e calda del corpo di sua moglie.

Quando la girò, vide solo Deborah. Il sangue sul suo viso e tra i capelli, i vestiti lacerati, le palpebre abbassate.

La prese con impeto tra le braccia e le premette il volto sul collo. St. James era in uno stadio che trascendeva l'imprecazione e la preghiera. Tutto ciò intorno a cui ruotava la sua esistenza e che faceva di lui quello che era gli era stato strappato in un istante che lui non aveva saputo prevedere. Senza un altro istante per prepararsi.

La chiamò per nome. Chiuse gli occhi per non vedere altro, e non udì nulla.

Però era in grado di sentire, non solo il corpo che stringeva e giurava di non lasciare mai, ma anche, un momento dopo, il soffio di un respiro. Debole, ansante, sul collo. Grazie a Dio misericordioso. Lei gli respirava sul collo.

«Mio Dio», disse St. James. «Mio Dio, Deborah.»

La coscienza le ritornò in due forme. Dapprima il rumore: una vibrazione acuta che non cambiava di livello, tono e intensità. Le riempiva il canale uditivo, pulsando contro la sottile membrana protettiva all'interno. Poi sembrava attraversarle il timpano e penetrarle nel cranio, dove restava. Non c'era spazio per i suoni normali provenienti dal mondo che conosceva.

Dopo venne la vista: solo luce e oscurità, ombre dinanzi a una cortina sulla quale appariva il sole. La sua incandescenza era così intensa che lo sopportava soltanto per pochi secondi alla volta, poi doveva chiudere di nuovo gli occhi, e questo rendeva più forte il suono nella testa.

La vibrazione c'era sempre. Apriva e chiudeva gli occhi, si risvegliava o scivolava nell'incoscienza, ma il rumore non scompariva mai. Divenne l'unica costante alla quale riusciva ad aggrapparsi, e alla fine l'accettò come un'indicazione del fatto che era viva. Forse era questa la prima sensazione di suono che udivano i bambini quando uscivano dal ventre materno, pensò. Era qualcosa cui aggrapparsi, e lei lo fece, sollevandosi verso di esso come se nuotasse verso l'alto per emergere dalla superficie di un lago profondo, con un moto ondoso violento e incostante, eppure splendente, con la promessa del sole e dell'aria.

Quando riuscì a sopportare la luce non più solamente per pochi secondi, Deborah si accorse che questo dipendeva dal fatto che il giorno senza fine aveva lasciato il posto alla notte. Dovunque si trovasse, ciò che la circondava era passato dalla brillantezza di una scena illuminata per un pubblico di spettatori, all'interno in penombra di una stanza singola, nella quale un sottile neon emetteva un fioco bagliore sul suo corpo, che si delineava sotto le colline e le valli della leggera coperta distesa su di lei. Accanto al letto sedeva il marito, in una sedia accostata in modo da poter appoggiare la testa sul materasso sul quale si trovava lei. Aveva il capo tra le mani e il viso voltato dall'altra parte. Ma sapeva che era Simon, perché lo avrebbe riconosciuto dovunque lo avesse incontrato. Dall'aspetto, dalla statura, dai riccioli sulla nuca, dal modo in cui le scapole gli si distendevano in superfici regolari e robuste quando sollevava le braccia per appoggiarvi la testa.

Deborah si accorse che il marito aveva la camicia sporca. Sul colletto c'erano delle macchie scure, come se si fosse tagliato radendosi, tamponandosi il sangue con la stoffa. La manica era striata di polvere e altre macchie scure erano visibili sui polsini. Non vedeva altro di lui, ma le mancava la forza di svegliarlo. Riuscì solo a spostare di qualche centimetro le dita nella sua direzione. Ma bastò.

Simon alzò gli occhi. Le sembrò un miracolo. Lui disse qualcosa, ma lei non riusciva a sentirlo a causa del suono che aveva nel cranio, perciò scosse la testa, cercò di parlare e si accorse che le era impossibile anche questo, perché aveva la gola riarsa e le labbra e la lingua le sembravano attaccate ai denti.

Simon prese qualcosa sul comodino accanto al letto. Le sollevò il capo e le portò un bicchiere di plastica alla bocca. C'era una cannuccia, e il marito gliela infilò delicatamente tra le labbra. Lei aspirò l'acqua con gratitudine: era tiepida, ma non gliene importava. Mentre beveva, sentì che lui le si avvicinava. Simon tremava, e lei pensò che l'acqua si sarebbe di certo versata. Cercò di tenergli la mano ferma, ma lui glielo impedì. Portò la mano della moglie alla guancia e le dita sulla bocca. Si chinò su di lei e le premette le labbra sul capo.

Gli avevano detto che Deborah era sopravvissuta perché o non era entrata nella cripta in cui era avvenuta l'esplosione, o era riuscita a uscirne e a passare in quella più grande qualche istante prima che la bomba a mano detonasse. Perché di questo si trattava, riferì la polizia. C'erano prove a sufficienza per dimostrarlo.

Quanto all'altra donna... Non si fa esplodere deliberatamente una bomba a mano piena di tritolo, e si sopravvive per raccontarlo. Ed era stato un gesto intenzionale, secondo la polizia. Non c'era altra spiegazione per l'esplosione.

«Per fortuna è accaduto nel tumulo», avevano detto a St. James prima quelli della polizia, poi due dei medici che si erano occupati di sua moglie al Princess Elizabeth Hospital. «Un'esplosione del genere avrebbe potuto far crollare qualunque altro materiale. Sarebbe rimasta schiacciata... o scagliata a Timbuktu. È stata fortunata. Lei e tutti quanti. Un esplosivo più recente avrebbe distrutto il tumulo e la recinzione. Ma come diavolo ha fatto quella donna a procurarsi una bomba a mano? È questo il vero interrogativo.»

Solo uno dei tanti, pensò St. James. Gli altri cominciavano con un perché. Nessun dubbio che China River fosse tornata al dolmen per prendere il dipinto che aveva messo là. Come pure era chiaro che, in qualche modo, aveva scoperto che era stato nascosto tra i disegni da portare a Guernsey. Che avesse progettato ed eseguito l'omicidio basandosi su quanto aveva appreso delle abitudini di Guy Brouard erano due fatti desumibili dagli interrogatori delle persone principali coinvolte nel caso. Ma il perché restava un mistero. Perché rubare un dipinto che lei non poteva certo sperare di vendere lecitamente, ma solo a un collezionista privato per molto meno del suo valore, e solo se avesse trovato qualcuno disposto a trattare in modo illegale? Perché simulare le prove contro se stessa basandosi solamente sulla vaga possibilità che la polizia trovasse una bottiglietta con le impronte del fratello e all'interno tracce dell'oppiaceo usato per drogare la vittima? E perché fare in modo che i sospetti si appuntassero sul fratello? Soprattutto questo.

Poi c'era la questione del *come*. Come si era procurata quella ruota delle fate che aveva usato per soffocare Brouard? Gliel'aveva fatta vedere lui? China sapeva che lui la portava con sé? Aveva già pensato di usarla? Oppure era stata un'improvvisa ispirazione a suggerirle di confondere le acque servendosi, anziché dell'anello che aveva portato con sé alla baia, di qualcosa che aveva trovato quello stesso mattino nelle tasche dei vestiti che lui si era sfilato?

Ad alcune di queste domande, Simon sperava avrebbe risposto a suo tempo la moglie. Altre invece, si rendeva conto che sarebbero rimaste per sempre insolute.

Gli comunicarono che Deborah avrebbe riacquistato l'udito. Forse era rimasto gravemente danneggiato dalla vicinanza all'esplosione, o forse no, ma l'avrebbero scoperto col tempo. Aveva subìto una seria commozione cerebrale, da cui avrebbe impiegato mesi per riprendersi del tutto. Senza dubbio, avrebbe sofferto di una perdita di memoria riguardo agli avvenimenti accaduti appena prima della detonazione della bomba a mano. Ma lui non doveva insistere troppo in proposito. Lei avrebbe ricordato quello che poteva a tempo debito, sempre che vi fosse riuscita.

Simon tempestò di telefonate il padre di Deborah, aggiornandolo sulle condizioni della figlia. Quando il pericolo fu superato, parlò alla moglie dell'accaduto. Le bisbigliava all'orecchio, a bassa voce, con le mani sulle sue. Non aveva più le medicazioni per i tagli sul viso, ma bisognava ancora togliere i punti di una ferita alla mandibola. Le contusioni avevano un aspetto terribile, ma lei era irrequieta. Voleva tornare a casa. Dal padre, tra le sue foto, dal cane, dal gatto, a Cheyne Row, a Londra e a tutte le cose cui era abituata.

«China è morta, vero?» chiese Deborah, ancora incerta del volume della sua stessa voce. «Dimmelo. Ci sento se ti avvicini.»

Tanto lui non voleva stare altro che incollato a lei. Così si chinò accanto alla moglie sul letto d'ospedale e le raccontò cos'era accaduto, per quanto ne sapeva lui. Le rivelò anche tutto quello che le aveva nascosto. E ammise di averla tenuta all'oscuro in parte perché voleva punirla per aver fatto di testa sua a proposito dell'anello col teschio e le ossa incrociate, e in parte per la lavata di capo che lui aveva ricevuto da Le Gallez per lo stesso motivo. Le disse che, dopo aver parlato con l'avvocato americano di Guy Brouard e avere appreso che a portare i progetti architettonici non era stato Cherokee River bensì un rasta di colore, era riuscito a convincere Le Gallez a tendere una trappola per catturare l'assassino. Doveva essere per forza uno di loro due, perciò aveva suggerito all'ispettore di rilasciarli entrambi. Doveva rimetterli in libertà, a patto che lasciassero l'isola col primo mezzo di trasporto il mattino successivo. Se il movente per l'omicidio era il dipinto trovato nel dolmen, l'assassino sarebbe venuto a prenderlo prima dell'alba... Sempre che fosse uno dei due River.

«Mi aspettavo che fosse Cherokee», disse St. James all'orecchio della moglie. Esitò prima di ammettere anche il resto. «Volevo che lo fosse.»

Deborah girò il capo per guardarlo. Simon non sapeva se lei poteva udirlo se non le avesse sussurrato con le labbra all'orecchio e non aveva idea se la moglie fosse in grado di leggergliele, ma le parlò comunque. Le doveva una completa confessione.

«Mi sono chiesto più volte se non si trattasse proprio di questo», le disse.

Lei lo udì o gli lesse le parole sulle labbra. Comunque fosse, fece a sua volta: «E cioè cosa?»

«Io contro di loro. Quello che io sono contro quello che loro rappresentano. Quello che hai scelto, contrapposto a ciò che avresti potuto avere in un altro.»

Lei sgranò gli occhi. «Cherokee?»

«Chiunque. Si presenta alla porta un tizio che non conosco neppure e non ricordo che tu abbia neanche mai nominato quando parlavi degli anni trascorsi in America, eppure è in confidenza con te. Con te, dico. Indubbiamente, fa parte di quel periodo, mentre io no, capisci? E non accadrà mai. Ecco cosa mi sono messo in testa. Poi il resto: questo tipo piacente, prestante, viene a trovare mia moglie per portarsela a Guernsey. Perché è lì che vuole arrivare, non importa cosa dice a proposito dell'ambasciata americana. E so che potrebbe succedere di tutto. Ma non mi sognerei mai di ammetterlo.»

Lei cercò il viso del marito. «Come hai potuto pensare che io ti lascerei, Simon? Per chiunque. L'amore non è questo.»

«Tu non c'entri», ammise lui. «Sono io. Per come sei fatta, non hai mai lasciato nessuno e non ne saresti capace, senza cambiare completamente. Ma io vedo il mondo attraverso gli occhi di chi se n'è andato, Deborah Più di una volta. Non solo da te. Perciò, per me, il mondo è un posto dove la gente non fa che distruggersi a vicenda di continuo. Attraverso l'egoismo, l'avidità, i sensi di colpa, la stupidità. O, nel mio caso, la paura. Paura da far sudare le mani. E mi assale ogni volta che qualcuno come Cherokee appare alla porta di casa mia. Allora cedo alla paura e ogni cosa che faccio risente di tutti i miei timori. Volevo che fosse lui l'assassino, perché solo allora avrei potuto essere sicuro di te. »

«Credi davvero che sia importante, Simon? »

«Cosa? »

«Lo sai. »

Lui chinò il capo per guardare la propria mano su quella della moglie, così, se proprio lei gli leggeva le labbra, forse non avrebbe potuto farlo del tutto. «Mi è stato difficile persino arrivare da te, amore mio», disse. «Nel dolmen. Per le mie condizioni. Perciò, sì, credo davvero che sia importante. »

«Ma solo se, come credi tu, io ho bisogno di essere protetta. E non è così, Simon. È da un pezzo che non ho più sette anni. Quello che hai fatto per me allora... adesso non è più necessario. Anzi, non lo desidero. Voglio soltanto te. »

Simon recepì quella verità e cercò di farla propria. Lui era invalido da quando lei aveva quattordici anni, molto tempo dopo il giorno in cui aveva messo a posto il gruppo di scolaretti che la molestava. Sapeva che lui e Deborah erano arrivati a un punto in cui doveva confidare nella forza che avevano insieme, come una cosa sola, marito e moglie. Ma non era sicuro di farcela.

Quel momento rappresentava per lui il superamento di una linea di confine. Vedeva la frontiera, ma non cosa c'era dall'altra parte. Bisognava aver fede per fare il grande salto del pioniere. E lui non sapeva dove trovarla, la fede necessaria.

«Cercherò di raccapezzarmi in qualche modo nella tua raggiunta maturità, Deborah», disse alla fine Simon. «È il massimo che posso fare, per il momento, e, anche così, probabilmente fallirò di continuo. Riuscirai a sopportarlo? Lo vorrai? »

Lei girò la mano e gli strinse le dita. «È un inizio. E mi basta. »

31

ST. JAMES andò a Le Reposoir tre giorni dopo l'esplosione e trovò Ruth Brouard con il nipote che tornavano da una visita al dolmen. Ruth aveva sempre saputo della sua esistenza sul terreno della tenuta, ma lo conosceva solo come «il vecchio tumulo da sepoltura». Ignorava che il fratello l'avesse sottoposto a scavi, trovando l'entrata e dotandolo di serratura per utilizzarlo come nascondiglio. E anche Adrian lo ignorava, come aveva scoperto St. James.

Avevano udito l'esplosione nel cuore della notte, ma non potevano immaginarne la fonte. Svegliati dal boato, si erano precipitati fuori dalle rispettive stanze, incontrandosi nel corridoio. Ruth confessò a St. James, con una risata d'imbarazzo, che nella confusione iniziale aveva pensato che il terribile rumore fosse da attribuirsi al ritorno di Adrian a Le Reposoir. D'intuito, si era resa conto che qualcuno aveva fatto esplodere una bomba da qualche parte, e aveva collegato quel fatto alla sollecitudine con cui il nipote aveva voluto che lei mangiasse la cena che le aveva riscaldato in cucina quella sera. Aveva pensato che lui intendesse addormentarla e avesse aggiunto qualcosa al cibo per farla sprofondare nel sonno. Perciò, quando il rimbombo dell'esplosione aveva fatto tremare i vetri della sua camera da letto e scosso l'intera residenza, non si aspettava di trovare il nipote che barcollava in pigiama nel corridoio al piano di sopra, urlando di un aereo precipitato, di una fuga di gas, di terroristi arabi e dell'IRA.

Era convinta che lui volesse in qualche modo danneggiare la tenuta, confessò. Se non poteva ereditarla, allora l'avrebbe distrutta. Ma aveva cambiato idea quando lui si era occupato di tutto il resto: l'arrivo della polizia, le ambulanze, i pompieri. Non sapeva come avrebbe fatto senza di lui.

«Io avrei chiesto a Kevin Duffy di occuparsene», precisò Ruth Brouard. «Ma Adrian si è opposto. Ha detto: 'Non è uno di famiglia. Non sappiamo cosa succede e, finché non lo scopriamo, siamo noi che dobbiamo pensare a tutto'. E così abbiamo fatto.»

«Perché quella donna ha ucciso mio padre?» domandò Adrian Brouard a St. James.

Questo portò l'argomento sul dipinto, perché, per quanto ne sapeva Simon, era quello l'obiettivo di China. Ma vicino alle scuderie non era il posto per discutere di una tela del XVII secolo rubata, perciò domandò se potevano tornare alla casa e continuare la conversazione accanto alla bella signora con il libro e il calamo. C'erano delle decisioni da prendere riguardo a quel dipinto.

Il quadro si trovava nella galleria, una stanza rivestita di pannelli in noce che si estendeva per quasi l'intera lunghezza dell'ala orientale della residenza, dove si trovava la collezione di Guy Brouard di opere moderne a olio. Tra queste, la bella signora sembrava fuori posto, senza cornice, appoggiata su un tavolo su cui si trovava una teca contenente delle miniature.

«E questo cos'è?» chiese Adrian, andando verso il dipinto. Accese una lampada e il cono di luce illuminò il velo di capelli che scendevano folti sulle spalle di santa Barbara. «Non è il genere d'opera che collezionava papà.»

«È la signora con la quale sedevamo a tavola», spiegò Ruth. «È sempre stata appesa nella sala da pranzo a Parigi, quando eravamo bambini.»

Adrian la guardò. «Parigi?» Aveva la voce cupa. «Ma dopo di allora il dipinto... Da dove viene?»

«L'ha trovato tuo padre. Credo che volesse farmi una sorpresa.»

«E dove l'ha trovato? Come?»

«Non credo che lo sapremo mai. Io e il signor St. James pensiamo che abbia assunto qualcuno. Dopo la guerra, il dipinto era andato perduto, ma lui non l'ha mai dimenticato. E non ha scordato neanche la nostra famiglia. Ne avevamo solo un ritratto, quello che è nello studio di tuo padre, e lì si vedeva anche questo dipinto. Perciò, immagino che non potesse dimenticarlo. E se non poteva riportarci i nostri cari, almeno poteva ritrovare il quadro. E l'ha fatto. L'aveva Paul Fielder, e me l'ha consegnato. Penso gli abbia detto Guy di farlo se... Be', se gli fosse successo qualcosa, prima che a me.»

Adrian Brouard non era ottuso. Guardò St. James. «Ha a che fare col motivo della sua morte?»

«Non vedo come, mio caro», intervenne Ruth. Andò accanto

al nipote ed esaminò il dipinto. «Lo aveva Paul, perciò non vedo come facesse a saperlo China River. E, anche se fosse stato così, se tuo padre l'avesse messa al corrente per una qualche ragione, be', questo oggetto ha un valore sentimentale, l'ultimo vestigio della nostra famiglia. Rappresentava una promessa fattami nell'infanzia, quando abbandonammo la Francia. Un modo di riconquistare quello che entrambi sapevamo che non sarebbe mai stato possibile sostituire. A parte ciò, è anche un bel quadr. · a tutto si riduce a questo. Solo un vecchio dipinto. Che altro poteva significare per gli altri?»

St. James pensò che ben presto lei avrebbe trovato la risposta a quella domanda, se non altro perché gliel'avrebbe detto Kevin Duffy. Se non oggi, un giorno, forse, lui sarebbe entrato in casa e il quadro si sarebbe trovato nel salone di pietra o nel soggiorno, in questa galleria o nello studio di Guy. L'avrebbe visto e gli sarebbe sfuggita la verità... A meno che non venisse a sapere da Ruth che quella fragile tela era il ricordo di un'epoca e di una famiglia distrutte dalla guerra.

Simon si rese conto che il dipinto sarebbe stato al sicuro presso di lei, come lo era stato per generazioni quando era soltanto la bella signora con il libro e il calamo, tramandata di padre in figlio e rubata da un esercito invasore. Adesso era di Ruth. Giunto a lei in seguito all'omicidio del fratello, non era soggetto alle clausole del testamento o degli accordi intercorsi tra loro due prima della morte di Brouard. Perciò, lei poteva farne ciò che credeva, in qualsiasi momento. Almeno finché St. James avesse taciuto.

Le Gallez sapeva del dipinto, ma cosa sapeva? Solo che China River aveva avuto intenzione di rubare un'opera d'arte dalla collezione di Brouard. Niente di più. Simon era l'unico a sapere di che dipinto si trattava, chi ne era l'autore, da dove proveniva la tela e come era stata organizzata la rapina. Dunque, aveva la possibilità di fare come meglio credeva.

«Nella nostra famiglia, il padre lo consegnava sempre al figlio maggiore», disse Ruth. «Probabilmente era in questo modo che avveniva la trasformazione da rampollo in patriarca. Ti piacerebbe, caro?»

Adrian scosse la testa. «In seguito, forse», le rispose. «Ma per ora no. Papà avrebbe preferito che lo tenessi tu.»

L'anziana donna toccò con affetto la tela nel punto in cui la tunica di santa Barbara fluiva come una cascata sospesa per sempre. Dietro di lei, i manovali intagliavano e collocavano le lastre di granito per l'eternità. Ruth sorrise al volto placido della santa e mormorò: «*Merci, mon frère. Merci. Tu as tenu cent fois la promesse que tu avais faite à Maman*». Quindi si scosse e rivolse l'attenzione a St. James. «Ha voluto vederla un'altra volta. Perché?»

La risposta, in fondo, era talmente semplice: «Perché è bella», le confidò Simon, «e volevo dirle addio.»

Dopodiché, si congedò. Lo seguirono fino alle scale, dove lui disse che non c'era bisogno che lo accompagnassero perché conosceva la strada; i due scesero comunque con lui fino al primo piano. Là si fermarono. Ruth disse che voleva andare a riposare nella sua stanza. Si sentiva sempre meno in forma, col passare dei giorni.

Adrian si offrì di aiutarla a mettersi a letto. «Prendi il mio braccio, zia Ruth», le disse.

Deborah aspettava la visita del neurologo che aveva seguito la sua guarigione. Era l'ultimo ostacolo da superare, dopodiché lei e Simon sarebbero potuti tornare in Inghilterra. Si era già vestita, sicura che il dottore le avrebbe dato la sua benedizione. Aveva preso posizione in una scomoda sedia scandinava vicino al letto e, perché non vi fossero dubbi sulle sue intenzioni, aveva tolto la coperta e le lenzuola dal materasso.

L'udito migliorava di giorno in giorno. Un'infermiera le aveva tolto i punti dalla mandibola. Le contusioni guarivano e i tagli e le abrasioni sul viso stavano sparendo. Le ferite interne ci avrebbero messo più tempo a guarire. Fino ad allora aveva evitato di provare dolore anche per quelle, ma sapeva che prima o poi sarebbe arrivato il momento di fare i conti con se stessa.

Quando si aprì la porta, lei aspettava il dottore e si alzò per accoglierlo. Invece era Cherokee River. «Volevo venire subito», esordì. «Ma c'era troppo da fare. E poi, quando mi sono un po' liberato, non sapevo come affrontarti. O cosa dire. E anche adesso. Ma dovevo venire. Tra un paio d'ore, vado via.»

Gli porse la mano, ma lui non la prese. Deborah la lasciò cadere e mormorò: «Mi dispiace».

«La porto a casa», disse lui. «La mamma voleva venire a dare una mano, ma le ho detto...» Scoppiò in una risata mesta dagli echi dolorosi. Si passò la mano tra i capelli ricci. «Lei non voleva che la mamma venisse, preferiva sempre evitare di trovarsela accanto. Inoltre, non c'era motivo per un viaggio del genere, ore e ore di volo fin qui per poi girare sui tacchi e tornare. Però, la mamma voleva venire. Piangeva molto forte. Non si parlavano da... non so, un anno? Due? A China non piaceva... Non so. Non so esattamente cos'è che non le piaceva.»

Deborah insistette per farlo sedere sulla sedia bassa e scomoda. «No», disse lui. «Prendila tu.»

«Sto sul letto», ribatté lei. Si appollaiò sulla sponda del materasso, e soltanto allora Cherokee si sedette. Deborah attese che parlasse. Lei non sapeva cosa dire, a parte esprimere il proprio dolore per quanto era accaduto.

«Non riesco a capire», riprese lui. «Ancora non posso credere... Non c'era motivo. Ma aveva in mente tutto dall'inizio. Solo che non capisco perché.»

«Sapeva che avevi l'olio di papavero.»

«Per il cambio di fuso orario. Non avvo idea di cosa aspettarmi, se una volta arrivati qui saremmo riusciti a dormire o no. Capisci, non sapevo quanto ci avremmo messo ad abituarci al cambiamento di ora. Per questo ho preso l'olio a casa e l'ho portato con noi. Le ho detto che potevamo usarlo tutti e due, se ne avessimo avuto bisogno. Ma a me non è servito.»

«Così hai dimenticato di averlo.»

«Non l'ho dimenticato. Solo, non ci ho più pensato. Se l'avevo ancora io o l'avevo dato a lei. Non ci ho pensato.» Si guardava le scarpe, ma a un certo punto alzò gli occhi e disse: «Quando l'ha utilizzato per Guy, deve aver dimenticato che era nella mia bottiglietta. Non si sarà resa conto che sopra dovevano esserci le mie impronte».

Deborah distolse lo sguardo. Scoprì un filo sciolto sul bordo del materasso e se lo avvolse stretto intorno al dito. «Non c'erano le impronte di China sulla bottiglietta, soltanto le tue.»

«Certo, ma ci dev'essere una spiegazione per questo. Forse il modo in cui la reggeva. O qualcos'altro.» Era così pieno di speranza che lei non seppe cosa rispondergli e tra loro cadde il silenzio. Si udirono delle voci nel corridoio dell'ospedale: qualcuno discuteva con un membro del personale, un uomo che esigeva una stanza singola per la moglie. Dopotutto lei era «una maledetta dipendente di questo dannato posto». Meritava una certa considerazione.

Cherokee finalmente parlò, con la voce roca: «Perché?»

Deborah si chiese se era capace di trovare le parole per dirglielo. Secondo lei, i River si erano restituiti colpi a vicenda, ma era impossibile ristabilire un equilibrio quando veniva commesso un crimine e qualcuno soffriva per questo. «Non riusciva a perdonare vostra madre, vero?» disse. «Per come è andata quando eravate bambini. Non c'era mai a farvi da madre. Tutti quei motel. I posti dove dovevate comprare i vestiti. Un unico paio di scarpe. Non è mai riuscita a capire che tutto questo era solo l'aspetto materiale di ciò che vi circondava. Niente di più. Non aveva altro significato: un motel, negozi di vestiti di seconda mano, scarpe, una mamma che non stava con voi più di un giorno o una settimana alla volta. Ma per lei voleva dire molto di più. Era come... come se fosse stata vittima di una grande ingiustizia invece di quello che era: la sua mano di carte, da giocare come voleva. Mi spiego?»

«Allora ha ucciso... Voleva far credere ai piedipiatti che...» Ovviamente Cherokee non riusciva ad accettarlo, e tanto meno a dirlo. «Non capisco.»

«Credo che lei trovasse dell'ingiustizia laddove altri vedevano semplicemente la vita come andava», gli disse Deborah. «E non riusciva a togliersi di mente quell'ossessione: quello che era accaduto, che era stato fatto...»

«A lei», concluse Cherokee al posto di Deborah. «Sì, giusto. Ma io cosa ho fatto...? No, quando si è servita di quell'olio, non pensava... Non sapeva... Non si rendeva conto...» La voce gli si spense.

«Come hai fatto a sapere dove rintracciarci a Londra?» gli chiese Deborah.

«Lei aveva il tuo indirizzo. Se avessi avuto difficoltà all'ambasciata o qualcosa del genere, ha detto che potevo chiedere aiuto a te. Avremmo potuto averne bisogno, secondo lei, per scoprire la verità.»

Ed era accaduto proprio questo, pensò Deborah. Soltanto, non come l'aveva previsto China. Senza dubbio, lei contava sul fatto che Simon dimostrasse la sua innocenza, spingendo la polizia del posto a proseguire l'inchiesta fino al ritrovamento della bottiglietta di oppiaceo che lei aveva messo nel campo. Non aveva preso in considerazione la possibilità che le forze dell'ordine ci arrivassero per conto proprio, mentre il marito di Deborah avrebbe imboccato tutt'altra strada, scoprendo la verità sul dipinto e utilizzandolo come esca per tendere una trappola.

«Allora è stata lei che ti ha mandato a cercarci», disse gentilmente Deborah al fratello di China. «Sapeva come sarebbe andata, se fossimo venuti.»

«Che io sarei...»

«Era questo che voleva.»

«Incolparmi di un omicidio.» Cherokee si alzò in piedi e andò alla finestra. Le veneziane erano chiuse, e lui tirò la cordicella. «Così sarei finito... come suo padre o qualcosa del genere? Era tutta una vendetta perché suo padre era in prigione e il mio no? Come se fosse colpa mia il fatto che lei aveva per genitore un perdente? Be', non lo era. Non è colpa mia. E, comunque, non è che mio padre se la cavi molto meglio. Un animalista inconcludente che ha passato la vita a salvare la tartaruga del deserto, la salamandra gialla e chissà che diavolo. Gesù! Che differenza fa? Che diavolo di differenza ha mai fatto? Proprio non lo capisco.»

«È necessario?»

«Era mia sorella. Quindi sì che lo è. È necessario, maledizione!»

Deborah scese dal letto, gli si avvicinò e con delicatezza gli tolse di mano la cordicella, quindi tirò su le veneziane per riempire la stanza di luce, e il freddo sole di dicembre li colpì in viso.

«Tu l'hai venduta a Matthew Whitecomb», affermò lei. «China l'ha scoperto, Cherokee, e voleva fartela pagare.»

Lui non replicò.

«Era convinta che lui l'amasse. Per tutto questo tempo. Tornava sempre, qualsiasi cosa accadesse tra loro, e lei aveva attribuito alla cosa un significato diverso da quello reale. Sapeva che la tradiva con altre donne, ma credeva che alla fine le avrebbe lasciate per stare con lei.»

Cherokee si chinò in avanti e appoggiò la fronte al vetro freddo della finestra. «Lui tradiva, sì», mormorò. «Ma lo faceva *con lei* e non alle sue spalle. *Con lei.* Che diavolo si era messa in testa? Un fine settimana al mese? Due, se era davvero fortunata? Un viaggio in Messico cinque anni fa e una crociera quando lei aveva ventun anni? Quello stronzo *è sposato*, Debs. Da diciotto mesi, e non gliel'aveva detto, cazzo. E lei che gli stava ancora dietro, e io non potevo... non potevo essere io a dirglielo. Non volevo vedere il suo viso. Perciò, invece, le ho raccontato com'era andata all'inizio, sperando con questo di farla incazzare al punto di rompere con lui.»

«Vuoi dire che?...» Deborah riuscì a stento a concludere quel concetto, dalle conseguenze così terribili. «Non l'hai venduta? Ha soltanto *creduto*... Cinquanta dollari e una tavola da surf? A Matt? Non l'hai mai fatto?»

Lui distolse lo sguardo da lei. Lanciò un'occhiata di sotto, verso il parcheggio dell'ospedale, dove un taxi stava arrivando all'ingresso. Mentre guardavano, Simon scese dalla macchina. Parlò per un momento all'autista e la vettura rimase ad attenderlo, mentre lui entrava dalla porta principale.

«Sei libera», disse Cherokee a Deborah.

Lei insistette: «Non l'hai venduta a Matt?»

«Hai preparato le tue cose?» chiese lui. «Se vuoi, possiamo andargli incontro all'ingresso.»

«Cherokee», disse Deborah.

«Diavolo, mi andava di fare surf», sbuffò lui. «Mi serviva una tavola. Non mi bastava prenderla in prestito. Ne volevo una tutta mia.»

«Oh, Dio», sospirò lei.

«Non era poi una gran cosa», disse Cherokee. «Non per Matt, e non lo sarebbe stato nemmeno per un'altra ragazza. Ma come facevo a sapere che China l'avrebbe presa così, quali conseguenze avrebbe attribuito poi al fatto di essersi data a un perdente? Gesù, Debs, è stata soltanto una scopata.»

«E tu soltanto un magnaccia.»

«Non è stato così. Sapevo che lei provava già qualcosa per lui. Secondo me, non c'era niente di male. Non avrebbe mai neanche saputo di quell'affare, se non si fosse ridotta a un rottame vivente, che sprecava la vita con uno stupido figlio di puttana. Perciò dovevo dirglielo. Non mi ha dato scelta. È stato per il suo bene.»

«Come l'affare?» chiese Deborah. «Non l'hai fatto per te, invece, Cherokee? Non è stato perché volevi qualcosa e hai usato tua sorella per ottenerlo? Non è stato così?»

«Okay, sì. È vero. Ma lei non doveva prenderlo così sul serio. Doveva passarci sopra.»

«Oh, certo. Solo che non c'è riuscita», gli fece notare lei. «Perché è difficile, quando non conosci tutti i fatti.»

«Li conosceva, maledizione. Solo che non voleva vederli. Gesù. Perché non è mai riuscita a passare sopra alle cose? Tutto s'incancreniva dentro di lei. Non riusciva a passare sopra alle cose, se non andavano come voleva lei.»

Deborah gli diede ragione almeno su una cosa: China attribuiva un prezzo a ogni cosa, convinta di avere sempre diritto a molto più di quello che era in vendita. L'aveva capito durante la loro ultima conversazione. China si aspettava troppo dalla gente, dalla vita. E in quelle aspettative aveva gettato il seme della propria distruzione.

«E il peggio è che non aveva nessun bisogno di fare tutto questo, Debs», disse Cherokee. «Nessuno le puntava la pistola alla tempia. Lui ha preso l'iniziativa. Certo, sono stato io a farli mettere insieme. Ma lei l'ha permesso. E ha continuato a farlo. Allora, perché diavolo è stata colpa mia?»

Deborah non aveva la risposta a quella domanda. Nel corso degli anni, rifletté, si erano accumulate o erano state negate troppe colpe nell'ambito della famiglia River.

Dopo un breve colpo alla porta, Simon entrò nella stanza. Aveva i documenti che lei sperava le avrebbero permesso di uscire dal Princess Elizabeth Hospital. Simon salutò Cherokee con un cenno, ma rivolse la domanda a Deborah: «Sei pronta per tornare a casa?»

«Più pronta che mai», rispose lei.

32

FRANK OUSELEY attese il 21 dicembre, il giorno più breve e la notte più lunga dell'anno. Il tramonto sarebbe venuto presto, ed era quello che gli occorreva. Le lunghe ombre che formava lo facevano sentire al sicuro, proteggendolo da sguardi indiscreti che avrebbero potuto assistere involontariamente all'ultimo atto del suo dramma personale.

Alle tre e mezzo, prese il pacco. Una scatola di cartone, rimasta sul televisore da quando lui l'aveva portata a casa da St. Sampson. Una striscia di nastro adesivo ne teneva chiuse le falde, ma lui l'aveva staccata per controllarne il contenuto. Una busta di plastica con i resti del padre. Cenere alla cenere e polvere alla polvere. La sostanza aveva un colore a metà strada tra le due cose, un po' più chiara e nel contempo un po' più scura, con qualche frammento osseo.

Sapeva che da qualche parte in Oriente frugavano tra le ceneri dei morti: la famiglia si radunava e, servendosi di bastoncini, estraeva ciò che restava delle ossa. Non sapeva che cosa ne facessero, probabilmente li destinavano ai reliquiari di famiglia, come un tempo le ossa dei martiri venivano usate per santificare le prime chiese cristiane. Ma non era quello che intendeva fare lui con le ceneri del padre. Anche quei frammenti di ossa sarebbero finiti nel posto dove Frank era deciso a riporre i resti del padre.

All'inizio, aveva pensato al bacino artificiale. Il posto dov'era annegata la madre si prestava benissimo ad accogliere pure il padre, anche se non avesse sparso i resti proprio nell'acqua. Poi aveva preso in considerazione il tratto di terra dalle parti di St. Saviour's Church, dove sarebbe dovuto sorgere il museo bellico. Ma aveva concluso che sarebbe stato un sacrilegio depositare il padre dove avrebbero dovuto essere onorati degli uomini completamente diversi da lui.

Trasportò con attenzione le ceneri nella Peugeot e le collocò sul sedile del passeggero, avvolte in un telo da bagno che usava da ragazzo. Con altrettanta cura, mise in moto e uscì dalla Talbot Valley. Ormai gli alberi erano del tutto spogli, soltanto le querce sul pendio meridionale avevano ancora le foglie sui rami. E anche là, ce n'erano parecchie cadute sul terreno, che conferivano ai tronchi imponenti una tonalità di zafferano e terra d'ombra bruciata.

Nella Talbot Valley la luce andava via prima che nel resto dell'isola. Avvolti da un panorama di pendii ondulati scavati da secoli d'erosione, i rari cottage lungo la strada avevano già le luci accese alle finestre. Ma quando Frank sbucò dalla valle a St. Andrew, il paesaggio cambiò, e anche la luce. I pascoli collinari per le mucche lasciavano il posto a campi coltivati e villaggi, dove i cottage con le serre sul retro assorbivano e riflettevano il sole morente.

Lui si diresse a est e arrivò a St. Peter Port dall'ala posteriore del Princess Elizabeth Hospital. Di là non fu una grande impresa giungere a Fort George. Anche se la luce diminuiva, era troppo presto perché il traffico costituisse un problema. Inoltre in quel periodo dell'anno ce n'era comunque poco. Solo a Pasqua le strade avrebbero cominciato a riempirsi.

Attese che un trattore superasse l'incrocio di Prince Albert Road, dopodiché arrivò in fretta a Fort George, passando sotto l'arcata di pietra massiccia, col sole che colpiva le finestre istoriate delle case all'interno della fortezza. Era trascorso molto tempo da quando quel posto veniva utilizzato per scopi militari, nonostante il nome, ma, diversamente dagli altri forti dell'isola, da Doyle a Le Crocq, questo non era soltanto un rudere di granito e mattoni. La vicinanza a St. Peter Port e la vista sulla Soldiers' Bay ne avevano fatto il rifugio prediletto degli esuli dalle imposte dirette di Sua Maestà per edificarvi le loro sontuose dimore. E lo avevano fatto dietro alte siepi di bosso e di tasso, recinzioni di ferro battuto con cancelli elettrici che circondavano prati accanto ai quali erano parcheggiate Mercedes-Benz e Jaguar.

Una macchina come quella di Frank avrebbe sollevato sospetti se lui si fosse aggirato per il forte invece di andare direttamente al cimitero, situato, casualmente e un po' ironicamente, nella parte migliore della zona dal punto di vista panoramico. Si trovava, infatti, su un pendio all'estremità meridionale dei vecchi terreni militari. All'entrata c'era un monumento ai caduti sotto forma di un'enorme croce di granito, nella quale una spada incassata nella pietra duplicava il motivo cruciforme grigio. Forse si trattava di un'associazione voluta e non priva d'ironia, come la collocazione del cimitero.

Frank parcheggiò sul vialetto di ghiaia sotto il monumento e andò all'ingresso. Da là si vedevano le isole minori di Herm e Jethou levarsi nella nebbia oltre un placido specchio d'acqua. Inoltre, una gradinata di cemento con una ringhiera, per impedire ai dolenti di cadere in un mare inclemente, scendeva al cimitero, costituito da una serie di terrazze ricavate dal fianco della collina. Ad angolo retto con queste, su un muro di sostegno di Rocquaine Blue c'era un bassorilievo in bronzo che raffigurava tante persone di profilo, cittadini, soldati o vittime di guerra, Frank non lo sapeva. Ma un'iscrizione, LA VITA PROSEGUE OLTRE LA TOMBA, faceva pensare che quelle figure in bronzo rappresentassero le anime dei defunti che vi riposavano. La scultura era a forma di porta che, aperta, rivelava i nomi di chi era stato sepolto lì.

Frank non li lesse. Si fermò, appoggiò a terra la scatola di cartone, la aprì e tolse la busta di plastica con le ceneri del padre.

Scese i gradini che portavano alla prima terrazza, dove erano sepolti gli uomini coraggiosi dell'isola che avevano sacrificato la propria vita nella prima guerra mondiale. Giacevano sotto vecchi olmi in file ordinate, segnate da agrifoglio e piracanta. Frank li superò e proseguì verso il basso.

Conosceva il punto del cimitero in cui avrebbe dato inizio alla sua cerimonia solitaria. Là le lapidi indicavano tombe che risalivano a un periodo più recente, ciascuna identica all'altra. Erano semplici pietre bianche con la sola decorazione di una croce la cui forma sarebbe bastata a identificarle inconfondibilmente, anche se non vi fossero stati incisi i nomi.

Frank discese tra quel gruppo di tombe. Ce n'erano centoundici, e lui avrebbe infilato la mano nella busta delle ceneri, e per centoundici volte avrebbe lasciato scivolare tra le dita i resti del padre perché si posassero sull'ultima dimora di quei tedeschi venuti a occupare l'isola di Guernsey per poi morirvi.

Cominciò il rituale. All'inizio ne provò disgusto: la propria pelle a contatto con i resti inceneriti del padre. Quando il primo frammento d'osso gli strisciò sul palmo, fu scosso da un brivido e si sentì rivoltare lo stomaco. Allora s'interruppe, facendosi forza per proseguire. Lesse tutti i nomi, le date di nascita e di morte, mentre affidava il padre alla compagnia di quelli che si era scelto per camerati.

Vide che alcuni di loro erano stati solamente dei ragazzi, diciannovenni e ventenni che forse si erano allontanati da casa per la prima volta. Si chiese che differenza avessero trovato fra l'isoletta di Guernsey e l'immensa terra da cui provenivano. Era sembrato loro l'avamposto su un altro pianeta? O un gradito riparo dalle battaglie sanguinose sulla linea del fronte? Cosa avevano provato nell'esercitare tanto potere e al contempo nell'essere così disprezzati?

Ma non da tutti, ovviamente. Era stata quella la tragedia dell'isola, all'epoca. Non tutti li avevano considerati dei nemici da esecrare.

Frank camminò meccanicamente tra le tombe, scendendo da una fila all'altra, finché non vuotò del tutto la busta di plastica. Quando ebbe terminato, andò alla lapide in fondo al cimitero e là rimase per un momento, guardando le file di tombe su per la collina.

Notò che, sebbene avesse lasciato una piccola manciata delle ceneri del padre su ciascuna tomba, non ne restava traccia. Le ceneri si erano posate sull'edera, l'agrifoglio e i rampicanti che crescevano fra le lapidi, trasformandosi in polvere, uno strato sottile di effimera foschia che non sarebbe scampato alla prima folata di vento.

E il vento sarebbe arrivato. Con la pioggia. Questa avrebbe gonfiato i torrenti che sarebbero sgorgati dai pendii, scorrendo giù per le valli e da queste al mare. Un po' della polvere del padre sarebbe scivolata via con quelle acque. Il resto sarebbe rimasto, con la terra che ricopriva i morti e dava soccorso ai vivi.

RINGRAZIAMENTI

COME sempre, sono in debito con un certo numero di persone che mi sono state d'aiuto nella stesura di questo romanzo.

Sulla splendida isola di Guernsey, devo ringraziare l'ispettore Trevor Coleman della polizia di Stato, il cortese personale dell'ufficio Relazioni con il pubblico, e il signor R.L. Heaume, direttore del Museo dell'occupazione tedesca a Forest.

Nel Regno Unito, sono continuamente in debito con Sue Fletcher, la mia redattrice della Hodder & Stoughton, e con la sua fantastica e intraprendente assistente, Swati Gamble. In più, estendo i miei ringraziamenti a Kate Brandice, dell'ambasciata americana.

In Francia, la generosità della mia consueta traduttrice, Marie-Claude Ferrer, mi ha permesso di realizzare alcuni dialoghi del romanzo, mentre in Germania Veronika Kreuzhage mi ha fornito le traduzioni relative ai reperti della seconda guerra mondiale.

Negli Stati Uniti, per comprendere il concetto nazista di «rimpatrio dell'arte» mi è stato d'aiuto il professor Jonathan Petropoulos, sia di persona sia attraverso il suo prezioso libro *The Faustian Bargain*. Il dottor Tom Ruben mi ha gentilmente fornito le informazioni mediche, quando occorrevano. Bill Hull mi ha aiutato a comprendere la professione dell'architetto, e il collega scrittore Robert Crais mi ha permesso di attingere al suo bagaglio mentale di notizie sul riciclaggio del denaro. Sono estremamente grata a Susan Berner per aver accettato di leggere la prima stesura del libro, e anche a mio marito, Tom McCabe, per la pazienza e il rispetto del tempo che occorre per mettere insieme un romanzo. Infine, ovviamente, non avrei mai potuto neanche incominciare a scriverlo senza la costante presenza, assistenza e incoraggiamento della mia segretaria, Dannielle Azoulay.

Nell'ideazione del romanzo mi sono stati utili il già citato volume *The Faustian Bargain* di Jonathan Petropoulos; *The Silent War* di Frank Falla; *Living with the Enemy* di Roy McLoughlin; *Buildings in the Town and Parish of St. Peter Port* di C.E.B. Brett; *Folklore of Guernsey* di Marie De Garis; *Landscape of the Chan-*

nel Islands di Nigel Jee; *Utrecht Painters of the Dutch Golden Age* di Christopher Brown e *Vermeer and Painting in Delft* di Alex Rüger.

Infine, qualche parola su *Santa Barbara*. Gli studiosi di storia dell'arte sapranno che, anche se il dipinto descritto nel romanzo non esiste, il bozzetto che attribuisco a Pieter de Hooch è autentico. In realtà, però, si tratta di un'opera di Jan van Eyck. Il mio obiettivo nel cambiare impietosamente l'identità dell'autore ha a che fare col periodo in cui lo schizzo fu tracciato e nel quale fu attivo van Eyck. Se avesse davvero dipinto *Santa Barbara*, il pittore avrebbe realizzato il suo capolavoro su un pannello di quercia, come si usava a quei tempi. Ai fini del romanzo, mi occorreva una tela, che cominciò a diffondersi soltanto molto tempo dopo. Spero di essere perdonata per questa manipolazione della storia dell'arte.

Naturalmente, nel libro vi saranno degli errori. E questi sono soltanto miei, non imputabili a nessuna delle persone che mi hanno aiutato.

Elizabeth George
Le conseguenze dell'odio

Non c'è pace per l'ispettore di New Scotland Yard Thomas Lynley,
che, reduce dalla difficile indagine condotta in Italia, si trova
a scavare tra i segreti, i risentimenti e i rimorsi di una famiglia
segnata da un lutto terribile: un suicidio che, ogni giorno di più,
rivela risvolti agghiaccianti, costringendo Lynley ad affrontare
i suoi stessi, dolorosissimi fantasmi, in quello che si annuncia
come il caso più complesso della sua carriera.
La vita non sorride nemmeno al suo storico braccio destro, Barbara
Havers, che attraversa una profonda crisi personale e professionale.
Sperando di aiutarla a ritrovare la sicurezza e lo smalto
di un tempo, Lynley accetta di affidarle un caso che Barbara
stessa si è trovata tra le mani: la morte in circostanze sospette
di una scrittrice nota per le sue posizioni a favore del femminismo.
Per risolvere l'enigma, Barbara parte per il Dorset, dove, dietro una
facciata incantevole di villaggi pittoreschi, distese di colline erbose
e scogliere bianche a picco sul mare, scopre un mondo
di tradimenti, incontri clandestini e amori trasformati in gabbie
da cui è impossibile fuggire...

Elizabeth George
Un omicidio inutile

Cinque magistrali racconti sul lato oscuro dell'essere umano,
capaci di cogliere con acume sconcertante il momento
in cui l'irrazionale e la follia fanno irruzione nella vita quotidiana.
Un omicidio svelato casualmente da un gruppo di turisti,
grazie anche all'infallibile ispettore Thomas Lynley; un matrimonio
costruito su una gigantesca menzogna che solo la morte porterà
alla luce; l'ambizione omicida di un professore squattrinato
che spera di diventare ricco e famoso; i pericoli che nasconde
la gelosia ingiustificata di un marito per la giovane e bella moglie;
gli strani modi di una vicina di casa poco socievole,
con la passione per animali domestici alquanto particolari...

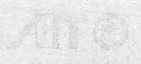

Elizabeth George
Dicembre è un mese crudele

In uno sperduto villaggio del Lancashire muore avvelenato, dopo
una cena in casa di una conoscente, il parroco Robin Sage. Di lì
a poco arrivano in paese, per una vacanza fuori stagione, il patologo
Simon St. James e la moglie Deborah, che aveva casualmente
conosciuto il sacerdote a Londra. La scoperta della disgrazia
li trascina tra le ombre più cupe di quei luoghi, sui quali aleggiano
ancora antiche storie di stregoneria. L'inchiesta del coroner
si è già conclusa con il verdetto di morte accidentale, ma Simon
non ne è convinto e decide di convocare il suo amico, l'ispettore
Lynley, presto raggiunto dal sergente Barbara Havers. I quattro
vengono così sommersi da una realtà in cui tutto è continuamente
messo in dubbio. Com'è possibile che un'esperta erborista abbia
inconsapevolmente offerto della cicuta al parroco? Nei panni
di una mite perpetua si nasconde davvero una devota seguace
dei culti pagani della Dea? È possibile leggere il destino di un uomo
nel palmo della sua mano? In un clima di sospetti e pettegolezzi
che rendono indecifrabili i volti del crimine, l'ispettore Lynley
è costretto ad affondare sempre di più la lama delle indagini
per riuscire a portare alla luce la verità. Una verità dal sapore
amaro e crudele.

www.tealibri.it

Visitando il sito internet della TEA potrai:
- **Scoprire subito le novità dei tuoi autori e dei tuoi generi preferiti**
- **Esplorare il catalogo on-line trovando descrizioni complete per ogni titolo**
- **Fare ricerche nel catalogo per argomento, genere, ambientazione, personaggi... e trovare il libro che fa per te**
- **Conoscere i tuoi prossimi autori preferiti**
- **Votare i libri che ti sono piaciuti di più**
- **Segnalare agli amici i libri che ti hanno colpito**
- **E molto altro ancora...**

www.illibraio.it

Il sito di chi ama leggere

Ti è piaciuto questo libro?
Vuoi scoprire nuovi autori?

Vieni a trovarci su **IlLibraio.it**, dove potrai:
- scoprire le **novità editoriali** e sfogliare le prime pagine **in anteprima**
- seguire i **generi letterari** che preferisci
- accedere a **contenuti gratuiti**: racconti, articoli, interviste e approfondimenti
- **leggere** la trama dei libri, **conoscere** i dietro le quinte dei casi editoriali, **guardare** i booktrailer
- iscriverti alla nostra **newsletter settimanale**
- unirti a **migliaia di appassionati** lettori sui nostri account **facebook, twitter, google+**

« La vita di un libro non finisce con l'ultima pagina. »

Finito di stampare nel mese di ottobre 2016
per conto della TEA S.r.l.
dalla Elcograf S.p.A.
Stabilimento di Cles (TN)
Printed in Italy